Peter-Paul Zahl
Die Glücklichen

aus der Reihe
Rotbuch Verlag Berlin

Ein neues, geradezu unerhörtes Büchlein,
darin viele Schwänke und Geschichten,
die man in Schenken und Kommunen, Heimen,
Straßenbahnen, Klein- und Großfamilien und
Gefängnissen erzählen kann, die schweren,
melancholischen Gemüter damit zu ermuntern,
ohne jeden Anstoß von Jung und Alt zu lesen
und zu hören,
und allen Menschen, die hin und wieder
die Gemeinschaft brauchen, zur Kurzweil
an den Tag gebracht, gesammelt und aufge-
schrieben von Peter-Paul Zahl,
Knastschreiber zu Köln-Ossendorf, Bochum
und Werl,
Anno 1973 bis 1979.

Peter-Paul Zahl
Die Glücklichen
Schelmenroman

Rotbuch Verlag
Berlin

Für Mulle

und in Dankbarkeit für alle Freunde und technischen Berater: Mike, Uli, Fred, Wolfgang, Poldy, Achim und alle anderen

1.–12. Tausend 1979

Umschlagfoto: Nelly Häring-Rau fotografierte das Wandbild an einer Kreuzberger Schule, gemalt von Ingrid Jacobsen, Herbert Müller, Michael Helmsen und Jörg Westerheide.
Die Zeitung im 9. Kapitel und das 17. Kapitel wurden von Meino Büning, Basis Verlag, gesetzt und von Gerhard Seyfried gestaltet und illustriert.
Satz Hamburger Setzmaschinen-Betrieb W. Arnholdt, Hamburg
Druck Georg Wagner, Nördlingen
Bindung Hans Klotz, Augsburg

ISBN 3 88022 702 0

Inhalt

Die Personen der Handlung sind frei erfunden. Ähnlichkeiten mit tatsächlichen Personen, Ereignissen und Verhaltensweisen waren nicht zu vermeiden.
Zum Zwecke des besseren Verständnisses sind einige Abläufe der Erzählung nicht chronologisch geschildert.

1

Im

I. KAPITEL

erzählt der Autor konventionell, gleichwohl souverän, wie eine hart arbeitende deutsche Familie an Geld kommt.

Hiermit umschifft er gleich zwei Klippen:

im bürgerlichen Roman haben die Helden von vornherein ihr Auskommen,

der proletarische Roman langweilt oft seine Leser, weil er aufzeigt, was ihnen sattsam bekannt.

Der Autor nennt diesen Abschnitt des Buches

WENN NIKOLAUS KOMMT

und stellt ihm als Motto ein Zitat seines hochwohllöblichen Kollegen James Joyce voran:

Eine Schwangerschaft ohne Freude, sagte er, eine Geburt ohne Pein, ein Körper ohne Makel, ein Leib ohne Fülle.

Lasset die Gottlosen mit Glauben und Eifer beten.

Wir aber wollen mit Willen Widerstand leisten, widersprechen,

stellt seine Helden vor, das Viertel, in dem sie wohnen, eine Stadtteilgruppe, die unersetzlichen Ritter im Kampf für Sicherheit und Ordnung,

beginnt mit der Schilderung harter Arbeit und hört, in diesem Kapitel, mit einem gequälten Lachen auf:

Ich gucke gerne anderen bei der Arbeit zu.
Und es ist immer eine Freude, Niko bei der Arbeit zuzusehen.
Wo gibt es das noch, daß ein Mann, der fast vierzig ist – und Niko wird es im September – mit solcher Lust und Laune seinem Beruf nachgeht?
Niko ist unser Ältester. Als ich zur Welt kam, hatte er bereits sein erstes Kind gemacht. Was Niko auch tut, er tut es gründlich. Man lernt nie aus, sagt er immer, streicht sich den Schnäuz und guckt einen dabei ernst an.
Nikos Hände sind breit, braun und sehnig. Man sieht ihnen Kraft an, nicht aber die Geschicklichkeit, die in ihnen steckt. Wenn Niko arbeitet, krempelt er die Ärmel hoch und du siehst die Tätowierungen: das Mädchen, ganz in Blau, mit dem etwas verunglückten Gesicht, auf den linken Oberarmmuskeln tanzend, darunter der Anker, tiefrot, in der Ellenbogenbeuge, auf dem rechten Unterarm der fauchende Tiger – in *drei* Farben! – und darüber, auf den Muskeln, Mamas Porträt mit Namenszug.
Nikos Gesicht, Hals, Brustansatz und Arme sind braun. Zieht er sich aus, und das tut er selten, wenn andere dabei sind, und auch nur im Dunkeln – Niko ist sehr schamhaft –, ist er ungeheuer weiß am Körper, wie viele von früher, die körperlich hart arbeiten und Braunwerden für eine Marotte reicher Leute und *euch Teenies* halten.
Wie Hähnchen am Grill dreht ihr euch in der Sonne, sagt Niko.
Frauen lieben ihn. Sie fliegen ihm zu. Er weiß nicht warum. Er ist so ein Typ. Er nimmt das hin und fragt nicht weiter danach. Mama schimpft deshalb oft, aber sie meint es nicht so. Im Grunde ist sie stolz auf ihren tüchtigen und hübschen Ältesten. Wir sind eine ganz altmodische Familie.
Willst du etwas trinken? frage ich. Niko blickt kurz hoch, wischt sich Schweiß von der Stirn und atmet tief durch, wobei er sein Rückgrat durchbiegt.
Bald haben wirs, meint er, schiebt den Kaugummi auf die andere Backenseite und stützt sich wieder auf den wildlederbezogenen, teuren Sessel.
Hast du auch aufgepaßt?
Natürlich, sage ich.
Niko grinst.
Beim nächsten Mal bist du dran und ich gucke zu, sagt er. Und wehe…
Ich mach dir erst Mal nen ordentlichen Kaffee, sage ich und hebe das Sprechfunkgerät in Mundhöhe, gebe das vereinbarte Piepzeichen und stelle auf Empfang.
Alles in Ordnung, sagt Peter. Das Gerät rauscht.
Soweit man das heute jedenfalls sagen kann, ist alles in Ordnung.

Aber man weiß ja nie…
O. K., flüstere ich in das Walkie-Talkie. Paß gut auf!
Heute weiß man wirklich nie: die laufen rum in Hush-Puppies und Jeans, tragen lange Haare, zum Teil sogar Bärte, und sie fahren in Audis, BMWs und anderen feinen Schlitten. Entweder riechst du sie – das lernst du mit der Zeit – oder du erkennst sie an der Beule unter der Lederjacke.
Eine Scheißzeit, sagt Niko immer.
Ich gehe hinüber in die Küche und stelle die Kaffeemaschine an. Du kommst dir vor wie in einer Weltraumstation, alles blinkt und blitzt und Knöpfchen und Lämpchen und Chrom und Maschinen und Fernsehen und alles Drum und Dran. Alles herrlich abscheulich. Gibt Leute, die wünschen sich, Frau oder Dienstbolzen bei solchen reichen Knackern zu sein.
Ich zünde mir eine Zigarette an, lausche dem Summen der Maschine und denke noch einmal über unsere Arbeit nach. Die Idee war gut. Wir haben sie aus der Boulevardzeitung. Die Umgebung ist schön übersichtlich, Peter richtig plaziert, der geklaute Kombi schnell und mit astreinen Papieren versehen, das Haus sieht vielversprechend und der Safe verlockend aus. Und, vor allem, Niko, mein großer Bruder, ist der beste Handwerker in der Stadt. Er ist fürs Einbrechen geboren wie Jimi Hendrix fürs Gitarrespielen. Das heißt, natürlich nicht *geboren*…
Ich stelle Sahne, Kaffee, Tassen und Zucker auf ein Tablett und trage es zurück in das riesige Wohnzimmer mit seinen Fenstern, die von der Decke bis zum Boden reichen. Im Korridor bleibe ich kurz stehen und lausche: von Nikos Arbeit hörst du so gut wie nichts. Wie eine elektrische Schreibmaschine muß das klappen, sagt er immer, regelmäßig, ruhig und sicher.
Ich bleibe im Zimmer auf der Brücke stehen, die den Perser noch bedeckt, und schaue hinüber zu Niko: bei ihm herrscht Ordnung.
Ordnung ist das halbe Leben, sagt er immer. In unserem Beruf können wir uns Unordnung nicht leisten.
An der Wand, neben ihm, in Griffnähe, rechts seitlich unter dem Safe, steht der Teewagen. Darauf Nikos Werkzeug, akkurat wie das eines Chirurgen im OP. Filmtest du nur seine Hände, den Oberkörper und das Gesicht und zögst du ihm einen weißen Kittel an, ginge Niko glatt als Dr. med. Nikolaus Hemmers durch.
Seitenschneider! Zange! Meißel! Bohrer! So etwas sagt er leise, präzise und bestimmt.
Der Safe ist bald auf: um das Schloß herum, seitlich vom Drehrad, hat Niko im Halbkreis Löcher gebohrt, die er nun nur noch erweitern und miteinander verbinden muß.
Er legt den Meißel auf den Teewagen.
Puh! macht er. Erst mal einen Kaffee.

Er sagt immer *Kafffö,* statt Café. Das ist ihm nicht abzugewöhnen. Niko ist in der Muckefuckzeit großgeworden. Daher hat er auch keinen Volksschulabschluß.
Der Meißel ist an der Schlagfläche mit Leder gepolstert. Rund um den Stahl hat Niko eine breite Schicht Schaumstoffpolster geklebt, um schallgedämpft arbeiten zu können. Ich gieße uns Kaffee ein. Niko greift mit den Gummihandschuhen in den Zuckertopf und holt sich zwei Stücke heraus, die er in seine Tasse gleiten läßt.
Nikoooo! sage ich.
Er senkt den Kopf und kratzt sich am Ohr. Ich benutze die Zuckerzange. Nikos Stillosigkeit und Unbildung sind es zumeist, welche *seine* Art von Frauen immer wieder fortlaufen lassen, die, von seinem Aussehen angezogen, beim *Ball Paradox* oder *Bei Walterchen* auf ihn geflogen waren. Das macht Niko Kummer. Mama und ich aber reden ihm dann zu, wenn er deprimiert ist. Mama sagt, es käme auf das Herz an, nicht auf Takt oder Stilgefühl. Ich sage etwas von *Klasseninstinkt.* Wie immer meinen wir das gleiche. Niko ist sensibel. Er ist im Grunde herzlich schüchtern. Obwohl einmal geschieden und einmal verwitwert.
Ich nehme den Spezial-Geologenbohrer mit den Industriediamanten an der Spitze vorsichtig in die Hand.
Eine Wucht! sage ich, um ihn zu trösten. *Die* werden nie darauf kommen, wer hier gearbeitet hat. Der, dessen Arbeitsmethode du hier benutzt, sitzt in Tegel und hat ein feines Alibi...
Niko lächelt wieder, und dann kannst du immer zweiunddreißig herrlich gesunde, weiße Zähne sehen.
Wie hieß noch einmal dein Spruch von der Penne?
Non scholae sed vitae discimus, erwidere ich.
Nicht für die Schule, fürs Leben lernen wir, wiederholt Niko, Triumph in der Stimme. Die alten Lateiner habens drauf gehabt!
Jedes Mal, wenn Niko aus dem Knast kam, und früher, ehe er *reif* wurde, bei Zeus, hatte er etwas hinzugelernt. So war ich fünf und Niko zwanzig, als er uns alle Tricks eines Taschendiebes beibrachte. Die hatte er von einem Jugoslawen, den er im Jugendknast kennengelernt hatte.
Außerdem, sagt Niko, muß man schon aus Selbstschutz immer dazulernen. Die Bullen haben son Dingsbums, einen Computer, der guckt sich nur kurz den Safe an, den du geknackt hast, und – bums! – weiß er schon: Arbeitsmethode Niko Hemmers, zuletzt verwandt am fünften Mai anno toback beim Hertie-Bruch. Ne, ich nicht! Ich lerne zu. Bei jedem zweiten Arbeitsplatz mußt du die Methode ändern. Und wo lernt man das? fragte er dann triumphierend.
Im Knast! schrien dann Peter und ich, damals schon, als wir noch in die Hosen machten.
Das mit dem Computer habe ich Niko x-mal erklärt. Er kapiert das

nie richtig. Aber nicht darauf kommt es an, sondern darauf, klüger zu sein als *deren* Dingsbums.

So, das hätten wir, sagt Niko. Er lächelt mich an und läßt die Arme sinken. Vorsichtig lege ich das Sprechfunkgerät auf den Teewagen und räume mit dem Kuhfuß die Fächer aus.
Das gibts doch nicht! schreit Niko.
Pssst, mache ich.
Bares, jede Menge Bares, flüstert er. Und guck dir das an: neutrale Banderolen und..., das Bündel durchfächernd, keine fortlaufenden Nummern.
Hier, noch was, sage ich und muß mich zusammenreißen, keinen Tanz aufzuführen.
Das sind mindestens hunderttausend Emm, nein mehr, sagt Niko. Er ist völlig ruhig.
Komm, pack ein!
Die Noten verschwinden in unserer Tasche.
Sorgsam sortiert Niko sein Werkzeug in die eigens dafür konstruierten Laschen seines Segeltuchbeutels. Ich bringe die Tassen in die Küche und spüle sie. Währenddessen schüttet Niko unsere Zigarettenkippen in eine Plastiktüte und dafür fremde Kippen und mitgebrachte Asche in den Aschenbecher.
Das wärs wohl, sagt er, als ich den Raum betrete, und läßt noch einmal den Blick durch das Wohnzimmer schweifen.
Irgendwas vergessen?
Die Frage ist rhetorisch. Niko vergißt nie etwas, wenn er arbeitet. Wenn er mal geschnappt wurde, dann nur, weil ihn einer verpfiffen hatte. Und das ist lange her. Denn seit Jahren arbeiten wir im Familienbetrieb, Niko, Peter, ich -- und Mama.
Warte mal, sage ich gedehnt. Ich blättere Akten, Briefe, Blöcke und Formulare aus dem obersten Fach des Safes durch. Einige Worte bleiben in meinem Gehirn stecken und lösen einen leisen, kribbelnden Reiz aus. Schweiß bricht mir aus.
Das kommt mit, sage ich. Niko schüttelt den Kopf.
Ach was, sagt er. Du weißt, wir machen nichts mit Sore. Oder kaum noch. Es reicht auch so. Sonst wird die Sache doch noch heiß...
Mach die Tasche auf, sage ich aufgeregt. Ich glaube, wir haben da ein dolles Ding.
Ich stopfe den ganzen Papierkram in die Tasche.
Du spinnst, sagt Niko.
Verlaß dich drauf: ich spinne nicht.
Meine Handflächen brennen unter dem Gummi der Handschuhe, Schweiß läuft mir über Schläfen und Brauen in die Augen.
Du wirst sehen, sage ich. Du wirst sehen, wenn mich nicht alles täuscht...

Wenn nicht, können wir den Plunder immer noch verbrennen, meint Niko beruhigend. Komm, sag Peter Bescheid. Er soll die Karre anwerfen und langsam vorfahren. Wir gehen!
Ich grinse meinen großen Bruder von unter her an.
Haben wir nicht etwas vergessen?
Niko schaut mich verständnislos an. Bevor er sich aber entrüsten kann, sage ich es ihm:
Wir scheißen *ihm* hier ins Wohnzimmer!
Niko errötet und sieht mich entgeistert an.
Sag mal, spinnst du jetzt völlig?
Ne, ne, sage ich bestimmt. Ich habe gelesen, Einbrecher, richtige Einbrecher machen das so. Also machen wir das auch!
Aber, aber ich hab doch noch nie...
Dann machst du es jetzt! schreie ich. Verstehst du nicht? Bei *ihm*...!
Und dann steigt das Lachen Niko in die Augen.
Wir setzen uns in die Hocke und ziehen die Hosen herunter, in den entgegengesetzten Ecken dieses feudalen Wohnzimmers, auf den Diagonalenden des herrlichen Teppichs.
Und dann lachen wir! Und lachen, daß wir uns kaum auf den Beinen halten können und aufpassen müssen.

Alles klar? fragt Peter, legt den Gang ein und fährt an.
Und ob! Niko strahlt. Er lehnt sich seufzend in den Polstern des Fonds zurück.
Fein, sagt Peter, und zu mir gewandt:
Komm, tu die Puste hier rein!
Er weist auf die schmale Tasche zwischen den Vordersitzen.
Was? schreit Niko. Seid ihr völlig verrückt geworden? Ich hab doch gesagt, wir brauchen keine Kanonen. Nie!
Wer hier der Verrückte ist, wird sich noch rausstellen, erwidert Peter. Du mit deinen altmodischen Handwerkervorstellungen... Die Zeiten sind endgültig vorbei, in denen die alten Regeln der Einbrecherzunft galten.
O nein, sagt Niko bestimmt. Ich arbeite schon über zwanzig Jahre in diesem Beruf. Ich bin der Älteste. Bei mir wird keine Pistole mitgenommen, wenn wir arbeiten gehen!
Dann kannst du deinen Dreck alleine machen, sagt Peter leise und guckt in den Rückspiegel.
Ich jedenfalls geh nicht mehr *nackt* rum und laß mich, mir nichts, dir nichts, von irgendeinem wildgewordenen kleinen Bullen umlegen. Die alten Zeiten sind endgültig vorbei, Niko. Wir sind hier nicht in England. Früher hielten sich die Bullen wenigstens noch an die Spielregeln.
Aber heute? Heute kannst du keinen Tag mehr die Zeitung aufschla-

gen, ohne lesen zu müssen: *Einbrecher auf der Flucht erschossen* oder *Tödliches Versehen – Polizist hielt bei Personalkontrolle Brieftasche für Revolver.* Ne, das mußt du schon uns überlassen, ob wir Selbstmörder sein wollen. Oder hast du in letzter Zeit je von einem Fall gehört, wo einer auf der Flucht wirklich in die *Wade* getroffen wurde?
Aber ihr hättet es zumindest sagen müssen, meint Niko kleinlaut.
Damit du dich weigerst zu arbeiten, was?
Und was sagt Mama dazu?
Die hat gesagt, paßt gut auf Niko auf!
Niko kaut an der Unterlippe und guckt traurig aus dem Fenster. *So* ist das also, sagt er gedehnt.
Versteh uns nicht falsch, mische ich mich ein. Ich kenne meinen großen Bruder.
Verstehst du, früher, da haben wir auf dich gehört. Da war das auch vernünftig. Aber heute? *Die* machen kein Fair-play mehr, Alter. *Die* legen heute schon Leute wegen eines popligen Ladendiebstahls *auf der Flucht* um. Da kräht kein Hahn mehr nach. Das ist abgesegnet, vom obersten Gerichtshof. Da müssen wir uns eben nach richten, wir müssen uns anpassen, auch wenn das weh tut. Anderenfalls müssen wir uns nach nem anderen Job umgucken.
Was habt ihr denn für Dinger – und habt ihr auch eine Puste für mich? fragt Niko nach einer Weile.
Klar, sagt Peter. Eine P 38.
Ich sehe, wie er leicht lächelt.
Vom *Stutti* haben wir die. Da brauchst du wirklich nur auf die Beine zu zielen, wenn du einen Bullen oder so zum Stehen bringen willst. Das sind nicht so kleine, kriminelle Dinger mit so winzigem Kaliber, wo du schon auf Kopf oder Bauch halten mußt, jemanden zu stoppen…
Und Mama wußte es, sagt Niko noch traurig.
O. K., meint er dann, sieht so aus, als müsse ich jetzt von euch lernen…
Versteh uns nicht falsch, sage ich. Wir haben keine Lust, wegen eines lausigen Bruchs das Leben zu verlieren…
Aber da kommt Farbe in Nikos Gesicht.
Lausiger Bruch! schreit er.
Pssst, mache ich.
Er grinst.
Ist schon gut, sagt er.
Peter bremst den Wagen ab und hält an einer Bordsteinkante.
Niko nimmt seine Tasche, gleitet aus dem Auto, wirft schwungvoll die Tür zu, stellt sich an die Bushaltestelle und gönnt uns keinen Blick mehr.

Hier war Halteverbot, sage ich zu Peter und zünde uns eine Zigarette an.
Was meinst du, fragt Peter, überwindet Niko das, mit den Ballermännern?
Aber ja, sage ich.
Wir rauchen und fahren den Kudamm hoch. Peter biegt in die Fasanenstraße ein und läßt mich aus dem Wagen.
Bis dann, sage ich. Vergiß die Tasche mit den Kanonen nicht!
Peter pfeift leise durch die Zähne.
Hau bloß ab! sagt er. Hau bloß ab!
Und fährt wieder an, routiniert wie immer. Nach Geld oder Sore hat er nicht gefragt. Er wird den geklauten Kombi wie vereinbart auf dem Parkplatz am Wittenbergplatz abstellen.
Wir fahren immer getrennt, in öffentlichen Verkehrsmitteln, nachhause, zu Mama.
Und dann sitze ich in der U-Bahn und kann den Blick nicht halten, angesichts all dieser kaputten Leute, die mir nicht einmal fünf Sekunden in die Augen gucken können. In diesen schwarzen, stumpfen Pupillen ist ihre ganze Lebensgeschichte und die ganze kaputte Geschichte dieser ganzen kaputten Halbstadt.
Wenn die wüßten, was in der Tasche ist, sage ich mir.
Es ist das erste Mal gewesen, daß wir tagsüber arbeiten.

Ich stelle mir die U-Bahn vor: Sie ist leise und bunt, sie hat Bar und Leseabteil, sie ist mit Teppichen ausgelegt und hat Schlafwagenabteil und Caféteria, sie verkehrt alle zwei Minuten, vollautomatisch gesteuert und lautlos, jeder hat einen bequemen Sitzplatz, einige sind um Tische gruppiert, da können wir klönen und miteinander sprechen, andere sind in der Höhe verstellbar, für Kinder und Schwerbeschädigte, sie riecht gut, sie ist schnell, sie ist kostenlos, in den Bahnhöfen stellen wir unsere neuesten Produkte aus, kinetische Objekte, Bilder, Grafiken, in den dunklen Tunneln auf Wunsch Lightshows,
ich stelle mir die U-Bahn vor, in den Straßen haben wir Gras gepflanzt und Büsche und Bäume, Elektrokarren und Kabinentaxis verkehren leise summend zwischen den U-Bahnhöfen, wir haben ein asymmetrisches Netz gelegt über die Stadt und unter die Stadt, es besteht nur aus öffentlichen, kostenlosen, gut belüfteten, bequemen, angenehm temperierten Verkehrsmitteln,
kein Auto mehr,
keine Straßenbahn mehr,
kein Eigentum mehr,
ich stelle mir die U-Bahn vor: laut und leise, bunt und einfarbig, ange-

legt, daß wir miteinander sprechen, miteinander kosen, miteinander fahren, miteinander gehen,
viel gehen,
reiten auch,
Zebras, Mulis, Pferde, Ponies
in den Straßen und Öffentlichen Anlagen,
Oleander, Jasmin, Geranien, Veilchen, viele Veilchen, Vergißmeinnicht, Rosen,
ich stelle mir die U-Bahn vor: das Lachen, die Freude, die wenige Arbeit, die immer reihum verteilt wird,
ich bin U-Bahnschaffner,
ich knipse keine Karten mehr,
wir tragen keine Uniformen mehr,
wir freuen uns aneinander,
und wer sich nicht freut, wird aufgeheitert
oder allein gelassen
je nachdem, wie sie oder er es sich wünscht
oder braucht,
ich stelle mir die U-Bahn sehr schön vor.

Kreuzberg, Bruder, ist Westberlins Harlem
oder Bronx, bei uns
heißen die Nigger
Türken, Rentner, Arbeiter.
Kreuzberg, das ist ein Dorado für eine geile Kamera
für ein Voyeur-Objektiv
für Zoomspanner.
Kreuzberg, Berlin SO
Herz und Magen der Stadt
über hundertsiebzigtausend Nigger
auf engstem Raum
Arbeiter und Reservearmee;
Hinterhof und Frontstadt
des Freien Westens
Hinterhof vom Hinterhof
mitsamt den Batterien
voller Mülleimer, daneben die aufgeplatzten
überquellenden Plastiktüten auf Asphalt
über dem der Himmel kleiner
als der überm Hof
im Knast.
Kreuzberg, Bruder
das sind die Rentner, kurz vorm Krepieren

zu wenig zu leben
zu viel um zu sterben;
seit dreißig Jahren
unverputzte Granatennarben und Narben
von Gewehrmunition im Putz.
Das bröckelt, Junge, das blättert ab
das mieft vor sich hin
das verwest.
Das sind Kneipen und Klitschen.
Das ist Armeleutemief im Treppenhaus:
Kohl
und jetzt viel Knoblauch auch
ist das Klo auf dem Treppenabsatz
benutzt von sechs Parteien
mit vierundzwanzig Kindern
ist der zynische Sozialarbeiter
der übermüdete Kassenarzt
ist der Mangel an Betten
im Krankenhaus
und hohe Mutter-
und Kindersterblichkeit
das sind Kinder- und Jugendbanden
sind die gereizten Arschpauker
die vierzig Winzlingen aus fünf Ländern
das Alphabet um die Ohren hauen
in einem Klassenzimmer
das ist die Mauer am Ende
der Straße, ist die Hochbahn, kreischend
in den Kurven und mit Blick
in diverse Schlafzimmer
das ist der Landwehrkanal, Bruder
sind die billigen Märkte, die Trödler
im Kellerloch.
Kreuzberg ist der Freitagabendsuff.
Kreuzberg, Junge
ist *polizeiliches Schwerpunktviertel*
und wenn du's nicht glaubst
versuch doch mal, mit deinem Mädel
in den Anlagen am Kanal
zu bumsen
da holen sie euch raus:
die stattlichsten Bullen
die je in ein Gebüsch geschifft
mit bissigen Kötern
an straff gehaltener Leine

und mit einem Knüppel, groß
wie der Kölner Dom.
Das sind Gerichtsvollzieher
die Menge und Heimerzieher und Bewährungshelfer und Staatsanwälte und Kontaktbereichsschnüffler und Hauswarte
und Hausbesitzer
die kaputte Häuser gleich schock-
weise kaufen.
Kreuzberg, das ist eine einzige Treppenbeleuchtung
mit Sekundenuhr
die tickt und tickt und geht
aus, wenn du gerad drei Stufen hoch gegangen
bist, sind die Kleinhändler
die noch anschreiben
und Imbißbuden
das sind Alpträume
in denen COOP und ALDI oder BERLINER BANK
geistern; das sind Groschenpresse
und Prügeleien, *Feuchte Welle* und Görlitzer Bahnhof
sind Ratten und Tauben
Kellerwohnungen und Exmittierungen
und Pfändungen und Pellkartoffeln
mit Quark und Margarine.
Kreuzberg, Bruder, ist das Viertel
über das feine Damen mit mitleidigen Seelen
vor hundert Jahren schon
entsetzt geschrieben haben
und Friedrich Engels
aber damals lag Kreuzberg anderswo.
Kreuzberg ist Sanierungsgebiet.
Hier bin ich geboren
zur Schule gegangen
hier wohnen wir, in der Adalbertstraße. Sie fängt am Kottbusser Tor an und endet an der Mauer. Und mittendrin, da wohnen wir. Unter den Türken: Mama, Niko, Peter und ich.

Wir bleiben hier, sagt Mama immer. Hier kriegt uns keiner raus. Sollen *die* doch renovieren, statt zu *sanieren.* Sanieren, was heißt das schon? *Die* sanieren ihre Brieftaschen, reißen die Häuser ab, mit ihren verdammten Rammen und Eisenkugeln reißen *die* alles ab. Und ab mit uns, ins Märkische Viertel! Da geh ich nicht hin. Nie! Sollen *die* doch da wohnen! Ich nicht. Wir nicht. Da darfste keinen Schluck Klaren zu viel saufen. Biste nämlich besoffen, findeste nie heim, findest deine eigene Wohnung nicht wieder. Weil, die sind doch alle gleich. Tausende und Abertausende von Wohnungen. Was heißt hier *Wohnungen? Zellen* sind das! Wie in Tegel, Moabit, wie in der Lehrter

oder der Plötze. Ein bißchen größer und reichlich teurer. Wir bleiben hier. Basta!
Mama ist resolut. Sie scheut sich nicht, auch dem Niko mal eine zu scheuern, wenn sie meint, daß dies nötig ist. Das meint sie sehr selten. Mama ist klug.
Sieh mal, sagt sie zu Niko, wenn wir ins Märkische Viertel ziehen, gehen wir ein wie die Primeln. Und ihr müßt öfter arbeiten gehen. Hier zahlen wir nur hundertachtzig Mark im Monat für drei Zimmer, Küche und Diele. Und im Märkischen Viertel? Hier kann ich noch mit den Leuten reden. Hier kann ich bei Schmidtkes anschreiben lassen, wenn ihr mal wieder zu blöd wart, die richtigen Leute auszunehmen, oder zu faul oder zuviel gesoffen habt oder im Kahn seid. Und da? Bewahre! Ich sag dir, wir unterschreiben jeden Zettel von all den Roten, die hier jede Woche aufkreuzen, von der... Stadtteilgruppe. Lieber schmeiß ich in mei'm Alter noch mit Steinen, als hier raus zu ziehen. Ich geh hier nicht weg, solange ich das nicht will. Wenn ich tot bin, Kinder, bitte...
Das sagt sie oft. Dabei ist sie erst achtundfünfzig. Sie hat drei Männer überlebt.
Einen von der SAP, einen von der KP und einen von der SPD.
Sie hat Nikos Vater überlebt, Peters und meinen, den Krieg, die Inflation, die Russen, die Amis und die Blockade. Sie hat Niko eine Schlosserlehre ermöglicht, als in ganz Berlin kaum Stellen zu kriegen waren. Sie hat Peter durchgezogen, der bis aufs Autofahren nichts Richtiges kann, und sie hat dafür gesorgt, daß ich auf die Hohe Schule kam, na ja, bis zur Mittleren Reife, dann war Sense. War meine Schuld. Mama hat Reserven und immer was drauf. Mama hat schon Schmiere gestanden – beim Parolenmalen –, als ich noch gar nicht auf der Welt war. Mama hat Bullen jeder Sorte aus der Wohnung gefeuert: Gestapo, politische Polizei, Diebstahls- und Einbruchsdezernat... Sie sind schon gar nicht mehr zu zählen. Mama hat Tricks und doppelte Böden drauf, sie bescheißt jeden, den sie bescheißen will, aber immer welche von *denen.* Zu Mama kannst du gehen, wenn du Kummer hast oder kein Geld mehr. Niko ist schon mehrmals aus- und wieder eingezogen in der Wohnung in der Adalbertstraße. Zu Mama kommen die Mädels, wenn sie angebumst sind, die Frauen, wenn ihre Macker verschwunden sind, die Männer, wenn sie ihr Geld versoffen haben. Mama hilft jedem. Sie trickst bei der Fürsorge und beim Arbeitsamt, so schnell kannst du gar nicht gucken. Mama ist eine stattliche Frau. Niko, Peter und ich haben schon so manchem ein blaues Auge verpaßt, der von *eurer dicken Alten* sprach. Mama guckt Leuten nicht so sehr ins Gesicht, sie guckt ihnen auf die Hände. Lenin, sagt sie. Und: was hatte der für Hände? Mama ist eitel. Die Brille holt sie nur heraus, wenn kein Fremder anwesend ist. Und Mama setzt jetzt ihre Brille ab und reibt sich die Augen.

Junge, sagt sie zu mir, es hat sich gelohnt, dich auf die Hohe Schule zu schicken. Du hast den richtigen Riecher gekriegt. Was hier liegt, sie deutet auf den Papierwust vor sich auf dem Küchentisch, das ist eine *Bombe.* Niko, sagt sie, unser Kleiner ist helle.
Erinnerst du dich an das Foto, das durch die ganze Weltpresse ging, wo der Russe drauf ist, fünfundvierzig, der einer Frau das Fahrrad wegzerrt und es ihr klauen will?
Die ganze zivilisierte Welt hat sich aufgeregt über diesen Barbaren, der zuhause wahrscheinlich nicht mal ein Wasserklo kannte.
Und hier, Niko, da reißen *die* uns allen einen ganzen Stadtteil weg. Ganz Kreuzberg zerren *die* uns aus den Fingern. Und keiner sagt auch nur einen Pieps. Alle finden das normal. Das sind *keine* Russen. Im Gegenteil!
Aber damit, sie hebt einige Blätter mit spitzen Fingern hoch, hiermit heben wir ein paar von *denen* aus den Angeln. Oder zumindest eine von diesen Hyänen. Wir, die Hemmers aus der Adalbertstraße...
Nur, fügt sie hinzu, es darf keiner wissen, daß wir es waren. Leider. Und nun laßt mich mal nachdenken.

Mama läßt es sich nie nehmen, morgens unser Frühstück einzuholen. Das tut sie jeden Morgen, trotz ihrer offenen Beine.
Und an den Tagen nach unseren nächtlichen Arbeiten bringt sie immer die gesamte Presse mit. Dann sitzen wir versammelt um den Küchentisch, frühstücken ausgiebig und lange, mit Butter und Orangensaft, Schrippen, Hörnchen und Schusterjungen, gutem Kaffee und Rühreiern und Käse und Obst, Honig und Marmelade und lesen uns gegenseitig voller Begeisterung die Kritiken und Kommentare zu unserer Arbeit vor.
Diesmal steht nichts in der Zeitung. Gar nichts. Eine ganze Woche lang nichts. Unser Mann hat es wohl nicht der Polizei gemeldet, daß wir ihn besucht haben. Dazu hat er auch allen Grund.
Aber ein anderer Bruch passiert, drei Tage nach unserem. Der ist nicht von Pappe, der ist gekonnt: Kollegen haben sich übers Wochenende in einem Charlottenburger Kaufhaus einschließen lassen, von goldenen Tellerchen gegessen, aus feinsten Becherchen die schönsten Weine getrunken, die kuschligsten Betten ausprobiert und den Safe mit hauseigenem Brenner geöffnet. Dreihundervierzigtausend müde Märker haben sie mitgenommen. Und ganz Berlin lacht.
Von unserer Arbeit in Presse oder Funk kein Wort. Das wurmte uns doch etwas. Aber Mama ließ die Bombe scharf machen.

Mama war schon mit ihrem ersten Mann, Nikos Vater, aus der Kirche ausgetreten. Sie hat uns nie taufen lassen. Der Pastor aus der Kirche in der Nachbarschaft war dennoch oft unser Gast: er hatte im gleichen KZ gesessen wie Peters Vater, der von der SAP. Der Pfarrer klönt mit Mama – sie mögen sich gerne, die beiden, das macht Niko, Peter und mich ganz befangen – trinkt mit uns Kaffee, schüttelt oft belustigt den Kopf, bringt auch mal eine Flasche Wacholder mit. Er ist, was Mama *Freund der Familie* nennt, und mehr.
Kein Arbeiter und auch kein Einbrecher, aber trotzdem ein anständiger Mensch.
Den Pastor müssen wir einweihen, wenigstens zum Teil. Er unterliegt der Schweigepflicht. Und, das ist besonders wichtig: er kann als *Amtsperson* Dokumente beglaubigen.
Er setzt sich die Brille auf, liest alles sorgfältig, schüttelt einige Male den Kopf, schnalzt mit der Zunge, stempelt unsere Fotokopien ab und beglaubigt sauber in seiner spinnedünnen Schrift.
Das ist ja ein Ding, murmelt er abschließend. Und wir, konservativ, wie wir nun mal sind, haben immer die Sozis gewählt.
Sonst sagt er nichts, außer, daß wir aufpassen und uns nicht erwischen lassen sollen. Wo wir alles herhaben, hat er nicht gefragt. Er ist schon in Ordnung, unser Pastor.

Gerd studiert Physik. Er ist einer der Hauptmacher in der Stadtteilgruppe. Er bestreitet dies zwar und sagt, es gäbe keine. Aber das sagt er nur so. Hauptmacher wird es wohl noch eine zeitlang geben. Wenn sie in Ordnung sind, so wie Gerd, Mama oder unser Pastor, und solange sie all ihr Wissen weitergeben, lassen sie sich auch ertragen.
Auch Gerd fragt nicht, wo ich die Papiere her habe.
Er pflegt einen einfachen Satz wie: Was ich nicht weiß, macht mich nicht heiß, zu umschreiben. Mit Sachen, die Che, Ho oder solche ähnlichen Typen mal verzapft haben. Das mit *Lumpenproletariat* verkneift er sich schon länger. Seit der Zeit, da Mama und ich mal ein ernstes Gespräch mit ihm führten.
Das kommt in die *Zeitung,* sagt er. Dafür bürge ich.
Wir machen den Termin fest und stimmen ihn mit den mutmaßlichen Artikeln in der *anderen,* offiziellen Presse ab.
Wenn du verrätst, wo du das her hast, hauen wir dir die Fresse ein, sage ich beim Gehen. Das in aller Liebe und ganz antiautoritär.

Also, manchmal kommen mir die Kommies von der Stadtteilgruppe doch zum Kotzen vor, auch Gerd.
Als ginge das nicht in einfachen Worten zu sagen, was da vor sich geht, in dieser Halbstadt.
Zuhause übersetze ich das Zeug, das Gerd mir erklärt hat, ins Deutsche, für Niko und Peter. Denn Mama, die blickt da eh durch. Wunder, bei den drei Exmännern.
Also: Unsere Stadt kann sich nicht ausdehnen, nicht nach Osten, nicht nach Westen, nicht nach Süden, nicht nach Norden, nicht nach links, nicht nach rechts. Höchstens nach oben.
In einer großen Stadt, das weiß jeder, ist der Preis für ein Grundstück in der City teurer als in den Außenbezirken. Das hat mit gesundem Menschenverstand sowieso nichts zu tun, das Ganze. Und wenn diese Stadt nicht wachsen kann, zu den Rändern hin, wird eben immer mehr Innenstadt. Kreuzberg, zum Beispiel.
Ha, ha, macht Niko, da wird Außenstadt zu Innenstadt. Wie ein Magen, wenn er sich ekelt, der stülpt sich auch um.
Niko! macht Peter.
In der City, das wißt ihr auch, wird kaum gewohnt. Da wird repräsentiert, verwaltet, regiert und verkauft. Da stehen die ekligen Kolosse aus Beton, Marmor und Glas. Versicherungen, Banken, Konzerne, Warenhäuser, Polizeipräsidien.
Das Europacenter, sagt Peter, finde ich gut. Besonders die Eisbahn.
All son Scheiß, fahr ich fort. Also werden die alten Viertel, wo unsereins wohnt, abgerissen und neu bebaut. Wie, das kann jeder sehen. Vorher aber muß man unsereins da raussanieren. Und wie? Man läßt die Häuser vorsätzlich verkommen. Wem das nicht paßt, kann ja rausziehen. Über Strohleute und unter dem Namen von verschiedenen Firmen kauft man dann die Grundstücke auf. Ein Bauplan wird erstellt. Das Geld für die neuen Häuser treibt man in Westgermanien auf. Reiche Knacker, die Steuern sparen wollen, investieren ihre, vom Mund ihrer Ausgebeuteten abgesparten Moneten in GmbH und Co.KGs. Auf diese Weise erzielen sie ganz raffiniert *Verluste*. Die werden denen bei der Einkommensteuererklärung gutgeschrieben. *Verlustzuweisung* nennt sich der Schmu. Sie beträgt hier zur Zeit hundertfünfundsiebzig Prozent. Also, ganz egal, was passiert, ob sich die neuen Buden vermieten lassen oder nicht – es wird verdient. So oder so.
Die Besitzer in Kreuzberg sind entweder froh, ihre alten Häuser so günstig losgeworden zu sein, oder sie machen mit, als Teilhaber. In dieser Stadt stecken große Firmen ihre Claims ab. So wie die *bootlegger* während der Prohibition in den Staaten teilen sie die Stadt in Bezirke ein. Berlin 36, Kreuzberg, unser Kreuzberg, gehört ohne

Zweifel der Krusch GmbH und Co.KG. Oder, wie wir sie nennen, der *Krusch-Bande.*
Der Boß ist Herr Krusch. Er unterstützt die SPD. Aber mit Politik nimmt die Bande es nicht so genau. Da achtet keiner auf Parteizugehörigkeit. Das geht quer durch alle Vereine. Krusch junior, zum Beispiel, ist mit der Tochter des F.D.P.-Vorsitzenden verheiratet. Aber das nur so.
Wir hier, von der Adalbertstraße, haben es mit der ganzen Macht der Krusch-Bande zu tun. Und hinter der Krusch-Bande steht das *Gesetz.* Das ist kein Pappenstiel. Es sieht gar nicht gut aus für uns. Fast alle alten Häuser sind schon aufgekauft. Hier wohnen nun fast nur noch Rentner, Penner, Türken, Studenten und Leute wie wir. Was wir machen konnten, haben wir gemacht: Demonstrationen, Unterschriftensammlungen, Go-ins im Rathaus. Bis heute hat das nichts gebracht. Obwohl selbst Jusos bei der Kampagne mitmachen, was natürlich den Ärger der alten Herren in der Partei und der Dons erregt.
Jetzt haben wir, die Hemmers aus der Adalbertstraße, Material für ein Feuerwerk. Mal sehen, was es uns Gutes beschert.

Mama ließ die Papiere fotokopieren und beglaubigen. Sie *reinigte* die Wohnung. Dann spielten wir Bullen, zu viert. Wir stellten alle Zimmer auf den Kopf und suchten nach Sore, Werkzeug und Waffen. Aber alles war beseitigt. Niko versenkt nach jedem Bruch sein Werkzeug – das *Dingsbums* arbeitet auch mit Elektronenmikroskop.
Mama hatte die Beute geviertelt und je einen Teil auswärts versteckt. Dann nannte sie Niko, Peter und mir je ein Versteck im Vertrauen. Sollten die Knechte von *denen* ruhig kommen. Wir waren vorbereitet.

Es klingelte. Ich dachte, Mama hätte den Schlüssel vergessen, und öffnete die Wohnungstür. Sie war noch nicht ganz auf, da waren *die* schon drin.
Sie waren zu dritt. Den Fetten kannte ich. Er ist Leiter des Einbruchsdezernats. Er trägt immer graue Sakkos mit auffälligem Muster, schwarze Hosen und Schuhe und Strickkrawatte. Er ist einer von denen, die wissen, was sie wollen, und die auch wissen, wie sie es kriegen.
Paß auf den Kleinen hier auf! sagte er nur zu dem Schlanken in Lederjacke mit den halblangen Haaren.
Der zog den Ballermann, stellte mich in der Diele an die Wand und tastete mich flink ab.

Nichts, sagte er zu dem Dicken.
So was haben die nicht, sagte der. Dann wollen wir uns mal ein wenig umsehen.
Er ging voran, ins Wohnzimmer und fing mit dem Dritten an. Sie waren gründlich, und sie ließen sich Zeit. Drei Zimmer, Küche, Diele, da läßt sich viel verstecken.
Als sie fertig waren, sah die Wohnung aus wie ein Trümmerhaufen. Beschwerde? Junge, du hast keine Ahnung. Wir sind doch *Asoziale, und so sieht es doch immer bei uns aus.* Meine Frage nach einem Hausdurchsuchungsbefehl ignorierten sie.
Gefahr im Verzuge, sagte die Lederjacke und grinste, als der Dicke sich wieder mir zuwandte. Sie ging näher an mich heran.
Was ist die Sore? Sags schon!
Was für'ne Sore? fragte ich. Ich hatte es schon erwartet. Aber der Kerl war verflucht flink. Er schlug präzise auf den Punkt unter dem Brustbein.
Die Zeit blieb stehen. Mir ging die Luft aus. Kurzes Nichts. Ich sackte zu Boden.
Laß das, sagte der Dicke. Wir müssen den Mittleren haben. Und die Alte.
Mir war hundsmiserabel. Ich würgte.
Was wollt ihr denn von meiner Mutter?
Der Fette ging auf mich zu und kickte kurz mit der Schuhspitze an meine Schulter.
Steh auf! sagte er. Sein Ton war, wie immer, gleichmütig.
Ich sage keinen Ton, flüsterte ich. Sprechen fiel mir schwer. Ich will einen Rechtsanwalt!
Sagte der Rechtsanwalt? meinte der Dicke, zur Lederjacke geneigt.
Ich glaube, wir sind auf der richtigen Spur.
Steh auf! wiederholte er. Er rieb seine Nasenspitze zwischen Daumen und Zeigefinger.
Setz dich!
Ich ließ mich vorsichtig auf dem Küchenstuhl nieder. Im Nacken spürte ich die Lederjacke.
Niko hat schon alles gestanden, mit dem Bruch, sagte der Dicke und setzte sich auf den Stuhl mir gegenüber.
Komm, pack aus! Protokollieren können wir alles später. Es hat keinen Sinn, wenn du weiter verstockt bist. Selbst dein großer Bruder hat das eingesehen.
Was eingesehen?
Der Schlag kam genau ins Genick. Ich knallte mit dem Kopf auf die Tischplatte. Meine Nase fing an zu bluten. Vorsichtig holte ich mein Taschentuch aus der Hose und hielt es mir auf die Oberlippe.
Was eingesehen? wiederholte ich.

Der Dicke knöpfte sein Sakko auf und holte Zigarillos und Streichhölzer aus der Brusttasche. Ich sah das Holster mit der Knarre. Ich sollte sie wohl auch sehen.
Siehst du nicht ein, daß es keinen Sinn hat? fragte er, sah mich stumpf an, gab sich Feuer und blies das Streichholz aus.
Daß Bullen sich immer benehmen müssen wie im Kino! Nur: ich bin kein Charles Bronson. Ich bin vierundzwanzig Jahre alt und einsachtundsechzig groß.
Deine Mutter und Peter kriegen wir doch. Verlaß dich drauf, sagte er. Vor allem aber deine Alte. Sie wurde gesehen, als sie die Sache checkte.
Mein Kopf schmerzte und schwirrte. Wie waren *sie* drauf gekommen? Der Pastor? Der ist zuverlässig und unterliegt der Schweigepflicht. Gerd? Haben sie etwa deren Wohnung gefilzt? Waren doch irgendwo Fingerabdrücke hinterblieben? Ein Spitzel in der Stadtteilgruppe? Richtmikrofone, Wanzen?
Vor allem aber: wie soll einer Mama gesehen haben? Sie war nie vor Ort gewesen.
Ist auch egal, sagte der Bulle. Ihr seid gesehen worden. Die Zeugenaussagen stimmen genau mit eurem Aussehen überein: ein Kleiner und zwei Größere. Das Alter stimmt auch in etwa. Komm, spucks aus! Ich hab das nicht gern, wenn so was wie ihr ein' reinlegen will. Dein großer Bruder, der hat schon gestanden, der ist nicht so doof wie du.
Dann braucht ihr ja nichts mehr von mir, wenn ihr alles wißt, sagte ich.
Aha, machte die Lederjacke hinter mir. Sie ging um meinen Stuhl herum und plazierte sich auf der Tischkante. Der Dritte lehnte an der Tür. Ich sah ihn mir kurz an: so ein junger, ein Bullenlehrling wie tausend andere. Er tat mir leid. Eine feine Lehre, die er hier mitmachte!
Du gibst es also zu?
Was soll ich zugeben?
Fangen wir von vorne an, meinte der Dicke. Ihr seid gesehen worden. Und Niko hat ausgepackt. Warum redest du nicht? Du bist der Jüngste. Und der Einzige, der einigermaßen ungeschoren da rauskommen kann. Du warst doch auf dem Gymnasium. Du bist doch nicht doof. Und im Knast warste auch noch nicht. Wenn du mir alles erzählst, schön der Reihe nach, kommst du besser weg. Das verspreche ich dir.
Die sanfte Masche. Die kannte ich.
Ich sage kein Wort ohne Anwalt. Und für Euch bin ich immer noch Sie.
Komm, wir gehen und nehmen den kleinen Stinker hier mit, sagte die Lederjacke, sie blickte mich böse an.

Der Dicke erhob sich und ging auf mich zu, um den Tisch herum. Er seufzte.
Tu deine Ärmchen nach hinten, Kleiner, sagte er. Er *wußte,* daß ich es haßte, von *ihnen* Kleiner genannt zu werden. Er legte mir die Acht an. Er legte sie so an, daß sie millimetertief in das Fleisch einschnitt. Er sah nicht so aus, als bereite ihm sein Job sonderlichen Spaß.
Als wir gingen, versiegelten sie die Wohnung nicht. War wohl nichts mit *Beweisen.* Hoffentlich roch Mama den Braten rechtzeitig!

Bruder, du kennst die Tour. Das mit *Name, Vorname, geboren...* und all den üblichen Scheiß. Immer das gleiche. Auch wenn du jede Aussage verweigerst, außer denen *zur Person.* Dann tragen sie in ihrer sauberen Handschrift *Unterschrift verweigert* in die untere Spalte ein.
Fingerabdrücke, Zelle, Fotos, Zelle, Verhör, Zelle. Gothaer Strasse. Sie verstehen ihr Gewerbe. Sie haben Routine. Sie nerven dich. Das ist ihr Job. Das Schlimmste ist immer: in ihren winzigen, dreckigen Zellen zu hocken und zu warten, ohne Brieftasche, Geldbörse, Schnürsenkel, ohne Gürtel, Zigaretten und Streichhölzer. Dann nehmen sie dir das Portemonnaie weg und die Zigaretten, stecken alles in ihre festen, braunen Papiertüten, tragen sie ein in ihre Listen, und dann, welch Zufall, wenn du in ihrem verdammten Auto durch die Gegend karriolt worden bist, haben sie deine *Habe* anderswo *vergessen.* Dann fehlen dir auch noch die Groschen für den Anruf beim Anwalt. Oder sie holen dich raus aus ihrer stinkenden Zelle, wählen in deinem Beisein durch, halten dir den Hörer ans Ohr und du vernimmst nur das Besetztzeichen in der Kanzlei.
Innerhalb der ersten achtundvierzig Stunden einen Anwalt zu bekommen, ist schwer, wenn sie es mit ihren Tricks verhindern. Sie tun es.
Sie probierten eine Menge Tricks. Die erlaubten und die weniger erlaubten. Die Lederjacke war Meister im Fach: sie schlug nur so zu, daß später keine Striemen oder blaue Flecken zu sehen waren. Die Lederjacke war Spezialist und tat ihr Handwerk ausgezeichnet. Wehrst du dich, Bruder, und sei es instinktiv, ist das *Widerstand* gegen die Staatsgewalt, gemäß Paragraf blabla in ihrem dicken Buch, und wird *einfach gebrochen.*
Oder du fällst zufällig die Treppen zum Keller hinunter. Oder gegen die Wand. *Die Ernährung in der Kindheit,* ach ja, und du bist eh nicht der Kräftigste. Das biegen sie schon hin. Da sind sie Meister drin. Das habe ich schon mit siebzehn erleben dürfen.
Nie weißt du, wie lange sie dich in der Mangel haben. Eine Uhr ist *Wertgegenstand,* wird dir abgenommen, in einer Tüte versenkt, die

Tüte dann in einem Leinenbeutel verstaut, den sie verplomben am Reißverschluß und eintragen in ihre Listen.
Als ich das erste Mal zur Toilette mußte, die Hose festhaltend, weil sie den Gürtel wegnehmen, ließ der Bullenlehrling die Klotür offen und guckte zu. Du könntest doch *Selbst*mord machen. Ich wusch mir die Hände und schaute in den Spiegel. Ich sah mitgenommen aus. Aber nicht weiter schlimm. Ich war nicht so wichtig. Ich war nur der Kleine. Ob sie wirklich Niko hatten?
Was die hier mit uns abzogen, war verdammt kein Spaß mehr. Kein Hunderttausendmarkspaß.
Sie blufften und fuhren alles auf, was sie hatten. Der Dicke saß vor den Aktenauszügen der Familie Hemmers. Die vergessen nichts. Da war alles drin. Nikos Vater – der in der KPD war –, Peters Alter, der von der SAP, sein KZ-Aufenthalt *(unverbesserlich!)*, nur über meinen Erzeuger hatten sie nichts. Sie waren im Besitz der Belege, die zeigten, wann Niko in die Lehre gegangen und wann er wieder herausgeflogen war und auch warum: weil Mama sein Abgangszeugnis von der Volksschule gefälscht hatte. Damals kam sie noch knapp am Knast vorbei.
Da waren alle Spurenakten, Ermittlungsverfahren, Verdächtigungen, Indizien, Vorstrafen und Strafzeiten, die von Niko, Peter und mir. Wir sind eine interessante Familie. Wir haben eine sehr dicke Akte.
Und das sind nur Auszüge, sagte der Dicke. Er sagte das, wie unsereins *Himbeereis* sagt.
Schließlich mußten sie aufgeben. Sie erstatteten mir meine Sachen zurück. Dann grinste der Dicke. Sie können es nicht lassen.
Statt mich umgehend nachhause zu lassen, fuhr der Dicke mich nachts an die Peripherie der Stadt, nach Gatow. Er wohnt in Spandau, für ihn war es kein großer Umweg.
Er schnallte mich vorschriftsmäßig in seinem Wagen an. Die Hände waren mir auf dem Rücken gefesselt. Es sitzt sich sehr bequem mit auf dem Rücken gefesselten Händen und angeschnallt. Es regnete. Der Scheibenwischer machte dies verfluchte quietschende Geräusch, das einen schnell zum Pennen bringt, wenn du übermüdet bist. Der Dicke rauchte und blieb die ganze Zeit stumm. Ich döste.
Erst, als er hinter der Brücke nach links abbog, in Richtung Gatow, wußte ich Bescheid. Ich sagte nichts. Besser ist besser. Der Dicke fuhr mit der Zunge in die linke Backe.
Paß auf, Kleiner, sagst du ein dummes Wort, wir kriegen dich dran, verstehst du. Wir kommen euch noch auf die Socken. Verlaß dich drauf! Ihr denkt, weil ihr die ganze Stadt hinter euch habt und jedermann sich über uns lustig macht, kommt ihr ungeschoren davon.
Wieso?
Der Dicke stieß erregt den Rauch seines Zigarillos aus.

Ihr *wißt,* daß ihr feine Arbeit geleistet habt. Und ihr wißt auch, daß wir Sinn für Humor haben...
Na, na, machte ich.
Aber diesmal, Kinder, kriegen wir euch bestimmt am Kanthaken. Dazu ist die Belohnung zu hoch. Zwanzigtausend.
Was?
Zwanzigtausend, jawoll! Da glaubt ihr doch nicht im Ernst, daß ihr bei dem Kopfgeld, das sich bestimmt noch erhöhen wird, heil da rauskommt. Ich kann es euch nachfühlen. Muß ein feines Gefühl gewesen sein... nur das Beste vom Besten. Nicht? Und mit dem hauseigenen Brenner!
Dann lachte ich. Selbst durch ständige Wiederholungen wurde diese Geschichte nicht weniger spaßhaft. Das ganze war ein Irrtum! Die hielten uns noch immer für die Kollegen, die im Charlottenburger Kaufhaus gearbeitet hatten. Ich lachte Tränen.
Hör auf! knurrte der Dicke. Oder ich schlag dir zum Abschied noch die Zähne ein!
Da hörte ich auf zu lachen. Es war nicht das Wahre, mit dem Lachen. Ich war wohl ein wenig hysterisch und übermüdet.
Schon gut, sagte ich und schöpfte Atem. Mein Herz tat immer noch kleine Sprünge.

Versuch einmal, nachts in Gatow, jottwedeh, ein Taxi zu kriegen. Ich war müde. Ich war fertig.
Zuerst war der Fahrer mißtrauisch, als er mich katzennaß in den Wagen ließ. Als er das Fahrtziel hörte, war er still.
Als ich die Tür aufmachte, war noch Licht in der Küche. Ich blinzelte in die Lampe und sah Mama im Schlafrock am Tisch sitzen.
Na, endlich, sagte sie.
Niko haben sie geschnappt, sagte ich und ließ mich auf den Stuhl fallen.
Ich weiß. Sie lächelte. Und weißt du auch warum?
Nein, sagte ich.
Widerstand, prustete sie.
Aber ich konnte nicht recht mitlachen.
Alles halb so schlimm, Kleiner, sagte Mama. Komm, ich mache dir etwas zu essen, und du liest währenddessen die Zeitungen.
Sie grinste mich an und schlurfte zum Herd.
Ich hatte sie glatt übersehen: der ganze Tisch lag voll von Zeitungen. Und alle hatten *es* gebracht:

**SKANDALÖSE BESTECHUNGSAFFÄRE...
CDU-FRAKTION FORDERT UNTERSUCHUNGS-AUSSCHUSS...
...BERATERVERTRAG MIT ABGEORDNETEN...
...KREUZBERGER ABGEORDNETER VON BAULÖWEN BESTOCHEN!...**

Ich nahm mir eine Zeitung nach der anderen vor. In fast jeder ein faksimilierter Abdruck *unserer* Papiere: der Vertrag zwischen der Krusch GmbH und Co. KG und unserem feinen Abgeordneten, dessen feudale Villa in Dahlem wir heimgesucht hatten. Bilder von seiner Familie, von ihm, allein, in Begleitung, auf einer *garden-party* des Bausenators: *(von links) Krusch, sein Schwiegersohn, Merkator (CDU), Brese (SPD), Kurzhammer (F.D.P.),*

die ganze Mafia, die unser Kreuzberg stahl, auf einem Haufen. Die Summen wurden genannt, die Quittungen abgedruckt, Querverbindungen dargelegt, Verträge erläutert, Honorare belegt. Nur unser Name fehlte. Vor allem der von Niko, meinem großen Bruder, dem besten Einbrecher der Stadt, zur Zeit in Haft wegen *Widerstand gegen Beamte, welche zur Vollstreckung von Gesetzen berufen sind.*

Aber laß mal, sagte Mama und drehte mein Spiegelei in der Pfanne um, damit es zweiseitig gebacken wurde, wie ich es liebe.

Den kriegen wir auch noch raus. Und nun erzähl mal, was die überhaupt von dir wollten.

Meinst du, es hatte einen Sinn, das Ganze? fragte ich abwesend.

Was? Das? O ja, ich glaube doch. Zumindest gibt es nun einen Aufschub. Aber erzähl doch.

Ich erzählte. Mama lachte Tränen. Zuerst war ich etwas wütend über sie.

Aber weißt du, Bruder, Lachen ist ansteckend. Vor allem Mamas Lachen. Trotz allem, die Geschichte war gut. Vielleicht *zu* gut. Du mußt das nur einmal sozusagen *von einer höheren Warte sehen.* Das fällt anfangs nur etwas schwer, wenn *sie* dir gerade die Fresse poliert haben.

2

Im
II. KAPITEL
schildert der Autor, wie eine einen kennenlernt oder einer eine zum ersten Mal erlebt. Er bittet alle intellektuellen Leser um Verzeihung, die da beim Happyend im Kino immer jenes höhnische Gelächter anstimmen, oder darum, weiterzublättern.
Denn das Kapitel heißt:
WO DIE LIEBE HINFÄLLT, DA WÄCHST KEIN GRAS MEHR.
Ihm zugeordnet ist ein Auszug aus dem VI. Gesang in Tristan und Isolde:

...ist das nicht der wunderbare Garten
von dem die Harfengesänge sprechen:
eine Mauer von Luft umschließt ringsum
blühende Bäume
und einen duftenden Blumenteppich
der Held lebt darin
ohne zu altern
in den Armen seiner Geliebten
und keine feindliche Macht
kann die Mauer durchbrechen?

Es gibt da eine Kneipe mit den dazu gehörenden Menschen; Wein, Weib und Gesang werden beschrieben ohne jede Schadenfreude, ein Erkennen ohne Erkenntnis. Es gibt den Suff, und die Welt riecht nach Äpfeln. Ferner spielen eine Rolle: eine Dame, an die das Wort gerichtet wird, Schläfenadern, ein Spann, ein Berufslächeln, ein liebes Lächeln, Salznäpfchen, Tränen, der Frust, die Geilheit, die Anwandlungen von Zärtlichkeit. Es gibt immer wieder welche, die sich begegnen, selbst in Berlin, auf dem Kietz:

Pino hatte mich mitgenommen.
Pino mit Wuschelkopf und gepflegtem Bart, mit der maniriert-norddeutschen Aussprache; Pino, der die Nase rümpfte, fand er etwas amüsant; Pino, Mitinhaber einer Kneipe, gut gelegen am Trampelpfad City-Neukölln/Kreuzberg; Pino mit Glück bei den Mädchen, der Unbekümmerte; Pino, der gut rechnen konnte und keine Rechnung vergaß; Pino mit seinem engelsgleichen einhändigen Mädchen; mit Vorliebe für alten Calvados und Apfelsaft; Pino, der die Schnauze voll hatte von all den besoffenen Linken – er kannte sie nur in viertel-, halb- oder ganz besoffenem Zustand –; Pino mit der Geldkatze vor dem Bauch, die er beide nicht ohne Stolz sich runden sah; Pino, der seriös geworden; Pino, der mit Niko in einer Zelle gesessen.
Ich war zur Stadtteilgruppe gegangen und hatte anschließend Zeitungen verkauft. War müde und aufgedreht zugleich und kehrte, wie fast immer, noch in Pinos Kneipe ein.
Setzte mich an den Tresen, grüßte Pino und die anderen, die ich kannte, bekam unaufgefordert meinen *Spezi* – zwei Drittel Klarer, ein Drittel Orangensaft und Eis –, stützte die Arme auf und trank. Ich war müde. Ich war frustriert. Ich brauchte Urlaub. Ich brauchte ein Mädchen – nicht einfach, wenn man so klein und häßlich ist wie ich.
Mit der Gruppe ging es kaum weiter. Die Bestechungsaffäre um *unseren Abgeordneten* schlief langsam ein. Unsere Zeitung schaffte es nicht, die Leute zu mobilisieren, und der Verkauf am frühen Morgen war schlecht organisiert: die Herren Genossen Studenten kamen so schlecht aus den Betten.
Ich trank, bekam schweigend meinen Spezi nachgefüllt, sah Pino zu, wie er zapfte, Cola-, Wein- und Schnapsflaschen seitlich auf die Treppe zu den hinteren Räumen stellte, beobachtete ihn mit seinen gekonnten, nachlässigen Bewegungen.
Wir zwinkerten uns zu und flaxten.
Pino sah mir an, daß es mir ziemlich dreckig ging.
Pino kannte mich ein wenig. Pino akzeptierte mich: er hat mich noch nie besoffen gesehen.
Die Box spielte Oldies aus den Fünfzigern, manchmal summte Pino mit, er nickte Bekannten zu, spießte Bestellungen auf einen Nagel, zapfte große Halbe – unnachahmlich die Eleganz des Schwungs der Gläser unter geöffnetem Bierhahn – stellte Spezis vor mich hin, fragte was Belangloses. Wir verstanden uns.
Ich hockte gekrümmt auf dem Hocker, vor dem Tresen, bis früh morgens. Es war mir nicht gelungen, müde oder betrunken zu werden. Das ärgerte mich.
Ich zahlte und sah die letzten Gäste aus dem Raum verschwinden,

laut und torkelnd. Fred stellte Stühle auf die Tische und alle Lampen dabei an. Sag, Schwester, gibt es etwas Trübsinnigeres als eine große, leere Kneipe nach Feierabend, wenn du so voll von Alkohol bist, daß er wirkt wie Preludin? Neben mir standen Pino und sein Mädchen. Sie war nach zwei Uhr gekommen, hatte auch am Tresen gesessen, mir zugenickt – und verdammt, Schwester, wenn du voll und geil und traurig bist, gibt dir das jedesmal einen Stich, wenn du dran denkst, daß sich bei dir kein Mädel einhängen wird! Sie lehnten da aneinander, neben meinem Hocker und schmusten. Standen auch Fred und Gerda, Peter, der Koch, und Rolf. Sie hatten abgerechnet und Pino die Kasse übergeben.

Sagte Pino:

Kommste mit, Kleiner, ich geb ein' aus. Ich lade dich ein. Das heißt, wenn du willst…

Ich wollte. Es war Samstag früh.

Drückte mich mit ihnen in eine vorgefahrene Taxe und fuhr mit.

Der Weg war nicht weit. Pino sparte nicht an Trinkgeld für den Fahrer.

Er habe selber mal diesen Job gehabt. *Drüben*. Drüben – das ist Westdeutschland und klingt wie Kongo, Pakistan, Grönland, jottwedeh. Früher mal, das sagte er, als wir auf dem Bürgersteig standen am Bülowbogen. Das war diese sentimentale Stunde, Schwester, da lauschst du jedem Ton, den einer sagt oder dem ersten Trillern von diesen verdammt nüchternen Piepmätzen, wie dem Gottseibums. Das ist die blaue Stunde, mit Nebel vor den Lippen, wenn die Augenwinkel rot sind und die Gesichter bleich. Und jeder Satz steht in der stillen Luft wie die Bänder mit frommen Sprüchen vor den Lippen der Engel auf diesen alten Bildern, die *sie* in *ihren* Museen und Villen hängen haben, mit Alarmanlagen am Rahmen.

Pino legte den Arm um sein Mädchen, und mir drehte sich der Magen. In solchen Augenblicken, Schwester, liebst du jede, die ein bißchen lieb zu dir ist. Ich folgte ihnen in die Kneipe. Und wunderte mich, daß ich noch geradeaus laufen konnte.

Pino trat an den Tresen, rümpfte die Nase und schüttelte dem Keeper die Hand. Der küßte Pinos Mädel die Wange und deutete auf einen großen leeren Tisch im Hintergrund des Ladens. Das *Reserviert*-Schild wurde flach gelegt, und wir setzten uns. Dann kamen auch die anderen, die mit eigenem Wagen nachgefahren waren und noch einen Parkplatz ausfindig machen mußten.

Der Keeper stellte eine Flasche Calvados und Apfelsaft auf den Tisch. Dazu die passenden Gläser. Wir tranken.

Ich war müde. So müde, daß ich sicher war, die nächsten zwölf Stunden nicht schlafen zu können.

Saufen, saufen, saufen, durch den Tag, durch die Nacht, durch den Tag. Ich erfaßte schon gar nicht mehr, wieviel ich getrunken hatte.

Befand mich in jenem Stadium, in dem du so große Mengen Alkohol in dich hineinschütten kannst, daß du sie erst mitbekommst, wenn du mit leichter oder schwerer Alkoholvergiftung vom Stuhl fällst.
Ich trank und schaute mich in der Kneipe um: Buntfilm und Doppelbilder. Knipst du abwechselnd linkes und rechtes Auge zu, wird aus dem Doppel- ein Einfachbild, welches wandert, von links nach rechts oder von rechts nach links, je nachdem: Personen mit zwei Köpfen, nebeneinander. Calvadoszwillinge.
Wirst dich wundern, warum wir nach Feierabend hier immer weiter saufen, sagte Pino und wandte sich mir zu. Er schüttelte dabei seine Locken, zeigte die Zähne und wartete nicht auf Antwort. Ich wunderte mich nämlich gar nicht.
Ich fühl mich wohl hier, sagte Pino. Ne Strichkneipe, eine richtige Kneipe vom Kietz.
Er verstummte und lauschte seinen Worten nach.
In drei Schichten arbeiten die hier, Charly und die anderen.
Er wies mit dem Kopf auf den Schlepper. Seine Zunge zeigte einige Schwere.
Hier ist nie Feierabend.
Pino schüttelte sich leicht, lächelte mich an und machte mit der Linken eine weiche, liebevolle Geste, die den ganzen Raum umschloß. Er lachte leise, drückte sein engelsgleiches Mädchen an sich und nahm einen Schluck aus dem Glas.
Sie wird dir gefallen, wenn du sie näher kennst.
Das würde sie ganz und gar nicht, dachte ich. Ich kannte sie.
Pino hob fragend das Kinn.
Sagtest du was?
Ne, ne, sagte ich.
Pino drehte den Kopf und erzählte den anderen einen Witz. So einen norddeutschen, trockenen. Er konnte zur gleichen Zeit mehrere Gespräche verfolgen und mit verschiedenen Leuten zu gleicher Zeit reden. Das muß man können, als Kneipier. Pino hatte den Bogen raus.
Die Gedanken trübten sich durch den schönen alten Schnaps.
Die Welt roch nach Äpfeln.
Pino hat den Bogen raus.

Mit dreizehn drehe ich mein erstes Ding.
Wir lungern zu dritt am Bülowbogen herum. Es ist Herbst und wir haben Ferien. Ich bin der kleinste.
Wir belauern die Nutten.
Es wird dunkel. Und dann laufe ich an einer Nutte vorbei, rempele sie von der Seite her an, schnappe ihre Handtasche und renne fort.

Wir teilen uns die Beute. Es ist nicht viel in der Tasche: Kölnisch Wasser, Pariserpackungen, Lippenstift, Papiere, Taschentücher und Geld. Vierundachtzig Mark. Jeder von uns erhält achtundzwanzig.
Die Tasche mit dem übrigen Inhalt werfen wir fort.
Niko verprügelt mich fürchterlich, als ich davon erzähle.
Das kann ich mir nicht verkneifen, schließlich bin ich der Jüngste in der Familie und habe zum ersten Mal etwas dazuverdient.
Niko fährt mit mir zum Bülowbogen. Ich mache meinen Diener vor der Frau und gebe ihr das Geld zurück. Für den Rest kommt Niko auf. Dafür muß ich einige Zeit mein Taschengeld an ihn abtreten. Dann gehen wir zu dritt in diese Kneipe. Niko und die Nutte trinken Bier und Weinbrand, ich Cola.
So eine Kneipe vergißt du nicht, in der du mit roten Ohren sitzt, dreizehn Jahre alt, gedemütigt.
Die Nutte ist recht nett. Das hat sie nicht erwartet. Als Niko austreten geht, gibt sie mir zwanzig Mark. Das ist schlimmer als Nikos Prügel.
Niko hält zuhause dicht. Aber irgendwie kommt es doch raus. Und ich erhalte die zweite Tracht Prügel. Diesmal von Mama. Mit den dazu gehörenden Sprüchen.
Bestehle nie jemanden, der von seiner Arbeitskraft lebt, und sei es eine Hure, schreit Mama.
Ich vergesse diese Lehre nicht.

Ich kann nicht behaupten, daß die Kneipe mir gefällt. Sie ist ordinär, verräuchert, kitschig eingerichtet und laut.
Vor dem Tresen lümmeln sich besoffene alte Luden und Weiber vom Strich: Treibgut einer beliebigen Schöneberger Kietznacht.
Grell geschminkte Frauen, die Tagesschlager aus der Box mitsingen, Typen, die ihre Hose festhalten müssen, rissige Fingernägel, Suff.
Vor dem Fenster, am Tisch zwischen Tür und Tresen, hocken die ganz Alten, Nutten, die auf die Dunkelheit hoffen, einen Freier für einen Zehner zu bekommen.
Rentnerblasorchester, nennt Niko sie und vergißt nie, ihnen einen auszugeben. Ich habe noch kein Verständnis für sie. Ich bin Jahrgang fünfzig, geboren in eine Zeit, in der du Wasserspülung im Knast hast, nicht mehr Kübel.
Niko kommt gut mit ihnen aus: er hat seine Lehrzeit in der Schwarzmarktzeit am Bahnhof Gesundbrunnen durchgemacht.
Da sitzen, beide Arme auf den Tisch stützen, zwischen offen gehaltenen Händen das große Glas mit Calvados und Apfelsaft, leicht den Kopf nur drehen, zusehen, zuhören.

Pino und die Clique gehen. Das bekomme ich nur am Rande mit. Er sagt Charly noch, was ich von nun an tränke, käme auf meine eigene Kappe, und Tschüß.
So etwas erlebst du wie im Kino, Schwester, das kann gestern oder vorgestern gewesen sein oder ist morgen oder in einem Jahr. Versumpft. Ich gucke mir die Leute in der Kneipe an und werde immer wacher und nüchterner:
die Alten am Tresen oder die am Fenster. Sie sind fast immer besoffen. Oder sie haben einen Kater. Oder sie sind dabei, besoffen zu werden. Oder sie trinken, um den Kater loszuwerden. Oder sind dabei, den Kater zu verlieren. Oder ihn zu locken. Manchmal tanzen sie, stellen vorher die Stühle beiseite, sind sorgsam und ernst und vermeiden voller Bedacht das Schwanken. Die Kerls machen noch ihren Diener, und, den rechten Arm angewinkelt, steif, führen sie ihre Dame zum Tisch zurück. Haben sie sich dann gesetzt, möglichst würdig, mit einem leichten, dankenden Senken des Kopfes, juchzen die Frauen, verscheißern sich und die Typen und rufen nach Charly. Und eine von ihnen steht auf und holt die Getränke vom Tresen. Charly schenkt dann ziemlich voll ein, wenn sie getanzt haben. Und, unbeabsichtigt, beim Balancieren der Gläser, stecken sie die Zunge ein wenig zwischen den falschen Zähnen hervor, um nichts zu verschütten. Dann, Schwester, habe ich ein weiches und gutes und warmes Gefühl im Bauch, dann weiß ich: jede einzelne kann deine Mutter sein oder deine alte Schwester oder deine Tante.
Schließlich stehe ich vorsichtig auf und gehe zum Klo. Wer macht diesen Nüchternheitstest mit sich selber nicht: versuchen, auf einem Strich oder den Ritzen zwischen den Dielen, auf einer geraden Linie, ohne zu straucheln zu gehen? Stehe dann da, lasse mein Wasser und fühle mich wohl, knöpfe die Hose zu, wasche mir die Hände, trockne sie im Taschentuch ab und gucke in den Spiegel:
So mies siehst du nun wieder nicht aus. So wie Jean Seberg, wäre sie ein Mann. Aber auch so zierlich, verdammt.
Und gehe wieder in die Kneipe.

Die K.O.-Punkte des Menschen sind unter anderem: die Leber, die Milz, das Herz, die Nieren, das Kinn, der Kinnwinkel, die Schläfe, die Schlagader am Hals. Das Gehirn.
Klar, Schwester, ich war besoffen, traurig, geil, müde, danebengetreten, zwangsgespalten, hungrig. Du wirst das kennen. Oder nicht? Ist das bei dir manchmal nicht auch so?
Ging zurück in die Kneipe, weich in den Knien, leer im Kopf, leer in der Blase, leer in der Brust, ging auf die Box zu, ein paar Titel zu drücken, die nicht ganz so einen Rentnersound draufhatten, holte

mein Portemonnaie aus der Arschtasche, grabbelte darin herum und fand kein Kleingeld. Drehte mich also um, wollte zu Charly an den Tresen, um Markstücke zu kriegen.
Die K.O.-Punkte des Menschen sind Fingerspitzen, Kitzler, Schwanz, Ohren, Nase, Augen.
Schwester, verzeih, ich will dir nichts erzählen. Romantiker bin ich nicht. Es war nicht der Schnaps, der mir diese Doublette auf das Sonnengeflecht knallte.
Wir haben da einen in der Stadtteilgruppe, so einen mit herrlich langen, weichen Haaren, um die ihn sogar die Weiber beneiden, so ein sanfter, dem die besten Ideen kommen, wenn er gekifft hat. Das soll er eigentlich nicht, in der Stadtteilgruppe. Aber er tuts. So wie unsereins säuft. Nur, daß es bei ihm produktiver ist. Und daß er keinem aufs Maul haut. Der hat einen Ausdruck dafür, wenn er erklären soll, was zur Zeit der Wissenschaft noch unerklärlich.
Irgendwat Kosmischet, sagt er.
Recht hat er.
Nein, Schwester, das war es nicht. Später war ich schließlich nüchtern.
Ein kleiner Typ. Fünfzig Mark für die Eingeweihten und die Stammkundschaft, von hundert Mark aufwärts für die Onkels aus der Provinz, die auf Lolitas stehen, so mit Schulmädchenaussehen.
Und, Schwester, ich schwörs dir, mit so feinen blauen Adern unter weiß-durchsichtiger Schläfenhaut, die einen glatt verrückt machen. Ist mir auch völlig schnurz, wie ihr das erklären wollt. Daß ich keine Schwester habe oder der kleinste in der Familie bin oder der Suff mich auf einen Standard getrieben hat, der. Oder Sentimentalität. Oder Schnulze. Ich glaube, ich war auch gar nicht richtig besoffen. Denn dann hätte ich all die Zeit gar nicht auf den Beinen stehen können.
Irgendwat Kosmischet.
Das ging nicht nur mir so. Das gibt es nur in Schlagern und in der Wirklichkeit.
Sie hielt mich anfangs für einen Studenten. Warum, weiß ich nicht. Nur so. Fiel ihr eben so ein. Sie *assoziierte* das.
Egal.
Saß bei ihr am Tisch, und mir war wie einem auf einem Felsen aufgespießten lecken Schiff, das alle Mann hoch schon verlassen haben. Nenn es wie du willst, Schwester. Das Gehirn ist die schönste aller erogenen Zonen. Mein Gehirn reicht vom kleinen Zeh bis hinter die Ohren.

Bringste mir nachhause, ja?
Ja.
Kannse Auto fahrn?
Klar.
Hasten Auto.
Nein.
Rufste uns ne Taxe?
Wir können doch auch mit dem Bus fahren.
Bus? Bus fahr ich nich.
Warum nicht?
Ist doch egal. Bus fahr'ck nie.
Taxe kannst du doch alleine fahren.
Bin zu besoffen. Du mußt mitkommen.
Taxe kannst du wirklich allein fahren.
Willste denn nich mitkomm?
Warum sollte ich?
Kannst mir nich leiden, wa? Du kannst mich nicht leiden. Weil'ck aufn Strich jehe, kannste mir nich leiden. Gib doch zu, daß du mir nich leiden kannst!
Red doch keinen Unsinn! Klar kann ich dich leiden. Ich hab dich ziemlich lieb.
Sach det noch mal!
Was? Klar kann ich dich gut leiden.
Ne, det andere.
Daß ich dich ziemlich liebhabe?
Ja, det. Sag det noch mal.
Ich hab dich lieb.
Wennste mir liebhättest, würdste mir nachhause bringen.
Was hat das denn damit zu tun?
Haste Schiß, wa? Schiß haste! Von wegen: lieb haben. Einen Dreck haste. Haste jehört: einen Dreck haste mir lieb. Weil'ck aufn Strich jehn tu, deshalb. Ach, leck mich doch am Arsch!
Paß auf: wir trinken jetzt aus. Dann zahlen wir. Und ich bring dich zum Taxi. In Ordnung?
Ach, leck mich!
Warum willst du denn nicht?
Weilde'n Lügner bist, deshalb. Wennste mir lieb hättest, würdste mir nachhause bringen. Im Taxi!
Ist gut. Ich bringe dich nachhause.
(Ich stehe auf und gehe zum Tresen.)
Charly, zahlen!

Du mußt uns noch sagen, wohin wir fahren.
(Ich hebe ihr Kinn mit zwei Fingern an.)
Bleibtreu-, Ecke Kudamm, flüstert sie.
(Ihr Kinn klappt wieder nach unten.)
Bleibstreustraße, Ecke Kudamm! sage ich
(energisch).
Ha'ck schon jehört.
(Sagt der Chauffeur und legt den Gang ein. Ilona schläft an meiner Schulter. Sie ist noch kleiner als ich, ein ganzes Stück. Von der Größe her passen wir gut zusammen. Ich schaue aus dem Fenster. Noch sind die Straßen leer.)
Haben Sie eine Ahnung, wo ich jetzt eine BZ herbekommen kann?
Jetzt?
(Der Fahrer schüttelt den Kopf.)
Wenn es geht.
Wat suchen se denn?
Zur Abwechslung mal Arbeit.
(Er grinst.)
Arbeit?
Ja, Arbeit.
Hm.
(Macht der Fahrer.)
Aber wissense, ick kann Ihn' den Anzeijenteil von meine Zeitung jehm. Ick brauchse ja nich. Außerdem ha'ck se sowieso aus.
Danke.
Arbeit!
(Sagt der Chauffeur und guckt dabei stur auf die Fahrbahn.)
Sind gleich da.
Ilona!
Hm.
Ilona, wach auf! Wir sind gleich da. Du mußt uns noch sagen, wo wir genau hinwollen.
Bleibtreu-, Ecke Kudamm.
Dann halten Sie, halten Sie da, an der Ecke.
(Das Taxi hält an. Vorsichtig löse ich Ilona aus meinem Arm. Sie schreckt hoch.)
Du kommst mit!
Ja, ja.
(Sie drückt mir ihre Handtasche in die Finger, schüttelt die Haare aus und atmet tief durch. Ich zahle. Wir steigen aus dem Wagen.)
Viel Spaß, denn.
(Sagt der Chauffeur, kuppelt, fährt an und dann im eleganten Bogen um die Mittelinsel des Kudamms, in die Richtung, aus der wir gerade gekommen sind.)

So. Nachhause gebracht habe ich dich.
Zuhause ist oben. Haste Schiß?
Nein.
Schiß haste! Nich leiden kannste mir.
(Ich atme gewollt gequält durch:)
O nein, nicht schon wieder!
Hoch kommste.
(Sagt Ilona, nimmt mich beim Ärmel und lächelt mich von der Seite her an. Sie fischt ihre Schlüssel aus der Handtasche und öffnet die Haustür. Ein Fahrstuhl steht beleuchtet im Erdgeschoß.)
So. Rein kommste.
(Sagt Ilona. Wir betreten den Fahrstuhl. Sie drückt einen Knopf, recht weit oben in der Reihe, tritt an mich heran, rankt ihre Arme um meinen Hals und küßt mich.)
Magste nicht?
Nein.
Versteh ick nich.
Das erkläre ich dir später.
Impotent biste. Biste impotent? Aber das macht doch nichts. Das kriegen wir doch wieder hin.
Das glaube ich. Aber das ist es nicht.
Wat isset denn?
(Mit einem kleinen Ruck bleibt der Lift stehen.)
Komm, reden wir drüber. Ja?
Himmel!
(Ich seufze theatralisch. Mir ist nicht wohl in der Haut. Ilona hakt sich bei mir ein. Dabei hasse ich das! Im langen Gang zur Wohnung hin klingt das Klappern ihrer Stöckelschuhe gespenstisch.)
Gänge wie im Knast.
(Sage ich, nur um etwas zu sagen.)
Na, hör mal, det is kein Knast! Det isn Appartmenthaus. Is teuer! Kannste ma glooben.
Trotzdem wie im Knast. In welcher Zelle wohnst denn du?
(Ilona deutet ein Lächeln und einen Schlag an. Dabei kommt sie ins Schleudern. Ich fange sie rechtzeitig auf, halte sie im Arm.)
Kriegst gleich eine jescheuert.
(Im nachhinein. Mein Gesicht steht genau über ihrem. In ihren Augen plötzlich etwas wie Mißtrauen. Mir ist schlecht.)
Komm.
(So stehen wir. Ziemlich lange, zu lange, finde ich. Ich habe einen Kloß im Hals.)
Komm, ich bringe dich in deine Zelle, ins Bett.
Ja.
(Sie gibt mir ihren Wohnungsschlüssel.)
Gefällt dir das Bild?

(Ich habe geöffnet und die übliche Diele mit Rauhfasertapete betreten. Ein Druck von Gauguin hängt dort neben dem obligaten Spiegelchen. Da sind Südseemädchen drauf. Sie kämmen sich das lange Haar.)

Ja.

Na, denn komm rin inne jute Stube.

(Ihre Stimme spiegelt Forschheit vor. Mir ist noch immer flau in der Magengegend.)

Setz dich. Magste was trinken?

(Das Zimmer ist, wie so Zimmer in Ein-Zimmer-Appartements eben so sind: möblierte Zellen mit Müllschlucker, Einzelhaft ab vierhundert Mark im Monat, alles inklusive.)

Ich habe versprochen, dich ins Bett zu bringen.

(Gespielte Fröhlichkeit. Ilona taumelt vor Müdigkeit. Ich gehe auf sie zu und öffne ihre Jacke.)

Ne, ne.

(Sie geht einen Schritt zurück und lehnt sich an die Glastür zwischen Diele und Zimmer.)

Magst du was trinken?

(Das kommt wie aus einer Puppe.)

Ich finde es schon.

(Ich gehe in die winzige Küchennische und öffne die Kühlschranktür. Bleibe in der Hocke, balanciere auf den Fersen und blicke mich um: eine Küchennische wie Millionen von Küchennischen in Millionen von Junggesellenappartements in hunderten von Ländern.

Ich trage Weinflasche und zwei Gläser in das Zimmer. Es ist leer. Etwas krampft sich unter dem Brustbein zusammen. Adrenalinausschüttung. Plötzlich ist mir, als kenne ich Ilona schon Jahre und hätte sie plötzlich verloren. Einfach so.

Dann höre ich das Rauschen eines WCs, direkt hinter der Wand mit der Liege. Ich sehe das Badezimmer vor mir: Dusche, Waschbecken und Klo auf engstem Raum, hinter der Tür, die gegenüber der Küchennische von der Diele aus zu sehen war.

Die Angst verschwindet. Ich entkorke die Rotweinflasche, fülle das Glas, trete an das Fenster, blicke hinüber zum Parkplatz neben dem Kudamm und trinke. Mein Kopf ist leer. Müdigkeit. Trauer. So ein Morgen sieht trostlos aus. Er besteht nur aus Asphalt, Autos, einigen Tauben und grauem Himmel.

Die Zeitung habe ich vergessen, geht mir durch den Kopf. Hinter mir klappt die Tür. Ich wende mich um. Ilona hat sich ein Negligé angezogen. Ein fliederfarbenes. Eines von der Sorte, wie sie in den Kleinanzeigen der Wichsvorlagen aus dem Bauer-Verlag abgedruckt sind. Nie habe ich es für möglich gehalten, daß jemand so etwas kauft. Grauenhaft, denke ich. Sonst nichts.)

Guten Morgen!

(Sie lächelt. Anders als während der Nacht. Ihr Gesicht ist klein, spitz, weiß und leer. Sie kommt auf mich zu. Er soll wohl verführerisch sein, ihr Gang in den Pantoletten. Die sind auch fliederfarben, und sie haben dunkellila Pompons auf dem Spann. Ilona stolpert etwas. Bei unsereins klappt Hollywood nie. Sie lächelt ihr Hurenlächeln. Mir ist hundeelend zumute.)

Na, wie sehe ich jetzt aus?

Beschissen!

Was?

(Entschlossen stelle ich mein Glas auf das Fensterbrett, gehe zwei Schritte auf sie zu, nehme sie bei den Schultern und werfe sie auf die Liege.

Ilona liegt auf dem Rücken. Ich stehe vor ihr. Das Negligé läßt jene Stellen frei, die derlei Negligés immer neckisch freilassen – *Französischer Schnitt! Per Nachnahme* –. Und Ilona sieht mich mit jenem Lächeln an, das Huren in diesen Positionen eben draufhaben. Es ist nichts in, nichts hinter den Augen. Ich könnte ihr die Fresse polieren!

Stattdessen nehme ich ihre Beine, streife die Pantoletten ab, hebe Ilona an den Fersen wie ein Kleinkind an und stopfe sie unter die Bettdecke, die ich mit der anderen Hand angelüftet habe. Ihr hoher, schmaler Spann macht mir den Mund trocken.

Nun lächelt sie nicht mehr. Ich polstere ihre Beine, ihren Leib und ihren Hals seitlich zu und setze mich auf die Kante der Liege. Beuge mich über sie und fahre mit den Lippen über ihre Nasenspitze, die Rinne zwischen Mund und Nase, die Lippen und merke, wie sich ihre Schultern entspannen.)

Magste mich nicht?

So, wie eben, nicht. Komm, schlaf.

Du...wir wollten doch darüber reden.

Impotent bin ich nicht.

(Sage ich schnell und betone das *Nicht.)*

Was ist es denn?

Vögelst du gerne?

Was?

Ob du gerne liebst, vögelst, bumst, oder wie nennst du das?

Nein. Überhaupt nicht.

Deswegen. Ich schlafe nicht mit Frauen, die nicht gerne vögeln.

(Aber, Schwester, das war die halbe Wahrheit. Aber wie sollte ich es ihr erklären? Ich selber begriff es nicht ganz. Versteh mich nicht falsch, ich gehöre nicht zu denen, die Frauen einteilen in Huren und Madonnen. Ich verstand mich selber nicht, all die Zeit, all die letzten Wochen lief ich heiß herum. Mir machte es nichts aus, daß sie Hure war, bestimmt nicht. Vielleicht, daß ich verknallt war. Oder so.)

Aber... das konntest du doch nicht wissen.
Doch. Ich weiß das.
Du hast doch gesagt, daß du mich... daß du mich ein bißchen liebhast.
Ja, das tue ich auch.
Und das ist nicht mehr wahr. Du hast gelogen, nicht?
(Jetzt spricht sie plötzlich hochdeutsch.)
Nein. Ich habe nicht gelogen. Aber ich werde jetzt nicht mit dir schlafen.
Warum denn nicht?
Herrgottnochmal, hast du denn nicht verstanden? Ich schlafe nicht mit Frauen, die keinen Spaß dabei haben.
Das hättest du gar nicht gemerkt.
Das merke ich schon, ehe ich mit dir schlafe.
Alle fallen drauf rein. Alle. Du wärst auch drauf reingeflogen.
Möglich. Aber nicht jetzt. Nicht heute. Ich... spüre das, verstehst du?
Nein.
Das macht mich traurig. Verstehst du, ich könnte da heulen.
Ehrlich?
Ja.
Und was jetzt?
(Ihr Gesicht hat sich ein wenig gerötet. Ihr Mund ist nun offen und weich. Ich nehme ihren Kopf zwischen beide Hände. Sie kann sich kaum bewegen, liegt eingepfropft zwischen Bettdecke, Kissen, Wand – mit dem obligaten Behang – und meiner Hüfte.)
Guck mich mal an.
(Sie guckt mich an und versucht ein zages Lächeln.)
Du hast mich lieb, nicht?
(Ich habe noch nie eine Stimme gehört, die in fünf Wörtern so zwischen Frage und Feststellung und Freude schwankt.)
Ja. Ich könnte dir und mir in die Fresse hauen, so lieb habe ich dich.
Dann kannst du auch mit mir schlafen.
(Sie versucht, die Schultern frei zu bekommen.)
Wenigstens probieren könnten wir.
Nein. Nicht, solange du fixt!
(Ich höre die Tauben draußen rufen und Ilonas schnelle, kleine Atemzüge.)
Das weißt du?
Auf einmal wußte ich es. Wo hast du das Scheißzeug?
Nein.
Doch.
Ich kann nicht. Das mußt du doch verstehen.
(Sie heult Rotz und Wasser.

Aber ganz leise heulte sie, Schwester, fast ohne Laut. Das dreht einem das Herz im Leibe um und macht einen so schwach, daß es einem vorkommt, als seien Arme und Beine zentnerschwer.)

Scheiße!

(Schrie ich, Schwester.)

Verdammte Scheiße!

(Und weil es mich so würgt im Hals, beuge ich mich über sie und lasse ihren Kopf los und küsse ihre heißen Schläfen mit den feinen blauen tuckernden Äderchen, bohre meine Nase in die Kuhle neben dem Hals und spüre durch das Federbett das Pochen des Pulses dort, in den Salznäpfchen, unterhalb des Schlüsselbeins. Das macht sie ruhig. Und ich wünsche, auch sie könnte mich so ruhig machen, wenn es mir mal dreckig geht.

So blieben wir liegen.

Und irgendwie schliefen wir ein.)

3

Für das

III. KAPITEL

stellt Martha, Ilonas Kollegin und beste Freundin, die Wohnung zur Verfügung, Jörg besorgt Tinke und Distraneurin, Captagon und Einmalspritzen, ein paar Kilo Zwetschgen, Mehl und Backzutaten und der Autor Unterlagen über den Verein. Ein Schreibversuch wird unternommen, Gefühl hinter Slang versteckt, ein Kuchen gebacken; eine Hure und ein Einbrecher diskutieren über das Große und Kleine 1 x 1, persönliche Freiheit und gute Aussichten; ein italienischer Reporter – in Westberlin gibt es keine freie Presse – begibt sich in den Untergrund und ist gewissen Dingen, unnennbaren, auf der Spur. Geschildert werden

ZWEI SORTEN VON HIMMEL

und einige Streifen Himmel, das Motto spendet Charles Bukowski:

Der Leichenwagen kommt durchs Zimmer
Mit den Geköpften, den Verschollenen
Den wahnsinnig gewordenen Lebenden.

Wir zeigen den Entzug, wie er früher stattgefunden und wie wir ihn machen, lüpfen die Binde über den Augen, stellen Fragen nach den Gründen, erfahren ein wenig über die Freunde der berliner Polizei, vertreiben mit Gesprächen die Müdigkeit, backen einen Kuchen, schlagen Sahne und bleiben im Bett sitzen.

Staunend:

Meine Versorgung mit Stoff war natürlich mit der Verhaftung zuende die Besserwisser busteten den Rest von Speed den'ck noch inne Handtasche hatte seit zwei Jahren war ich drauf un alse mich gebustet ham brauchte ick so n Gramm Etsch am Tach det wart Minimum denn wenne richtich drauf sein wilz brauchse mehr na denn war'ck n Nachmittach n Abend die Nacht und den janzen Vormittach am nächsten Tach da im Bullenhauptquarter ließ ick nachts um elfe den Dokta komm wollte Beruhigungs- un Schlafmittel tat er so als glaubta ma nich nichn Fatz gabs Nächsten Vormittag dann innen nächsten Kella im Gerichtsgebäude da kümmert sich keena um een mich wundat nur detta keena abjekratzt is passiert doch oft einfach so kannste oft von lesen
fracht mich der Richter nach meiner *Abhängigkeit* un ick voll aufm Turkey blickte überhaupt nich durch wa n Tonfall hatte der am Leib meinlieberherrgesangverein quatscht da von *Rauschgift* und is selba ne echte Schnapsneese war'ck völlich am Arsch unruhich am ganzen Körper son Zittan sah nur noch grelle Farben hörte allet wahnsinnich grell intensiv aba nich klar übahaupt nich schwitzte wie'ne Sau innerlich eiskalt ne Mordswut auf dieses Arschloch hatte ne Gänsehaut jing janich mehr weg konnte überhaupt nich mehr richtig denken nich zusammenhängend imma nur so kurze Zeit denn war't wech denn liefn andra Film det Schlimmste aba die Knochenschmerzen im Kreuz inne Knie inner Schulter spürte jeden Knochen einzeln kann dir keena erklärn keen Arzt nich woher det kommt det Ziehn wahrscheinlich die Umstellung des Stoffwechsels des ganzen Organismus ein Wahnsinnsdröhnen im Kopp son völlig abgefucktes *Angespanntsein* ne Art Paranoia wenn die Bullen cleverer wärn die würdn dir da n Haftbefehl hinlegen det scheiß rote Ding un da ne Spritze die würden dir allet ausse Nase holn fürn Flash täteste allet ooch deine Kumpels oder Mutta oder Jenossn verraten
na als ick da vorn Richta stand ha'ck natürlich versucht ihn zu belabern sollter mich innen Krankenhaus überweisen aber so wat reajiert iebahaupt nich läßt den allet kalt die ham übahaupt keine Ahnung diese Schnapsnasen
ging denn mitm Schließer außet Zimma laberte mit dem so rum dachte wohl ick wär völlich harmlos
dachte wohl ick wär son kleena kaputta Spatz wa na denn bin'ck mitm Affenzahn umme Ecke un ab hatta jeglotzt wa hatta sich aba wieda schnell jefangen un ick natürlich uffn Turkey ville zu langsam hatta seine Pfeife rausjeholt und jetrillert *Alarmstufe 5 Zeichen* ick pees also den langen Korridor runta ham die imma so scheene lange jebohnerte Jänge gingn nachnanda alle Türn uff un denn hielten se ma fest wa Schweine die richtje Schweine ick zu nüscht mehr fähich keen Saft keen Mumm war völlich ausjepumpt un abjeschlafft kein

Losreissen kein Kratzen oder Beißen oder so nüscht ha'ck ma falln lassen einfach so ham die Schweine mir innen Kella jeschleppt drei Schließer wa un eena haut ma noch seine Faust inne Fresse un anne Haare hamse jezogn und jebrüllt hamse abhauen willste olle Sau kriminelle Nutte wa Rauschgiftnutte un so Sachen wennstes azählen tust jlobt dir eh keena na un die anderen ham denn jemerkt wie fertich ick war wie kaputt un ham mich von dem da wechjedrängt un inne frischjestrichne Zelle jebracht warn Wände noch janz feucht, konnte mir nich mal anlehn warn die Bretter vonne Bank noch janz voll von frische Farbe naß braun mußte noch trocknen konnteste nich mal sitzen och nich uffn Fußboden der war ooch noch naß grau wa mußt ick da zwee Stundn rumstehn wa oder noch länga
un denn jings ab inne Uhaft ha'ck jleich nachm Sani jefracht kamer denn nach ner Ewigkeit sacht'ick ihm wat Sache is jaba mir so drei vier Distras *Distraneurin* sind Pillen für Alkoholiker im Delirium spürte ick fast janüscht fast nur son Jucken inner Nase warf ick nach zwei Stundn wieda die Klappe lag da auf ne Einzelzelle mittnmang de Knastklamotten hatte es nich druff mir einzurichtn schnauzte mir der Möchtegernmedizinmann an ick sollte mir bloß nich einbildn er wär nur für mir da dem war wahrscheinlich der Weg zu weit un Ahnung habense alle nich
die Nacht war schlimm
kam der Typ am Morjn wieder mit drei von diesen Superpillen det Zeuch is forn Drogenentzuch übahaupt nich jeeichnet betäubt keine Schmerzen bringt keine Linderung nüscht janüscht macht nur konfuser un drei Pillen det is ehn Witz für sich von fuffzehn oder zwanzich hätt ick ja wat jemerkt wa aba so
kam'ck ma vaarscht vor
erst alsse mir durche *Aufnahme* bugsiert hatten als ick dann uff meene richtje Abteilung war krichte ick n ersten Arzt zu sehn un det nur weil'ck ständich den Sani belagert belabert hatte die ham von allem möglichen ne Ahnung vom Rotlauf oder von Scharlach oder wat weiß ick nur nich von Drogen der Dokta warn Neurologe un Psychater son Alletwissa un Wundadokter son richtja Arzt von Lambarene als ick in sein Zimma kam un der Typ sah die kann ja noch loffn wa wars schon aus ha'ck ma beschwert un wat andret valangt aba der konnte nur Frasen dreschn Diagnosestelln je'nfalls konnnta nich na un denn sachta so zum Schluß wenn ick Die Pilln nich nehm tu krie'ck jakeene denn hatta mich entlassn Alarm machen bringt nix da ham die ihre Macker für so Schlägertypen
war'ck zu kaputt ne Dienstaufsichtsbeschwerde zu machn oder ihn anzuzeigen
ging die Hölle los·volle Pulle ab die Post
zehn Tage lang un jeden Tach ne Pille wenja
ha'ck de Dinger jesammelt un am A'mt alle uff eenmal jenomm denn

war'ck in son komischn Dämmazustand un krichte die Nacht rum so einjamaßn
Schlaftabletten kriegste da erß vierzehn Tage späta denn kommt der Pseudoarzt wahrhaftich uff deine Zelle wa lag ick rum da die janze Zeit keen Schimma wat mit mir los war
döste rum und könnst die janze Zeit üba schrein fünf sechs Tage nischt weißte nich mehr wat da Sache war erß so am sechstn siebten Tach weißta wieda wo de bist blickst du'n bißcken durch kannste wieder einjamaßn guckn un hörn
Schlaflosigkeit
jieperste nach nem Schuß der totale Wahnsinn
versuchste allet um wenigstens einjamaßn üban Entzuch zu komm vasuchste an bißken Morphium oder ne Valium oder n bißken Kodein ranzukomm kennt ja det Zeuch Spasmo-Cibalgin Schmerzkiller steckste dir in Arsch un ab jeht die Post
nüscht
nach drei Wochen vielleicht konnte ick erß richtich schlafn so sechs Stunden inne Nacht wa liegste da un guckst anne Decke un det is wie der Film derm Selbstmörder anne Augen vorüberzieht wenner vom Hochhaus jesprungn is nach un nach jehn denn ooch die Knochenschmerzn wech aber schwitzen tuste wie ne Sau det dauert länga det hält an son halbet Jahr fast wa obbet heiß oder kalt is immer dieselbe Scheiße
daß du heiß bist uffn Stoff so jieperst so psychisch noch scharf darauf bist det dauert Monate erß nach so acht Monaten biste da so langsam wech un trocken
liegt an also det liegt daran du hast keine Alternative nüscht keine vanünftje Arbeet nur Einzelzelle un Schwachsinnsarbeit Haarnadeln stecken oder Röllekes für Jardinen un so da haste keine Chance dreiundzwanzig Stunden auffe Hütte anfangs
erß wenn det nich mehr nötich haß also wennde schon fast clean bist kommste auf ne Jemeinschaftszelle un kannß dir ablenkn un beschäftjen un so
un der größte Hammer isset wenn der Arzt oder Sani dir so wenner dir die letzte Pille jibt un sacht: *So morgen noch eine, und Sie sind jeheilt*

So
und jezz leckt mir doch am Arsch
Wenn du alles aufschreibst, blickst du selber besser durch. Ja Scheiße. Ich kann Euch den Entzug nicht *beschreiben.* Ich kann Euch doch nicht einmal beschreiben, wie das ist, wenn ich Zahnschmerzen habe. Dann sind wir allein. Denkt Euch Schmerzen!

Fühlst Du, fühlt Ihr dann Schmerzen?
Na also.

Bei meiner Verhaftung beschlagnahmten die Polizisten des Rauschgiftdezernats das Pervitin, das ich immer in der Handtasche mit mir trug. Damit war meine Versorgung mit Drogen jäh unterbrochen.
Seit zwei Jahren war ich rauschgiftsüchtig und brauchte zum Zeitpunkt meiner Verhaftung etwa ein bis zwei Gramm Heroin täglich...

Einmal muß der Anfang gemacht werden. Was die tun, ist mehr als Ausbeutung. Es ist schleichender Massenmord.
Mir brauchste nix zu erzählen, sagt Martha. Martha kann auf Bedarf lispeln oder den Schlafzimmerblick aufziehen. Sie kann bei Kunden die Eitelkeit kitzeln, so kommt sie oft um ihre Arbeit herum. Martha ist müde. Martha steht auf, geht ins Nebenzimmer und schaut nach Ilona. Sie hält einen Inneren Monolog. Weil sie müde ist, fällt dieser langsam aus. Jörg doziert weiter. Er hat rote Augen. Martha hört nur halb hin. Ihr Innerer Monolog wird dem Leser vorenthalten. Jörg verbeißt sich im Thema. Sein Thema ist *der Verein.* Er ist wütend auf den Verein. Seine Wut läßt ihn nicht bemerken, daß Martha kaum zuhört. Seine Wut köchelt vor sich hin und gerinnt in Worten. Die Worte steigen im Raum auf und werfen keine Blasen. Dozenten langweilen. Jörg langweilt. Über was doziert wird, verdient, daß Menschen es erfahren, verdient etwas anderes als übermüdete Dozenten. Wir kauen auf den Fingern und hören zu. Vielleicht bleibt etwas hängen. Leben – das ist immer woanders.

Der Schah kam 1953 durch einen vom US-Geheimdienst CIA inszenierten Militärputsch an die Macht. Er fraß gerade Kaviar oder Austern, und ein paar junge, wohlerzogene Herren traten auf ihn zu und sagten: Majestät, es ist angerichtet. Sie können wieder auf den Thron zurück. Der Schah nahm es gnädigst zur Kenntnis und fraß weiter. Die vom persischen Volk gewählte Regierung Mossadegh hatte die Erdölinvestitionen nationalisiert und damit gegen die Interessen der US-Imperialisten verstoßen. Hörst du mir überhaupt zu? US-Imperialisten, sagt Martha, ich höre zu. Die CIA, schrieb damals, 1961, die New York Times, spielte die Hauptrolle beim Sturz des iranischen Premiers im August 1953.

Der von der US-Amerikanern auf den Thron gesetzte Schah Reza Pahlevi, Licht der Arier, machte die von der Regierung ergriffenen Maßnahmen zur Bekämpfung der Abhängigkeit und des Massenelends rückgängig. 1954 schlossen die Amis mit ihm Verträge, in denen ihnen weitgehende Rechte an den persischen Erdölvorkommen eingeräumt wurden. Damit waren die Briten, bislang stärkste Konkurrenz im Nahen und Mittleren Osten, aus dem Rennen.
Aus dem Rennen, wiederholt Martha. Ihr Busen kommt als erstes in das Zimmer zurück. Bei diesem Busen fühlt Jörg sich heimisch. Captagon und Schlaflosigkeit über Tage hinweg erzeugen eine ständige sanfte Geilheit. Er tadelt sich für seine Gedanken. Das aber hilft ihm nicht. Die Gedanken sind älter als er. Den Blick auf Busen und Arsch haben wir von unseren Vorfahren, den Affen. Alle Männer stammen von Affen ab. Die Frauen wohl nicht. Aber auch sie gucken unbewußt auf die Hosen. Jörg ist interessiert daran zu erfahren, von welchen Tieren Frauen abstammen. Von Müttern. Und die Mütter?

Im Iran wurde ein Terrorsystem errichtet. Laut Amnesty International gab es im Iran 1974 etwa vierzigtausend politische Gefangene.
Vierzigtausend?
Vierzigtausend.
Hundert kann Martha sich vorstellen. Hundert könnte sie beim Namen nennen. Vierzigtausend ist eine Zahl. Terror, denkt Martha. Ist das eine Angelegenheit der Großen Zahl?
Verteidigt werden die Interessen einer winzigen, parasitären Oberschicht, die noch heute auf fast feudale Weise auf dem Lande herrscht.
Die sogenannte Grüne Revolution des Schahs, die Bodenreform, diente der Industrialisierung des Landes und der Lüge: nach ihr besaßen die Großgrundbesitzer noch drei Viertel des nutzbaren Bodens. Sie erhielten für abgegebenes, oft wüstes Land Industriezertifikate. Die Bauern müssen das Land in fünfzehn Jahren abzahlen und finanzieren der herrschenden Schicht die Industrialisierung. Diese erfolgt nicht oder nur wenig mit Kapital, das im Lande selbst akkumuliert wurde, sondern mithilfe ausländischer Investoren.

Sie schläft, sagt Martha. Ich hätte nie gedacht, daß sie noch einmal diese Ochsentour mitmacht.
Sie hat Hilfe, sagt Jörg. Später pflegt er immer seine Gespräche zu rekapitulieren. Dann errötet er zumeist. Offen. Hätte er beispielsweise statt dieses Satzes jenen benutzt und dabei leicht gelächelt, käme er sich souveräner vor. Pathetischer und sentimentaler Trottel, sagt er

sich. Sie hat Hilfe. Sagt Jörg. Je kleiner einer ist, desto größer die Worte. Sie erschlagen einen oft. Also hätte er etwas anderes sagen sollen. Solide Wortwände bauen. Nicht auf Busen gucken. Nicht an den kleinen Mann in der Hose denken. Es auf Captagon schieben. Sie hat Hilfe. Das hätte er nicht besser sagen können.

Einer der wichtigsten Partner des Terrorregimes im Iran ist die Bundesrepublik.
Welch Ruhe im Wirtschaftsteil der FAZ. Kein Entzug, der überwacht werden muß, keine Busen, keine Hintern, kein Speed.
Riesige Investitionsvorhaben sind geplant oder bereits durchgeführt. Mit im Spiel: Krupp, Bayer, Flick, Gutehoffnungshütte, VW, Veba. Die Zauberflöter. Das Bild in der Zeitung, damals, in wunderschöner persischer Schrift begrüßen folgende Firmen den Besuch des. Die mittlere Lebenserwartung in Persien beträgt dreißig Jahre.
Wieviel?
Dreißig Jahre.
Ogott, denkt Martha, ich bin uralt. Überall Falten. Am Stock. Weiße Haare, schlabbern beim Essen, Kukident.
Allein in Teheran leben anderthalb Millionen Menschen in Slums. Die Analphabetenquote beträgt etwa sechzig Prozent. Totschlagen, den Schah, hätten wir damals, am 2. Juni, ein gutes Gewehr mit Zielfernrohr gehabt. Niveaulos.
Ein Industriearbeiter verdient, bei einem Lebenshaltungskostenindex, der etwa dem in der Bundesrepublik entspricht, bei einem Zehnstundentag etwa sechs Mark.
Dafür mach ich nicht mal den obersten Blusenknopf auf. Für, wart mal, eine Nummer mit Klimbim soviel wie ein Arbeiter dort im Monat. Die Opposition im Inland und Ausland wird vollständig unterdrückt. Mit dem Gesetz, Nummer weiß ich nicht mehr, Martha lacht wider Willen auf, Jörg guckt irritiert, wurde im Jahr 1957 ein Nationaler Sicherheitsdienst gegründet, der SAVAK.
Womit wir beim Thema wären.

Nun aber blenden wir das Gespräch ein wenig aus. Der Allwissende Autor billigt seinen Geschöpfen intime Nischen zu. Jörg und Martha reden über Mord. Ihre Gesichter sind ruhig. Laureen und Humphrey gucken ihnen nicht über die Schulter. Mordvisionen, Mordträume, die Kunst des Mordens. Ferner geht es im Gespräch um eine Sache, die Persönliche Freiheit genannt wird. Es ist voller Gemeinplätze. Das bleibt nicht aus bei Gesprächen über einerseits Mord und andrerseits persönliche Freiheit. Was meint Martha mit Freiheit?

Was Jörg? Verhandeln sie Ilonas Fell? Das von Lébert, Import-Export, Berlin? Geht es um Beziehungen? Um Zweierbeziehungen statt Berliner Tinke? Um Treue statt Heroin? Was hat Marthas Busen mit dem SAVAK zu tun?

Der Leiter des SAVAK steht im Range eines Stellvertretenden Premierministers, fährt der Autor tapfer fort. Er wird unmittelbar vom Schah ernannt. Der SAVAK verfügt über eigene Gefängnisse und unterliegt keiner Kontrolle. Es wird geschätzt, daß der SAVAK etwa zweihunderttausend Mitarbeiter ständig oder gelegentlich beschäftigt.
Alle Vergehen, die sich nach Ansicht der Behörden gegen die monarchische Ordnung, also den Staat, richten, werden vor Militärgerichten verhandelt. Diese Gerichte genügen nicht einmal den kleinsten rechtsstaatlichsten Prinzipien und verstossen gegen die persische Verfassung.
Dann muß man die Verfassung ändern, Martha gähnt. Sukzessive, nach und nach. So ändern, bis das Unrecht das Recht ist und die Fassade der Rechtsstaatlichkeit wieder steht. Hollywood. Potemkin.
Die Anklage, fahren Jörg oder sein Autor fort, wird nur mündlich verlesen und liegt weder dem Angeklagten noch seinem Verteidiger vor. Prozeß und Urteil stützen sich auf *Erkenntnisse* des SAVAK. Seit 1972 werden keine ausländischen Beobachter mehr zu politischen Prozessen zugelassen.
Folter und Hinrichtungen sind Alltag.

Martha gibt sich altmodisch. Sie trägt Büstenhalter und hat Generationen hinter sich. Sie ist selbstsicher. 1 + 1 = 2, sagt Martha.
Erst in der Klassengesellschaft mit ihren Arbeitsteilungen, Schamanen, ägyptische Priester, asiatische Wasserbauwirtschaft, sagt Jörg. Er vertritt das Neue. Daher ist er unsicher. Also lauter und provozierender, als er zunächst will. Kann zudem Rundes in Augen *stechen?* Captagon. Der kleine Mann in der Hose. Nebenan schläft. Martha aber zieht gerade ein neues Argument zugunsten einer alten Geschichte heran.
Und Villon mit seiner Dicken Margot? Fragt sie. Einfach so.
1 + 1 = 2.
Das war Mittelalter.
Lieber lustiges Mittelalter als unlustige Gegenwart mit Neurosen und SAVAK und Lébert, Import-Export, sagt Martha. Lust. Unlust. Die beruhigenden Kolumnen im FAZ-Wirtschaftsteil, die hormonfreien

Fußnoten in Band 27. Oder wars 23? Blaue Bände. Blaues Band. Titanic.
Gehst du gern auf den Strich? Fragt Jörg. Gut gekontert, meint der Allwissende Autor.
Ich hau dir gleich ein paar runter. Sagt Martha. Gegen Rabulistik hilft nur Gewalt. In einer Welt, die Jörg mit Schläfenadern und Fußristen und Brüsten umstellt, verkörpern Marthas Brüste über dem Kaffeetisch Gewalt. Verhüllte Gewalt. Aber das, denkt Jörg schläfrig, wird Martha nicht verstehen. Sie sind einfach nur da, ich kann nicht dafür, würde sie sagen, erstaunt, heilige Einfalt mit zwei Narrenpritschen. 1 + 1 = 2. Ne, Martha, Margot und Villon läuft bei uns nicht. Wir haben andere Späße. Ganz bestimmt.
Wenn es nur Späße sind! sagt Martha.

Neben der ständigen Repression gegen jede Art von Opposition, sei sie religiöser, politischer, kultureller Natur, unterhält der SAVAK ein dichtes Netz von Unterdrückung, Bespitzelung und Nötigung in der ganzen Welt, insbesondere in der Bundesrepublik und Westberlin. Mußt du das so ausführlich? Du mußt die größeren Zusammenhänge sehen. Der SAVAK arbeitet hier bestens mit deutschen Nachrichtendiensten und der Polizei zusammen. Die SAVAK-Aktivitäten werden von der Botschaft in Bern aus gesteuert.
Komm doch mal auf den Punkt.
Gleich.

Martha ist erstaunt über Jörgs Koch- und Backqualitäten; da wird er rot und kalauert: der Mann gehört hinter den Herd. Sagt er. Worauf sie wieder bei ihrer Diskussion über die Lübe als solche, Zweierbeziehungen, die Rolle der Frau seit der Gentilgesellschaft, der Männer seit der Sklavenhaltergesellschaft und beim Urkommunismus angelangt sind. Erwähnt Martha Adam und Eva, zitiert Jörg Margaret Mead, weist Martha auf die Großen, sozusagen Klassischen Liebenden hin, führt Jörg einiges über Rollenerziehung und die Hegemonie der Männer in der Literatur aus. Über meinen Uterusneid, droht er, ist das Buch noch zu schreiben.
Die Liebe, seufzt Martha pathetisch, ist auch nicht mehr, was sie war. Allerdings, sagt Jörg, und sie lachen. Alles fließt. Sie waschen und entkernen über vier Pfund bester, fester, reifer Zwetschgen, wobei Jörg Martha den Trick beibringt, die Früchte an den Spitzen leicht einzuschneiden.
So lassen sie sich gut aufklappen, sagt er, und sie ziehen sich beim Backen nicht zusammen.

Unter dem Vorwand der *Terrorismus-Bekämpfung* wird jede oppositionelle Regung von Persern in Europa erfaßt und registriert. Belieb-

tes Mittel ist es, eine *auffällige Person* in die Botschaften oder Konsulate zu bitten und ihr dann den Paß zu entziehen.
Fünfhundert Gramm Mehl siebt Jörg in eine Schüssel, drückt eine Vertiefung in die Mitte und bröckelt ein Päckchen Hefe hinein.
Martha sitzt auf einem Küchenstuhl. Sie hat tagelang nicht geschlafen: kein Knochen, der nicht schmerzt, sagt sie. So als sei ich auf Entzug und nicht Ilona. Jörg streut ein wenig Zucker über Mehl und Hefe und verteilt etwa hundert Gramm davon am Schüsselrand. Vorsichtig verrührt er die Hefe mit lauwarmer Milch. Dann bedeckt er die Schüssel mit einem sauberen Geschirrspültuch, stellt den Vorteig in die Nähe der Heizung und läßt ihn dort aufgehen.
Sie unterhalten sich über die Liebe im Großen und Ganzen, die Klein- und Großfamilie, über Morgan und Engels, den klitoralen Orgasmus, die Jörg bekannten Wohngemeinschaften, über Umzugspreise, den Kauf extra hoher und extra breiter Schaumgummimatratzen, Georg Lebert, Import-Export, den SAVAK in Westberlin und die Grundrente.
Der SAVAK finanziert sich zum Teil durch die Herstellung und den Verkauf von Heroin und ähnlichen Drogen. Langsam kommen wir der Sache näher, seufzt Martha und drückt ihre Zigarette aus. Der Iran zählt zu den größten Opiumproduzenten der Welt. Bauern, die illegal Mohn anpflanzen oder ihre Ernten nicht abliefern, werden, ebenso wie kleine Dealer, gehängt. Der Markt wird von den Großen kontrolliert. Zu den Großen zählt der Schah, gehört seine Familie, gehört seine Schwester, der aus ihrem Diplomatenköfferchen auf einem Flugplatz in der Schweiz bei einer zufälligen Kontrolle der Stoff nur so purzelte.
Und? Nichts und. Diplomatenpaß. Und zu den Großen zählt der SAVAK.
Jörg geht zum Tisch in der Nähe der Heizung und schaut nach, ob der Vorteig genügend gegangen ist. Wenn er sich verdoppelt hat, sagt er erläuternd zu Martha, die fasziniert all seinen Handreichungen und Bewegungen zuschaut, verteilt etwa einhundert Gramm Butter auf dem Rande des Vorteigs, fügt die abgeriebene Schale einer Zitrone und eine Prise Salz hinzu, verquirlt den Rest des Achtelliters Milch mit drei Eiern, rührt die Zutaten von der Teigmitte nach außen und gießt langsam die Eiermilch hinzu. Währenddessen redet er, die Zitronenschale erwähnend, von der Schwierigkeit, heutzutage ungespritztes Obst erhalten zu können, über Umweltverschmutzung, den armen Süden Italiens, den Wahnwitz der EG-Bestimmungen, den Mansholtplan, die Stupidität des Landlebens und beschwört zukünftige Formen natürlicherer Ernährung.
Die deutsche Öffentlichkeit wurde am 2. Juni 1967 auf die Arbeit der SAVAK in der Bundesrepublik und Westberlin aufmerksam.
Jörg knetet den Teig mit dem Quirl solange, bis er geschmeidig ist,

glänzt und, schau her, schlaf nicht ein, solange bis sich der Teig als zusammenhängendes Ganzes, als Entität, als Kloß von der Schüssel lösen läßt. Am 2. Juni 1967, erinnerst du dich?, schlugen ärmlich gekleidete und schlecht bezahlte Anhänger des Schahs unter dem Schutz der Berliner Polizei auf Demonstranten ein, die, nein laß mich, ich bin bald fertig, die gegen den Besuch des Schahs protestierten. Bekannt wurden sie als *Prügel-* oder *Jubelperser*. Einige Jahre darauf hatten sich ihr Ansehen und Aussehen deutlich geändert. Schon Ende der sechziger, Anfang der siebziger Jahre fuhren sie nur noch große Mercedes, vom 250er aufwärts, trugen Maßanzüge, Vierhundertmarksschuhe,
Marxschuhe,
kontrollierten eine Menge Lokale und Diskotheken und – den Markt für harte Drogen hier, in Westberlin. Jörg formt den Teig mit den Händen zu einer glatten Kugel, stäubt etwas Mehl darüber und läßt sie wiederum in einer Schüssel in der Nähe der Heizung eine halbe Stunde lang aufgehen.
Ihre Anführer operierten und operieren im Stil von Managern multinationaler Konzerne. Lediglich eine Schießerei,
Bleistreustraße! ruft Martha begeistert.
in der Bleibtreustraße, mit Maschinenpistolen ausgetragen, die Tote und Verletzte forderte, trübte das Bild guter Geschäftsleute. Es ging um Marktsektoren. Die deutsche Konkurrenz wurde durch ein gutes deutsches Gericht ausgeschaltet. Der Leiter der Schutzpolizei in einem Interview über diese Geschäftsmethoden, wörtlich,
wart mal, das hab ich noch im Ohr,
und Jörg und Martha im Stil provinzieller Schmiere:
Die Jungs haben es nicht so gemeint.

Jörg wäscht sich die Hände; er übersieht bewußt, daß Martha rot wird, als sie sieht, daß er sich vor dem Waschen jeden Finger einzeln ableckt. Er nimmt den Teig aus der Schüssel, bemehlt sich die Hände und knetet ihn gut durch. Wo ist denn hier die Rolle, verdammtnochmal, Unordnung vermaledeite in diesem Haushalt! Hier, sagt Martha. Sie ist ganz Maria Magdalena. Wenn du, sagt sie, nicht mit Ilona zusammenwärst, würd ich dir anbieten, meinen Haushalt zu schmeißen. Mach ich, sagt Jörg. Aber nicht als Lude. In einer Wohngemeinschaft.
Womit sie wieder beim alten Thema sind.

Im Süden der Stadt wurde ein italienischer Reporter mit verbundenen Augen durch ein Gulliloch in den *Untergrund* eingeführt; nachdem die Vermummten ihn eine Stunde lang herum – und somit in die Irre geführt hatten, durfte er die Binde von den Augen nehmen, seinen Kassettenrekorder aufstellen und das Interview mit den Unnennbaren durchführen.

Jörg rollt den Teig auf einem gefetteten Blech dünn aus und drückt die Ränder an. In dichten Reihen legt er die entsteinten Zwetschgen mit den Innenseiten nach oben auf.
Siehst du, sagt er, darum habe ich den Ofen vorher angestellt. Auf zweihundertzwanzig Grad vorgeheizt. Nicht vergessen. Und nun hinein in die Gute Stube! Selbst in der Küche, sagt Martha abwesend, erotische Sprüche. Die Küche, erwidert Jörg, gehört zu den großen erogenen Zonen des Menschen. Mit Freud viel Freud. So, nun nur noch dreißig Minuten bei zweihundertzwanzig Grad, und dann. Au weia, sagt Martha. Meine Figur! Derlei, spricht der Allwissende Autor, sagen Frauen gerne. Oder etwa nicht? Da langt seine Romanfigur aus dem Manuskript und scheuert ihm eine. Jörg dagegen sagt: Ich verstehe dich nicht. Hat eine Frau eine *frauliche* Figur, wünscht sie sich eine *knabenhafte;* hat sie dagegen eine *knabenhafte,* wünscht sie sich eine *frauliche.* Daran, sagt Martha, habt ihr Schuld. Mal Cranach, mal Rubens, mal Venus von Milo, mal Venus von Willendorf, mal Twiggy, mal Marilyn. Da sind sie sich einig.

Eins, zwei, sagte der italienische Reporter. Wie, denken Sie, hat es begonnen? Der Vermummte am Tisch, ihm gegenüber, lehnte sich zurück. Es hat, begann er, so im Mai Siebzig begonnen. Wie alles, was eine umwälzende Praxis nach sich zieht, begann es mit den verschiedensten Bedürfnissen von uns allen: Bedürfnissen des Kopfes und des Bauches. O weh, dachte der Reporter, da hab ich mich ja auf etwas eingelassen, der bringt die ganze Leier. Wie die Brigate. Er hüstelte. Sie haben von Anfang an zu siebt begonnen? Ja, lassen Sie mich das ausführen. Wenn Fragen auftauchen, können sie mich gleich unterbrechen. Der Reporter versuchte, hinter der Gesichtsmaske etwas auszumachen. Keinen Kaviar mit Löffeln gefressen, keine antiautoritäre Erziehung, keine herrschsüchtige Mutter, und dennoch auf diesem abschüssigen Weg, dachte er. Wie wird einer Unnennbarer? Begonnen hat es im Mai 1970. Da trafen sich zwei von uns auf einer großen, militanten Demonstration. Daß sie sich trafen, war Zufall und auch wieder keiner. Wir kannten uns von vorher. Wir alle waren, mehr oder weniger, in dem integriert, was verschwommen *Bewegung* oder *Außerparlamentarische Opposition* genannt wurde. Also, da trafen sich erst einmal zwei. Das Treffen selbst fand nicht am Biertisch statt oder bei einem teach-in, sondern bei einer Straßenschlacht, die über einen halben Tag dauerte. Dabei konnten sie sich schon etwas besser kennenlernen, ihre Reaktionen prüfen, Gedanken austauschen… Er redet, als bekäme er jedes Wort bezahlt, dachte der Reporter, so wie damals, als er noch legal in der legendären Kommune wohnte.

Wasch dich, sagt Jörg, putz dich, kämm dich, leg dein Blauseidenes an, mach Kaffee, stark wie Muhammad Ali, und weck Ilona. Ich schlage derweilen die Sahne.
Die Sahne! seufzt Martha, dramatisch mit den Augen rollend.
Mit Sahne! sagt Jörg nicht ohne Häme. Zwetschgenkuchen wie in Baden, mit Sahne natürlich. Oder soll ich, fragt er tückisch, noch Zitronenguß selber machen? Und Kirschgeist dazu servieren?
Was machst du eigentlich nicht selbst? fragt Martha. Ich heirate dich auf der Stelle. Geheiratet wird nicht, sagt Jörg. Womit sie wieder beim alten Thema wären, Martha zwischen Küche und Schlafzimmer hin- und hereilend, Jörg Sahne schlagend. Hunger! rufts aus dem Schlafzimmer.

Beruhigt sah der Reporter, daß der Zeiger sanft im richtigen Feld des Anzeigers hin- und herpendelte. Sie nahmen einem Polizisten auf, also während der Demonstration gegen den Einmarsch der Amerikaner in Kambodscha die Pistole ab? Das ist richtig, erwiderte der Unnennbare ernst. Auch das. Sie beschlossen, sich abends mit ihren Partnern in einer Kneipe zu treffen. Zu viert setzte mensch die Gespräche und Treffen fort, zog dann noch einige Freunde hinzu, ja, und so waren wir im ersten Focus komplett. Mich laust der Lenin, sagte sich der Reporter, die reden noch immer von Focus. Nachdem die Guerilleros in Lateinamerika schon nach Entstehen dieser Theorie heftig widersprachen. Wie, komplett? fragt er.

Das riecht aber gut hier, schreit Ilona. Hellwach. Kaffeeduft breitet sich aus, und Jefferson Airplane dreht sich auf dem Plattenteller.
In der Mitte des großen Bettes sitzt Ilona, abgemagert, in Marthas viel zu großem Nachthemd, hebt die kinderdünn gewordenen Arme.
Erzählt mir was! ruft sie.
Auf einem breiten Brett über dem Bett stehen Teller und Tassen und Kognakschwenker; Martha gießt Kaffee ein, Jörg streut ein Gemisch aus Zucker und Zimmet über den noch heißen, langsam abkühlenden

Kuchen, teilt ihn mit einem großen Messer auf, sagt still: Nur noch ein wenig warten.
So sitzen sie. Starren auf das Blech mit Badischem Zwetschgenkuchen.
Oh, sagen sie nur.

Wir gründeten eine Kommune.
Entschuldigen Sie, sagte der Reporter eilig, ich glaube, wir sollten nicht so viel Zeit auf Ihre Zeit in der Legalität verwenden. Ich, das heißt, meine Leser sind mehr interessiert an den Übergängen in den Untergrund. Am Gulliloch? fragte der Unbekannte. Der Tonfall seiner Stimme war unverkennbar ironisch. Hängen Sie sich nicht an aufgepfropften Scheinwidersprüchen wie *legal* und *illegal* auf. Ich hänge mich, sagte der Reporter ängstlich, überhaupt nicht auf. Ich erzähle Ihnen, fuhr der Unnennbare fort, die Geschichte aus unserer Sicht. Gewiß, gewiß, beeilte sich der Reporter zu sagen. Die Übergänge von der Kommunengründung zum Terrorismus sind ja fließend. Wie die FAZ richtig feststellte, warf der Vermummte ein. Er fuhr fort:

Zucker?
Ja, bitte.
Fang von vorne an, hörst du?
Es sind drei Gruppen. Wie ihre Verbindungen zueinander aussehen, weiß ich nicht. Wo Konkurrenz herrscht und wo Zusammenarbeit, weiß ich auch nicht. Weiß nur eins: Nahtstelle der Gruppen ist Georg.
Georg, bestimmt?
Georg Lébert, Import-Export. Teppiche, Heroin, Kokain, Antiquitäten, früher auch Boxpromotion, Zuhälterei. Was du willst.
Woher kennst du ihn?
Er war früher ein kleiner Lude, hier vom Kietz. Dann hörte und sah man eine zeitlang nichts von ihm. Die einen sagten: Knast. Die anderen: Mittlerer Osten. Ich weiß nichts Bestimmtes. Als er wieder auftauchte, war er ein gemachter Mann. Mit Lamborghini, Villa in Lichterfelde, einem Stall von Mädchen, besten Beziehungen zur Schmier; hohe Umsätze, viel Geld... Immer guter Dinge.

Wir müssen in Betracht ziehen, wie die Lage der revolutionären Individuen und Gruppen um 1970 herum aussah, hier in Westberlin. Wir fragten uns: was findet statt? Wo stehen wir? Was können wir machen? Wie ist es zu erreichen, daß die Kämpfe der verschiedenen

Klassen der Gesamtarbeiterschaft in Verbindung zueinander treten? Wie heben wir die Spaltungen auf?
Ogott, dachte der Reporter, Daß die immer die gesamte Menschheitsgeschichte bemühen müssen, um zu rechtfertigen, daß sie den Herrschaften ins Knie schießen. Er setzte ein erwartungsvolles Gesicht auf. Ja, sagte er aufmunternd.

Was für Beziehungen zur Schmier?
Du, da weiß ich nichts genaues. Was ich weiß, ist: der und die Perser sind bei Razzien immer vorgewarnt.
Er fixte Ilona damals an?
Ja, das ist eine Zeit her.
War er ihr Lude?
Ne, so was hat sie sich immer vom Hals halten können. Wie ich.
Und wie konnte er sie anfixen?
Wie die ihre Kunden immer anfixen. Indirekte Zuhälterei, rentiert sich mehr.
Mord!
Auf Raten, ich weiß, hör mit deiner pathetischen Tour auf. Das weiß jeder. Aber wenn du nicht viel Hoffnung hast…

Erst einmal, fuhr der Unnennbare fort und zündete sich eine Zigarette an, muß der große Irrtum, die Ideologie ausgetrieben werden, daß das, was da 1964 bis 1970 stattgefunden hat und zum Teil immer noch, aber in anderer Form, stattfindet, eine Studentenbewegung ist.
Es gab eine große, diffuse, antiimperialistische Bewegung; Vietnam, Laos, Kambodscha, Naher Osten, Irland, Griechenland, Südafrika, sagte der Reporter ergeben; in der, nahm der Vermummte den Gedanken auf, mehrere Klassen der Gesamtarbeiterschaft vertreten waren. Es gab eine Studentenbewegung für die Hochschulreform, die Schülerbewegung, die Lehrlingsbewegung, und es gab neue Formen nationaler und internationaler Klassenkämpfe: den Heißen Herbst 1969, hier, den Heißen Herbst in Italien; die Augen des Reporters leuchteten auf; es gab den Pariser Mai und so fort. Auch in diesen Bewegungen waren mehrere Klassen vertreten, Teile der Techniker, der Arbeiteraristokraten, der Facharbeiter, der Gastarbeiter, besser: Fremdarbeiter oder Arbeitsimmigranten, der Intelligenz.

Ist das Anfixen am Bülowbogen und am Stuttgarter Platz üblich? Ne, das heißt: ja. Aber mehr Speed. Alles, was du willst, von Captagon an: Schlankmacher, Wachmacher, Heißmacher, Downmacher, Aushaltenhelfer, Mutters kleine Helfer.

Du auch?
Kaum was. Manchmal Speed. So wie jetzt. Man braucht das. Mehr als Schnaps. Cappis, Preludin, was du willst.
Und sonst?
Nichts. Ich habe Geld zurücklegen können.
Viel?
Genug.
Wofür?
Für das, was du *kleinbürgerliches Glück* genannt hast.
Entschuldige.
Ach was. Aber was soll ich denn machen? Ich hör demnächst auf. Ich habe die Schnauze voll. Ich kauf mirn Häuschen. Drüben. Vielleicht auch noch eine kleine Wirtschaft oder ein Restaurant oder eine Bar. Ich weiß es noch nicht genau. Die Dinge sind am Laufen. Ich habe einen Makler beauftragt.
Hier?
Ne, ich bin hier zu bekannt. Irgendwo drüben, in der Provinz.
Warum soll ich die Finger davon lassen? fragt Jörg abwesend. Er ist gefährlich, sagt Martha energisch. Sehr gefährlich, dieser Georg.
Und?

Wir hatten uns also zu fragen: erstens, wo liegen die Kerne der Bewegung hier? Zweitens: in welcher Form entwickeln sich die Arbeiterkämpfe, einerseits, die Reaktion der Apparate von Kapital und Staat, andererseits? Drittens: in welchem Zusammenhang stehen die Kämpfe der Metropolen mit ihren Anzeichen für Arbeiter-, für Rätemacht, mit den Kämpfen der Befreiungsbewegungen in der Dritten Welt? Wie wirken sich die Auflöseerscheinungen unserer antiautoritären Bewegung aus? War sie nur Phase, Zwischenspiel? War sie wirklich eine kleinbürgerliche, wie ihre Gegner, Staat, Kapital, Medien, Internationale der Bürokratien, es behaupten? Wir fragten uns: wer ist kleinbürgerlich? Ja wer ist überhaupt Kleinbürger?

Nichts: und. Damals fixte er sie noch selbst an. Heute hat er seine Leute dafür. Ist sein Beruf. Er hat sich abgesichert. Da hast du keine Chance.
Ich werde ihn erledigen.
Ach, hör doch mit deinen Charles-Bronson-Sprüchen auf. Gegen den bist du, entschuldige, soll keine Anspielung sein, ein Zwerg, ein Nichts, ein Staubkorn, ein kleiner mieser Ganove.
Ach, hör doch auf… Hilfst du mir?

Martha trinkt ihre Tasse leer, sie hält den kleinen Finger abgespreizt und schaut gedankenleer über den Tisch.
Ja, sagt sie, ich helfe dir. Klar. Was sonst? Das sind wir Ilona und allen anderen schuldig. Guck sie dir doch an, wie sie sich quält.
Ich geh mal rüber. Sie hat gestöhnt. Ich geb ihr noch eine Spritze, die letzte.

Wer ist, fragte der Unnennbare und fragte doch nicht, heute und hier Träger geschichtlicher Umwälzungen? Wie steht es mit dem Verhältnis von Arbeitern zu Intellektuellen, zu Studenten, Oberschülern, wie mit dem zu den Angestellten, zu den Arbeitslosen, wie verhalten sie sich gegenüber ihren Kollegen in der Dritten Welt, wie gegenüber den weltweit revoltierenden Bauernmassen unter der Führung von Leninisten aus kleinbürgerlichem Milieu? Wie kann es gelingen, die vereinzelten, die stattfindenden, teilweise völlig verschiedenen, ja sich widersprechenden Kämpfe mit all ihren Zielen miteinander zu verbinden? Er fixierte sein Gegenüber. Ich langweile Sie, nicht? fragte er mit Spott in der Stimme. Wir werden Sie zurückbringen und an Sie herantreten. Aber, protestierte der Reporter, aus seiner Schläfrigkeit auftauchend. Sie banden ihm die Hände, klebten die schwarze Binde vor seinen Augen mit Leukoplast fest (er soll sich zumindest an diesen kleinen Schmerz beim Abreißen erinnern können), ergriffen seinen Rekorder, führten ihn am Arm durch die Kanalisation, halfen ihm ein enges Treppchen hoch, gaben ihm eine Spritze und legten ihn auf eine Parkbank in Wilmersdorf.

Sie hat einiges hinter sich: Alkohol und Preludin, Tinke, Morphium und Heroin, nun zwei Entziehungen, zwei Selbstmordversuche. Das heißt, von zwei weiß ich. Und ich weiß viel von ihr. Es gibt den Stoff, aus dem machen wir Ungeheuer; es gibt den Stoff, aus dem machen wir Menschen; es gibt den Stoff, aus dem machen wir Tod; es gibt nur einen Stoff, aus dem machen wir Menschen: Menschen. Ich kenne viel, aber einiges kannte ich nicht. So was wie Jörg, zum Beispiel, kannte ich noch nicht. Ein kleiner Verrückter, ein Bandit und Träumer, ein Bäcker und ein Einbrecher (glaube ich) und ein Verliebter, der meint, Freiheit und Liebe lassen sich miteinander vereinbaren. Ich bin da unsicher. Früher hätte ich gesagt: Quatsch. Früher habe ich gesagt: 1 + 1 = 2, basta. Das habe ich auch gestern noch gesagt. Aber ich bin mir unsicher geworden. Jörg ist ganz klar ein kleiner Verrückter. Er hat eine Geisteskrankheit: er denkt. Es gibt nur eine Geisteskrankheit, sagt er, nämlich zu meinen, es gäbe eine Geisteskrankheit. Nun stimmt nichts mehr. Bei mir nicht, bei Ilona nicht. Bin ich ehr-

lich, bin ich neidisch auf Ilona. Bin ich ehrlich, bin ichs wiederum nicht. Ich hab den Nerv nicht für diese komische neue Sorte Männer. Ich tät mich grausen auf Dauer. Es wär mir zu anstrengend auf Dauer. Ich bin eine altmodische Hure, und ich höre bald auf in diesem Gewerbe. Ob es richtig ist, diesem kleinen Verrückten zu helfen, ich weiß es nicht. Komisch, im Kopf sag ich mir: du spinnst, halt dich da raus, halt ihn da raus. Und im Kopf sage ich mir: das hat alles seine Richtigkeit. Der Kleine liebt die Kleine – würde er sie sonst von der Brust bis zu den Knien mit Sahne einschmieren und sie ablecken? – und jetzt schlafen sie, und Ilona hat ganz rote Backen und glänzende Augen und hat gesagt: er hat mich ganz leergetrunken (o Gott: leergetrunken!), und er wird mit ihr in diese verdammten Wohngemeinschaften ziehen, und sie werden die Welt auf den Kopf stellen und die Wohngemeinschaften und, wenn mich nicht alles täuscht, diese gottsverdammte Clique um Georg Lébert, Export-Import, auch. Worauf hab ich mich da bloß eingelassen? Dieser verrückte Gnom mit dem Aussehen einer schnuckligen Jungfrau, nicht einmal ein Loddel, das stell sich einer mal illustriert vor, stellt Ilona auf den Kopf, stellt mich auf den Kopf, sagt mit dem herzigsten Schnäuzchen die abgebrühtesten Sachen, ein Schleckermaul, ein Hin-und-Her, ein Kopfkissenzerwühler, ein putziger Raufundrunter, ein Gernegroß, ein Huhn im Topf, eine Handvoll Arsch in der Hose, ein Zwetschgenkuchen-und-was-weiß-ich-noch Bäcker und Brater und Griller und Koch, furchtbar schnell mit dem Messer – von links nach rechts, von rechts nach links, beim Zwetschgenkuchenschneiden, als habe er einen Zigeuner vor sich! –, ein Einsteigedieb, ein Guck-in-die-Luft, eine Hühnerbrust, ein Milchbart, ein Stirnrunzler, wenn er, ogottogott, über persönliche Freiheit spricht, ein Luftikus, ein Jauchzenmacher – ich bin ja wirklich lange im Beruf und ich kenn mich aus, aber so'n Juchzen wie das von Ilona vorhin hab ich ja noch nie gehört! – dieser Pimpf hat es wahrhaftig geschafft, daß ich noch sentimental werde auf meine alten Tage und die Hände ringe und um so was Angst habe und im gleichen Augenblick sage: ja, ja, ja, mach sie zu Klump, mach sie ein, zeig ihnen, was ne Harke ist, laß dir eine richtige große Riesensauerei einfallen und zeige Georg Lébert, Export-Import, und seiner Clique, wo sie hingehören: direktemang in die Scheiße.
Sie schlafen.
Mein Gott, sind die lütt. Und verschwitzt. Zwee richtige Spatzen. Nicht mal zugedeckt. Alles Kraut und Rüben. Und selig wie die Kinder uffm Jahrmarkt. Gejuchzt haben sie... Das werd ich in der Provinz, später, doch nicht mitmachen. Irgendwie schade. Zugedeckt. Den Vorhang vor.
Und nun geh ich auch schlafen. Schlafen.

4

Wohngemeinschaften werden gesucht und gefunden und wieder verlassen; der Marxismus-Leninismus bricht aus, ein Antiautoritärer entpuppt sich als verdammt autoritär, ein Reporter sitzt auf Kohlen, Tonbänder wechseln den Besitzer, Sprache schlägt Kobolz, nächtlich wird ein unheimliches Buch gelesen; eine Einbrecherin plant den nie vermuteten Ausbruch; ein Automechaniker ist ziemlich glücklich; eine Bewegung kann zerfallen wie eine Familie; Unterschiede zwischen den Unnennbaren, das RGO (Revolutionäre Guerilla Orchester) kündigt sich an; Meskalin stellt keine Fragen, als Reiselektüre dienen Marx und Altes Testament; wofür sich der Einband der Grundrisse auch eignet. Das

IV. KAPITEL

ist ein wenig hektisch, wir wollen es

STREIFZÜGE UND REISEN

nennen, ihm ein Zitat beigesellen von George Orwell, der auch viel gestreift und gereist:

Wie sehr damals auch geflucht wurde,
später erkannte jeder,
daß er mit etwas Fremdem und Wertvollem
in Berührung gewesen war.
Man hatte in einer Gemeinschaft gelebt,
in der die Hoffnung normaler war
als die Gleichgültigkeit oder der Zynismus.

Die alte Frage stellt sich erneut, die nach gesellschaftlich notwendiger Arbeit; Streifzüge gewähren An- und Ein-, Reisen Durchblicke; Ilona und Jörg warnen vor linken Missionaren; Martha leistet gesellschaftlich noch notwendige Arbeit; ein Reporter lernt die Stadt lieben und erlebt eine Überraschung:

In der
Ersten Wohngemeinschaft
ließ es sich gut an. Sechs Personen und sieben Zimmer, in der Konstanzer Straße, was willst du mehr. Aber dann.
Also, wie fang ichs am besten an? Zimmermann war ein ganz normaler Mensch, all die Jahre. Germanist. Viertes Semester. Ein lustiger Kerl, Schwabe dazu. Kochte auch recht gut. Kiffte gern. Hatte einen ausgezeichneten Schädel, darum seidiges Haar sich lockte, tief schwarz und kraus, eine hübsche Nase, einen Mund, der lachen konnte, einen Schal um den Hals sommers wie winters, hatte einen normalen wachen Verstand, eine reizende Mutter, einen vertrottelten Vater, wie viele, eine gute Frau, war guter Gesundheit. Ihm fehlte nichts. Da kam der Marxismus-Leninismus über ihn. Zuhülf, die Pest! Eines Tages, völlig unerwartet. Ohne sich irgendwie anzumelden. Zimmermann schnitt sich die Haare. Er kaufte sich zwei Anzüge, einen für Alltags, einen für Sonntags. Er gab das Studium auf. Er ging in die Produktion. Das *Proletariat* in seinem Maule: Kieselsteine. Tag und nachts. Das steckte an. Da wurde diskutiert. Da wurde rabuliert und fabuliert und nicht mehr schnabuliert. Da war das gewisse Flackern im Blick. Da reckte sich das Kinn. Da stand die Nase spitzer im Gesicht. Da wuchsen Fältchen die Mundwinkel hinunter. Da glich die Lederjacke plötzlich der eines deutschen Polizisten. Da war *Hauptkampflinie* und *Nebenkriegsschauplatz, Haupt-* und *Nebenwiderspruch* und das *Rote Buch,* da entstand *Datschai* direkt neben dem Märkischen Viertel. Da sprang die Faust in die Luft und der Zeigefinger vor. Da war Schneid – made in Germany – im Tonfall und Verachtung im Blick. Da waren die Stöße Zeitungen Argumente und Bücher Argumente und die *Argumente* waren keine Argumente mehr. *Damit verschrecken wir bloß das Proletariat.* Der Prolet warf keine Steine. Da löste sich das Gehirn spurlos auf, da waren Witz und Humor und Esprit an der Garderobe abgegeben. Da wuchs der Traum vom Genickschuß. Da war Jörg *Lumpenproletarier,* da war Ilona *Lumpenproletariat,* und wenn das Lumpenproletariat daraufhin dem frischgebackenen Proletariat was aufs Maul gab, von unten her, und dann mit der Stirn auf die Nase, das Knie aufs Ei, waren da Diskussionen und Debatten und Rede hin und Rede her, war kein Auskommen mehr.
Da lächelte Ilona fein, und da lächelte Jörg fein, und höflich baten sie drum, den Bulli auszuleihn. Und weg waren sie.

In der
Zweiten Wohngemeinschaft:
1 Obergenosse, 2 Untergenossen, 5 Untergenossinnen, 3 Kinder und 4 Katzen. Der Obergenosse sagt: Es gibt keine Obergenossen. Die Untergenossinnen und Untergenossen nicken. Bei sich aber murren sie und nehmen sich Vatermorde vor und Grundsatzdiskussionen.
Die Kinder und Katzen spielen.
Stell dir eine große helle Schneiderwerkstatt vor im dritten Stock eines Hinterhauses in der Waldemarstraße. Stell dir die großen durchgehenden Fenster auf beiden Seiten der Werkstatt vor, die ehemalige Meisterkabine, das Damenklo, das Männerklo, zwei Waschräume, die langen Zentralheizungskörper unter den durchgehenden Fenstern. Stell dir spielende Kinder und Katzen vor.
Stell dir vor, die Zentralheizung wird am Freitagnachmittag auf Null gestellt oder auf niedrig. Stell dir das Zittern vor am Wochenende und den Stromverbrauch durch Heizlüfter und die Kinder und Katzen.
Stell dir die unter der Decke angebrachten Eisenstangen vor, daran vordem die Leitungen für zwanzig Nähmaschinen. Stell dir Plastikplanen vor – wie jene auf Hochbauten im Winter – die, von den Eisenstangen an der Decke abgehend, den großen Nähsaal in Zimmer mit durchsichtigen Wänden einteilen. Stell dir ein Matratzenlager vor für Obergenossen und Untergenossinnen und Untergenossen.
Stell dir ein großes lichtes Kinderzimmer vor mit durchsichtigen Plastikwänden, beklebt mit Figuren und Tieren und Pflanzen, stell dir zwei Hochbetten darin vor.
Stell dir das Betriebsklima einer anarchistischen Kommune vor, der ein Patriarch vorsteht.
Stell dir vor, aufgrund dieses Betriebsklimas funktioniere der Wochenplan für Einkauf, Kochen und Saubermachen nicht, nicht der Wochenplan für Grundsatzdiskussion und Schulung, für das Bringen der Kinder zum Kinderladen nicht,
das Reinigen des Katzenklos nicht.
Stell dir Fenster vor, immer dunkler werdend durch Staub und Schmutz, eine Küche, die ehemalige Meisterkabine, in der, da das Betriebsklima immer schlechter, die Diskussionen immer hektischer, die Kinder immer quengeliger, die Katzen immer unterernährter, die Untergenossinnen immer saurer, die Untergenossen immer entschiedener antiautoritär, Teller und Tassen und Pfannen und Gabeln und Kasserollen und Messer und Becher und Tortenheber und Gläser und Töpfe und Löffel und Frühstücksbrettchen immer schmutziger, schließlich übelriechend und schimmelig werden.
Stell dir Jörg vor, der mahnt und schließlich selber aufräumt, stell dir Ilona vor, die mahnt und dann die Kinder selbst in den Kinderladen

bringt, stell dir Jörg vor, der den Obergenossen mit Bakunin schlägt und abwäscht, stell dir Ilona vor, die gerade gelesene Ideen aus rundum anerkannten Büchern (schwarzer Umschlag!) mit der kruden Wirklichkeit vergleicht und Fenster putzt, stell dir Jörg vor, der zum Hausmeister rennt, vier Mal, und mahnt, die Heizung auch an den Wochenenden anzulassen, da Kinder in der Etage, seien Sie doch mal Mensch, stell dir Ilona vor, die sich trotz Reichlektüre weigert, mit dem Obergenossen zu schlafen, mit jedem anderen, jeder anderen hier gern, aber nicht mit dem, stell dir Jörg vor, der Katzenstreu kauft und Eier, der Brot kauft und Nudeln, Reis und Tomaten, Speck, Butter und Mehl und Milch, der kocht und backt und brät und siedet und die Kinder abfüttert und den Katzen Milch gibt, stell dir Ilona vor, die dem Obergenossen und den Untergenossinnen und den Untergenossen die jüngst gelesenen und nur zu gut verstanden Theorien vor Augen führt, ihre Praxis damit zu vergleichen, stell dir Jörg vor, der den Bulli repariert und die Küche schrubbt, die Kleider zur Reinigung gibt und im Waschsalon das fünfte Programm sieht und den Kindern Gutenachtgeschichten erzählt und die verstörten Katzen streichelt, stell dir Ilona vor, die von Ausbeutung durch Genossen spricht, stell dir einen Obergenossen vor, der daraufhin nichts besseres weiß, als darauf hinzuweisen, daß schließlich er das meiste Geld in die Kommune eingebracht, stell dir Jörg vor, der von Tauschwertcharakteren spricht, stell dir Untergenossen vor, die gegen ihre eignen Interessen den Obergenossen verteidigen und von marxistischer Terminologie angewidert sind, wie sie sagen. Stell dir Ilona und Jörg vor, wie sie ihre riesige Matratze zusammenrollen, ihre Habe in einen großen Sack stecken, die Kinder noch einmal füttern, die Katzen zum Abschied streicheln, drei Treppen im Hinterhaus eines Gebäudes in der Waldemarstraße hinunterwanken und
davonfahren.

Im Kleinen Salon des Hilton saß ein italienischer Reporter, trank Chivas Regal und las Gedichte von Sante Notarnicola; er war unruhig und schaute des öfteren hoch. Er fühlte sich beobachtet. Die Unnennbaren hatten versprochen, ihn zu kontaktieren. Wie würde man an ihn herantreten? Als Hippie? Als Fahrstuhlführer, Manager, Playboy, als Küchenmädchen, englischer Geschäftsmann, als Hure, Pfarrer, Angestellter? Würde er gar seiner Doublette entgegentreten müssen? (Er hatte kürzlich seinen Paß verloren und befürchtete das Schlimmste.) Die ihm ohne Absender zugeschickte Zeitung der Unnennbaren hatte er umgehend frankiert und per Express nach Mailand geschickt; in Deutschland trüge ihm der Besitz ein Strafverfahren ein.

Die
dritte Wohngemeinschaft
ist sauber und ordentlich und verbindlich und guter Laune. Durch Zufall ist Jörg an sie herangekommen. Später hört er: Daß du auch nie nein sagen kannst, und wundert sich nicht mehr.
Jeder hat sein eigenes Zimmer, und hängt das Schildchen an der Klinke: Bitte nicht stören, stört niemand. Da klappt der Einkauf, da wird der Wochen- und Monatsplan eingehalten, da sind acht Erwachsene und zwei Katzen, Jörg vermißt Kinder, Ilona nicht, vier arbeiten im Betrieb, zwei sind Studenten und zwei – Ilona und Jörg – sind *Lottogewinner*.
Die Katzen sind nachts außer Haus – über die Dächer. Guck dir die Haustiere an, bevor du in eine fremde Wohngemeinschaft ziehst; wo neurotische Hunde und Katzen leben, wirst auch du keinen rechten Platz finden. Diskussionen über eigne und politische Probleme sind gelassen. Ilona und Jörg fühlen sich wohl. Eines Abends aber: Wir packen, und als Ilona fragt: Warum, sagt Jörg, das sag ich dir später.
Später ist wieder im Appartement.
Ich verstehe dich nicht, sagt Ilona.
Sie lasen Marighella, als wir im Kino waren, flüsterte Jörg verschwörerisch.

Sehr geehrter Herr, anbei finden Sie die Abschrift eines Tonbandgesprächs. Tun Sie damit, was Sie wollen. Verfälschen Sie, werden wir Sie bestrafen. Hochachtungsvoll.

Und? fragt Ilona.
Das erklärt einiges, erwidert Jörg. Sie bereiten sich wohl auf eine Laufbahn als Partisanen vor. Darum auch die Selbstkritik von Kristof. Da halten wir uns besser raus – gut, daß wir uns noch nicht angemeldet haben. Und pssst, verstehst du, kein Wort! Nie. Versprichst du mir das?
Du bist so entsetzlich ernst, sagt Ilona und knöpft Jörg das Hemd auf.

Wir haben in unseren Gesprächen festgestellt, daß nach dem ersten Abflauen der Kämpfe genaue Analysen erstellt werden mußten. Teil und Reflex der Analyse ist die Organisierung anstehender Pro-

bleme. Die Dialektik zwischen realer Klassenbewegung und Organisation mußte verstanden und ins Werk gesetzt werden. Angeekelt warf der Reporter die Fotokopien auf den Tisch. Ins Werk setzen.
Ein uraltes Problem.
Fängt bei eurer Sprache an, dachte er und zog die Schuhe aus.

Ein Geschlecht von Riesen werdet ihr ja nicht gerade zeugen, sagt Mama. Sie umarmt Ilona und zieht sie in die Küche. Peter hat im Wohnzimmer Getriebeteile auf dem Tisch ausgebreitet.
Grüß dich, sagt er gelassen und blickt kaum auf. Lange nicht gesehen, Briederchen. Was machsten so?
Ziehen von Wohngemeinschaft zu Wohngemeinschaft und lieben uns, sagt Jörg. Und du?
Bin in ner alternativen Autoreparaturwerkstatt gelandet, sagt Peter. Für jeden zwölf Mark netto die Stunde. Überschüsse für Rote Hilfe und, er verzieht die Mundwinkel, antiimperialistische Projekte und so.
Oho, sagt Jörg. Gefällts dir?
Sehr, sagt Peter. Ich glaub, ich bleib dort. Is was anderes, als in nem Laden mit Chefs un so. Aber Mama hat noch was vor. Sie will weg.
Was will sie?
Weg. Mit dem Pastor, weißt du. Nach Fuerteventura.
Was? Ist das ihr Ernst?
Ja, sagt Peter. Niko kriegt die Bude hier. Ich bin in ne WG in der Admiralstraße gezogen. Alle von der Werkstatt, weißt du.
Und ich? fragt Jörg.

1970 war die Zeit des Großen Abschlaffens. Die antiautoritäre Bewegung war auseinandergefallen. Viele gingen zu den Parteien. Die einen, Dutschkes Wort vom Langen Marsch auf ihre Weise verstehend, traten in F. D. P. oder SPD ein, wurden Judos oder Jusos und – geschluckt. Einige, wenige wurden zu Renegaten, gingen zu Springer, ins Bundesjustizministerium, wurden Mitglieder im Bund Freiheit der Wissenschaft. Andere, nicht die schlechtesten, zumeist Facharbeiter oder Genossen auf dem Zweiten Bildungsweg, traten in SEW oder DKP ein. Dritte und Vierte gingen in die verschiedensten ML-Zirkel, die maoistischen Kleinstparteien. Der Reflex auf die Organisationshuberei der einen war die Entstehung des Spontaneismus. Ein positives Ding, die Spontaneität, verkam zu ihrem -ismus. It's the same all over, sagte sich der Reporter und setzte sich an die Maschine. Er hob den Tippfinger.

Du gehst ja schon länger deine eignen Wege, erwidert Peter. Süßet Mädel hast du da.
Süßes Mädel, süßes Mädel! sagt Jörg aufgebracht. Das kann doch nicht ihr Ernst sein, mit dem Pastor in den Süden. Weg von Berlin. Meine Fresse!
Warum nicht? fragt Peter, putzt sich die Hände in einem Lappen ab und zündet sich eine Selbstgedrehte an. Unsere Familie fällt auseinander. Das ist schade, aber es ist so. Und ich find ihren Plan mutig und gut. Warum sollte sie denn ihren Lebensabend hier im kalten und schmutzigen Berlin verbringen?
Ihren was?
Der Pastor ist pensioniert. Er ist in Ordnung. Die beiden langweilen sich nicht, wenn sie zusammen bleiben. Dreißig Mille braucht sie noch, sagt Mama. Dann gehts up und away für sie.
Wieso dreißigtausend?

Viele, Jungarbeiter, junge Angestellte, Lehrlinge, Berufsschüler, Heimkinder, Asylkinder, Kinder aus den Trabantenstädten verschwanden in der Subkultur. Sie waren wieder alleingelassen worden, nachdem einige Intellektuelle euphorisch einige Kampagnen – Randgruppendiskussion, Klassenjustiz, Armut in der BRD, Heimbewegung – angeleiert und nach Anfangsschwierigkeiten, die mit falscher Analyse und Kräfteüberschätzung zusammenhingen – wieder abgeblasen hatten.
Er schrak zusammen und hörte das Pochen in seiner Brust: die Klinke der Hotelzimmertür war sanft nach unten gegangen und, er hatte sich eingeschlossen, hart losgelassen worden. Er starrte auf die Türfüllung und atmete flach. Dann goß er sich wieder einen Whisky ein und schrieb weiter.

Das Polster für alle Fälle, erläutert Peter. Mama, Niko und ich haben schon in aller Ruhe darüber gesprochen.
Und?
Nichts und, sagt Peter und zuckt mit den Achseln. Wir haben noch keinen Plan. Jedenfalls nichts Konkretes.
Aber ich, sagt Jörg nachdenklich. Aber die Sache hat mehrere Haken.
Die wären?
Zunächst braucht Ilona eine komplette Ausbildung, von der Pike an. Wir haben schon mit der Glockenpuppe angefangen.

Peter lacht.
Von der Pike auf, sagt er.
Von der Pike auf, bestätigt Jörg. Was machen die beiden denn da so lange in der Küche?
Weibersache, sagt Peter.
Weibersache, Weibersache... Gibt es nicht. Und wo bleibe ich? Jörg reißt die Küchentür auf. He, schreit er, hier gibt es keine Geheimnisse.
Ich klär sie über deine Sünden auf, sagt Mama.

Werte, die von der antiautoritären Bewegung wiederentdeckt worden waren, wurden erneut vergessen oder verdrängt. Sein Finger zögerte über den Tasten. In der Vollendeten Kapitalistischen Krise. Nein, sagte er sich und strich den Satzanfang. Wie erkläre ich dem Leser in Turin, Mailand, Rom den Mangel an Klassenbewußtsein im kapitalistischen Deutschland? Er entschloß sich, das Papier der Unnennbaren völlig umzuschreiben. Werden doppelte Übersetzerarbeiten doppelt bezahlt? fragte er sich und legte sich angezogen auf das Hotelbett. Er schloß die Augen. Ihm war schlecht.

Die
Vierte und Fünfte Wohngemeinschaft
übergeht der Allwissende Autor. In ihnen war der Spaltpilz am Werk. Der Marxismus-Leninismus die Ideologie der ursprünglichen Akkumulation in unterentwickelt gehaltenen Ländern ohne lebensfähige Bourgeoisie spaltet die Neue Linke in kleine und kleinste Späne trennt den Vater vom Sohne die Mutter von der Tochter die Brüder von den Schwestern die deklassierte Intelligenz gründet proletarisch genannte Parteien die Bewegung ist vorbei es tauchen auf: die großen Absahner die Jusos die SEW und DKP die MLer es bleibt: ein Trümmerhaufen und die Reaktion des Trümmerhaufens je mehr Organisation und zum Selbstzweck verkommene Disziplin desto mehr schwingt das Pendel zur anderen Seite aus: aus Spontaneität wurde Spontaneismus aus Antiautoritären wurden Spontis.
Du bist zum falschen Zeitpunkt zur Bewegung gestoßen, sagt Jörg traurig, küßt ihr die Atemlosigkeit fort und streichelt Ilona.
Ich meine nein, sagt sie. Es ist besser, jemanden kennenzulernen, wenn es ihm dreckig geht. Der Trümmerhaufen, den du mir jetzt vorführst, ist immer noch lebendiger und interessanter als die Totalität des sogenannten Normalen.
Und die heißt: Roll back, Tendenzwende, Reaktion, flüstert Jörg, ehe er von Ilona auf seinen Back gerollt wird.

Sehr geehrter Herr, wenn Sie nicht in der Lage sind, unsere Statements korrekt wiederzugeben; wenn Sie auch nur ein Komma beim Abdruck unserer Papers ändern, ziehen wir es vor, Ihnen keinerlei weitere Auskünfte zu erteilen. Entweder legen Sie unseren Standpunkt dar oder den Ihrer Bosse, der Schweinepresse. Ein Drittes gibt es nicht. Treten Sie über eine Kleinanzeige in der Berliner Morgenpost an uns heran, wenn Sie an fairer Zusammenarbeit interessiert sind. Stichwort: Italiener, 68, sucht Anschluß. Chiffre.

In der
Sechsten Wohngemeinschaft finden sie zwei ihnen sympathische Frauen. Sie beschließen, gemeinsam eine neue Kommune zu gründen.
In der
Siebten Wohngemeinschaft wohnt Gerd Ramsegg, Obermacher der Stadtteilgruppe. Auch er denkt daran auszuziehen. In der
Zwischenzeit

Die Alternativen
Die einen, die sich Freiräume erkämpft zu haben glaubten, machten sich mit Eifer daran, sie mit Alternativprojekten zu füllen. In der Euphorie des scheinbaren Sieges übersahen sie, daß es unmöglich ist, aus den Zusammenhängen und Bedingungen der Gesellschaft auszuscheren, ohne die Bedingungen selbst zu ändern... Das klingt schon ganz anders, sagte sich Giangiacomo Rossi, klingelte nach dem Zimmermädchen und las weiter.

ziehen Ilona und Jörg bei ihm ein. Auf Abruf.
Jörg teilt Ramsegg mit, er habe vor, in naher Zukunft bei der Zeitung und der Stadtteilgruppe aufzuhören. Ramsegg widerspricht; er gehört zu denen, die ihre Depressionen in hektische Aktivitäten umwandeln. Also versucht er, Jörg zum Bleiben zu bewegen. Ilonas Lächeln irritiert ihn.

Was als Alternative zur Gesellschaft gedacht war, endete als Alternative zum Kampf. Das Widerstandsbewußtsein verkümmert zur Sozialarbeiterhaltung. Die Kompromisse zur Sache summierten sich zur Kompromittierung des Bewußtseins.
Eine Flasche Chivas Regal, Soda, Eis und einhundert Blatt Schreib-

maschinenpapier, sagte Rossi. Bitte, fügte er hinzu. Aber da hatte das Mädchen sich schon umgewandt. Fasziniert blickte Rossi ihr nach: bei jedem Schritt schlugen die Hüften weit zur Seite. *Monroe-Kick,* dachte er unwillkürlich. Mindestens fünfzehn Zentimeter nach links und fünfzehn Zentimeter nach rechts. Die Tür schloß sich. Du Schwein, altes, sagte Rossi sich. Auf Italienisch.

Der Abend ist ruhig und sanft, der Rest der Wohngemeinschaft zu einem Rockfestival nach Westdeutschland gefahren und die Luft zum Beißen. Ilona, Irene, Renate, Ramsegg und Jörg werfen einen Mescalintrip ein, sie lächeln einander an, liegen oder sitzen auf Matratzen, Orangensaft, Schwarzbrot und – für den Notfall – Valium liegen bereit. Statt eines Micky-Maus-Trips eine Arbeitsreise? fragt Ilona. Sie ist ernst.
Sie holen Bücher aus den Regalen, warten auf Bilder, Strömungen und Gedankenketten, lesen sich aus den Büchern ganze Abschnitte vor, lachen und stürmen ihre Gehirne:

Der Marsch durch die Institutionen
Und wo sind die Marschierer durch die Institutionen? Sie haben sich angepaßt oder sind gefeuert worden. Verändert haben sich nur die Marschierer, der Apparat dient der Reaktion wie eh und je. Was wahrscheinlich das einzig Voraussehbare war. Denn wer von innen an die Schaltstellen der Institutionen gelangen will, muß erst einmal die Aufgaben des Apparates erfüllen – und er muß sie besser erfüllen als andere.
Die Genossen übersehen, daß der Staat ein Instrument mit ganz bestimmten Funktionen ist. Die Funktion des bürgerlichen Staates ist es eben, die kapitalistische Gesellschaftsordnung zu schützen und aufrechtzuerhalten. Rossi wendete das zusammengeheftete Paper in den Händen. Es trug keinen Autor. Es hatte aber, spürte er, einen anderen als erwartet. Dieser Stil war ein anderer als der jener Unnennbaren, mit denen er in Verbindung getreten war. Er seufzte und beschloß auszugehen.

Was der Kapitalist in diesem einfachen Austausch erhält ist ein Gebrauchswert. Aber von mir erhält er nichts ich bestehle ihn. Im Schweiße deines Angesichts sollst du dein Brot essen. Aber Einbrechen ist harte Arbeit. Wie jedes in der Zirkulation stehende Individuum ist der Arbeiter Besitzer eines Gebrauchswertes er setzt ihn um gegen Geld die allgemeine Form des Reichtums. Aber als Dieb bestehle ich den Dieb. Eigentum ist Diebstahl. Aber Diebstahl setzt wieder Eigentum voraus das eine setzt das andere ist das lustig. Söhne und Töchter wirst du zeugen und nicht behalten denn sie werden gefangen weggeführt werden. Aber das Risiko des Arbeiters besteht in Unfall, Tod, Siechtum, Krankheit, Arbeitslosigkeit, Müdigkeit, Inflation, Deflation und sonstiger Flation und Unflat. Und Saul sprach laßt uns noch in der Nacht hinabziehen den Philistern nach und sie berauben. Nicht die Individuen sind freigesetzt in der freien Konkurrenz sondern das Kapital ist freigesetzt. Aber der Unternehmer riskiert nur den Bankrott der Einbrecher aber Knast oder auf der Flucht erschossen zu werden. Ich bin nackt von meiner Mutter Leibe gekommen nackt werde ich wieder dahinfahren der Herr hat's gegeben der Herr hat's genommen der Name des HERRN sei gelobt!

Die lieben Widersprüche
Wir sagen nicht, daß es falsch ist, als Lehrer oder Sozialarbeiter in Schule oder Jugendheim zu versuchen, ein Bewußtsein für die eigenen Interessen zu wecken, Jugendlichen die Zusammenhänge ihrer beschissenen Situation klarzumachen, den Widerstand als Alternative zu Anpassung und Selbstaufgabe zu propagieren. Wir sagen, daß der Widerspruch zwischen aufgetragener Funktion und konsequenter revolutionärer Arbeit zu einem Punkt führt, an dem vor lauter Taktiererei man sich im Reformismus verliert, wenn man nicht bereit ist, auch die persönlichen Konsequenzen zu ziehen. Wenn man nicht bereit ist, die persönlichen Konsequenzen zu ziehen, zu ziehen, Rossis Schritte hallten in der Passage des Möbel-KaDeWe nach. Er fühlte sich frieren. Die Waren stürzten auf ihn ein, das Licht aus den Schaufenstern fraß ihn von innen auf. Rossi schauderte. Ich habe die ganze Zeit nicht mit einer Frau geschlafen, dachte er. Immer auf den Spuren der Unnennbaren, ein Boyscout auf der *Fährte des Terrors.* Gute Überschrift, dachte er. Er winkte ein Taxi heran. Zu einer guten Nutte, sagte er grob. Der Fahrer gab Gas und lenkte in Richtung Bülowbogen.

Marx läßt sich schlecht singen, sagte Jörg. Spiel du jetzt den Aber, ich nehm die Bibel.
Erst drehen wir einen Joint, der bringt uns wieder höher. Hat jemand einen Filter? Nimm den Einband der *Grundrisse,* sagte Renate gleichmütig und riß ihn los.

Geh schon mal vor, sagte Martha. Sie schob Rossi in den Flur, lief an Merkens Beifahrertür und reichte ihm einen Zehnmarkschein durch das Fenster. Dank, sagte Merkens. Er stellte den Taxameter auf Null, schaltete das Frei-Zeichen ein und fuhr an. Viel Spaß, rief er noch. Hu! schrie Martha und schlüpfte durch die Haustür.

Der einzige Gebrauchswert daher der einen Gegensatz zum Kapital bilden kann ist die Arbeit, sag mal, wie singt man eine Klammer in einem Gregorianischen Choral?, und zwar wertschaffende, das ist produktive Arbeit... Von der Hu-re bis zum Pa-apst gibt es eine Ma-asse solchen Gesindels. Aber beleidige mir den Papst nicht! Aber tu der Hure keinen Tort an! Aber hab ich denn behauptet der Einbrecher sei Gegenpart des Kapitals im Gegenteil letzteres schafft den ersteren. Aber der Einbrecher nimmt eine bestimmte Form freier und selbstbestimmter Arbeit vorweg der gute Einbrecher verbindet Hand- und Kopfarbeit schweißtreibende Tätigkeit mit List Lust Mut Organisationstalent er disponiert nicht über fremder Leute Arbeit sondern assoziiert sich mit Freunden zu gemeinsamem fröhlichem Treiben. Ein Kluger sieht das Unglück kommen und verbirgt sich. Das Kapital ist verstorbene Arbeit die sich vampyrmäßig belebt durch Einsaugung lebendiger Arbeit und um so mehr lebt je mehr sie davon einsaugt. Singt Ramsegg. Zitiert Marx. Guckt hoch, wird ernst, sagt: Wollt ihr denn wirklich so weitermachen? Meint ihr im Ernst, ihr ändert was, wenn ihr klaut? Warum verdrängt ihr, daß der Betrieb die Schlüsselstelle der Veränderungen ist? Au weia, lacht Ilona, nun wirds ernst.

Den Staat abschaffen – nicht reformieren
Kritisch auseinandersetzen müssen wir uns auch mit den Vertretern einer anderen Position, die besonders bei den Militanten und bei den bewaffneten Gruppen maßgeblich geworden ist. Die Fixierung auf den Staat als das scheinbar einzige Grundübel, das nur beseitigt zu werden braucht, und einer sozialen Neuordnung stünde nichts mehr im Wege. Diese Genossen verkennen, daß der bürgerliche Staat nicht die Ursache der gesellschaftlichen Verhältnisse ist, sondern deren Wirkung. Und zwar nicht deren alleinige. Martha trommelte Rossi mit den nackten Fersen ins Rückgrat; sie hatte seinen vergessenen, abwesenden Blick seitlich an ihrer nackten Schulter vorbei gesehen. Sie stöhnte und bäumte sich ihm entgegen. Vielleicht wurde er so schneller fertig. Sie konnte Kunden nicht leiden, die während des

Fickens an andere Dinge denken und es auf diese Weise künstlich verlängerten. Rossi schnaufte und stieß schneller zu.

Die Prostitution, sang nun Irene, ist nur ein besonderer Ausdruck der allgemeinen Prostitution des Arbei-heiters und da die Prostitution ein Verhältnis ist worin nicht nur der – die, rief Ilona – Prostituierte fällt sondern auch der Prostituierende dessen Niedertracht noch größer ist so fällt auch der Kapitalist e.-t.-ceeeeeeh in diese Kategorie.

Rossi lag auf dem Rücken. Nachlässig streichelte Martha seine Schulter. Sie mochte Gastarbeiter, und für einen solchen hielt sie Rossi, trotz seines exzellenten Deutschs, als Kunden, sie waren anspruchsloser, bescheidener, netter. Sag doch, hast du Kummer? Komm, erzähl ihn mir, flüsterte sie. Sie langte zu den Zigaretten auf dem Nachttischchen. Rossi lächelte bemüht. Nein, nein, sagte er dann. Er beschloß, ihr noch zwanzig Mark unter das Kopfkissen zu legen. Er fühlte sich müde, leer und etwas besser. Er dachte: Ich kann ja wieder zurück ins Hotelzimmer gehen und weiter an dem Papier arbeiten. Und schlief ein. Martha stieg leise aus dem Bett und ging, Handtasche und Kleider mitnehmend, hinüber ins Bad. Sie schloß ab. Zwei Mal.

Verdammt noch mal, rief Jörg und sprang auf. Kannst du denn damit nicht mal aufhören? Du wirst uns nicht an das gewöhnen können, was ihr bekloppterweise *ehrliche Arbeit* nennt. Mehrwert ist Mehrwert, und Ramsegg ist sein Prophet, lachte Renate. Ilona hat lange genug im Büro gearbeitet, um zu wissen, was entfremdete Arbeit ist. Und ich kenne die Scheiße auch. Entweder nimmst du hin, daß wir so sind, wie wir sind, oder es hat von vornherein keinen Sinn, gemeinsam eine Kommune aufzubauen. Verstehst du das? Ja, ja, sagte Ramsegg. Die Wände blähten sich, die Farben sprangen in seine Augen, der Raum atmete, sie waren Körner im All.

Die geballte Macht der Desinformation durch Massenmedien, Schule und faschistoide Massenliteratur, die Manipulation durch Kontrolle von Vertreter-Organisationen, wie Gewerkschaften und sogenannten Massenparteien, die ideologischen Verwirrspiele und das Angebot von Schein-Alternativen zur Ab- und Umlenkung von Unmut und Aggressionen, und vor allem die soziale Bedrohung durch Arbeitslosigkeit, Berufsverbote und, bei ausländischen Kollegen, Abschiebung sind nicht zu unterschätzende Mittel von Herrschaft. Rossis Kopf war klar wie der Sternenhimmel, an dem er sich auf seinem Heimweg orientierte. Er ging zufuß ein Stückchen des Bülowbogens zurück, bog in die Steinmetzstraße ein, mußte, da sie endete, wieder ein wenig in Richtung Südosten gehen, bog nach links ein, gelangte an den Landwehrkanal und schritt ihn in Richtung Innenstadt entlang. Die Stadt fing an, ihm zu gefallen. Er pfiff vor sich hin und lachte leise, nachdem er gemerkt hatte, daß er die Melodie rekonstruierte, die sein Vater, ein Eisenbahner aus der Toscana, ihm beigebracht hatte: ein antifaschistisches Lied.

Es bringt nichts, wenn wir uns zur Eierkuchenfreundlichkeit hinträumen, sagt Ilona, von einem kleinen Ausflug in die Schulzeit zurückgekehrt. Energisch drückt sie ihr Rückgrat durch und hebt ihren Arm unter Jörgs Hals hervor. Bringen wirs hinter uns, stimmt Jörg grastrunken zu. Theorie, singt Renate. Irene klopft das BBC-Pausenzeichen von 1944. Also? Also: Der Arbeiter schafft die Werte, der Kapitalist schöpft den Mehrwert ab; er, aber auch alle anderen nichtproduktiven Menschen, leben von der Arbeit der produktiven Arbeiter. Der Einbrecher lebt also davon, daß ein bestimmtes Wirtschaftssystem existiert. Schaff den Kapitalismus ab, und du hast den Einbruch abgeschafft? Im Osten wird auch geklaut. Gibt es etwa dort den Kapitalismus in anderer Form nicht? Es geht nicht um Eigentumstitel... Ne, ich brings nicht mehr. Ich hab mich nicht zu rechtfertigen. Gibt es keinen mehr, der Mehrwert rafft oder über fremde Arbeit disponiert, gibt es keine Einbrecher mehr... Mit dem Kapitalismus als Produktions*verhältnis* schwindet die Kriminalität; aber erst dann. Und du? Ich? Was ist schlimmer, der Fabrikant oder der Manager oder der Fickkunde oder der Bürokrat? Als Nutte verkaufte ich einen Gebrauchswert. Arbeiter prostituieren sich in der Produktion, ich prostituierte mich in der Reproduktionssphäre. Hört auf! Sie nähren sich vom Brot des Frevels und trinken vom Wein der Gewalttat. Ich, sagte Ramsegg und versuchte vergeblich, den Kopf zu heben. Laß es, sagte Ilona freundlich und legte ihren Kopf auf seinen Bauch. Im Marxisten ist ein Pfaff versteckt, und der will missionieren und ans Band schicken. Oder piff, Genickschuß. Oder? Ich, versuchte Ramsegg wieder, aber die schwache Last des Kopfes und der Geruch ihres Haares, der ihm wie ein Messer in die Nase stieg, GANZ PLÖTZLICH!, sein Gesicht wurde weich. Wenn der Mensch anfängt zu leben, verläßt sein Charakterpanzer seinen Körper durch den Mund und durch die Nase, so wie die Seele auf alten, griechischen Bildern über den Tod, sagte er. Ilona lächelte. Das Problem mit Ramsegg aber, dachte sie, ist bei weitem nicht ausgestanden. Sie faßte Irene sacht an der Hand und begann, sich leise mit ihr zu unterhalten. Keiner wird verschont, dachte sie, nichts darf bleiben wie es ist, eine gemeinsame Reise muß alle verändern. Sie fühlte sich sehr leicht und gut.

Wir können nicht sagen: Das Bewußtsein der Massen ist noch nicht so weit, sondern wir müssen uns fragen, wie dieses Bewußtsein Stück für Stück aufzubrechen ist. Rossi steckte den Schlüssel ins Schlüsselloch. *Unsere Isolation im Volk:* An diesem Punkt haben wir aus der Guerilla zu fragen, inwiefern wir unsere Isolation nicht selber verschuldet haben. Sicherlich hat auch das Fehlen der öffentlichen Auseinandersetzung mit den anderen Teilen der Linken dazu beigetragen. Aus der Furcht heraus, der Staat könnte sie für die psychologische Kriegsführung und gegen uns nutzen, wurde die Kritik abgetan und als Bullenpropaganda hingestellt.

Machen Sie das Licht an und drehen Sie sich langsam und vorsichtig um! sagte die Stimme aus dem Dunkel. Rossi atmete tief durch. Er hatte so etwas Ähnliches erwartet. Er knipste den Schalter, verschränkte die Hände hinter dem Nacken und blickte über die Schulter. Drei Pistolen und eine Maschinenpistole waren auf ihn gerichtet. Rossis Augen wurden groß. Er leckte sich über die Oberlippe. Zwei der vier Männer gingen seitlich an ihn heran, stellten ihn an die Wand: die Handflächen gegen die Tapete, die Füße weit auseinander und ein großes Stück von der Wand entfernt. Dann schlugen sie ihm die Beine unter dem Leib fort; er prallte mit der Stirn gegen die Wand, rutschte an ihr hinunter, lag auf dem Boden, Blut troff aus der Nase. Seine Arme wurden nach hinten gerissen, Handschellen schlossen sich um die Gelenke. Polizei! hörte er, wie von fern her. Sie sind der Unterstützung einer kriminellen Vereinigung nach § 129 StGB verdächtig, alles, was Sie von nun an sagen.

5

Versprochen ist versprochen. Ein Ganove ist ein Mann von Ehre. Dem Heroen aus Kreuzberg steht eine ergebene Gefährtin zur Seite. Es gibt den schmalen Weg, und der ist lustig und führt zur Lust, immerdar, wie der Große Weise es sagte; und es gibt den breiten, den gehen immer doch viel zu viele, und dieser Weg ist vorgezeichnet, und er führt mit penetrantem Fortschritt glatt von 1. Mose, Kapitel 3, Vers 19, bis auf den heutigen Tag – in die Vorgeschichte. Es gibt keinen Ausweg. Darum heißt unser

V. KAPITEL:
MORGENSTUND IST ALLER LASTER ANFANG,

schildert die normale Höllenpein, erinnert an die Bauarbeiter in Barcelona und die jurassische Föderation, zeigt, warum zur Verführung verführt wird, ein kleineres Versagen, weil da zu viel Wille ist und Vorstellung, die Empfindungen ganzer Generationen von Hiobs, läßt an Dantes Hölle glauben, Roboter robotten, zitiert Balzac, gibt einen kleinen Einblick in die Frauenarbeit in den Metropolen in der zweiten Hälfte des Zwanzigsten Jahrhunderts, gibt Schnappschüsse vom Krieg wieder, von Produktionsschlachten, eine Zumutung erlebt ihr Waterloo, zur Abschreckung werden die Dressurregeln für Mehrwertschaffer zitiert, und es endet, völlig geschafft, mit einem Versprechen, einem kleinen Ausblick auf wirkliches Glück. Ehrlich. Das Motto entlehnten wir César Vallejo:

Anerkennt seien die Ziegen und ihre Lämmer, denn sie klettern unter Lebensgefahr;
gewöhnt es dem lieben Gott ab,
ein Mensch zu sein,
werdet erwachsen...!
Man ruft mich. Ich gehe.

Vallejo gab es gratis; am Karfreitag 1938 starb er an Hunger, mitten in Paris, einem fleißigen und satten Europa:

Sag mal , weißt du, was *Arbeiten* bedeutet? War'se schon mal inne Fabrik? Ach, erzähl mir nix, hör doch auf... kann sein, du bist so blöd.
Alle?
Meinetwegen *alle!* Von vorne anfangen? Von *vorne*?
O Gott. O. K., aber sags jedem erzähls weiter. Warne die Menschen!
Laß dich bloß nicht...
Nein, nicht drauf einlassen.
Ja, ja, ja, ich fang ja schon an...
Also... ne, ich weiß nicht. *Wo* soll man denn bei so einem Irrsinn anfangen?
Beim Aufstehen. Hä, hä, hast wieder dein witzigen Tag, wa?
Was heißt hier *Aufstehen*?...
Um 5.00 vergewaltigt einen der Wecker. Was heißt Wecker? Die Posaunen von Jericho spielen nen Schlummerblues dagegen. Du fällst aus dem Bett, hast ne Wahnsinnswut im Bauch, du kriegst das große Kotzen. Willst einen ermorden. Machst ein Auge auf, machst das andere Auge auf, fuchtelst mit den Armen rum, du... du willst dem verfluchten Ding da die Schnauze, die Glocke stopfen.
Weckst Ilona dabei... Ne, du natürlich nicht Ilona! Sag mal, willste mich verscheißern? Willste was aufs Maul?
Da soll man nicht aus der Haut fahren! Nicht aus der Haut fahren... Ja, ich *weiß*, ich bin wütend. Über den *Wecker* erst mal. Was heißt Wecker? Die Stimme der Hölle...
Ich hab vor kurzem gelesen, die Anhänger von Bakunin in der Ersten Internationale damals..., also damals, die kamen zumeist aus der Schweiz. Und weißt du, was die produzierten? Worauf die noch *stolz* waren? *Uhren!* Jawoll, Uhren. Diese armen Irren! Kein Wunder, daß in der Schweiz keine Revolution ausgebrochen ist...
In Barcelona, 1917, kriegte die Regierung keinen einzigen Arbeiter, der bereit gewesen wäre, beim Bau eines neuen Knastes mitzuwirken. Keinen Arbeiter, keinen Zimmermann, keinen Polier kriegten die dazu!... Die mußten ungebildete Tröpfe aus der Provinz, aus reaktionären Gegenden rankarren. Und selbst die ließ man nicht an die Arbeit...
Wer? Wer denn wohl? Die Arbeiter von Barcelona. Die hauten denen was aufs Maul – prompt hatten die Klassenbewußtsein. Und heute? Heute, da findest du an jeder Straßenecke fünf, die *jede* Arbeit annehmen und ausführen, wenn sie wieder mal keinen Job haben. Einen Knast bauen? Warum nur einen? In jedes Arbeiterviertel fünf, mit allem Komfort, mit elektrisch geladenen Zäunen, Guillotine, Wasserspülung...
Was das mit *Weckern* zu tun hat? Das *hat* mit Weckern zu tun! Und ob! Daß man nämlich Sachen herstellt oder baut, die einen selber

umbringen. Ein Wecker – das ist neben dem Scheck *die* Erfindung des Kapitals, jawoll. Was braucht denn ein Selfmade-man außer nem Wecker, der Buchhaltung und dem Grips von Al Capone..?
Also 5.00 Uhr. In der Frühe! Verstehst du, in der *Frühe*. Weißt du, was das bedeutet?
Ich hab mal gelesen, da haben wir die schönste und tiefste Traumphase, so um fünf in der Frühe. Ich jedenfalls wache immer mit der RiMoLa auf...
Riesen-Morgenlatte. Da *muß* man doch was Schönes geträumt haben!
Und dann das! Da fällste aus'm Bett. Da biste gleich in der Stimmung, einen zu ermorden! Was heißt ermorden? – zu stechen, um dich zu schlagen, mit der Axt Amok zu laufen... Um fünf Uhr früh...
Oder *arbeiten* zu gehen. Oder zu arbeiten. Klar. Das nennen die Weißkittel wohl *Sublimieren* oder *Kultur und Zivilisation schaffen durch Triebaufschub* ... Weia! Dann stößt Ilona dich mit dem Ellenbogen und sagt verpennt: du mußt aufstehen... *arbeiten gehen*...
Und das Weib liebst du noch! Die dreht sich auf die andere Seite! Vergißt ganz, daß auch *sie*... aber heute früh bist *du* dran mit Aufstehen und Frühstückmachen. O Gott, warum ist heute Montag? Warum nicht, sagen wir mal... Sonnabend oder Sonntag..?
Mit dem Ellenbogen stößt sie dir in die Rippen und gleichzeitig rücktse den Arsch in deinem Schoß hin und her. Das Biest! Diese Sadistin! Diese Ausgeburt aller abgefeimten Höllen! Sag mal, ist man überhaupt *Mensch,* wenn man so früh aufstehen muß? Ist man überhaupt *Mensch,* wenn man nicht weiterpennen kann, bis einem die Sonne in die Augen scheint...? Und dann B-u-m-s-e-n..! Ist doch klar, daß die Leute verrückt sind. Alle! Alle verrückt. Wenn man den Tag nicht mit ner herrlichen Nummer anfangen kann. Ist doch logisch, daß die sich dann Atombomben ausdenken, Giftgas erfinden, auf dem Mond herumkarriolen, nen Staat brauchen...
Du machst das eine Auge auf. Das tut *weh!* Machst es also wieder zu. Fünf Uhr. Du machst das andere Auge auf. Und das tut erst recht weh! By Jove, dann fällt dir ein: eigentlich bist du krank. Alles tut weh! Das fängt bei den Augen an. Krebs oder so. Mindestens! Die Schultern, die Beine, der Hals... Aber erst die Augen! Das brennt. Schon alles verklebt: Viren, Bakterien, all so Viecher. Die krabbeln nur so über die Pupille. Was heißt *krabbeln?* Die nagen alles weg! Die ganze Hornhaut, alles, alles verklebt, du siehst alles ganz undeutlich. Halb blind biste...
Ruhe. Du hast dem ekligen Ding das Maul gestopft.
Du atmest. Du hast die Augen wieder zu.
Es riecht nach Schlaf.
In deinem Schoß so'n süßer kleiner Arsch. Ilona schnauft. Du lebst! Legst den Arm um ihre Taille... Diese Stelle zwischen Becken und

Brustkorb – *keine Knochen da!* Weich. Flaumweich. Zart wien Frühlingstag. Du bohrst deine Nase in ihren Nacken. Da wirst du schon wacher…
Vorne schnaufts. Aus mindestens sechs Kilometern Entfernung hörst du die Stimme: Du mußt aufstehen. Heute bist du dran!
Da soll man kein Lustmörder werden! … Die Algerier, im Kampf gegen die Franzosen damals, sie brauchten nur zwei Schnitte, den Kopf fast abzutrennen, vom Ohr bis zum Hals, vom Hals bis zum Ohr… Mit nem Rasiermesser. Im rechten Winkel…
Die RiMoLa klappt weg wien Winker am alten Opel. Das Zimmer ist ganz schwarz wien Mohrenarsch. Da liegst du mit schmerzenden Augen und Knochen. Der Krebs frißt dich auf. Die Wut zerreißt dir den Bauch. Wer das erfunden hat, den müßten sie steinigen… wenn ich nur dran denke! O ja, ich lasse mir da noch was einfallen..!
Aber Ilona bleibt ganz sanft. Sie legt deine Hand nach hinten, zieht dir das Bettdeck weg, sie flötet: Du hast es versprochen…
Das halt ich nicht aus! Ich Idiot! Ja, warum sollte ich auch *sie* umbringen? *Mich* müßte ich aufhängen! Die spinnen doch alle: Mehrwert, Betriebskampf, Proletarier vereinigt euch… Und ich hab mich bequatschen lassen. Ich hänge mich auf. Sofort! Aber dazu müßte ich *aufstehen..!* Warum ist denn hier so'n Zug im Zimmer? Das zieht wie die Hölle. Da hat einer wieder alle Fenster offengelassen. Ilona kuschelt sich in die Kissen. Ich liege im Freien. Soll ich brüllen? Schreien? Sämtliche Möbel aus dem Fenster feuern? Mir von Niko die Kanone holen?
Ich stehe auf… Verdammt!

5.30 Uhr : 500 Millionen Menschen stehen auf. Und einer davon bin ich.
500 Millionen Menschen latschen zum Waschbecken. Und einer davon bin ich.
500 Millionen Menschen glotzen sich aus Triefaugen im Spiegel an. Und einer davon…
500 Millionen Menschen spritzen sich kaltes Wasser in die Fresse, putzen sich die Zähne, schlüpfen in die Unterwäsche, und einer davon…
500 Millionen Menschen sitzen tiefsinnig auf dem WC und drükken.
500 Millionen Menschen betätigen die Wasserspülung. Alle zur gleichen Zeit! Und einer davon, verdammt, bin ich.
Frische Brötchen? Frische Konfitüre? Ja Scheiße! Gibts nicht um diese Zeit. 500 Millionen Menschen streichen Altöl auf gefärbtes Styropor und klatschen Glibber aus Leverkusen drauf. Und auf das

Mündchen: einen für den Papi, einen für Mami, einen für den Meister, einen für den Personalchef, einen für den Bundeskanzler, einen fürs Bruttosozialprodukt (was immer das ist), einen für... *das Ebenbild Gottes, die Krone der Schöpfung – das da?* Was da am Frühstückstisch sitzt und kaum ausse Augen kieken kann? Das, was sich da anmuffelt mit hängenden Schultern, Mordlüsternheit im Bauch? Das, was sich da zu erinnern sucht, daß das, was da unter dem Schädelschild, *Gehirn* sein soll..? Nein, man gehört sich nicht. Gegen uns wirken Marionetten lebenslustig, menschlich und vital.
Ein Pieps, und ich hau dir inne Fresse! Ach Ilona, wir haben uns doch mal gern gehabt! Sind *wir* das, die hier tränentütig herumschleichen, sich aus blutunterlaufenen Augen in die Gesichter glotzen und sich zu erinnern suchen?
Reiß mir den Aufziehschlüssel aus dem Schulterblatt, küß mich, zieh dich aus, laß mich deine Säfte trinken, hier, in der Küche, unter dem gnadenlosen Licht einer Glühbirne!
Das ist doch nur Spuk. Das träumen wir doch nur. Da hat uns gestern abend einer ne Psychodroge in den Wein getan: DOM/STP. Wir sind auf dem Horrortrip, glaubs mir. Ich liebe dich doch... Komm, wir gehen ins Bett, laß uns einander streicheln. Dann geht das vorbei...
Was heißt hier: Gute Vorsätze? Was bedeutet dies: *mal ehrlich arbeiten?* Was ist gut dran, wenn der Mensch vor die Hunde geht, ausblutet wie ein Hahn, dem sie den Kopf abgehackt haben und der noch einige Schritte flatternd herumläuft? Was ist gut daran, die Sprache der Zärtlichkeit zu vergessen, mit 500 Millionen Menschen Anderen seinen eignen Schatten zu verkaufen? Für was? frage ich dich. Ach, Ilona, laß uns wieder ins Bett gehen. Vergessen wir unser Vorhaben *ehrliche Menschen* zu werden! Komm, wir pennen weiter. Und abends gehe ich wieder stehlen, klaue ich einem dummen Touristen die Brieftasche im Pissoir am Savignyplatz. Oder ich breche ein. Oder wir knacken Autos, und du stehst Schmiere. Irgend etwas. Nur nicht *das*...

Du stehst am Fenster, und ich liege im Bett. Ich weiß nicht, warum ich aufgewacht bin. Mir fehlte etwas.
Dort sehe ich dich stehen, schwach, klein, sehr weiß, im grünlichen Licht des Morgens. Komm, sage ich. Und du kommst. Ich höre deine Schritte nicht, meine aber, dich zu sehen: die großen Zehen nach innen gedreht, leicht x-beinig, sehr mager. Ich spüre, wie die Matratze sich neben mir senkt. Und ich öffne die Augen wieder.
Da liegst du – ich weiß es genau – mit offenen Augen. Und ich streife das Bettdeck von mir, streife die Decke von deiner Brust, von Bauch,

Lenden und Beinen: du strahlst Wärme ab. Ich beiße dich ich knuspere an dir ich trinke dich ich fahre in deine kleinen Höhlen ich lege mich auf dich: Brust auf Brust, Bauch auf Bauch, Bein auf Bein, lege meine Arme an deinen Hals, bedecke meinen Rücken und schaukele sanft und schaukele sanft.
Und spüre, wie es in dir pulst, spüre es an Hals und Bein, an Brust und Schoß und spüre das Klopfen des Schwanzes an meiner Höhle und spüre, wie mein spitzes Schambein sich in dich bohrt und biege das Becken ein wenig hoch und führe die Hand unter die Decke und lege die Spitze deines Schwanzes genau auf den Punkt an meine warme pulsende bemooste Höhle.
Und so liegen wir.
Ich merke, wie meine Schultern schlaff werden. Von ganz allein. Und wie es in mir pulst, sehr leicht, in einem anderen Rhythmus als deinem, kleiner erschrockener unregelmäßiger. Und du schließt die Augen. Da zappelt es in mir.
Leicht bewege ich meinen Körper und schaukele und schaukele: wir schwitzen; löst sich unsere Haut voneinander, gibt es ein kleines, schmerzlich schmatzendes Geräusch. Und ich brauche den Kopf nicht zu heben: ich *weiß,* daß du lächelst. Dann lächle auch ich und werde weicher.
Deine Oberschenkel spannen sich an ich biege den Hintern ein bißchen hoch umschließe deine Beine mit meinen und schließe meine Arme hinter deinem Nacken.
Und merke plötzlich, wie ich feucht werde. Zum ersten Mal. Unsere Becken reiben sich aneinander ich spüre dich millimeterweise am oberen Teil meines Schoßes. Und du öffnest wieder die Augen: sehr ruhig. Ein wenig überrascht. Lauschend, nachdenklich, ein wenig abwesend. Schau mich an, ja, schau mich an!
Und ich lege alle Kraft und Gedanken in mein Becken. Ist das falsch? Sag, ist das falsch? Wenn man die Augen schließt, kann man sich besser konzentrieren. Spürt man mehr hört man besser riecht man intensiver. Und kurz, ganz kurz, merke ich lächelnd, wie sich auch meine Nüstern öffnen und schließen, ganz leicht und pulsierend.
Ich presse die Schenkel zusammen und schaukele und schaukele und öffne mich und presse und ich öffne mich: das wird stärker. Von ganz allein. Quecksilber tanzt in meinen Oberschenkeln auf und ab: ich zittere und ich dränge dir entgegen und versinke in dir und merke nur an deinem schwerer werdenden Atem daß ich dich gebissen habe. Und mein Gesicht fällt auseinander die Teile zerfließen meine Lippe fällt: ich merke das genau. Spüre, wie dein Atem hart wird und leicht über mein Gesicht streicht. Spüre die Spannung in mir die meinen Hals verbiegt nach hinten und meine Atemstöße sich brechen lassen. Manchmal vergesse ich dich vergesse ich mich vergrabe ich dich in meinem Rhythmus bin naß und offen. Und das Quecksilber tanzt in

meinen Oberschenkeln und mein Hintern zittert und wippt dir entgegen. Ich richte mich auf. Schau mich an, ja, schau mich an!
Aber es ist schwer, die Augen offen zu halten. Weck mich nicht! Mein Becken macht was es will in mir klopft es von den Fersen bis in den Schoß vom Nacken bis in den Hintern ich werde schnell und schneller dich in mir mich in dir schnell und schneller – doch es nutzt nichts: verspannt, verkrampft. Ich denke immer an dich. Ich kann nichts mit mir tun, ohne dich zu berücksichtigen. Verspannt, verkrampft. Du legst deine Finger an die Adern, die seitlich aus meinem Halse treten. Ich habe Angst. Angst, ich könnte fallen aufgerissen werden in dir verschwinden. Alles drängt in meinen Schoß und bleibt in den Oberschenkeln stecken: ich bin wieder verkrampft. Und weil ich es *denke*, immer dran denke, und weil, aber das denkt nur der Kopf, vaginal und clitoral, werde ich noch verkrampfter. Und ich habe Angst zu schreien. Es ist nicht, daß du in mir bist: das finde ich schön ich umspanne dich ich dränge mich um dich spüre dich bis an Herz und Kehle. Ich habe Angst zu schreien. Sich weggeben. Ich sein. Woanders sein. Leib sein. Ganz sein. Du kommst mir sanft mit dem Becken entgegen. Ich höre auf.
Du streichst mit dem Finger die Falte glatt, die sich zwischen meinen Brauen gebildet hat.
Laß dir Zeit, sagst du.
Ich kann nicht, sage ich.
Denk mich nur am Rande, sagst du.
Ich kann nicht, sage ich.
Aber da ist es schon vorbei.

Du lernst es, sagst du.
Ich weiß nicht, sage ich und öffne die Augen.
Bestimmt, sagst du.
Tut es dir weh?
Denk nicht an mich, sagst du. Bitte!
Es muß dir doch weh tun, sage ich. Das ist doch nicht gesund. Deshalb kamen sie doch alle zu mir.
Ich bin nicht *alle.* Es ist egal. Sagst du. Es ist schön.
Es *kann* nicht schön sein für dich.
Schau nicht so finster, sagst du und lachst.
Komm, gib mir einen Kuß, sagst du.
Ich beuge mich vor und gebe dir einen Kuß.
So bleib, sagst du. Wir müssen nicht nur die Stellung, wir müssen unsere Einstellung zu Muschi und Schwanz ändern. Wir müssen sie befreien von den Eigenschaften, die für geschlechtsspezifisch erklärt

wurden. Wir müssen ihre Werte für gleich, für gleich bedeutend, gleich wertig erklären.
Ich liege auf deiner Brust. Du läßt das Becken sanft kreisen und streichelst mich.
Zerbrich dir nicht meinen Kopf, sagst du. Ich habe gelernt, mir zu nehmen, was ich brauche. Aber jetzt sind wir zwei.
Zwei.
Hast du's gemerkt? Frage ich. Fast war ich soweit.
Ja, sagst du. Du wirst es lernen. Du hast noch Angst. Aber das gibt sich.
Ich *möchte* mit dir vögeln. Sage ich. Richtig! Mit allem, was drin ist.
Und weil du zuletzt nur daran gedacht hast, hat es schließlich nicht ganz hingehauen.
Du hast das gespürt? Irgendwie bin ich erschrocken. Du streichelst meine Schläfen.
Das... merke ich eben.
Du wärst eine gute Hure, sage ich. Ein guter Hurenbock. Dann lachen wir.
Scheiße, und ausgerechnet heute müssen wir arbeiten. Sagst du.
Sollen wir schwänzen?
Schwänzen ist gut, sagst du. Und nach einer Weile: Nein. Wir haben es den anderen versprochen. Laß es uns versuchen. Ist ja verrückt genug, nicht?
Völlig verrückt, sage ich. Total plem-plem.
Als ich aufstehe, bin ich furchtbar schwach in den Kniekehlen.

DER DU HIER EINTRITTST,
LASS ALLE HOFFNUNG FAHREN.
Rote Backsteinmauern, Stacheldraht, Flaschenscherben auf Mauerkronen, Pförtner, Werkschutz, Schlagbaum: rot-weiß.
Werkausweis, Stempelkarte, Stempeluhr.
Die Fabrik:
Siehe, jede Hoffnung wird an ihr zuschanden; schon wenn einer sie sieht, stürzt er zu Boden./Niemand ist so kühn, daß er sie zu reizen wagt. – Wer ist denn, der vor mir bestehen könnte?/Wer kann mir entgegentreten und ich lasse ihn unversehrt? Unter dem ganzen Himmel ist keiner!/Wer kann die Tore ihres Rachens auftun? Um ihre Zähne herum herrscht Schrecken./Ihr Niesen läßt Licht aufleuchten; ihre Augen sind die Wimpern der Morgenröte./Aus ihrem Rachen fahren Fackeln, und feurige Funken schießen heraus./Aus ihren Nüstern fährt Rauch wie von einem siedenden Kessel und Binsenfeuer./Ihr Odem ist wie lichte Lohe, und aus ihrem Rachen schla-

gen Flammen./Auf ihrem Nacken wohnt die Stärke, und vor ihr her tanzt die Angst.
Hier werden Maschinen hergestellt mit Maschinen und zwischen den Maschinen wo es zu teuer wäre Maschinen hinzustellen stehen Menschen Frauen und Männer in Overalls und Kitteln Sie tragen Werkzeuge in den Händen und hinter den Frauen und Menschen stehen Uhren und hinter den Uhren stehen die Zeitabnehmer und hinter den Zeitabnehmern stehen die Bosse.
Jeder Mensch hat seine Bewegungen zu machen wie Maschinen Verboten: husten reden lachen pfeifen singen die Nase putzen sich ausgiebig am Kopf kratzen schmusen streicheln essen lieben schlafen denken Der Mensch bewegt sich vor und zurück Seitlich Nach oben und unten Die Uhren haben die Zeiten der Bewegungen gemessen Fachleute haben ausgerechnet wie sich die Menschen am besten bewegen Wie Maschinen Immer die gleichen Bewegungen Immer in der gleichen Zeit Immer kurze Bewegungen tausende von Malen zehntausende von Malen Millionen von Malen.
Jedes stellt ein winziges Teilchen von etwas her Von diesem Etwas weiß jedes oft nicht was es später wird In der nächsten Halle wird die Arbeit fortgesetzt von anderen Maschinen und Menschenmaschinen.
Die Menschenmaschinen wurden in mehreren Ländern angekauft Kostengünstig genormt Die Menschenmaschinen mit dem Schlitz zwischen den Gehapparaten müssen die feinen Arbeiten ausführen Sie sind schwierig Die Menschenmaschinen mit dem Schlitz zwischen den Gehapparaten sind billiger Sie sind genügsamer Sie kommen aus türkischen italienischen jugoslawischen spanischen und tunesischen Produktionsstätten.
Morgens um sieben Uhr werden sie angestellt Daraufhin führen sie Tausende von immer gleichen Bewegungen aus Um neun Uhr stellt die Fabrik sie mit einer Sirene ab Dann herrscht gespenstische Ruhe in den Sälen und die Menschenmaschinen mit Schlitzen zwischen den Gehapparaten nehmen Futter und Trinkbares zu sich Um neun Uhr fünfzehn ertönt wieder die Sirene und die Menschenmaschinen fahren fort sich produzierend zu vernichten.
Um zwölf Uhr ertönt erneut die Sirene Die Menschenmaschinen seufzen auf und verlassen die Hallen Sie gehen in ein riesiges Kantine genanntes gekacheltes Pissoir und erhalten dort aus riesigen Kesseln eine undefinierbare Kraftnahrung hergestellt von Maschinen und Menschenmaschinen aus der chemischen Industrie Jede Menschenmaschine erhält eine genau ausgerechnete Anzahl von Verbrennungseinheiten zu Mittag (zwischen 1100 und 1560) jene Anzahl die sie benötigt um die genau ausgerechnete Leistung von x MS zu vollbringen Es stinkt nach Schweiß Öl und der chemischen Kraftnahrung Andere Menschenmaschinen haben sich ihren Kraftstoff aus ihnen

zugeteilten Schließfächern entnommen welchen sie sich mitgebracht hatten und nehmen ihn in der Mittagspause auf dem Rasen zwischen den Hallen bei schlechtem Wetter in den Werkshallen zu sich Kommt es zwischen Menschenmaschinen mit Schlitz und solchen mit Nippeln zwischen den Gehapparaten während der Pausen zu Kontakten erscheinen Weißkittel Meister Werkschützer und sonstige für Sicherheit und Ordnung zuständige Roboter und trennen sie mit Bestimmtheit Um zwölf Uhr fünfundzwanzig ertönt die Sirene ein weiteres Mal Die Menschenmaschinen eilen zu ihren Maschinen und harren auf das zweite Signal mit ihrer Beschäftigung für das Bruttosozialprodukt (deren Maßzahl die Asozialität ist) fortzufahren. Diese dauert bis fünfzehn Uhr fünfunddreißig Dann verläßt eine Schicht von Maschinenmenschen und Menschenmaschinen und Weißkitteln und Robotern die Halle Eine andere Schicht nimmt ihre Plätze ein Der Lärm dauert fort. Die Schicht dauert an.

Balzac schreibt: Das Wort *Genosse* wiederum bezeichnet hier einen alterfahrenen, einen hartgesottenen Dieb, der seit langem mit der Gesellschaft gebrochen hat und sein Leben lang ein Dieb bleiben will, der aber bei alledem den Gesetzen des großen Gaunertums treu bleibt. (*Glanz und Elend der Kurtisanen.*)
Jörg schreibt in der Werkstoilette – zweiunddreißig Scheißhäuser nebeneinander, deren Türen unten einen breiten Schlitz offen lassen und nach oben hin geöffnet sind, damit Kontrolleure unerlaubtes Rauchen, Kartenspielen, erotische Kontakte, Zeitung- oder Bücherlesen leicht im Auge behalten können – an die Wand:
ILONA ICH LIEB DICH UNHEIMLICH – DIES WAR MEIN ERSTER UND LETZTER ARBEITSTAG – UNTER DEM ZEMENTBODEN DER WERKSHALLEN DIESER SCHEISSFABRIK LIEGT DER STRAND! J. H. (z. Zt. i. d. Hölle.)

Siebenundsechzig Prozent der Frauenarbeit in diesem glücklichen Lande besteht aus Akkord. In diesem glücklichen Lande arbeiten etwa zehn Millionen Frauen. Also sind etwa sechskommasieben Millionen ungelernte Arbeitskräfte – eine davon bin ich.
Davon sind drei und eine halbe Million Arbeiterinnen – eine davon bin ich.
Einskommasieben Millionen davon ungelernt – eine davon bin ich.
Um in die Nähe des Akkords (Der Heilige Gral) zu gelangen, wirst du angelernt, zwischen eins und drei Monate. Nur neun Prozent der Arbeiterinnen haben einmal einen Beruf gelernt.

In dieser glücklichen Halbstadt sind wir etwa dreißigtausend ungelernte Frauen. Die Rangleiter geht so: Gott – Chef – Prokurist – Meister – Leitender – Vor – einfacher Arbeiter – Fachhilfsarbeiter – Hilfsarbeiter – Mülleimer – zu den letzten drei Kategorien gehören wir Frauen, die Jungen ohne Schulabschluß und die Fremdarbeiter, die wir zynischerweise Gäste nennen.
Stell dir einen überdachten Fußballplatz vor. Nur nicht so gemütlich. Ein Gang teilt die Halle. Wir sind etwa dreihundert Frauen. Jede Seite ist fünfundzwanzig Reihen lang, in jeder Reihe sitzen sechs Arbeiterinnen. Eine davon bin ich.
Der Abstand zwischen den Reihen kann überspuckt werden. Wir tuns nicht.
Wenn du redest, hörens ungefähr drei Reihen jeweils. Wie wir sitzen: 1 Italienerin, 1 Jugoslawin, 1 Türkin, 1 Deutsche undsoweiter. Da kannst du weniger miteinander reden. Wir sind einhundertzwanzig Frauen aus dem glücklichen Lande in der glücklichen Halle. Die anderen Frauen stammen aus unglücklichen Ländern.
Einen Tag halte ich es aus. Dann hau ich innen Sack.

Balzac schreibt: In der Tat steht jedem der Heroen des Bagnos eine ihm ergebene Frau zur Seite.
Ilona schreibt an die Wand im vierten Arbeiterinnenklo von rechts: JÖRG ICH LIEBE DICH WAHNSINNIG – DAS IST DOCH DER REINSTE HORROR HIER – MACHT KAPUTT WAS EUCH KAPUTT MACHT: MACHT (es folgt der Firmenname) KAPUTT!

Betr.: **BEHANDLUNG DER ARBEITER**
LEISTUNGSSTEIGERUNG

Die bisher ergangenen Verfügungen über die Behandlung und Leistungssteigerung der Arbeiter haben nicht in allen Fällen den gewünschten Erfolg gebracht. Von Dienststellen der Gewerkschaft und der Wirtschaft werden immer wieder Klagen über die schlechte Arbeitsleistung aller Arbeiter laut. Im Einvernehmen mit den beteiligten Stellen der Gewerkschaft und des Staates werden daher nachstehende Richtlinien für das Arbeitswesen bekanntgegeben. Alle Meister und Werkschützer sind umgehend entsprechend zu belehren.

1.) Zusammenarbeit mit den Hoheitsträgern der Gewerkschaft

Die Zusammenarbeit aller im Arbeitswesen tätigen Vorarbeiter und Meister mit den Hoheitsträgern der Gewerkschaft ist noch mehr als bisher zu verstärken.

Zu diesem Zweck wird angeordnet, daß die Manager der Fabriken ab sofort für alle Kreise ihres Bereiches einen auf allen Gebieten des Arbeitswesens erfahrenen tatkräftigen Meister als »Verbindungsmann zum Kreisgewerkschaftsleiter« kommandieren mit dem Auftrag, in engster Zusammenarbeit mit diesem nach den Weisungen des Fabrikmanagers alle die Öffentlichkeit berührenden Fragen des Arbeitswesens zu behandeln.
Ziel dieser Zusammenarbeit muß sein:
a) die Arbeitsleistung der Arbeitnehmer zu steigern,
b) auftretende Schwierigkeiten mit größter Beschleunigung örtlich zu regeln,
c) im übrigen den Einsatz der Arbeitnehmer in den Kreisen so zu gestalten, daß er den politischen, militärischen und wirtschaftlichen Forderungen entspricht.
Entsprechende Anordnung ergeht durch die Gewerkschaftsführung an die Landes- und Kreisleiter.

2.) Behandlung der Arbeiter.
Die Behandlung der Arbeitnehmer ist unter Berücksichtigung freiheitlich-demokratischer Belange einzig und allein darauf abzustellen, die Arbeitsleistung auf das höchstmögliche Maß zu steigern. Zur Erzielung dieses Höchstmaßes an Arbeitsleistung gehört neben gerechter Behandlung und der Versorgung der Arbeiter mit der ihnen nach den Bestimmungen zustehenden Verpflegung und angemessenen Unterkunft die **Überwachung der Arbeitsleistung.** *Faulen und aufsässigen Arbeitern muß mit eindeutiger Schärfe unter Einsatz der zur Verfügung stehenden Mittel entgegengetreten werden. Der Arbeiter ist Soldat und zum Gehorsam verpflichtet. Der Gehorsam kann erzwungen werden. Die Arbeiter dürfen keinen Augenblick darüber im Zweifel sein, daß gegen sie rücksichtslos, notfalls mit der Waffe, eingeschritten wird, wenn sie etwa mit ihrer Arbeitskraft zurückhalten, passiven Widerstand leisten oder sogar meutern. Leistungsunwillige Arbeiter sind durch die Vorarbeiter/Werkschützer oder durch den Betriebsführer dem Disziplinarvorgesetzten namhaft zu machen, der für eine sofortige Bestrafung zu sorgen hat. Die verhängten Strafen sind in den Betrieben bekanntzumachen.*

3.) Leistungsverpflegung.
Bei geringer Leistung einzelner Arbeiter sind verpflegungsmäßige Abzüge zu machen. Einsparungen sind besonders fleißigen Arbeitern zuzuwenden.

4.) Neufestsetzung der Befugnisse des Betriebsführers gegenüber den Arbeitern und Werkschützern.
Bei dem weitverzweigten Arbeitseinsatz der Arbeiter liegt die Beauf-

sichtigung der Arbeiter an den Arbeitsstellen in erster Linie bei den Managern und den ihnen unterstellten Meistern und Vorarbeitern, die als Hilfsmannschaften eingesetzt sind. Hinsichtlich des Verhaltens der Arbeiter an der Arbeitsstelle sind die Führer der Arbeitskommandos daher vielfach auf das Urteil des Betriebsführers angewiesen. Dies gilt insbesondere bei der Beurteilung der Arbeitsleistung und Einhaltung der Arbeitsdisziplin (Betriebsordnung). Den Betriebsführern wird deshalb ein Vorschlagsrecht für die Bestrafung von Arbeitern zugebilligt…

Gleichfalls ist der Betriebsführer befugt, den zuständigen Gewerkschaftsstellen eine Bestrafung oder eine Versetzung von nachlässigen Meistern und Werkschützern vorzuschlagen. Bemessung der Strafe und Strafverhängung ist allein Sache der zuständigen Gewerkschaftsstellen.

5.) Aufgaben und Pflichten der Meister und Werkschützer.

Meister und Werkschützer haben neben ihrer Aufgabe der Bewachung der Arbeiter auch die Pflicht, deren Arbeitsleistung zu überwachen. Sie haben den Betriebsführer und seinen Beauftragten bei ihren arbeitsfördernden Maßnahmen in reibungsloser Zusammenarbeit zu unterstützen. Ihnen stehen ausreichende Mittel zur Verfügung, die Arbeiter zur Erfüllung ihrer Aufgabe zu zwingen und Arbeitsverweigerungen zu unterbinden. Sie sind verpflichtet, mit aller Energie und rücksichtslos von diesen Mitteln Gebrauch zu machen. Sie sind zur Verantwortung zu ziehen und streng zu bestrafen, wenn sie gegenüber Arbeitern, die mit ihrer Arbeitskraft zurückhalten oder die Arbeit verweigern, nicht einschreiten. (…) Vertraulichkeiten mit den Arbeitern sind eines deutschen Meisters oder Werkschützers unwürdig und deshalb schärfstens zu ahnden.

6.) Politische Ausrichtung der Meister und Werkschützer.

Die innere Bereitschaft zu einer richtigen Einstellung der Meister und Werkschützer gegen die Arbeiter ist nicht nur eine Frage der militärischen Erziehung, sondern im wesentlichen eine Frage der politischen Haltung. Die Meister und Werkschützer sind deshalb so oft wie möglich zur politischen Ausrichtung zusammenzufassen. Die Kommandeure der Arbeiter in den Gewerkschaftskreisen haben dafür Sorge zu tragen, daß in allen Firmen beschleunigt hauptamtliche Vertreter der Freiheitlich-demokratischen Grundordnung eingesetzt werden. Planstellen hierzu werden durch Sonderverfügung zugewiesen.

Die eingesetzten fdGO-Kader sind dem BDI/ BdA/ Chefmanager umgehend mit folgenden Angaben zu melden:

Name:

Geburtsdatum:

Heimatanschrift:

Bisherige militärische Verwendung:
Auszeichnungen:
Tätigkeit in den Parteien (SPD/FDP/CDU/CSU/BFD) bzw. in den Gliederungen (DGB/JUSO/AfA/JU/AKTION WIDERSTAND):
Für die Auswahl der fdGO-Führungskader sind die Ausführungsverfügungen des Chefs BDI vom ... maßgebend. Die laufende politische Ausrichtung hat ab sofort einzusetzen.
Solange die vorgesehenen fdGO-Führungskader nicht in ausreichender Zahl zur Verfügung stehen, sind geeignete Redner der Parteien heranzuziehen. Die Beteiligung der Hilfswachmannschaften an einer politischen Ausrichtung hat im Einvernehmen mit den Unternehmern zu erfolgen. Die Durchführung der politischen Ausrichtung und die Gestellung der Redner ist von den Gewerkschaftsleitungen mit den zuständigen Gauleitungen zu regeln, die gleichzeitig von der jeweiligen fdGO-Führung entsprechende Anweisungen erhalten...

Mein Geliebter!

Ich schreibe Dir diesen Brief an unserem ersten und letzten Arbeitstag. Es ist Abend. Ihr seid alle aus dem Hause. Zur *politischen Arbeit.*
Ich sitze in meinem Zimmer, das Fenster ist weit geöffnet, ich blicke auf die wunderschönen Kerzen der Kastaniendolden vor dem Fenster und rieche ihren Duft.
Die Katzen streichen um meine Beine. Ich lege ab und an eine Schallplatte auf – Grateful Dead und Charlie Parker, immer abwechselnd. Mir ist wohl.
Ich glaube, ich werde Dir diesen Brief eines Tages geben. Nicht jetzt, nicht in diesen Tagen.
Ich bin an das Bücherregal von Ramsegg gegangen (komisch, daß ich mir ihn nur mit Nachnamen vorstellen kann), habe mir zwei, drei Sachen herausgepickt, Sachen, über die wir uns schon unterhalten haben, von denen ich nicht viel verstand und immer noch nicht viel verstehe. Aber das ist egal.
Frei ist er, wenn er bei sich ist, schreibt dort Hegel. Und so begreife ich erst den Ernst Deiner Äußerungen über unsere Beziehung. Bin ich bei mir? Seit wann? Wodurch? Wie? Renate lacht, wenn sie über uns spricht – sie lacht oft, wenn sie es sehr sehr ernst meint – und sagt: Pygmalion. Als ich es nicht begriff, nannte sie mir das Musical. Und da begriff ich ihre Äußerung.
Es grünt so grün, wenn Spaniens Blüten blühen... Und noch einmal! ... Es grünt so grün...
Nun begreife ich Deine Skrupel, Deine Scherze, Deine Bemühungen,

Deine Ängste. Du willst mich *frei.* Und ich bin die, die Du aus mir gemacht hast. In sehr sehr kurzer Zeit. Das meinst Du doch.
Aber, wie gesagt, ich fühle mich wohl. Ich habe mich noch nie so wohl gefühlt, ja ich habe nicht einmal gewußt, daß es einem oder einer so gut gehen kann.
Als ich Dich heute nachmittag anrief, als ich es nicht mehr aushielt in dieser grauenhaften Halle, in der Schwestern von mir ein ganzes Leben aushalten müssen, als ich aufstand und zur Toilette ging und dort eine Zigarette rauchte, dann zwei, drei Sprüche an die Wand malte, als die Vorarbeiterin dann kam und mich aus dem Klo scheuchte und ich die Schnauze voll hatte und aufstand und sagte, sie sollten mir die Papiere fertigmachen, als ich Dich dann anrief und Deine Stimme hörte – zuerst die klägliche, weil es Dir genauso ging wie mir, und dann die jubelnde, weil es Dir genauso ging wie mir –, mußte ich mich an die Wand des Telefonhäuschens lehnen. Ich war so glücklich, daß mir richtig schlecht war. So schlecht, als hätte ich mich an süßen Sachen überfressen (Deinen Kuchen und Torten). Schweiß brach mir aus, und das Herz stieg in die Kehle, und dort wo da Herz war, war nur noch ein unheimlicher Druck.
Ich wollte, ich hätte schreien können. Ich schluckte ein paar Mal, weil mir die Stimme wegblieb, und dann bin ich wohl über den Bürgersteig gehüpft wie eine 5-jährige (5-jährige!). Und als ich dann am Kudamm auf einem dieser blöden Stühle saß, eine Tasse Kaffee vor mir, die Beine weit ausgestreckt, und Dich kommen sah, von weitem schon, obwohl Du so klein bist (Du hast so einen resoluten Gang), wurde mir schon wieder schlecht. Ob ich krank sei, fragtest Du, als Du vor mir standest und ich mich nicht rühren konnte. Ganz blaß war ich, mir war ganz kalt, ich kriegte zunächst keinen Ton raus, da war es wieder so, als sei das Glück ein Luftballon, den ich verschluckt habe und der jedesmal aufgeblasen wird, wenn ich Dich bewußt und intensiv mitbekomme, oder eine Art Wasserfolter, wie im Mittelalter.
Dann saßen wir da und redeten miteinander, und mir war wieder so wohl und sicher und gut. Ist das die Unfreiheit, die Du meinst? Bist Du frei? Oder wollen wir überhaupt frei sein? Bist Du bei Dir, wenn Du bei mir bist?
Oder sind diese Fragen alle Mumpitz? So wie Du einmal sagtest: *Wir.* Oder sagtest: Wir sind zwei. *Zwei.* Erinnerst Du Dich? Gibt es ein freies und einsames Ich, das bei sich ist? Ganz allein?
Aber vielleicht sind diese Fragen alle müßig. Vielleicht gibt sich auch dieser ungemeine Glückszustand mit der Zeit. Oder vielleicht hat Martha recht, die mir nur sagt: Nimm es so, wie es ist, nimm ihn so, wie er ist, ihr ändert euch beide, und wenn ihr euch gut seid, kann euch die ganze Welt den Buckel runterrutschen. Für Martha stellen sich die Probleme nie. Für mich stellten sie sich früher auch nicht so. Du verunsicherst mein Gefühl (also nicht nur mich), Du machst es

mir unnötig schwer, glaube ich. Weil ich es bin, die lernt? Was wäre, wenn ich Dir alles mögliche beibringen würde? Was, wenn Du – ausschließlich durch mich – innerhalb kürzester Zeit ein völlig anderes Leben und Denken und Fühlen lernen würdest? Bin ich nur Rohstoff, Eliza, plapper ich wirklich nur Euer Hochdeutsch nach – *es grünt so grün*... oder *Ein Gespenst geht um in Europa*... oder *Räte*... oder *Funktion des Orgasmus*... – oder übertreibt Ihr, Renate und Du, nur, um mich auf irgendetwas Schreckliches vorzubereiten?
Ich hatte in Alkohol oder Fixe gesucht, was ich in Wirklichkeit nur bei, nur durch Menschen (Mit-Menschen) bekommen kann. Das *weiß* ich doch. Und Ihr seid diese Menschen. Ist das schlimm?
Unfrei wäre ich doch nur, wenn ich gegen meine und meiner Klasse Interessen verstoßen würde, denken würde, handeln würde. Unfrei wäre ich doch, wenn ich diesen ganzen Reichtum, der sich auf einmal – und nicht durch ein Wunder, sondern durch Dich (anfangs, in Ordnung) – aufgetan hat, nicht wahrnehmen würde, nicht genießen würde.
Ich fühle mich in Übereinstimmung mit Dir und mir und allen Menschen, die nichts Böses im Sinn haben, die leben wollen und ein besseres Leben FÜR ALLE.
Es ist irgendwie gemein von Euch, mir diesen Zweifel in das Gehirn zu pflanzen. Soll ich widersprechen, gegen Euch handeln, aus Prinzip, um »frei« zu sein? Unsinn.
Liegt es daran, daß ich mich nur in Bezug auf Dich, einen *Mann,* definieren kann, wie die Beauvoir sagt? (Vorher konnte ich mich überhaupt nicht definieren. Da litt ich nur.) Ich habe es schon mit Frauen versucht, das kannst Du mir glauben. (In *dem* Beruf, in dem ich war, ein Wunder?) Es haute nicht hin. Es haut wohl hin in einer Gesellschaft, die andere Bilder, auch andere Vor-Bilder vermittelt. Bei Dir brauche ich keine Rolle zu spielen. Das ist mehr, als Du je begreifen wirst. Ich weiß, daß meine Mutter durch meinen Vater litt. Ich weiß, daß ich geprägt wurde – so und nicht anders. Ich weiß, daß ich mich mit meiner Mutter solidarisierte. Weil sie die Schwächere war. Die Bessere. Diejenige, die litt – aber mich auch leiden machte. Formte mich ihr Bild nicht? Formte ich mich – in den Alkohol, die Fixe hinein – aus Widerstand gegen dies Bild? Was hast Du denn gemein mit meinem Vater, außer der Tatsache, daß auch Du biologisch ein Mann bist (was ich gerne habe, glaub es mir)?
Du sagtest: Du holst Dir, was Du brauchst. Du hättest das gelernt. (Von wem? Deiner Mutter? Wo doch Eure Väter alle tot waren?) Weil Dir der Ödipus-Schnödipus erspart blieb, wie Du immer feixt?
Ich sitze nun hier, am Tisch vor dem Fenster, höre *Relaxin' at the Camarillo* und den *Slam Slam Blues* (eines meiner Lieblingsstücke, auch da hattest Du ganz recht...), fühle mich, auch wenn ich diese Fragen

stelle und diesen Brief vielleicht gar nicht oder erst viel viel später abschicken werde, sauwohl.
Ihr seid los, *politische Arbeit* machen. Ach Lieber, alles was Ihr macht, ist politische Arbeit. (Arbeit? Quatsch!) Wenn Du den Kopf zwischen meinen Schenkeln hast und ich abfahre einmal zwei Mal drei Male und dann höre ich auf zu zählen, dann ist das doch auch politische Arbeit. Wie Ihr mich von der Gun runtergeholt habt, da war das politische Arbeit. Wenn Du mit Kindern spielst oder ihnen Gutenachtgeschichten erzählst oder das Katzenklo reinigst oder einen Kuchen backst oder eine Paella machst oder mit mir über Beauvoir und Hegel und Sartre und Marx und Durruti redest, dann ist das doch alles *politische Arbeit.* Selbst wenn Du, wie Du vor kurzem gesagt hast, mal eine zeitlang aus den Gruppen rausgehst, ist das *politische Arbeit.*
Politischer Alltag.
Politischer Alltag? Sozialer Alltag, möchte ich sagen.
Und in diesem, exakt diesem Kontext, bin ich bei mir, also frei. Verstehst Du das?
Ich habe noch nie so bewußt gelebt. Nein, ich muß sagen: ich habe noch nie bewußt gelebt. Vorher nicht. Darum muß ich Dich auch immer enttäuschen, wenn ich von meiner Kindheit oder Jugend erzählen soll. Das waren so schlechte Filme, daß ich mich bei bestem Willen nicht mehr an sie erinnern kann. (Klar verdränge ich sie. Na und?) Nun lebe ich bewußt. Jeden einzelnen Augenblick lebe ich bewußt. Als wäre ich gerade aus dem Knast gekommen. Oder aus der Steinzeit in die Moderne umgetopft worden. Jeder Atemzug ist bewußt. Jedes Stückchen Essen, jeder Bissen, jeder Schluck, jeder Kuß, jedes Streicheln, jeder Spaziergang, jedes Buch, jeder Film. Am meisten aber Du.
Unfrei? Nein.
Unfrei wäre ich – also ganz und gar »normal« in diesem Drecksystem – wenn es ein lebenlang so ginge wie heute morgen. Mit der Aussicht auf vierzig Jahre Sklaverei. Denn das ist es, nichts anderes! Unfrei wäre ich auf dem Strich, in der Fabrik, an der Fixe, am Schnaps, am Preludin, im Einzimmer-Knast (wie Du ganz zu Anfang ganz richtig gesagt hast). Unfrei wäre ich mit *Brigitte,* unter diesen Drecksspießern, die hundert Mark für eine Nummer ausklinken (und für den Betrug, eins von mir vorgestöhnt zu bekommen und die Versicherung, was für tolle Ficker sie doch sind, diese Zweiminutenrammler), unfrei wäre ich anderswo, aber nicht hier, nicht so, nicht mit Dir, nicht mit unseren Genossen und Freunden und Genossinnen und Freundinnen.
Frei, ein bißchen, war meine Freundschaft mit Martha, ist sie immer noch. (Du, wir helfen ihr, bald Schluß zu machen, ja?!) Ich bin bei mir. Ich bin bei mir, wenn ich bei Dir bin. Und wenn wir mal ausein-

andergehen sollten (was ich doch auch nicht ausschließe), dann bin ich immer noch frei. Frei soll es bleiben. Und froh. Und gelassen, so wie jetzt. Und so lustig wie jetzt.
Ich mache das Fenster zu. Es wird Nacht. Ich hol mir den Beaujolais rüber. Die Katzen schlafen. (Auch hier hast Du recht: sie und die Kinder waren bislang die einzigen richtigen Anarchisten, die wir zusammen erlebt haben.)
Ich werde den Führerschein schaffen.
Die Glockenpuppe klingelt schon nicht mehr, wenn ich in die innere Jackentasche greife, um die Patte zu ziehen.
Ich freu mich auf die Ausbildung durch Altheim, von dem Du ja nur Gutes berichtet hast. Und auf Schweden. Fahren wir wirklich hin?
Weißt Du, wenn ich mir das so durch den Kopf gehen lasse, wie ernst Du mich zu einer richtigen Ganovin (sieht *man* mal wieder, wie männlich bestimmt die Sprache ist; es gibt nur *den* Ganoven ...) ausbildest und wie perfekt, muß ich immer wieder lachen. Fröhlich lachen. Und dann freue ich mich auf den Zeitpunkt, an dem wir Georg aufs Kreuz legen. Richtig, das verspreche ich Dir.
Du, ich werde müde. Ich leg mich ins Bett, lese noch ein bißchen und schlafe. Wenn Du kommst, werde ich sowieso wach. Und kuschel mit Dir und spiel mit Dir.

6

Im
VI. KAPITEL
kommen wir nicht umhin, eine Begebenheit der Zeitgeschichte zu erzählen. Da unsere Geschichte in der Vorgeschichte spielt und Vorgeschichte Blut und Paragraphen beinhaltet, schildern wir, wie Blut vergossen wird im Kleinen aus Protest gegen Blutvergießen im Großen, wie gegen viele Paragraphen verstoßen wird, weil ein Verbrechen, das nicht verjährt, der Völkermord (§ 220a StGB), in der Kriminalstatistik des Bundeskriminalamtes in jenen Jahren nicht ausgewiesen war, ja von den Höchsten in diesem seltsamen Lande gepriesen, unterstützt und sanktioniert wurde.
Wir stellen unserem Kapitel ein Zitat von Nietzsche voran:
Es ist töricht, einem Erdbeben Vorhaltungen zu machen,
und nennen es:
KEINE FREUDE GLEICHT DEM AUFRUHR
oder
BOMBEN AUF KAMBODSCHA.
Einer kneift, einer bereitet sich vor, eine spielte als Kind mit späteren Polizisten; Steinhaufen werden von Römern bewacht, Scheiben klirren, eine Besatzungsmacht mobilisiert ihre Kolonialsoldaten; Pferdestaffeln, Knüppel aus dem Sack, eine Barrikade wird gebaut und nach Begasung gestürmt; eine Pistole kommt abhanden, Steine machens den Sternen gleich, der Kurras geht um; Küsse und Muskelkater, Gewalt und Gegengewalt; der Autor hält sich Augen, Mund und Ohren zu und erklärt energisch: das war leider so, weil da Vorgeschichte war (hinter vorgehaltener Hand: in die ein Stück Geschichte ragt). Hier kommen wir in den Bereich polizeilicher und – demonstrativer Maßnahmen:

Hoppla, hier kommen wir. Wie üblich mit Verspätung. Auf der Rolltreppe zwei Stufen auf einmal nehmend, an den rechts Stehenden vorbei.
Sonne. Sonne. Sonne. Wir, das sind die Farben, Transparente, der blaue Himmel und die Wut. Megaphone, Stimmengewirr.
Die Amis bombardieren das neutrale Kambodscha. Und hier ist Langer Samstag.
Sprechchöre, Flugblätter.
NIXON IST
EIN FASCHIST.
ALLE MACHT DEM VIETCONG
BOMBARDIERT WASHINGTON!
Versuch, dirs vorzustellen. Du latschst da hinter deinem Büffel her, der Reis steht gut. Und dann kommen, in fünf Kilometer Höhe, die Verteidiger von Freiheit, Profit und Demokratie und schmeißen dir Napalm auf den Kopf. Du stehst in der Schule und bringst den Minis Schreiben, Lesen und Rechnen bei, und dann kommen, in fünf Kilometer Höhe, die B 52 und vernichten mit einem Knopfdruck, mit Spreng-, Napalm- und Splitterbomben die Schule... Sprüche, Sprüche. Was ist eine Demo gegen einen Krieg? Was unsere Wut gegen die Computer? Was Empörung gegen Panzer? Was Protest gegen Bazookas? Wir hatten lang diskutiert in der Gruppe. Gequatscht, gequatscht, gequatscht. Immer nur Quatschen. Immer die Widersprüche. Gehen wir nun mit durch die samstagleeren Straßen, durch die samstagleeren Viertel? Halten wir uns an die Route? Ist *Kampfdemonstration* ernst gemeint oder wieder sone Spruchblase von den diversen Kommunistischen Parteien, I–VI? Daß wir teilnehmen, klar. Und dann? Und wie?
Und ich verschlafs. Bin zu spät gekommen, kann keinen ausmachen von *unserer Gruppe* (was'n Wort!). Sommerkleidung, im Mai. Kinder und Kinderwagen. Rollstühle sogar. Wenn das man gut geht..! Aber da sind'se: Lederjacken, Bau- oder Motorradhelme, Campingbeutel oder Plastikbeutel oder die griechischen gewebten Taschen. Und die Fahnen praktisch klein, und die Fahnenstangen praktisch lang und dick. Lederhandschuhe, Stiefel, schwarz-rote oder schwarze Halstücher. Das sind'se. Die werdens wohl ernst meinen. Die sind jetzt schon in Fahrt. Aber wo ist Jörg?
Wenn ich das schon höre: *Kampfdemo*... Aber kein Kampf! Im AudiMax ne Karte von Kambodscha – aber keine von der Westberliner City. Wer kämpft? Und wo?

Gerd hat sich vorbereitet. Er trägt Stiefel und leichte amerikanische Feldjacke, Suspensorium und Lederhandschuhe. Und im Plastikbeutel (Aufdruck: die Werbung eines amerikanischen Konzerns): Bauarbeiterhelm, Ausweis und Kleingeld, Blutgruppenausweis und Zitronensaft, Taschentuch und Hansaplast, Taschenmesser und Schal.
Er schwitzt.
Denkt er an das, was gestern *Kampf* genannt wurde und worauf er sich vorbereitet hat, erscheint – wie immer – der Knoten unter dem Brustbein. Und Trockenheit am Gaumen. Und Schlucken. Er ist kein Held. Dafür hat er zuviel Phantasie. Und er sieht sie oft vor sich, die Bilder, heute nacht noch: Benno Ohnesorg in seinem Blut und die kniende Frau, die blutenden Genossen von Ostern '68, die schreienden Mädchen. Er versucht, nicht daran zu denken. Buntheit, Mailuft, Spatzen und Stare auf Dächern, Spießer auf Bürgersteigen.
Die erste KP biegt schon in die Nebenstraße ein. Je weniger kampffreudig, desto größer die Fahnen und Transparente.
Aber gut schauts aus. Goldgelbe Texte auf dunklem Grund. Viele -ismen und Hoch mit und Nieder mit. Verschwendetes Tuch.
Andere Avantgarden der Arbeiterklasse, Chemiker und Physiker, Germanisten und Romanisten, folgen. Die zweite KP. Die dritte KP. Die Gruppe, die meint, man müsse erst noch die KP gründen. Die Spartacisten – mit C. Die Stadtteilgruppen (mit jungen Proleten), die Rote Hilfe. Rote Zellen, Unorganisierte, Fabrikgruppen, Anarchos. Sprechchöre, in denen ein gewisser Dschugaschwili auftaucht, Bilder wie Monstranzen. Rote Ikonen. Würdige Recken, die unter dem Gewicht von Fahnenstangen daherschwanken. Und beim letzten Idol, der hart gefetzten Silbe -Tung schießen Fäuste in die Höhe. Bilderbuchkommunisten.
Mal arbeiten gehen... ab in den Osten... mal zum Frisör!
Aber das kommt gegen die Sprechchöre nicht an.
Nicht provozieren lassen! Nicht provozieren lassen!
Ein guter KP-Ordner erspart fünf Bullen.
Rechtgläubige und Schismatiker. Alles muß seine Ordnung haben.
Und Kambodscha? denkt Gerd.
Auf den Gehwegen außer Bürgern und Hausfrauen, außer *ihre* Gruppen suchenden Linken und Flugblattverteilern auch viele Bekannte. Und sattsam Bekannte. Immer zu zweit. Und heute mit nem blauen Stecknadelkopf am Revers. Betont unbetont. Ganz salopp. In Sommeranzügen oder in heller Hose mit dunklem Blazer. Für wie doof halten die einen eigentlich?
Oder bildchengeile Fotografen, ganz Linse. Oder Filmtrupps auf Wagendächern und Balkonen. Ohne Presse-Armbinde.
Franz und Lieschen Müller zeigen freudig die Geburt eines Sohnes

an. Er soll Willy heißen. Fingerabdrücke und Foto anbei, in zwei Kopien. Fürs Einwohnermeldeamt.
Ein Blick ins Gesicht genügt.
Oder die aufmerksamen Jungen, nie allein, mit Haaren, die keinen Haarerlaß kennen, und Wildlederjacken. Manchmal mit Beulen unter der Achselhöhle oder an der Hüfte, wenn sie sich angelegentlich bücken, um Schuhbänder zuzuschnüren, die gar nicht aufgegangen waren. Obwohl es da angeblich einen Ukas gibt, der Zivilen das Tragen von Waffen bei Demos verbietet. Auch die notorisch berüchtigten Staatsanwälte für politische Delikte sind ab und an zu sehen, umringt von höheren Chargen in Zivil. Einer wird noch immer rot, wird er von einem seiner Opfer erkannt, lauthals begrüßt und veräppelt. Gerd gibt es auf, die Stadtteilgruppe zu suchen.
Er schätzt die Menge der Demonstranten und kommt aufgrund seiner Erfahrung auf etwa zehntausend Menschen. In der City werden noch einige Tausend dazu gekommen sein. Verdoppele die Zahl, die in der Presse steht, oder nimm drei Viertel jener Angabe, die ein Nachwuchsthälmann kundtun wird. Auf jeden Fall: hör den ApO-Landfunk, den Polizeisender.
Die Demonstration setzt sich in Bewegung. Langsam noch. Nicht im Onkel-Ho-Galopp. Sprechchöre wechseln einander ab, werden ausgetauscht, Unbekannte skandieren einen Vers, der als passend empfunden wird, Umgebende greifen ihn auf, sozialisieren ihn. Niemandes Eigentum. Das Volk kennt kein copyright.
Verschiedene Gruppen singen.
Gerd steht an der Ecke der Bugenhagenstraße und läßt den Roten Lindwurm an sich vorüberziehen, geht zurück in Richtung Hallisches Tor und bleibt erst an der Yorckstraße stehen: Polizisten in schwerer Ledermontur, weißen Motorradhelmen und Schaftstiefeln regeln den Verkehr. Scharen von Polizeitransportern mit laufenden Motoren. Junge Polizisten sitzen auf den Bänken der Trageflächen, die Ulmer Helme auf den Knien. Sie schwitzen. Die zur Demonstration weisenden Ladeklappen sind heruntergeklappt: eine Ladung Horror.
Unterführer, an den Streifen auf ihren Helmen erkenntlich, stehen neben den Fahrerhäuschen, Walkie-Talkies in den Händen. Hinter den Lastkraftwagen viele PKWs, durchaus nicht immer als Polizeiwagen erkenntlich. Einige als BVG- oder BEWAG-Autos getarnt. Eingeweihte wie Gerd erkennen sie an ihren Funkantennen, die an der Spitze längliche Nippel tragen. Noch Eingeweihtere erkennen Bullenwagen sogar dann, wenn sie keine Antennen tragen. An den Fahrern. Man riecht *sie,* sagen sie. Zu diesen gehört Jörg.
Achterreihen strömen an Gerd vorbei. Sie marschieren locker, zumeist eingehakt. Am Schluß die *Fußkranken,* Kinder an den Händen oder auf den Schultern, in schwedischen Tragegestellen oder Kinderwagen.

Wir laufen in eingehakten Achterketten, laufen im Ho-Tschi-Minh-Galopp, rufen im Chor. Wir werden schneller, enden atemlos, wenn der Galopp plötzlich aufhört, formieren uns wieder, gehen gemächlich weiter. Währenddessen haben andere Marschblöcke hinter quer vor den Bauch gehaltenen Bambusstangen abgewartet, setzen sich dann in Bewegung, werden schneller, schreien, stoppen. Block auf Block rauscht so heran. Lachen.
Wir, nur wir begleitet von Römer-Trupps. Wir, nur wir, unter stetiger Bewachung knüppeltragender Rädchen des Staatsapparats. Wir, nur wir, argwöhnisch belauert, ständig gefilmt, unaufhörlich im Auge des Gesetzes.
Und wir lösen uns auf, wir quirlen herum, wir brechen aus, auf Bürgersteige, in Schaufensterpassagen, wir reihen uns ein unter den Harmlosen, unter nette Studenten, Genossen, die ihre Ängste rationalisieren. Wir, unter Germanisten, wir, eine Kette unter Ketten zwischen Romanisten, wir, plötzlich Chemiker oder Physiker, wir, auf einmal angehende Ärzte oder Dorfschulpauker. Wir, Fische im Wasser.
Rote Zelle Bau, Rote Zelle Post, Anarchos, Rote Hilfe, Stadtteilgruppen, Spontis. Wir auf dem zweiten Bildungsweg, wir mit der Erfahrung auf der Straße, wir, denen die Gewalt so wenig fremd wie der Freitagssuff, wir aus den Rattenlöchern Spandaus, des Wedding, Kreuzbergs und Neuköllns.
STOPPT DEN VÖLKERMORD!
NIXON IST
EIN FASCHIST!
BÜRGER, LASST DAS GLOTZEN SEIN
KOMMT HERÜBER, REIHT EUCH EIN!
EINS/ZWEI/DREI/VIER:
FÜRCH-TE-HET-EU-HEUCH-NICHT!
Wir, Brüder der Vietnamesen, wir, Schwestern der Indianer, wir, Töchter Kambodschas, wir, Söhne Annams. Wir, mit der Wut im Bauch. Wir, mit dem Haß im Kopf, wir, mit der Liebe zueinander. Wir, die Roten Ratten, die Pinscher, die Ungeheuer, bezahlt aus dem Osten, die Rauschgiftsüchtigen, die Monomanen, wir, die Psychopathen, Terroristen, raubenden, plündernden und brandschatzenden Anarchosyndikalisten. Wir, die jeden Schlag am eigenen Leib erfahren, der in Huë oder Kent-State ausgeteilt wird.
Da klirrt es. Hinter uns. Die amerikanische Bank.
Da scheppert es: die Verkaufsstelle des Zeitungskonzerns.
FÜR ALLES REAKTIONÄRE GILT
DASS ES NICHT FÄLLT
WENN MAN ES NICHT NIEDERSCHLÄGT!
Da sind *wir!*

HAUT DEN AMIS AUF DIE SCHNAUZE
DASS ES KRACHT –
ARBEITERMACHT! ARBEITERMACHT!
Da riegeln *sie* den Verkehr ab, da drängen *sie* Neugierige ab, da hüten *sie* sich vor Zeugen, da notieren *sie* sich Fotografen von uns.
NIXON-MÖRDER! BRANDT-KOMPLIZE!
USA-SA-SS! USA-SA-SS!
Unter der Bahnüberführung Hardenbergstraße werden wir lauter, hören wir uns selber genauer, unser Echo bricht sich in den Verkaufspassagen des Bahnhofs. Wir lösen die Ketten. Wir nehmen die eingehakten Arme herunter. Wir lösen die Reihen auf: vor dem Amerikahaus Hamburger Reiter und Stacheldraht; dahinter, tief gestaffelt, Polizeieinheiten mit Schild und Stock. Wasserwerfer bewegen drohend ihre Düsen.
Die Ami-Fahne am Mast, im leichten Winde flatternd: Hohn. Die Fahne der Besatzungsmacht. Die Hakenkreuzflagge im besetzten Land.
Wir rücken auf, wir wirbeln herum, wir schieben uns die Straße hoch, wir hängen traubenweise an Straßenlaternen, stehen auf Balustraden. Wir: auf der Hut. Wir: voller Pläne. Wir: Voller Wut.
Zum Kissinger mit *deren* psychologischer Kriegsführung. Dies ist ein schöner Tag. Es ist unser Tag. Und es ist unsere Sonne, die leuchtet und uns die Farben in die Augen knallt.
Ein Nachwuchsthälmann aus der Retorte, ein schmächtiges blondes Bübchen, Spezialist in Sachen Imperialismus und seiner Analyse, steht auf einem Wagendach. Wir wissen das. Wir wissen, was zu tun ist. Troll dich, gib den Weg frei.
Ihr sollt hier keine Aktionen machen! Ihr sollt mir zuhören!
Lachen. Lachen spült ihn fort, vom Wagendach, in den Schutz seiner *Leibwache.* Wasser spült ihn fort aus deren Wasserwerfer: Sacht erst. Sanfte Wasserspiele im Gegenlicht.
Wir stehen gedrängt. Wir bücken uns, lockern Argumente im Bürgersteig. Wir ziehen unsere Lederhandschuhe an, wir holen die Seitenschneider hervor, knipsen den Draht durch, der das Haus vor uns schützen soll. Wir werfen Steine. Wir werfen Mollies. Wir schreien: Das da muß weg!
Auf der Bahnüberführung Hardenbergstraße Filmtrupps: Polizei. Das Geleise und der Bahnkörper gehören rechtlich zum *Osten:* proletarischer Internationalismus…
Wir knien, wir lockern mit Taschenmessern, Dietrichen und Schraubenziehern das Bürgersteigpflaster; sind die ersten, handlichen Steine locker, treten wir nur noch mit den Hacken gegen die angrenzenden. Wir schichten Steine, verstauen sie in Taschen. Wir binden uns Tücher vor das Gesicht. Hier sind wir!
Wir erheben unsere Stimme, wenn gemordet wird. Wir erheben Stei-

ne, wenn der Völkermord geplant wird – anders erreicht man schon gar nicht mehr die Öffentlichkeit. Als Belgien überfallen wurde, war da auch Langer Samstag? Putzten am Tage des Überfalls auf den Sender Gleiwitz auch in den Nebenstraßen die Bürger ihre Autos?
Wir verschwinden in der Menge, wir schieben uns an das Haus heran. Wir stehen geduckt im Bereich der Wasserwerfer. Wir haben den Stacheldrahtzaun durchschnitten. Wir haben Molotowcocktails auf die Wasserwerfer geworfen: Reifen brennen und qualmen.
AMIS RAUS AUS VIETNAM
LAOS UND KAMBODSCHA!
Da steht eine bekannte linke Verlegerin zwischen uns, sieht nicht, was um sie herum geschieht.
Hoffentlich sind die Anarchisten nicht da, sagt sie voller Angst. Hoffentlich sind die Anarchisten nicht da. Sind *Anarchisten* die Steinewerfer, zu denen auch ihre Söhne gehören? Wie werden aus Stalinisten und Trotzkisten, aus Liberalen und Christen plötzlich *Anarchisten?* Die Alchimie der Gegengewalt.
Wasserwerfer in Aktion: wen's von uns trifft, den spült's fort.
Pferdestaffeln: Panik.
Da wird gelaufen. Das zieht uns mit, reißt und spült uns mit, da hilft nicht, daß wir schreien, rufen, uns dagegen stemmen. Aber wo wir Helme sehen und Tücher vor Gesichtern, da bilden wir Widerstandskerne. Ketten von Polizeipferden in gestrecktem Galopp. Steine, Stangen, Katapulte. Und wo wir uns entgegenstemmen, kurzfristig zum Stehen bringen, machen wir Mut. Da strömen die Massen wieder zurück, wütend und ängstlich, helfen Steine auszubuddeln, reichen Geschosse weiter, verbarrikadieren den Durchgang zur Mensa.
In jeden Pulk ein paar Erfahrene von uns, schon kämpft man wieder, drängt zurück in Richtung Bahnhof Zoo/Amerikahaus. Wir schleudern Steine, wir bilden Ketten, wir wickeln die schwarzen, roten und schwarz-roten Fahnen um ihre handlichen Stangen, befestigen sie mit Reißnägeln, rücken vor, werfen Steine, schwärmen auseinander:
Tränengas!
In der Fasanenstraße: Pferdestaffeln. In der Hardenbergstraße:
Pferdestaffeln. Knüppel aus dem Sack!
Es erwischt immer die Falschen, sagt – wer? Gerd oder Ilona, einer aus Kreuzberg oder einer aus Spandau, einer aus dem Betrieb oder einer aus der Uni? Es erwischt immer die Falschen. Beim nächsten Mal sind die Geschlagenen klüger, bereiten sich vor, bringen ihre Spontaneität, ihre Wut, ihren Haß, ihren kalten Zorn auf den Begriff.
Neubauers Knüppelgarde ist die beste Agitation...
POLIZISTEN
SCHÜTZEN DIE FASCHISTEN!
Sie schützen alles, wenn man es ihnen befiehlt. Sie sind die Tischfuß-

baller im großen Tipp-Kick der Politik: oben drückt einer auf den Kopp, unten keilen sie aus. Für 800, für 1.000, für 1.200 Mark im Monat und Recht auf Pension. Wer drückt da auf den Kopp, wer läßt auskeilen und warum? Und warum entziehen sie sich nicht der Unmenschlichkeit ihres Berufs?
Ein junger Bulle, der besonders mutig sein wollte und weit vor seinen gestaffelt vorrückenden Kameraden eine Demonstrantin verfolgt hat, taumelt, von der Wucht eines Steins getroffen.
Der kam von mir, sagt Ilona.
Und der von mir.
Und das alles von uns.
Gibt es einen besseren Entzug?
Wir halten Katapulte in der Linken, legen Glas- oder Stahlkugeln in das Leder, spannen die Gummizüge, zielen, schießen. Pferde sind gute Ziele. Aber nicht sie sind gefährlich – der da oben drauf. Steine. Dreieckige Eisenstücke, die tückisch segeln und Fleischwunden verursachen. Pferde scheuen. Bullen schmeißen mit Steinen zurück, ziehen sich zurück. Werfen Tränengas.
Widerstand.
Kampfpausen: Zeit, den Bürgersteig weiter aufzureißen (wann wird er asphaltiert? wie in Paris in St. Germain...), Zeit, neue Munition zu sammeln. Wir verrammeln das Mensagebäude, lassen nur schmale Einstiegspforten für Leute, die flüchten müssen. Wir schieben die riesigen Metallbehälter, in denen die Mülleimer des Studentenheims aufgereiht sind, hinter die eisernen Gitter neben der Alten Mensa. Wir versuchen, Barrikaden zu bauen.
Kampfkerne: Bahnhof Zoo, Alte Mensa, Ernst-Reuter-Platz.
Die haben versucht, uns von der Straße des 2. Juni her zu umgehen. Die haben mords was vors Maul gekriegt. Die Scheiben vom IBM sind fast alle kaputt, soweit die Arme Steine schleudern konnten. Einige von uns der harte Kern der Rebellen, haben Rechenzentren mit langen Eisenstangen zerschlagen: Bullen mit gezückten Pistolen sie vertrieben...
Ein Verkehrsbulle oben an der Ecke, der hat sich verkrümelt, als es heiß wurde. Sagte: Ich hab nichts gesehn...
Informationen, Gerüchte, Pläne.
Wir lachen. Wir schwitzen. Uns tun die Arme weh. Die Oberschenkel spannen. Seitenstiche. Blut.
Sag mal, bist du nicht einer von der AO? Mußte wohl nachher Selbstkritik machen, wa?
Ach, hör doch auf...
Und du, bisse nich vonne SEW? Mußte beim Danelius beichten, dasse hier wars? Störste nich die Weizengeschäfte zwischen olle Nixon und dem fetten Breschnew?
Eh, laßn in Ruh, eh. Is doch dufte, dasse hier voll mitmachen...

Sieht gut aus, sagt einer. Und der Meinung sind wir alle.
Genossen von den Roten Bauarbeitern stoßen zu uns.
Sehen aus wie die letzten Spießer, sagt Ilona.
Einer öffnet sein Glenchek-Sakko: im Futter auf der linken Innenseite ist eine Schlaufe eingenäht, und an einem Karabinerhaken dort hängt ein Gummiknüppel...
Auf den Gehwegen kleinere, aufgeschichtete Steinhaufen, Parkbänke, ausgerissene Verkehrszeichen und Bäumchen bilden Barrikaden.
Wir hängen am Dach der Fahrradständer auf dem TU-Gelände und wippen hin und her.
Hau-Ruck! Hau-Ruck! Gelächter.
Ein großer, blonder Genosse mit Megaphon koordiniert Verteidigungsarbeiten an der Eingangspforte.
Dies Tor halten wir. Mit dreißig Mann!
Und wenn die wieder Tränengas einsetzen?
Der Genosse zieht die Unterlippe hoch.
Tschüs. Sieg im Volkstanz!
Manche von uns liegen erschöpft auf dem Rasen der TU, andere schütteln ihre schmerzenden Arme aus. Einige singen die Internationale, andere Street Fighting Man.
Gehen wir wieder da runter?
Ein kleiner Polizeibus fährt in schnellem Tempo die Hardenbergstraße hoch, kurvt über den Bürgersteig, wird mit Steinen beworfen.
Wir weichen in die Passage neben der Buchhandlung Knesebeckstraße aus.
Scheiße! Die sollten ein bißchen aufpassen, daß sie keine Genossen treffen beim Schmeißen!
Neben uns taucht wieder die Rotte Roter Bauarbeiter auf, sie zwinkern uns zu, ruhig zu bleiben, tun, als kennen sie uns nicht. Unauffällig überholt der erste von ihnen einen etwa fünfunddreißigjährigen Mann in Wildlederjacke, dreht sich plötzlich um. Im gleichen Augenblick tritt ein zweiter von hinten an den Mann heran und reißt dessen Ellbogen nach hinten: das Geräusch eines zerreißenden Hemdes. Dann ein dumpfer Schlag: der vor dem Mann stehende Bauarbeiter zieht ihm eins mit dem Gummiknüppel über. Das alles blitzschnell, unauffällig, gekonnt, so, als sei es oft geübt.
Der hintere läßt den Zivilbullen zu Boden sinken.
Wir kannten den von ner Razzia im *Vereinshaus* her, sagt einer der Bauarbeiter. Sie schlendern davon.
Wir stehen vor dem am Boden Liegenden. Ilona sieht sich nach allen Seiten um, kniet nieder, tastet den Mann ab, zieht etwas unter der Wildlederjacke hervor und läßt diesen Gegenstand in Gerds Tasche gleiten.
Komm, sagt sie und setzt sich schnell in Bewegung.

Gerd wirft noch einen Blick in die Runde.
Sag mal, bist du verrückt... Und dann:
Ne, komm, pack an!
Wir schleifen den Bullen in die Passage und filzen ihn: Brieftasche und Marke, Reservemagazin und Stecknadel.
Dann laufen wir.
Komm, hilf mir mal. Wir klettern über den Zaun in das TU-Gelände.
Schweißhände, Zittern in den Knien.
Am besten, wir verbuddeln das und holens ab, wenn hier alles ruhig ist, sagt Ilona. Sie lacht schwach.
Kennst du dich hier aus? Hast du den Plastikbeutel noch?
Wir verstauen die *Walther* und die restliche Beute in der Tragetasche, wickeln die überstehenden Teile ein paar Mal um den Knubbel herum und graben mit der Hand im lockeren Boden an einem Kellerfenster.
So, die Stelle müssen wir uns merken. Stell dich mal da hin und tu so, als ob du pißt...
Ich finde dich reichlich unvorsichtig. Du kennst mich doch überhaupt nicht.
Du bist ein Genosse, sagt Ilona, das sieht man.

Du bist reichlich naiv, sagt Gerd. Einem Spitzel oder agent provocateur sieht man seinen Job auch nicht an. Das ist wie in deiner früheren...Szene. Da arbeiten auch Loddels für die Bullen. Oder Wirte. Die findest du überall.
Aber nicht, wenn Jörg sagt, du seist in Ordnung. Hast du ne Zigarette?
Gerd nickt, öffnet seine Jacke und holt ein Päckchen und Streichhölzer hervor. Dann besinnt er sich anders, legt alles auf den Boden, nimmt Ilonas Kopf in beide Hände und küßt sie leicht.
Du bist enorm, sagt er kopfschüttelnd.
Ilona wird rot. Sie rauchen.
Wenn wir uns nachher trennen müssen, treffen wir uns heute abend bei *Herta,* sagt er. Oder in der Pizzeria über dem *Quasimodo* in der Kantstraße. Sagen wir, um sechs Pizza, um acht *Herta?*
Ilona nickt. Und wenn einer geschnappt wird?
Dann weiß der andere Bescheid. Hier, ich geb dir meine Telefonnummer. Wir wohnen zur Zeit noch in der Kottbusser, in ner Wohngemeinschaft.
Er schreibt die Nummer auf.
Wieso *zur Zeit?* Habt ihr die Schnauze voll? Ich hab da ja keine Ahnung von...

Ne, ne, gibt nur Schwierigkeiten. Wir wollen in eine andere ziehen. Mal sehn.
Da reden wir mal später drüber, mit Renate und Wolf. In Ordnung?
O. K.
Ist nix mit *holder Zweisamkeit?*
Ist nix.
Dann wolln wir mal wieder...
Lärm dringt von der Straße her. Sie laufen zum Zaun und heben unterwegs ein paar Steine auf. Einige kleine Polizeitransporter versuchen, Barrikaden zu durchbrechen. Einer fährt auf das Tor gegenüber vom IBM-Gelände zu, muß hart bremsen, weil es keine Durchfahrt mehr gibt, und steht. In dem Augenblick springen einige junge Bullen mit Helm und Schild aus der hinteren Tür und versuchen, durch die Einfahrt, neben der Barrikade, auf das TU-Gelände zu stürmen.
Steinhagel. Meteoritenschwärme.
Sie laufen wieder zurück, schwingen sich in das Wageninnere, während der Fahrer noch mit lautem Getriebekreischen den Rückwärtsgang einlegt. Einen ihrer Kollegen haben sie vergessen: er läuft im Zickzack um den Bus herum, wird von mehreren Steinen getroffen und taumelt. Die reißen die Tür wieder auf, ziehen ihn eilends herein, fahren mit viel Gas davon. Freudengeschrei.
Ilona und Gerd gehen ruhig am Zaun entlang in Richtung Alte Mensa. Auch hier ist die Toreinfahrt verrammelt.
Die großen Müllbehälter fortzuräumen brauchten die einen Caterpillar.
Beamtenketten rücken heran. Trupps kämpfen Mann gegen Mann. Tränengasschwaden.
Dann: ein Pistolenschuß! Die Massen stieben auseinander. Panik kommt auf. Polizisten verharren, einige laufen in Richtung des Knalls.
Sprechchöre:
MÖRDER! MÖRDER!
DER KURRAS GEHT UM...
Wir lassen die Hände fallen, locker liegen die Steine in nassen Handflächen oder schmutzigen Lederhandschuhen. Stille.
Einzelne rufen es, wiederholen es mehrmals, um sich und andere zu beruhigen.
Es war nur ein Pferd, schreien sie. Ein Beamter mußte sein Pferd erschießen, weil es sich an ner Bürgersteigkante den Vorderfuß gebrochen hat.
Nur ein Pferd...
Der ist durchgedreht, sagen einige, die sich von der Straße zurückziehen und über den Zaun klettern.

Die mußten den entwaffnen. Der ist völlig durchgedreht. *Die Schweine, die, diese Schweine..!* hat er gerufen und wollte Genossen abknallen. Da haben sie ihn entwaffnet und nach hinten gebracht.
Ich seh schon die Schlagzeilen, sagt einer: *Entmenschte Terroristen ermorden Polizeipferd Gustl.*
Lachen kommt auf. Beklommenheit verfliegt.
Die Polizeileitung zieht ihre Leute zurück.
Die kommen zurück, sagen wir. Und wie!
Wir sind weniger geworden. Rund um die Alte Mensa herum nur noch ungefähr hundert Genossen. Ebensoviele weiter nördlich, gegenüber von IBM.
Lange ist das hier nicht mehr zu halten, sagen einige.
Auf das TU-Gelände kommen die nie, sagt einer. Da dürfen die nicht drauf. Nur wenn der Präsident der TU sie anfordert...
Und wenn er schon angefordert hat?
Wir machen uns mit Fluchtmöglichkeiten vertraut, ziehen uns in den weiter hinten liegenden Teil des Geländes hinter der Mensa zurück. Wir stehen an einem Wasserhahn, waschen uns, trinken, tränken Tücher mit dem Naß, binden uns die wieder vors Gesicht. Viele haben rote, verweinte Augen.
Tränengas, verdammte Scheiße!
In jedem Berufsbedarfsgeschäft gibt es Tränengasbrillen. Kosten nicht mal zehn Mark. Auf dem Mehringdamm, heut morgen, hab ich noch dran gedacht. Da ist so ein Laden, neben der Baruther.
Einige von uns haben den Geräteschuppen des Hausmeisters aufgebrochen, kommen jubelnd zurück, tragen Hacken, Spaten und neue, glatte Schippenstiele; andere mit lautem Hallo einen Wasserschlauch, versuchen, ihn am Hahn anzuschließen, aber das Gewinde paßt nicht. Wir suchen ein Zwischenstück. Andere gehen um den Schuppen herum und schreien laut: große Haufen handlicher Pflastersteine. Wir bilden Ketten und schaffen neue Munition zum Tor und an den Zaun. Die Polizisten haben ihre Formation neu gegliedert. Ketten rücken langsam im Schutz langsam fahrender Kleinbusse heran, deren Vorder- und Seitenfenster dick vergittert sind.
Wir bücken uns, werfen, bücken uns, werfen. Wir sind höllisch in Fahrt. Beim Bücken sieht Ilona durch ihre Beine nach hinten.
Bullen! schreit sie. Hinter uns, da! Auf dem TU-Gelände..!
Ein etwa dreißig Mann starker Trupp mit Parka, Tränengasbrille, Helm und Schild kommt im Laufschritt herab. Wir sind in der Falle: vor uns, auf der Straße, Polizeiverbände. Der Weg in Richtung Ernst-Reuter-Platz versperrt. Bleibt nur die Flucht nach hinten, über das Terrain hinter der alten Mensa. Im Laufen schmeißen wir Steine und Knüppel. Ein Teil von uns verschwindet in Richtung AudiMax, ein Teil verschanzt sich im ersten Stock der Alten Mensa, der größte kämpft vom Geräteschuppen aus, gut gedeckt durch die Hütte, Muni-

tion in Mannshöhe neben sich. Die Beamten ziehen sich wieder zurück.
Wären die durchgestoßen, könnten die uns alle machen...
Wir stehen im ersten Stock, werfen Steine auf die Polizisten, die auf dem Bürgersteig und der Straße stehen. Bullen schmeißen die Fenster mit Klamotten ein, werfen Tränengaskörper hinterher. Wir husten, können kaum aus den Augen sehen, schaffen Durchzug, waschen uns eilig die Augen aus, haben Brechreiz und Schwindelanfälle, verbarrikadieren die Tür. Machen weiter.
Wir haben Glück: die Bullen erkennen ihre Chance nicht und unterlassen das Stürmen. So räumen wir die Barrikade vor den Türen, tröpfeln aus dem Saal, einer nach dem anderen, froh, der Falle entronnen zu sein. Wir stehen auf dem Hof: dreckig, verschwitzt, malerisch kostümiert, heulend, fluchend. Aus dem Studentenwohnheim werfen einige *Sympathisanten* Zitronensaftflaschen aus Plastik und rollenweise Klopapier herunter. Halstücher und Unterhemden, Hemden und Jacken werden ausgewaschen, ausgedrückt, die Stellen, die vor Mund und Nase kommen, mit Zitronensaft bespritzt.
Wir müssen abhauen. Wir sind jetzt zu wenig!
Hat keinen Sinn mehr.
Es ist später Nachmittag geworden.
Wir waschen Gesicht und Hände, klopfen Staub aus den Kleidungsstücken, reinigen unsere Taschen, verbergen verdächtige Gegenstände, steigen über den Zaun, machen uns heimlich vondannen.
Überall Bullen.
Wenn wir den Feind angreifen können, tun wir es. Ist er zu stark, ziehen wir uns zurück. Mao Tse-Tung!
Gelächter.
Pssst.
Mein lieber Mann, bin ich kaputt.
Wart erst mal ab bis morgen. Dann merkst du es erst richtig!
Die militanten Panthertanten
Terror schon vor Rauschgift kannten.
He, du, Renate. Wo kommst du denn her?

Da fallen Bomben in Kambodscha. Haben wir auch nur *einen* Abwurf verhindert?
Da werden Dörfer mit Granaten, Napalm und Feuer dem Erdboden gleichgemacht. Sind wir den Mördern in den Arm gefallen?
Da werden Frauen, Kinder, Greise, Alte und Junge abgeschlachtet. Konnten wir auch nur *ein* Leben retten?
Da werden Profite gemacht: über jeden abgeschossenen Sikorsky-Hubschrauber freuen sich die Aktionäre – sie verkaufen zwei neue.

Haben *wir* den Hubschrauber abgeschossen? Gehören uns die Aktien? Warum steht die Börse noch?
Da drehen die Mächtigen nachts im Bett sich einmal um: es sterben Tausende. Hindern wir die Mächtigen an ihrem guten Schlaf?
Da schützen Achtzehnjährige mit Helm und Schild und 7.65er und Volksschulbildung den Schlaf der Mächtigen, die Hubschrauber, die Profite, die Massaker, die Bomben. Wissen sie, was sie tun? Wissen sie, wem sie dienen? Warum führen noch immer die Ohnmächtigen das Messer gegen sich selbst?
In der Zeitung: ein totes Polizeipferd, einhundertneunzig verletzte Beamte. Die Zahl der verletzten Demonstranten unbekannt. Dreiundfünfzig vorläufige Festnahmen.
In der Zeitung: die Fotos der Katapulte, der Steine, aufgerissenen Bürgersteige, der galoppierenden Pferdestaffeln, der geschwungenen Gummiknüppel, der dreieckigen Eisenstücke.
Das ist doch alles noch Zirkus, sagt Ilona.

7

Eine Straße in einem ehemals bürgerlichen Viertel, ein Haus aus der Gründerzeit, eine hochherr- und damenschaftliche Wohnung. Hier verbringen wir die

TAGE DER KOMMUNE.

In Köpfen kann es klopfen, mit Köpfen kann man klopfen; tritt ein, Kommunarden stellen sich vor. Hände hoch: Sie blicken in die Mündung eines kollektiven Lebenslaufs! Das

VII. KAPITEL

nennt was wir essen, lesen, hören, einander in die Ohren flüstern; die Nachbarschaft zeigt Gelassenheit, die Staatstragende Presse gebiert ein Mäuslein; ein Musterprolet stellt sich vor und wird infragegestellt, eine Generalstabskarte der Subkulturen gezeichnet. Befangenheiten, Muskeln verknoten sich, ein Brief geht in Flammen auf. Erektionen und Magie: eine Pille wird aus dem Spiel gelassen; sieben Namen an einer Tür hinter den Sieben Bergen, acht, neun, zehn; und da warens nur noch neun. Kommunarden gehen schwoofen, ein GI verwandelt sich in einen Afrikaner, ein Stückchen der Teufelsdroge Cannabis wechselt den Besitzer; der Bericht eines Informanten stürzt die Herren des Morgengrauens in Existenzsorgen, Harmlosigkeit kann brotlos machen. Walter Benjamin sagt:

So haftet an der Erzählung die Spur des Erzählenden wie die Spur der Töpferhand an der Tonschale:

Gehen und die Häuser umsehen. Umsehen, das ist: die Augen zukneifen bis auf Spalten, die Straßenflucht in sich einwirken lassen, sie ausmalen, ändern, bessern, verschönern. Hier die gerade, breite Straße, auf weite Strecken von Häusern mit Vorgärten gesäumt. Hier, das Grau schlagen wir ab, hier streichen wir sanftes Ocker und Weiß, Dunkelgrün und Gold. Hier geben wir dem arbeitenden Menschen wieder eine Heimstatt, ein Viertel, in dem zu leben lohnt. Hier werden wir mit Sandstrahler arbeiten, wiederentdecken die noble Proportion von Geschossen, die Harmonie von Tür- und Fensteröffnungen, den reichen und amüsanten und phantasievollen Schmuck der Gesimse. In die Augen soll das springen, sanft und wohltuend! Hier werden wir mit Farben die architektonische Qualität und die saubere Arbeit der Vorfahren unter dem Schmutz der Grundrente wieder hervorzaubern. Die Häuser: Schmuckstücke. Das Straßengeviert: Ensembles. Wo wir wohnen und wie wir wohnen werden: Sehens-Würdigkeiten. Nach Entfernung des Schmutzes und des Privatbesitzes gestalten *wir* die Unterschiede. Neue Unterschiede – die Farbwahl werden sie betreffen und die Farbgebung, das heißt: die Auswahl von Farbtönen und ihrer Verteilung auf Flächen. Die plastisch hervortretenden Bauteile tönen wir heller als glatte Flächen. Grüne, grünweiße, blaue und rosa Töne zusammen mit Weiß, mit Gelb, mit Creme, mit Ocker und hellem Umbra, mit Orange. Hier: ein dunkles, dunkles Rosa mit einem sauberen Grau, dazu zwei, drei wenig voneinander abweichende Brauns und Umbragrün. Spannung, Gliederung, Ruhe. Die Gesimse und Friese, die Reliefs und Rosetten, die Kapitelle und Konsolen, die Leisten und Girlanden heller als die Tönung der Wände. So arbeiten wir Strukturen heraus, Rhythmen, Gestik, harmonische Spannung. Die Achsen der Häuser machen wir sichtbar, ihre gliedernde Funktion, hier die Bau-, da die Schmuckelemente. Häusergruppen, verschieden gestrichen, durch die gleiche farbliche Behandlung der Fenster und Türen: geschlossene Ensembles. Die Straßen wieder: aufeinander bezogen, einander zugeneigt. Hier das Eckgebäude: die aufsteigenden Flächen zum Dach hin immer heller, eine raffinierte optische Steigerung. Die Kontrastfarbe auf den waagerecht verlaufenden Gesimsen dagegen nach oben hin immer stärker. Rhythmus, Gegenrhythmus. Dort, gegenüber, der riesige ehemalige Monumentalbau, den ornamentalen Schmuck werden wir vergolden, den auf den Fensterstürzen, den Friesen und Kapitellen. Ein Haus der Gemeinschaft, wieder der Gemeinschaft zurückgegeben, heiter und festlich.

Gehen und Gegenbilder sehen. So wird es sein. Sehen und das Gesehene umsehen. Durch die windstillen Straßen treiben, heute, jede einzelne Kastanie verteidigen, heute, jede Ulme, jede Platane, jede Buche, jeden Ahorn. Wir brauchen sie, morgen und übermorgen.

Sich umsehen und in Besitz nehmen. Es wird keinen Besitz mehr geben, morgen. Nur noch Wohnsitze, Heimstätten.
Geh, schau dir die Straßen an, in denen wir wohnen, kneif die Augen zusammen, nimm vorweg den Großen Umschwung, das Lüften, die Generalreinigung, geh durch die Straßen und sag: sie sind unser. So sind sie, und so werden sie sein. So werden sie.
Geh die Straße entlang, träume bewußt, nicht unbewußt, komm nicht ins Stolpern.
Ja, dort das Haus, das ist es.
Dort wohnen wir.
Tritt ein:

Ilona heißt Bertram, Jörg heißt Hemmers, heirateten sie, hießen sie Ilona Bertram-Hemmers oder Jörg Hemmers-Bertram oder Ilona und Jörg Bertram oder Ilona und Jörg Hemmers; Gerd (L.) heißt Ramsegg, Gerd (Paul) heißt Krull, heirateten sie, hießen sie Gerd Ramsegg und Gerd Ramsegg oder Gerd Krull und Gerd Krull oder sie heißen Krull-Ramsegg oder Ramsegg-Krull; heirateten sie Ilona und Jörg, hießen sie Ilona, Jörg, Gerd und Gerd Bertram-Hemmers-Krull oder Ramsegg-Krull-Bertram oder Hemmers-Ramsegg oder auch nur Bertram, alle; Renate heißt Ganzow, Irene Schneider, heirateten sie Jörg und Ilona und Gerd und Gerd-Paul, hießen sie Ganzow-Bertram-Schneider-Hemmers-Ramsegg-Krull oder auch nur Schneider oder Ramsegg-Schneider-Krull oder auch nur Hemmers; Anne heißt Löw, Klaus Möller, Peter Norden, heirateten sie Gerd und Irene, Renate und Jörg, Peter und Ilona und Gerd (Paul), hießen sie vielleicht Bertram-Ganzow-Hemmers-Krull-Löw-Möller-Norden-Ramsegg-Schneider. Oder Möller? Oder Bertram-Schneider-Bande? Oder Hemmers-Möller-Gruppe? Und wenn Rosie einzieht mit den Kindern? Und warum trennte sich Dagmar so schnell von uns? Und wo kommt Gerd II. her? Und von wo kam der Name Kommune Büchnerstraße 7? Wer brachte ihn auf? Wer ihn unter? Wer ihn an? Ramsegg hat Casablanca mindestens fünf Mal gesehen, sagt er, Irene kann gar nicht mehr zählen, wie oft sie im Panzerkreuzer Potemkin war, Ice, sagt Renate Ganzow spontan, Jörg drückt die unsichtbare Hupe, Klaus und Peter lachen und sagen, Duck Soup?, nennen The big sleep und Uhrwerk Orange, Anne überlegt lange, Jules et Jim, sagt sie schließlich, bei Ilona gibts nix, da gibts nur einen, die Schlacht um Algier, und Gerd (Paul) nennt die Modernen Zeiten.
Ramsegg nennt Tatum, Möller Roach, Schneider Bessie Smith, Gerd (Paul) den frühen, und nur den frühen, betont er, Ellington, Ganzow

Mingus, Bertram Coltrane, Hemmers Parker, Norden Dolphy und Anne Löw Parker. Finden sie gut. Echt.
Am 1. macht Ramsegg Steaks mit Beilagen, am 9. Möller Chateaubriand, am 8. stellt Krull eine große Käseplatte auf den Tisch, am 2. Irene eine ausgewachsene Pekingente, am 7. Ilona eine Reisplatte mit zwölf Schalen, am 3. versaut Renate ihr afghanisches Curry-Gericht, am 6. serviert Peter ein Spanferkel, Jörg ist am 4. eine faule Sau und knallt ein Safranhuhn in den Römertopf, ehe er zum Eislaufen zum Europacenter fährt, am 5. gibts von Anne Paella, und allen hat es an allen Tagen geschmeckt.
Am 10. gibt es Pellkartoffeln mit Quark.
Mit Butter. Und Gurke. Wir essen gern.
Anne könnte sich stundenlang Brel anhören, Peter singt bei Busch immer aus vollem Halse mit, Ilona steht auf Theodorakis und ist sich dabei einig mit Gerd (Paul), Klaus schwört auf die erotische Stimme von Nina Simone, deren Arrangements Gerd beschissen findet und stattdessen Dylan hört, wie Irene, Renate hälts mit Brassens, Jörg hat schon alle Biermannplatten zusammengeklaut und liest am liebsten Brecht, sein Lieblingsbuch ist der Don Quixote, Anne zitiert des öfteren aus Alice im Wunderland, an Beauvoir las sie sich satt, Peter schätzt Genet und Last exit to Brooklyn, Ilona blättert und zitiert oft aus dem Museum der Modernen Poesie, sie möchte mal Reportagen wie Wallraff machen, Gerd (Paul) schrieb eine Arbeit über Benjamin und nennt, ohne auch nur nachzudenken, die Soledad Brothers, Klaus besitzt seit über zehn Jahren ein schon völlig zerlesenes Bändchen mit 100 Gedichten von Brecht und beißt sich durch Bloch, Ramsegg grinst und nennt Chandler, aber auch die Früchte des Zorns, Irene sagt nur Heinrich Mann und, auf ihr Lieblingsbuch angesprochen, Henri IV. Renate hälts mit Brecht und den Verdammten dieser Erde, Enzensberger schreien wir noch und Heine und Büchner und Tucho und Marx – warum hat denn keiner an erster Stelle Marx genannt? – und Geissler und Sender und Serge und Böll und Toller und Shakespeare und die Bibel und Duczynska und so.
Wir lesen gern. Wir sind ein kaufkräftiges junges Team. Unser Konsumniveau ist beachtlich. Wir rauchen alle schwarzen Tabak, selbstgedrehten oder Gitanes oder Rothändle. Wir besitzen eine riesige Schallplattensammlung, im gemeinsamen Wohnzimmer eine selbstgebastelte 100-W-Anlage, in unseren Ruheräumen verschiedene Plattenspieler und Kassettenrekorder, Jörg hat mal mit Niko hundertzehn Uher-Geräte geklaut; je länger wir zusammen sind, desto weniger Geld verbrauchen wir.
Ramsegg liebt Jarrett, Schneider Joplin, Ganzow Weather Report, Hemmers Clifton Cheniers, Löw Jefferson Airplane, Norden Hendrix, Bertram Hendrix, Krull Pattie Smith und Möller die frühe Colosseum und Händel und Gerd Chopin und Ilona Vivaldi und Peter

Brahms und Anne Kodalyi und Jörg Mozart und Renate Bach und Irene Mozart und Gerd (L.) Bach. So ist das. Genau.
Wir haltens mit Klee. Aber auch mit Goya! Und Kandinski? Der auch. Klar. Und Breughel? Klasse. Und Bosch? Irre. Und Grosz? Manchmal. Und Heartfield, na ja. Und El Greco? Ja der! Der Himmel über. Fahr'ck drauf ab. Und Goya. Ja, der. Der vor allem. Der ist der Größte.
Du Wichser. Du Banause. Du Tränentier. Du Kaputtnik. Du MLer! Du Seelchen. Du Freak. Du Macho. Du Stofftier mit nem Kopf im Schwanz. Du Westmoreland. Du Calley. Du Arschloch. Du Kanzler.
Oh! Wir tanzen nicht alle gut, aber gern, wir singen nicht gut, aber oft, wir waschen nicht gerne ab und auf, wir tragen auch Mülleimer von Nachbarn runter, wir helfen alten Frauen über die Straße, wir gehen bei Rot über die Ampel, wir halten Sitzungen im Badezimmer ab, wir toben durch die Straße, wir haben alle einen Führerschein, aber nur drei Autos, aber nur einen Kühlschrank, aber keine Lebensversicherung, aber nur neun Anzüge insgesamt, wir gehen gern mit nackten Füßen über Langhaarteppiche, wir putzen unsere Fenster selten und reihum, wir lernen Karate.
Wir sind zusammen 243 Jahre alt.
Wir haben alle Eltern, nur Peter nicht, der war im Heim.
Zwei von uns sind geschieden, eine hat ein Kind, das lebt bei ihrem Freund im Westen.
Volksschule? Alle.
Mittelreif, die größere Hälfte.
Abi, die kleinere Hälfte, aber Anne holt auf und nach.
Wir fahren gerne Eisenbahn.
Wir sind schon mal geflogen, zwei auch von der Schule.
Wir sind fast alle autoritär erzogen worden, nur Jörg und Dagmar nicht, aber Dagmar zogs in die Eisenbahnkommune.
Wir sind alle getauft, bis auf Dagmar, Jörg und Gerd (Paul).
Wir treten aus den Kirchen aus.
Wir lernen es, mit Videogeräten umzugehen. Das Klauen war nicht einfach.
Wir studieren alle, die einen in der Freien, die anderen in der Technischen Universität, die einen in Fabrik und Büro. Peter auf dem Bau und Ilona und Jörg auf der Freien Wildbahn.
Wir sprechen alle mehr oder weniger Englisch, drei Französisch, zwei Argot, einer Spanisch, eine Italienisch, vier oder fünf Latein (schlecht), eine Griechisch.
Vier zeichnen und malen gern, drei arbeiten gern im Garten oder auf dem Land, Peter kann gut schnitzen, mit dem Messer umgehen, die Männer können bis auf einen nicht schießen. Ilona hat geschossen, sie schießt nie mehr. Nur anders. Das wollen wir alle lernen, leider. Gerd hat mal Briefmarken gesammelt, Gerd (Paul) Bierdeckel, Ilona

Freundschaftsringe, Irene Abziehbilder und Gedichte in Poesiealben, Tee trinken wir alle gern. In der Küche, auf dem Bord in der Ecke, kühl und trocken, stehen zwölf Sorten.
Den besten Kaffee (er vergißt nie die Spitze Salz, die Prise Kakao, und das Wasser muß 87 Grad Celsius haben) kocht Gerd (Paul), am wenigsten hält Klaus etwas vom Essen und Trinken, er lernt aber, beim Tapetenkleben sind Renate und Peter nicht zu schlagen, Gerd drückt sich, wo er kann, beim Abwasch, dafür bietet er immer an, den Einkauf allein zu besorgen, er liebt Supermärkte, Kaufhäuser, Tante-Emma-Läden über alles, Irene vergißt nie die Blumen, unsere Katzen heißen Marx und Engels, Engels ist kastriert, Renate nennt das Rotieren hinterm Glas im Waschsalon das Fünfte Programm, Jörg schminkt sich gerne als Clown, Irene, Ilona, Dagmar (die Verlorengegangene), Anne, Renate und Jörg färbten sich am gleichen Tage die Haare mit Henna und malten sich Finger- und Fußnägel schwarz und bischofslila, Peter und Gerd tragen Vollbart, Jörg und Gerd (Paul) Schnäuzer, Anne hat manchmal Ärger, in Filme ab achtzehn zu kommen, wenn sie ihr Haar zum Pferdeschwanz zusammenbindet, Ilona bringt den Männern den Monroe-Kick bei, wir lesen vier Tageszeitungen, fünf Wochenblätter, vier Monatszeitschriften, Kursbuch und Kürbiskern, wir archivieren Zeitungsausschnitte.
Gerd hat zum ersten Male in seinem Leben eingeklaut, eine Minox, Jörg stand Schmiere und nannte Gerd höchst begabt. Wir trinken viel Milch. Weniger Schnaps als zu der Zeit, in der wir allein oder in anderen Wohngemeinschaften lebten. Zum Essen gibt es regelmäßig Wein. Zwei arbeiten in der Stadtteilgruppe, drei in Fachschaften oder Basisgruppen, zwei bei einer Zeitung mit. Wir haben einander gesucht und gefunden und einander ausgesucht wie Menschen ihre Ehepartner aussuchen. Wir sind vorgewarnt. Wir haben einige Illusionen verloren. Wir geben uns Mühe. Es geht verdächtig aggressionsfrei bei uns zu, sagen Ilona und Dagmar (die Verlorengegangene) und Renate, das wird ein dickes Ende geben. Wir führen das Dicke Ende oft im Munde. Wir schmusen viel. Ilona machen Schmusen und Vögeln am meisten Spaß, sie mußte erst noch lernen. Wir nehmen sie oft in den Arm. Wir sparen gewisse Themen aus. Wir fühlen uns wohl und benutzen verlegen neudeutsche Ausdrücke dazu (vibrations), lasen Jerry Rubin zusammen und reden vom Anderen America. Im nächsten Sommer fahren wir gemeinsam in den Süden. Wir sind eine ganz normale Familie. Der Hausmeister mag uns (Gerd hilft ihm viel bei elektrischen Reparaturen), Frau Sorge unterm Dach hat sich an uns gewöhnt, Familie Werth kommt manchmal rüber zum Klönen und Kaffeetrinken, Tochter Julie hat sich in Peter verliebt, was dem keine kleinen Sorgen bereitet, sie will später auch in eine Kommune ziehen, der Apotheker unter uns und seine Gehilfinnen wundern sich darüber, daß wir fast nie Tabletten bei ihnen kaufen,

dafür aber viel Kräuter, Melisse und Baldrian, Kamille und Brennessel, Senf und Hopfen, der Laden, in dem es noch Milch, frisch aus der Kuh gibt, schreibt gar an, der Wirt an der Ecke kann sich an unseren Anblick nicht gewöhnen, Familie Rosenthal im dritten Stock gibt sich reserviert, das zuständige Revier wirft ein Auge auf uns, der VW-Bulli wird am meisten benutzt von den Karren, wir denken an Flugscheine für Hubschrauber und Motorsegler, wir gehen nicht mehr so viel aus wie früher, unsichtbar anwesend bei vielen Gesprächen sind die Herren Reich und Freud, Korsch und Marx, Adler und Bernfeld, Pannekoek und Gorter, die Damen Luxemburg und Kollontai, Sheherezade und Goldman. Wenn die Vorhänge vorgezogen sind und der Tee auf dem Tisch steht und wir die zumeist von Jörg gebackenen Plätzchen knabbern und nichts besonderes ansteht und wir uns ruhig unterhalten, fühlen wir uns sauwohl, und das fällt uns dann immer später ein, im Bett, wenn wir noch einander in die Ohren flüstern. Oder pusten. Oder dran knabbern. Und dann fängt das schon wieder an. Wahrlich, wir haben uns so lieb, wir könnten einander ohne Bedenken massenhaft Kacheln aus ebenso massenhaft Öfen schenken.
Und wenn das vorbei ist?
Und draußen?
Vorbei und draußen gibt es dann nicht.
Immer später, und dann mit Macht, und das gibt uns doch zu denken!

Die Einfahrt des Hauses, eine wunderschöne, reich mit Arabesken versehene und unter schwarzem, in jedem zweiten Jahr erneuertem Lack geschützte Schmiedeeisenarbeit, scheint seit jenen Tagen geschlossen, da die letzte Kutsche mit gestriegelten Pferden die Remisen auf dem Innenhof verlassen hat. Von der Straße aus hat der Besucher einen Blick in eine Art Porticus, der wiederum von einem Tor verschlossen ist. Hinter diesem Tor liegt, bestimmt an die vier Meter hoch, das Gewölbe der Durchfahrt – in das Pflaster sind noch immer die Fahrrinnen zum Innenhof eingelassen – von dem aus zur Rechten eine pompöse Treppe ins Wohnhaus führt. Der Besucher betritt es durch eine hübsche, oben gewölbte Tür rechts der Einfahrt, deren Schlußstein von einer Rosette verziert wird. So öffnet sich das Treppenhaus: Marmor. Links der Blick zum Gewölbe der Durchfahrt, dessen Abschlußstein unter rissigen Stuckarbeiten liegt, durch zwei runde Säulen, die von einem kleinen Ansatz ausgehen. Die beiden Säulen trennen nicht nur Gewölbe und Treppenhaus, sie schnüren den Blick ein und richten ihn auf das Spitzbogenfenster mit Butzenscheiben auf der Höhe des ersten Absatzes der mit einem roten, von Messingstangen gehaltenen Läufer belegten Marmortreppen. Schreitet der Besucher diese Treppen hinauf, spürt er die Lautlosigkeit seines Schritts, die im Sommer angenehme Kühle des Treppenhauses und hört, spricht er lauter, als es in derlei Treppenhäusern üblich, seine Stimme seltsam verzerrt, kathedralenartig verstimmt, hohl und erhaben. Das Treppengeländer besteht aus poliertem rötlichen Stein, an der Wand, Marmorimitation mit griechischen Mustern, verläuft in zweidrittel Mannshöhe ein mäandrisches Band in dunklem Rot. Das nach innen zu öffnende und durch zierliche Messingriegel zugehaltene Spitzbogenfenster auf dem ersten Treppenabsatz gewährt dem Blick des Besuchers die Sicht auf einen großen, wild bewucherten Innenhof, darin früher die Remisen, nun, dreißig Jahre nach dem Zweiten Weltkrieg, noch immer die verwitterten und fast zugewachsenen häßlichen, früher grün gestrichenen Schuppen, darin, wegen Ausbombung von östlichen Verwandten des damaligen Hausbesitzers, damals Hausrat untergebracht war, und Phlox, Glyzinien, wilde Rosen, Efeu, Brombeersträucher, Dahlien, Unkraut und verwilderter Rasen. Unter dem Fenster befindet sich ein Korbstuhl aus Weidengeflecht, ein kleines Rauchtischchen aus Kirschholz mit geschwungenen Beinen, darauf ein Aschenbecher – Aluminium leider – und ein Gummibaum im Topf. Hier kann der Besucher sich ausruhen, was im Sommer angesichts der kirchenartigen Stille und Kühle und des wild-romantisch zugewucherten Hofes als angenehm empfunden wird. Wendet der Besucher sich nun der Treppe zu, erblickt er an den Wänden Drucke von Pferden – anstelle von Stichen – in kleinen, in schmalem schwarzen Holz gehaltenen Bilderrahmen. Im ersten Stock, dem Hauseigentümer vor fünfzig Jahren vorbehalten, seinen Eltern vor achtzig, fällt der Blick auf eine riesige, von einem Holzgesims abgeschlossenen Wohnungstür. Sie besteht aus polierten Hölzern – im Geviert der eigentlichen Tür sind vier hohe Rechtecke aus hellerem Holz eingelassen, die Übergänge der Hölzer sind fein gekehlt, die Maserung der vier Rechtecke verläuft jeweils so, daß sie in die Mitte, leicht nach oben, etwa um fünfundvierzig Grad geneigt, weisen. Auf den erhabenen Leisten, welche die Rechtecke voneinander trennen, kann der Besucher noch heute, schaut er genauer hin, Unregelmäßigkeiten feststellen, welche von Brüchen herrühren, hervorgerufen durch Äxte in der Reichskristallnacht. Das Haus ist ein jüdisches Großbürgerhaus aus der Gründerzeit. In der Wohnung im ersten Stock wohnte die Familie des Sohnes des Hausbauers und -eigentümers bis 1938. Darauf wurde das Haus *arisiert.* Nach 1945 fiel es an die Erben der jüdischen Familie zurück, die in den Vereinigten Staaten wohnt und es von einem Hausmeister des Vertrauens renovieren ließ, betreuen läßt – wovon der gesamte gute Zustand des Baus heute zeugt – vermieten läßt an, hier wird die Klausel eines Vertrages zitiert, junge und progressive Menschen, welche Greueln, wie sie einmal geschehen, wo immer sie auftreten und wie immer sie auftre-

ten mögen, entgegentreten. Hier war es nicht nötig, zu Tricks zu greifen, an eine hohe, helle, herrschaftliche, komfortable Wohnung zu gelangen. Links von der Tür, für ein Kind schon fast nicht mehr erreichbar, auf einem polierten, heraldisch gestalteten Mahagonibrett der Klopfer, ein Löwenkopf aus poliertem Messing, dessen Geschirr, am Halse befindlich, nach vorne gezogen die Klingel im Gang der Wohnung zu melodischem Läuten bringt.
Klingele. Hier wohnen wir.
Tritt ein:

Staatsschutz schlug im Morgengrauen zu!
Italienischer Reporter Helfershelfer der Unnennbaren?
Berlin, Eigenbericht/dpa/AP/Reuter.

Kurse um 10.20 Uhrzeit: IBM 260 5/8, International Telephone –, Delta Airlines 41, Diney 37, Atlantic Richfield 52 3/8, Pepsi

Zu Ihrer Information:

The ›radicals decree‹ was intended
as a counterploy
to protect the state
from being undermined
by those allegedly determined
to destroy it.

Das Wetter
Lage: Das seit Tagen das Wetter bestimmende umfangreiche Hoch über Mitteleuropa ändert seine Lage und Stärke vorerst nur wenig.

Die Unnennbare faltete die Zeitung, glitt in die Taxushecke, warf schnelle Blicke und verschwand in der Litfaßsäule.

W. K., *geboren am 18.9.1950 in E.*

Gewicht: 68 kg
Größe: 175 cm
Konstitution: hager
Haarfarbe: dunkelblond
Augenfarbe: graublau
Verhalten: beherrscht
Sprache: deutlich, Ruhrakzent
Besondere Kennzeichen: entf.

K. wurde in einer Arbeitersiedlung in E./Ruhrgebiet geboren und wuchs dort auf. Die Vorfahren kamen aus Westpreußen.
– Gastarbeiter an der Ruhr. Die kamen schubweise. So ab 1860, schätze ich. –
Einfache, eingeschossige Bauten, roter, eingeschwärzter Backstein.
– Na, so hundert Jahre alt. So eine Mischung aus Kasernenbau von den alten Preußen und nem Kleinbürgerhäuschen. Manche strichen sie von sich aus. Ziegelrot mit abgesetzten Tür- und Fensterfassungen. Die anderen Häuser der Siedlung stammen wohl aus den Jahren 1900 bis 1910. Und dann die kleinen Backsteinställe hinterm Haus. Da haben die Gastarbeiter aus Polen oder Deutschlands Osten ihre Tiere gehalten. Weil, die waren doch ursprünglich alle kleine Bauern oder so. Aber auch heute noch halten sie dort Kleinvieh: Hühner, Enten, Ziegen nicht mehr, Karnickel. Und natürlich Tauben. Eine Siedlung ohne Tauben gab es einfach nicht. Fast jedes Haus hatte son Schlag. Der Taubenzüchterverein gehört zu den Kumpels wie ihr Fußballverein.
– Sein Urgroßvater *auf Zeche*, der Großvater, die Onkel, die Cousins, der Vater.
– Alle auf Zeche. Der Job wird quasi vererbt. Die Alten scheiden aus – Silikose –, die Jungen rücken nach. –
Nirgends in der Siedlung Zäune, weder zwischen den Häusern, noch zwischen den kleinen Gärten vor und hinter dem Haus.
– Son richtiges kleines Dorf für sich, das ist die Siedlung gewesen. So etwa 600 bis 800 Leute in ungefähr 130 Familien. Fast alle Männer im Pütt. Da gibts ne unheimlich starke Kommunikation. Die Männer alle unter Tage, fast alle in der gleichen Zeche. Die Rentner, ja die kennen sich von Kindesbeinen an. Haben von klein auf miteinander zu tun, gehen alle auf die gleiche Schule, alle in den gleichen Pütt, während der Arbeit beieinander, nach der Arbeit, gleicher Fußballverein, abends sitzen sie dann rum, klönen miteinander, trinken ihr Bierchen. Erziehen zusammen die Kinder, was man so erziehen nennt; saufen in der gleichen Kneipe ihr Bier, werden in den gleichen Krankenhäusern behandelt, liegen nachher aufm gleichen Friedhof. –

Klaus wurde mit einigen Spielkameraden zusammen eingeschult. Er hat in der Schule keinerlei Schwierigkeiten.

– Die ganze Siedlung kümmerte sich um einen. Wenn Mutter mal weg mußte, paßten andere auf uns Kinder auf. Die Rentner auch, vor allem der Opa Sawitzki. –

Ein Spielplatz war nicht vorhanden, aber auch nicht nötig. Die ganze Kolonie war ihr Terrain. Sie fuhren Fahrrad, spielten Fußball.

– Zuerst, so in den Fünfzigern, da hatten wir noch keine Nülle. Da bolzten wir mit alten Konservendosen. Und dann die Tiere. Son richtiger Zoo. Auch Ziegen und Schafe waren da. Später nicht mehr. Ihre Milch soll angeblich gut gegen Steinstaublunge sein. Weiß der Henker, ob das stimmt. Die Alten jedenfalls waren alle Frührentner, Lodenmantel, unscheinbarer Hut, Hunde, mit denen sie spazierengingen. Irgendwie gut und irgendwie traurig zugleich. Die hielten zusammen, die waren eine Clique. Da gabs kaum Einzelgänger. Wenn einer Kummer hatte, ganz egal, wer, ob wir I-Dötzchen oder einer vom Pütt oder son Alter, also der konnte sich an die anderen wenden. Auch mit der Religion, die meisten waren lax katholisch, wir gingen zur gleichen Zeit zur Erstkommunion, haben zur gleichen Zeit unsere erste Zigarette geraucht... und auf der Kirmes zum ersten Mal geknutscht und abgetatscht und so. –

Die Eltern beschlossen, ihn auf

Masuren! in rheinländischer Gegend umgeben von Feldern, Wiesen und Wäldern –, den Vorbedingungen guter Luft, liegt, ganz wie ein masurisches Dorf, abseits vom großen Getriebe des westfälischen Industriebezirkes, eine reizende, ganz neu erbaute Kolonie der Zeche... In jedem Haus nur vier Wohnungen, zwei oben, zwei unten. In jede Wohnung gehören drei bis vier Zimmer... Jedes Zimmer, sowohl oben als auch unten, ist also schön groß, hoch und luftig. Zu jeder Wohnung gehört ein sehr guter und trockener Keller, so daß sich die eingelagerten Früchte, Kartoffeln usw. dort sehr gut halten werden. Ferner gehört dazu ein geräumiger Stall, wo sich jeder sein Schwein, seine Ziegen oder seine Hühner halten kann... Endlich gehört zu jeder Wohnung auch ein Garten von etwa 23 bis 24 Quadratmetern. So kann jeder sein Gemüse, seinen Kumpst und seine Kartoffeln, die er für den Sommer braucht, selbst ziehen... Dabei beträgt die Miete für ein Zimmer (mit Stall und Garten) nur 4 Mk. monatlich... vergütet die Zeche für jeden Kostgänger monatlich 1 Mk. Da in einem Zimmer vier Kostgänger gehalten werden können, wird die Miete also in jedem Monat um 4 Mk. geringer, ganz abgesehen davon, was die Familie an dem Kostgänger selbst verdient... Die ganze Kolonie ist von schönen breiten Straßen durchzogen, Wasserleitung und Kanalisation sind vorhanden. Abends werden die Straßen elektrisch beleuchtet. Vor jedem Haus liegt auch ein Vorgärtchen, in dem man Blumen oder noch Gemüse ziehen kann. Wer es am schönsten hält, bekommt eine Prämie... Man sieht also, daß jeder Arbeiter gut auskommen kann. Wer sparsam ist, kann noch Geld auf die Sparkasse bringen. Es haben sich in Westfalen viele Ostpreußen mehrere tausend Mark gespart. Das Geld ist dann wieder in die Heimat gekommen, und so hat die Heimat auch etwas davon gehabt... Entlassungen masurischer Arbeiter werden, außer den Fällen grober Selbstverschuldung, nicht vorkommen... So bleiben die Masuren ganz unter sich und haben mit Polen, Westpreußen usw. nichts zu tun... Jeder besorge sich seine Papiere, Arbeitsbuch und Geburtsschein...– Aufruf einer Zeche um 1905 –

die *Hohe Schule* zu schikken.

– Das war so: der Hauptlehrer, den wir da hatten, der hat meine Eltern zu sich bestellt, hat gesagt, ich wär was Besonderes, ich müßte unbedingt aufs Gymnasium. War natürlich eine große Aufregung. Damals gingen fast alle von uns nur bis zur achten Klasse in die Schule, also heut ja nicht mehr, aber damals, sechzig, da war das was Besonderes. Die ganze Siedlung hat mitgeredet. Klar, haben die gesagt, wenn ers schafft, warum nicht. Die Sextaner-Aufnahmeprüfung hab ich glatt bestanden. Zusammen mit noch einem aus der Siedlung. Das war vielleicht ein Fest. –

Die Entfremdung von seinen ehemaligen Spiel- und Klassenkameraden wurde als nicht gravierend empfunden.

– Klar, da war der längere Schulweg. Bei uns im Norden der Stadt, wo die Malocher wohnen, gabs ja nur ein Gymnasium, im Süden, in den feineren Vierteln, da häuften die sich. Und bei den Hausarbeiten konnte mir keiner helfen. In der Sexta hab ich mir gleich Respekt verschafft. Ich war zwar ziemlich dünn und so, aber ziemlich zäh. Wenn du in einer Bergmannssiedlung aufwächst, lernste eben das richtige Kloppen. Und nachmittags, da haben wir gespielt wie immer. –

Erstes Petting mit zwölf.

– Wie alle. –

Erstes Vögeln mit dreizehn.

– Bin ich rumgelaufen wien Hengst, stolz wie nur wat. Nur mit dem Nachschub, das war schon schwieriger. Und diese beschissene Angst beim Aufpassen. Später großer Pariserverschleiß. Aber da gings mit der Schule schon abwärts. –

Mitte Untertertia rät man den Eltern, ihn von der Schule zu nehmen.

– Da bin ich dann abgegangen. Weil die Lehrer das wußten, haben sie

mir auch nicht das Abschlußzeugnis versaut. Die waren froh, mich loszuwerden.
Die Eltern beschließen, ihn nicht in die Zeche zu schicken, ihn, weil er handwerkliche Fähigkeiten hat und Spaß an Autos, den Beruf des Automechanikers lernen zu lassen.
– War ich richtig glücklich. Hat mir unheimlichen Spaß gemacht mit Autos und so. Klar, die Scheißnebenarbeiten, die jeder Stift macht, die haben mich schon gestört. Das Lehrgeld – nicht der Rede wert – durfte ich behalten. Hab ich mir eine Florett, eine Kreidler, gekauft und getunet. War dann ein irre schneller Flitzer. Gab ne Menge Ärger mit den Bullen. Mit denen von anderswo, denn die bei uns in der Nähe, die kannte ich ja, die waren ganz in Ordnung, wenn man nicht zu viel Scheiß gemacht hat. –

Nimm eine Stadtkarte mit großem Maßstab, spanne Zellophan- oder Hostaphanfolien, an den oberen Ecken befestigt, über sie, trag auf jeder Folie etwas anderes ein:
die Netze der U-Bahn, der Busse, der S-Bahn, der Müllabfuhr, der Springerautos, der Polizeibullis, der Postboten, der Kanalarbeiter,
trag die Stützpunkte und Netze der Subkulturen ein, der Fußballer und Tischtennisvereine, der Reiter und Zeugen Jehovas, der KPD, der SEW, der KPD/ML, der Spartacisten, der Kiffer, der Pennbrüder, der Junkies, der Einbrecher, der Beischlafdiebinnen, der Parlamentarier, der Bäckerinnung, der Rotarier, der Neofaschisten, der Kegelbrüder, der Turnväter, der Kessen Väter, der Tunten und Tanten, der Stiefelfetischisten und Staatsanwälte, der Exhibitionisten und der Arbeitgeberverbände, der Streikbrecher, der Bereitschaftspolizisten, der agents provocateurs und Lampenbauer, des Lion Clubs und der Zoobesucher, der Kritiker und Krisengewinner, der Börsenjobber und Sklavenhändler, der Anarchisten, der Anarchosyndikalisten, der Groucho-Marxisten, der Lafargueisten, der Luxemburgistinnen, der Trödler, der Taxifahrer und Taxifahrermörder, des Babystrichs, der Strichjungen, der Landsmannschaft Vertriebener Kreuzberger, vertriebener Schlesier, der Exilbayern, des Wilhelmshavener Asy, der Spandauer Basisgruppen, der Tupamaros Westberlin, der Kommandos und Kommanditisten, der Kretins und Kredithaie, der Epileptiker und Engelsforscher, der Pilzesser, der Säureköpfe, der rechten Sozialdemokraten, der jungdemokratischen Entristen, der Entenficker und Entenfahrer und Entenzüchter, der Mercedeschauffeure und Rollshuren, der Rock'n Roller und Rasenden, der Spießer und Spaßmacher, der Schufte und der Schuftenden, der Schwätzer und Schwitzer, des Verbands Deutscher Schriftsteller

(VS) und des Verfassungsschutzes (VS), der Metzgerinnung, der Innendekorateure, der einbeinigen Bülowbogenhuren, der Schlucker und Schleifer, der Schnapsnasen und Schnapsfabrikanten, der Dachdecker, der Deckhengstpfleger, der Sanitäter, der Chirurgen, der rechten Krankenschwestern und der linken Krankenschwestern, der Frührentner, der Ostrentner, der Spätrentner, der Pensionisten, der.
Und wo sind die Berliner?

Rock'n Roll.
– Mein lieber Mann, war das ne irre Zeit! Im Urlaub – ich hab mir was zusammengespart, Autos schwarz repariert und so – bin ich nach England getrampt. Das hättet ihr mal erleben sollen: im *Sink-* oder im *Cavern-Club* in Liverpool, wenn da die Truppe *Hey mama, keep your big mouth shut* sang und Hunderte von Teenieboppern sich einnäßten und begeistert mitsangen. Schmissen ihre Musikwünsche auf Papierfetzen auf die Bühne. –
Er beendete mit achtzehn die Lehre, wurde gemustert, *Tauglichkeitsgrad eins,* erwog kurz, sich als Zeitsoldat zu verdingen.
– Alle Führerscheine machen, in meinem Job bleiben und dann die Abfindung. –
Aber die Eltern waren dagegen.
– Die hatten den Rummel noch so mitgemacht, Mitte bis Ende der Fünfziger, gegen Wiederaufrüstung, Atomwaffen. Die waren in der SPD. Schon der Opa. Das vererben die wie ihren Beruf. –
In der Bundeswehr hatte er viel Ärger.
– Das war ja schon die Zeit der Studentenrevolte. Ich fand alles richtig, was die machten. Beim Bund haste aber mords Krach gekriegt, wenn du das Maul aufgemacht hast. Mit langen Haaren und so. Aber einen richtigen Durchblick hatte ich immer noch nicht. –
Er lernte einen Soziologiestudenten kennen, der die gleichen Schwierigkeiten mit Unteroffizieren, Feldwebeln und Offizieren hatte wie er.
– Wir haben Marx gelesen, diskutiert, ein bißchen agitiert, vor allem, was man so machen kann, wenn die einem befehlen, auf Demonstranten zu schießen oder auf streikende Arbeiter. Denn daß es so kommen würde, war uns völlig klar. –
Mehrere kleine Disziplinarstrafen.
– Die nahmen kleinere Anlässe, Haare und so, Beharren auf der strikten Anwendung der Soldatengesetze, alles mögliche, einen kurz einzubunkern oder den Ausgang zu sperren. Meistens nur, weil wir von unseren Rechten als *Staatsbürger in Uniform* Gebrauch machten. War sehr durchsichtig, das Ganze, und ganz nützlich. Auch für die

anderen, die das Maul nicht aufkriegten, weil sie mehr Schiß hatten und keinen Durchblick. Freiwillig geht doch da keiner hin, bis auf ein paar Verrückte oder Typen, die sich den Dienst als eine Art ruhiger Beamtenlaufbahn mit ruhiger Kugel und Pensionsanspruch vorstellen. –
Er machte alle Führerscheine.
– Auch Panzer- und Bus –
Und bildete sich in seinem Beruf weiter.

Wenn das Tonband läuft und die Gesichter aus dem Lichtkreis verschwinden. Lebensläufe.
Sensibilitätstraining.
Ich spüre immer, daß das Band läuft, und dann läuft das Band über den Abspielkopf in meinem Hals, und ich bin nicht mehr ich, ich stilisiere mich, ich verdränge, male ein glattes, sauberes Bild von mir, weißt du, daß.
Schreib das auf.
Schreiben ist ein monologisches Medium.
Agier dich mit Tanz und Sprache aus, vor Videogeräten.
Wenn das läuft, ists aus, und wenn das angestellt ist, bin ich abgestellt.
Narziß, in der Badewanne sitzend, blickte wohlgefällig an sich herunter und sah, die Brechung des Lichts an der Wasseroberfläche, daß sein Schwanz in der Mitte ganz weggeknickt war. Er ersäufte sich. Die Sündensau von der Wiener Berggasse ließ ungerührt das Wasser ablaufen, er zog den Stöpsel raus, schlurpppp, setzte sich auf den Hokker neben der Wanne und begann, Narziß zu analysieren.
Warum sagst du: wir haben Marx gelesen? Was steckt dahinter?
Nichts steckt dahinter.
Es steckt immer was dahinter, hinter dem Spiegel.
Was meinst du, wenn du Durchblick sagst?
Heidelberger Katechismus: WAS IST DAS?
Mann, hör auf!
Nein, fang an.
Jetzt hat das keinen Sinn, wir haben uns versteift. Massierst du mich, Peter?
Wir lernen alle massieren.
Es ist schon erstaunlich, welche Knoten und Beulen durch Arbeit und aggressive Fragen unter der Haut entstehen. Mach das weg. Ja, so.
Fangen wir von vorn an?

Die konnten mir nix. Mußten anerkennen, daß ich in meinem Fach was aufm Kasten habe. Wenn es Ärger gab, hat manch Vorgesetzter dafür gesorgt, daß ich klammheimlich aus der Schußlinie kam, zu den Karren. –
K. erwog eine zeitlang Sabotage.
– Aber das war zu früh. Außerdem hätten die gleich gewußt, wer das war. Wir waren noch zu wenige. Mit einem bißchen Sand kannst du da innerhalb von wenigen Minuten einen Sachschaden in Höhe von mehreren Hunderttausenden, wenn nicht Millionen von Mark anrichten. So ein Leopard, an der richtigen Stelle nicht geschmiert, eine Prise Sand ins Getriebe oder in den Tank, dann können Die nach kurzer Fahrt Motor oder Getriebe auf den Mist schmeißen. Ich hab so technische Zeichnungen gemacht, ganz einfache, daß jeder Laie draus schlau werden kann, von allen Panzer-, Panzerspähwagen- und Autotypen gemacht, wo du sehen kannst, wie du mit kleinstem Aufwand den größten Schaden anrichtest. –
Die Zeit in der Bundeswehr benutzte er außerdem dazu, sich in anderen Fähigkeiten ausbilden zu lassen.
– Alles, was man da so lernen kann, alles, was ich als Autoschlosser noch nicht beherrschte. Fand ich interessant und für mich wichtig. Machte mir auch Spaß. –
Die Urlaube verbrachte er teils zuhause, teils machte er Abstecher ins Ausland.
– Paris, Turin, Mailand, Brüssel. Immer per Anhalter. Meistens mit LKWs. Unheimlich dufte Typen kennengelernt. Ja, und so den richtigen Kick, den hab ich so '69 gekriegt, bei den Kämpfen in Turin. Straßenschlachten, Tausende von Arbeitern gegen die einheimischen Besatzungstruppen, die Carabinieri. Zusammen mit den Studenten. Da war das irgendwie anders. Da hatten die Studenten nicht son grosses Maul, und die Arbeiter, meistens aus dem armen Süden, die hatten dann nix gegen die Studenten, wenn die auf den Barrikaden mitkämpften und ihr Wissen weitergaben. Haben zusammen Flugblätter gemacht, zusammen gesoffen, zusammen im Knast gesessen und zusammen gekämpft. Ihr könnt euch nicht vorstellen, was da los war. Gewerkschaftsleitung und KP-Führung immer keifend und schimpfend hinterher. Die Basis einer Meinung! Eine Stimmung, weia! Die schrien *Ho-Ho-Ho-Tschi-Minh* ebenso wie *Es lebe die Möse!* Oder: *Agnelli, Vietnam ist hier, in deiner Fabrik!* –
K. verständigte sich zumeist radebrechend in Englisch mit den Kämpfenden, machte mit, wurde erwischt und als *Unerwünschter Ausländer* ausgewiesen und abgeschoben.
– Dabei hab ich noch unheimlich Schwein gehabt. Die Bullen da und die Behörden, die haben eine unglaubliche Angst vor Ausländern. –

– Wie? –
– Ja... laß doch das Scheißfremdwort weg. Also, ich hab auch kapiert, worum es ging. Obwohl, na in meinem Job, da ist das ja anders als am Band. Versteht ihr, ich war Facharbeiter. Ich konnte mir zu großen Teilen meine Arbeit noch fast selbst bestimmen. Klar, es gibt Vorgabezeiten, aber man kann doch recht selbständig malochen. Die ganze Karre auseinandernehmen und wieder zusammenbauen. Aber da...! Mein lieber Mann! Da bestimmt das Band den Takt. Da haste so zwanzig, fünfundzwanzig Sekunden, Karre kommt, Schraubenschlüssel auf die Mutter, anziehen, zweite Mutter, anziehen, dritte Mutter und so weiter. Natürlich mit dem Elektroding, dddrrrt, drrrrrt, drrrrrt, da geht die Uhr von vor. Da haste keine Sekunde Zeit, was zu überlegen. Da biste Teil vom Band, sonst nix. Immer das gleiche, Stunden, Tage, Wochen, Monate.
Arbeitsunfälle, da denkste, du bist im Schlachthaus oder in Vietnam oder so, Fresse kaputt, Arm ab, Bein ab, Hand aufgeschlitzt... Die Werksärzte, die arbeiten fast genau so wie die Proleten, am Fließband...
Ja, und als da die Kämpfe waren, da hättste sehen können, was da die Arbeiter gemacht haben. Einen Wahnsinnsrochus auf das Ganze. Haben das Band gestoppt, Autos umgekippt, angesteckt, sabotiert, den ganzen Kram hingeschmissen... Satt, sag ich euch! Und dann die Forderungen! Nicht son Pipikram wie von der Gewerkschaft, son Teppichhandel, son Gefeilsche um Zehntelprozente. Es ging um etwas völlig Neues, glaube ich, und gleichzeitig, wenn auch noch unreif und unausgeformt, um etwas sehr Altes, um Selbstbestimmung der Arbeiter, um Gleichheit und um – Räte. Es war klar, daß die Bonzen von Gewerkschaft und Partei, daß die Bürokraten also, gezetert haben, abgewiegelt haben, die alten rein ökonomischen Forderungen in den Vordergrund gestellt haben. Das mußten sie, wollten sie Nachfolger der Privatkapitalisten werden. Die haben die Proleten fast ans Band zurückgeprügelt, zusammen mit Bullen und Unternehmern...
Klar, ihre Forderungen haben die Arbeiter zumeist nicht durchgekriegt. Aber das ist erst ein Anfang, sagten sie. Auch die Zusammenarbeit mit Studenten und Leuten der Neuen Linken, das war irgendwie neu. Wurde natürlich schwer mies gemacht. Die ganzen Bomben und so, eindeutig von Faschisten, die wurden denen in die Schuhe geschoben. Wenn diese Braunen die Bomben nicht geworfen hätten, Bomben, die viele Unschuldige töteten, hätten die Bullen, die Christdemokraten und Kommunisten die Bomben erfinden müssen... –
– Übertreibung? Im Gegenteil. Auch du wirst es noch erleben, wie hier die Pseudolinken und der Staatsapparat zusammenarbeiten werden. Denen ist jede Aktion, jede Revolte, jede Rebellion suspekt, die

nicht unter ihrer bewährten Führung stattfindet, am Tage X, in Achterreihen, sauber gekämmt und mit kurzen Haaren, modernen Nippes auf dem Konsölchen und Lenin auf den Lippen. Und bevor der Bahnsteig betreten wird, artig die Bahnsteigkarte lösen...–

– Na ja, die haben mich abgeschoben. Mit Verspätung zum Bund zurück. Einen Mordsärger habe ich gekriegt. Als dann die Zeit bei der BuWe vorbei war, hab ich kurz überlegt, über die Grüne Grenze schwarz nach Italien zu gehen. Aber stattdessen bin ich nach Berlin gegangen. Hier war ja auch was los. Aber in der Hauptsache schon vorbei...–

Er nimmt die Berlinvergünstigungen mit, arbeitet in seinem Beruf, findet eine kleine Wohnung in Kreuzberg und schließt sich eine Zeitlang der KPD/ML an.

– Ich glaubte, die wären auf dem gleichen Trip wie die Genossen in Italien. Nix war. *Massenlinie,* Fassonschnitt, Disziplin, Kadavergehorsam, und dann die Zeitungen...Ich glaubte nach einiger Zeit, mich trifft der Schlag. Eine Sprache, die einem die Schuhe auszieht. Nichts für hiesige Proleten. Immer der *Große Vorsitzende.* Oder Albanien. Versteht ihr, hier war die Scheiße am dampfen, Tarifkämpfe, hohe Mieten, Sanierung, Gastarbeiter, Studenten- und Jugendunruhen, Krawalle bei Popkonzerten – und da mußte im Betrieb oder vorm Tor irgendwelche Traktate zum weißderGeierwievielten Geburtstag von Enver Hoxha oder über Ackerbau und Viehzucht in Honan verteilen. Die Schulung – unheimlich autoritär, stark verkürzt. *Diamat,* Marke Stalin. Ich hatte mich da ja schon reingekniet, zusammen mit dem Genossen beim Bund. Aber hier, als ich dann schüchtern sagte, ich hielte Stalin nicht im geringsten für einen Marxisten, auch wenn man ihn vom Kopf auf die Beine stellt, gabs vielleicht ein Getön. Mein lieber Mann! Nur weil ich einer der wenigen Blaukragenarbeiter war, haben sie mich nicht gefeuert...–

– Warum ich überhaupt da reinging? Weißt du, als Arbeiter meinst du, du brauchst eine Organisation, eine verbindliche, wo du hingehörst...Ich meine, so an der Basis, die einfachen Genossen, unheimlich dufte Typen darunter, aber die Apparatschiks, die ZK-Vögel und unser berühmter Leitartikler – sagen wir besser nix dazu. Und das Hauen und Stechen mit den anderen MLern! Manchmal konnte man denken, die SEW oder die Sowjetunion oder die DDR seien der Hauptfeind...–

– Ja, mittlerweile sind sies für die auch geworden. –

Er verläßt die KPD/ML, lernt D. kennen, zieht mit ihr zusammen, er wechselt den Betrieb, geht in eine große Firma, schließt sich der Betriebsgruppe an.

– PL/PI-Reste, ein paar Typen vom KB, MLer und Parteilose. Man hackt sich, aber es geht. Geht sogar prima eine Zeitlang. Je mehr man echte Praxis macht, desto weniger Hackerei. Zuerst unbewußt, denn trotz pausenloser Diskussionen wird einem das erst später klar, dann

programmatisch. Auf die Betriebszeitung können wir stolz sein. Ist die einzige von den Linken, die wirklich diskutiert und gelesen wird...–
– Ja, bis auf deine, die bald kommen wird *(lacht)*. Ist auch von drinnen, nicht von draußen. –
Auf D. angesprochen:
– Ja, mit der D. Wir haben uns im Vereinshaus kennengelernt, bei einer Redaktionskonferenz. Sie flippte da so solo rum und suchte Anschluß an eine arbeitende Gruppe, weil in ihrem Fachbereich nix los war. Da sind wir eben zusammengezogen. Ich glaube, so anfangs, da sind wir unheimlich gut klar gekommen. Ihr macht das Vögeln genau son Spaß wie mir. Außerdem ist sie emanzipiert. Ich meine, selbständig und so. Zuerst hat mir das ja nicht so gepaßt. Bin ich nicht gewöhnt, von zuhause her und so. Sie hat damals schon Karate gemacht. Fand ich enorm, ich meine, für ne Frau...–
– Klar, das haben wir schon von Anfang an gewußt, daß so ein Zusammenleben in so'ner kleinen Bude Scheiße ist. Stube und Küche, da geht man sich auf Dauer unheimlich auf die Nüsse. Aber Kommune? Klar, wir haben schon dran gedacht. Aber die Typen, die wir kennengelernt haben, die früher in einer Kommune waren, ich meine so 66, 67, 68, oder noch sind... Ich meine, da sind viele durch zu viel Experimente vor die Hunde gegangen. Bei uns, in der ML-Gruppe, als ich noch drin war, da war einer der ersten Kommunarden. Ganz hübsch kaputt. Na ja, von dem Psychoterror, den die damals veranstaltet haben... So mit Scheißhaustür aushängen, um die Privatsphäre abzuschaffen und so. Das war bei denen kein Sensibilitätstraining, das war zum Teil Hauen und Stechen. –

Ilona griff in die Kommodenschublade und zog den Brief unter der Wäsche hervor. *Mein Geliebter. Ich schreibe Dir diesen Brief an unserem ersten und.* Sie lächelte, ging hinüber zum großen, bemalten Kachelofen, bückte sich, knüllte den Brief zusammen und verbrannte ihn auf dem Schutzblech vor der geschlossenen Klappe. Von nebenan konnte sie Jörg singen hören. Sie kehrte die ausglühende Asche zusammen und schüttete sie in den Eimer. Es roch nach verbranntem Papier. Ilona öffnete das Fenster, atmete den Abend ein, drehte sich plötzlich um und lief so schnell sie konnte durch das dunkle Zimmer zur Tür.
Hier bin ich! rief sie.
Jörg saß auf einem Matratzenberg im Schneidersitz; er trug die Arme vor der Brust verschränkt und sah Ilona ernst an. Sein Schwanz war erigiert. Jörg hatte ihn an der Spitze grün, in der Mitte blau-rot-grün gestreift und zum Körper hin schwarz-rot gepunktet angemalt.

Mit der Spitze, sagte er, machen wir einen Derwisch.
Machen wirs mit den Streifen, wird er Hodscha oder ZK-Mitglied, gelangen wir aber bis zu den roten Punkten auf schwarzem Grund hinein und heben ab, bis wir mit dem Hinterkopf an eine andere Galaxis stoßen, wirds ein Mädchen, eine Zauberin, eine Hexe, so schön wie ich und so klug wie du.
Ilona verneigte sich. So sei es, sagte sie.

Ja, wie fings eigentlich an? Mit Kleinigkeiten, würd ich sagen. Erst einmal das enge Aufeinanderhausen. Ich von der Arbeit zurück, und sie muß noch büffeln. Dann das Fressen. Lacht nicht, sind so Sachen, die summieren sich... Also, ich aß für mein Leben gern so deutsche Sachen, wie zuhause, damals, Bratkartoffeln, Sülze, Wirsing, Eisbein, Pellkartoffeln mit Öl und so. Die D. mehr so ausländisches Zeug. Da gabs dann Zeck. Wie die anfing, so Sachen wie Reis mit Hühnerfleisch und Ananas und so, ich meinte, so scharfe Sachen passen mit Süßen nicht zusammen. Kriegte ich nicht runter. Heut ja. Gerne. Aber damals! Dann so kleine Sachen, Bier oder Wein, dann wie man vögelt... D. meint, sie bringt es nicht, wenn wir uns vorher gestritten haben, und dann wär ihr im allgemeinen zu wenig Zärtlichkeit da. Und so... –
– Klar ist das ne Klassenkiste. Sie kommt aus nem anderen Elternhaus. Aber irgendwie geht mir das nicht richtig ein. Das muß auch andere Ursachen haben. Ich meine, außer denen. –
– Psychoklöpse? Ne, ich glaub nicht *(lacht)*. Ödipus normal und so. Klar, Onanie war verboten. Gabs nicht. Aber da wurde nie viel Gewese drum gemacht. Aufklärung. Also, da waren erst mal all die Tiere und so, in einem Arbeiterviertel, na hör mal... –
– Also, das mit der Klassenlage, das glaub ich nicht. Das ist komplizierter. –
– Ne, ne. Guck mal, in Band I vom *Kapital*, da erklärt olle Charlie doch, was *Gesamtarbeiterschaft* ist und so, und so sind in *dem* Fall die Klassengegensätze von D. und mir konstruiert. Klar bestehen da Unterschiede. Im Kloppen, beispielsweise. Kannst auch sagen: in der *Gewaltfrage*. –
– Kann sein, daß ich da was verdränge. Bin mir dessen aber nicht bewußt. Klar, da müssen wir drüber reden. Logo. Meinste, warum wir hier quatschen? –

Dies ist mein Name an der Tür, einer unter sieben, gesetzt in Amtsfraktur auf einem alten Stück Schweinsleder, das auf ein poliertes Schild aus Kirschholz geklebt wurde.

Dies mein Stuhl, Buche, geschnitzt, für fünfzehn Mark beim Trödler geholt.
Dies meine Matratze. Leg dich neben mich.
Dies mein Zimmer mit den orangefarbenen Vorhängen aus grobem Leinen.
Dies mein Schreibtisch. Er steht unter dem Fenster. Mein Blick geht über den überwucherten Hof bis zum Garten des gegenüberliegenden Hauses: Birnen, Äpfelbäume, Kirschen, darunter ein rosa blühender Baum aus Japan, und Pfirsiche.
Dies mein Platz in der Küche, dieser der im Gemeinschaftszimmer, im Berliner Zimmer.
Dies mein neues Zuhause.
Hier ist nichts mein, hier gehört alles allen. Hier darf ich Ich sein.
Hier wohne ich.
Tritt ein:

Der Reisende kann eine Micky-Maus-Reise buchen: da atmen die Wände, und Musik tritt in die Poren ein, Note für Note, da tauchen die Bilder auf von vorgestern oder übermorgen, da schlagen die Farben mit Handkanten in die Augen, da lächelt der Reisende und lacht, schmunzelt, strahlt, grinst, grient, freut sich, feixt, kichert und gickelt und gackert und platzt heraus, platzt los, prustet los, brüllt los, wiehert, schüttet sich aus, kugelt und krümmt sich, biegt sich vor Lachen, lacht sich tot, lacht sich krank, krumm und schief, lacht sich scheckig und kringelig, einen Ast, einen Bruch, hat Lachkrämpfe; weint. Touropa mit Chemie.
Der Reisende kann aber auch eine Arbeitsreise buchen, eine Erholungsreise, Urlaubsreise, Ferienreise vom Ich, eine Weltreise, Bildungsreise, Forschungsreise, eine Expedition.
Pro Pfund Körpergewicht eine Einheit, das ist das Minimum. Reiseführer sagen: was Lackmuspapier ist in der Chemie, ist die Reise für den seelischen Zustand. *(Alice Olson, Einwohnerin der Stadt Frederick, Maryland, las Anfang Juni 1975 die Berichte in der amerikanischen Presse, später den Rockefeller-Bericht. Im Jahre 1953 wurde sie unvermutet Witwe. Ihr Mann, der Biochemiker Frank R.Olson hatte sich aus der zehnten Etage eines Hotels in New York gestürzt, kurz nachdem ihm Beamte der CIA ohne sein Wissen zu einer Reise verholfen hatten. Es heißt: seine Familie und Freunde teilten übereinstimmend mit, Olson sei ein freundlicher und lebensbejahender Mann gewesen, nie habe er an nervösen Depressionen gelitten. Die CIA und die Reise bewiesen das Gegenteil.)*
Reiseführer sagen: geh nicht allein auf Reisen. Sie sagen: paß eine ruhige Phase in deinem Alltag ab, schaffe eine freundliche Atmo-

sphäre in der Wohnung, geh nur auf Reisen mit erfahrenen Reiseführern.
Die Reisenden gehen auf eine gemeinsame Reise. Zweck der Reise ist: das Gebaren, das Unbewußte, Vorbewußte, Verdrängte, den dunklen Teil, die Nacht in der Seele eines bestimmten Reisenden kennenzulernen.
Dieser sieht sich im Zentrum der Aufmerksamkeit. Geht auf die Reise, reagiert, teilt die Eindrücke seiner Reise mit, wird von Mitreisenden befragt, äußert Ansichten und Assoziationen, Meinungen und Mißklänge, spricht Träume aus und Wünsche, geht zurück in die Kindheit. Immer im Focus der Aufmerksamkeit. Er ist, und alles kreist um ihn. Mitreisende sind Trabanten und Meteoriten, Kometen und Sonne, Monde und Astronomen.
Die Mitreisenden dulden keine Halbheiten, keine Lügen, keine Ablenkungen, keine Ausflüchte, keine Verdrängung. Ihnen entgeht kein Frösteln, kein Fieber, kein Zucken der Mundwinkel, kein verlorener Blick, keine Muskelverspannung, keine Verkrampfung, keine Entspannung, kein Reflex, keine Ausrede, kein Anschmeißen, kein Lächeln, kein Lachen, kein Tic, kein Trick. Die Mitreisenden sind keine Tiefenpsychologen, sie sind Inquisitoren und zärtlich, sie bohren nach, sie fragen nach, sie horchen aus, sie forschen, quetschen aus, erkundigen sich, informieren sich, treiben in die Enge. Sie massieren, wo Frost ist, wo Verspannung ist, sie lachen mit und haken nach, sie lassen Lauheit nicht zu, sie streicheln, kuscheln, schmusen, lassen gewähren und prüfen nach. Sie sind unnachsichtig. Sie können grausam sein. Sie hören ohne Worte. Sie blicken durch. Sie empfinden mit. Sie tauchen ein. Sie wollen Gewißheit:
Wer bist du?
So.
Sie lassen den Reisenden nicht allein. Sie beenden Qualen erst dann, wenn sie absolut unerträglich sind.
Sie umgeben den Reisenden körperlich. Sie sind immer präsent, immer da, immer dabei. Sie lassen Schweigen nur zu, wenn es beredt ist.
Wer bist du?
Oder so.
Die Reiseführer sagen: Reisen ist kein Gehirnwaschen. Sie sagen: der Reisende kann auf der Reise nicht mehr hergeben, als er ohne Reise ohnehin hat. Die Reiseführer sagen: mit Reisen reißen wir lediglich Masken ab. Persona. Unter der Person: der nackte Mensch.
Die Reiseführer sagen: Reisen kann gefährlich sein. Wer vor der Reise heiter war und nun zerbricht, war in Wirklichkeit nie heiter. Sie sagen: wer vor der Reise geil war und während der Reise geil ist, ist geil. Sie sagen: wer vor der Reise gelöst war und ist nun verkrampft, war nie gelöst. Sie sagen: Reisen bewirkt nicht die Wahrheit. Sie sa-

gen: es gibt nicht nur eine Wahrheit, es gibt viele. Sie sagen: Reisen bedeutet, richtig gereist, etwas weniger Lüge.
Die Reiseführer sagen: wer noch nie auf einer Reise gestreichelt, geliebt, gekost, zu Höhepunkten gelangt ist, weiß nicht, was Streicheln, Liebe, Kosen, Höhepunkte sind.
Die Reiseführer sagen: Reisen bildet. Reisen können gefährlich sein. Reise klug und in Begleitung, sagen die Reiseführer.
Reiseführer sind keine Führer. Sie haben lediglich Erfahrungen im Reisen. Sie nehmen den Reisenden sanft bei der Hand und steuern ihn um Gefahren herum, haarscharf am Rande vorbei, damit er die Möglichkeit hat, bei vollem Bewußtsein in den Abgrund zu sehen.
Es liegen Reisende auf Matratzen um jemanden herum; das Licht ist angenehm, der Wein ist temperiert und schmeckt, es duftet nach Zimt oder Nelken oder Jasmin oder Rosen; bei der Arbeitsreise spielt Musik nur eine wichtige Nebenrolle. Der Reisende liegt im Zentrum der Reisenden, der Welt, läßt sich fallen und ist da.
So.
Oder so.
Nachher wissen die Reisenden besser Bescheid.
Nachher haben die Reisenden Durst. Es empfiehlt sich eiskalter gepreßter Orangensaft. Zieht die Vorhänge zurück, der Tag ist da. Die Reise klingt ab. Das Herz des Reisenden: Kalbfell, auf dem der Drummer der *Doors* stetig klopft.
Bist du müde?
Ja.
Schlafe, schlaf ein.
Irgendwann später, bloß nicht zu oft, gehen wir auf andere Reisen. Dann bist du im Zentrum oder du oder du.
Drehe die Platte um, lausch noch ein wenig, schlaf ein. Wenn es gut gegangen war mit der Reise: in Eins mit dir und der Welt.
Kurze Zeit.
Wer bewußt gereist ist, kennt sich besser. Wer bewußt miteinander gereist ist, kennt sich besser. Das ist viel.
Heute.
Bist du müde?

Sie schläft.

Hol die Piepen raus, wir sind da: im Schritt um Liebespärchen herumfahren, einparken, einhaken. Vorraum mit Garderobe. Is denn hier Garderobenzwang?
Ne, is nich, sagt der Schwarze hinterm Tresen, nur Eintritt, sswei Maak.

Die Handrücken hinhalten, gestempelt werden, die Tür zum Lokal öffnet sich, zwei schwarze GIs treten heraus, haben Mädchen am Arm (toupierte Haare, grelle Hosenanzüge), hey Ilona, gehts? Wieder im Geschäft?
Nein.
Da drinnen afrikanische Dunkelheit, Tabakqualm, Tänzer, über denen ein müder *Casablanca*-Ventilator. Dagmar geht an der Tanzfläche vorbei, wir folgen hintereinander. Bunte Lämpchen. Soul. Am besten, wir stellen uns hier hin, sage ich, und warten, bis ein Tisch frei wird.
Wir haben Mühe, unser Staunen zu verbergen: schwarze Männer, weiße Frauen, der Tanzstil schaukelnd, wiegend, mit drehenden Schultern, angedeuteten Schritten aus dem Kniegelenk heraus, brusthoch gehaltenen, zu Fäusten geballten Händen.
Muhammad Ali Stil. Guck dir die Bewegungen an, sag das mal Peter, von wegen positiver Rassismus. Die GIs tragen alle Zivil, sind bunt, teils verwegen gekleidet. Wildlederstetsons, Wildlederflickenanzüge, Schals, Baskenmützen, Hosen zweifarbig und mit 80er Schlag. Schattenboxer. Seine Partnerin wippt, völlig ernst, mit dem Kopf, wirft Boxerhände vor die pralle Brust. Lederjacken, Sonnenbrillen, Barette. Grelle Sakkos, weite Hosen, abgesteppte Schuhe; Brusttücher groß und duftig (Schlagsahne) in vielen Pastellfarben; Kettchen um Handgelenke. Viele schließen die Augen, viele Frauen lassen die Augen weit offen und ahmen jeden Schritt, jedes Wiegen ihrer Tanzpartner nach. Ein gutaussehender, gutgebauter Schwarzer Mann mit Oberlippenbärtchen, in enger schwarzer Samthose mit Matrosenschlag, sackbetont, trägt ein Mikrofon in der Rechten, bewegt tänzerisch den Oberkörper, der sich unter dem hautengen, taillierten, mit Schillerkragen und weiten Ärmeln versehenem Hemd abzeichnet, singt Refrains mit, ruft in Gesang hinein, wechselt die Platten, schreit in Schwarzem Dialekt einige Sätze, wird unterbrochen, yeah mohn, yeah, kündigt die nächste Gesanggruppe an, schnappt mit den Fingern, wirft den Oberkörper nach hinten, die Oberschenkel hoch, hat glänzende haselnußbraune Augen, strahlt gute Laune ab, trinkt einen Schluck aus einer Bierflasche, die ihm ein Soulbrother hochreicht, auf das Podest neben der Box steigend, ein andrer stößt hinzu, der Jockey verläßt die Box, sie stehen nebeneinander, wippen im Takt, deuten Schritte an, yeah mohn, schließen die Augen, werfen Afrofrisuren nach hinten, abwechselnd die Linke, die rechte Schulter nach vorn, die Hände, schlängelnd wie Fische, schießen nach vorne und oben, Arme winkeln sich in Hüften,
James Brown! Sage ich begeistert. Tanzt du?
Da schüttelt Gerd den Kopf, und ich gehe mit Klaus auf die Tanzfläche vor der Disco-Box, wir tanzen.
Gerd flüstert mit Jörg, eine Frau mit kiloschwerem Busen in großem

Ausschnitt und Servierschürzchen tritt zu ihnen, hebt fragend das Kinn. Sechs Bier, eine Cola.
Keine Lust, auch zu tanzen?
Und du?
Hm.
Komm, sagt Jörg und greift Dagmar am Ellenbogen, sie gehen am Rand der Tanzfläche entlang, suchen einen freien Platz, bleiben dann stehen, beginnen.
Prusten:
Nicht so.
Warum nicht hotten, is doch egal.
Wir gucken, wir trinken, wir lassen den Rhythmus wirken in den Füßen, wir schauen nach freien Sitzplätzen, wir lächeln den Tanzenden zu.
Da wird ein Tisch frei.
Hier ist Platz für alle.
Oder wolltest du tanzen?
Nachher, erst mal gucken.
Eine Runde Zigaretten, eine Runde Feuer, zurücklehnen, trinken.
Ilona hat Recht, der Typ ist ein As. So'n Discjockey hab ich noch nie erlebt. Verstehst du sein Amerikanisch?
Nur zum Teil. Der spricht nen wüsten Dialekt.
Soulbrother halt.
Der hat mehr Pep in Fingerspitzen und Arsch als die ganze deutsche Schlagermafia zusammen.
Kennst du das?
James Brown.
Ein mieser männlicher Chauvinist. Eine echt dufte Tanzmusik, und eine schwarze Sau, wie sie im Buche steht, Kapitalist, Schwanzideologe, Onkel Tom...
Wieso?
Hat über zweihundert Anzüge, eine Menge Firmen und Musikverlage, goldene Klingelknöpfe am Portal, Tonstudios, Werbefirmen, einen riesigen Wagenpark. Als Malcolm X ermordet wurde, sagte ihm sein Manager, da wäre ne Marktlücke, da müsse er einsteigen. Als Schwarzer Soul-Messias. Der typische Schwarze Kapitalist – Nixonanhänger.
Wir kommen an den Tisch, lassen uns auf die Bank fallen, schwitzen, haben erhitzte Gesichter, trinken Bier in großen Schlucken, werfen uns mit dem Rücken gegen die Lehne. Puh. Das tat gut.
Warum tanzt ihr nicht?
Nachher.
Ob Jeff kommt?
Klar. Mal richtig ausschwoofen.

Kommt noch. Du, das Bier ist aber teuer hier.
Dafür kümmert sich keiner drum, wenn du die ganze Nacht an einer Flasche suckelst. Das gleicht sich aus. Wenn man sich ein' ansaufen will, geht man eben nicht hierher. Können nachher noch anderswohin gehen.
Bist ja mächtig in Fahrt.
Ja. War ne gute Idee, mal raus aus der guten Stube.
Nicht immer so'n Psychoscheiß.
Hö, hö?
He, he.
Na, hab ich Recht gehabt, ich – positiver Rassist?
Haste.
Ein farbiger GI tritt an den Tisch und fragt leise und höflich Jörg, ob er erlaube, daß Ilona mit ihm tanze. Da werden wir rot.
Jetzt nicht, hab grad ausgetanzt. Versteh das nicht falsch, ich bin müde im Augenblick.
Versteh, sagt er. Er hebt den gebeugten Kopf.
You are, Sie sind oft hier?
No, ne. Setz dich. Bist doch Jeff, ne?
Ja.
Es ist still am Tisch.
Danke, wir rauchen nur schwarzen Tabak.
Willst du?
Jeff grinst, setzt die Flasche an, trinkt.
Gute Musik, gute Laune, guter Discjockey.
Sie tanzt nicht.
Sie hat schon getanzt.
Ah, ja.
Wie findste die Musik.
Musik is good. James Brown ist ein Schwein. Pigs aren't always pink, Schweine sin nich immer ro-sa.
Hab ich doch gesagt, ne.
Ihr mogt sswarze Leute?
Nicht mehr und nicht weniger als andere auch. Verstehst du, darüber haben wir uns auf der Fahrt hierher unterhalten, über Rassismus.
Rassism?
Ja, auch über positiven Rassismus. Wenn ich sagen würde, ich liebe nur schwarze Menschen, ist das das Gleiche, wie wenn ein weißer Rassist sagt, er haßt schwarze Menschen.
Right, sagt Jeff. Habt ihr Papier bei?
Du gehst aber ran.
He?
Gleich. Viele Panther hier?
No, nur Sympathisanten. Viele hier. Ich auch. Er weist mit der Hand in die Runde.

Wann sollst du weg hier?
When? Next Monat.
Jeff wirkt bedrückt.
Ihr kennt den Fall?
Ja. Wir haben Erkundigungen eingezogen. Im Black Information Center.
Sweden, sagt Jeff nur.
Er zuckt die Achseln.
Viel troubles hier, in die Kasern, sagt er. Zwischen die brothers und den rassists. Viel troubles...
Davon haben wir gelesen, in eurer Zeitung.
Ja, sagt Jeff. Gute Sseitung. Von die radicals. Sehr gut. Sehr richtig. Aber zu wenig, oh, zu wenig. Große Strafen, wenn Offiziere finden Sseitung bei die brothers. Keine Urlaub. Viel troubles. Direkt Nam.
Er winkt der Kellnerin.
Alle Bier?
Aber nicht doch. Ich meine, du brauchst doch nicht...
Habe genug Geld, sagt Jeff. Auch für Papiere. Viel Geld. S-piel... Er lacht. Wart du schon in toilet? Grinsend sieht er Jörg, Gerd, Peter, Jens an. Die schütteln den Kopf.
Geh dort, sagt Jeff. Sehr interesting für dich. Er schnaubt durch die Nase.
Klaus und Jens stehen auf, fragen nach der Herrentoilette, gehen in die Richtung, in die Jeff weist.
Was ist denn da?
Du wirst sehen, hören, wenn die sswei zurückkommen.
Scheiße, daß man als Frau nicht aufs Männerscheißhaus kann.
Jeff runzelt fragend die Stirn, versteht dann und lacht laut. Acht Bier, sagt er der Kellnerin.
Ne, sieben und eine Cola. Aber die Kellnerin ist schon wieder fort.
Ihr auch radicals? Ah, ja, klar. Ich auch. Aber nicht ssu sehr.
O Jeff, man kann nicht ein kleines bißchen radikal sein. Das geht nicht. Wie man auch nicht ein bißchen Jungfrau sein kann.
What? Noch mal!
Vers-tehe. Gut. Sehr gut.
Ihr auch Leute von die Sseitung?
Wir kennen nur die Genossen, die sie machen.
Up against the wall, motherfuckers!
Up! Sag mal, hast du Stoff?
No, hier zu dangerous. Er sieht uns überrascht an.
Gefährlich, wieso?
MPStreife, sagt Jeff. Suchen. Black, schwarze MP, nie weisse MP, hier. Sehr aufpassen. Aber in Kasern, ich hab Stoff, good stuff...
Shit?

Sswars Afghan. Und grass...
Grass!!
Pst. Sehr gut grass. Mild, Congo, sehr gut.
Jens und Klaus kommen grinsend zurück, werfen sich auf die Bank. Erwartungsvoll blicken wir sie an.
Irre, die knobeln da oder so. Hocken da vor der gekachelten Wand gegenüber von den Pissoirbecken haben Dollarnoten in der Linken, wie Skatkarten, so aufgefächert, wißt ihr, in der anderen Hand Würfel. Das geht so schnell, da blickste nicht durch. Die Dollars wechseln schneller den Besitzer als du hingucken kannst. Da sind so alte bei, so mit kleinen Lederhütchen, nach hinten geschoben, Dreifachnacken wie Fats Waller, wie so richtige alte Boogiepianisten...
Pay-day, sagt Jeff. Ssahltag. Verboten. Aber alle s-pielen. Alle. Er greift in die Jackentasche, holt zusammengeknüllte Dollarnoten hervor, steckt sie wieder zurück.
Und Poker. Aber nich hier. Ich s-piel gut. Hab ich gelernt in the ghetto, da war ich...sieben Jahre. Die kleine Jung lernen das, sehr sehr schnell. Viel crime – aber nicht heute, nicht bei die panthers.
Verbieten die auch das Kiffen?
Wenn sie tun Dienst, sagt Jeff, no stuff, no sch-naps und so on.
Sehr gut.
Aber sonst, soft drugs. Ja.
Right. Du, mit den Papieren...Hast du ein Foto von dir bei?
Foto? No. Konnen wir treffen uns woanders? Später? Nicht hier?
Wir nicken.
Jetzt tanzen? Fragt Jeff.
Ich nicke. Wir gehen zur Tanzfläche.
Meinst du nicht, wir sind zu unvorsichtig?
Nein, die im Center sagten, er wäre in Ordnung.
Ich find dich ein bißchen unvorsichtig.
Ach hör doch mit deinen Belehrungen auf. Denkst du, ich bin blöd?
Ich mein nur.
Hör schon auf, sonst werd ich wütend. Ich hab da hinten – Kinnbewegung – gesehen, wie zwei Soulbrothers dealten. So'n piece. Da kann man Jeff schon mal fragen. Zumal das, was wir mit ihm vorhaben, auch nicht ohne ist. Was meinst du, sieht er dem Ghanesen ähnlich?
Nicht sonderlich. Werden den Paß wohl umfummeln müssen.
Ich finde, er ist in Ordnung, der Jeff. Wir müßten uns mal in aller Stille mit ihm unterhalten. So zwei, drei von uns. Nicht in der Wohnung. Einen durchziehen mit ihm, die Chose bekaspern...
Was heißt hier bekaspern. Wenn wirs machen, dann wie verabredet. Dann fahren Ilona, Jörg, seine Mama, Gerd und Jörgs großer Bruder

mit Jeff nach Schweden. Ilona und Jeff als Flitternde. So wie immer. Hat doch immer geklappt. Wieso jetzt nicht?
Das mit ihm mal treffen ist gut. Was versprichst du dir konkret davon?
Nicht so laut. Wir müssen leiser sprechen, auch wenn Jeff dabei ist...
Was ich mir davon verspreche? Erstens kann er uns Lagepläne von Kasernen, Depots und so weiter erstellen, zweitens kann er, außer seiner Ausrüstung, die er uns ohnehin vermacht, vielleicht an noch mehr kommen, und drittens müssen wir ihn näher testen. Ob es wirklich nur Angst vor Vietnam ist...
Nur...?
Das dürfte ja genügen.
He, sie kommen zurück.
Es ist immer sehr seltsam, zu einer Gruppe von Menschen zu stoßen, bei der man merkt, sie hat gerade über einen gesprochen. So sag ich schnell: Er tanzt wahnsinnig gut. Habt ihr gesehen?
Ja. Aber du auch.
Von früher her noch...(Früher.)
Bist du oft hier? Dagmar fängt sich immer als erste.
Ja, sehr oft, sagt Jeff. Es gibt nicht viel Platz zu gehen: *International* oder *Pam-Pam*. Aber *Pam-Pam* zu teuer, zu fein, zu bourgeois. Middle-class-Uncle-Tom. Gute Kleider, viel Geld. Und nicht viele brothers. Viel Leut aus Africa.
(Aus dem *Pam-Pam* haben wir den ghanesischen Paß.)
Und wo kriegst du den Stoff her? Ne, brauchste nicht zu beantworten. Kannst du uns was besorgen? Sagen wir... Was kostet grass?
Kannst du nicht kaufen in German scene?
Grass nicht. Nur shit. Sag, was kostet das Gramm.
Ich bin nich dealer, sagt Jeff abweisend. Aber ich kann kaufen für euch. Eine matchbox sswei Dollar.
Puiiiiih!
Teuer?
Sehr. Amipreis. Ihr versaut den Markt.
Nicht verstehen.
Weil der Dollar so teuer ist, gehen für unsere Mark die Preise so hoch, sage ich. Nicht nur bei Stoff, auch bei anderen Sachen, Antiquitäten, zum Beispiel, oder Trödel.
Trödel? Fragt Jeff. Ah, ja, vers-teh. Alte Mobel, alte Uhrs unsoweita. Right?
Was meinst du, wieviel sollen wir nehmen?
Für hundert Mark grass und fürn Hunderter Shit. O.K., Jeff?
O.K.
Versteh das nicht falsch, sage ich. Paß auf, wir können uns das nächste mal privat treffen. In ner Wohnung. Da können wir was kiffen, Musik

hören, uns unterhalten und alles genau festlegen. Ja? Habt ihr schon'n Treffpunkt ausgedacht?
Sonntag?
Sonntag is gut, sagt Jeff.
Nicht aufschreiben. Das mußt du dir merken. Im Gedächtnis. Am Sonntag um 18.00 Uhr am Steinplatz. Geht das?
Steinplatz is hinter die America-Haus?
Ja. 18.00 Uhr.
Jeff steht auf.
Ist besser, wenn ich gehe, sagt er. See you later. Er ballt die Faust zum Panthergruß und geht.
Auch wir stehen auf, trinken aus, drängeln uns durch Stehende zum Ausgang durch, sehen dem Discjockey noch ein wenig zu, verschwinden im Gänsemarsch. Im Vorraum eine Gruppe schlaksiger GIs. Einer läßt einen dünnen Joint in der rosa Handinnenfläche verschwinden, grinst uns dann zu, als er sieht, daß wir es schon lächelnd beobachtet haben.
Kannst du uns was Stoff verkaufen?
Ssu viel Pollissei. Nicht hier.
How much?
As you like it.
Für zwanzig Mark, sage ich. Wir gehen vor die Tür, verschwinden um die Ecke im Schatten.
Wir gehen langsam nach.
Gut hier? Fragt der Garderobier.
Gut.
Der GI kommt uns entgegen, macht das Peace-Zeichen mit zwei Fingern der Rechten, grinst, als wir mit Panthergruß antworten.
So'n piece, sage ich und lache und zeig es herum, für zwanzig Mark.
He, he!
Der hats gut mit uns gemeint.
Mit uns meinens in letzter Zeit eh sehr viele gut, sagt Jörg nachdenklich. Ich küsse ihm den Atem fort.

IA KI 4 Berlin 42, den ... 19..

Bericht

Auf der Dienststelle erschien der Informant X – Name bekannt –, der um unbedingte Vertraulichkeit für die Bearbeitung der folgenden Angaben bat.
Er kenne G.E., dessen Verlobte D.F. und den J.H. von der Redaktion

der *Zeitung* her. Ihm wäre bekannt geworden, daß diese mit vier weiteren, unten aufgeführten Personen, eine sog. *Kommune...straße 7* gegründet hätten. Wie mit dem Unterzeichneten abgesprochen, sei er am...an diese herangetreten. Die Absicht seines informellen Gespräches sei, wie mit dem Unterzeichneten vereinbart, gewesen, herauszufinden, ob die o.g. Personen a) Mitglieder der B/M Bande seien, b) Beziehungen zur B/M Bande oder ähnlichen terroristischen Vereinigungen hätten, c) dem Terrorismus zuneigten, d) Mitglieder terroristischer Vereinigungen unterstützten, beherbergten, dies beabsichtigten oder ablehnten, e) weiterhin die in der *Zeitung* vertretenen extremistischen Meinungen teilten, f) sonstig kriminell oder staatsgefährdend in Erscheinung treten könnten.
Der Informant schilderte die Wohnung der o.g. Personen im 1. Stock ...straße 7, als »ausgesprochen gemütlich«. Wieviel Eingänge sie hätte, habe er nicht in Erfahrung bringen können, auch habe er nur zwei Wohn-, bzw. Gemeinschaftsräume, darunter die Küche, den Korridor und ein Bad zu Gesicht bekommen. Bei seinem Eintreffen seien alle der o.g. Kommune angehörenden Personen anwesend gewesen. Nachdem die drei o.g. Verdächtigen sich zunächst gewundert hätten über das unvermutete Eintreffen des Informanten, habe sich alsdann ein allgemeines Gespräch über die gemeinsam verbrachte Apo-Zeit ergeben. Der Informant betont, außer einer gewissen Wehmut keine sonderliche Begeisterung angetroffen zu haben. Das Gespräch habe ihm vielmehr gezeigt, daß die o.g. Personen nun anderen, persönlicheren Ideologien zuneigten. Die Mitarbeit an der *Zeitung* sei als »militante« und »vielleicht auch notwendige Phase« bezeichnet worden, der man heute keine große Bedeutung zumesse. Vom Informanten darauf angesprochen, verneinten o.g. Personen, Kontakte zu irgendwelchen terroristischen Organisationen zu haben, ja sie hätten diese Vermutung entrüstet von sich gewiesen. Insbesondere sei ihnen nicht bekannt, wo die den terroristischen Vereinigungen »RAF« (B/M Bande) oder »Bewegung 2.Juni« zugerechneten ehemaligen Mitarbeiter der *Zeitung* H.M., W.S., G.v.R., T.W. und I.St. nach ihrem Untertauchen hätten Unterschlupf gewährt bekommen. Sie lehnten derlei Tätigkeiten entschieden ab und würden sich auch nicht zu irgendwelchen Hilfeleistungen hergeben. *Die Zeitung* habe schließlich Hunderte von Mitarbeitern gehabt, die, wie die ganze »Bewegung« selbst, in Dutzende von »Sekten, Fraktionen, Gruppen, Parteien etc.« verlaufen seien. Er, der Informant, behauptete mir gegenüber durchaus glaubwürdig, er halte diese Feststellungen der Kommune für echt, sie seien keine Schutzbehauptungen. Das ganze Gebaren der o.g. Personen, die gepflegte Wohnung, das »ausgesprochen erotische Klima untereinander«, die Beschäftigung mit psychologischen Programmen (sog. »Sensibilitätstraining« und Yoga), ja selbst die Bilder an den Wänden, unter denen kein einziges

Porträt eines kommunistischen Staatsmannes oder Terroristen gewesen sei, vielmehr aus »Collagen« eines gewissen »Max Erst« (o.ä.) bestanden hätten, deute für ihn, den Informanten, darauf hin, daß eine spürbare »Entpolitisierung« stattgefunden und eine Rückkehr zu mehr Beschaulichkeit, Selbsterkenntnis und seelischer Hygiene stattgefunden hätte.
Der Informant ließ, wie vereinbart, Andeutungen fallen, in denen er der o.g. Kommune mehrere 9 mm Firebird (s. Verfügung vom 8.9.19..) anbot. Daraufhin hätten o.g. Personen »geradezu hysterisch« geantwortet, gar mit einem Anruf bei der Polizei gedroht, wonach unser Informant es für besser befunden hätte, das Gespräch auf andere Dinge zu bringen und sich alsbald zu verabschieden.
Der vertrauliche Hinweisgeber erhielt das vereinbarte Honorar (s.Vfg. vom 8.9.19..) und geht ab Di.,…., den Spuren 198 und 199 nach.

Mettke, KHM

Handschriftliche Notiz:

Wie der Unterzeichnete in der Dienstbesprechung vom…. schon ausführte, hält er eine weitere Untersuchung bei ehemaligen Mitarbeitern der *Zeitung* in der o. ausgef. Form für nicht weiter vertretbar. Eine der wichtigsten Aufgaben unserer und benachbarter Behörden, *terr. Gruppen zu entsolidarisieren, sie von allem zu isolieren, was es sonst an radikalen Meinungen in der Stadt und diesem Lande auch geben mag,* ist nahezu gelöst.
Die durchaus glaubhaften Schilderungen unserer Hinweisgeber (insb. S. 345–412, 567–603, 607 ff. der Akten), unter denen o.a. über die *....straße 7-Kommune* als soz. prototypisch bezeichnet werden kann, lassen ein weiteres Vorgehen der Hinweisgeber und Informanten in der o.g. Form als nicht weiter geboten erscheinen,
es sei (vgl. Aktennotiz des Kollegen Klüver, KHM, vom 2.10.19..), unsere Behörde baue o.g. Kontaktgespräche mit Verdächtigen in *der* Form aus, daß sie in die Strategie einmündet, terr. Gruppen *gezielt* aufzubauen, um sie dann zu enttarnen. Diese Methode, ich führte es bereits gegenüber Kriminalrat Bowerke am 8.7.19.. in der Polizeiakademie H. aus, ist sowohl geeignet, präventive Maßnahmen gegen staatsfeindliche Bestrebungen *überhaupt* zu ergreifen, auszubauen und auf ein höheres Niveau zu bringen, als auch a) der Bevölkerung zu vermitteln, wie b) Zustimmung für eine erhebliche Steigerung unseres Etats und der Planstellen zu erlangen.
Bloße Kontaktgespräche unserer Informanten mit ehemaligen Mitgliedern der ApO in o.g. Form hält der Unterzeichnete jedenfalls nicht mehr für vertretbar. Er weist insbesondere darauf hin, daß

SEW, ML-Gruppen und Neue Linke immer noch zw. 50 und 80 000 staatsfeindliche Elemente zum 1.Mai zu mobilisieren in der Lage seien, und daß Kontaktgespräche, sei es unserer Behörden direkt, sei es unserer Agenten, Hinweisgeber, Informanten und freien Mitarbeiter ohne eine direkte Konfrontationsstrategie nahezu sinn- und zwecklos sind.
O.g. Schilderung der *Kommune ....straße 7,* die als prototypisch zu betrachten und einzuschätzen ist, zeugt von einer nicht weiter hinzunehmenden üblen Harmlosigkeit, die den Bestrebungen unserer Behörde, wie dem Staatsschutz allgemein, diametral entgegengesetzt ist.
Wie gem. Vfg. vom 8.9.19.. empfohlen, setzt sich der Unterzeichnete am...mit den Herren Weber und Knoll vom Landesamt für Verfassungsschutz zusammen, um Überlegungen für Konfrontationsstrategien und endgültige Zerschlagung aller staatsfeindlichen Elemente, Gruppen, Kommunen, Projekte, Parteien etc. anzustellen, wie sie der Herr Innensenator in seiner Rede vom 7.9.19.. forderte.

gez. Hahn, KR

8

Ein Lehrvertrag wird geschlossen, im
VIII. KAPITEL
beginnen die
LEHR- UND WANDERMONATE.

Von der Glockenpuppe zur Schalterhalle, Pattenzupfen, Kontenräumen und Rempeln; Altheim, der Schlingel, zeigt, wies mit der Schlinge gemacht wird; Ilona leistet sich für vierzig Pfennig einen großen Spaß; die Hoch-Zeit eines bestimmten Arbeitskreises, Ode an keinen; ein Besuch beim Autor; Britzer Idyllen; Jörgs Großes Lamento und Streifzüge durch Westberlins kleinkarierte Unterwelt: Willy hat Angst vor Persern, Charly nimmt von Kunden keine Trinkgelder, ein Deal wie in B-Filmen; Ilona und der Schleuderkurs; ein seriöser Mann verkauft nichts an Guerillas; Geschäfte mit dem Mann in Pfeffer und Salz. Wohin unsere Freunde auch schauen: die Märkte werden von Multis beherrscht; denk daran, schaff Vorrat an. Ilona arbeitet nicht wissenschaftlich, plündert Bücher und wird ausgelacht; wer Patten zupft, sollte auch theoretisch etwas draufhaben, darum, sagte Ilona dem Allwissenden Autoren, nehmen wir als Motto meiner Lehrzeit die Schlußworte in Büchners Leonce und Lena:

Wir lassen alle Uhren zerschlagen, alle Kalender verbieten und zählen Stunden und Monden nur nach der Blumenuhr, nur nach Blüte und Frucht. Und dann umstellen wir das Ländchen mit Brennspiegeln, daß es keinen Winter mehr gibt und wir uns im Sommer bis Ischia und Capri hinaufdestillieren, und das ganze Jahr zwischen Rosen und Veilchen, zwischen Orangen und Lorbeer stecken.

...Und es wird ein Dekret erlassen, daß, wer sich Schwielen in die Hände schafft, unter Kuratel gestellt wird; daß, wer sich krank arbeitet, kriminalistisch strafbar ist; daß jeder, der sich rühmt, sein Brot im Schweiße seines Angesichts zu essen, für verrückt und der menschlichen Gesellschaft gefährlich erklärt wird; und dann legen wir uns in den Schatten und bitten Gott um Makkaroni, Melonen und Feigen, um musikalische Kehlen, klassische Leiber und eine commode Religion!

Daß Freiheit zunächst und immer ökonomische Freiheit bedeutet, wußte Ilona Bertram seit langem und nur zu genau. Darum lag ihr eine Ausbildung, die sie zum Ausüben eines gewiß nicht gerade üblichen, wenn auch lukrativen Gewerbes befähigte, sehr am Herzen. Sie war vierundzwanzig Jahre alt, zart, doch gesund und nicht gewillt, lohnabhängig zu arbeiten oder weiterhin gewerbemäßig der Prostitution nachzugehen; auch hätte sie im Traum nicht daran gedacht, sich von einem Manne aushalten zu lassen, sei es als Eheweib, sei es als Kurtisane; sie lehnte eine feste Bindung zwecks Unterhalt ebenso ab wie eine Heirat, von einer sogenannten guten Partie ganz zu schweigen.

Ihr Lebensgefährte, der Spitzbube und Einsteigdieb Jörg Hemmers, hatte ihr gegenüber aus seinem Beruf nie einen Hehl gemacht; konkrete Angaben darüber, wie und wo er eingestiegen oder auf welche Weise und in welchem speziellen Fall er von seinem Beruf Gebrauch gemacht hatte, machte er allerdings nie. Sie wurden ihm auch nicht abverlangt. Er hatte Frau Bertram einen nicht unbeträchtlichen Betrag zur Verfügung gestellt, den sie, wie auch er es mit seinen Einkünften hielt, in einen gemeinsamen Topf warf, und machte sich über seine ökonomische Freiheit nur insofern Gedanken, als sie ihm in Gesprächen ideologischer Natur abgenötigt wurden.

Schon bald nachdem die beiden sich zusammengetan hatten, was sie angesichts der gegenseitigen zärtlichen Neigungen als selbstverständlich angesehen, wurde ihnen, zunächst ohne weitere Worte, daraufhin in längeren Gesprächen und Diskussionen über die Gleichberechtigung der Frau im Allgemeinen und die Emanzipation, zunächst die ökonomische, für Frau Bertram im Besonderen, recht deutlich klar, daß er, seine größeren Brüder, seine Mutter und die Kommune, in der sie gemeinsam wohnten, sie in die Lehre nehmen sollten.

Kurz und gut, Ilona B. beschloß, den ehrenwerten Beruf einer Einsteigdiebin, der Schränkerin, wie sie auch sagten, von der Pike auf zu lernen und diese Ausbildung mit der in gesellschaftsbezogener Theorie zu verknüpfen. Die Vor- und Nachteile des von einer Berufsgenossenschaft, von Arbeitgeberverbänden und Gewerkschaft nicht anerkannten, illegalen, wenn auch, wie sie meinten, legitimen Berufes waren ihr klar. Auch wurde oft über sie geredet, wenn auch nicht mit jenem Bierernst, der bei Gesprächen über Beruf und Lehre seit vorchristlichen Zeiten in Deutschland üblich. Die Vorteile lagen gegenüber den Nachteilen glatt auf der Hand, respektive in Verstecken oder auf Konten, und diese Meinung wurde entschieden bestärkt durch die Andeutung familiärer Umsätze in diesem Gewerbe durch Herrn Hemmers. Der Familienbetrieb, in Handwerk, Landwirtschaft, Gewerbe und Industrie schon seit langer Zeit im Absterben begriffen, bot in diesem Beruf eine Menge Vorteile; er garantierte

auch für eine gediegene gutdeutsche Ausbildung, somit Aussichten für eine spätere berufliche Karriere als Einzelgängerin.
Das Panzerknacken oder Schränken ist nun bekanntlich kein Beruf wie viele andere. Zudem ist er, dies betonte vor allem der große Bruder des Lebensgefährten von Frau B., ein nach und nach aussterbender, der von den anderen, erheblich aggressiveren, wie denen des Bank- oder Transporträubers, Bankiers und Couponschneiders im Zuge der Konzentration des Kapitals in hochentwickelten Ländern abgelöst wird. Wie viele aussterbende Berufe hat er eine besondere Aura, eine Legende, einen Mythos ganz eigener Art, der Frau Bertram entschieden faszinierte, gedachte sie doch, das Angenehme mit dem Nützlichen, das Materiell-Materialistische mit dem Ideell-Abenteuerlichen, die Freude am selbständigen Ausüben eines nicht gerade leichten Berufes und hohe Umsätze miteinander zu vereinen.
Die erfreuliche Tatsache, daß das Schränken im Familienbetrieb, wie es bei der Familie Hemmers seit Jahren im Schwange, Berufsunfälle jeglicher Art entschieden gemindert, ja fast auf Null gehalten, und den Reingewinn, verglichen mit dem Betriebskapital, auf Höhen gesteigert hatte, von denen Kleinunternehmer ähnlicher Größenlage nur zu träumen wagen, verbunden mit dem bodenständigen Savoir-Vivre dieser durch und durch (lumpen-)proletarischen Familie, ihr gutes Betriebsklima, ihre Lebenslust, die herzliche libidinöse Verbundenheit aller ihrer Mitglieder miteinander und nicht zuletzt die innige Zuneigung, die sie, Ilona B., zum Benjamin des Schränker-Clans gefaßt, boten ihr eine Aussicht auf Lehr- und Wandermonate, die fern der üblichen, fern also aller Ausbeutung, Ödnis und Langeweile, aber auch fern aller antagonistischen Klassenkampfposition sein würden, die sonst die Lehrjahre, die bekanntlich keine Herren-, in diesem Falle keine Damenjahre sind, zu kennzeichnen pflegen.
Es wurde kein Lehrvertrag geschlossen.
Auch der in aussterbenden Berufen oder unterentwickelten Ländern statt Verträgen oft noch übliche kernige Händedruck unterblieb. Hier genügten zärtliche Worte, noch mehr Küsse, gewagte Umarmungen, reizende Stellungskriege mit dem Benjamin, eine recht einseitige und durch angelegentliches Zuprosten oft skandierte Unterredung mit seinen Brüdern und ein, durch Kichern, Lachen, Schwänkeerzählen unterbrochenes, durch und durch unernstes Gespräch mit der Frau Prinzipalin, und die Lehr- und Wandermonate mochten beginnen.
Von einer Verführung und Ausnützung einer Abhängigen durch den Schränker-Clan und ihren Benjamin im Besonderen konnte und kann nicht gesprochen werden, es sei, und dieser Punkt wurde in langen, ermüdenden Debatten immer wieder und von allen Seiten erörtert, man betrachte die Liebe generell als Herrschafts- und Ausbeutungsverhältnis besonderer Art.

Eine gediegene berufliche Ausbildung, von der Pike auf, dies war allen Betroffenen klar, konnte und mußte Voraussetzung sein für eine spätere ökonomische Unabhängigkeit, mit der die Emanzipation jedweder Frau innig verknüpft, ja zu der sie Voraussetzung überhaupt ist. Die Bildung der jungen Frau B. als solcher zur Frau B. für sich konnte nur unter diesen Auspizien erfolgen.
Das Verhältnis also zwischen Lernenden und Lehrenden war nicht nur ein sachliches. Kaum ein Ansatzpunkt für die Erziehung der Erzieher durch die Erzogene in diesem Fach. In einer, nun, sie muß einfach so genannt werden, eindeutig linksradikalen Kommune, in der persönliche und sachliche Motive für ein Zusammenleben und -wirken auf das innigste und herzlichste verknüpft, gedachte Frau B. zudem, sich zu einer allseitig gebildeten sozialistischen Persönlichkeit zu entwickeln, welche mit Herz und Hand, Sachkenntnis und Engagement zugleich für die Sache der Menschheit, also die Sache der nahen Zukunft zu wirken oder auch, wie es oft euphemistisch genannt wurde, zu kämpfen in der Lage. Der polytechnischen Ausbildung durch die Familie Hemmers sollte sich beigesellen eine eher geistige in Dingen des Dialektischen und Historischen Materialismus, der Physiologie, Psychologie, Geschichte, Erdkunde, Anthropologie, Ethnologie, Soziologie und Schönen Literatur.
Obwohl entschieden antiautoritär, war die Kommune ....straße 7 keine Flipper-, Chaos-, Sponti- oder anarchistische Lebensgemeinschaft. Sie plante ihr Leben, war rätekommunistisch. Wo Plan und größtmögliche Freiheit und Initiative aufeinanderstoßen, insbesondere in Zeiten ausbleibender größerer gesellschaftlicher Auseinandersetzungen, gibt es oft und entstehen immer wieder Konflikte. Diese Konflikte so klein als möglich zu halten, war der Aussprache unter allen Betroffenen ein sehr sehr großer Raum, eine eminente Bedeutung zugebilligt; sie blieben dennoch nicht aus und sollten sich, wie wir im weiteren Fortgang unserer Geschichte erleben werden, erheblich verschärfen. Noch aber war ein Zeitraum gegeben, in dem Wunsch und Vorstellung, Plan und individuelle Freiheit fast ohne Bruchstellen zueinanderpaßten. Ilona B., Jörg H. und ihre Lebensgefährten stellten in langer gemeinsamer Arbeit nicht nur Pläne auf, die das praktische Zusammenleben von sieben, später neun erwachsenen, aus verschiedenen Klassen stammenden Menschen beiden Geschlechts aufs Beste regeln sollten, sondern auch solche, welche das theoretische Niveau der Mitglieder untereinander angleichen und insgesamt heben. Mit besonderer Fürsorge war hierbei der besonders zurückgebliebenen Frau Bertram gedacht, wobei in Rechnung gestellt wurde, daß ein Lernen von Inhalten, die den eigenen und der eignen Klasse Interessen nicht entsprechen, mühselig und eine Qual, also abzulehnen wäre. Als praktikabel wurde eine Schulung angesehen, in der wissenschaftliches Lernen und eigene Praxis, Vergangen-

heit, Gegenwart und Zukunft, Sach- und Schöne Literatur aufs Beste einander ergänzen sollten. Die Lehrpläne waren nicht sakrosankt, sie konnten nach Maßgabe des Ziels jederzeit geändert, verbessert, verfeinert, intensiviert oder verflacht werden; einer starren Planung von oben wurde eine flexible Planung von unten entgegengesetzt.
Die größte Schwierigkeit bei diesem Projekt war für Frau B. vor allem, gewisse Zonen ihrer Zukunftspläne der Wohngemeinschaft vorenthalten zu müssen, gewisse Aspekte ihrer Schränkerausbildung verschweigen zu sollen, somit statt schrankenloser Offenheit und Ehrlichkeit aller Kommunemitglieder untereinander gewisse Blindstellen entgegensetzen zu müssen. Diese moralischen Skrupel aber bildeten für Ilona B. keine allzugroße Belastung.
Voraussetzungen bester Art mithin waren gegeben für befriedigende, erfüllende, abenteuerliche, rund und rund schöne Lehr- und Wandermonate: guter Wille, großer Eifer, herzliche Zuneigung und praktisches Verlangen, Wissensdurst in großem Ausmaß aufseiten der Lernenden, guter Wille, herzliche Zuneigung, praktisches Können, Fortfall jedweden Ausbeutungsdenkens und theoretisches Niveau aufseiten der Lehrenden.
Am Ende einer nicht allzulangen, aufregenden und als schön und nützlich empfundenen Lehrzeit sollte eine Prüfung zur selbständigen Schränkergehilfin, einer Panzerknackergesellin, in einem Wort einer – im Balzacsinne – Genossin stattfinden. Im Laufe der Zeit würde eine wahre Meisterin entstehen, die mit dem Kuhfuß ebenso gut umzugehen wüßte, wie mit den legendären Blauen Bänden, mit dem Schweißbrenner wie mit Karl Korsch, mit der P 38 wie mit dem Kapital, mit dem Sportwagen wie mit der Kritik der Politischen Ökonomie, eine allseitig gebildete sozialistische Persönlichkeit, die dem Klassenfeind nicht nur in die Bücher zu gucken, nicht nur in die Suppe zu spucken, sondern auch in den Tresor zu greifen verstand.
Der Wunsch, diesem Menschenbilde zu entsprechen, wuchs in Frau Ilona Bertram ebenso wunderbar und stetig wie das Kind in ihrem Leibe, und ebenso wie dieses war er in der Lage, ihren Lebensgefährten zu knuffen, unerwartet, ihn mit tiefster Zärtlichkeit, mit leisem Neid vermischt, zu erfüllen und alle, mit denen sie in nähere Berührung kam, für sie einzunehmen:

Die Glockenpuppe: Eine mit einem zugeknöpften Herrensakko bekleidete Schneiderpuppe. An Revers und Knopfleiste entlang sind kleinste, silbern schimmernde Glöckchen angebracht. In der Brustinnentasche eine mäßig gefüllte Brieftasche. Ilonas Werkzeuge: ihre sensiblen Mittel- und Zeigefinger, mit denen sie die Brieftasche *zupfen* muß, wobei der Daumen den Jackenaufschlag etwas hochbiegt.

Klingeln die Glöckchen bei dieser Tätigkeit nicht mehr, ist die *erste Lektion* gelernt.

Das Rempeln: Drei Personen stehen, eng aneinander gepreßt oder etwas seitlich versetzt, in einer imaginären U- oder Straßenbahn, eine Hand in einer an der Decke angebrachten Schlaufe. Mit ihren Körpern ruckeln und schuckeln sie, auf diese Weise das natürliche Rukkeln und Schuckeln und Bremsen einer U- oder Straßenbahn imitierend. Bei einem plötzlichen, aber voraussehbaren Bremsen fällt eine Person sanft gegen eine zweite; diesen Augenblick nutzt die dritte und zupft mit Mittel- und Zeigefinger der Rechten die in der Brustinnentasche der zweiten Person befindliche Brieftasche. Gelingt dies, ohne daß die zweite Person den Diebstahl bemerkt, ist die *zweite Lektion* gelernt.

Das Rempeln, zweite Version: Drei Personen stehen hintereinander in einer Schlange (Postamt, Bank, Sparkasse). Langsam rücken sie vor. Plötzlich greift sich die erste Person an den Kopf – ach du meine Güte, ich habe ....vergessen – und schert aus der Reihe aus, dabei die hinter ihr stehende Person leicht anrempelnd. Hierbei kann die *Patte* (Brieftasche) *gezupft* werden, oder die hinter der zweiten Person in der Schlange stehende Person greift im Augenblick des Rempelns von schräg hinten in die Brustinnentasche und zupft, wobei die erste, rempelnde Person die Sicht abdeckt. Die gleiche Methode kann in Schalterhallen ohne Schlange geübt werden, auf Bürgersteigen, die zweite Person unbemerkt verfolgend usf.

Das Fortlaufen und Abschütteln: Beim *Pattenzupfen* kann es geschehen, daß die oder der Bestohlene eher instinktiv als bewußt den Diebstahl merkt, sich verwirrt umschaut, nach der Brieftasche greift, die Umstehenden verdächtigt. Immer in zwei verschiedene Richtungen laufen. In Häuser mit Hinterausgang, in Warenhäuser hinein, das Gedränge nutzend und wissend um die Notausgänge. Auf fahrende oder anfahrende Busse, Straßenbahnen, U-Bahnen springen. Abspringen, wenn die Türen schon schließen. Die *Patte* möglichst schnell leeren; in einer dunklen Ecke, in einer öffentlichen Toilette, zerreißen, hinunterspülen der in kleinste Teile zerrissenen Papiere und des Leders. Lerne Hakenschlagen, dichte Menschengruppen Aufsuchen, schule den Blick daraufhin, welche Häuser einen offnen Hinterausgang haben, Passagen oder Gärten. Trainiere das Verfolgen. Lerne einen Blick zu bekommen für Verfolger. (Verfassungsschutz und gewisse Abteilungen der Kriminalpolizei beschatten ihre Opfer mit bis zu acht Personen, die einander abwechseln.) Mache vor einer möglichen Flucht mit deinem Partner einen festen Treffpunkt mit fester Zeitangabe aus. Ein bedeutender Mann sagte: *das Wichtigste bei einer Aktion ist der Rückzug.*

Die Schlinge: Altheim ist ein freundlich aussehender, oft verschmitzt lächelnder Mann von etwa dreißig Jahren. Nur wer genauer hin-

schaut, bemerkt sein leichtes Hinken. Altheim hat ein Holzbein, vom linken Knie an – als er achtzehn war, wurde er beim Diebstahl eines Personenwagens ertappt, auf der Flucht schoß ihm die Polizei mit Maschinenpistolengarben den Unterschenkel in Stücke, so daß eine Amputation notwendig wurde. Seit jener Zeit prozessiert Altheim mit der Landesversicherungsanstalt um eine Ausbildung und Umschulung. Gefängnisaufenthalt – trotz der Tatsache, daß er zum Krüppel geschossen wurde und nur ein Autodiebstahl vorlag – und jahrelanges zähes Ringen mit der LVA brachten mit sich, daß Altheim gezwungen war, eine *kriminelle Karriere* zu ergreifen. Er gehört zu den Erfindern der *Schlinge*.
Ein sonniger Tag mit schmerzend hellblauen Himmel, darüber sanfte Schleier ziehen, über einem Autofriedhof. Ich mache dir, sagt Altheim, innerhalb von Sekunden jeden Wagentyp auf. Jeden. Die Schwachstelle ist immer dieser Knopf, er weist auf ihn, innen in der Fahrer- oder Beifahrertür. Früher, ihr wißts, gingen wir mit zwei Schraubenziehern an das vordere Ausstellfenster. Während der stärkere Schraubenzieher durch das Gummi hindurch das Glas einen Spalt zurückbog, wurde mit dem kleineren der Knopf des kleinen Riegels hinuntergedrückt und der Riegel zur Seite gebogen.
So, siehst du. Machs nach.
Gut, Ilona, du bist talentiert.
Die neueren Wagenmodelle aber haben durchgehende Seitenfenster. Primitive zerschlagen es, riegeln auf, schließen die Karre kurz und fahren davon. Da aber weiß ein jeder, von Streifen ganz zu schweigen, daß der Wagen geklaut ist. Unsere Methode ist nicht so brutal, sie hinterläßt keine oder kaum Spuren. Schau, wir arbeiten mit diesem Stahldraht. Aus ihm biegen wir die Schlinge. Nun schau genau zu!
Altheim geht gleichmütig, unbetonten Gesichts an einem der Autowracks vorbei. Der rechte Arm hängt locker hinunter.
Hast du gesehen?
Nein? Ich wills dir erklären. Ich habe ja schon einen Blick dafür, zeige es dir also so, wie ich einst anfangen mußte. Wenn ich am Auto nahe vorbeigehe, messe ich, unbemerkt, mit dem Oberarm die Entfernung zwischen, schau her, Dachrinne des Autos, darunter der Dichtungsgummi sitzt, ja hier, und Ende des Glases nach unten hin, dort, wo innen der Knopf zum Verriegeln sitzt, hier. Siehst du, so. Von hier, er weist auf seine Fingerspitze, bis hier, er deutet auf einen Punkt des Oberarms. Diese Entfernung merke ich mir. Ich lasse mich sozusagen ein ganz klein wenig gegen das Auto fallen, so daß ich an meinem Arm die Länge quasi einpräge. Nun, er geht ein paar Schritte, gehe ich weiter, in den Schatten eines anderen Wagens oder einen Hauseingang oder in mein Auto, halte diesen geschmeidigen, doch festen Draht an meinen rechten Arm und, er nimmt Daumen, Mittel- und Zeigefinger, biege den Draht an diesen Stellen um. Biege erst vor. So.

Dieser Draht hat die Eigenschaft, ohne weiteres durch den Dichtungsgummi zu stoßen. So. Siehst du? Ja, so. Indem ich nun die erste Biegung des Drahtes, der Schlinge, etwas seitlich wegdrehe, so, ja, stoße ich ihn nach unten, dem Knopf entgegen. Aber nun ist es aus. Darum, Altheim zieht den Draht bewußt langsam wieder aus dem Wageninneren hervor, muß ich vorher die Schlinge anbringen.
Diese Schlinge wird seitlich, mit dieser Bewegung, ja, so, ja, das geht ins Blut über, da überlege ich schon gar nicht mehr, um den Knopf geschlungen.
Also: diese kleine dreiviertelgeschlossene Schlinge ganz unten. Machs nach.
Ja, so. Dieser Knick wird dann dort gemacht, wo sich, meiner Erinnerung nach, die Dachtraufe, darunter der Dichtungsgummi sitzt, in meinen Oberarm einprägte. Das muß aus dem effeff gehen, nachher. So. Oder so. Oder so. Ich habe die verschiedenen Wagentypen schon richtig intus, fest im Gedächtnis. Dieser Opel also. Die Schlinge, der Knick…
Und nun, guck gut zu, führe ich die Schlinge so zwischen Metall und Dichtungsgummi ein, drehe sie, führe den Draht nach unten, steil nach unten.
Nein, nicht so. Einführen, drehen, noch einmal etwas drehen, den Draht nach unten.
Ja, so. Nicht so aufgeregt! Das kommt alles mit der Übung. Die Schlinge nun um den Knopf, anziehen, Knopf hoch, Wagentür auf, reinsetzen. Fertig.
Und das üben wir jetzt mal. Nicht nur einmal, nicht nur zwei Mal, sondern Hunderte von Malen. Bis es wie im Schlaf sitzt.
Ja, so.
Ilona öffnet den Wagenschlag, setzt sich in den Fahrersitz, schiebt den Draht unter ihre Jacke, drückt den Knopf wieder hinunter, steigt aus, wirft den Wagenschlag zu, führt die Schlinge durch den Zwischenraum zwischen Gummi und Glas, dreht die Schlinge, angelt nach dem Knopf, hat ihn in der Schlinge, zieht ihn hoch, öffnet die Fahrertür, setzt sich.
Na, so würdest du noch auffallen. Das mußt du üben, üben, üben. Ich hab jetzt nicht viel Zeit. Kommst du mit?
Also, diese Methode ist wegen ihrer Schnelligkeit und wegen der Tatsache, daß an der Tür nichts, aber auch gar nichts beschädigt wird, ideal zum *Pattenzupfen* und *Kontenräumen*. Wie du weißt, lassen viele Fahrer ihre Sakkos an dem Haken hängen. Oder ihre Beifahrerinnen die Handtasche im Wagen. Oder Diplomatenkoffer, Radios, Kameras liegen, zumeist etwas verdeckt, auf den Sitzen. Also rein mit der Schlinge, was du brauchst, mitnehmen, ab. Meine Methode besteht bekanntlich darin, nur Dinge zu stehlen, deren Verlust zunächst nicht auffällt. Sitze ich im Wagen, lasse ich mir Zeit. Ich wirke ja auf

jeden – bis auf den Fahrer oder seine Begleiter – wie der Inhaber der Karre. Greife also in das Sakko, hole die Brieftasche, die Patte, heraus, und guck mir an, was drin ist, ob es sich lohnt. Mein Prinzip: nur Großgeld und Schecks und Scheckkarten. Kleingeld, so Zehner, Zwanziger, Fünfziger oder Großgeld, wenn nur ein Schein oder zwei Scheine vorhanden sind, lasse ich grundsätzlich da. Warum? Weil du auf diese Weise den Inhaber im Glauben läßt, daß niemand an seinen Sachen war. Du ahnst ja nicht, was die Leute so alles in ihren Wagen lassen. Ich habe mich auf Schecks und Scheckkarten spezialisiert. Noch ehe der Inhaber den Verlust so richtig mitbekommen hat, ist sein Konto *abgefegt*, leergeräumt. Anfänger sollten sich auf Bares beschränken. Denn das *Abfegen* von Konten ist eine Kunst für sich und sollte einer anderen *Lektion* vorbehalten bleiben.

Auf einen Kaffee aber nur, in Ordnung, aber dann muß ich weg.

Ilona und Altheim sitzen im Café und trinken Kaffee, essen ein Stück Kuchen dazu.

Üben mußt du, sagt Altheim immer üben. Zuerst mit eurem eigenen Wagen, in einer Garage, dann wie heute auf Altwagen- und Schrottplätzen, und wenn du firm bist und kalt wie ne Hundeschnauze und richtig flink geworden, na so wie ich, das wird wohl noch eine Weile dauern, dann gehts an die Arbeit. Ja, meine Spezialitäten... Ich beklaue nicht jeden. Das ist mein Prinzip. Nur Leute, denen es nicht weh tut. Kampen auf Sylt! Was will ein reicher Mann, völlig nackt, an Buhne 16 mit seiner Brieftasche? Also aufgemacht, leergeräumt der Wagen. Alfas! Jaguars! Mercedes, 300er und 600er! Da lohnt es sich. Oder auf den Parkplätzen von Nobelhotels, Hilton, Sheraton, Kempinski, Breidenbacher Hof. Vor Golfplätzen, in der Nähe von Rennbahnen, Hamburg-Horn, Düsseldorf, Gelsenkirchen, Iffezheim... Ach Mädel, was meinst du, was ich da Umsätze gemacht habe!

Altheim leckt sich mit der Zunge einen Krümel von der Lippe, zwinkert Ilona freundlich zu, steht auf und geht. Sein Hinken ist nur von dem zu bemerken, der sein Leiden kennt. Altheim macht einen seriösen, legeren Eindruck. Die bekannten Markenschuhe mit dem goldenen Hufeisen, Cardinhosen, einen Rollkragenpullover von Selbach, eine dezente Jacke, in deren Futter er stets seine Stahldrähte trägt.

Immer bereit, allzeit bereit, sagt Altheim und lächelt sein listiges, freundliches Lächeln. Der schnelle Blick, das Erfassen einer Situation in Sekundenschnelle – hier eine Dame, die mal eben in eine Boutique rennt, ihren Wagen im Parkverbot stehen läßt, die Handtasche auf dem Beifahrersitz, da ein Herr, der zum Golfen geht, Sakko und Brieftasche mit Scheck und Scheckkarte im Auto, wofür braucht der Herr von Welt Sakko und Brieftasche beim Golfen?, hier der Bentley vor dem Nachtclub, eine fette Diplomatentasche auf dem Rücksitz, ein Blick, sagt Altheim, genügt, ich streiche an der Karre vorbei.

Schon sitz ich drin. Fast gegen meinen eigenen Willen. Wo du auch sein magst, überall gibt es fette Weiden. Tschüß, sagt Altheim, winkt Ilona noch einmal zu. Und immer üben. Üben, üben, üben! Das ist die ganze Kunst in unserem Gewerbe. Und verschwindet durch die Glastür des Cafés im Leuchten eines sonnigen, freundlichen Tages.

Ein Vierzigpfennigspaß: Auf dem Wege zur Innenstadt trifft Ilona ein etwa elfjähriges heulendes Mädchen. Sie setzt sich neben es auf die Reuninnsteinkante, zieht ein Taschentuch aus der Jeanstasche und fragt es nach dem Grunde des Weinens.
Wegen der Mathearbeit, schnieft das Mädchen. Es heißt Karla, wohnt in der Genthiner, hat zwei Brüder und geht in die Integrierte Gesamtschule.
Intrigiert, sagt sie bösartig.
Und der Rektor sei ein Schwein, ein ausgemachtes, faschistisches, verfault mieses, sadistisches undsoweiter Schwein.
Eine Mathearbeit an einem Montagmorgen im Frühling bei einem ausgemachten faschistischen, verfaulten, miesen, sadistischen undsoweiter Schwein kommt hart an. Ilona braucht sie nichts weiter zu sagen.
Das Telefonhäuschen steht an der nächsten Straßenecke. Ilona tritt hinein, blickt sich um, füttert den Schlitz mit zwei Groschen, legt ihr Taschentuch auf die Sprechmuschel, findet die Nummer der Schule, wählt durch.
Hier die Schwarze Schülerbefreiungsfront Schöneberg. In Ihrer Schule sind drei Bomben versteckt. Lassen Sie sofort räumen. Ich wiederhole.
Ilona legt auf, sucht eine andere Nummer im Telefonbuch, füttert erneut den Apparat mit Münzen und bestellt bei der bekannten Konditorei der Innenstadt zwölf Bleche mit Mohnkuchen und einhundert Liter feinster Schokolade. Ja, für sofort. Wir erwarten Ihre Lieferung bis um elf. Sagt Ilona. Sie nennt den Namen des der Intrigierten Gesamtschule nahegelegenen Parks als Lieferort und den des ausgemachten faschistischen, verfaulten, miesen, sadistischen undsoweiter Schuldirektors als Besteller.
Auf der Rückfahrt von der City kommt sie am Park vorbei. Die Intrigierte Gesamtschule und die umliegenden Straßenzüge sind von einer Hundertschaft Bereitschaftspolizei abgesperrt. Vierhundert Kinder und Jugendliche sind glücklich. Ein älterer, scharfgesichtiger Herr in Glenchekanzug streitet roten Gesichts mit zwei Fahrern eines Konditoreifahrzeugs herum. Wie die restlichen Schülerinnen und Schüler der Gesamtschule verschwindet Ilona im leuchtenden Frühling Westberlins.

Ode an keinen Arbeitskreis
Überall
Kapital
Arbeitskreise
Hört
Hört
Ilona ja Ilona ist in keinem Kapital-Arbeitskreis
Wiebitte
Wiebitte
aber ja doch
kein Kapital-Arbeitskreis
wieso
aber ja
sage ich doch
Ilona ja Ilona ist in keinem Kapital-Arbeitskreis
Wozu
womit
was soll das
Aber ja doch
sie will
in wirklich
keinen
Kapital-Arbeitskreise sind die besten
die besten
wieso
wie kann das
wer weiß
Name ist Schall und Rauch
Gerd Endrekat und Dagmar
Jörg Hemmers aus Berlin
waren in Kapital-Arbeitskreisen
der Autor der Zahl
Kapital-Arbeitskreis?
Aber ja doch
aber ja aber ja aber ja sag ich doch Kapital-Arbeitskreis
Sie verstehen wohl kein Deutsch meine Dame
Sie will in keinen
Für Garderobe wird nicht gehaftet
sie will in keinen Kapital-Arbeitskreis
aber jeder muß in einen Kapital-Arbeitskreis
sie will keinen
jedermann war in einem
Kapital-Arbeitskreis
Kapital
Kapitel

Kaputt

Wer in keinem Kapital-Arbeitskreis ist geht kaputt
Warum willst du denn unbedingt kaputt gehen?
Auch Kaputte haben ein Recht auf Kapital-Arbeitskreise
Gerade Kaputte müssen einen Kapital-Arbeitskreis durchlaufen
Aber ja
das ist ihr Recht
Recht muß Recht bleiben
Niemand kaputt
Kaputte haben ein Recht
sie haben ein Recht auf
den roten echt roten den zum Durchblick verhelfenden
Kapitalarbeitskreis
Vor Kapital-Arbeitskreisen sind alle Menschen gleich
Sie will keinen? wirklich keinen
o je ein Kapitalarbeitskreis
Arbeit und Kreise
arbeiten und kreisen arbeiten und kreisen arbeiten und
kreisen und kreisen
sie will in keinen
wir wollen daß sie
wir fordern von ihr
wir fordern unser gutes Recht
Die Internationale erkämpft das
Recht auf Arbeitskreise und Arbeitskreise und Arbeitskreise
und Arbeit und Arbeit
Warum
wozu
was soll das
was will sie
Red Army Faction
Bakunin und Grotewohl
sie alle waren
sie haben Recht
Recht haben sie aber ja doch
aber ja
aber ja
warum
was heißt
was heißt recht
Beweis her
aber ja doch sie hat recht
auf keinen Kapitalarbeitskreis keinen Kapitalarbeitskreis
keinen Arbeitskreis keinen
Aber Kapitalarbeitskreise sind die besten

Einen Mond hängen wir über Berlin-Britz, und Schnee legen wir auf jeden Ast, jeden Zweig, wir steigen im U-Bahnhof Grenzallee aus, gehen die Wederstraße hinauf und besuchen den Allwissenden Autoren.

Hier ist nicht Stadt, hier ist nicht Land, hier ist die Zeit stehengeblieben, hier ist Kleinstadt noch; Kopfsteinpflaster, einstöckige, verbaute Häuschen, Gärten hinter dem Haus, Vorgärten, an je einer Ecke eine Kneipe und schräg gegenüber der Wederstraße 91 ein Tante-Emma-Laden, in dem kriegst du noch Milch, frisch aus der Kuh.

Hier sind die Rolladen heruntergelassen, dort das zweiflügelige Hoftor, düster ists, Licht dringt aus der Eckkneipe nebenan, winterliches Licht aus dem Elektroladen gegenüber, quietschend öffnet sich die Tür.

Mühsam gewöhnt das Auge sich ans Dunkel, Wohnhaus und Gewerbetrakte bilden ein langschenkliges U. An der Basis das Haus, das Erdgeschoß über ein Treppchen erreichbar, das von einer Lampe, der einzigen Lichtquelle auf dem Hof, beleuchtet wird.

Der dunkle Hof, zur Hälfte asphaltiert und vorne überdacht.

Vorsicht, hier stehen Wagen. Von der Spritzlackiererei. Ja, in dem flachen Trakt links. Hier, hinter der Tür, die nun verschlossen ist, die Druckerei. Dahinter, zum Hause mehr hin, ein kleines Büro mit den Leuchtkästen zum Retuschieren der Reprofilme, dann zwei Schaufenster, dahinter im Dunklen die Buchbinderei. Hier beginnt das Ziegelpflaster. Verlassen steht rechts eine Kinderschaukel. Läßt der abends immer den Hof offen? Nein, wir sind angekündigt.

Das Treppchen. Daneben, in einem winzigen Häuschen, der dunkelliegenden Küche vorgelagert, das Außenklo. Im Winter frierts ein. Die Haustür grün gestrichen. Im Korridor Licht. Wir gehen die Treppe empor zum ersten Stock.

Dort, gleich links am Ende der Treppe, eine steile kleine Stiege. Wo führt sie hin? In die Dichterklause. Sie ist leer. Wir wenden uns nach rechts. Unbestimmt riechts nach Kind und Kinderschlaf. Ja, dort, in dem kleinen Zimmerchen über dem Treppenhaus. Sie schläft. Der Junge unten, im großen Kinderzimmer, unter der Dichterklause. Laß sie schlafen.

Die Tür rechts nun ist niedrig. Unwillkürlich ziehen die Besucher den Kopf ein. Ein schmales Durchgangszimmer, eine Türöffnung, darin die Tür ausgehängt, rahmt den Allwissenden Autor. Er sieht uns entgegen.

Auf dem Plattenspieler Chopin. Gläser und eine Rotweinkaraffe aus Zinn auf der, auf niedrigen schwarzen Stahlrohrbeinen ruhenden schmalen, langen, dicken, gehobelten, polierten und nur mit dem Bootslack gestrichenen Rotbuchenbohle, die den Tisch bildet. Der Ölofen in der Ecke neben der leeren Türöffnung bullert.

Daneben, die Mauer springt ein wenig zurück, eine Wand mit Bücherregal. Die Lampe über dem Tisch eine niedriggezogene lichte Kugel, gelb, ein Lampion. Unter den, die ganze Breite der Wand einnehmenden Büchern ein altes, rotes Plüschsofa. Still der Tritt, dunkelblaue Auslegware; dunkelblau, Kord, der Überwurf auf der breiten französischen Liege, deren Kopfende an der Wand, durch deren Türöffnung wir gerade geschritten. Zwischen Liege und Türöffnung tiefe Bücherregale bis zur Decke. Der Hintergrund des Zimmers liegt fast im Dunkeln. Kein Fenster? Das Fenster nicht sichtbar, da dunkelgrüne Kordvorhänge die gesamte Fensterwand bedecken. Eine zweite Hängelampe, direkt über der Liege, ist nicht eingeschaltet, auch die altmodische Klavierleuchte nicht auf dem Bücherregal. Zwei Korbsessel, ein Schaukelstuhl.
Wer sitzt im Schaukelstuhl?
Selbstverständlich die Schwangere.
Zahl gießt uns allen Rotwein in Zinnbecher und schaut uns erwartungsvoll in die Gesichter.
Was liegt an?
Zahl, kalkulier mir meine Zeitung.
Deine Zeitung?
Meine Zeitung. Den *Glücklichen Arbeitslosen.* Zweifarbig, buntes Papier. Sauber. Du brauchst nicht zu sparen.
Deshalb kommt ihr abends?
Nicht nur deshalb, P. P.
Sondern auch, weshalb?

Frau Bertram, können Sie ihren Schöpfer nach dieser ersten Begegnung beschreiben?
I. B.: Ja, ich glaube doch. Ein schlanker Mann, sieben- achtundzwanzig Jahre, einsachtzig, schätze ich. Dunkelblonde, schulterlange Haare, Seitenscheitel links, große Geheimratsecken, durch einen Wirbel über dem Stirnbein fällt ihm das Haar so schräg über die Stirn ins Gesicht und verdeckt eine... Graublaue große Augen hinter einer dunkel getönten Goldrandbrille. Als er die Brille abnahm, sah ich an diesem Blinzeln und dem abwesend wirkenden Blick, daß er kurzsichtig ist. Graublaue Augen, ich sagte es schon, das linke Lid tiefer als das rechte, schmales, lang-ovales Gesicht, eine lange, gebogene Nase, ein großer, voller Mund, große Zähne, besonders die Eckzähne, Schnurrbart, Spitzbart, die Wangen ausrasiert. Er trug eine schwarze, weite Zimmermannshose aus Kord, Hüttenschuhe – als er rausging, schlüpfte er mit ihnen in Holzpantinen, Töpferschuhe –, knallroter Rollkragenpullover, selbstgestrickt, sagte er, von der Schwiegermutter. In der gleichen Farbe wie seine Zipfelmütze, sagte er. Partnerlook mit seinem Sohn, sagte er.
Würden Sie ihn wiedererkennen.

Ja.
Herr Zahl, können Sie Frau Ilona Bertram beschreiben?
Ja, durchaus.
Bitte tun Sie's.
Nein. Das werde ich, wenn überhaupt, auch in Zukunft Jörg Hemmers überlassen.
Frau Bertram, welchen Eindruck machte P.P. Zahl auf Sie?
Einen gedrückten. Er konnte das zwar überspielen, aber ich merkte das sofort.
Wissen Sie, warum er bedrückt sein konnte.
Ich glaube, da kommt eine Menge zusammen. Finanzielle Sorgen, er rief da pausenlos Leute und Gruppen an, endlich ihre Druckschulden zu bezahlen. Überarbeitung. Er versorgte die Kinder, schmiß den Haushalt, brachte den Jungen in den Kinderladen, fotografierte, druckte, machte den Versand seines kleinen Verlages. Und ich glaube, er schrieb auch an einem neuen Roman.
War er denn allein?
Ja, soweit ich sehe, war er allein. Seine Frau, von der er sich, glaube ich, trennen wollte, war im Krankenhaus.
Was haben Sie gelernt?
Ich habe wieder einmal erlebt, was für ein Gefängnis so eine Kleinfamilie ist. Daß diese kleinen, linken Gewerbetreibenden vorne und hinten nicht hochkommen. Ich habe ein wenig gelernt bei dem Gespräch über das Drucken der Zeitung, über Reprofotografie, warum die Vorlagen sauber schwarz getippt sein müssen, da schien er wohl oft Kummer bei linken und Schülerzeitungen zu haben. Über Papierqualitäten.
Was war für Sie das Wichtigste bei diesem Treffen mit PPZ?
Das Wichtigste… Daß wir es nicht geschafft haben, mit ihm über seine Probleme zu reden. Er war der typische Obergenosse, er flaxte so rum und überspielte seinen Kummer. Wir hätten ihn festnageln sollen, mit ihm reden…
Und warum taten Sie das nicht?
Ja, ich weiß nicht. Es wird sowieso viel zu wenig miteinander geredet. Später, als wir wieder auf der Straße waren und mit der U-Bahn nachhause fuhren, fiel uns das mehr auf, und wir stellten uns die Frage, warum keiner von uns den Mut besessen hat, ihn festzunageln und zum Reden zu bringen.
Hatten Sie denn dazu das Recht? Kannte jemand von Ihnen PPZ lange genug dafür?
O ja, Jörg, Renate und Gerd kannten ihn schon urig lange, von der *Zeitung* her. Er hatte schon damals den meisten Ärger mit den Bullen deswegen.
Haben Sie PPZ später wiedergetroffen?
Ja, im Gerichtssaal. Bei meiner Lektion über Klassenjustiz. Da wurde

er wegen des bloßen Drucks von nem Plakat zum 1. Mai verknackt.

Wir schraken zusammen. Ein plötzlicher dumpfer Schlag vor dem Fenster ließ uns zusammenzucken.
Das war Moritz, unser Kater, erklärte Zahl. Der springt vom Dach dort drüben auf die Abdeckung über den Kellerluken.
Er stand auf, verließ den Raum und ging die Treppen hinunter, um die Tür für den Kater zu öffnen.
Ist Zeit zu gehen, sagten wir. Und brachen auf. Der Kater war riesig, pechschwarz, sehr mißtrauisch und stolz. Er ließ sich von keinem von uns streicheln. Nur um Ilonas Beine strich er drei, vier Male. Wohl weil sie schwanger ist, sagte Zahl. Schwangere mag er.
Die Luft auf dem Hof war klar und stach in die Lungen. Der Mond stand genau zwischen den beiden Vorderhäusern rechts und links des Anwesens, über dem Hoftor, ruhig, rund und still.
Zahl, sagten wir, du wohnst hier in einer richtigen Idylle. Er schwieg und öffnete die Holztür zur Straße hin.
Wir gingen hinaus.
Da, sagte Jörg, und wies mit dem Finger schräg zur anderen Straßenseite hin. Vor dem Tante-Emma-Laden parkte ein Mittelklassewagen mit Standlicht. Wir sahen die schemenhaften Konturen zweier rauchender Männer hinter der Frontscheibe. Jörg ließ die Hand sinken und wandte sich jedem einzelnen von uns zu. Schöne Idylle, sagte er. Zivilbullen.

Am hellichten Tach und außer Dienst verjewalticht, kichert Martha, schiebt den Schoß hoch, daß Jörg ihr entschlüpft, küßt ihn auf die Nasenspitze und gleitet bäuchlings aus dem Bett. Sie richtet sich auf.
Du bist der geborene Liebhaber, sagt sie dann, ernster werdend, und geht nackt, auf bloßen Füßen zu ihrer Frisierkommode.
Irrtum, seufzt Jörg matt. Satt. Keiner ist dazu geboren. Er dreht sich zur Seite. Ihre Blicke treffen sich im Spiegel. Fasziniert zuschauend, wie Martha sich wieder herrichtet, sich kämmt, wäscht, pudert, deodoriert, wie sie den Morgenrock anzieht, Creme auf- und abträgt, Fuß- und Fingernägel malt und pustet, singt Jörg sein

Großes Lamento:

Da war niemand
die mich aufklärte.
Meine Mutter, die beste
aller Mütter und heiß
geliebt von drei Söhnen
sie klärte mich nicht auf.
Nicht klärte mich auf M.
die mich vergewaltigte, als
ich dreizehn war – nie werd
ichs ihr vergessen, auf immer
ihr dankbar sein –
nicht klärten mich auf die Jungen
nicht die Alten, nicht die Runden
nicht die Schlanken, nicht die Dunklen
nicht die Blonden.
Da war niemand
niemand der mich aufklärte.

Seltsam wärs mir erschienen
hätten Fraun meinen Daumen
gerieben, verschleiert gelächelt
gesagt: wir masturbieren dich.
Verständnislos hätt ich betrachtet
den Daumen. Hätt gedacht: die Liebe
dies Wunder, *das* wars?
Seltsam wärs mir erschienen
hätten Fraun meine Knöchel
umfaßt und gerieben, gelächelt
gegurrt: warum stöhnst du nicht?
dies das Wunder der Liebe.
Verständnislos hätt ich betrachtet
meine Knöchel. Hätt gedacht: das Feuerwerk
aus dem Kamasutram, *so?*

Keine klärte mich auf.
Keine klärte mich auf.
Die erste nahm sich, was
sie brauchte, ein Hurrikan.
Ich ging fort, leeren Kopfes
leeren Beutels, beglückt
dumm wie zuvor. Die zweite
tat so als ob. Es war ja
die erste Liebe. *So?*

Die dritte verrenkte
die Glieder, die vierte ihren Kopf
die fünfte stöhnte, weil sie
gelesen, daß die Frau stöhnt
und so tatens andere auch.
Keine klärte mich auf.
Keine. Nicht mit dem Mund
der Sprache, nicht mit dem Mund
dem Leib. Keine, keine klärte
mich auf. Ich war verliebt
in sie alle, war guten Willens
bitte glaubs!, ja ich konnte nur
wenn ich verliebt, aber keine
verdammt, keine klärte mich auf.

Manchen wars gegeben
die anderen waren halt, na ja
frigid, das gabs auch.
Denn keine, keine klärte mich auf.
Das Fräulein Sommerfrische nicht
in die ich verliebt und die ihren Sex
andrehen konnte wie Lichtschalter
den Fick, den ertrug sie, sie klärte
mich nicht auf. Ja, den Fick, den
ertrug sie, und vor Zärtlichkeit
hatte sie Angst. Sie klärte
sie klärte mich nicht auf.

Und M. mit ihrem glatten
Bauch, ach wie war ich
verliebt; als es mißglückt, sprach
sie: laß uns Freunde sein. Sie
sie klärte mich nicht auf. Und
U. mit den Sorgenfalten auf dem Bauch
sie ritt mich zuschanden, sie Mutter
von Kindern, auch sie, sie klärte
mich nie auf. E., dies überall trieb
mit mir und es fortwährend wollte
nie wußte ich, hatte sie
was ich hatte oder hatte sie
nur so getan? Auch sie
sie klärte mich nie auf.

Wie müssen Mütter ihre Töchter
hassen, klären sie sie nie

auf. Wie müssen Töchter ihre
Liebhaber verachten, klären
die Unaufgeklärten die Unaufgeklärten
doch nie auf. Da war niemand
der mich aufklärte, niemand
klärte mich auf. Der Besoffenheit
verdanke ichs, daß ich aufgeklärt
die Besoffenheit klärte mich auf.
Verwirrt, zu Tode betrübt, außer mir
wütend, das Versagen tarnend, leicht
mich ekelnd anfangs – das aber
hörte schnell sehr schnell auf –
tat ichs zum ersten Mal. Er
hatte mich im Stich gelassen
er, Ritter ohne Furcht und Tadel
all die Jahr, er Mittelpunkt der Welt
darum Sonnen kreisten, Ausdauernder
nicht zu langer, nicht zu dicker
er, zärtlich geküßt, ja!, und geliebt
von so mancher, er, in frühester
Jugend schon eifersüchtig mit anderen
seinesgleichen verglichen, er
kam nicht hoch. Nach diesen Schnäpsen.
Verdammt. Da tat ichs.
Und wurde aufgeklärt. Mund, Augen
und Ohren gingen mir über
ich, unaufgeklärt, fehlerzogen, zählte
anfangs noch mit.
Neugier, Schrecken, Neid.
Dieser Schoß, daraus ich Honig
saugte und Nektar, dieser Schoß
klärte mich auf. Dieser Schoß
klärte mich auf.

Keiner, Martha, ist der geborene Liebhaber, sagte Jörg. Ich habe gerne lieb, so und so und so, überhaupt. Es dauerte aber lange, viel zu lange, bis ich es lernte. Akademien gründen sie zum Studium der fernsten Planeten, aber hierin haben sie versagt seit zweitausend Jahren.
In Indien, sagt Martha, gibt es Stämme, sie wedelt fächerförmig mit ihren gerade gelackten Fingern, da lernen es Kinder bei Kindern.
Glückliche Kinder, seufzt Jörg. Er zieht die Decke hoch und schließt die Augen.
Du, fragt Martha, sagen wirs Ilona?
Warum nicht? Antwortet Jörg schläfrig.
Ist sie nicht eifersüchtig?

Eifersucht? Kennen wir nicht – mehr. Diese weit verbreitete Geisteskrankheit liegt hinter uns.
Weit verbreitete Geisteskrankheit..., prustet Martha. Ernster werdend: Du, was ganz anderes.
Ja?
Ich habe eine neue Wohnung gemietet.
Doch noch hier, in Berlin? Warum? Du wolltest doch...
Ja, aber erst nachher, sagt Martha. Und genau damit hängt es zusammen.
Was?
Die Wohnung, ein Zweizimmerappartement, liegt im zwölften Stockwerk. In Lichterfelde.
Und?
In Lichterfelde, sagte ich. Und hör gut zu, vom Wohnzimmer und Balkon aus kann man direkt zum Haus von Lébert gucken.
Jörg schießt hoch.
Lébert? Wie direkt?
So direkt, daß du mit einem guten Opernglas die Kaviarkügelchen auf seiner Stulle zählen kannst, wenn er direkt am Fenster oder auf der Terrasse frühstückt.
Mönsch, Martha, du bist ein... As, ein Schatz.
Er springt aus dem Bett und wirft Martha vom Hocker.
Aber du, doch nicht hier, he, he..

Ich fand Willy genau dort, wo ich ihn vermutet hatte. In einem üblen Bums voller Luden, kleiner Einsteigdiebe und Trickbetrüger aus der Kreditbranche.
Tach, sagte er und schlug mir auf die Schulter.
Lange nicht gesehen. Was trinkste?
Ich setzte mich auf den Hocker neben ihm und sah mich um.
Kaffee mit Kognak, sagte ich.
Immer noch?
Immer noch.
Willy lachte. Er schien sich wirklich zu freuen, mich zu sehen.
Und? fragte er. Was machste denn so?
Dies und das, sagte ich.
Besonders aber dies, kicherte Willy,
Genau, sagte ich.
Bistn Huhn, sagte Willy.
Ich hab dich gesucht, sagte ich leise.
Dachte ich mir, sagte er. Hast dich ja reichlich rar gemacht, seit du bei der Kommune bist.
Hab die Schnauze voll, sagte ich.

Von der Kommune?
Von allem, so ziemlich.
Und geschäftlich?
Mau, sagte ich. Verdammt mau.
Und da soll ich dir helfen? Was brauchste?
Ne, nicht so, sagte ich. Fleppen, Riesen, alles da. Aber eine kleine Wumme brauch ich, 6.35 oder besser 7.65. Und ein paar gute Wanzen. Und ein Steyr-Manlicher, du weißt ja, mit Zielfernrohr. Und n Gummiprüfhandapparat IV mit Ledertasche, du kennst das Ding ja, n Hörer mit Wählscheibe, ganz in Gummi eingekapselt, zum Abzapfen, Mithören…
Du?
Ich.
Bar?
Bar.
Mein lieber Herr Gesangverein, sagte Willy. Ihr arbeitet heute ja wirklich zwanzigstes Jahrhundert.
Paß auf, sagte er. Ich hab zur Zeit nix da. Weiß auch nichts Genaues. Aber es gibt reichlich. Er überlegte; um die Pause zu überbrücken, pfiff er.
Cash? Fragte er.
Willy! Sagte ich.
So ist das ja nicht, sagte Willy. Er sah aus, als überlegte er fieberhaft. Er tats.
Es eilt, sagte ich. Besser heute als morgen. Ich nehm dich im Wagen mit. Dann kurven wir rum, ja?
Langsam, langsam, sagte Willy und trank sein Bier aus.
Ich kann mich in gewissen Gegenden nicht sehen lassen. Verstehst du?
Die Perser? Bluffte ich. Halt mich da raus!
Willy warf mir einen schnellen Blick zu.
Woher weißte denn das?
Man hört so manches, sagte ich.
Dafür, daß du schon einige Zeit vom Kietz weg bist, hörst du aber viel.
Aufgehoben ist nicht aufgeschoben, sagte ich. Was trinkst du?
Wodka-Schuß, sagte Willy. Er überlegte noch immer.
Ich bestellte Wodka-Schuß und Kaffee-Kognak. Der Schlepper murrte und sagte was von: kein heiß Wasser oder so. Ich winkte ihn an die Arbeit.
Bist verdammt fininsch geworden, sagte Willy.
Man lernt zu, sagte ich, man lernt zu.
Paß auf, sagte Willy. Ich geb dir hier ein paar Namen und Adressen. Die merkste dir. Und verwechsel bloß nicht die dazu passenden Sprüche.
Er legte los. Ich zahlte unsere Rechnung und stand auf.

Wenn du klamm bist, mußt du es sagen.
Hau bloß ab! Sagte Willy. Hau bloß ab. Und als ich rausging: Laß dich mal wieder sehen, wenn du Zeit hast. Hörst du?

Ich ließ die P 38 zuhause im Versteck. Setzte mich in einen Leihwagen und fuhr zum *Stutti.*
Es war wie immer. Öde.
Jeder fünfte von der Schmier, jeder Dritte aus der Provinz. Apotheken-Charly stand in der *Sauna* hinter dem Tresen. Er putzte Gläser und warf ab und an schnelle Blicke zur Tür. Einer von der Sorte, die blöder tut, als sie ist. Fettsteiß, Bauch, tätowierte Rosen auf den Unterarmen. Ungemein schnell und gefährlich. Einer von der Sorte, die einen ranreißt und dann mit dem Kopf zustößt.
Kaffee-Kognak, sagte ich.
Er sah mir kurz, aber intensiv ins Gesicht, warf sich das Handtuch über die Schulter und stellte den Heißwasserboiler an.
Trink einen auf meine Kappe, sagte ich. Ich komm von Willy und soll dir sagen, der Ford-Taunus ist heil.
Charly sah mich ungerührt an und stützte sich auf den Tresen.
Und sonst? Fragte er.
Ich brauch was.
Klein? Groß?
Ganz groß und was kleines.
Hm, machte Charly. N spezieller Typ?
Steyr-Manlicher mit und ne 7.65er Walther.
Hm, machte Charly. Manlicher ist ausverkauft. Dafür hätten wir eventuell ein SSK mit Optik und allem drum und dran. Eingeschossen. Brandneu.
Gebongt, sagte ich.
Bar?
Bar. Tu die Prozente für Willy gleich drauf. Ich kenn die Preise.
Hm, machte Charly. Er lächelte auf einmal. Wie gehts denn Willy so?
Der denkt an die gute alte Zeit und säuft sich die Hucke voll.
Was für ne *gute alte Zeit?* Charly ließ das Lächeln in den Augenwinkeln verschwinden.
Als Perser noch Teppiche waren und der Herr Kriminaldirektor B. im ehrlichen Krieg zu uns stand.
Hä? Machte Charly.
Als Kriminelle und Kriminale noch in zwei verschiedene Schachteln gehörten und ein gewisser Herr Kriminaldirektor B. noch kein Kompagnon von persischen Kollegen war.
Aha, machte Charly. Er machte keineswegs den Eindruck, begriffen zu haben. Aber das tat er durchaus.
Er puhlte sich in den Zähnen, schüttete Pulverkaffee in eine riesige, leicht angeschlagene Tasse und goß Wasser auf.

Da halt ich mich raus, sagte er verkniffen.
Eben, sagte ich. Willy und ich tuns auch.
Französischen? Fragte Charly.
Was?
Kognak.
Ja.
Er griff zum Mariacron.
Aber Charly, sagte ich.
Tschuldige, sagte er. Aber so am frühen Morgen gleich mit Teppichen und Krimmenaldirektern.
Er schob mir den Zuckerstreuer herüber.
Woher soll ich denn wissen, ob du sauber bist?
Das mußt du schon selber wissen. Und Willy fragen. Wir sind schließlich nicht am selben Tag aus der selben Pussy gekrochen.
Allerdings nicht, kicherte Charly. Also paß auf, ich versuche, was ich kann.
Aber gleich, sagte ich. Mach das denen klar, die das Zeugs verhökern. Ich setz nichts von der Steuer ab.
Charly sah mich noch einmal direkt an, kratzte sich am Ohrläppchen und ging zum Telefon hinüber. Er tat reichlich geheimnisvoll und redete mit Händen und Füßen. Ich trank in Ruhe meinen Kaffee-Kognak. Mein Herz hatte sich vervielfacht. Ersatzherzen klopften an allen möglichen und unmöglichen Stellen. Ich schwitzte.
Geht klar, sagte Charly.
Ist das Telefon sauber? Fragte ich.
Hä?
Ob das Telefon sauber ist.
Ne, sagte Charly. Natürlich nicht. Aber da mach dir mal keine Sorgen. Wir sind wirklich weit gekommen, sagte er.
Kann man wohl sagen, meinte ich leichthin, legte ein Pfund auf den Tresen und zog mir die Jacke zurecht.
Was meinst du, warum fast alle anständigen Berliner in Tegel sind?
Und die Perser nicht, sagte Charly giftig.
Die nicht, nickte ich. Wieviel Uhr?
Charly gab mir Namen und Adresse.
Kein Wort über Persien und andere schöne Länder, sagte er.
Kein Wort, versprach ich.
Charly schob mir das Wechselgeld über den Tresen. Ich schob es zurück. Er schob es wieder zu mir.
Ne, ne, sagte er. Das war inbegriffen.
Ich weiß, meinte ich, nahm einen kleinen Blauen und steckte ihn in die große rosa Plastiksau auf dem Tresen, neben dem Erdnußautomaten. Für Witwen und Waisen, sagte ich.
Viel Glück, sagte Charly. Er putzte schon wieder Gläser.
Ich ging.

Es regnete.
Die Szene war schlechtes Kino. Niko und ich saßen in einem geliehenen Mercedes 250 SE und mimten ein Liebespaar. Schmusend hielten wir den Blick auf den Eingang der Kneipe gerichtet, in dem Jörg und Peter verschwunden waren. Bäume bogen sich im Sturm, der Regen peitschte von der Seite gegen die Wagenfenster, Autos fuhren an uns vorbei und verspritzten wahre Fontänen. Zwei Minuten warten wir noch, dann gehen wir rein. Nikos Stimme an meinem Ohr klang unwirklich, grell, irgendwo war ein Lautsprecher kaputtgegangen, der Film war eine miese Kopie, Streifen liefen von oben rechts nach unten links über das Bild, es rauschte und flimmerte.
Ist das immer so?
Was?
So'n mieser Film, bei Waffengeschäften, meine ich.
Ja, meistens. Niko sah mir spöttisch in die Augen. Es ist gefährlich, sagte er. Er atmete laut und tief durch. Noch eine Minute.
Da kommen sie.
Niko warf sich mit dem Rücken tief in seinen Sitz, streckte Arme und Beine durch und startete den Mercedes. Er warf das Standlicht an. Der Motor summte. Mir war, als käme heiße Luft in meine Kehle. Jörg und Peter huschten unter den Bäumen, im Halbdunkel unter den Laternen zu unserem Wagen. Ich zog den Türknopf hinter mir hoch. Peter öffnete den Schlag, glitt hinein, Jörg folgte so schnell, daß es wirkte, als tanzten sie, Jörgs Knie in Peters Kniekehlen, einen grotesken Tanz. Fahr los.
Niko bog in die Neue Kantstraße ein.
Und?
Wie ich vermutet hatte: Israelis.
Niko holte tief Luft und ließ sie dann pfeifend durch die Lippen ab.
Wo man auch hinguckt im Geschäft, überall Multis.

Den VW-Bus bringen wir noch heute abend zum Parkplatz.
Warum?
Die werden das Terrain, genau so wie wir, vorher sondieren. Da muß es so wirken, als stünde der immer da.

Hinter den Akazien liegt die ...straße. Die Straßenlaternen brennen schon. Die türkischen Straßenreiniger, die den ganzen Tag über im Regen arbeiteten, sind fort. Die Reinigung, der Bäcker, das Café, die Fleischerei, die zoologische Handlung, die Kneipe. Wo die Akazien aufhören, biegen wir um die Ecke. Hier besteht das Pflaster aus Steinen, auf der anderen Straßenseite zieht sich ein morscher Bretterzaun. Das dahinter liegende Grundstück gehört der Reichsbahn, dem Osten. Eine Kneipe. An den Läden sind die Rolladen heruntergelassen, die Firmenschilder abgenommen. Weit stehen die Straßenlaternen auseinander, viele Lampen sind kaputt, entzweigeworfen, entzweigeschossen. Nur wenige parkende Autos. Vor den Hauseingängen Frauen in Schwarz, mit Kopftüchern.

Das Wichtigste an einer Aktion, egal, worum es geht, ist der Rückzug. Traust du dir zu, Ilona, hier in der Straße mit achtzig Hacke-Spitze zu machen und bei dem Tempo zu wenden?
Ja.

Die Mauer besteht aus schlecht verputzten Ziegelsteinen, zum Kanal hin ist sie halb niedergerissen, der Zugang ist mit Brettern und einer schlaff gespannten Kette gesperrt. Der Parkplatz wird zumeist von den Arbeitern der gegenüber der Mauer liegenden Werkzeugfabrik genutzt. Er hat zwei Ein- und Ausfahrten.

Niko zeigt auf die Ruinen hinter der Mauer. Von dort oben, überall, hast du mit einem Gewehr mit Zielfernrohr und Restlichtaufheller den ganzen Platz unter Kontrolle. Und abhauen kannst du dann in die und die Richtung. Scheiße, sagt er. Das machen wir nicht. Komm, wir fahren noch einmal zum Savignyplatz und machen einen anderen Treff aus. Wir haben nur den Bus, das KK und die Pistolen. Da sind wir schwer in den Arsch gekniffen, wenn die Israelis uns linken wollen. Und was, wenn sie die Bullen informieren? Hier kommen wir mit dem Wagen nicht wieder raus...

Wir verkaufen nichts an Baader-Meinhofs, sagt der Dunkle. Jörg schaut ihn offenen Mundes an.
Was?
Sie haben schon verstanden, was ich gesagt habe, sagt der Dunkle gleichmütig. Er hebt seine Tasse und trinkt den Kaffee aus.
Wie kommen Sie denn darauf?
Der Dunkle wirft einen schnellen Blick auf Ilona. Er steht auf. Da legt Ilona los. In fiesestem, schwärzestem, abgefucktestem, niederträchtigstem, beleidigendstem, heruntermachendem, fetzendem, mit zahllosen Flüchen, Kränkungen, Schmähungen, Blasphemien und Spukken durchsetztem reinen Berliner Dialekt, Marke tiefster Wedding.
Der Dunkle wird rot, setzt sich, guckt begeistert, entgeistert, schließlich grinst er.
O.k., o.k., sagt er und lacht laut. Sie haben mich überzeugt. Es bedarf gar nicht mehr Jörgs Hinweis, daß er nicht daran denke, sich die Haare noch, er betont das Noch, kürzer zu schneiden, sich einen Biedermeierwanst anzufressen, einen Zweireiher mit Weste und Uhrkette aus feinstem Altgold zu tragen, nur um bei einem lausigen, kleinem Waffendeal seriös zu wirken.

Ist ja schon gut, sagt der Dunkle. Sie haben mich voll und ganz überzeugt; außerdem bürgt Apotheken-Charly für Sie. Also, morgen um fünf. Ware gegen Geld. Geht das in Ordnung?
Das geht in Ordnung, sagt Ilona. Un nu hau schon ab, du Sohn einer räudigen, syphilitischen jemenitischen Hure und eines abgespeckten schwarzen Pavians.
Der Dunkle flieht.
Jörg legt Ilona die Hände auf die Rechte, die den Dunklen verscheucht hat wie eine lästige Fliege und nun auf dem Tischtuch ruht.
Na, war ich gut?
Du warst mal wieder Spitze.
Ein widerliches reaktionäres männlich-chauvinistisches Gesox, diese lausigen Waffendealer, sagt Ilona. Die konservieren noch die Umgangsformen und das Geschäftsgebaren von Schiebern aus der Gründerzeit.
Nicht an Baader-Meinhofs..., sagt Jörg und lacht. Typisch! Dieses reaktionäre Pack!
Der protzige Ring war echt, meint Ilona noch. Denen muß es ja ganz gut gehen.

Bist du völlig sicher, daß du mucksmäuschenstill eine Stunde lang sitzen kannst, nicht hustest, niest, nicht schreist, wenn was passiert?
Ach Niko, nicht noch mal!
Denn isset jebongt.

Also sitzen wir im VW-Bus, mucksmäuschenstill – muckst nun das Mäuschen oder ist es still? – husten nicht, schreien nicht, es passiert auch nichts, weinen nicht, lachen nicht – das ist das Schwerste! – rühren uns nicht.
Niko hält das KK, auf eine Tischplatte gestützt, direkt an das Rückfenster aus venezianischem Spiegelglas. Er sitzt ganz entspannt da. Kein Muskel regt sich in seinem Gesicht, nur die Augen wandern.
Der Parkplatz liegt still in der untergehenden Sonne. Ab und an biegt ein Wagen von der Straße her ein, fährt langsam durch die Reihen und parkt ein, Fahrer und Beifahrer steigen aus Wagen, steigen in Wagen, verschließen Fahrertüren, Beifahrertüren, Kofferräume, schließen Fahrertüren, Beifahrertüren, Kofferräume auf, setzen sich an Steuer, verlassen ihre Sitze, fahren ab, kommen, warten auf dem Bürgersteig der Straße, die Räder eingeschlagen, die Schnauze in Richtung City, reihen sich in den Verkehr ein.
So sitzen Detektive hinter venezianischen Spiegeln und gucken, ob Kunden klauen.
Sie scheinen keinen vorwegzuschicken, flüstert Niko. Die fühlen sich wohl sehr sicher.

Der geliehene Caravan mit Peter auf dem Fahrer-, Jörg auf dem Beifahrersitz biegt um die Ecke; er fährt langsam, die beiden schauen unauffällig in alle Richtungen, nähern sich der Autoreihe in unserer unmittelbaren Nähe und parken ein.
Die Sonne steht kühl und dunkelrot über den Dächern.
Es ist fünf vor fünf. Noch fünf Minuten.
Es ist warm im Bus.
Von der Straße biegt ein amerikanischer Straßenkreuzer auf den Parkplatz ein. In ihm zwei Männer mittleren Alters, der Dunkle trägt heute einen Hut.
Fast lautlos und langsam rollen sie durch die geparkten Reihen der Fahrzeuge. Der Wagen bleibt stehen. Nun arbeitet ein kleiner Muskel unter der straffen Haut von Nikos rechter Wange.
Er arbeitet genau dort, wo die Trennlinie zwischen glatter Haut und den dunklen, rasierten Schatten verläuft.
Der Straßenkreuzer rollt wieder an, fährt vor, biegt ein, stellt sich neben den Caravan.
Jörg steigt aus und geht um das Heck des Autos. Das gleiche tut der Fahrer des Straßenkreuzers, der Dunkle.
Niko hebt den Lauf des KK ein wenig und visiert die Stirn des Beifahrers oberhalb der Nasenwurzel an. Der Lauf liegt völlig ruhig.
Der ist bewaffnet und hält die Kanone unten, zwischen den Knien, mit beiden Händen, flüstert Niko. Das siehst du an der Schulterhaltung. Wie ausgemacht kümmere ich mich um den und um niemanden sonst. Hinten kann bei denen noch einer sein, und der ist dann Peters Sache. Kapierst du das Arrangement?
Ich nicke. Aber das kann Niko nicht sehen.
Jörg gibt dem Dunklen hinter dem Wagenheck die Hand. Der zögert und schlägt dann ein. Sie reden miteinander. Von hier aus verstehen wir nur die Satzmelodie, nicht den Inhalt. Der Beifahrer des Dunklen schaut betont gleichmütig umher. Nun fällt mir die unnatürliche Schulterhaltung auch auf.
Der Dunkle trägt heute einen gedeckten, maßgeschnittenen Pfeffer- und Salzanzug, schwarze Mokassins, ein weißes, zartgrün gestreiftes Hemd mit schmalem, angeknöpftem Kragen und eine dunkelgrüne Strickkrawatte. Er drückt auf den Knopf des Kofferraums des Straßenkreuzers.
Dies ist einer der gefährlichsten Augenblicke, flüstert Niko. Es ist schon mal passiert, daß da einer drin war, und drrrrr…
Jörg aber hält sich halb hinter dem Dunklen. Der greift in den Kofferraum und zieht einen einfachen, mittelgroßen Koffer hervor, nimmt ihn in die Linke, sieht sich unauffällig um und geht mit Jörg zum Caravan. Der läßt die Gepäcktür hoch. Peter bleibt locker sitzen und nickt dem Dunklen, der nun den Kopf in den Gepäckraum steckt, wortlos zu.

Ts, ts, macht Niko. Das Schlimmste haben wir hinter uns. Die sind sauber, scheints.
Jörg und der Dunkle klappen den Koffer auf, klappen ihn wieder zu, heben die Köpfe aus dem Wagen, der Dunkle geht einen Schritt zurück, und Jörg schlägt die Gepäcktür vernehmlich zu. Die beiden reden wieder miteinander. Der Dunkle lacht. Jörg übergibt ihm ein umwickeltes Bündel. Der Dunkle geht in den Schutz seines Wagens und öffnet die Fahrertür; von ihr gut gedeckt, von uns aus aber gut einsehbar, öffnet er flink das Bündel. Wir sehen ihn mit Daumen und Zeigefinger die Scheine durchzählen. Er rollt das Stück Stoff wieder um den Inhalt, wirft das Bündel auf die Hinterbank des Wagens, dreht sich halb um und nickt Jörg, der halb hinter der Schnauze des Caravans geborgen zugesehen hat, zu. Jörg deutet eine spöttische Verbeugung an und geht auf den Dunklen zu. Sie reden und lachen. Der Beifahrer tut betont unbeteiligt und beobachtet andere Fahrer. Die Mündung des Laufes von Nikos KK zeigt unentwegt auf seine Stirn.
Jörg gibt dem Dunklen die Hand, der setzt sich ans Steuer und wirft den Wagenschlag zu.
Jörg geht um das Heck des Caravans herum und öffnet die Beifahrertür.
Die beiden Fremden fahren an, geben Gas, fahren fort.
Niko läßt das KK sinken.
Puh, macht er. Das Ticken unter seiner Haut in der Wange hat aufgehört. Entweder fühlen die sich sehr sicher, oder sie haben noch was vor. Ich glaube aber, die Sache ist clean und vorbei.
Wir nehmen die gleiche Ausfahrt wie der Straßenkreuzer. Weil hier ne Einbahnstraße ist, sagt Niko. Da können die kaum was Krummes machen. Es sei, und auch das ist schon vorgekommen, der Parkplatz ist von Bullen umstellt, die die Verkäufer nur als angepflockte Zicklein für den Tiger benutzten.
Es war ja gar nicht aufregend, sage ich und klettere aus der Tür, setze mich auf den Fahrersitz und starte.
Das ist auch gut so, sagt Niko und lehnt sich auf dem Beifahrersitz zurück. Hast du gesehen, wie die Kerls aussahen?
Tip-top, sage ich.
Israelis, sagt Niko nachdenklich. Die haben sich wirklich den ganzen Markt geteilt, die und die Perser. Nur noch Multis. Da sind wir kleine Krauter gegen.

Das Gewehr mit Zielfernrohr ist amerikanischer Bauart, fabrikneu und hat einen speziellen Schalldämpfer. Wir sehen es uns in Marthas Wohnung gut an, bauen es auseinander, wieder zusammen, wieder auseinander, wieder zusammen.

Hier ist der Elektrokrempel, sagt Jörg zu Peter. Sie untersuchen die elektronischen Spielzeuge zum Abhören.
Welchen Eindruck hast du von ihnen? Fragt Niko.
Er kaut auf einem Streichholz.
Mittlere Chargen, reine Angestellte, sagt Jörg. Heiß, Vollprofis, brandgefährlich.
Die wirkten aber gar nicht so, sage ich.
Die nicht so wirken, erwidert Jörg, sind die Schlimmsten. Sie sind Gentlemen, reine Geschäftsleute, wie aus dem Bilderbuch. Die Berliner Unterwelt taugt ja seit '48 nichts. Kein Wunder, daß sich diese smarten Jungs von den internationalen Trusts durchsetzen können. Die verkaufen dir die Leiche deiner Erbtante für zehntausend Eier. Mit fünf Prozent Skonto. Die nehmen sogar Schecks, so gut sind die abgesichert mit ihren Tarnfirmen.
Wie Georg Lébert, Export-Import, sagt Martha.
Auf den kommen wir noch, meint Jörg. Ich schlage vor, wir halten bald einen Kriegsrat ab, mit Mama, die bald abhaut mit ihrem Pastor und noch ein wenig Kapital braucht, Gerd, Ilona, Peter, Niko und mir…
Wieso Gerd? fragt Niko erstaunt. Ist der auf den Geschmack gekommen? Ich finde es nicht so gut, ihn einzuweihen.
Es hat sich so ergeben, sagt Jörg ausweichend.

Der Dunkle hat mir weitere von der Sorte angeboten, sagt Jörg drei Tage später. Hierfür haben wir zwo bezahlt. Wenn wir mehr abnehmen, kriegen wir Mengenrabatt. Bei zwanzig nur noch einsfünf.
Was, um Himmels Willen, willst du mit zwanzig Scharfschützengewehren mit Zielfernrohr und Schalldämpfer?
Man weiß nie. Vielleicht kann man sie später gut brauchen.
Aber das wären dreißig Mille, und ich wär pleite.
Ich geb euch, was ihr braucht, sagt Peter. Ich bin satt, ich brauch nicht viel von dem Zeugs.
Wir sollten uns weiterhin an unsere Prinzipien halten. Wir müssen halt arbeiten gehen.
Ich mache meine Mittelprüfung, sage ich leichthin.
Du bist bekloppt. Du bist schwanger. Peter ist entsetzt.
Na und, ich bin noch nicht hochschwanger. Wir machen den Motorradtrick und haben auch schon was im Auge.
Kommt nicht in Frage, sagt Peter aufgebracht. Schwanger, ne Anfängerin, und dann à la Italia mit dem Motorrad… Da spricht Mama aber n Machtwort.
Mit ihr habe ich schon geredet. Sie ist einverstanden. Sie findet den Plan sogar prima. Wir haben eine neue Variante ausgetüftelt. Die hat Pfiff. Da lachste dir kaputt. Es is wirklich Zeit, daß ich mich vom Fach

zurückziehe und Autos repariere, meint kopfschüttelnd Peter. Weiber, n Balg im Bauch, und dann der Motorradtrick...

Ich lese, den Bleistift, die Filzstifte zur Hand, Trauberg, Werner, Capote, Charrière, Carr, Jackson, Richard X Clarke, El Lute, Djomin, ich lese den ganzen Ostermeyer, lese Wassermann und Rasehorn und Foucault, das Strafgesetzbuch von hinten nach vorn und von vorn bis hinten, die Strafprozeßordnung, das Strafvollzugsgesetz, lese das Rotbuch, Wie man bei Polizei und Justiz die Nerven behält, und, das ist das Schwerste, mein lieber Otto, macht aber auch Spaß, Charly's Kritik der Hegelschen Rechtsphilosophie: Juristerei für die Praxis, einer Ganovin theoretische Ausbildung.

Hör mal, das ist doch kein wissenschaftliches Arbeiten: Inhaltsangabe und Buchauszüge... Das ist Stümperkram. Sonst nichts!
Mich interessiert die bürgerliche wissenschaftliche Arbeit nicht, erwidere ich. Sie ist mir schnurzegal. Is doch entfremdete und entfremdende Kacke. Und die Buchauszüge mach ich auch nicht, um wie all die linken Trottel mit Zitaten zu protzen, um andere mit nem Paper oder in einer Diskussion mit Fußnoten totzuschlagen. Für mich sind diese Bücher Nahrungsmittel für das Gehirn. Mit verschiedenen Nährwerten. Fürs eigne Denken. Was ich da rausschreib, find ich einfach gut, nützlich; besser könnten wirs nicht ausdrücken. Daher.
Gerd blättert die Notizhefte durch. Klappt sie geräuschvoll zu.
Du machst die ganze Literatur und Philosophie zum Steinbruch einer Rechtfertigungsideologie eures Ganoventums, sagt er.
Zeig mir, welche Bücher du liest, und ich sag dir, wer du bist; zeig mir die angestrichenen Stellen in deinen Büchern, und ich verrat dir deine geheimsten Wünsche, sage ich. Sollen wir mal die Nagelprobe machen und rübergehen, an deinen Bücherschrank?
Besser nicht, meint Gerd erschrocken. Und lacht dann auch.

Du kennst gewiß diese Endlospapierstreifen. Oder die gelochten Rollen für ein mechanisches Klavier. So was hab ich mir besorgt. In der Uni. Und mit Klaus' Hilfe baue ich nun einen flachen Holzkasten mit einem großen und einem kleinen Sichtfenster; oberhalb und unterhalb des Kastens bringen wir holzverkleidete Rollen an, jeweils zwei, rechts eine schmale, über eine kleine, links eine große, mit einer großen Kurbel drehbar. Dreh ich an der kleinen Kurbel, erscheint im Sichtfenster das Datum; dreh ich an der großen, im großen Sichtfenster ein von mir in Schönschrift getuschter Tagesspruch:

15. 1. Rosa und Karl ermordet. GEWALTLOSE EINIGUNG FINDET SICH ÜBERALL, WO DIE KULTUR DES HERZENS DEN MENSCHEN REINE MITTEL DER ÜBEREINKUNFT AN DIE HAND GEGEBEN HAT. (W. Benjamin)

oder

2. 6. Benno Ohnesorg 1967 ermordet. WIR DÜRFEN NICHT ZULASSEN, DASS DAS WORT DEMOKRATIE, IN APOLOGETISCHER WEISE ZUR DARSTELLUNG DER DIKTATUR DER AUSBEUTERKLASSE VERWENDET, DIE TIEFE SEINES BEGRIFFS VERLIERT. (Che)

oder

24. 12. Irenes Geburtstag. GEGEN DAS ENTSAGUNGSPRINZIP DER REAKTION IST DAS PRINZIP DES REICHEN GLÜCKS AUF ERDEN ZU SETZEN. (W. Reich)

oder

31. 4. Walpurgisnacht. DAS, WAS »AM MEISTEN BEFREIT«, IST ABER IMMER DAS, WAS AM MEISTEN FREUDE BRINGT. (David Cooper)

oder

12. 3. 1976: PP kriegt 11 Jahre Gesinnungszuschlag auf die 4 Jahre Strafhaft. DARUM WIRD DEUTSCHLAND ZWANGSLÄUFIG PROTOTYP UND STÄNDIGE QUELLE ALLER IN EUROPA NUR MÖGLICHEN DESPOTISMEN SEIN, SOLANGE ES ALS STAAT EXISTIERT. (Bakunin)

oder

9. 11. Reichskristallnacht, 1938; 1974: Holger durch Unterlassung umgebracht. DER FASCHISMUS VON HEUTE BEDEUTET NICHT MEHR DIE EINNAHME DES INNENMINISTERIUMS DURCH RECHTSEXTREMISTISCHE GRUPPEN, SONDERN DIE EINNAHME DES LANDES DURCH DAS INNENMINISTERIUM. (Foucault/Geismar/Glucksmann, GP)

Alle sagen sie, wenn sie meinen Kasten sehen und an den Kurbeln kurbeln: Linker Kitsch. Aber sie kurbeln. Und lesen:

9. 5. 1976: Todestag von Ulrike. WICHTIGER ALS ATTENTATE: POLITISCHE AUFKLÄRUNG! – NACHHUT DER REBELLENARMEE: DAS GESAMTE VOLK. (Che)

oder

30. 5. 1778: Voltaire stirbt. DAS TELEFON WURDE ERFUN-

DEN, UM DIE FEINDE DER REGIERUNG ZU VERHAFTEN. (Asturias)

oder

8. 5. 1945: Faschismus vorbei, Beginn des Präfaschismus. ICH RATE ALLEN MEINEN MITBRÜDERN DRINGEND AB, SICH ZU DEM GERICHTSTERMIN ZU BEGEBEN. MAN IST DORT KEIN MENSCH, SONDERN ›OBJEKT.‹ UND DABEI ALLES UNTER EINEM INFLATIONISTISCHEN VERSCHLEISS JURISTISCHER FORMEN UND PHRASEN. KURZ ZUVOR LAS ICH PLATO: DAS IST DAS HÖCHSTE UNRECHT, DAS SICH IN DER FORM DES RECHTS VOLLZIEHT. (Pater Delp)

oder Jörg trug für den

1. 1. ein: SCHONUNGSLOSE KRITIK ALLES BESTEHENDEN! (Marx);

Irene reservierte mehrere Tag für sich und nahm ihren lila Filzstift:

14. 3. Marx gestorben, 1883; 1944: PP geboren. WIR MÜSSEN DIE ERSTE WELT ZUM STILLSTAND BRINGEN UND UNS IN DIESEM PROZESS MIT EINER BEFREITEN FREUDE UNSERER SELBST ERFREUEN. (David Cooper)

1. 5. Mampftag der Arbeiterklasse; Etappenziel: 8-Stunden-Woche. DIE FABRIK STEHT VON ANBEGINN IM ZENTRUM DES KAMPFES. MUSSOLINI UND HITLER HATTEN SIE VON AUSSEN EINGEKREIST UND ES DEN SOZIALDEMOKRATEN ÜBERLASSEN, SIE ZU LÄHMEN. (Gauche Prolétarienne)

Und so trägt ein jeder ein, was ihm gefällt, was ihm wichtig erscheint, lustig, aufrührerisch, subversiv. Da die beiden Rollen getrennt voneinander gedreht werden, können wir an Winterabenden ein Quiz veranstalten, indem wir die Rollen gegeneinander laufen lassen, unsynchron, das zu einem Stichtag passende Datum raten lassen, die richtige Lösung verdecken, und so kommen zum Teil lustige Zusammenstellungen heraus:

25. 12. Beginn der Pariser Mairevolte, 1968. AN DER KULISSENPOLITIK, WO IMMER SIE AUFTRETEN MAG, ERKENNT MAN DIE REAKTION. (Wilhelm Reich)

oder

7. 11. Sommeranfang. FAUL: ARBEITSSCHEU, TATENLOS, UNTÄTIG, MÜSSIG, BEQUEM, STINKFAUL, NICHT FLEISSIG, TRÄGE. (Duden)

Abwertend über meinen Kalender reden sie alle, kurbeln tun sie alle, keiner, der nicht von Kitsch redet, keine und keinen, der oder dem er

nicht Spaß macht. Ist Abwehr gegenüber Kitsch nur Abkehr und Abwehr von Kinderspaß? Gerd, ausgerechnet der, denkt schon daran, eine verbesserte Version meines Kalenders zu basteln, mit mindestens vier Kurbeln: einer fürs Datum, einer für den Stichtag, einer für ein Bild, einer für den SPRUCH DES TAGES. Und die Musik? frage ich ihn spöttisch?
Am nächsten Tag bringt er mir drei Spieldosen, wunderbar gearbeitet, mit entzückend kitschigen Melodien. Seither grübelt er, wie er sie mit einem Kalender mit mindestens sechs Kurbeln verbinden kann. Die sechste Kurbel? Für eine neu entwickelte Duftorgel!

9

Pressefreiheit, sagte einst ein konservativer Journalist, ist die Freiheit von zweihundert reichen Männern, ihre Meinung in eignen Zeitungen drucken und verbreiten zu lassen; ein Jungunternehmer aus der Einbruchsbranche ist der zweihundertundeinste. Im

IX. KAPITEL

schilden wir die Ökologie des Sumpfes: Entstehung, Wachsen und Vergehen von Blättern. Karl Lehmann, 33 Jahre, verheiratet, 2 Kinder, 13 Mark Stundenlohn, statistischer Durchschnitt, angetroffen im Morgengrauen, fünf Tage in der Woche, vor einer Fabrik, zieh dir ein weißes Hemd an, bind die Krawatte um, wirf dich in den Sonntagsanzug, wir machen eine Zeitung – für dir janz allene!

DER GLÜCKLICHE ARBEITSLOSE

fordert Berufsverbote, zeigt, wie Automobilarbeiter sich wehrten, bringt drei Gerichtsreportagen, läßt die Toten ihre Toten begraben, kopiert den Landfunk, hat auch einen Wirtschaftsteil und kündigt ein Konzert an.

Das Motto für seinen Lebensweg und die Zeitung entlehnte Jörg Hemmers Sir Henry Deterding:

Einfachheit, das ist überhaupt der Schlüssel zum Erfolg.
Nur kleine Leute haben Zeit, sich komplizierte Gedanken zu machen.

Ein riesiger Arbeitstisch, drei große Scheren, aber keine im Kopf, ein Pöttchen Leim, Lineale, Ausziefeder und Tusche, Papier, Karton im Format DIN A 2; das Sammeln von Vignetten, Fotos, Comix und Zeichnungen lohnt sich; eine elektrische Schreibmaschine, Karbonband, auf 12 Zentimeter Spaltenbreite geschriebene Artikel und Geschichten, ein paar Flaschen Rotspon, ein geheiztes Zimmer; laß die Zungenspitze zwischen den Lippen erscheinen, wenn du konzentriert arbeitest und

fang an:

Die Zeitung I

Steig Kottbusser Tor aus, geh die Adalbertstraße hinauf, in Richtung Mauer, durch den Gang im Vorderhaus, durchquer den kleinen, dunklen, von Mauern umgebenen, mülleimerbestückten Hof, heb die Füße, Alter, geh das Steintreppchen hoch, öffne die Tür, latsch durch den kleinen, im Winter mit Filzvorhang abgeschlossenen Vorraum, stoß die Tür auf:
Qualm Tresen Tische Stühle Gäste Kicker Flipper Musicbox und olle Lenin in Lebensgröße an den Wand die Ballonmütze uffn Kopp die Hände in den Hosentaschen die *Zeitung* statt der *Prawda* in der Brustttasche. Wir sind da.
Lenin oh Lenin der du da hangest oller Mongole wohin hamse dir verschleppt? Die breite zweiflüglige Tür dort führt auf den Hof. Fall nich uffe Fresse, Alter, is ne Treppe, n Treppchen, un det, det is ne Kastanie, wa? Gartenstühle und -tische im zweiten Hinterhof unter der Kastanie. Vor einem Blockhaus. Blockhaus? Da tagen die Untermieter, Alter, von nem – Westernclub. Un uffn Hof steht ein altet Klavier, anne Wand, im Somma und Friehling, wa, da übt der Ralph, von TeEsEs. Ton Steine Scherben, Mann, wo kommsten du her? Ralph n Bier inne Nähe, obn uffet Klavier, ne Kippe zwischen de Lippn, Rauch steigt hoch, Ralph kneift die Klüsen n Stück zu. Un jetzt hör zu, Mann: BOOGIE WOOGIE!
Un von hier aus, inne Kneipe, gehts hoch, zur REDAKTION. Det Treppnhaus, ebenso wie die Scheißhäuser, hinter rohem Holzverhau. (Det Klo, Alter, ick schäm mir fier de Linken, imma, ehrlich, det is katastrophal.) Aber die BOX, Alter! Hasse ne müde Maak? Det drückn wa am meisten: *Macht kaputt, was euch kaputt macht;* die *Internationale, Dong fang hong (Der Osten is rot,* Alter); *Venus* von Shocking Blue, *Vietnam* mit Jimmy Cliff (Reggae, Mann, da kannste dir een druff abtanzen), Jimi Hendrix, Canned Heat, Stones, Dylan, Credence Clearwater Revival; *Bourrée,* ja Ian Anderson, un so Sachen, wa.
Das Bier mäßig, nur halbe Liter; viele klare Schnäpse; Schmalzbrot, gut gewürzt, Salzgurken, Würstchen. Ne, tachsieba is det hier still. Aba abenz! Kassenrekorde: nach teach-ins und Demos, am 1. Mai. Genossen von der Redaktion helfen dann hinter dem Tresen aus.
Wem die Bude gehört? Weiß ick, jloobe, dem da. (Anrüchig!). Als Schluß war mitm *Vereinshaus,* lag die Kneipe in Schutt und Asche. Allet zawichst, Mann, machte Spaß.
Na, manchmal ehm.
Un det is unsa Star-Zappa. Wat? Der beliebteste Zapfer, mein Herr. Der Dorfdepp der *scene,* nen feinen Spitznamen kriegte er späta: *Apo-Waffenschmied.* Ein rundgesichtiger geschwätziger Psychopath, völlig harmlos, der Herr, voll der köstlichsten Schnurren und Auf-

schneidereien. Bloß zeijn durftestet nie, dasse innerlich jelacht hast. Konnte der sich wichtich machen! Erst als er sich rühmte, *connections* zur RAF zu haben und Hotte belastete, Horst Mahler, sach ma, kommse vom Mond, eh, mußtnwa sein image (immitsch) korrigieren.
He, P.P., wat hasse uffm Termin gesacht?
Wir sind nicht wie Ihr seid. Wir stecken unsere Narren nicht in Klappsmühlen. Ich sage hier nur aus, weil seine Narreteien aufhören, harmlos zu sein.
Jut, wa? Un det is *S-Bahn-Peter,* auch später bekannt ausm Mahlerprozeß (un Bommi-Buch, Alter!). Hier konnte er aber nix reißen. Wir warn jewarnt. Vom Blues.
Erkannter Spitzel ist ein harmloser Spitzel.
Ruhich rumloofen lassn!
Un hier ham wa unsan dritten Mann. V-Mann. Sieht der nich süß aus? Fassensen ruhich an, det isn echta Arbeeta. T. heißta. Er gehörte jeder Redaktion an. Ein Chamäleon. Er machte jeden Linienwechsel mit. War auch mal *Sitzredakteur.*
So, un jezz jehn wa ruff. Eine steile Holztreppe. Im ersten Stock des Seitenflügels liegen rechts die Wohnräume einiger Redaktionsmitglieder, darunter der Gründer mit Freundin und Kind, und hier, links, hinter der Tür: der Saal.
Ein langer Tisch – Holzböcke und alte Schreibtische mit Spanfaserplatten bedeckt. Stühle vom Sperrmüll. Fächer unter der Tischplatte, in denen alte Zeitungsexemplare und Plakate untergebracht sind.
Sehnse sich ruhich um, hier brauchnse keine Filzpantin', jehnse rum, hier wirz historisch.
Hysterisch. Hektisch. Hör mitm allitterieren uff, oller Literat.
Uffe Stühle, rund umn Tisch und die Wände lang und stehend und im Qualm iebaall: *Delegierte.* Det mußte dir uffe Zunge zajehn laßn. Delegierte aus verschiedenen Gruppen, aus Betrieben und Unis, Fachschulen und Abendschulen, Kollegs und Akademien, aus den Stadtteilgruppen Kreuzberg, Moabit, Spandau, Tempelhof, Märkisches Viertel, Neukölln.
Und der Blues!
Der BLUES, Mann!

Die Zeitung II

Was machst du denn da?
Ick arbeete meine Vajangenheit uff, Mann.
Wie alt bist de denn?
Zehn, Mann.

Zu welchem Behufe trafen sich die Redakteure? Sie stellten die Artikel für die nächste Zeitungsausgabe zusammen, diskutierten sie, stritten sich, wählten aus. ZEITUNGMACHEN! Das ist wie Saufen, Oller, oder wie Ficken oder Fixen oder Wetten oder Zu-Hertha-gehen oder Koksen oder wasweißich. Ich bin süchtig auf Zeitungsmachen.
Ein vorbereitendes Treffen. Da legten wir die Hauptthemen fest, sichteten die schon eingegangenen oder vorgelegten Beiträge; montags lasen wir fertige Artikel, da gab es harte Auseinandersetzungen zwischen verschiedenen Gruppen – Frack-Zions-Ego-Ismus – delegierten den größten Teil zum Abtippen oder Umschreiben, Korrigieren, Bessermachen. Und am Mittwochabend Schlußredaktion mit Abtippen der letzten Artikel und Berichte, Auswahl des Titelbilds, der Grafiken und Vignetten.
Layout, Oller, jroße Kartons brauchste, Leim, Schere, uff Spalte jetippte Artikel, Grabbelkisten mit Layoutmaterial – Fotos, Bilda, Karikaturen, Anzeigen.
Dauer der Redaktionskonferenzen: im allgemeinen von 19.00 Uhr bis Mitternacht, in Ausnahmefällen bis 2.00, ja 3.00 Uhr morgens.
Un denn tauchte der BLUES uff, kurz vort Ende, wa, wenn allet schon abjeschlafft war. Un der war *voll druff!*
Fröhlich, ausgeschlafen, lautstark, kompromißlos, vital. Unverschämt. Faszinierend. Gegenüber anderen charmant unsolidarisch. Kam' rin, wa, hobn die Fäuste: *Free Bommi now!* Oder machtn *Satansgruß (Charles-Manson-Fan-Club,* eh!): geballte Faust, Zeige- und kleiner Finger rausgereckt.
Oder der Herr mit Hütchen, Mai '70. Vom Fernsehen, Alter, willn Intawiuh. Kommstn her, eh? Rückta nich mitte Sprache raus. Wat trinkta? Hier Rothhändle, Bier, Stumpen, Schnaps un so. Aba wir hakten nach. Sachta: *ZDF-Magazin.*
Schrien wa nur: Raus, eh, aba hopp. Wara vawirrt, hatta Angst, wa. Sachte n Jenosse vom BLUES, so ganz cool, wa, dumpf, grollend: *Denk an Rieck!*
Diesen Quick-Reporter hatten Bommi, Tommi und Georg kurz zuvor entsetzlich vermöbelt. In seiner Wohnung.
Abjang det Herrn mit Hütchen, wa.
Die Herren von *Panorama,* von *Stern* und *Quick,* weshalb kamen sie?
Die gerade gegründete RAF hatte der *Zeitung* ihr erstes Papier anonym zugesandt.
Det war im Mai '70 musset jewesn sein.
Krichtenwa Prozesse an Hals, Alter.
Die Zeitung hatte auch ein Impressum. Die Namen in ihm: beliebig. Ein Stück Karton, beim Layout jeder Nummer auf ein leeres Stück Karton geklebt.

Untergrundzeitung und Impressum?
Untajrund? Jehustet, Alter. Nachn erstn Razzien vonne PoPo, noch inne Uhlandstraße, tauchten – watn Zufall, wa? – Jewerbe- un Finanzamt uff, drohten mit Konwenzjonahlstrafn. Da müssen Namen im Impressum stehen, mein Herr, nicht nur: *Verantwortlich für den Inhalt: Das Zeitungs-Kollektiv.* Da jabn paar ihre Na'm her. Die bliem ooch im Impressum, wennse krank, wech, schwanga, ausjeschieden, im Urlaub warn. Mach det ma'n Staazanwalt klar! Verantwortliche für Sport, Politik, Feuilleton? Ick lach ma'n Ast, eh!

Die Zeitung III

Gegründet wurde die *Zeitung* von der *Verlagsgruppe A,* deren Mitglieder sich ihr Geld zum Teil mit dem Verkauf des *Extra-Dienstes* und von Plakaten (Postan, eh!) verdient hatten. Sie war ähnlich konzipiert wie viele Stadt- und Alternativzeitungen Jahre später, mit Veranstaltungskalender, Tips, Angabe von Treffpunkten, Anzeigen aus dem linken Getto, mit Rezensionen, Kritiken, kurzen Artikeln, Trendmeldungen.
Pausnlos kleene Uffoderungen, fast uff jeder Seite, Mann: *Schickt uns Eure Termine! Macht die Zeitung zu Eurem Blatt!* Redackzionskonferenzen, da lachste dirn Ast, wir saßen rum, warteten uff Leute; wat machtn der W. wieder? Der vögelt im Nehmzimmer, eh. Schluckten Bier, tiefsinnich, wa, denn trafen die Piepl ein, mit Riesnvaspätungen, na un so krichten wa nach un nach ne Numma zusamm.
Bildete die Gründungsgruppe den festen Kern der Zeitung (technische Kader, eh), war sie von ihrer Herausgeberschaft immer mehr – warn wir frustriert, Oller – entbunden. Denn nun strömten Delegierte aus der gesamten Szene in die Redaktion, repräsentierten das gesamte nichtrevisionistische Getto in seiner ganzen Bandbreite (bis zu sechzich Piepl aus zwanzich Jruppn, eh, von MLern bis zum BLUES, vom Campus un auße Asyle); die Zeitung wurde zum *kollektiven Organisator.*
Klar jabet Autoritätskonflikte, eh, Obajenossn, Untajenossen, jabet Trennung in Hand- und Kopfarbeet, Gurus un Flipper, un, vor allem, die Jründa, wa, die hatten inhaltlich imma wenja zu sajen un trugen finanziell und technisch noch imma de Vaantwortung. Scheene Scheiße, eh. Aber im Janzn, würdt sachen, wart irre dufte. Na, wöchentlich kam wa raus, vakooften so sechstausend Exemplare im Schnitt, wa, zwölf Seitn DIN A 4, n Fuffie.

Die Zeitung IV

Die *Zeitung* unterschätzte während ihrer Blütezeit ständig ihre Wirkung und Bedeutung. Unter der Hand, hinter dem Rücken jener Redaktionsmitglieder, die von Anfang an dabei gewesen waren, war sie im besten Sinne des Wortes *kollektiver Organisator* geworden; die Beteiligung verschiedenster außerparlamentarischer Gruppen veränderte das Blatt, und dieses veränderte wiederum die Gruppen und das Getto.
Quatsch nich so kariert, Oller, vaunsichat warn wa. Der Leninismus, diese Beulenpest, jing um. Wir hattn ja nich bejriffn, wer wa warn, warum wa soviel Wirbel hattn machn kenn. Na, un im Jejensatz zu uns, dem Sprachrohr der linken Basis, bejriffn die Häuptlinge der im Uffbau befindlichen ML-Patein instinktiv den Einfluß der Zeitung, wa. Als erste wollte die KPD/ML det Blatt iebanehm, zum *Massenblatt der Patei* machen. Jab ne richtije Klopperei. Konferenz, Diskussionen, Anjriff abjeschlajn. Denn kam die A-Null, die KPD-Aufbau-Organisation; na un die PL/PI, die Proletarische Linke/Pateiinizijative, det warn noch bei weitem die Anständichsten, die hatte ständich ihre *Beobachta* inne Redackzion.
Die Geschichte der Zeitung ist die Geschichte des Drucks auf die Zeitung: Beschlagnahmungen, Verbote, überfallartige Razzien auf Druckerei und Redaktion häuften sich, es kam zu Anzeigen und Prozessen.
Da brauchtn die keen neuen Parajrafen fier, eh, kein 88er oder 130 a, die droschen druff, fertich. Hatten wa Valuste, weil de Bullen wat beschlachnahmt hattn, vakooften wa n bißken teura oder holten Valuste durch Spendn rein. Det Zusammlejen, Falzen und Vateiln afolgte schließlich völlich dezentralisiert, in, wie heißt det heute, KahWehs, *konspirativen Wohnungen.*

Die Zeitung V

Kernfrage der Zeitung und ihrer Redakteure war die Verbindung von Theorie und Praxis und ihrer Vermittlung, die Ablehnung des Berufsjournalismus.
't kommt nich druff an zu intapretiern, ändan müssenwa die janze Scheiße, Oller, ändan!
Die Theorie und Praxis stattfindender Prozesse und Konflikte, Klassenkämpfe und Niederlagen im Produktions- und Reproduktionsbereich, im *Heißen Herbst '69,* in der Jugend-, Schüler-, Studentenrevolte, der sozialrevolutionären Bewegung der sechziger Jahre, in Betrieben und Universitäten, in Schulen und Gefängnissen, Heimen

und Stadtteilen flossen aus den mitarbeitenden Gruppen über das Blatt wieder in die Gruppen.
Die Zeitung hatte von Anfang an eine militante Linie und lehnte den kontemplativen Marxismus ab. Sie war zwar größtenteils marxistisch orientiert, wurde aber wegen ihrer Militanz – zu Unrecht – als anarchistisch eingestuft.
Anarchos hattn wa nur wenje, aber um so effektivere, eh!
Polizei und Staatsanwaltschaft waren nie fähig, den Charakter des Blattes zu erfassen.
Wie solltn se ooch, Oller?
Die von ihr angestrengten Ermittlungsverfahren und Prozesse verliefen im Sande. Das Denken vom *Dingfestmachen der Rädelsführer* mußte den basisdemokratischen Charakter der Zeitung verkennen und führte folglich zu polizeilichen und juristischen Desastern. Von einem gewissen Zeitpunkt an hielten die Repressionsorgane sich daher an die Druckerei.
Kriminalrat H. zum P.P.: *Valassnse sich druff, Ihre Druckerei kriejn wa noch kaputt.*
Der pragmatische Materialismus der Konterrevoluzion.
Na, det schafftense, wa. Un wennde wissen willst, wat so lief an Theorie un Praxis der Neuen Linkn in Balin so inne Jahre '69 bis '71, mußte dir die ollen Exemplare beschaffn, eh. Inne Amerika-Jehenkt-Bibliothek oder inne Eff-Uh.
Die Zeitung war für das *Dritte Berlin,* das der Revolte, geschrieben, verteilt und gedruckt vom *Dritten Berlin.* Der Gesetzgeber in der Bundesrepublik Deutschland verbietet dergleichen.
Det hasse fein jesacht, Oller. Een ruff mit Mappe!

Die Zeitung VI

Wenn man doch meinen Kummer wägen und mein Leiden zugleich auf die Waage legen wollte! Während wir hier sitzen, Ilona, am großen Tisch, Kartons im Format DIN A 2 vor uns, mit elektrischer Schreibmaschine auf blütenweißes Papier geschriebene Artikel, Spaltenbreite zwölf Zentimeter, Scheren und Gummierstifte, Lineale und Bleistifte, Selbstklebebuchstaben und Zeitungsausschnitte, Karikaturen und Zeichnungen, Fotos und Rapidografen, während der Jasmintee dampft in der Kanne, die Vorhänge zugezogen, die Lampen auf den Tisch gerichtet sind, du mich anschaust, erwartungsvoll freudig, mit roten Ohren, denn für dich ist das neu: ZEITUNGSMACHEN, denke ich an die *Zeitung.* Wir sind die anderen. Wir sind nicht Citizen Cane.
Die erste Redaktion der *Zeitung,* der harte Kern aus der Uhlandstra-

ße, war durch die Bank bis zum Juni '70 dabei. *Macht die Zeitung zu Eurer Zeitung!*
Was ist meine Kraft, daß ich ausharren könnte; und welches Ende wartet auf mich, daß ich geduldig sein sollte? Wir machten die Zeitung zu Unserer Zeitung. Die ersten Prügel für Verkäufer gab es im August '69, auf dem Kurfürstendamm; im ApO-Landfunk, dem Sprechfunkverkehr der Polizei: *Greift sie Euch!* Die erste Filzung der Druckerei, auf Weisung des Innensenators; später kriegte dieser seine Weisungen von den besorgten Kriegsverbrechern, den Amis, direkt, vom Stadtkommandanten. Wir waren gegen den Krieg in Vietnam; aktiv und mit der *Zeitung.*
Die linke, nicht parteigebundene Basis machte sie zu ihrem Sprachrohr, zum Chronisten und Agitator, zu Propagandist und Kommentator. Der Zeitpunkt des größten Einflusses der *Zeitung* – hatten wir nicht innerhalb von Tagen gegen den Einmarsch der Amerikaner in Kambodscha Tausende auf die Beine gebracht? – war die Zeit mit den meisten an ihr beteiligten Gruppen. Genau zu diesem Zeitpunkt – so ist das oft, Ilona, und welche Wissenschaft erklärt uns besser unsere Niederlagen, im nachhinein, als der wissenschaftliche Sozialismus? – putschte durch eine Aktion Kartei- und Layout-Klau die
dritte Redaktion.
Aber sie wurden zuschanden über ihrer Hoffnung und waren betrogen, als sie dahin kamen. Sie taufte das Blatt in *Zeitung der kommunistischen Rebellen* um.
Da stieg ich aus, Ilona, war kein Mitglied mehr der Redaktion; bei einer Zeitung, die nicht basisdemokratisch zustandekam, die putscht, die Redaktionskonferenz mit trefflicher Arroganz aus Kreuzberg ins Sozialistische Zentrum verlegt – *Die Zeitung ist keine Kneipenzeitung mehr* – in der der Leninismus chinesischer Bauart umgeht, mach ich nicht mit, Ilona. Wegen ihres Programms, illegale und legale Arbeit, Aktivität in Guerilla und Stadtteil, miteinander zu verbinden – wobei, schwimmend auf allen Wassern wie ein Korken, prinzipienlos, wie es nur ein agent provocateur sein kann, der Verfassungsschützer vom Dienst, der besagte ältere Arbeiter T., in der Redaktion blieb – verschwand ihr wichtigster Teil, verschwanden die Kader dieser dritten Redaktion sehr schnell in U-Haft.
Ein übriggebliebener Genosse verbreitete das Flugblatt: *Die Zeitung brennt, und Ihr pennt!* Daraufhin kam es im Sozialistischen Zentrum zu einer Versammlung von ständigen Lesern und Sympathisanten des Blattes; gegründet wurde die
vierte Redaktion. Ich, Ilona, war natürlich dabei.
Wie kräftig sind doch redliche Worte! Aber euer Tadeln, was beweist das?
In ihr dominierten die Antiautoritären, im Verlaufe des Niedergangs der 60er Bewegung, wie alle anderen: Fraktion. Nicht mehr das Gan-

ze. Teil nur, Sektor, Ausschnitt. Konkurrenten auf dem Markt der Ideologien. Zudem noch gespalten in sich selbst; Gretchenfrage: RAF und Militanz. Auch die Militanz hatte sich verselbständigt, war nicht mehr Mittel und Medium, Weg zum Ziel, der das Ziel in sich trägt, war, verzweifelt und moralisch, auf die Einheit einer Linken zielend, die es nicht mehr gab, wenn sie Bomben legte. Die Verzweiflung, Ilona, war mir näher als das, was nun umging und Trend werden sollte: verselbständigte Innerlichkeit und – Gleichgültigkeit. So schied nun wieder eine Minderheit sich von der Minderheit, gründete ein neues Blatt, von dessen zehn erschienen Ausgaben neun von Polizei und Staatsanwälten verfolgt und verboten wurden – *Welchen Fehler hat die zehnte gemacht?* Die *Zeitung,* nicht mehr repräsentativ für das Ganze, ja nicht einmal für Teile – trotz aller Anstrengungen, ja den Plänen, sie national auszuweiten, in BRD-Städten Außenredaktionen zu etablieren, wurde müde und heruntergewirtschaftet. Die letzten Herausgeber, nennen wir sie
die *fünfte Redaktion,* edierten etwas, was die *Zeitung* vorher nie gewesen, ein Sektenblättchen. Der Anarchisten. Die, Treppenwitz der Geschichte oder Anarchismusbegriff der Herrschenden, mit Guerilla und *Terror* aber auch nicht das geringste zu tun hatten und haben. Die *Zeitung* ging ein.

Gedenkt ihr, Worte zu rügen? Aber die Rede eines Verzweifelnden verhallt im Wind.

So sitzen wir hier, Ilona, meine Liebe, und machen unsere eigne Zeitung, du und ich, Millionären mit einem Spleen gleich, die es sich leisten können, ihren Traum vom Herstellen eines eigenen Blattes zu verwirklichen.

Eine neue Zeitung, herausgegeben nur ein einziges Mal, als Abschiedsgeschenk von mir an diese traurige neue Neue Linke, von dir und mir. Die anderen mögen ihre Zeitungen machen aus Pflichtbewußtsein, aus Kommerzgründen, Profitsucht, protestantischer Ethik; wir warten auf eine Zeit, in der Zeitungen wieder von unten entstehen, wachsen, Sprecher werden, authentische, dessen, was sich wirklich tut in der Gesellschaft, Basisorgane, Zeitungen, in denen und mit denen sich Menschen verwirklichen und ausdrücken. Machen wir also dies, unser Blatt, den *Glücklichen Arbeitslosen,* Jahrgang 1, Nummer 1, erste und letzte Ausgabe, und warten wir und arbeiten wir mit daran, daß wieder Zeiten kommen, in denen wir – unter anderem – unsere Zeitungen machen. Kollektiv. Wie Olle Charly sagte: morgens angeln, mittags vögeln, nachmittags ein bißchen arbeiten, seis bei der Müllabfuhr, im Gezeitenkraftwerk, in der Genossenschaftsbäckerei oder bei der Verwaltung der Sachenwelt, abends komponieren oder ZEITUNGEN MACHEN…

★ ★ ★

Der glückliche Arbeitslose

WESTBERLIN, JAHRGANG 1, Nr. 1 50 Pf.

DER GLÜCKLICHE ARBEITSLOSE

Schlagen wir eine der vielen Zeitungen auf, welche die Frechheit aufbringen, sich alternativ, links oder gar linksradikal zu nennen, überfällt uns der Heilige Zorn. Wohin man auch schaut, ob in In- oder Ausland, es wird wahrhaftig über Arbeitslosigkeit und Berufsverbot geklagt und gejammert.
Haben wir uns denn je um Arbeit und Beruf geschert - im K a p i t a l i s m u s? Man wagt, uns Faulenzertum, Genußsucht und Müßiggang vorzuwerfen - wovon es gar nicht genug geben kann -, und Ihr bettelt darum, Berufe ausüben zu dürfen?
Welche Berufe, liebe Schwestern und Brüder, werden denn da verboten? Etwa solche, für die in einer wirklich freien und klassenlosen Gesellschaft Bedarf bestünde? Weit gefehlt.

Greifen wir nur einige Fälle von Berufsverbot heraus und analysieren wir sie mit jenen Mitteln, die ein gesunder Menschenverstand, Marx und Lafargue uns gewähren, mit dem Historischen und Dialektischen Materialismus (nur echt mit fünf Rot- und drei Blaumachern). Lassen wir doch einmal jene Karikatur ähnlichen Namens beiseite, den Hysterischen Materialismus ...
Ihr jammert: dem Kommunisten Volker G. wurde untersagt, R i c h t e r zu werden. Zunächst hielten wir diesen Fall für zu läppisch, uns weiter damit zu beschäftigen. Ein Kommunist - ein R i c h t e r ? In der Bundesrepublik gar? Zu abgeschmackt schien uns dieser flaue Scherz. Doch die Nachricht über ein weltweites Krakeelen wurde von allen Seiten erhärtet. Müssen wir darlegen, was ein Ächter Kommunist ist? Das können wir uns wohl ersparen. In den Bänden a l l e r Klassiker (mit blauem, roten, lindgrünen und auch schwarzen Umschlägen) steht doch wohl eindeutig, was wir unter Justiz in d i e s e m System zu verstehen haben. Trotz aller Streitigkeiten in den Reihen des Weltsozialismus aller Schattierungen muß klar sein, daß jemand, der sich in der Bundesrepublik Deutschland um ein R i c h t e r a m t bewirbt, alles mögliche sein mag, nur eben - kein Kommunist.
Darum laßt uns zur positiven Seite dieser leidigen Geschichte kommen: Erstmals wurde jemandem verboten, den Beruf des R i c h t e r s auszuüben! Welch kluge Vorwegnahme zukünftiger Gesellschaften! Welch Takt, welche Größe, welch ein Spaß!

Endlich ist ein Anfang gemacht,einen der wohl überlebtesten und überflüssigsten Berufe zu verbieten.
Gibt es etwa noch Hundefänger,Türmer,Wasserträger? Gibt es gar noch Feldscherer,die auf den Jahrmärkten ihren armen Opfern zur Belustigung eines verrohten Publikums Zähne ziehen?
Gibt es noch die Gilden der Henker [redacted] und Seiler?
Müssen wir hier wirklich auf die übliche und üble Tätigkeit deutscher Richter verweisen? Auf das, was sich in diesen schrecklichen Orten,Amts-,Land-,Oberlandesgerichte genannt, abspielt? Auf Kaiserslautern,Düsseldorf,Stammheim? Auf die Berufskleidung dieser Species,die ihm eine vertrackte Ähnlichkeit mit Geiern und Krähen verleiht? Auf ihre Rituale, ihre seltsame Sprache? Auf die steinzeitlichen Gebräuche,denen sie ihre Opfer unterwerfen? Auf ihre Vorgänger - Schamanen,scholastische Pfaffen und Inquisitionstheologen? Auf ihre Nähe zu Kirche und Thron und Galgen und Lager?
Wer mit uns meint,es sei endlich an der Zeit,kühn sich der Gegenwart zu stellen, der Zukunft ins lichte,freundliche Auge zu blicken, der kann es nur begrüßen, daß mit dem Berufsverbot für - und sei es erst e i n e n - Richter ein großer und mutiger Anfang gemacht wurde.

Wenden wir uns nun anderen Vorfällen zu,die zu bejammern Ihr Euch nicht entblödet: den Berufsverboten für Rechtsanwälte, Dozenten,Lehrer,Pfarrer,Verfassungsrechtler usw. Wo lebt Ihr eigentlich? Habt Ihr Vernunft,Gewissen,Gedächtnis und klaren Blick verloren? Seid nicht auch Ihr als Kinder von Lehrern gequält worden? Habt Ihr so flink vergessen,wie unsere Kindheit und Jugend,unsere Initiative,Phantasie, Spontanität,unser Spieltrieb,unsere Lebenslust in staubigen, eklig riechenden und langweiligen Klassen(!)zimmern ermordet und ausgetrieben wurden? Habt Ihr Eure A b r i c h t u n g verdrängt? Müssen wir da nicht das Berufsverbot für Lehrer vielmehr lauthals begrüßen? Sollten wir nicht eher Kobolz schlagen vor Freude,uns an den Händen fassen,singen und jubeln? Erfüllt es nicht auch Eurer Herz mit Freude,wenn jenen mitleidlosen Seelen, die dazu abgerichtet sind, Kinder unglücklich zu machen, endlich das Handwerk gelegt wird? Seht Ihr denn nicht, wie wir, den hehren Sinn darin, wenn sie nützlicheren Tätigkeiten, wie die der Friedhofsgärtner , Taxi - oder Busfahrer,Schuhputzer,gar Sozialhilfeempfänger, zugeführt werden?

Nennt uns auch nur e i n e n Grund, der uns davon abhalten könnte, das Berufsverbot zu - preisen! Nun, pflegt Ihr einzuwenden, dem Berufsverbot fallen bekanntlich nur Genossen, kritische, bessere Menschen zu Opfer. Nur sie müßten sich den erniedrigenden und abstoßend-antidemokratischen Anhörungsverfahren unterziehen. Die Angst ginge um. Der Krumme Gang käme in Schwang, die Lüge und Selbstverleugnung. Resignation mache sich breit. Der Lange Marsch ende, ehe er recht begann.
An wem liegt es, wenn Angst und Resignation regieren? An uns! Und an wem liegt es, den Berufsverboten die positive Seite abzugewinnen? Ebenfalls an uns.
Könntet Ihr Euch im Ernst mit dem Gedanken abfinden, Eurer ganzes Leben als Rechtsanwälte, Lehrer, Dozenten, Richter zu verbringen? Gar bis zum 65. Lebensjahr? Hat nicht auch Euch der Heilige Schauder gepackt, wenn Ihr auch nur dran dachtet?

Sind Arbeitslosigkeit und Berufsverbot nicht vielmehr Vorstufen künftiger Arbeits- und Lebensweisen? Fordern wir nicht:

ARBEITSLOSIGKEIT FÜR ALLE!?

Liegen nicht großartige Perspektiven darin, ein ganzes Leben lang n i ch t s, aber auch gar nichts für den Moloch "Kapitalverwertung" zu tun? Wächst nicht im Schoße der Alten Gesellschaft das strahlende Kind der Zukunft heran: der tanzende, lachende, spielende, genießende, singende Mensch von Morgen, der seine Bedürfnisse liebt und lebt?
Arbeitslosengeld und Sozialhilfe seien zu wenig zum Leben, zu viel zum Sterben?
Dann kämpft dafür, diesen Zustand zu ändern. Betreibt die Große Aneignung. Fordert den Politischen Lohn. Gründet die PARTEI GEGEN DIE ARBEIT! (Bei 1 Million Arbeitslosen mit etwa je drei Angehörigen kämen 4 Millionen Stimmen zusammen - unseres Wissens also etwa 10 % aller Stimmen...)
Arbeitszeit - Freizeit, Kultur - Leben, Sexualität - Arbeit: diese Begriffe drücken die Trennungen in unserem Alltag aus. Nun, da das wunderbare Zeitalter der NICHT-ARBEIT für viele angebrochen ist, obwohl das Kapital die Macht noch in den Händen trägt, ist es u n s, den Arbeitslosen, die endlich ihr schlechtes Gewissen verlieren müssen, den "Opfern" der Berufsverbote, möglich, den Anderen die Aufhebung der Trennungen vorzuleben, in Spiel, Freude und Zusammenarbeit in Harmonie.

"Doppelstrategie" darf nicht bedeuten, lauthals A beit

zu fordern - und sich in Wirklichkeit (wie jedermann) nach Feierabend,Sonnabenden und Sonntagen,Feiertagen und Urlaub zu s e h n e n.Kann nicht bedeuten: Schluß mit dem Berufs - verbot! zu schreien - und in der politischen Arbeit einen Zu - stand anzustreben,der Richtern,Dozenten,Verfassungsrechtlern,Lehrern und ähnlich unnützen Berufen das Handwerk legen wird.

Sind unsere Bedürfnisse wirklich Ausgangspunkte unserer Politik,wie Marx und Lafargue (MD) forderten? Dann begrüßen wir Arbeitslosigkeit und Berufsverbot ausdrücklich. Dann richten wir S c h u l u n g s k u r s e für alle ein, die Anhörungsverfahren unterworfen werden oder sich bei einem Ausbeuter bewerben müssen.Schulungskurse,in denen gelernt wird, wie man möglichst radikal und verfassungsfeindlich aussieht;wie verschlagen-materialistische Antworten gegeben werden;wie das Augenmerk der Prüfer vom Verfassungs"schutz" auf alle jene Punkte gerichtet werden kann,die diesen Toren entgangen waren; wie ein möglichst saloppes, unverschämtes Auftreten helfen kann (Bewerbungen nur unrasiert, nach Rotwein und Knoblauch riechend, ein Anarchoblatt unter dem Arm).

Arbeitslos

Dann werden Arbeits- und Sozialämter Stätten freudiger Begegnung.Dann werden Tricks und Tips von Mund zu Mund weitergegeben,sich erfolgreich dem Ansinnen zu entziehen,Arbeit annehmen zu müssen.Dann fragen wir nicht kriecherisch nach irgendwelchen Posten und Stellen, sondern sacken - fröhlich pfeifend! - stolz alle uns zustehenden Gelder ein. Dann tragen wir jeden abgelehnten Lehramtskandidaten auf den Schultern aus den finsteren Verließen der Bürokraten.Dann bilden wir heitere Trupps von Arbeitslosen,die Büros belagern und jedes,aber auch jedes Angebot sozialer Hilfe in Anspruch nehmen.Dann werden wir a l l e "Animateure" in den Plätzen unseres Ewigen Urlaubs: unseren Städten und Dörfern.

Hoch die Arbeit - daß keiner dran kann!

Unsere Sorge darf nicht länger darin bestehen, an Arbeit zu kommen; sie kann vielmehr darin gesehen - und gemeistert! - werden, sich mit genügend Kohle,Asche,Mäusen,Rubelchen für den dauernden Festtag zu versehen.Schon heute kostet beispielsweise Unterkunft und Verpflegung für Straf- oder Untersuchungsgefangene bei weitem mehr als ein gleich langer Urlaub auf Mallorca oder am Sonnenstrand.Warum also nicht gleich alle Personen,die aus dem Produktionsprozeß herausgefallen sind,in den Süden schicken? Vergessen wir nicht:

Wir sind viele und werden immer mehr. Zur Zeit gibt es in den hochentwickelten Industrieländern des Kapitalismus 18 Millionen Arbeitslose. Spricht sich herum, wie wunderschön Muße sein kann, wird unsere Branche die mit den höchsten Zuwachszahlen sein und gewaltigen Zulauf aus Landwirtschaft, Handwerk, Gewerbe und Industrie erhalten. Ja, das Verhältnis von Arbeitenden zu Nicht-Arbeitenden wird sich rapide umdrehen. Unser Ziel muß sein: ein jeder ein Playboy (deutsch: Spieljunge), eine jede ein Playgirl - allerdings ohne die spezifischen Laster jener, die sich heute so nennen.
Der in der Hängematte dösende Eingeborene von den Trauminseln, von dem schon Marx schrieb, ist unser Vorbild. Und bald wird auch dem Letzten einsichtig, daß der malochende, schwitzende, nervlich zerrüttete Lohnabhängige und Ausgebeutete - dauernd Streß, Dreck, Gestank, Lärm, Berufskrankheit, der Gefahr eines Unfalls usf. ausgesetzt - ein Gespenst grauer Vergangenheit, dunkler Vorgeschichte sein muß, sein wird.

BERUFSVERBOT FÜR ALLE!

EINE JEDE, EIN JEDER ARBEITSLOS!

müssen unsere Forderungen lauten. Schluß mit der Verdrehung aller Werte! Das verfaulende kapitalistische System selber liefert uns die Alternative: hitzefrei im Sommer, nebelfrei im Herbst, kältefrei im Winter, erkältungsfrei im Frühling, arbeitslos und brünstig - glücklich das ganze Jahr über. Nichts anderes. FREIHEIT UND GLÜCK, sagen wir immer, nicht: Arbeit und Unglück.
So sei es.

★

Arbeit ist Verrat am Proletariat!

April, April...

Welche Scherze die Automobilarbeiter ihren Bossen im April bereiteten.

Sonderkorrespondentin Ilona B. berichtet:

England:

17.4.: British Leyland muß die Produktion von Rover, Landrover und Mini wegen der Streiks der Arbeiter der Zulieferfirma Rubery Owen einstellen. British Leyland hat zwischen dem 1. Oktober 1972 und dem 1. Mai 1973 60 000 Autos durch Streiks verloren.
20.4.: Der Streik von 400 Monteuren bei Chrysler setzt die 5 000 Arbeiter des Werkes und in der Folge 4 000 Arbeiter der Ryton-Werke in Coventry frei. Der Produktionsverlust beträgt mehr als eine Million Pfund am Tag.

Frankreich:

17.4.: In den Zeitungen werden noch immer Unruhen in allen Zweigwerken von Renault gemeldet.
17.4.: Die Arbeiter des Werkes Sandouville bei Le Havre besetzen die Energiezentrale des Werkes und schalten sie ab.
Teile der zu Renault gehörenden Lastwagenfabrik Saviem sind durch Streiks lahmgelegt.
18.4.: Die Werke in Flins und Sandouville werden geschlossen. Deshalb können die 2 000 Arbeiter der belgischen Montagewerke auch nicht mehr weiterarbeiten.
In Frankreich sind somit von den 93 000 Renault-Arbeitern 30 000 im Streik oder technisch arbeitslos.
21.4.: Die Werksleitung von Renault in Sandouville versucht, die Arbeit wieder in Gang zu bringen. Aber nur 40 % der Arbeiter erscheinen an den Maschinen. Das Werk in Flins bleibt weiter geschlossen. In Le Mans arbeitet man zwar wieder, aber es wird jederzeit mit dem Ausbruch von Solidaritätsstreiks mit Billancourt gerechnet. Die Streiks kosten Renault täglich 40 Millionen Francs. Der Tagesausstoß ist von 6 200 auf 3 800 Autos zurückgegangen.

24.4.: In Sandouville müssen 6 000 der 9 000 Beschäftigten wegen Zulieferschwierigkeiten infolge der Streiks in den anderen Werken kurzarbeiten. *(Es gibt also weiter voll Asche, sagt Euch Ilona.)*
Peugeot, 17.4.1973: Im Werk St. Etienne wird gestreikt.
18.4.: Der Streik dehnt sich auf die anderen Werke von Peugeot aus.
24.4.: Noch immer wird überall gestreikt. *(Wenn der Arbeiter es will, lebt er wie Gott in Frankreich. Meint Ilona.)*

Italien:
Alfa Romeo, 12.4.: Die Abwesenheitsrate (Blaumachen) liegt seit Anfang des Jahres bei 24 %. *(Blaumachen macht Spaß, sagt Euch Ilona.)*
FIAT, 10.4.: Fiat hat zu diesem Zeitpunkt 78 000 Autos weniger hergestellt als im Vorjahr. *(Weniger Autos = weniger Verkehrstote, sagt sich Ilona und geht zu Fuß oder fährt schwarz mit der U-Bahn.)*
Lancia, 3.4.: Dieselben Unruhen wie auch in den anderen Autowerken sind auch bei den Lancia-Werken in Turin zu finden. Die Produktion kommt durch pausenlose ARBEITERVERSAMMLUNGEN zum Erliegen. *(Arbeiterversammlungen machen einen Riesenspaß, sagt Euch Ilona. Wer sich versammelt, sündigt – arbeitet nicht.)*

BUNDESREPUBLIK DEUTSCHLAND:

VW, 10.4.: In Kassel kommt es zu vereinzelten, kurzfristigen Arbeitsniederlegungen. Die Forderung: 8 % Erfolgsprämie für das fette Jahr 1972 oder ein garantiertes Monatsgehalt mehr.
11.4.: In Emden wird in der Früh- und Spätschicht nicht mehr gearbeitet. *(Wer sagt, die Ostfriesen seien doof? Fragt Ilona.)*
In Kassel werfen die 7 000 Mann der Spätschicht trotz des Eingreifens von Werkschutz die Arbeit hin. *(Die müßten noch ganz was Anderes hinschmeißen, meint Ilona.)*
In Salzgitter kommt es zu kurzfristigen Arbeitsniederlegungen.

12.4.: In Wolfsburg ziehen Demonstrationszüge durch die Hallen. Mehrere hundert Arbeiter und Lehrlinge wollen in das Verwaltungsgebäude eindringen, um sich VW-Boß Leiding für ein Gespräch zu suchen, aber die Türen sind verrammelt ... *(Wer ein gutes Gewissen hat, braucht keine Angst zu haben, meint Ilona.)*
50 Lehrlinge stürmen das Betriebsratsbüro. *(Klein, aber oho!)*
In Kassel ziehen 5 000 Arbeiter zwei Stunden lang demonstrativ durch die Werkshallen. *(Warum nur zwei Stunden? Fragt sich Ilona. Und warum holen die sich nicht ihre Frauen und – tanzen?)*
Auch in Hannover wird zwei Stunden nicht gearbeitet. Demonstration vor dem Betriebsratsgebäude.
In Wolfsburg legen mehrere tausend Arbeiter der Frühschicht die Bänder für 1 1/2 Stunden still. *(Nur nicht so bescheiden, Jungs, meint Ilona.)*
In Braunschweig wird seit dem Vormittag nicht mehr gearbeitet. Nach den 4 500 Arbeitern der Frühschicht weigern sich auch die 3 000 Arbeiter der Spätschicht, an die Arbeit zu gehen.

16.4.: In Emden legt die Spätschicht zum dritten Male die Arbeit nieder.
Arbeiter und Angestellte, die vom Werk aus in die Stadt marschieren und demonstrieren wollen, werden durch die Polizei daran gehindert. *(Wer bezahlt die Polizei? Fragt sich Ilona.)*
17.4.: Mehrere hundert Arbeiter vereiteln in Emden den Versuch von Polizisten, die Verteilung einer Betriebszeitung zu unterbinden. *(Wer hat denn da wohl ein Interesse daran, daß Arbeiter keine Informationen bekommen? Fragt sich Ilona.)*
Streiken macht Spaß. Bummeln macht Spaß. Blaumachen macht Spaß. Wenn nur wenige Arbeiter an wichtigen Stellen des Werkes streiken, können die anderen nicht weitermalochen und kriegen doch ihr volles Geld. Sagt sich Ilona. Die sich noch fragt: Warum benutzen die Arbeiter in der einen Stadt oder in der einen Zweigfirma eigentlich so wenig das Telefon? Sie könnten und müßten doch ihre Kollegen informieren. Also denn man los, Jungs.

Eure Ilona. Mit vielen lieben Küssen.

3 PROZESSE

1. ATHEN

Die Sicherheitsvorkehrungen sind streng: das Volk, in dessen Namen gesprochen wird, könnte die Furcht vor den Komplizen der Angeklagten überwinden und zur Sache gehen.

Der harte Kern der kriminellen Vereinigung, zu der die Angeklagten zu rechnen sind, is tnoch auf freiem Fuß: Multis und CIA, Pentagon und KYP, Exxon-Pappas und Niarchos – die Freiesten der Freien Welt.

Die Atmosphäre im Gerichtssaal ist entspannt: die Angeklagten witzeln, halten patriotische Büttenreden, fraternisieren mit ihren Komplizen von der Presse, verhöhnen ihre Opfer, lächeln nachsichtig – sie sind guter Dinge.

Anklage, Zeugen, Vernehmungen, Anträge zur Sache und zur Person, Vereidigungen, Sachverständige: der übliche Zirkus.

Kommen Anklage und Zeugen auf Motive und politischen Hintergrund zu sprechen, winkt der Vorsitzende Richter ab. Das gehört nicht zur Sache.

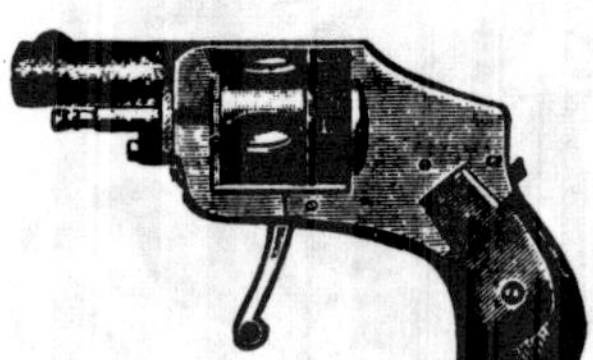

Die Urteile entsprechen den Erwartungen und werden gelassen aufgenommen. Drei Todesurteile werden prompt von den Komplizen der Kriminellen Vereinigung aufgehoben. Für den obersten Folterer des Volkes und Verantwortlichen für Massaker gibt es „lebenslänglich" (eine Strafe, die in diesen Breiten ein armer Kerl erhält, der im Suff die Schwiegermutter abmurkst). „Lebenslang" – das dürfte den Erfahrungen nach einige, wenige Jahre bedeuten.

Das griechische Volk hält sich vom Prozeß fern. Es hat Angst. Es weiß, daß die Spießgesellen und der harte Kern der Kriminellen Vereinigung noch auf freiem Fuß, in hohen Ämtern, finanziell bestens ausgerüstet sind. Es weiß: der harte Kern dieser Bande wird keine Banken überfallen. Das macht: die Banken gehören der Kriminellen Vereinigung. Es weiß: die Angeklagten sind beliebig austauschbar – Arbeitnehmer auf den Gehaltslisten der CIA (Papadopoulos seit 1952).

Das griechische Volk hält sich fern vom Korydallos-Gefängnis, fern vom Prozeß. In seinem Namen werden die Urteile verkündet. In seinem Namen sprachen auch die Angeklagten Recht. In seinem Namen hebt die Regierung die Urteile auf. In seinem Namen wird die Kriminelle Vereinigung die nächsten Verbrechen planen und durchführen.

Das griechische Volk hält sich von diesem Prozeß fern und sammelt Kräfte – und Waffen – um denen, die in seinem Namen handeln, sprechen und Urteile verkünden, so bald wie möglich den Prozeß zu machen.

2 Stuttgart-Stammheim

Die Sicherheitsvorkehrungen sind die strengsten, die je bei einem Prozeß getroffen worden sind. Angeklagt: der *harte Kern* einer *kriminellen Vereinigung* – zwei Frauen, zwei Männer. Die Sicherheitsvorkehrungen lassen denken: da sollen Putschisten abgeurteilt werden, die seit 1970 ihren *Terror* entfaltet haben, die *Herrschaft des Schrekkens:* Andreas als Ministerpräsident, Jan Carl als Arbeitsminister, Gudrun verantwortlich für Wirtschaft und Finanzen, Ulrike für Kultur und Justiz.

Eine Verteidigung ist weder möglich, noch nötig: über hundert Jahre alte Gesetze wurden geändert, Verteidiger inhaftiert, Verteidigerpost und -unterlagen abgefangen, mitgelesen, unterschlagen, beschlagnahmt, Verteidigergespräche abgehört. Es wurde mit Isolation gefoltert, ein Angeklagter vorsätzlich durch „Unterlassung“ umgebracht. Politische Erklärungen sind verboten.

Anklage, Zeugen, Fragen zur Person und Sache, Vernehmungen: der übliche Zirkus, auf den Gipfel der Monströsität getrieben. Die Öffentlichkeit: fehlinformiert. Die Presse: freiwillig gleichgeschaltet. Die Urteile: vor dem Prozeß programmiert. Der Vollzug: satanisch geplant, Todesstrafe in Raten.

Ein Prozeß wird geführt gegen etwas, das völlig anderen Prozessen unterworfen ist: Widerstand. In ein politisch-militärisch-juristisches Prokrustesbett wird gezwängt, was der Norm der Apassung, der Unterwerfung, der Klassenkollaboration nicht entspricht.

Wo *auf der Flucht erschossen* nicht ausreicht, wird abgeurteilt. Im Namen des Volkes. Guerilleros, welche die Bürgerkriegserklärung der herrschenden Minderheit aufnahmen und erwiderten und – gäbe es eine Logik – als Kriegsgefangene nach Genfer Konvention und Haager Kriegsordnung behandelt werden müßten, werden anschaulich dem Gewaltmonopol des Staatsapparates unterworfen, einem Monopol, das sich in diesem Fall justizförmig verkleidet. Das System steckt in der stärksten ökonomischen Krise seit 1929? Da muß ein Zirkus her: Bundesliga und Stammheim. Das System hat Legitimationsschwierigkeiten? Da muß ein Freisler her, auf Stromlinie getrimmt. Die Säure *gesundes Volksempfinden* aus den Retorten von *BILD*, *WELT* und *Bayernkurier*, mischt sich mit der Lauge *Abgewogenheit* und dem Scheidewasser *Rechtsstaat*. Im entstehenden Dampf verwischen sich die Konturen. Im Ausland – egal, unter welchem Regime – wird *the Prozeß* anders gesehen, genauer, kritischer, mit wachen Augen. Man hat da so seine Erfahrungen mit deutscher Obrigkeit, deutscher Justiz, deutscher Prozeßführung, deutschen Vorurteilen und Urteilen. Vergebens wartet das Ausland auf auch nur *etwas* Denk- und Kritikfähigkeit der Öffentlichkeit. Doch das deutsche Volk, in dessen Namen da gesprochen und geurteilt werden wird und dessen Angehörige die Angeklagten sind, schweigt. Unorganisiert und fehlinformiert, angesichts der Krise *strukturell* gelähmt, verharrt es noch im Unbewußten, Tradierten, Vorgeschichtlichen.

Ein Volk, in dessen Namen Urteile verkündet und exekutiert werden und das auf diesen Prozeß keinerlei Einfluß hat, ist eines ohne Selbst-Bewußtsein. Anfangskerne von Bewußtsein, Selbstbewußtsein, Bewußtsein von Widerstand und eigener Stärke zu schaffen, waren die Angeklagten angetreten. Selbstbewußtsein des Volkes wird abgeurteilt werden in diesem *Fall. Im Namen des Volkes.* Fragt sich: wie lange noch?

PORTUGAL

3 Irgendwo in Portugal

Ein Mann des Volkes, ein Armer, einer, dem außer dem Hemd auf dem Leib und dem Hut auf dem Kopf kaum etwas gehört, der Mühe hat, seine drei Kinder ernähren zu können; so wie seine Eltern Mühe hatten, ihn und seine Geschwister zu ernähren; so wie seine Großeltern Mühe hatten, seine Eltern und ihre Geschwister zu ernähren; dieser Mann, Jose Diogo, trinkt sich etwas Mut an, sich vor dem Gutsbesitzer, seinem Patron, zu rechtfertigen. Er hat, demütig vor seinen Herrn tretend, den Hut auf dem Kopf.

Der Patron schlägt ihm den Hut herunter. Das ist so Sitte bei den Patrons. Das machten sie schon immer so. Das machte der Vater des Gutsbesitzers mit Joses Vater so, das machte der Großvater des Gutsbesitzers mit Joses Großvater so. Da denkt man schon gar nicht mehr drüber nach. Das gehört zum Land wie die Sonne, wie die rotbraun-rissige Haut (rotbraun-rissig wie das Land, das er bearbeitet) zum Landarbeiter.

Der alkoholisierte Atem des Mannes mit Hut, Joses Atem, schlägt dem Patron, Herrn über Einkünfte und Leben von Hunderten von Joses, ins Gesicht. Und das ist schon einen Schlag wert. Oder einen Tritt in den Hintern dieses ... Untiers, Analphabeten da. Oder eine Entlassung, auf der Stelle. Oder noch besser: eine Kugel zwischen die Rippen. Es gibt ja genug von diesem Gesocks.

Da teilt ein uralter Instinkt von Jose die Zeit. Nichts wird mehr sein wie früher. Der unterdrückte, lange vergessene, verdrängte Instinkt, der Instinkt der Klasse, läßt Jose etwas tun, läßt ihn zum Messer greifen und zustechen.

Hinter der Spitze des Messers: Armut, Hunger, Krankheit, Not, Beleidigung und Erniedrigung, generationenlang, jahrhundertelang. Die Spitze des Messers teilt nicht nur die Haut des Patrons, sie teilt die Zeit selbst: in die Zeit *vor* dem Zustechen und die Zeit *nach* dem Zustechen. Das Messer eines Erniedrigten und Beleidigten richtet sich *immer* direkt gegen das System der Patrons, richtet es sich gegen einen Patron.

Jose ist plötzlich völlig nüchtern. Sein Blick, seine Haltung, die Spuren um seinen Mund, das Innere von Muskeln und Knochen – sie sind anders. Jose ist – für einen Augenblick – *frei.*

Aber dann kommt wieder die alte Furcht der Klasse, eine Erfahrung, die man ihm nicht beizubringen brauchte: der Patron wird auferstehen, wird sich aus seinem Blute erheben und *richten.* Er wird Jose strafen, wie er ihn früher strafte, aber direkter, tiefer, total; er wird Jose strafen, wie sein Vater die Joses strafte, sein Großvater, die Ahnen. Er wird strafen, so wie schon immer die Patrons straften, das Vieh straften, schlug es aus, die Joses straften, erhoben sie die Hand gegen die Patrons. Er wird ihn nicht mit dem Messer strafen. Dazu ist er unfähig und unwillens. Seine Rache wird komplizierten Traditionen folgen, wird die Form einer Maschinerie annehmen: die der Justiz.

Der Patron wird das Gesicht des Gendarmen annehmen, der Jose verhaftet; er wird die Visage der Journalisten annehmen, die über *diese entsetzliche, völlig unsinnige und ruchlose Bluttat* schreiben; er wird die Fresse der Kripoleute annehmen, die Jose verhören und foltern, das Gesicht des Schließers, des Staatsanwalts, des Untersuchungsrichters. Das Gesicht des Patrons wird sich vervielfältigen: vielfach reproduziert in den Schafsgesichtern der Geschworenen und den harten Gesichtern der Männer in den schweren Roben.

Und der Gendarm wird sich rächen für das Messer in sein Gedärm. Das ist Justiz. Der Journalist wird sich überschlagen in Lüge, Gift und Verleumdung – der Schmerz in seinem Gedärm wird ihm die Feder führen. Das ist Öffentlichkeit. Die Kripoleute werden ihn das Loch in ihrem Bauch spüren lassen. Das ist Gerechtigkeit. Der Staatsanwalt wird es grotesk und pervers vergrößern und ausmalen. Das ist Macht. Und die Herren in den Roben, der grotesken Vermummung der herrschenden Macht und des Schamanentums, werden sich erinnern: sind sie nicht zur Schule gegangen mit dem Patron? haben sie nicht mit ihm zusammen die Universität besucht? war man nicht gemeinsam ausgegangen zum Lunch, zum Golfen und Segeln im eleganten Figuera da Foz? hatte man nicht Seite an Seite in Estoril sorglos und lachend Chips auf einen Roulettetisch geworfen? teilte man nicht Wissen und Lüste,

die kleinen Verfehlungen und die große Verfügungsgewalt, die parfümierten Weiber, den Glauben an das *Gute, Wahre und Schöne?* hatte man nicht den gleichen Glauben, den gleichen Beichtvater, die gleiche Ordnung, das gleiche Recht, die gleiche Sicherheit, den gleichen Gott – den Gott der Patrons?

Jose wird abgeurteilt werden – *im Namen des Volkes.* Eines Volkes, das aus lauter Großgrundbesitzern besteht, eines Volkes, das immer Columbano Monteiro heißt. Das Volk, das ist der Patron, Herr über Latifundien in der Provinz Alentejo, südlich von Lissabon, Herr über die Jose Diogos.

Der Poesie des Messers im Wanst des Herrn entspricht die Poesie des auf

den Begriff gebrachten Messers dieser Zeit: der Revolution.

Und in diesem furchtbar einfachen *Fall* wird sich erweisen, wer die Macht hat in Portugal und wer das Recht, ob die Nelken, das Symbol der Revolution im Land seit dem 25. April 1974, nur zur Verzierhung dienen der alten Macht, des alten Rechts, oder ob sie Symbole sind der Macht des Volkes und der Gerechtigkeit. Jose kommt in Untersuchungshaft.

In der zweiten Julihälfte des Jahres 1975 brachte das Volk 5 000 Mark Kaution auf, um Jose Diogo vor dem im Herbst angesetzten amtlichen Prozeß freizubekommen. Denn der *amtliche Prozeß*, das ist die zum Ritual stilisierte Rache der Patrons.

In der zweiten Julihälfte des Jahres 1975 saß das Volk von Portugal, seine gewählten und legitimierten Vertreter, über den Angeklagten zu Gericht.

„Die Mitglieder dieser Volksjury sehen diesen Prozeß als völlig korrekt und gerecht an. Dennoch sind sie der Ansicht, daß Volkstribunale die Form von Massenversammlungen des Volkes erhalten sollten, und vermitteln der (örtlichen, Alentejo-) Volksversammlung die folgende Entscheidung:

Den Großgrundbesitzer Columbano nachträglich für die Unterdrückung und Ausbeutung zu verurteilen, die er gegenüber der Bevölkerung ausübte und ihn als einen Feind des Volkes von Alentejo zu betrachten.“

Dies erklärt das Tribunal, das aua gewählten Vertretern von Fabrik- und Stadtteilkomitees besteht.

„Ich weiß nur, daß Columbano im vorigen Jahr starb und daß man ihn schon lange Zeit vorher hätte töten sollen“, sagt ein Bauer bei der Verhandlung. *„Jose Diogo tötete jemanden, der jeden von uns täglich tötete.“*

Der hingerichtete Großgrundbesitzer wurde außerdem beschuldigt, ein Informant der Geheimpolizei des faschistischen Systems gewesen zu sein und die Arbeiter durch niedrige Löhne und armselige Lebensbedingungen ausgebeutet zu haben.

Das Volksgericht spricht den Landarbeiter Jose Diogo frei. Einer seiner Anwälte erklärt, sein Mandant habe nicht hoffen können, vor dem bürgerlichen Gericht einen fairen Prozeß zu erhalten.

Der französische Dominikanerpater Jean Cordonnel, ein Mann an der Seite des Volkes, meint: *„Ich wohnte einem außerordentlichen Phänomen bei – dem Anfang vom Ende eines Regimes, das rasch vom Willen des Volkes überholt wird.“*

Jeder der Beteiligten – und Unbeteiligten – weiß: dieses Verfahren vor einem wahren Volkstribunal setzt ein Fanal. Es wurde ein bedeutender Schlag dem alten System versetzt. Auf dem Wege der Revolution zu einer gerechteren, sozialistischen, menschlichen Gesellschaft, die den tatsächlichen Willen der Massen verkörpert, wurde die Machtfrage gestellt. *Jedes Urteil beinhaltet eine Blitzlichtaufnahme des Standes der Klassenkämpfe in einem Land. Jedes Verfahren ist eine Machtfrage.* Das Volkstribunal in Portugal, das Jose freisprach, weiß, daß es mit der Ersetzung der Einen durch die Anderen nicht getan ist, nicht mit der Ersetzung von roten Roben durch blaue, nicht mit der Ersetzung faschistischer Richter durch *progressive*, in welche Maske sie auch daher kommen; das Volkstribunal weiß, daß gewisse Marxisten mit ihrem Urteil nicht einverstanden sein werden; es weiß, daß es für die Erniedrigten und Beleidigten nur e i n *faires Verfahren gibt: die Revolution* (George Jackson).

Das Gericht geht auseinander. Man übernimmt andere Aufgaben, die getan werden müssen. Man wird des öfteren Tribunale bilden müssen, hören müssen von Verfehlungen und Verbrechen der Patrons. Sie kennen die Verbrechen des Patrons, egal wie er ausgesehen, wie er geheißen haben mag. Sie tragen alle verschiedene Namen, und sie sehen immer gleich aus. Sie kennen die Verbrechen genau. Die Erinnerung an all die Verbrechen der Patrons – egal, wie sie heißen – steckt tief in ihnen, steckt im Mark der Knochen. Die Erinnerung an die Verbrechen der Patrons vergiftet sie noch immer ein wenig. Ihnen war es – im Gegensatz zu Jose – nicht möglich, die Krankheit in die Spitze des Messers zu legen, sie loszuwerden, körperlich.

Für sie gibt es keine Fragen: sie kennen den *Fall.* Sie sind müde vor lauter Kenntnis all dieser *Fälle.* Es ist immer das gleiche mit den Patrons. Aber es ist nicht immer das gleiche mit den Joses. Jose konnten, Jose mußten sie freisprechen. Er handelte stellvertretend für sie alle.

Jose ist nicht mehr der gleiche. Das Tribunal geht nach dem Prozeß auseinander, und keiner der Anwesenden ist mehr das, was er früher war. Auch nicht der Patron, der Herr Columbano, der immer noch anwesend ist, verkleidet, versteckt, gerissener nun, der sich jetzt *Sozialist* nennt oder *Volksdemokrat;* der, gezwungen, seine Besitzung im Alentejo zu modernisieren, seine Umgangsformen modernisieren muß; der sich die Kokarde ansteckt oder die rote Nelke oder die Windrose der NATO, je nachdem. Aber das Volkstribunal, seine bloße Anwesenheit, beweist, daß nicht nur das gesamte *Rechtssystem* in Frage gestellt wurde. Der Freispruch für den Landarbeiter Jose Diogo muß ausgebaut, begriffen, verinnerlicht, gefestigt werden; das weiß Jose, das wissen die Zeugen, weiß das Volkstribunal. Räte, Tribunale und Milizen, das ist erst der Anfang. Gibt man sich mit weniger zufrieden, arbeitet man nicht voran, werden die Patrons wieder ihr Regime errichten, ihr Rechtssystem, ihre Macht zurückerobern: die Rückkehr aber ihres Regimes, ihres Rechtssystems, ihrer Macht – das bedeutet: Blutgericht, Massaker, Massenmord; bedeutet Chile in Südwesteuropa. *Leben kann für Erniedrigte und Beleidigte nur aus der verwesenden Leiche der Herren, der Patrons, der „Kolonialherren“ (Fanon) bestehen. Zwischen Unterdrückern und Unterdrückten wird „keine Frage gelöst, es sei denn durch Gewalt“ (Fanon).* Jose Diogo, einfacher Landarbeiter im Alentejo, Vater von drei Kindern, 38 Jahre alt, Urenkel einer langen Ahnenreihe von Unterdrückten, weiß es nur zu gut: ein einziger, winziger Augenblick hat ihn völlig aufgeklärt.

5 MINUTEN HORROR:

JUBILARE DER ARBEIT

Siegen/Bad Berleburg, 9. April. Folgende Arbeitsjubiläen wurden von der Industrie- und Handelskammer für den Monat April gemeldet:

Achenbach Buschhütten GmbH: Erich Daub (40 Jahre), Albrecht Hoffmann (40), Reinhard Katz (25), Manfred Dreute (25), Klaus Schmidt (25) und Hans Kubitzsch (25).

Achenbach & Deuker, Geisweid: Günter Maaß (25).

AGS mbH & Co. KG, Siegen: Hellmuth Gütting (40).

Manfred Bäcker, Geisweid: Berthold Späth (25).

Heinrich Bald, Fahrzeugfabrik, Siegen: Manfred Dilling (25) und Hans Neuser (25).

Becker und Schulde GmbH, Hilchenbach: Karl Bohn (25 Jahre).

Bender KG, Siegen: Christel Seyfert (25).

Benteler Röhrenwerk Weidenau GmbH: Kurt Kleinhenn (25) und Bruno Scholze (25).

Berg- und Tiefbau GmbH, Siegen: Willi Tiefenthal (25 Jahre).

Bertrams AG, Siegen: Werner Hadem (25), Erich Strack (25) und Werner Tillmanns (25).

Blech- und Eisenwerk Walther Schleifenbaum, Weidenau: Manfred Buch (25).

Adolf Böhl GmbH & Co., Berghausen: Erich Homrighausen (25).

Böhl, Müller & Co. GmbH, Aue: Georg Kroh (25).

Boschgotthardshütte O. Breyer GmbH, Weidenau: Karl Fischbach (40) und Albert Schneider (25).

Brauerei und Brennerei Irle GmbH, Siegen: Adalbert Maier (25).

August Braun, Weidenau: Günter Ernst Menn (40).

Ed. Breitendach GmbH, Weidenau: Alfred Klein (40), Werner Hofmann (40), Ferdinand Ernst (25), Klaus Helmstedt (25), Horst Kiel (25), Horst Stiebig (25), Siegmar Dohrmann (25) und Walter Brückner (25).

Karl Buch, Walzengießerei, Weidenau: Richard Schneider (40) und Werner Brieger (25).

Gustav Buchner GmbH & Co. KG, Geisweid: Lore Müller (25).

Burbacher Stuhlfabrik Fritz Klein KG: Joachim Heuchert (25) und Lore Pulfrich (25).

Busch-Jaeger Elektro GmbH, Aue: Heinrich Schlabach (40) und Karl Zacharias (40).

Carl Capito GmbH & Co. KG, Neunkirchen: Friedrich Dormann (40).

Dango & Dienenthal, Siegen: Werner Thym (40), Willi Möller (40), Wilhelm Unverzagt (25) und Manfred Kaufhold (25).

Wilhelm Deller KG, Siegen-Sohlbach: Bernhard Friese (25).

Deuzer Maschinenfabrik GmbH: Erhard Dreisbach (25 Jahre).

Carl Dickel, Holzwarenfabrik, Girkhausen: Ernst Dickel (25).

L. H. Diehl, Wahlbacher Sägewerk: Albert Diehl (50) und Karl Wiedenhöft (25).

Wilhelm Dietermann, Weidenau: Erich Schäfer (25).

Dynamit Nobel AG, Würgendorf: Günter Garth (40), Paul Jost (40), Erich Krumm (40), Werner Schüler (40) und Paul Diehl (25).

Gebr. Bender, Ferndorf: Heinrich Müller (40), Erich Münker (40), Ernst Münker (40) und Walter Münker (40).

EW Siegerland GmbH, Siegen: Rolf Bäumer (25), Herbert Duisberg (25), Friedrich-Peter Piel (25), Wolfgang Richter (25) und Heinz Rücker (25).

Falkenhahn Baugesellschaft mbH, Kreuztal: Kurt Liebe (25).

Heinrich Feldmann GmbH & Co. KG, Hilchenbach: August Hoffmann (60), Hermann Wörster (50) und Fritz Grebe (25).

Fischbach GmbH & Co. KG, Neunkirchen: Ulrich Henrichs (25).

Wilhelm Flender, Deuz: Helmut Kölsch (25) und Theodor Werthenbach (25).

Freier Grunder Eisen- und Metallwerke GmbH, Salchendorf: Artur Jung (40), Werner Übach (40), Walter Schneider (40), Otto Ginsberg (25) und Berthold Hermann (25).

Fuchs Schraubenfabrik GmbH, Weidenau: Walter Stheerer (50), Alfred Schnatz (40), Dieter Herling (25) und Adolf Schnell (25).

Hermann Gimbel & Co., Buschhütten: Ernst Völkel (25), Leopold Hikl (25) und Günther Glieden (25).

Hoesch Siegerlandwerke AG: Eugen Bockheim (40), Walter Heinz (40), Günter Stutte (40), Hubert Rosenbauer (40), Herbert Eckelsbach (40), Gerhard Nüs (40), Ernst Wied (40), Ewald Holterhoff (40), Alfred Schreiber (40), Horst Müller (25), Erich Strothmann (25), Wendelin Schneider (25), Martin Benner (25), Karl Feldmann (25), Martin Hambloch (25), Heinz Krämer (25), Horst Münker (25) und Erich Fabri (25).

Gontermann-Peipers GmbH, Siegen: Werner Gerhard (40) und Karl-Heinz Link (25).

Ferdinand Grab, Siegen: Gerhard Bender (25) und Helmut Reichmann (25).

Heinrich Grünewald, Hilchenbach: Horst Weiss (25).

Wilhelm Hähn, Ferndorf: Horst Fleischmann (25).

Karl Hagelauer, Siegen: Gerhard Braach (25).

Hilchenbacher Lederwerke AG: Werner Göbel (40).

Adolf Hoffmann oHG, Eichen: Gerhard Schneider (25 Jahre).

Martin Hoppmann GmbH, Siegen: Herbert Dietrich (40 Jahre).

Wilhelm Hundhausen, Weidenau: Erich Schilling (25 Jahre).

Hundt & Weber GmbH, Geisweid: Helmut Müller (40), Werner Pithan (40), Günter Kaiser (25).

Industrie- und Handelskammer Siegen: Werner Hauser (40).

Gebr. Irle Maschinenfabrik KG, Weidenau: Paul Stephan (40).

Dr. Ing. Kaupert KG, Erndtebrück: Gerhard Weyandt (25).

Otto Klein, Ferndorf: Werner Afflerbach (25) und Lothar Six (25).

H. Kleinknecht & Co. GmbH, Eisern: Gerhard Weber (25 Jahre).

Kornhaus Siegerland GmbH, Netphen: Heinrich Schmidt (25).

Kölsch-Fölzer-Werke AG, Siegen: Josef Büdenbender (40), Werner Korstian (40), Herbert Otto (40), Horst Dickel (25), Walter Helmes (25), Erich Rohrbach (25), Horst Jung (25) und Hans-Dieter Rosenkranz (25).

Krombacher Brauerei GmbH & Co.: Erwin Böcking (40 Jahre).

Landruf GmbH, Freudenberg: Heinrich Lindenschmidt (40), Hans-Joachim Blatter (25) und Karl-Heinz Preusser (25).

J. Link KG, Aue: Horst Zerbe (25).

Lochanstalt Aherhammer Stahlschmidt & Flender GmbH, Ferndorf: Walter Knipp (40) und Ute Katharina Hahn (25).

Gebr. Loeber GmbH & Co. KG, Siegen: Max Schmiedel (25), Karl-Heinz Graf (25) und August Grüber (25).

Loos & Co. KG, Hilchenbach: Ulrich Schlabach (25).

Luwa-SMS GmbH, Bad Berleburg: Günter Minke (25 Jahre).

Joh. Mankel GmbH & Co. KG, Siegen: Heinz Gazek (25 Jahre).

Maschinenfabrik Herkules GmbH, Kaan-Marienborn: Heinrich Ahl (25), Jürgen Breitenbach (25), Gerhard Hartmann (25), Walter Henrich (25), Friedrich Klein (25), Hans Kölsch (25), [illegible]

BRITZ UND BERLIN – Modelle deutscher Landwirtschaft

Berlin

1 Britz

Im Märzen der Britzer Altbauer sein Rösslein einspannt, er bringt seine Äcker und Wiesen instand, er pflüget den Boden, er egget und sät. Er ist auf den Beinen, frühmorgens bis spät.

Der Britzer Altbauer gehört zur aussterbenden Klasse deutscher Kleinagrarier. Er hat sich nicht spezialisiert; der Betrieb ist nicht durchrationalisiert. Der Altbauer treibt Ackerbau und Viehzucht. Damit erzielt er so gut wie gar keine Gewinne. Seine Kinder wandern ab in die Industrie, sie emigrieren nach Tempelhof, Spandau usw. Gelder aus dem Grünen Plan gibt es überhaupt nicht. Der Hof ist klein.

Viele Nachbarn haben ihre Höfe verkauft und aufgegeben. Rings um das Gehöft des Altbauern sieht man die Hochhäuser der neuen Schlafstadt entstehen: Wohnklos, asozialer Wohnungsbau, Neurosenbunker.

Mit Wehmut sieht der Altbauer die beiden letzten Windmühlen von Britz – die gute alte Zeit ist endgültig vorbei.

2 Berlin

Ganz anders in Berlin der Neubauer. Er ist jung und dynamisch, ein Mann, der in das moderne Wirtschaftsleben paßt. Als Vorsitzender des Westberliner Bauernverbandes genießt er Macht und Ansehen. So konnte es ihm gelingen, durch Drohungen und Pressionen – anders könne er nicht für Ruhe und Ordnung sorgen, ganze Scharen junger Thomas Münzers wüchsen in Seminaren heran! – zehn Prozent des gesamten Etats der Stadt für die Aufzucht von Bullen und Schweinen abzuzweigen. Auf diesem Gebiet gilt er als internationaler Spezialist. Der Zucht von kräftigen Bullen und fetten Schweinen widmete er sein ganzes Leben. Durch modernste Fütter- und Kreuzungsmethoden gelang es dem Neubauer, besonders große und gefährliche Bullen heranzuziehen, welche selbst furchtlose Stierkämpfer in Angst und Schrecken versetzen können, verfügen sie doch nicht nur über spitze Hörner und flinke Hufe, sondern auch über Spezialwaffen unbekannten Kalibers, die sie in den Falten ihres zottigen Fells verborgen tragen. Touristen und junge westdeutsche Arbeitnehmer beschwerten sich zunehmend über das Unwesen, das diese Tiere besonders in der City treiben. Ja, man ging so weit, zu bestimmten Zeiten, ganz besonders in den heißen, die Innenstadt völlig zu meiden, da dann dort, besonders auf dem, nach der Rinderzucht benannten Ku(h)-Damm diese ausgesprochen hirnlosen, aber wieselflink-gefährlichen Bullen ihr menschengefährdendes Unwesen treiben. Sie scheuen sich nicht, auf Frauen, Kinder und Greise loszugehen; Langhaarige und Studenten wirken wie ein rotes Tuch auf sie.

Aber auch in der Schweinezucht gelangen dem Neubauer aufsehenerregende Kreuzungen. Dabei ging es ihm nicht um Züchtung jener Sorten, wie beispielsweise dänische Bauern sie bevorzugen, mit mehr Rippen und weniger Fett, sondern um die Heranbildung einer besonders neuartigen Rasse. Für Neubauers Geschmack sind die Schweine am besten, die über ein dickes Fell, viel Fett, wenig Hirnmasse und einen

> **Jetzt kommt die Schweinewelle**
>
> **BONN — Auf die Europäische Gemeinschaft rollt eine Schweinewelle zu. Bis zum nächsten Juni sind 114 Millionen Schweine schlachtreif.**

ausgeprägten Schnüffelsinn verfügen. Einem Betrachter, der sich in den Finessen der Viehzucht nicht auskennt, mag es verwunderlich erscheinen, daß so viel Mühe und Geld auf die Massenaufzucht dieser unscheinbaren Schweineviecher verwendet wurden, doch wird er vom Neubauer und anderen hervorragenden Züchtern darüber aufgeklärt, daß gerade diese Schweinerasse, in Expertenkreisen *oink Berolinus* genannt, wegen einiger Vorzüge beliebt sei. Diese bestünden vor allem in ihrer intellektuellen Anspruchslosigkeit, ihrem bewußt schweinischen Auftreten, ihrer bedingungslosen Art, dem Oberschwein oder Hirten zu folgen, und ihrer Vorliebe für Schmutz aller Art. Feinschmecker aus besten Häusern rühmten vor allem, daß diese Schweine, erreichten sie in ihren Revieren ein bestimmtes Alter, ihr Rückgrat von selbst loswürden (Deskelettierung) und dergestalt als glibbernde Proto- und Ektoplasmahaufen noch einfacher in die Pfanne gehauen werden könnten.

Kriiikern aller Schattierungen, die dem Neubauer ein für eine Weltstadt zu bäuerliches Wesen vorwerfen, begegnet dieser mit dem unwiderlegbaren Argument, daß gerade in der heutigen Zeit mit all ihren Wirren das Bewährt-Ländliche einen Riegel gegen Sittenverfall, Modernismus, Reformen und neue, destruktive Ideen vorschiebe.

Gerade die letzten Jahre hätten doch bewiesen, daß Gegner seiner Viehzucht der *freuen deutschen Grunzordnung* (fdGO genannt) großen Schaden zugefügt hätten. Junge Wirrköpfe hätten gar den Wunsch geäußert, in Dahlem-Dorf ein welsches Mandel-Bäumchen zu pflanzen. Derlei fantastischen Vorstellungen müsse entschieden entgegengetreten werden. Diese Leute hätten es darauf angelegt, der hiesigen Wirtschaft, isnbesondere der Vieh-

MODELL DEUTSCHLAND

zucht, Schaden zuzufügen. Mit ihren unausgegorenen Wünschen, die Zuwendungen für die Viehzucht lieber in Schulen, Krankenhäusern und Kindergärten zu investieren, verlören sie jeden Sinn für die Realität und säten nur Unfrieden und Zwietracht zwischen den Bewohnern der Stadt. Die Wirtschaft könne nur genesen, wenn mehr Schweineställe in moderner Fertigbauweise erstellt und dem Rindvieh größere Rechte und Weideplätze zugebilligt würden.

In einer aufsehenerregenden Fernsehrede betonte der Vorsitzende des Westberliner Bauernverbandes, die Abschaffung der Bullen und Schweine zu fordern sei schlichtweg unmenschlich und führe zur Anarchie. Er werde mit allen Mitteln darum kämpfen, diesen Tieren mehr Lebensraum einzuräumen. Nur linke Untermenschen – ohnehin wegen ihres Mangels an Tierliebe bekannt – hätten etwas dagegen. Für sie sein noch ausreichend Platz im Olympia-Stadion vorhanden. Und die bedauerlichen Vorfälle in der letzten Zeit, da unglückseligerweise Menschen durch diese Tiere Schaden an Leib und Seele erlitten, wären nicht geschen, hätte die Jugend, wie es sich gehöre, in den Wohnzimmern vor dem Fernseher gesessen, statt in den Straßen der Innenstadt, in denen sie eh nichts verloren, dem Müßiggang zu frönen oder gar Matadore zu mimen. Der gesunde Menschenverstand müsse doch jedem vernünftigen Menschen sagen, sich nicht mit roten Gegenständen in die Nähe von Bullen zu wagen. Es sei verständlich, wenn diese dann ins Rasen kämen. In Spanien, beispielsweise, einem vernünftig regierten Lande, sei das jedem bekannt. *Im übrigen ist Westberlin nicht Pamplona!*

Schweinepest weitet sich gefährlich aus

Der Forderung junger Heißsporne und uneinsichtiger Arbeiter aus den Industriebetrieben: *Neubauer weg!* würde mit aller Härte entgegengetreten werden. *Auf ein paar Tote mehr oder weniger käme es nicht an.*

Kenner der politischen Landschaft werteten diese Rede als ernstzunehmende Warnung, gerichtet an alle, die vorgeben, *mit dem Schweinestall aufräumen* zu wollen. Sie betonten, daß ein jeder, der etwas gegen Schweine habe, *hier nichts zu suchen* hätte und lieber in den Osten oder die Arktis gehen solle. Sie nehmen das Neubauer-Wort ernst, das da lautet:

„Wer gegen Schweine und Bullen ist, will die freie deutsche Grunzordnung beseitigen. Wer gegen die fdGO ist, der ist gegen mich. Wer gegen mich ist, ist gegen den Staat. Wer gegen den Staat ist, ist Nihilist und Anarchist. Und wer Anarchist ist, das bestimmen immer noch wir, die Schweinezüchter. Wehe ihnen!“ (Wuff, bellt da der Setzer)

Nr. 14000. Schweinekutsche
zum Aufziehen eingerichtet, rechts, links und geradeaus fahrend. Der Kutscher schwingt die Peitsche und das Schwein bewegt die Ohren.
21 cm lang, 11 cm hoch.
Stück 70 Pf.

AUS DER UNTERWELT

KONGRESS DER TASCHENDIEBE

Djakarta (AP)

Die Taschendiebe der indonesischen Insel Java haben in der Stadt Bandung einen Kongreß veranstaltet, wie die Nachrichtenagentur KNI in Djakarta meldete. Es werde vermutet, daß bei den Treffen erörtert worden sei, wie die Zunft den von der Regierung angekündigten neuen harten Maßnahmen gegen die Kriminalität begegnen könne. Zu dem Treffen seien auch zwei *Beobachter* aus Palembang auf Sumatra erschienen.

Süddeutsche Zeitung

Augusto Pinochet, der chlienische Staatspräsident, hat dem CSU-Vorsitzenden Strauß zu der *überwältigenden Mehrheit* gratuliert, die er bei den bayerischen Landtagswahlen errungen hat. Pinochet wünschte Strauß, der im November letzten Jahres Chile besuchte, *viel Glück bei der neuen, nun beginnenden Etappe.* Fernsehen und Zeitungen in Chile hatten das Ergebnis der Landtagswahlen als großen Sieg bezeichnet. (dpa)

Frankfurter Allgemeine Zeitung, 19. Oktober

SÜDAFRIKA BLIEB IN DER NAMIBIA-FRAGE HART

Pretoria, 19. Oktober (AP/FR) Der südafrikanische Ministerpräsident Pieter Botha hat am Donnerstag als Ergebnis der Namibia-Gespräche mit den Vertretern der fünf Westmächte bekanntgegeben, daß Südafrika an seinem Plan festhalten werde, im Dezember Wahlen in Namibia (Südwest-Afrika) ohne UN-Aufsicht abzuhalten ...

Drei Räuber haben in München einen Geldtransport überfallen und 46 000 Mark erbeutet ... (ma) *FAZ, 19. Okt.*

Börsenumsätze von 44 ausgewählten Werten (ausmachender Betrag in Millionen DM): Frankfurt: 65,34. Hamburg: 20,84, davon: Siemens: 6,49; Harpener 1,41; Deutsche Bank 1,26; VW 1,22; Mannesmann 1,02.

FAZ, 19. Okt.

ROCK

I

Mann, war das ne Hühnerfickerrepublik in der dreckigen 50ern! Aber was heißt Hühnerficker? Hühnerficken, heißts, soll ne erotische Sache sein. Damit hatte die Aera damals nix am Hut. Da habense Hühner eingesperrt, im Namen des Volkes verurteilt, hingerichtet, gerupft, gebrüht, deodoriert, mit DDT, Phosphat und Kaliumchlorat besprüht, ohne Salz und Pfeffer, ohne Safran, Kräuter, Gewürze und Pep gekocht und anschließend, nach nem Dankgebet an die Marktwirtschaft, mit Messer und Gabel verspeist.

Die Greise aus der Bayreuther Oper an der Macht. Erzreaktionär, montan, tiefschwarz. Aber nicht black. Die Titten der Sünderin Knef brachte wahre Sturmtrupps erboster Katholiken auf die Beine; Rommy alias Sissy und der Förster im Silberwald sanken jauchzend Lippe an Lippe, Kameraschwenk, Hollywoodjeijen schluchz ten; in den Zwergschulen uffn Lattenkreuz genagelte Schmerzensmänner anne Wände, Rektoren schmissen mit Schlüsselbunden, die Welt stank nach Kreide, Schweiß und Wernerhöfersfünfjournalistenausachtländern. Rotz, Mann, absoluter Rotz. In all den Jahren hatteste einen, zwei gute Lehrer, und der beste spielte Jazzklarinette. Da kam Musik ins Leben!

Und sonst: Latein, Mathe, Bio, Englisch, Physik, Chemie: subtile Folter, Abtötung von Phantasie und Spontaneität. Da wurde kein Federhalter zum Vogel, wie olle Prévert sagt, da wurde gepaukt, da balsamierten Sie dich ein mit Smegma, Bohnerwachs und Maggi, da regierten Langeweile, Abstumpfung, Dressur, die hohlen Männer/die Ausgestopften, aufeinandergestützt/Stroh im Schädel (Eliot); da betonierten Sie uns den Unterleib ein und rieten zur Fortpflanzung durch Zellteilung wie bei den fröhlichen Völkchen der Amöben, Bürokraten und Stalinisten. Wir sollten werden wie Sie!

Angestellte, Beamte, Akademiker sollten wir werden, Lehrer, Pfaffen, Anwälte, Chefs, wenns hoch kam. In einem Wort: Langeweiler, Strohköpfe, Halb- und Dreivierteltote – Unglückliche – wie Die: Berufsberater, Schnapsnasen, Vereinsmeier, Totentänzer, Betonseelen, Lebenvertrödler.

Leben – das war woanders.

Und dann kam da music, mohn: der Blues, der Rhythm'n Blues und der Rock!

II

Vierzehn war ich und lag im Laub unter Bäumen. Über mir eine große süße,trägemachende,in die Eier steigende Spätfrühlingssonne.Neben mir ein süßet magret Mädel, dem ick an die Wäsche wollte.Mein Körper schrie nach Streicheln und Knubbeln und Knutschen und träger fröhlicher langer Liebe - mit 13 1/2 hatte mich ein Mädchen eingeweiht, wies losgeht, wie eine Frau explodiert,und ich war angezogen,trunken,fasziniert davon und bins noch immer. Lag da im Wald, Brust,Bauch,Beine,Kopf, Hände und Eier voll von Sonne und Sex, und uns trennten Welten. Bring den Mut auf,faß sie an, sie traut sich eben ebensowenig wie du,sagte ich mir.Brachte den Mut nicht auf.Ich stammelte. Muffelnd gingen wir dann nachhause. Seitdem verstehe ich Sexualverbrecher.

III

Und dann kam da music,mohn!
Keine Kopfmusik,keine Pißnelkenanmache,keine triefenden Jaijen,kein omogesäuberter Peter Alexander,keine singenden Saubermänner,kein Etepeteterülpsen,kein aseptisch-anzügliches Operettenschmalz,keine Damen ohne Unterleib,kein Schummermarsch für Angesoffene,kein Rudi Schuricke,kein Tomianigebäck,kein Mainzer Fastnachtsmüll,keine heile Welt,kein Faßmichnichtan; Musik,Mann, direkt in die Beine,ins Becken, aus dem Körper in den Körper,in die Eier,in die Mösen; Texte, Mann, in denen von Uns die Rede war. Suck it to me,babe.So fings an.
Kommste mit nach Hamburg? Fats spielt im Star Club. Da waren wir vielleicht fünfzehn, hatten kaum Mäuse, trampten 5oo Kilometer. Oder übers Wochenende nach Holland, da gabs die 45er Scheiben früher als bei uns, da rockten und rollten sie mächtig aus den Boxen: Chuck und Fats und Little Richard; da fetzten aber auch die alten Blues-Opas mit mehr Sex im kleinen Finger an der Gitarre als alle gesammelten deutschen Schnulzentrinen in ihren gekochten,homogenisierten,evaporisierten, gemangelten und steril gebügelten Becken. Da rockte und rollte es in ausgedienten Scheunen, da gingen Säle zu Bruch,da vögelten ganze Geschwader junger Indonesier ihre Schlaggitarren auf den Bühnen in Hollands Provinz, und Bässe verwandelten sich unter der Hand in das, was sie sind: Frauenkörper.Rock with me: mit Überschlag und Hüftwurf.Und dann in die Dünen, sich riechen und vögeln, sanft,müde,lang, mit Erdbeerschnaps

unterm Gaumen, und später die ersten Joints.
Die Opas waren an der Macht, die schon Angefaulten, fanden alles, aber auch alles, was wir machten, u-n-m-ö-g-l-i-c-h, sagten: Pubertät. Dabei kann die Pubertät ne herrliche Sache sein. Sagten: Narzißmus. Weil wir unsere Körper entdeckten und sie ihre haßten. Sagten: Untergang des Abendlands. Schön wärs ja, dann hätten wir die ganze Scheiße hinter uns. Und dann kriegten sie die ganze Chose nicht mehr in den Griff und heuerten ihre strammen Pimpfe an, die Macher, der skeptisch genannten Generation, die Ex-HJler, die Manager und flotten Typen, und die pushten ein paar weiße Musiker, so nette Jungs von nebenan, sauber gewaschen, gespült, geföhnt, die den Rock nett machen sollten, unbarmherzig nett und salonfähig, vermarktbar, chemisch rein, schnuckelig. Tutti Frutti wurde von Pat Boone gekreuzigt, Peter Kraus mimte nen Sänger und blökte übersetzte, entschärfte Textfassungen auf Deutsch. Aber wir waren doch nicht doof, Schwester, Wörterbuch raus und wörtlich übersetzt: Suck it to me, babe; dig it; do it, das war was anderes als das, was wir hören sollten, was anderes als der gereinigte Catull unter der Schulbank, als Die Erlebnisse einer siebzehnjährigen Französin in der fünfundzwanzigsten verwichsten Abschrift unterm Kopfkissen.
Subkultur gegen Maggikultur. Rock contra Gehrock. Jugendkultur? Auch. Aber der Blues war alt. Bessie Smith zwinkerte Odetta zu; Willie The Lion Smith grüßte rüber zu Ray Charles - hör dir die alten Liv -Mitschnitte aus Atlanta an, Junge! - Billie Holliday wurde zu B.B.Kings Gitarre Lucille, Ma Rainie lehrte Bop mit Schulterwurf. Gegenkultur, Kultur von unten; Bauch kontra Hohlkopf, Rockabilly gegen Hackespitze-eins-zwei-drei, Jeans gegen Konfirmationsanzug, und Jung gegen Alt nur, wenn Alt dagegen war.
Die Reaktion war und ist dagegen, und die ist politisch. Da kloppteste dich mit einem bigotten Mob, der dir unbedingt die langen Haare abschneiden wollte (o Gottvater Freud, hatten FREIE MENSCHEN nicht schon immer lange Haare, während die Sklaven kurzgeschoren rumlaufen mußten und müssen - auch heute noch, sei's in Albanien oder Argentinien?) .
Nehmt doch Vernunft an! kreischten die Irren. Die für '70/'71 verantwortlich waren und für den Ersten und den Zweiten Weltkrieg und Korea und Vietnam und Algerien, für Giftgase, Atom- und Wasserstoffbomben, verwüstete Landschaften, ausgerottete

DO IT NOW!

Völker, ihre frigiden Frauen, die kaputten Malocher, die ausgelaugten Massen - und da redete dies Gelichter von Vernunft! Diese BismarckAdenauerHitler-Freaks sollten mal lieber die Fressen halten und Einsicht aufbringen und um ihre Verbrechen trauern und mal versuchen, lebendig zu werden und sich und Vernunft anzunehmen - auch die Vernunft des Körpers, des Bauches, des Spaßes, der Faulheit!
Diese Reaktionäre vereinbaren sich mit ROCK wie Vapire mit Chopin-Etüden. Bei Paganini schon, Schwester, haben sich vor hundert Jahren deine Schwestern eingenäßt, bei Liszt sind sie in Ohnmacht gefallen; das Kreischen fing halt nicht erst mit Haley und den Beatles an; Einnässen ist ne schöne Sache, that's what it is.
Und wenn der bigotte Präsident aus dem Scheißhaus in Woschingten die Allman-Brothers gut fand - tat er's wirklich? - dann, um abzusa[redacted]hnen und sich einzuschmeicheln. Abstauben will er wie Dickes Miller vom Bayernteam. Tore, Wähler, Moneten, Ruhm und Sieg und Anhänger, Kinder - kids. (Bob Dylan ist von einer erschreckenden Ahnungslosigkeit.)
Jugendideologie heißt: Politik der Trennungen. Die machen wir nicht mit. Bessie Smith und Jimi Hendrix, Charlie The [redacted] Bird Parker und Archie Shepp, Big Bill Broonzy und Howlin' Wolf lassen sich nicht umfunktionieren, vereinnahmen, funktionalisieren, nicht von Hitler, nicht von Stalin, nicht von Herold, nicht von Helmuts, nicht vom Weißen Haus - die bleiben schwarz und Musik und Körper und Seele und tief unten. Links unten.

IV

Im Rhythmus haben sich die Menschen bewegt, sie haben schon immer gesungen bei der Arbeit auf den Feldern und auf den Booten, bei den Großen Festen. Herzschläge. Trommelschlag, Körper, gefiltert über den Körperteil Gehirn. Communen, Clans, Sippen, Stämme sangen und singen. Um Kanonen und Betonklötze kleinzu - schlagen, abzureißen, brauchen wir den Takt: Hau-Ruck, Tally-ho, one, two, three: Give me dat music, mohn!
Woodstock ist tot? Es wird neue Woodstocks geben.
Der Rock ist nicht mehr, was er war? Er wird es wieder, wenn wir wieder in Bewegung sind, zusammen. Bewegung und Musik beeinflussen sich wechselseitig. Hör dir die erste und die letzte Platte von Ton Steine Scherben an: Spiegelbilder unserer Bewegung.

Als Auftakt zur Besetzung des Rauch- und Weißbeckerhauses spielten die Jungs im AudiMax der TU auf. Beim Parteitag in Chicago verwüsteten Bullen und Nationalgarde die Anlagen der rebellischen Rockgruppen. Die Dinosaurier wählten ihren Präsidentschaftskandidaten, die Lebendigen schlugen seinen Großen Bruder vor, ein echtes Schwein, und schrien: Give me an F, give me an U, give me an C, give me an K: FUCK. Und die Dinosaurier hatten wie üblich keine Argumente. Sondern Bullen, Tränengas und Knüppel. Jedes Land hat zwei Rassen: die Oben und die Unten.

Die Oben haben die Macht, lutschen Hamburger on the Rocks, würgen sich Schlipse um die faltigen Hälse, nähren sich von Aas, Pommery und Affenhormonen, stehen auf Fahnen, Schlachtfeldern, Orden und Walfischkotze, spielen lustig zu Kriegen auf, geilen sich an Märchen hoch und bejammern, daß ihnen keine Kunscht mehr zur Verfügung steht, die ihnen die vertrockneten Eier lutschen und in die jahrtausendealten Ärsche kriechen soll.

Das, was von unten kommt, verwursten und verbraten sie. Wenn sie das nicht schaffen, treten, verbieten sie, machen zur Minna, rotten aus, töten sie. Bis die Unten aufstehen und singen und sagen: KICK OUT THE JAMS, MOTHERFUCKERS!

Am Sonnabend, den 19.5..., veranstaltet die RH ein Benefiz-Konzert für die Genossen im Knast. Eintritt: 5 Mark.
Es treten auf:
Die MC 5.
Im Vorprogramm: OKTOBER, Hamburg, featuring: P.P. Zahl
Karten an der Abendkasse, TU, Hauptgebäude, Straße des 2. Juni.

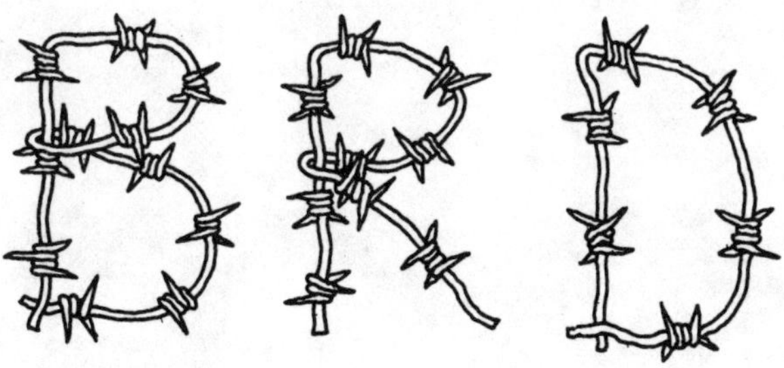

10

Marx und Engels, das muß doch mal mit aller Entschiedenheit gesagt werden, lehnen individuellen Terror ab; der Blues geht um und findet Nachahmer; nie wird die FNL erfahren, daß es brannte in Lichterfelde; über Curry- und Pizzaherstellung und Bomber-Mäxchen; spontanen Protest, gegen den sich alle Aufrechten Berliner verwahren, über Zeitungsreaktionen, die Übernahme der Schauspielhäuser durch den Staatsschutz, Regiekonzeptionen, William Shakespeare als Sympathiesantensumpf der terroristischen Bourgeoisie, über Freizeitverhalten und Konsum, einen in den Keller verbannten Richter, eine Premiere im Circus Maximus in Altmoabit, einen leutseligen Gerichtspräsidenten, eine nette Omi, über Sinn und Arbeit der Staatsschutzbehörden und vieles andere berichtet das

X. KAPITEL.

Die Protagonisten des Romans und sein erster Lektor rieten, es zu ändern und empfahlen als Titel

DER UNTAT FOLGT DIE STRAFE AUF DEM FUSS

oder

BRENNENDE SCHREIBMASCHINEN UND DÜMMLICHE DICHTER

Der Autor schloß sich widerstrebend an und behielt sich dafür Charly's Motto vor:

Die einzige Aufgabe eines denkenden und wahrheitsliebenden Kopfes...bestand nicht darin, den Schulmeister dieses Ereignisses zu spielen, sondern vielmehr seinen eigentümlichen Charakter zu studieren. Dazu gehört allerdings einige wissenschaftliche Einsicht und einige Menschenliebe, während zu der anderen Operation eine fertige Phraseologie, eingetunkt in eine hohle Selbstliebe, vollständig hinreicht.

Marx und Engels saßen im Vereinshaus und hörten MC 5, sie tranken ihr Bier und redeten über den tendenziellen Fall der Profitrate und die erschröcklichen Taten des *Blues.*
Kam der *Blues* rein, guckte sich um. War keiner da außer Marx und Engels.
Schon Nachrichten gehört, eh?
Marx und Engels schüttelten die Köpfe.
Dann gehn wa rüba, eh.
Marx und Engels bezahlten ihr Bier und latschten hinterm *Blues* über die Straße, die Treppen runter, in ne Kellerkneipe mit Buntfernseher.
Die Amerikaner hatten eine neue Bombenoffensive gestartet. Der Himmel war blau, die Piloten waren richtige Männer und trugen lustige Abzeichen auf Helmen und Hemden; die Anzahl der Knöpfe war beeindruckend; der Monsun strubbelte die Haare des kernigen Kommentators, der trug eine richtig schicke Sonnenbrille und flog n Schlag mit; und von oben sah das ganz beeindruckend aus, Blende 8, eine zweihundertfünfzigstel, viel rot, orange, schwarzer Qualm, die Ameisen unten rannten rum und schrien und brannten, und der Dschungel war richtig grün und fruchtbar; und der Kommentar wurde vom Dach der berühmten journalistischen Hurenabsteige in Saigon fortgesetzt; und dann wieder ne Formation uniformierter Affen, ein paar bedeutende Affen laberten ins Mikrofon. Dann wars vorbei.
Der *Blues* steckte überm Tisch die Köpfe zusammen; einer ging, ein zweiter, ein dritter. Ein paar Bluesfrauen gingen, Dagmar, Ilona und Irene kamen rein, setzten sich dazu. Hasse gesehen? Diese Schweine. Leiser! Verräterische Wortwahl, Stimmen senkten sich, Zigaretten verglühten im Aschenbecher, die Wut blieb unterm Brustbein stekken.
Der alte Wirt putzte Gläser, seine Frau las die *Bunte.* Die Uhr an der vergilbten Tapete tickte. Nach den Nachrichten das Wetter. Wie immer.
Dagmar, Ilona und Irene kannten Marx und Engels. Die holten sie an den Tisch. Gibste ne Cola aus, eh? Und hör mal zu. Enthüllten Pläne. Marx und Engels waren entsetzt. Gegen individuellen Terror. Kotzebue, Sand, Karlsbader Beschlüsse, Narodniki, das bringt doch nichts, die Verzweiflung von Kleinbürgern. Das verstehen die Massen nicht. Ihr versteht das nicht. Fast hätten Irene, Ilona und Dagmar Marx und Engels einen Satz blauer Augen verpaßt. Affen. Wir stammen aus Arbeiterfamilien. Schisser, sagten sie zu Marx und Engels. Was macht ihr denn gegen die Amis? Labern, labern, das ist alles, wasser könnt. Furunkeln an Arsch holen im Britisch Mjusium oder inner Amerika-Gehenkt-Bibliothek. Auf anderer Leute Kosten. Die ande-

ren rationalisieren ihre Betriebe leer vom Personal, die Amis rationalisieren ihren Völkermord, und ihr rationalisiert eure Ängste. Recht behalten, weil ihr nix tut. Rein dastehen. Wichser. Der Marxismus ist die einzige Wissenschaft, mit der wir exakt unsere Niederlagen seit der Pariser Kommune analysieren können.
Frei sein, high sein, Terror muß dabeisein? Wen bombt ihr schon hoch? In wessen Gewissen schmeißt ihr denn die Bomben?
Man muß doch wat tun, eh. Ehrlich.
Gingen zur Tür, schlugen den Filzvorhang zur Seite, waren draußen. Der Himmel hoch, die Straßen leer, blaue Träume spiegelten sich in den Fenstern, Frauen wurden verprügelt und lagen unter ihren Männern, die Straße im matten Licht der Gaslaternen, Plastiktüten in der Gosse, Bier, Lachen aus Kneipen, Kinder stiegen heulend in die Betten, es war alles friedlich und still wie immer. Majdanek in Farbe. Sie setzten sich in ihren Kleinbus und fuhren in Richtung Kochstraße. Unweit des Arbeitsamtes ließen sie das Auto stehen, Irene rauchte auf dem Beifahrersitz, der Zündschlüssel blieb stecken, im Hochhaus an der Mauer dröhnten die Rotationsmaschinen, Ilona knackte einen großen Opel, Dagmar stand Schmiere.

Unten tranken sie Bier und Schnaps und kauten Käse- und Wurststullen, im Nebenraum tagte die Redaktionskonferenz einer Zeitung. Unten zeigten sie Filme. Chaplin, Keaton, Dick und Doof, all die legendären Anarchisten.
Oben tranken sie Tee und knutschten und laberten und planten, im Nebenraum konnteste Bücher kaufen und Zeitungen, Zeitschriften, Comix und ein' turnen.
Kam der *Blues* rein.
Sagte, was Sache war. Machten ein' rum, machten ein' an, flippten durch den Saal.
Wer is nu von den ei'ntlich illegal, eh?
Weiß nich, is doch egal.
Gloobe, der da.
Mythen, Mann, Gerüchte, Gelaber, Pup'n Donnerschlag.
Heil Satan!
Heil Satan, eh!
Machste mit, eh, *Stadtteilarbeit.* Die Amis spieln mal wieda varückt, eh, Wahn-Sinn!
Stadtteilarbeit?
Banken, eh, Leasingfirmen, Gerichte, Ami-Autos, Kasernen, rrrums, Mann. Die een hier, die annern da. Un weg, eh die Bulln komm.

Kennstn B.?
Klar kenn'ck n B.
Irrer Typ, wa?
Fin'ck nüch. Django-Type, fährt höllisch auf sein Ballermann ab.
Der hat'n Ballermann?
Manchmal, eh.

Kommt der Blues rein, eh, weiß nich, da fährste irntwie ab, irre ab, eh. Vastehste, die azähln dirn Schlag, in ihre irre Sprache, wa, fährse ab, machste mit. Späta sagste dir: Irrsinn, Mann. Aba denn isset schon allet vorbei, wa.

Steh nich auf B., eh. Der hat sone Wahnsinns-Tour drauf, Weiber aufzureißen. Bin doch keene Matratze nich, eh. Un denn mit seim Ballermann, der dreht ja glatt durch, sa'ck da. Aber Schorschie-Boy, det is ne Type, sa'ck da. Vastehste? Der guckt da an, wa, quatscht da an, wa, so vonne Seite, wa, mit sein Satansgruß, wa, azählt dir, wat Sache is, wa, mitti Amis un so, hasse ne Wahnsinns-Wut drauf, wa, kommt da allet hoch, die ganze Scheiße, wa, hassen Wahnsinns-Haß, un den musse jezielt einsetzen, sachta, vastehste. Jezielt! WAMM!

Da brauchen wir den *Blues* nicht für. Das machen wir schon ganz alleine. Wir fahren zu Max. Der hat alles auf Lager, was der Mensch sich wünscht. Fertig präpariert.
Kennst du ihn näher? Nein, aber ich kenne Schorsch und das Kennwort, das genügt.
Meinst du nicht, Mollies genügen?
Mollies? Biste verrückt?

Mäxchen, ach Mäxchen, du hattest, wahrlich, eine kümmerliche Kindheit und eine lausige Jugend, dein Vater war Richter.
Mäxchen, ach Mäxchen war Bettnässer bis zum zwölften Lebensjahr, besuchte verschiedene Privatschulen, blieb zwei Mal sitzen und verließ die Schule in der Obersekunda.
Was nun, Mäxchen, ach Mäxchen, was nun?
Ach Mäxchen, ach Mäxchen, du hattest, wahrlich, nicht viel Glück, warst störrisch und verschlossen, technisch begabt und an nichts anderem als an Basteln interessiert.
Mäxchen, ach Mäxchen klaute sein erstes Moped mit elf und trug mit achtzehn das gesparte Taschengeld in den Puff.
Und was machte Papi, Mäxchen? Er rang die Hände. Er stampfte mit den Füßchen. Er knüllte das Bäffchen. Er hüpfte im Talar. Er richtete

Mäxchen eine Werkstatt ein, hundert Meter entfernt von zuhaus. Von zuhaus, juchhu.

Gib Händchen, Mäxchen, gib Küßchen, Mäxchen, kämm die Härchen, Mäxchen, putz die Schuh; du bist gemacht.

Du bist gemacht aus dem Stoff aus dem man Kronzeugen macht, rukkedigu.

Mäxchen wurde Metallwerker.

Mäxchen reparierte Badewannen, Mopeds, Mofas und Autos. Und Uhren!

Und Waschmaschinen. Vorderlader, Hinterlader, Mörser. Mäxchen schweißte Plastiken.

Mäxchen stellte seine Werke in der Juryfreien Künstlerausstellung am Funkturm aus.

Mäxchen bastelte Requisiten für Film und Fernsehen.

Mäxchen hatte sein Einkommen, sein Auskommen, sein Unterkommen. Mäxchen ließ sich einen Schnäuz stehen. Ja, das tat er, unser Mäxchen.

Mäxchen legte sich einen Chronometer zu. Und einen Opel. Und eine Freundin. Eine Engländerin. Die suchte nicht einmal Papi aus, die suchte nicht einmal Mami aus. Und so war sie auch. Mäxchen, du!

Mäxchen schritt fürbaß. Mäxchen trank unter Brüdern. Mäxchen gab einen aus. Mäxchen gab kund und zu wissen. Mäxchen zeigte seinen Tesching. Mäxchen schloß sich an, lief hinterher, machte Papi und Mami Kummer, ach Mäxchen.

Mäxchen lief mit zum Tegeler Weg, hob einen Stein, legte ihn wieder hin. Damit er nicht auf die eignen Füße fiel. So war das.

Mäxchen mit seinen Toreroabsätzen, der Baskenmütze, den Zigarillos. Beinahe verhaftet, jawoll. Am Tegeler Weg, im November wars und Steine fielen vom Himmel.

Schorschie rettete Mäxchen vor den Händen der Tschakos. Mäxchen wurde gerettet aus den Händen seiner Feinde im finsteren Monat November unter einem Himmel, aus dem es Steine regnete und Wut.

Ach Mäxchen, was hätte dein Papi gesagt?

Mäxchen, ach Mäxchen, fast hätte es geheißen: Widerstand gegen die Staatsgewalt!

Eine Hand wäscht die andere, sagte Mäxchen, unser Mäxchen, treu ergeben der, jawoll. Papi in Unterhosen! Mami weint, Brücken stürzen ein, sacht senkt sich die Siegessäule, gesprengt, sachgerecht, von Mäxchen.

Hübsche Sachen bastelte Mäxchen. Feuerlöscher präparierte er, bezog Schriften von Palisades Press in Ohio, bastelte Bubi treps, verband Autoanlasserchen mit Zünderchen und Kabelchen. Genial, Mäxchen, unser Mäxchen. Mäxchen der Erfinder der Tauchsiederei.

Mäxchen Stratege, Mäxchen Vietkong, Mäxchen schnippte mit den Fingerchen und lachte über die Bäckchen und schrieb Tagebuch und erfand die Tauchsiederei:

du steigst, flüsterte Mäxchen, in eine Hütte ein, sagen wir in eine Richterwohnung, ein Amts-, ein Kammergericht, flüsterte Mäxchen, komm doch näher, in das Reihenhaus des allerseits beliebtesten Staatsanwalts, nimmst Tauchsieder mit und Eimerchen und Reservekanister mit Benzin. Mit Benzin! Gießt das Benzin, flüsterte Mäxchen, auf Teppiche und Möbelchen, stellst dein mitgebrachtes Plastikeimerchen in einen Papierkorb, füllst ihn mit Benzin, steckst den Tauchsieder hinein, setzt ihn unter Strom und verschwindest, flüsterte Mäxchen. Dann passiert was, flüsterte Mäxchen, kann ich dir flüstern. Das Benzin wird heiß. Das Benzin bildet Gase. Das Benzin explodiert, und die Hütte brennt lichterloh. Wumm, sagte Mäxchen.

Mäxchen, ach Mäxchen, du bist ein guter Deutscher gewesen, ein Widerstandskämpfer fast, ergeben und treu, ein Kniffler und Bastler, ein Fummeltalent, ein Erfinder. Du gehörtest zu der Sorte Männer, von der die Russen einst geraunt, schicke man sie mit ein paar Konservendosen in die Taiga, kämen sie mit einer selbstgebastelten MPi wieder heraus. Ach Mäxchen, stell keine Fragen. Ich seh ich seh was du nicht siehst und das sieht bös aus schwarz aus trägt Fliege und Barett.

Zieh den Hut in die Stirn, schlag den Mantelkragen hoch, den Rollkragenpullover. Mäxchen du bist unser Mann ja das bist du das warst du was soll nur daraus werden.

Stabbomben? Aber immer. Ein Kennwort und Feuereifer. Wer verführte hier wen, Mäxchen? Haben wir dich mißbraucht, Mäxchen? Haben wir dich gebraucht? Oder du uns? Jagen uns die Väter? Jagen wir sie? Dein Vater war Mitläufer bei Adolf, Mäxchen, er bekam die besten Zeugnisse mit auf den Weg. Dein Vater steht fest auf dem Boden. Des nationalsozialistischen. Der freiheitlichdemokratischen. Mit Anspruch auf Pension. Auf welchem Boden stehst du, Mäxchen? Mäxchen, ach Mäxchen, zur Kuh treibts das Kälbchen. Siehst du, wies zutscht. Ein Stier wolltest du werden, ein Ochs bist du geblieben, und nun zutschst auch du. Prost Mäxchen, so einen wie du braucht man immer. Und ich versichere dir, du bist allerseits beliebt.

Bis dreißig durfte Vaters Mäxchen sich austoben, wer in seiner Jugend kein Anarchist war oder zumindest Kommunist, dem ist als erwachsenem Mann nicht mehr zu helfen, dem gebrichts an vernünftigem Menschenverstand.

Mäxchen bastelt für jeden.

Ach Mäxchen, ach Mäxchen, du hast, wahrlich, eine kümmerliche Kindheit und ein lausiges Leben, dein Vater ist noch immer Richter, und Mäxchen sang, und dann lief ihm sogar noch seine Engländerin fort. Nun sucht Mami dir was aus. Was Deutsches, wie dich. Ach Mäxchen.

Dünge- und Unkrautvernichtungsmittel waren in jeder besseren Drogerie zu bekommen, in Großgärtnereien, in Schrebergartenbedarfsgeschäften.

Dagmar setzte Unkraut-Ex entgegen den auf der Packung aufgedruckten Vorschriften als gesättigte Lösung an.
Irene, Renate und Ilona rissen weiches Toilettenpapier (NUR DIES, Das Zarte für einer Gräfin Po) in unterarmlange Streifen und tauchten sie eine halbe Minute lang in die Lösung.
Jörg mischte vier Tassen Koriandersamen, vierzehn getrocknete Pepperonis, zwei Teelöffel Dill, zwei Dutzend Curryblätter, drei Teelöffel schwarzer Pfefferkörner, ein Dutzend Nelkenkapseln, zwei Dutzend Zitronengräser, zwei Zentimeter Stangenzimt und ein Dutzend Kardamom gut durch und schüttete die Mischung in die große Eisenpfanne. Er röstete sie goldbraun, rührte sie dabei ständig um und stellte die Hitze kleiner.

Renate, Ilona und Irene legten die getränkten Zellstoffbahnen in Lagen kreuz und quer auf ein großes Holzbrett mit Ablaufrinnen am Rand, bis die Masse etwa fünf Zentimeter hoch, einen Meter lang und achtzig Zentimeter breit war.
Anarchopizzas, spottete Jörg und röstete unter ständigem Rühren eine Tasse süßen und eine Tasse normalen Kümmels in einer anderen Pfanne.

Die mit Unkraut-Ex getränkten Zellstoffkuchen wurden an Warmluft getrocknet, bis sie hart waren.

Jörg schüttete den gerösteten Kümmel zur übrigen Röstmischung und mengte ihn gut unter. Dann füllte er das gesamte Gemisch nach und nach in eine gut gereinigte alte Kaffeemühle.

Nachdem die Zellstoffkuchen trocken und hart waren, bröselten Irene und Ilona sie auf. Je kleiner die Fetzen und Bröckchen sind, sagte Dagmar und biß in ihre Schmalzstulle, desto besser läßt sich das Rohr füllen.

Jörg mahlte mit der Hand die gesamte Mischung gut durch, rührte das entstandene feine Pulver mit einem hölzernen Schöpflöffel durch und füllte es, nachdem es völlig erkaltet war, in luftdichte Gläser ab.

So, sagte er, jetzt haben wir für mindestens ein Vierteljahr wunderbaren selbstgemachten Curry.

Dagmar, Gerd und Peter füllten die kleingefitzelte Zellstoffpizza in die innere Hülle des von Mäxchen präparierten und von Ilona anonym abgeholten Feuerlöschers, stopften gut nach und preßten vorsichtig und stopften randvoll.
Vorsicht! warnte Jörg immer wieder. Das Zeug reagiert auch auf zu starken Druck!

Sag mal, ist das Rezept aus einem *Anarchokochbuch* oder einer linken Zeitschrift? fragte Ilona.
Unsinn! sagte Gerd. Paß im Chemieunterricht auf, und du hast im Kopf, was du brauchst. Natriumchlorat plus Sauerstoffträger – Zellstoff, Zucker oder Eisenoxyd undsoweiter – plus Stoß, Druck oder Feuer gleich Wumm. Das weiß doch jedes Kind.
Ich hab in der Schule bei solchen Sachen nie aufgepaßt, entschuldigte sich Ilona.
Als Kinder haben wir mit Karbid…, sagte Peter.
Schwarzpulver haben wir in der Adalbertstraße als Kinder von, wart mal, elf oder zwölf hergestellt. *Non scholae, sed vitae discimus.*

Ceterum censeo, äh, imperialismum americanum esse delendam, fügte Gerd hinzu.
Mit solchen lächerlichen Stabbomben? feixte Irene. Sie wusch sich die Hände.
Nach jeder Chemiestunde die gesamte Wäsche verbrennen oder wegschmeißen, sagte Jörg noch. Die haben Elektronenmikroskope.
Nun sei nicht gleich Pessimist!

Willst du die Polizei anrufen, tu's nicht von zuhause oder von Freunden aus, benutze eine öffentliche Fernsprechzelle in der Nähe eines öffentlichen Verkehrsmittels. Mit Hilfe der Post haben die nämlich deinen Standort schnell raus, wiederholte Ilona. Sprich nicht direkt in die Muschel. Die Polizei verfügt über Sonografen. Das Klangbild deiner Stimme ist ebenso unverwechselbar wie ein Fingerabdruck. Besprich eine Kassette. Verzerre den Klang bei der Aufnahme elektronisch. Sprich nicht länger als eine Minute.
Sollen wir nicht doch lieber die Warnungen über Pfarrer den Bullen zukommen lassen?
Nein. Sicher ist sicher. Die halten das vielleicht für einen dummen Scherz und geben die Warnung nicht oder zu spät weiter. Das darf auf keinen Fall passieren! Bei solchen Aktionen darf einfach *kein* Mensch zu Schaden kommen!

Eine Firma baut Hubschrauber. Es herrscht Krieg in Südostasien. Die Firma expandiert, noch nie baute sie so viele und so große und so teure Hubschrauber. Die Aktien steigen. Die Dividenden steigen. Die Firma schafft neue Arbeitsplätze. Die Gewerkschaft vereinbart mit der Firma hohe Löhne, Sozialleistungen, Überstunden, Feiertagszuschläge. Die Arbeiter arbeiten, die Aktien steigen, die Firma vergrößert sich. Alle Arbeiter sind gewerkschaftlich organisiert. Wer nicht organisiert ist, ist Trittbrettfahrer und kommt nicht in den Betrieb. Es herrscht Arbeitsfrieden und Freude. Der Krieg wird intensiviert. Die Firma expandiert und verkauft noch mehr und noch größere und noch schnellere und noch teurere Hubschrauber. Der Krieg kostet einige Milliarden. Die Aktien steigen. Es gibt Arbeit. Der Feind schießt Hubschrauber ab? Für jeden abgeschossenen kauft die Armee zwei neue. Der Krieg ist, wie immer, ein gutes Geschäft.

Eine andere Firma baut Computer. Sie beherrscht über die Hälfte des gesamten Weltmarktes. Es herrscht Krieg in Südostasien. Die Firma expandiert. Noch nie baute sie so viele und so komplizierte und so teure Computer. Die Aktien steigen. Die Dividenden steigen. Die Firma schafft neue Arbeitsplätze. In aller Welt. Die Gewerkschaften vereinbaren mit der Firma hohe Löhne, Sozialleistungen, Überstundenzuschläge, Gratifikationen. Die Arbeiter und Arbeiterinnen arbeiten, die Aktien steigen, die Firma vergrößert sich. Ein Computer ist ein Computer und sonst nichts. Die Firma baut drei besondere Computer. Drei besonders gute und große und teure Computer rechnen für riesige Bomber vollautomatisch die Flüge aus. Der Mensch denkt, der Computer lenkt. Die Firma baut den Computer, der Flieger fliegt, der Arbeiter arbeitet, der Bordingenieur drückt auf das Knöpfchen. Etwas fällt aus 15 000 Meter Höhe auf ein Stück Land in Südostasien. Die Aktionäre strahlen, die Generäle freuen sich, die Arbeiter sind gut organisiert und verdienten noch nie so gut, die Piloten saufen, die Copiloten putzen sich die Fingernägel und denken an ihre Bräute oder den Staffeltalisman, der Ingenieur drückt zu dem Zeitpunkt das Knöpfchen, den die riesigen Computer ausgerechnet haben. Der Rest ist Statistik. Die drei Computer befinden sich in Massachusetts, Pnom Penh und Frankfurt. Die Firma expandiert. Sie stellt Büromaschinen aller Art her. Sie stellt die Computer her, mit der der vollautomatische Bombenabwurf programmiert wird, und die Schreibmaschinen, auf denen Texte gegen Bombenabwurf und Krieg geschrieben werden. Jedem das Seine. Eine unbedeutende Fabrik der Firma befindet sich in Berlin-Lichterfelde. Es ist Nacht.

Das ist der Frühling, das ist der Frühling, das ist der Frühling von Ber-

lin: durch die Straßen gleiten im großen geklauten Opel, Sekt in den Adern, Blumenduft in der Luft.
Fahren, fahren, fahren, durch den Tag, durch die Nacht, die Berliner Nacht, durch Charlottenburg und Schöneberg und Tempelhof und Lichterfelde, und die Wut ist so groß geworden, und die Sehnsucht so stark. Hast du Angst? Ja, ein bißchen. Und du? Ich auch. Bäume umarmen, den Mond ansingen, Gas geben, kuppeln, bremsen. Hast du auch so ein hohles Gefühl im Bauch. Nein, du? Etwas. Du gar nicht? Nein, eher einen beschwingten Kopf, das Gefühl tanzen zu müssen, knubbeln, knutschen, rennen, sich im hohen Gras wälzen. Guck dir den Himmel an! Atme mal tief durch. Gar nicht wie Großstadt. Das ist eine Stadt! He, paß auf den Tacho auf, fahr exakt fünfzig. Na, klar.

Elf Minuten nach, jetzt ist der Wachmann genau auf der anderen Seite und sticht die Karte. Alarmanlagen? Lächerlich. Hunde? Kosten Geld. Drück mal den Draht runter. Ja, so.
Ich wundere mich darüber, wie ruhig Ilona ist. Als hätte sie in den letzten Jahren nichts anderes gemacht, als in Firmen einzusteigen und Bomben zu legen. Hier lang. Pst! Ach was. Vierzehn Minuten nach. Wir sind da. Hier die Wand muß es sein. Eine tragende Wand. Dahinter brennbare Materialien. Leg sie hier hin. In Deckung! Ich lege den Schalter um.
Ich habe nie gedacht, daß das so einfach ist. Viertel nach.
In fünf Minuten erfolgen die Anrufe. Den Draht wieder zurechtbiegen, sonst. Haben wir nichts vergessen?
Ich vergesse nichts.
Meinst du nicht auch, wir sollten hier nicht doch ein Flugblatt hinterlassen?
Hast du eines?
Nein. Aber Plakate haben wir.
Plakate?
Im Kofferraum. Internationalismus-Plakate zum 1. Mai. *Freiheit für alle Gefangenen.*
Kann nicht schaden.
Ich hole eins.
Hole zwei, drei. Für alle Fälle.
Wieviel Zeit haben wir noch?
Drei Minuten. Dann müssen wir weg sein.

Eine Stunde später wimmelte Lichterfelde immer noch von Polizei und Feuerwehr.
Es hatte WUMM gemacht.

Die eine, mittags erscheinende Tageszeitung brachte am nächsten Tag WUMM auf der Titelseite. Desgleichen die anderen Blätter am übernächsten. Sie schrieben von TERROR und meinten damit nicht die Vertreter der *Schutzmacht,* die einige tausend Kilometer entfernt Völkermord beging. Sie schrieben von TERRORISTEN und meinten damit nicht die Herren in dezenten Anzügen, die an diesem Völkermord glänzend verdienten, nicht die Herren in lamettastrotzenden, sauber gebügelten Uniformen, die im Süden der Stadt junge Männer zum Massenmord in Südostasien abrichteten. Die herrschende Öffentliche Meinung war die Meinung der Herrschenden.
Wir waren auf einmal etwas wert; wir, die wir vergeblich in einer Kundenkreditbank um ein kleineres Darlehen eingekommen wären, verkörperten plötzlich einen Wert von 20 000 DM pro weiblicher Nase.
Die Aktien steigen weiter.
Das zahlt doch die Versicherung.
Den Verlust legen die auf die Preise für Schreibmaschinen und Computer um, er spielt nicht die geringste Rolle.
Das bringt doch nichts.
Glaubt ihr im Ernst, diese Bombe ins Gewissen oder ins Bewußtsein der Arbeiter geschmissen zu haben?
Befindet ihr euch im Einklang mit den Forderungen und Bedürfnissen derer, für die ihr stellvertretend handelt?
Wir handelten nicht stellvertretend, wir handelten für uns und für die, auf die die Bomben geschmissen werden. Wir glauben nicht, daß unsere Aktion ihren Wert im Materiellen hat. Wir würden auch so handeln, wenn neunundneunzigkommaneun Prozent der Bevölkerung dagegen wären. Fragte Georg Elser seine Arbeitskollegen, ob er im Bürgerbräukeller den Heißgeliebten umlegen dürfe? Befanden sich die Geschwister Scholl in Übereinstimmung mit den Studenten des Landes? Unterliegt eine Widerstandshandlung den Kriterien der gekauften öffentlichen Meinung?
Fühltest du dich besser danach?
Sehr viel besser.
Würdest du es noch einmal tun?
Das kommt immer darauf an.

Eure Angst vor der Freiheit und Freizeit ist erschreckend. Wir langweilen uns nie. Diese wunderschöne kaputte Stadt bietet uns soviel Kurzweil.
Gehen wir heute schwimmen oder fußballspielen?
Gehen wir heute einkaufen oder einklauen?

Gehen wir ins Kino oder ins KaDeWe?
Gehen wir heute ins Rathaus oder ins Rauchhaus?
Gehen wir heute in die Volkshochschule oder in die Kneipe?
Gehen wir heute Kräuter sammeln oder in den Zoo?
Gehen wir heute in die Uni oder ins Europacenter?
Gehen wir heute auf die Eisbahn oder Eis essen?
Gehen wir heute essen oder kochen wir selber?
Gehen wir heute spazieren oder eine Brauerei besichtigen?
Gehen wir heute aus oder ein?
Gehen wir?
Gehen wir.

Wir gehen ins Theater. Ins Theater des Späten Zwanzigsten Jahrhunderts. Zu einem politischen Prozeß im Landgericht Tiergarten.
Wir machen uns fein. Wir schminken uns. Wir legen sorgfältig unsere Haare. Wir filzen unsere Wäsche, damit sich kein Krümel Shit oder Maria Juana im Futter findet. Wir ziehen frische Socken an und feste Stiefel. Wir nehmen Kleingeld mit und Pfefferminzbonbons, Ausweis und Pille (frau weiß ja nie), Taschentuch und Verbandszeug, Papier und Bleistift.

Vor dem Landgericht Tiergarten steht eine Schlange: Premierengäste.
Auf den Dächern Scharfschützen, in den Straßen Schützenpanzer, vor dem Gericht und im Gebäude des Landgerichts die bekannten Grünen Männlein vom Mars in voller Montur. Nicht drängeln. Hier wird jeder bedient. Keiner kommt zu kurz. Panem et Circenses. Wir lieben unseren Regierenden Bürgermeister, wir lieben den Herren Innen- und den Herren Justizsenator. Salve Neubauer! Mächtiger Konsul, edelster aller Patrizier, wir wählen Dich bis an Dein selig Ende. Du füllst die Stadien und Arenen mit Gladiatoren, du sorgst für Nachschub im Circus Maximus in der Turmstraße. Blut und Urteile wollen wir, Komödie, Satyrspiel und Tragödie, Narren, schwarzgewandete Clowns, Schwerter, die sich auf zarte Nacken senken. Der Justitia zum Fraß die Frau, die abgetrieben hat, den Arbeiter, der seine Alimente nicht zahlte, den türkischen Unhold, der unsere Frauen belästigte! Den Daumen runter bei Räubern und Roten, bei Dieben und Liebenden ohne Bockschein, bei Einbrechern und Ausbrechern, Ausgeflippten, Neurotikern, Säufern, Kiffern, Junkies! Den Daumen runter bei Edelchristen und Anarchisten, Terroristen, Kommunisten! Dem Tropf, der frecherweise den Ausweis verlor, die Rübe ab, dem wirren Lehrer, der seine Wohnung zur Verfügung stellte, die Eier. Kreuziget sie.

Sie mal wieder da?
Zur Premiere, immer.
Worum geht es denn heute?
Haben Sie noch kein Programm?
Nein, wo kann ich es erwerben?
Hinter der Sperre, der flotte Kommissar verkauft sie.
Welcher schwarze Löwe wird heute hineingelassen?
Löwe? Eine Hyäne, die seit Wochen nichts Vernünftiges zwischen den Zähnen hatte! Landgerichtsdirektor B.
Der? Wahrlich, das wird spannend.
Ein Gemetzel.
Eine urige Sache.
Saukomisch.
Köstlich.
Geistreich?
Hoffen wirs.
Wer verfaßte das Drehbuch?
O warten Sie, ich schaue mal nach. Hier steht es: Shakespeare, William.
Willie The Weeper? O der ist gut. Bei dem tragen sie nachher immer die Leichen von der Bühne.
Und nachher stehen sie wieder an der Rampe und heimsen Beifall ein.
Das dürfen Sie doch nicht so sehen. Das müssen Sie eher künstlerisch betrachten. Willie ist einer der ganz Großen.
Wieso?
Er ist tot. Deshalb. Lebte er noch – wir würden ihn hier eher in der Rolle des Angeklagten sehen.
Ah, wirklich?
Gewiß. Wenn ich es Ihnen doch sage. Das ist der Vorteil, schon tot zu sein – man kann nicht mehr zum Tode verurteilt werden. Na also, langsam geht es vorwärts. Wissen Sie, am Anfang konnte ich mich ja nicht an diese Schlangen vor dem Gerichtstheater gewöhnen. Das ist ja wie im Osten, wenn Apfelsinen gekommen sind.
Aber ich bitte Sie, dort wird man doch nicht leibesvisitiert.
Finden Sie das denn schlimm? Also ich, ich finde das ganz amüsant, diese jungen strammen Kerls und dann…
Ja, der Hosenladenerlaß.
Erlaß? Von welchem Sultan?
Hach, Sie Scherzbold. Ich meine, daß diese jungen strammen Burschen.
Ach so. Hier, Herr Kriminalhauptkommissar, mein Ausweis. Ja, ich bin schon registriert. Aber erkennen Sie mich denn nicht wieder? Fingerabdrücke? Die haben Sie doch schon. Danke, ich kenne den Weg, man kann ihn ja nicht verfehlen.

O, ich weiß schon, was ich zu tun habe. Nein, heute wird ihr Ding nicht piepen, ich habe nichts Metallenes an mir, auch kein Cellophan.
Nun, sehen Sie. Selbstverständlich. Immer. Zu Ihren Diensten. Herzlichen Dank.
Nein, nein, Papier und Bleistift brauche ich. Ich werde eine Kritik verfassen. Hier, mein Presseausweis. Selbstverständlich bin ich beim BKA akkreditiert. Nein, Halbtagsstellung. Die andere Tageshälfte arbeite ich für den Verleger.
Ich bitte Sie. Das hat nichts zu bedeuten. O, ich sehe, Sie haben renoviert? Das ist ja ganz neu. Und so geschmackvoll. Welchen Bühnenbildner haben Sie denn an die Zahl-Premiere gelassen?
Aber gewiß kenne ich den. Er arbeitete schon erfolgreich in allen besseren Häusern, in Düsseldorf in der Rethelstraße, im Lido, im spanischen Parlament, am Blutgericht von Bilbao. Sein Name ist mir durchaus geläufig.
Ach da sind Sie ja wieder. Den Kugelschreiber und das Papier hat man Ihnen fortgenommen? Das hätten Sie doch wissen müssen. Diese Privilegien sind ausschließlich den bei Herrn Herold akkreditierten Feuilletonredakteuren vorbehalten.
Sie kennen Herrn Herold nicht, Sie Ärmster? Er ist der erfolgreichste Intendant der Republik, er inszeniert die schönsten Aufführungen, er hat alles unter Vertrag, was Rang und Namen hat. Seine Vorstellungen vom *Ring* hätten Sie sehen müssen! Phantastisch. Er führte uns alle an der Nase herum. Bis die Pointe kam. Faustisch, sage ich Ihnen. Absolute Spitzenklasse. Nun, er hat schließlich in den Staaten gelernt. Am Off-Broadway, bei Bissell und Helms, in Langley. Regieassistent bei, na Sie wissen schon, als der *Operation Chaos* auf die Bretter, die die Welt bedeuten, brachte... Haben Sie Ihre Garderobenmarke? Welchen Sitzplatz haben Sie? O, da sitzen wir ja beieinander. Aber gern erkläre ich Ihnen den Fortgang.

Links um die Ecke rum, rechts um die Ecke rum, den langen langen Gang entlang, der Circus Maximus an der Turmstraße in Altmoabit erstreckte sich von Westen bis Osten, von Süden bis Norden. Betriebsbesichtigung von bis. Wir haben in der Kantine gespeist, die kleinen Hinterzimmer besichtigt, in denen Richter, verschreckte Schöffen, Staatsanwälte und Pflichtverteidiger die Strafen aushandeln oder austrudeln, haben einen Blick in einen Gefängnishof geworfen, Platzkarten erworben, uns verirrt.
Graugesichtige Büroboten karren riesige Aktenberge auf knarrenden Wägelchen, entrückten Blicks, Staubfahnen hinter sich herziehend. Der Gang endet. Der Gang endet? Der Gang endet. Eine Tür. Ein Namensschild. Wer ist RiLG?

Aus roten Augen sieht er uns entgegen, öffnet den Mund, preßt die Lippen zusammen, läßt den Arm fallen.
Ja?
Zur Zahl-Premiere?
Das öffnet den Mund, Bücherwürmer, Anmerkungen, Fußnoten, Kadaver von Maden gleiten über eine graurosa Zunge. Das lächelt freundlich, schnieft, stößt Laute aus, einer Halskrankheit entsprungen, hebt die Arme, wirbelt mit den Ärmeln.
Wir danken und gehen.
Der war aber ganz freundlich. Wer war denn das?
Der hat einen liberalen Leserbrief an ein Hamburger Magazin geschickt, da haben sie ihn aus dem Amt entfernt und versetzt, hierhin, ins Archiv.
Das Treppchen hoch, den Gang links hinein, ein Treppchen hoch, einen Absatz entlang, ein Treppchen hinunter, einen Gang entlang. Es wird Licht!
Wir betreten die Schleuse, werden gefilzt und registriert, unsere Ausweise verschwinden im Nebenraum, wir werden die Treppe, eine schier endlose Wendeltreppe nach oben, geleitet.
Zwei Wärter bringen uns auf die Plätze, pflanzen sich links und rechts von der Stuhlreihe auf. Keine Bonbontüte raschelt!
Richtertisch, Zeugenstuhl, Angeklagtenstreckbank und Verteidigerhocker, Staatsanwaltpult und Sachverständigensessel liegen im Halbdunkel der Hinterbühne.
Vor uns werkeln Beleuchtungs- und Tontechniker, aus dem Orchestergraben tönt ab und an ein Husten eines Angehörigen der dort untergebrachten Hundertschaft Bereitschaftspolizei.
Ein schwarzer Samtvorhang gleitet lautlos vor der grün getönten Panzerglasscheibe zu. Wir erhaschen noch einen Blick auf den Souffleur, der in seinem Kasten unter dem Richtertisch verschwindet. Es wird dunkel. Ein letztes Husten, Sichräuspern.
Es ist pechschwarz um uns.
Totenstille.
Ich strecke die Beine aus und leg meine Hand auf Jörgs Unterarm.
Dann steht die Zeit still: das Klopfen in deinem Kopf.

JE UNSCHULDIGER, DESTO SCHULDIGER

1. AKT

Vorhang auf

Im Orchestergraben sind die Köpfe einer Hundertschaft Bereitschaftspolizei sichtbar.

Die Hinterbühne bleibt im Dunkeln.

Punktlichtscheinwerfer richten sich auf einen als Käfig gestalteten Laufgang, durch den nun, gefesselt an Händen und Füßen, der Angeklagte geführt wird.

Trompetenintro I

Punktlichtscheinwerfer holen die weiß überschminkten Gesichter von Richtern, Schöffen, Staatsschutzdienern und Verteidigern aus dem samtenen Dunkel.

STAATSANWALT Beweisen werden wir,
Daß der Angeklagte Zahl gedruckt hat
Dies Plakat,
hebt es hoch Das, wie er gewußt und wollte
Verbreitet wurde am 1. Mai.
Über der Aufschrift
FREIHEIT FÜR ALLE GEFANGENEN
Zeigt das Plakat eine Sonnenblume,
In deren Mitt abgebildet
Eine Eierhandgranat.
Murren aus dem Orchestergraben
Die Roten Blütenblätter sind dargestellt
Als Patronenhülsen,
Zischen aus dem Orchestergraben
Dazwischen stehn in Schwarzer Schrift
Die Namen FNL und FRELIMO, EL FATAH UND FAR,
BLACK PANTHER, WEATHERMEN, MIR und MR 8,
ZENGAKUREN, P.A.I.G.C., VIETCONG und YIPPIES,
Sowie TUPAMAROS!

Die Schöffen rühren sich nicht. Der Staatsanwalt tuschelt in Richtung Souffleur. Bereitschaftspolizisten führen die Schöffen, die erstaunt dreinsehen und keinen Widerstand leisten, ab. Zwei von ihnen kommen zurück, putzen sich die Hände ab und setzen sich auf die Schöffenstühle. Die Richter bleiben unbewegt.

STAATSANWALT Da auch der Drucker darf nicht zagen,
Zu tun, was ihm die Obrigkeit hat aufgetragen –
Dieselbe Macht hat ein Gesetz gestellt:
Den Tod für Schuld, zu zügeln diese Welt –
Beantragen Wir ein Jahr Gefängnis…

RICHTER I, *milde:* Zahl heißen Sie, Peter-Paul, verheiratet,
Zwei Kinder, Drucker, nicht richtig vorbestraft?

ANGEKLAGTER Ja. Ich...
RICHTER I Dazu später. Sie gestehn?
ANGEKLAGTER Ja, ich...
RICHTER I He, Kerl, man sagt, du trägst ein störrisch Herz,
Das Furcht vor nichts hat jenseits dieser Welt
Und lebest demgemäß. Du bist verurteilt,
Und deine Schuld auf Erden sei nie verziehn.
Wend dich der Ordnung zu, wenn du hoffst
Auf beßre Zukunft! Im Namen des Volkes...
VERTEIDIGER I, *sanft:* Der Prozeß, Herr Landgerichtsdirektor,
Hat grad erst angefangen. Ich frag:
Wessen wird mein Mandant beschuldigt?
Strafprozeßordnung und...
RICHTER II UND III Wie das, er wacht? Weh,
Kein Pflichtverteidiger ist er,
Ist Wählverteidiger, Terroranwalt.
ALLE, *Aufschrei:* ANWALT DES SCHRECKENS!
Bereitschaftspolizisten hechten auf den Verteidiger zu, reißen ihn aus dem Sessel und zu Boden. Handgemenge.
RICHTER II, *hysterisch:* Hosenladenerlaß!
Vier Polizisten halten den Anwalt an Händen und Füßen auf dem Boden. Ein fünfter hebt feierlich die Robe, ein sechster zieht mit lautem Ratschen den Reißverschluß der Hose herunter, ein siebter greift in den Schlitz und hebt Stück für Stück Gegenstände empor.
STAATSANWALT Ein Plüschtier!
RICHTER I Ein Waschbär!
RICHTER II Ein Maschinengewehr!
RICHTER III Und noch ein Waschbär!
ERSATZRICHTER Eine Eierhandgranate!
ERSATZSCHÖFFE Noch eine Eierhandgranate!
CHOR DER BEREITSCHAFTSPOLIZEI Ganz viele Waschbären!
STAATSANWALT Und ein Revolver!
Verteidiger wird aus dem Raum geschleift. Bereitschaftspolizisten streifen sich Roben über und klappen das Visier ihrer Helme hoch. Sie sehen völlig identisch aus.
STAATSANWALT, *pathetisch:* Suchen Sie, Verblendeter, sich einen
Verteidiger ihrer Wahl aus. Nehmen Sie den? Oder
Den? Der ist auch ganz gut. Und wie wärs mit dem?
2 der Verteidiger setzen sich gleich in die Sessel und versinken prompt im tiefen Schlaf.

2. AKT

Vorhang.

Trompetenintro. Von der noch dunklen Bühne erklingt

GESANG Was wolln denn derlei Angeklagte,
Ja was wolln sie, was?

SOLOSTIMME Sie nennen tadelnd unsere Weisheit Dummheit,
Erachten Zinsgewinn nicht für Bedarf;
Verpönen Vorsicht, schätzen lediglich
Die Tat der Faust.

Licht an, Tanz der Lemuren.

RICHTER I, *Baß:* Die stille geist'ge Kraft,
Die überlegt, wie viel der Hände wohl
Zur Arbeit not tun, wenn das Werk es fordert –
Ausbeutung gilts ihnen,
Entfremdung gar und Klassenkrieg.

ALLE Yeah, yeah, that's what it is.

RICHTER II, *Bariton:* So daß die Massenstreiker, die den Gewinn
Zu Boden schlagen mit gewaltgem Schwung
Und Ungestüm der Masse, höher stehn
Nach ihrem Sinn als jeder Aufsichtsrat
Und höher als die Seelenfeinheit derer,
Die diesen Staat so brav zu lenken wissen.

ALLE Yeah, yeah, that's how it is.

Punktlichtstrahler richtet sich auf das Ende des Laufkäfigs, in dem der Angeklagte mit Knebelketten dazu gebracht wird, rhythmisch tänzelnd seinem Platz entgegenzustreben.

RICHTER III, *Tenor:* Nimm unsre Ordnung weg,
Mach diese Saite stumm,
Und ach, welch Mißton folgt! Die Dinge stoßen
Im ewgen Streite sich: es schwillt der Busen
Der eingedämmten Flut, des Strandes spottend,
Bis sie dies feste Rund auflöst in Schlamm;
Zum Herrn der Starken werfen auf sich Schwache.

ALLE Yeah, yeah, that's how it is.

STAATSANWALT I, *Altstimme:* Der rote Sohn schlägt seinen Vater tot;
Gewalt wird Recht, nein vielmehr: Recht und Unrecht
Verlieren samt der Herrschaft
Dann ihren Namen. Alles wird Gewalt.

ALLE, *zischelnd:* Gewalt ist Schitt. Gewalt ist Schitt. Gewalt ist.

STAATSANWALT II, *Sopran:* Ich wäre lieber Knecht nach meiner Art
Als Herr mit ihnen nach der ihren,
Wo's keine Knechte weiter gibt.
Verteidigt wird am Mekong auch diese, Unsre Stadt,
Da verteidgen wir das Recht der Freien Welt,
Zu tun mit ihren Gefangnen, wie's ihr paßt!

ALLE, *aufbrausend:* Yeah, yeah, shubidubidu.
Alles setzt sich und verharrt maskenhaft steif.
RICHTER I Auch ich haß diese Burschen.
Mein Grund sitzt tief im Kopf.
Die Peitsche diesem Dummkopf!
Angeklagter, haben Sie was zu sagen?
DELINQUENT *steht auf:* Ich für mein Teil bin, wie Tausende Andrer,
Durch diese Stadt gelaufen,
Mich unterwerfend keiner grausen Macht,
Und so entgürtet, Schöffen, wie Ihr seht,
Hab ich die Brust dem Donnerkeil entblößt;
Und wenn des Blitzes schlängelnd Blau zu öffnen
Des PIOS-Computer Maul schien, bot ich mich selbst
Dem Wüten des Staatsschutzes zum Ziele dar.
STAATSANWALT I Meine Herren Verschworenen,
Hohes Gelichter, meine Dome und Huren!
Es ist erwiesen, daß er gedruckt
Dies Plakat, das aufruft zum Verbrechen,
Gefangne zu befrein mit Hilfe schwerer Waffen,
Ja des Roten Hahns, in diesem Land,
Zu befriedigen seine wirre Sinneslust,
Denn politische Motive kann ich nicht erblicken
In diesem Fall. Im April gedruckt
Dies Plakat, am 14. Mai, kurz darauf,
Befreiten Terroristen einen der Ihren,
Der Unnennbaren Unnennbarsten. Hier das Plakat,
Da das Geschehn, die grause Tat.
Kausal verbunden Gedanke, Plan, Verbrechen.
ANGEKLAGTER Einspruch.
RICHTER I Abgelehnt. Nur zur Verschleppung
Dient deine Red.
PFLICHTVERTEIDIGER I So laßt uns doch.
Gerad begonnen hat das Spiel,
Laßt einsehn uns,
Daß Unbesonnenheit uns manchmal dient,
Wenn tiefe Pläne scheitern; und lehrt uns,
Daß ein Weltgeist unsre Zwecke formt,
Wie wir sie auch entwerfen.
Mein Mandant…
DieBühnenbeleuchtung erlischt, ein Punktlicht zielt auf den Sprecher, der sichtlich erschrickt, zusammenzuckt, gehetzt um sich blickt. Pflichtverteidiger II zieht unter der Robe einen Degen hervor, Pflichtverteidiger I weicht zurück, zieht aus den weiten Ärmeln seiner Robe einen Dreizack und ein Netz hervor. Sie kämpfen, sich in großen Sprüngen über die Bühne bewegend. Staatsanwalt I stellt

Pflichtverteidiger I ein Bein, der stolpert und fällt. Pflichtverteidiger II setzt seinem Kollegen die Degenspitze auf die Gurgel, sticht zu. Eine riesige Blutfontäne spritzt empor. Schrei.
Licht aus. Vorhang.

3. AKT

Bei der Tatortbesichtigung. Fliesen, Neonlicht, Druckmaschinen, im Hintergrund Papierberge. Staatsschutz und Bereitschaftspolizei ständig in Bewegung, die Herde der Prozeßführenden umschwärmend.
Trompetenintro.
Auftritt des Zeugen Jürgen R., Abteilung Staatsschutz. Maske vor Gesicht und Maske vor dem Hinterkopf.
Nebel, Käuzchenschreie.

ZEUGE Die Zeit ist aus den Fugen; Schmach und Gram,
Daß ich zur Welt, sie einzurichten kam.
Zum Angeklagten hin
Und du, ich wollt, du wärst ein Hund, daß ich
Ein wenig dich noch lieben könnt.
Allein, so groß ist der Verderb der Zeit,
Daß Wir zur Pfleg und Heilung unsres Rechts
Zu Werk nicht gehen können, als mit der Hand
Des harten Unrechts und verwirrten Übels.

NEUER WAHLVERTEIDIGER Sie waren des öfteren hier?

ZEUGE Juppheidi und juppheida,
Hausdurchsuchung, Razzia.
So ist's. Ungezählte Male warn wir
Gezwungen heimzusuchen dieses Vieh.
nachdenklich Von allen Wundern, die ich je gehört,
Scheint mir das größte, daß sich Menschen fürchten,
Da sie doch sehn, das Regime des Schreckens,
Dies Schicksal aller, kommt, wenn es kommen soll.
Und der da will verhindern dies
Mit seinen beiden alten Druckmaschin'.

STAATSANWALT I So solln Sie hören,
Von Taten, fleischlich, blutig, unnatürlich,
Zufälligen Gerichten, blindem Mord;
Von Toden, durch Gewalt und List bewirkt,
Und Plänen, die verfehlt zurückgefallen
Auf des Erfinders Haupt.

STAATSANWALT II Hat der Angeklagte etwa Fragen?

ANGEKLAGTER Herr Zeuge, Sie durchsuchten unsre Druckerei?

POLIZIST Wir fanden Platten, Plakat, Film und Andruck
Und legten sie beiseit.

RICHTER I Wie das?
POLIZIST Sahn zunächst kein Verbrechen drin.
ANGEKLAGTER, *freudig erregt:* Und was sagten Sie zu mir?
ZEUGE, *mürrisch:* Was sollt' ich sagen? Hab gemeint:
Es müßten nur unter die Forderung
FREIHEIT FÜR ALLE GEFANGENEN
Auch alle Gefangnen in Rußland
Subsumieret sein.
DRUCKFEHLERTEUFEL *kichert*
ANGEKLAGTER Und dann?
POLIZIST Dann schieden wir in Frieden.
WAHLVERTEIDIGER Versteh ich Sie Recht, Herr Zeuge,
Nichts Strafbares entdeckten Sie
In Inhalt und Form des Plakats,
Beendeten Ihr Tun und gingen?
POLIZIST So ists.
STAATSANWALT I Gefunden ward das Plakat,
Will sagen, eins der tausend,
In der Nähe eines Tatorts dann,
Wo Mußmaßliche, ja Unnennbare, angesteckt
Werkhallen einer amerikanischen Fabrik...
STAATSANWALT II, *einen Totenschädel aus dem Regal nehmend:*
Ob nun im ersten Zugriff
Ein Leiter unsres Staatsschutzes gedacht,
Hier läg nichts Strafbares vor,
Tut nichts zur Sach.
Nicht tot ist das Gesetz, wiewohl es schlief.
Die Vielen hätten nicht gewagt den Frevel,
Wenn gleich der erste, der die Vorschrift brach,
Gebüßt hätt seine Tat.
RICHTER I, II UND III, *beiseite:* Im Mutterleib
Ist der gehörnte rote Fluch
Schon über uns verhängt!
WAHLVERTEIDIGER, *mit Aktenteilen fuchtelnd*
Namens und im Auftrag meines Mandanten
Stell den Auftrag ich
Wegen Befangenheit. Dieser Richter...
RICHTER I, II UND III *im Chor:* Abgelehnt.
Die Tatsache der früheren NSDAP-Mitgliedschaft
Rechtfertigt für sich allein
Kein Mißtrauen in die Unparteilichkeit
Des Richters. Dabei ist es unerheblich,
Ob der Richter, wie die Revision vorträgt
WAHLVERTEIDIGER Im Oktober 1932
RICHTER II UND III Oder erst

RICHTER I Am 30. Januar 1933? Ja, so wirds sein.
RICHTER I, II, III Wie er sich zu erinnern glaubt,
In die NSDAP eintrat.
RICHTER I Heut nehme ich
Keine innere Haltung ein,
Die meine Unvoreingenommenheit
In vorliegender Sache
Störend beeinflussen könnte.
BEREITSCHAFTSPOLIZEI Yeah, yeah, shubiduba, yeah!
WAHLVERTEIDIGER Den Beweis erbringen wir,
Daß Richter B. huldigt nach wie vor
Den alten Zielen, der alten Moral.
Als Zeugin laden wir seine Tochter.
Licht geht langsam aus. Zwischen den Papierstapeln taucht ein kleines Mädchen auf. Weißes, langes Hemd, offene Haare, blutige Füße, blaues Gesicht.
MÄDCHEN Nicht schlagen! Nicht!
Reißt die Hände vors Gesicht. Bereitschaftspolizei schleppt sie im Würgegriff ab. Richter I krempelt die Ärmel hoch.
Zwischen anderen Stapeln erscheint, halbhoch in der Luft schwebend, ein etwa vierzehnjähriger
TEENAGER *in blaugepunktetem Kleid, weißen Kniestrümpfen, mit Zopf. Reißt die Hände vors Gesicht:*
Nicht schlagen! Nicht!
RICHTER I, *Schaum vorm Maul, von Bein zu Bein hüpfend*
Aber immer,
Solange Du Deine Beine unter meinen Tisch.
Prügelnd ab.
RICHTER II Die Tochter ist, da verwandt, befangen.
Und wer immer es sei in meinem Lande,
Der um Gesetz und Recht zum Kammergericht geht,
Wo er Gerechtigkeit im Lande sucht
DRUCKFEHLERTEUFEL *zieht sich rote Robe über, schneidet Grimassen, lacht, klopft sich auf die Schenkel, deutet mit Fingeralphabet ins Publikum:*
S-e-l-l-e-Z-e-l-l-e-W-e-i-ß. *Ab*
RICHTER II Der sei sogleich erkannt als Hochverräter
Und hingerichtet als ein Feind von Deutschland.
Bereitschaftspolizei stellt sich in eine Reihe, legt das Gewehr auf den Verteidiger an.
STAATSANWALT FEUER!
Knall
RICHTER I, *trocken:* Abschuß!
Hörnerklang, Hundebellen, Licht schwindet. Vorhang zu.

4. AKT

Trompetenintro.

Punktlichtstrahler heften sich auf den nackten Angeklagten in einer weißen Zelle, groß wie ein Seemannskoffer, zufüßen der Richter, die nun auf Barhockern in der Mitte der Hinterbühne (auch: Königsbühne) sitzen. Partygedränge. Parlamentarier, Manager, Kuponschneider, Playboys, Huren, Kapitaleigner. Gelächter, Gläserklingen, Salonmusik (Bundeswehrband).

Staatsanwalt I Im übrigen erklärten wir *lacht*,
Dies ist kein politischer Prozeß,
Weils in der freiheitlich-demokratischen
Siewissenjaschon keine politischen Prozesse
Gibt. Das sollte genügen.

Staatsanwalt II, *sich die Robe desPflichtverteidigers überstreifend*
Gewiß, gewiß. Das sollt genügen.
Denn wie kann die freiheitliche Ordnung,
Der Schulen Stufen, Tarifautonomie,
Ein friedlicher Verkehr der zwei Systeme,
Das Recht des Eigentums, Pflichten der Geburt,
Vorrecht des Alters, Geldes, Gewinns, Lorbeers
An ihrer rechten Stelle stehn anders als
Durch verstaatlichte und durch durch und durch
Demokratische Partei'n?

1. Schöffe Wohl wahr. Metzger bin ich und
Mitglied der CDU.

2. Schöffe Dem stimm ich zu, als demokrat'scher
Sozialist nach Godesberger Art
Und Steuerinspektor in Neukölln.

Staatsanwalt I So spricht Natur- und Völkerrecht
Gleich laut, daß nach der Sitte
Fall'n muß Drucker Zahl; Unrecht
Wird besser nicht, wenn man darin verharrt,
Nein, macht das Unrecht ärger.

Angeklagter Wasser! Gedankenfreiheit!

Richter I Hüt deine Zunge, Bube, schließlich
Gibts außer Straf- das Ordnungsrecht!

Angeklagter Brot, Liebe, Freiheit, Glück.

Richter I schnippt mit den Fingern.

Bereitschaftspolizisten zerren den Angeklagten aus seinem niedrigen Käfig, streifen ihm das Büßerhemd über, setzen ihm den spitzen Schelmenhut auf, pumpen ihn mit der Pumpe durch den Darm auf und ernähren ihn künstlich durch einen Plastikschlauch durch die Nase. Über den Mund kleben sie einen breiten Streifen Leukoplast, dann zerren sie ihn hoch und binden ihn vor einen, nun als Anklagebank dienenden Tisch voller Fressalien.

STAATSANWALT II *als Pflichtverteidiger*
Meine Herren Richter, Damen und Herren,
Schaut auf diesen Mann –
reißt dem Angeklagten den auf die Brust gesunkenen Kopf hoch
Auf seinem Leben zeigt sich eine Prägung,
Die dem, der aufmerkt, seinen Lebenslauf
Völlig enthüllt. Er selbst und seine Gaben
Sind nicht so ganz sein eigen, daß er sich
An seine Tugenden, noch sie an sich
Verschwenden darf. Das Schicksal machts mit uns
Wie wir mit Fackeln tun: um ihretwillen nicht
Entzünden wir sie; wenn die Tugenden
Aus uns heraus nicht flössen, wär es so
Als hätten wir sie nicht.
Ich fordre seitens der Verteidigung zwei Jahre!
Partygäste amüsiert. Klatschen, Johlen, einzelnes Hört-hört!

RICHTER I, *kreischend:* Pst mal, ich glaub,
Er hat etwas gesagt.
Staatsschützer reißen den Kopf des Angeklagten hoch, das Leukoplast ab und halten ihm ein Megaphon vor die Lippen.

ANGEKLAGTER Nun könnte ich, Ihr Schöffen,
Einen Mann euch nennen,
Der ganz wie diese schreckenvolle Nacht ist,
Der donnert, blitzt, die Gräber öffnet, brüllt,
So wie der Löwe dort, am Bahnhof Zoo.
Ein Mann, nicht mächtiger als Ihr und ich
An Leibeskraft, doch drohend angewachsen
Und furchtbar, wie der Ausdruck dieser... Gärung, und
Da bin ich sicher, das... riefen wir schon
Laut bei jeder Demonstration –
Die Staatsschützer lassen Kopf und Megaphon sinken. Flüstern, Gestammel. Musik lauter. Die Partygäste drehen dem Publikum den Rücken zu.

ANGEKLAGTER, *schreiend:* Und bald fortgefegt,
Wegen allzu großer Korruption –
Der Innensenator ists, neun Verfahren
Bracht' Neubauer mir ein!
Partygäste drehen sich im Takt der Musik mit einem Mal um: sie alle tragen eine Neubauer-Maske.

RICHTER I, *den Staatsanwalt an den Händen fassend (Walzerklänge ertönen)*
Du kannst ihn würgen
Sie tanzen. Mit 'nem Klotz
Den Schädel ihm zerschlagen, oder ihn

Mit einem Pfahl ausweiden, oder auch
Mit einem Messer ihm die Kehl durchschneiden.
Den machen wir hin. Ich schwör's!
Immer lauter werdende Musik. Alles tanzt Walzer. Mit Abklatschen, Verbeugungen, Kußhänden, Scherzen etc.

RICHTER I, *mit dem Pflichtverteidiger walzend:*
Irren
In unheilbarer Kreuzung die Planeten,

VERTEIDIGER Welch Schreckenszeichen dann, welch Seuchen,
Gärung, welch Erderschütterung, Meerestoben,

RICHTER I Aufruhr der Luft, Umsturz, Entsetzen, Graus
Zerteilt, zerreißt,

RICHTER II *klatscht ab:* Erschüttert und entwurzelt
Jedweden Zustand eheruhigen Friedens
Bis auf den Grund!

VERTEIDIGER Wenn's Vorurteil schwankt,
Wenn weicht die Justiz, wenn's Freispruch gibt,

RICHTER III *klatscht ab:* Für den Druck dieses Plakats,
Zu jedem hohen Ziel die einzige Leiter,
Dann krankt der ganze Staat.
Break.

ANGEKLAGTER, *in die plötzliche Stille hinein:*
Hier ist alles Gewalt. Gewalt gegens Volk.
Gewalt wird Willkür, Willkür zur Begier,
Und die Begier, ein allgemeiner Wolf,
Mit ihren Dienerpaaren…
Bricht zusammen.

SOUFFLEUR *fährt gelangweilt fort:* Gewalt und Willkür,
Nährt sich vom allgemeinen Raub und frißt
Am End sich selber auf.
Musik setzt ein, zögernd beginnen die Gäste wieder zu tanzen.

ANGEKLAGTER UND SOUFFLEUR, *etwas versetzt:*
Ich fordre Freispruch.
Wahrhaft tapfer sein, heißt:
Nicht ohne großen Gegenstand sich regen,
Ja ein Plakat noch selber groß verfechten,
Wenn Freiheit auf dem Spiel.
Der Dichter sagt: So macht
Bewußtsein Feige aus uns allen.
Musik spielt immer lauter und schneller. Souffleur und Angeklagter schreien, man versteht keinen Ton ihrer Rede. Richter, Staatsanwälte, Staatsschützer, Manager etc. im Tanzrausch.
Vom Bühnenboden gleiten Nornen an Seilen in den Orchestergraben, hangeln sich hoch, setzen sich auf die Rampe der Vorderbühne, beginnen zu stricken.

CHOR DER NORNEN Der von dem Landgericht
Festgestellte Sachverhalt erfüllt
Den äußeren und inneren Tatbestand des § 111
Strafgesetzbuch alter und neuer Fassung.
Bereitschaftspolizisten eilen auf die Nornen zu, auch sie beginnen zu walzen.
EIN ZUSCHAUER Das Schlußwort.
RICHTER I *aus dem Knäuel der Tanzenden heraus:* Was?
ZUSCHAUER Das Schlußwort des Angeklagten.
RICHTER I, *Arie, Baß, begleitet von Pizzikato-Streichern:*
Wir aßen uns satt am Grausen
Einst. Und jetzt. Und Entsetzen,
Unsrem blutgen Sinn verwandt,
Erstaunet uns nicht mehr.
Mit den Schlußworten ists Schluß.
Musik setzt wieder voll ein. Wird überlaut, grell, schrill.
Das Licht erlischt. Schreie, Seufzer, unterbrochne Rufe werden hörbar. Langsam geht das Licht wieder an. Punktstrahler richten sich auf den nun am Boden vor dem Partytisch an allen Vieren angeketteten Angeklagten.
RICHTERSTIMME Im Namen des Volkes.
Ein halbes Jahr auf drei Jahre Bewährung.
CHOR Und bewähren wirst du dich nicht.
RICHTERSTIMME Hier dein Recht:
Die Menschenrechtskonvention –
Ein dickleibiges Buch wird auf den Angeklagten geworfen.
Das Grundgesetz.
Der Kopf des Angeklagten wird von einem zweiten Buch getroffen.
Die Verfassung des Landes Berlin.
Ein drittes Buch prallt mit voller Wucht auf den Schädel.
Echohall: Das Strafgesetzbuch.
Ein viertes Buch.
Die Strafprozeßordnung.
Echohall mit WaWa:
I-M--N-A-M-E-N--D-E-S--V-O-L-K-E-S...
ANGEKLAGTER, *blutend, schreiend, bei jedem Treffer von Büchern zusammenzuckend* Schlaft nicht mehr!
Gelächter aus dem Dunkel

Nun, mein Fräulein, wie fanden Sie die Inszenierung? Erwartungsvoll sah der Präsident des Landgerichts mir in die Augen. Er war ein älterer, freundlicher Herr, an die sechzig, mit beeindruckendem weißem Haar, das sich über den Kragen seiner Robe ergoß, mit rundem, naivem Gesicht, verwaschen-blauen Augen, die Aderrisse des Trinkers in den Flügeln der gewaltigen Nase. Wieder nickte er mir zu, als wolle er mir die Schüchternheit nehmen. Ich schluckte den Rest eines Schinkensandwichs, spülte mit leichtem Moselwein nach und räusperte mich.

Etwas naiv, aber sehr wirklichkeitsgetreu, sagte ich.

Nicht wahr? freute sich der alte Herr. Er zutschte sich Fleischreste aus den Lücken seiner nikotingelben Zähne. Ein Überfluß an rosa Fleisch. Seine Hand stieß aus den Ärmeln der Robe, ein gepflegter rosa Finger erigierte.

Sie werden erleben, wir werden unser volles Haus behalten. Die Belegungsquote der Zuschauersessel beträgt fünfundneunzig Prozent. Schade nur, daß wir keine Eintrittsgelder verlangen dürfen.

O das wird auch noch kommen, meinte ich und sah Jörg hilfeflehend entgegen. Er sollte mich von diesem Mann erlösen, mit dem ich im Foyer des Saals 501 an der Bar stand.

Herr Landgerichtsdirektor! rief Jörg. Strahlend ging er auf den Herrn zu, streckte ihm die Hand entgegen und blieb vor ihm stehen. Der alte Herr schien erfreut.

Kennen wir uns?

Noch nicht, Herr Direktor, noch nicht, sagte Jörg und schüttelte die ihm gebotene Hand wie einen Pumpenschwengel. Ich drehte mich um, stellte das Weinglas auf die Bar und zwinkerte Jörg zu, kam ins Stolpern, strauchelte – der Herr Präsident ergriff flugs meinen Arm oberhalb des Ellbogens.

Danke, Herr Präsident, sagte ich.

Aber junge Frau, lächelte dieser. Sie müssen mich entschuldigen, die vielen Gäste … Sie entschuldigen doch. Es hat mich wirklich sehr gefreut, einen kleinen Imbiß mit einer so charmanten jungen Dame einnehmen zu können. Auf Wiedersehen. Er eilte mit wehender Robe fort.

Jörg legte mir den Arm um die Schulter. Komm, sagte er. Nebenan ist eine Pressekonferenz. Das Fernsehen ist auch da. Arm in Arm schritten wir durch einen hallenden Gang. Jörg nestelte in seiner Hosentasche.

Zeig mal, sagte ich und lachte.

Gut hast du das gemacht, lobte Jörg. Ein zarter Griff genügte. Diese alten Männlein werden zwar um die Taille herum immer dicker, aber die Ärmchen und Beinchen bleiben dünn und fahl und werden schlottrig. Er sah auf das Markenzeichen.

Puh, machte er. Der Herr Landgerichtspräsident, eine poplige Tissot, nicht mal Gold.
Er steckte die gestohlene Armbanduhr wieder ein. Früher war das Gesox mal für eine schöne goldene Sprungdeckeluhr überm Embonpoint gut. Gucken wir uns zwischendurch die Pressekonferenz an?
Ja, sagte ich und schmiegte mich an ihn. Gruselig ist es hier ja noch immer, sagte ich, aber der Stil der Verhandlungen hat sich doch gewaltig geändert.

Laß uns die Turmstraße entlangbummeln und die Schaufenster betrachten! Ist das nicht das Paradies? Fast?
Konsumterror? Hör doch mit dem Scheiß auf. Die Leute habens hergestellt, also haben sie ein Recht darauf.
Ja, genau, *alle* haben Recht auf *Luxusgüter.* Was sind denn Luxusgüter? Niedrige Herstellungszahlen, hoher Preis gleich Luxus. Was aber, wenn alle zusammen bestimmen, was produziert wird und wie? Wenn alle bestimmen: wir stellen keinen Kunststoffdreck mehr her. Leinen und Baumwolle, Samt, Seide, Satin, Brokat, Damast, Wolle für alle! Wenn alle bestimmen: wir bauen keine VWs mehr, keine Kadetts, sondern nur noch leistungsfähige, energiesparende, gemütliche, oft verkehrende Massenverkehrsmittel, und für Transporte übers Land und auf dem Land nur noch 600er Pullmann und Rolls Royce? Wir sollten viele Läden so lassen wie sie sind – damit wir in Erinnerung behalten, was früher nur den Wenigen zur Verfügung stand.
Schau dir den Schallplattenladen hier an! Haben die nicht schön dekoriert? Macht es keinen Spaß hineinzugehen und sich eine Platte anzuhören? Und welche Platten! Von Gregorianischen Chorälen bis Dylan. Zahl fünf Mark an, und morgen oder übermorgen kannst du jede beliebige Platte aus dem Katalog abholen. Kannst du dir nicht vorstellen, was eine Kooperative für Schallplattenvertrieb davon lernen könnte und lernen wird?
Von Konsumterror kann nur einer sprechen, der mit goldenen Löffeln im Mund großgeworden ist oder Aussicht auf eine Karriere hat, wo er sich goldene Löffel leisten kann. Oder es sich leisten kann, auf goldene Löffel, Kleidung, Autos, Fernseher, Geschirrspülmaschinen zu verzichten.
Du wirst keinen treffen von meinen alten Schulkameraden aus Kreuzberg, keinen aus der Waldemar- oder Naunynstraße, der *Opfer bringen* will. Das tun sie doch! Von Geburt an. Jeden Tag. Von Montag um fünf in der Frühe bis Freitag nachmittag Opfer… vierundzwanzig Stunden am Tag in der Mühle, im Dreck, im Verzicht. Und da willst du kommen und von *Konsumterror* predigen? Hör doch auf!

Omi, guck nicht so! Hast du noch nie Leute gesehen, die sich auf der Straße küssen? Warst du nie jung?
Na also.
Entschuldige, Omi, brauchst du eine Uhr? Wir brauchen nämlich keine.
Entschuldigen Sie, daß ich Sie duzte, Omi. Nein, wirklich, Sie können die Uhr haben.
Gold, ja. Und?
Aber ich sagte Ihnen doch, wir brauchen sie nicht.
Ich habe sie, äh, geerbt.
Aber nein.
Ich habe Sie geduzt, weil Sie eigentlich aussehen wie eine wirklich nette Omi.
Nein, das meine ich wirklich so. Jeder von uns hat doch eine Omi.
Das haben Sie noch nie erlebt bei jungen Leuten? O Sie werden noch ganz andere Dinge erleben in dieser höchst merkwürdigen Stadt. Dürfen wir Sie zu einer Tasse Kaffee einladen? Essen Sie auch gern Kuchen? Wir gehen nämlich nun hier herein. Sieht das nicht verlokkend aus?
Aber ich bitte Sie, Zeit haben Sie bestimmt.
Nein, keine Hintergedanken. Nur wenn Sie einverstanden sind, können wir uns über Küsse auf der Straße unterhalten.
Selbstverständlich lieben wir uns, Omi. Darum küssen wir uns doch auch. Ist das nicht wie ein Sonnenstrahl auf der Straße? Sie gucken noch immer so mißtrauisch. Meinen Sie etwa, wir wollten Sie beklauen?
Im allgemeinen haben Sie recht. Bei uns aber nicht. Und darüber unterhalten wir uns jetzt. Einverstanden? Was nehmen Sie?
O gewiß mögen Sie das.
Ist das nicht seltsam – ein Typ, der schleppt, heißt *Herr Ober,* ists eine Frau, heißt sie *Fräulein.* Wir hätten gern Schwarzwälder Kirsch für uns alle, ein paar Kännchen Kaffee und, trinken Sie einen Kirsch mit? für alle, auch für Sie, mein Fräulein, einen doppelten Kirsch.
Das haben wir.
Haben wir ein Glück gehabt. Jetzt fängt es draußen an zu regnen. Darf ich Sie weiterhin Omi nennen?
Erzählen Sie mal, was machen Sie denn so den lieben Tag?

DER ALLGEGENWÄRTIGE

Der Mond drängt sich zwischen die Gitter meines Zellenfensters, tritt an die Pritsche und pocht mir mit dem Zeigefinger auf die Schulter.
– Es ist Zeit, flüstert er.
– Ja, sage ich verschlafen, schwinge die Beine vom Bettrand und pirsche an die Tür. Ich horche. Stille. Schnell verklebe ich den Spion mit Klopapier und ziehe den Pullover an.
Nach fünf Jahren Untersuchungshaft hat der Gefangene Anspruch auf Haltung eines kleineren Haustieres in der Zelle. Seit Wochen besitze ich ein schönes Aquarium. Leise hole ich Jona, den Sägefisch, aus dem Wasser und rede beruhigend auf ihn ein, damit er nicht quengelt und brüllt.
Um die Unersättlichkeit eines Sägefisches wissend, habe ich seit vierzehn Tagen bestimmte Stellen des Betongitters mit Knastmargarine bestrichen. Es riecht schon infernalisch. (Alle politischen Gefangenen stinken, murmeln tagsüber die Schließer und halten sich die Nase zu.) Gierig beginnt Jona sein Werk. Ich halte ihn wie einen Schlagbohrer, an Bauch und Schwanz. Beim Sägen fließt Jonas Geifer und verhindert das lästige Quietschen.
Noch eine Nacht, und das Gitter ist durch. Tagsüber sind die angesägten Stellen nicht zu sehen, ich habe sie mit hartgewordenen Krümeln des Knastbrotes verschmiert.
Zwischendurch trete ich immer wieder einen Schritt zurück und lausche. Der kalte Schweiß rinnt mir in die Augen. Der Mond zwinkert mir beruhigend zu.
Unermüdlich sägt Jona. Schon knirscht es, eine der Streben ist säuberlich durchtrennt...
Ich fahre zusammen. Das Neonlicht in der Zelle flackert auf. Der Schlüssel kreischt im Schloß. Einmal, zwei Mal. Angst lähmt mich. Die Tür öffnet sich – wie versteinert halte ich Jona vor meinen Bauch. Gehirn gefriert. Der eklig-süße Geruch von Adrenalin erfüllt die Zelle.
Der Uniformierte steht in der Tür und blickt mich an. Er lächelt.
– Du? flüstere ich.
– Ich, sagt der Mann. Wer sonst?
– Aber, sage ich, aber ich hab heute doch gelesen, daß...
– Daß ich in Brasilien sei und gestern den Diktator mit einem Giftpfeil... Das war mein Doppelgänger. Wir sind zur Zeit mindestens fünf...
– Fünf? hauche ich. Ich sinke auf den Bettrand. Mißtrauisch schnuppert Jona am Bein des bekannten Fremden. Dieser greift in die innere Brusttasche, holt eine Bockwurst heraus und füttert, Unverständliches flüsternd, meinen Sägefisch.

Sein Gesicht bleibt ungerührt. Ein Durchschnittsgesicht. Ich habe es schon immer und überall gesehen. Ein Gesicht von einer Durchschnittlichkeit, daß es schon wieder auffällig, unverwechselbar ist.
– Guck mich nicht so an, sagt der Mann. Wir haben alle die gleiche Visage. So kann man am besten operieren. Auch du wirst zum Doktor gehen müssen und dir ein anderes Gesicht verpassen lassen. Deine Nase, ts, ts...
– Laß meine Nase aus dem Spiel, sage ich und gewinne meine Ruhe wieder.
– Was soll ich mitnehmen? frage ich. Du kannst mir beim Packen helfen.
– Packen? Mitnehmen? fragt der Uniformierte und läßt die riesigen Schlüssel um den Zeigefinger kreisen. Irrtum, mein Bester. Da gibt es doch noch etwas anderes...
– Wie bist du übrigens hier reingekommen? frage ich, ihn überhörend. Ich kniee vor dem Bett und ziehe Kartons hervor.
– Wie man hier so reinkommt – durch die Tür. Sagt er.
– Und die diensttuenden Beamten im Flügel?
Er winkt mich zur Tür: in der Glasbox hängen die Schließer über dem Schreibtisch und schnarchen.
– Nicht zu glauben, hauche ich. Aber, aber – hast du das denn ganz allein geschafft?
Stumm weist sein Finger in die andere Richtung: an der Wand im Korridor stehen vier Uniformierte. Alle tragen sein Gesicht.
– Wer bist du wirklich? frage ich energisch. Der Stern schrieb...
– Ach, der *Stern,* lacht er.
– Und *Der Spiegel* meinte...
– Oho, *Der Spiegel,* kichert er.
– Wer bist du nun wirklich? frage ich. Furcht greift mir wieder ans Herz.
– Dreh dich mal kurz um, sagt er.
– Was?
– Umdrehen!
Ich drehe mich um.
– Du kannst wieder gucken, sagt eine andere Stimme. Ich wende mich um und erstarre: fünf völlig andere Gesichter grinsen mich über den Uniformkragen an.
– Buback! ächze ich. Was, zum Teufel..?
– Pst! machen die Fünf wütend. Dreh dich um!
Folgsam wende ich mein Gesicht dem Zelleninneren zu. Jona knabbert an der Bockwurst, der Mond schlüpft durch die Gitter.
– Umdrehen! tönt es hinter meinem Rücken.
Es ist unfaßlich: wiederum haben sich die Gesichtszüge der Männer völlig gewandelt. Ich fahre mit der Zunge über die trocken gewordenen Lippen.

– Frank Kitson! Kitson – du?
Die Männer kichern und tänzeln im verdunkelten Gang.
– Timpe-timpe-tim, summen sie. Timpe-timpe-tim. Erinnerungen schießen in mein knirschendes Großhirn: die Tanzstunde vor siebzehn Jahren.
– Du bist...ihr seid also...
– Pst, macht es. Dreh dich wieder um. Ich werfe noch einen Blick auf die fünf Kitsons, alias Bubacks, alias...
Jona klettert den Schrank empor und stürzt sich in sein Aquarium. Der Mond nähert sich mir auf Zehenspitzen, den rechten Zeigefinger auf den Lippen, dreht leicht den Kopf zum Korridor hin, und wir blikken wieder hinaus, an der Zellentür vorbei um die Ecke. Fünf unverkennbare Visagen schauen uns spöttisch entgegen.
– O Gott, sage ich. Poniatowski...fünf Poniatowskis!
Die Männer tänzeln elegant, die Arme haben sie einander um die Hüften gelegt.
– Du bist also, ihr seid also in Wirklichkeit...
Die Fünf beugen das Knie vor mir.
– Zu Ihrer Verwendung, flüstern sie. Und springen dann auf. Und hüpfen auf einem Bein. Und lachen. Und singen leise:
– Ach, wie gut, daß niemand weiß, daß ich...*Carlos* heiß..!
– Carlos! Meine Kehle ist wie ausgedörrt. Also du bist, oder vielmehr, ihr seid...oder vielmehr Buback, Kitson und Poniatowski sagen, daß...
– Pst! machen die grotesk eckig tänzelnden Männer. Und bleiben mit einem Ruck stehen.
– Ein Ton – und! sagt einer von ihnen. Der erste tritt wieder zu mir und macht diese Geste: mit dem Finger um die Gurgel herum.
– So sind wir, so bin ich und so bleib ich, summen die anderen vier.
– Nimm mich mit, bettele ich. Nehmt mich mit. Ich bin bereit, alles...
– Versprich nicht zuviel, sagt der Mann vor mir, bewegt kurz den Schädel zur Seite, und als er sich wieder mir zuwendet, blicke ich auch in die Mündung eines Schalldämpfers.
– Wer ist das? kommt es messerscharf von seinen Lippen. Weißt du nicht, daß man keinen Fremden zu konspirativen Treffs mitbringt?
– Es ist, stammele ich, es ist der Mond.
– Er sieht zuviel, sagt Carlos, und sein Finger am Abzug biegt sich durch. Plopp, macht es, und mein alter Freund, der Mond, fällt lautlos, zutode getroffen, zu Boden.
– Nehmt mich mit, sage ich voller Angst.
– Schrei nicht so, sagen die Carlos', und ich schaue in fünf Mündungen.

– Ich mache alles, was ihr von mir verlangt, ächze ich. Fünf Jahre schon bin ich hier in U-Haft, und…
– Du wirst *nichts* machen, zischt es von ihren Lippen. Und der Carlos vor mir grinst infernalisch.
– Hilf dir selbst, dann hilft dir Carlos, sagt er. Wir haben diese Kritik deines Gedichtbandes im Hessischen Rundfunk gehört. Einer dieser schlauen Kritiker, ein Herr…, wie hieß er noch gleich?
– Wilhelm Genazino, flüstere ich.
– Also dieser Herr sagte wörtlich: *Er – und das ist nicht ironisch gemeint –, er träumt sich hinaus zu den anderen, ja mehr, er träumt sich die Welt um…*
– Aber was habe ich mit Literaturkritik zu schaffen? schreie ich. Was soll ich denn machen?
– Sie ernst nehmen, grinst Carlos I.
– Aber *welche,* bricht es aus mir, die von der FAZ oder die von der UZ, die vom Hessischen oder die vom Norddeutschen Rundfunk, die von der FR oder die von der ›Tat‹..?
– *Alle!* schreien die Carlos' vergnügt. *Alle!* Ein jeder zimmert sich sein Kreuz. Und schaurig widerhallt ihr Gelächter im nächtlichen Knastkorridor.
– Vergiß uns! sagt Carlos I. Er winkt mich mit dem Schalldämpfer auf der Mauser in die Zelle zurück. Du würdest uns bloß verraten..!
Die Zellentür schließt sich. Der Schlüssel kreischt im Schloß, grauenhaft schreit der Riegel. Ich bleibe allein zurück, zu Füßen die Leiche des Mondes; im Aquarium schwimmt stumm Jona, mein Sägefisch, und verdaut blöden Blicks.
Ich sinke auf den Hocker und vergrabe den Schädel zwischen den Händen.
O Carlos, Carlos, Carlos, was hast du mir angetan? *Mir,* dem…ja, wem? Wer bin ich denn?
Der Zweifel, Berufskrankheit der Dichter, schüttelt mich. Doch dann werde ich ruhig: der ehrenhafteste Platz für einen Poeten ist und bleibt die Zelle im Knast.
Entschlossen schiebe ich den Karton mit meinen Habseligkeiten zurück unter die Pritsche. Jona schläft.
Was tun mit der Leiche des Mondes? Ich hole das Messer vom Tisch und zerstückele sie. Blut fließt dabei nicht. Wohin damit? Aus dem Fenster? Da würden die Wärter sie am nächsten Morgen finden. Unruhig wiege ich quadratisch geschnittene Leichenteile in den Händen. Dann kommt mir die Erleuchtung: ich werfe sie gezielt an die Zellendecke. Stück neben Stück. Und lasse kleine Zwischenräume frei. So klebt die zerstückelte Leiche meines alten Freundes an der Decke und reproduziert dabei das Muster der Betongitter.
Den Pullover ausziehend, schlüpfe ich in das Bett.
Carlos hat mich verraten und verkauft. Ich werde auf immer hierblei-

ben müssen. Ich werde mich rächen. Ich werde ihn verraten! Ich werde mich morgen an die Schreibmaschine setzen und ihn verraten. Werde alles erzählen über ihn: wie es war, wie er arbeitet, in wessen Diensten er steht, mit welch Zynismus und Kaltschnäuzigkeit er einen geprüften deutschen Poeten behandelt, welche Gestik er benutzt, die Haltung seiner Zehen beim Rumba...
Und am nächsten Morgen sitze ich an der Schreibmaschine.
Blicke noch einmal zu den Gittern, hebe den rechten Zeigefinger und beginne:

P.P.Zahl:
DER ALLGEGENWÄRTIGE
oder
Carlos was here

Carlos, das Chamäleon, der *Schakal*, der blutrünstige Killer im Dienste von...
sieht aus wie

… du…

11

Werden die Spielregeln der Wahnsinnigen auf die Spiele der Sinnigen angewandt, entstehen groteske Situationen; die Gehilfinnenprüfung in der Schränkerinnung, theoretischer und praktischer Teil, wird mit Glanz bestanden.
Das **XI. KAPITEL**
trägt den bezeichnenden Titel:
DER DIEBSTAHL ALS KUNSTWERK IM ZEITALTER SEINER TECHNISCHEN REPRODUZIERBARKEIT.
Eine Schwangere auf dem Soziussitz entführt einen älteren Mann aus dem Lande seiner Einbildungskraft; Liebe ist fruchtbar, nun auch Liebe zur Werbung; die Nackte und der Halbtote; ein Referat über die deutsche Polizei führt zu Widersprüchen, Altgesellen wundern sich nur noch, der Nachwuchs arbeitet wissenschaftlich und weiß, wie er sich bei Besuchen zu verhalten hat. Mama Hemmers' Sehnsucht nach Sonne und Wärme. Ein Pastor kommt zu Besuch und ist doch kein Besucher. Von der Unleidlichkeit der Leidensfähigkeit, der Preußischen Bauordnung, von Aufstieg und Fall eines Stadtteils wird erzählt und von den Gründen, die dazu führen, daß Tausende junger Türken und Deutsche unfreiwillig zu dem werden, wozu eine Schwangere voller Wollust, List und Freude, mit Begabung und Bejahung sich freiwillig hergibt. Kriminalität als Schicksal für jene, Kriminalität aus Berufung für diese; wo sich ein ganzes Viertel abhanden kommt, wird das Abhandenkommen von gefüllten Taschen immer normaler; was Spekulanten begannen, beenden Spekulanten, und wer im Kellerloch haust, schaut empor zur Sonne; belohnt wird der Raub eines ganzen Stadtteils, eine Belohnung wird ausgesetzt auf den Kopf listiger Diebe.
In einer verkehrten Welt ist die Umwertung der Werte für die im Hinterhaus nötig,
dies meinen eine Geprüfte und ein geprüfter Pfarrer:

§ 242 StGB: Wer eine fremde bewegliche Sache einem anderen in der Absicht wegnimmt, dieselbe sich rechtswidrig anzueignen, wird wegen Diebstahl mit Freiheitsstrafe bis zu fünf Jahren bestraft.
Der Versuch ist strafbar.
Übersetzung: Wer klaut, kommt bis zu fünf Jahren in den Knast, wenn er sich erwischen läßt.
§ 243 StGB: In schweren Fällen wird der Diebstahl mit Freiheitsstrafe von drei Monaten bis zu zehn Jahren bestraft. Ein schwerer Fall liegt in der Regel vor, wenn der Täter (...) 2. eine Sache stiehlt, die durch ein verschlossenes Behältnis... gegen Wegnahme besonders gesichert ist.
Übersetzung: Wer Geldkassetten klaut und sich dabei erwischen läßt, kann zu Zwangsarbeit im Knast verurteilt werden, und zwar bis zu zehn Jahren, wo ein Tageslohn von einer Mark und fuffzig üblich ist.

Aufgabe der Diebe ist es zu klauen. Aufgabe der Polizei ist es, Diebe zu erwischen.

Dieb und Polizist sind zwei Seiten derselben Medaille.
Dieb und Inhaber des zu stehlenden Gutes sind zwei Seiten derselben Medaille.
In welchem Verhältnis aber stehen Wächter, Angestellte und Geldboten einerseits zum Dieb, andererseits zu ihren Ausbeutern? Für mich, die ich einen Coup ausbaldowere, stellt sich die Angelegenheit sehr einfach dar: ein etwa fünfzigjähriger Mann geht an fünf Tagen in der Woche, Feiertage und Urlaub nicht gerechnet, denselben Weg zwischen Firma und Bank und trägt eine Geldkassette in einer Aktentasche bei sich.
Möglichkeit eins: Der Mann geht auf dem Rückweg von der Bank nicht in die Firma, sondern stiften. Dann ist er der Dieb. Als Amateur hat er nicht viele Chancen.
Möglichkeit zwei: der Mann legt mit mir die Vortäuschung eines Diebstahls fest, erhält nach einiger Zeit seinen Beuteanteil und hat außer seinem festen Arbeitsplatz noch die Hälfte des Inhalts der Geldkassette aus seiner Aktentasche. Erfahrungsgrundsatz: trete ich an den Mann heran, ihm diese Möglichkeit nahezulegen, ruft er die Polizei.
Möglichkeit drei: ich stehle dem Mann die Aktentasche, indem ich eine List anwende.
Möglichkeit vier: ich raube dem Mann die Aktentasche mit Gewalt.
Ich komme zu dem Schluß: die Möglichkeiten eins, zwei und vier ent-

fallen. Der Mann, der Geldbote, nämlich verkörpert ein recht typisches, wie ich meine absurdes, dummes und verächtliches Phänomen. Er ist Angestellter. Er wurde unter anderem dazu angestellt, Geld von der Bank in die Firma zu transportieren. Ihm gehören weder die Bank, noch die Firma, noch der Inhalt der Aktentasche. Dennoch beträgt er sich, als sei dies der Fall. Ohne weiter darüber nachzudenken spricht er im Allgemeinen von *meiner Firma,* obgleich sie nicht in seinem Besitz ist, von *seiner Arbeit,* obgleich er nur sozusagen zufällig einen Arbeitsplatz ausfüllt, der ihm morgen schon – er ist schließlich über fünfzig Jahre alt, gehört nach den Maßstäben dieser unmenschlichen Wegwerfgesellschaft zum *alten Eisen* – fortgenommen werden kann, sei es, daß er durch einen jüngeren, flinkeren Angestellten ersetzt wird, oder daß die Bank Geldtransporte schickt, oder weil der Zahlungsverkehr demnächst bargeldlos vor sich geht, oder weil sein Arbeitsplatz der Rationalisierung zum Opfer fällt.
Statt also einem eventuell von mir geäußerten Vorschlag zuzustimmen, mir, statt seinem Chef, die Aktentasche freudig auszuhändigen, ist er, verbohrt und eigenständigen Denkens entwöhnt, vermutlich höchst entrüstet über mein Anliegen. Ja ich kann sicher sein, daß seine Identifikation mit denen, die ihn ausbeuten und verschleißen, derart groß ist, daß er zu purer Gewalt griffe, träte ich dermaßen an ihn heran.
Mir bleiben mithin nur die Möglichkeiten drei und vier, in den Besitz der begehrten Aktentasche zu gelangen, die Möglichkeiten Diebstahl oder Raub.
Ich neige dem Diebstahl weniger aus dem Grunde zu, weil er nach den vor einhundert Jahren festgelegten Sanktionen weniger Knast einbringen würde, denn aus dem, daß er mir mehr geistige Möglichkeiten gewährt, meine Phantasie anregt, meine Vorstellungs- und Verstellungskraft, meine nichtviolenten Möglich- und Fähigkeiten. Ein Raub ist plump. Er beinhaltet Gewalt, er spiegelt die ganze Plumpheit und Gewalttätigkeit dieser Gesellschaft wider. Mit einer Schrotflinte eine Aktentasche zu erbeuten, ist kein Kunststück, sondern Barbarei.

Der Diebstahl einer Aktentasche auf offner Straße und am hellichten Tag erfüllt, ist er erfolgreich, alle Voraussetzungen, den genauen Schwierigkeitsgrad einer ersten Prüfung in der Ausbildung einer angehenden Schränkerin. Planung und Durchführung der Tat wurden völlig mir überlassen, wobei ich meinen Ausbildern jeden Schritt des Vorgehens zu erläutern hatte. So beauftragte ich Peter und Niko, den zu Bestehlenden zu *observieren,* nachdem ich ihn, seinen Weg und seine Aufgabe ausfindig gemacht und den Inhalt der von ihm mitgeführten Kassette als lohnend angesehen hatte. Bei Diebstahl oder Raub ist die Aufgabenteilung von Baldowerern und Tätern äußerst nützlich; wann immer sich Zeugen finden sollten, die sich an *verdächtige Individuen* erinnern könnten und in der Lage wären, sie der Polizei zu schildern oder dem Zeichner eines eventuellen Phantombildes, stießen die Ermittlungsorgane lediglich auf Menschen, die zur Tatzeit ein einwandfreies Alibi hätten. Das moderne Ausbaldowern kann auch mit Hilfsmitteln vor sich genommen werden; die Videokamera hat sich in diesem Ressort hervorragend bewährt. Anhand der Aussagen der Ausbaldowerer, einer eigenen Tatort- und Opferbesichtigung, der Auswertung der Beobachtungen und des Videofilms – der natürlich umgehend gelöscht wird – lege ich Tatzeit, Vorgehensweise und Flucht fest.

Die Schwierigkeit bestand für mich darin, dem Geldboten keinen Tort anzutun, keinerlei Gewalt anzuwenden, stattdessen mich der erlaubten Kriegslist zu bedienen.

Der Geldbote verließ an jedem Tag um etwa neun Uhr das Firmengebäude und betrat um etwa neun Uhr acht bis neun Uhr zehn die …Bank in der …Straße. Dort erhielt er jedes Mal eine Geldkassette und kam mit ihr in der Aktentasche fast exakt um halb zehn an die Ecke …Straße/…Platz. Von dort waren es nur wenige Schritte bis zu seiner Firma. Am …Platz, direkt neben dem Nebeneingang der Filiale, pflegte er nicht nur die Aktentasche in die andere Hand überzuwechseln, sondern sie auch für wenige Sekunden auf den Stufen vor der Tür niederzusetzen. Hier war der beste Augenblick für das – das ist wörtlich zu nehmen – Zugreifen. Es war mir klar, daß der Mann auf Grund seiner Erfahrung, seines Alters, seiner idiotischen Identifikation mit der Firma seines Chefs einen Zugriff äußerst schwer machen würde. Wir mußten den Überraschungsmoment nutzen, diesen, wenn immer möglich, selber schaffen und strecken. Das heißt, ich mußte mir etwas einfallen lassen, die natürlichen Schwächen meines Gegners listig auszunutzen. Der Mann war Rechtshänder und trug die Aktentasche bis zur Treppe in der Rechten. Auf den untersten Stufen stehend, pflegte er die TascheStr vor seinem Körper in die andere Hand überzuwechseln, sie mit der Linken auf den Beton zu stellen, mit der Rechten in der Mantel- oder Jackentasche zu kramen, den auf diese Weise hervorbeförderten Schlüssel ins Schloß zu stekken, ihn mit der Rechten herumzudrehen, derweil die linke Hand den Türknopf ein wenig dem Öffnenden entgegenzog und ihn, hatte der Schlüssel gefaßt, umdrehte. Daraufhin sprang die Tür nach innen auf, der Mann steckte mit der rechten Hand den Schlüssel erneut in die Tasche, ergriff mit der Linken die zu seinen Füßen stehende Aktentasche und verschwand im Gebäude. War der Moment des Schließens zu verlängern? Wenn ja, wie? Wie an die Treppe herankommen, wie die Tasche ergreifen und, vor allem, wie die Flucht bewerkstelligen?

Überfall auf Geldboten: 30 000 Mark erbeutet

Auf einen Geldboten der [redacted] wurde am Freitagfrüh ein Überfall verübt, bei dem die zwei Täter 30 000 Mark erbeuteten. Der 54 Jahre alte Hausmeister [redacted] hatte gegen 9 Uhr das Gebäude [redacted] verlassen und war in die [redacted]bank in die [redacted] Straße gegangen. Auf dem Rückweg wurde er gegen 9.30 Uhr am [redacted]platz von einem Motorrad überholt. Der Beifahrer sprang herunter, lief auf den Geldboten zu und entriß ihm die Aktentasche.

Anschließend rannte er hinter dem Motorrad her und schwang sich auf den Soziussitz. Die beiden Männer flüchteten mit 30 000 Mark. Zeugen, die den Überfall beobachtet hatten, sahen, wie die Täter in der [redacted]straße verschwanden. Beide werden als etwa 25 Jahre alt und 1.70 Meter groß beschrieben. Die [redacted]Versicherung hat für Hinweise, die zur Ermittlung der Räuber oder zur Wiederbeibringung des geraubten Geldes führen, eine Belohnung in Höhe von 2000 Mark ausgesetzt. [redacted]

Die Berliner Presse hetzt und lügt nicht nur gegen die Außer- oder Antiparlamentarische Opposition, sie fehlinformiert auch über einen gelungenen Diebstahl, indem sie ihn, *wahrheitswidrig* und *ehrabschneiderisch,* meinen *Kredit in der Branche gefährdend,* als Raub hinstellt.
Gäbe es, wie früher, eine Innung der Einsteigdiebe und Schränker, das Blatt würde gezwungen werden, eine *Gegendarstellung* zu drukken, und müßte, bei *Androhung eines Zwangsgeldes,* versprechen, derartige, mich in übelster Weise diffamierende Artikel in Zukunft zu unterlassen.

Es hat kein *Überfall* stattgefunden, sondern ein (schwerer) Diebstahl. Es gab keinen *Beifahrer,* sondern eine Frau auf dem Soziussitz, mich. Ich *sprang* nicht vom Motorrad, das von Jörg gefahren wurde, *hinunter,* sondern Jörg fuhr so langsam, exakt und raffiniert auf dem Bürgersteig, daß ich mich nur etwas seitlich aus dem Sitz sacken lassen, die Tasche ergreifen, sie an mich ziehen, hinter Jörgs Rücken auf die Bank stellen mußte. Wir waren nicht beide *Männer.* Ich bin eine Frau, zudem war ich schwanger. Allerdings trugen wir beide Lederkleidung und Helm. Wir sind weder *25 Jahre alt* noch *1,70 Meter groß.*

Ein Beispiel mehr, wieviele Lügen, Verdrehungen, Unterstellungen und falsche Beobachtungen in *einem*, so winzigen Artikel untergebracht werden können in dieser Berliner Presse.

Das Wichtigste ist der Rückzug.
Mit der gestohlenen Honda war er einfach.
Das Zweitwichtigste war mir, mit der Persönlichkeit des *Opfers* ein wenig vertraut zu werden, mit seinen Ängsten und Vorlieben, seinen Tics und Tricks. Ich mußte mich fragen, welche Schwachstelle dieser – nun weiß ich es – vierundfünfzigjährige Mann hatte. Es fiel mir leicht, die zu entdecken. Es war die Schwachstelle vieler Männer in diesem Alter: Sex.
Niko und Peter berichteten von den träumerischen Blicken, die der Bote auf seinen kurzen Gängen jungen Frauen, Beinen in Miniröcken, Titelbildern von Illustrierten vor den Kiosken zugeworfen hatte.
Auf diese Vorliebe baute mein Plan.
Kurz nach neun, nachdem der Mann die Firma verlassen und sich in Richtung Bank auf den Weg gemacht hatte, erschienen zwei Männer in Overalls, mit Schlägermützen, Schnauzbärten, einer Leiter, einem Plastikeimer, zwei Quasten und einem riesigen, schon vorgekleisterten Plakat. In aller Öffentlichkeit und völlig unbeachtet klebten sie das Plakat auf die zu derlei Zwecken vorgesehene Fläche neben dem Nebeneingang der Firma. Dann gingen sie.

Der Tag hatte regnerisch begonnen und heiterte sich um halb neun etwa auf. Durch schnellziehende Wolken drangen immer wieder warme und funkelnde Sonnenstrahlen.
Der Platz war klein.
Jörg balancierte das Motorrad aus. Wir standen gegenüber der Firma im Schatten eines Lastkraftwagens. Die Plakatkleber waren verschwunden. Fußgänger strömten. Der Haupteingang der Firma war ständig von Hausfrauen belagert, die vor dem Tisch eines Ausrufers standen, lachten, kauften, gingen, hinter der Glastür verschwanden.
Der Nebeneingang lag halb im Schatten, das Plakat im vollen Licht, wann immer die Sonne die Wolkendecke durchbrach.
Der Bote kam um die Ecke und sah sich direkt vor der Reklamefläche. Jörg fuhr langsam an und umrundete den Platz. Von hinten fuhren wir an den Mann heran, die Räder hüpften über die sehr niedrige Bordsteinkante, fünf Meter hinter dem Nebeneingang.
Die Sonne brach durch.

Der vierundfünfzigjährige Mann stand auf dem Treppchen, die Aktentasche links von ihm auf der ersten Stufe. Seine Schultern wirkten völlig entspannt, beide Arme hingen locker zur Seite. Er hörte uns nicht und starrte auf das Plakat.
Ich bückte mich, die Honda kam leicht ins Schwanken, Jörg fuhr in leichtem Bogen um Treppchen und Mann herum, fuhr quer über den Bürgersteig, gab Gas, wir landeten auf der Straße und fuhren immer schneller davon.
Ich blickte die ganze Zeit dem Mann zunächst nur auf die Hände, dann, vorbei-, schließlich vorüberfahrend, ins Gesicht. Der Mann hatte einen fahlen Teint, fahlblonde, leicht ergraute Haare fielen ihm unter dem Hut in die Stirn, die Lippen waren leicht geöffnet; er schien zu träumen.
Wir waren schon längst auf der Straße, als der Mann leicht zusammenzuckte, den Kopf schüttelte, hinuntersah dorthin, wo die Tasche gestanden, panikartig hochblickte, sich umdrehte ein Mal, zwei Mal, hinunterblickte, den Mund öffnete, schrie – ohne Laut – den Mund schloß, schluckte, die Augen zusammenkniff, mit den Kinnbacken mahlte, hinunterblickte, emporblickte, mir ins – hinter Wollschal und Plexiglasvisier verborgene – Gesicht. Schrie. Auf uns zeigte.
Da warn wir schon weg.

Wenn in der Kommune die Illustrierten herumgegangen und ausgelesen, pflege ich mich mit den nun leicht zerfledderten und an allen möglichen Stellen mit verschiedenen Filzschreibern angestrichenen Heften auf das Bett oder ein Sofa zu legen, die Konfektschachtel in der Nähe, in die ich abwesend, mit spitzen Fingern tastend von Zeit zu Zeit lange, und die Reklamen anzusehen. Mir gefällt Werbung. Sie ist eine der letzten Hochkünste des Spätkapitalismus, nur dem Kino, der Rockmusik vergleichbar und dem Jazz. Nie würd ich jenen grauenhaft schmeckenden Kräuterlikör trinken, süchtig aber immer wieder, die verschiedenen Menschen zu sehen, die ihn in immer neuer Weise preisen, nie würd ich jenes parfürmierte Kraut rauchen, das Große Weite Welt verspricht, aber noch im hohen Alter werde ich seinen Erkennungsmarsch im Ohr haben, die Fotos ferner Länder vor Augen; Herzpochen verschaffen mir diese bunten, zweidimensionalen Träume; hinter der Werbung könnte immer Welt von gestern oder morgen stecken: Versprechen. Werbung und Poesie sind Zwillingsschwestern, die Erinnerung halten sie wach an das, was noch zu tun. Werbung verspricht, was Ware und Werbung nie halten können, darauf aber kommt es gar nicht an; sie hält Bilder und Sehnsüchte wach auf das, was hinter den Bildern, Menschheitsträume, Mythen. Gerd (I.) widerspricht, Jörg lacht verschämt, Dagmar ist immer wütend

geworden (ist sie gegangen, weil sie alles ernst nimmt?), Irene wird ironisch, Niko sieht mich verständnislos an, Mama Hemmers lacht und stöbert mit mir. Sie versteht mich. In der Kommune aber sehen sie nur die böse Seite an der Werbung, nur die Manipulation, nicht aber das ursprüngliche Bedürfnis, das der gelungenen Manipulation vorausgehen muß.
Die Dorfstraße, die riesige Kastanie vor der Apotheke, der Schreibwarenladen schräg gegenüber der Mittelpunktschule, im vollen Sonnenlicht liegend, wenn wir aus dem Tor stürmten, erinnerst du dich: Schreibste mir, schreibste ihr, schreibste auf ... Papier. Unvergeßlich. Himmel und Hölle, Brummkreisel, Jojospiel, eine lange, efeubewachsene Mauer, irgendwo, aus einem Fenster, ein Valse musette auf dem Akkordeon, und auf der riesigen Reklametafel die Hand mit dem ausgestreckten Finger, zimmergroß und altrot. Tafelbilder unserer Zeit, und Tabakkonzerne, Autotrusts, Eiscremehersteller die unbekannten Mäzene unserer Tage, unsere Borgias, Orsinis, die Dogen des Marktes. Die Luftschiffe! Frühsommerhimmel und ein Brummen, von dem du nicht weißt, wo es herkommt, bis. Das Herz hüpft. Der Himmelsschreiber, die geneigten Köpfe, die stumm buchstabierenden Lippen, das Ahhh. Die Litfaßsäulen. Oder Trümmergrundstücke und Triptychen von Henkel. Oder die alleinstehende, riesige, bemalte, beschriebene Hauswand – in der ersten Woche nur: WHO IS HUD, in der zweiten: HUD!, in der dritten, Millionen waren mit der U-Bahn dran vorbeigefahren, hatten gerätselt: ... IS HUD IN HIS LATEST FILM... Die vergessenen Blicke der Männer auf die Rothaarige, deren Zunge um eine Kokosfetteichel spielt, Oetkers Cocksucker; Mona Lisas, die ihr Zahncremelächeln lächeln; Großfamilien mit richtigen freundlichen Omis und Opis, Kuchenbäckerinnen, Märchenerzählerinnen, Bastelkönige, geheim und mit Verschwörermiene zugesteckte Markstücke, Kindergeburtstage, Schokolade satt und Kakao bis zum Bersten, Bäumeklettern, gepreßte Blumen, Abzeichen auf Samt, da schwinden Bohnerwachs und Feinwaschmittel, sind sie nur noch Anlässe zu diesen Fotos, in unsere Erinnerung geschossen: daß es Alte gibt und daß wir sie nicht in die Krepiergettos abschieben sollten; ich liebe bunte, fröhliche, freche, große, verschwenderische Werbung. Was könnte einen vierundfünfzigjährigen, fahlgesichtigen, arbeitsfanatischen, seinen Chefs sinnlos ergebenen Geldboten für über eine halbe Minute aus seinem Pflichtbewußtsein, seiner Verbiestertheit, dem Grau seines Alltags, aus Routine und Lethargie reißen, was diesen Trottel, der dreißigtausend Mark treu und brav in der Aktentasche für seine Firma durch die Gegend trägt, bereit, sie mit ganzem Einsatz, ja dem Leben zu verteidigen, dazu bringen, für eine halbe Minute abzuschalten, zu träumen, anderswo zu sein, nicht mehr disponibel?
Werbung.

Sie ist Frau, groß, schön, schlank, ohne Streifen die Haut gebräunt von den Zehenspitzen bis zu den Haaren; sie liegt, wenn das Wort je angebracht war, dann nun, hingegossen; liegt, gestützt auf Unterarme, Po und Fersen, an einem Strand, einem Traum von Strand, Strand schlechthin, in einer leichten Brandung; liegt hingegossen in Ausläufern der Meereswellen, liegt unter einem unsagbar blauen Himmel, hinter sich unsagbar weißen Sandstrand, vor sich unsagbar blaugrünes Meer, dessen nächste Brandungswelle, gischtbedeckt, sie in Sekunden erreichen wird; gestreckt der glatte straffe Bauch, angespannt die Muskeln der Ober- und Unterschenkel, ein Bogen aus gebräuntem Fleisch, zurückgebogen der Hals, zurückgeworfen der Kopf, die vollen roten Lippen leicht geöffnet, die Augen geschlossen, die Nüstern geweitet, sie liegt und wartet auf die Zunge der See (der Karibik? der Südsee? des Roten Meeres?), auf die riesige Zunge des Meeres, die in mächtigem, sich schon *fast* überschlagendem Eifer dem Strande entgegenstrebt, sich zu brechen, zu überschlagen, zu verebben, zu verlaufen, sich zurückzuziehen und der nächsten Woge zu weichen; sie liegt da, hingegeben jenem völlig leeren Moment zwischen Woge und Woge, dem weißen farblosen Moment zwischen grünblauen Momenten, bedeckt mit weißen Spitzen; liegt da, überschattet schon von der Woge, der sich brechenden Welle mit ihrer elementaren Wucht; wie ohnmächtig liegt sie, in orgastischem Krampf, die Kiefer zusammengepreßt, einen Schrei zu unterdrücken, flatternd die Lider der geschlossenen Augen; sie wartet auf die Woge, die *genau* zwischen ihren weit auseinandergestellten Beinen sich brechen wird, in sie eindringen wird mit dieser riesigen Zunge, dieser Zunge an sich für sie; zwischen den Knien wird diese Woge einbrechen, zwischen die Spannungen der Schenkel hineinbrechen in sie, die da wartet, mächtig wird die Riesenzunge die nun nur feuchten Schamlippen aufbrechen, die Klitoris finden, sie hochpressen, massieren, peitschen im zärtlichen Aufprall, sie dehnen, *dehnen,* nahezu aufreißen von innen, sie saugen, aussaugen, die Zitternde anstacheln, wie mit Speichel besänftigen; sie liegt da und wartet in Kenntnis der Kenntnis dieser riesigen Zunge, die in jede sich bietende Höhlung eindringen wird, in jede Hautfalte, unter den Achseln und unter die Achseln, in Nabel und in die Spalte zwischen den Hinterbacken, zwischen die Brüste, die Schenkel hinauf, den Bauch hinauf, die Brust hinauf, den Hals hinauf, die Kehle hinauf, den Bauch hinunter, über den Schamhügel, die Schenkel hinunter; sie liegt und wartet, im Warten schon sich verströmend, darbietend, atemlos und ekstatisch, dargeboten, untertan, die Brustspitzen bereits schmerzhaft erigiert, auf die Woge, Penis und Zunge zugleich des Meeres, die in sie eindringen wird, sie zu erfüllen, auszufüllen, jeden Winkel, jede Furche, ihre ganze feuchte Höhle erfassend, die Innereien ihr in die Kehle zu pressen; angespannt die Leistenfurchen am oberen Rand und zu beiden Seiten des Vlieses, angespannt die Taillenmuskel, die Brustmuskeln, die mächtigen Muskel der Scham; wartet auf diese gewaltige, gewaltsame Zunge, die in sie eindringen wird, jeden Winkel ihres Körpers auszukosten, auszufüllen, Schwäche und Salz und Sperma und Schwindel zu hinterlassen, in sie eindringen wird, vor sich herjagend Hunderttausende von Wellen der Erregung und Lust, von den Lenden bis in die Sprachsegel, von den Knien bis in die Höhlung der Ohren, ihr das Höchstmaß an Lust gewährend und keine Atempause, sie an viele kleine Orgasmen und den großen Orgasmus zu nageln, sie kreuzigend in Wollust an die Wollust; sie, ein einziger Kitzler, von den Zehen bis hinter die Augen, eine einzige riesige Knospe, geschwollen, kurz vor dem Platzen, berstend, ein Lavastrom; sie liegt, zitternd, in diesem Nichts von Zeit zwischen Hoch und Hoch, den Anprall erwartend dieser riesigen Meerespeniszunge, die von ihr Besitz ergreifen wird, sie sich selbst zurückzugeben; sie, nur gebräunte, gespannte Haut über einem Körper, bestehend aus schierer Lust, eine luftballondünne Haut, der Spitze der Nadel gierend dargeboten, berstend fast vor Geschlechtlichkeit, wartend auf diese hereinbrechende Urgeschlechtlichkeit, die sie aufreißen wird, jeden Nerv berühren, schlagen, massieren, aufhitzen, vereisen, umhüllend; sie, den vorgewölbten scharf konturierten Venusberg der Zungenspitze entgegengereckt, auf daß er geöffnet werde, zum Platzen gebracht wie eine überreife exotische Frucht; sie liegt, ganz Lust, ganz Hingegebenheit, ganz Fleisch, ganz Geschlecht, wartet auf jenen riesigen Stachel des Meeres, dieses Urbild an Penis, auf eine Wunderzunge, die sie ausschlürfen wird, aussaugen, ausschlecken bis auf den letzten Tropfen, nichts hinterlassend als ein leeres, nur mit Lust gefülltes Ich, ganz dem Ich hingegeben, der Zeitlosigkeit des Bei-sich-seins; sie liegt in der Höhle einer Reise in sich selbst hinein, wartet auf einen An-Stoß, Stoß, Schlag, den Andrang des Bluts, erwartungsvoll, offen, bettelnd, naß, flehend, durchdrungen zu werden, durchwühlt, genommen, zusammengepreßt in einer riesigen Faust, Erde, Fleisch, Frau, Mensch; wartet einen atemlosen Augenblick noch auf diesen Anprall der Außenwelt, des Anderen, der Welt, dieses ungeformten, formlosen, gischtumhüllten Penis, dieser allumfassenden Geschlechtlichkeit, die mit unwiderruflicher Bestimmtheit ihre Geschlechtlichkeit, über die kleine Klitoris hinaus das Ganze fordernd, das Ganze gebend, sie *nehmen* wird, sie sich ihr zurückzugeben; Sprung, Spannung; sie wagt nicht zu schluchzen, zu stammeln, zu schreien, ertrinken würde sie in diesem Andrang von Nässe, liegt da, die Kehle schon angefüllt mit schwerer Süße, mit Salz, mit Schmerz, mit Samen. Sie schreit nicht. Sie liegt da. Sie wartet.

Was dachte der vierundfünfzigjährige Mann beim Anblick dieses Werbeplakats? Wofür warb das von Peter und Niko geklebte Plakat? Für die Pille, für Präservative, Multivitamine, Seife, Hautöl, Autos, eine Versicherung? Warb es für Zahnpasta, eine Gesellschaftsreise, eine Versicherung, die Bundeswehr, die staatstragende Partei, den Führer, das Vaterland, den Sozialismus, Atomkraftwerke, Nasentropfen, Abführmittel, Motorräder, Kaffee, Likör, den Großen Bruder?

Es ist egal, wofür es warb. Es war da und warb. Für dreißig Sekunden – jene Zeitspanne, die uns genügte, mit dem Motorrad über den Bürgersteig an das Treppchen heranzugelangen, auf dem Mann und Aktentasche standen – führte ein Plakat – das Bild einer nackten, den Meereswellen selbstvergessen hingegebenen Frau – den Geldboten zu sich selbst von sich fort, in einen Winkel seines Gehirns, der verdeckt, verhängt gewesen war hinter dem grauen Flanell seines Alltags, in einen Bereich, den er verdrängt hatte und den er verdrängen mußte. Für dreißig Sekunden führte das Bild einer nackten Frau am Strand den Mann – fahl das Gesicht, die ansonsten verkniffenen Lippen nun leicht geöffnet, fahl und ergraut das Haar –, einen Mann mit Mantel und Hut und Aktentasche, diesen Jedermann der Ausbeutung, die vierundzwanzig Stunden andauert an seinem Tag, selbst in die Träume hinein, in eine Welt, die nicht die seine war, nicht die seine ist, die nie die seine sein darf, sein kann, sein wird, die von seiner Welt weiter entfernt ist als der abgebildete Strand von diesem Treppchen, darauf er stand, in eine Welt, die durch Welten von der seinen getrennt ist.

Wurde der Mann manipuliert?

Terrorisierte der Konsum diesen Mann?

Oder terrorisierte der Nicht-Konsum diesen Mann?

Terrorisierte das Plakat den Mann?

Was ging in diesen dreißig Sekunden in diesem Manne vor?

Was lehrte das Bild der nackten Frau den Mann? Woran erinnerte es ihn? Entführte es ihn? Verführte es ihn? Was lehrte die Tatsache, daß wir diese dreißig Sekunden – die das Plakat den Mann aus der Welt der primären Ausbeutung entführte – ausnützten, uns in den Besitz jener dreißigtausend Mark zu bringen, die nicht ihn, sondern seine Chefs dem Anschein *wahren Lebens,* dargestellt auf diesem Plakat, näherbringen konnten?

Nutzten wir aus, daß der Mann nur ausgenutzt war, abgenutzt, verbraucht, zu eigenen Träumen kaum noch fähig? Was würde der Mann sagen, bräche morgen jenes Glück aus, das zu träumen er immer noch die Kraft und den Mut aufbringt?

Wir stahlen einem Geldboten eine Aktentasche voller Geld. Raubten wir ihm mehr? War doch Gewalt im Spiel, eine Gewalt, die in der fein

säuberlich juristischen Unterscheidung zwischen Diebstahl und Raub bewußt ausgeklammert bleibt? Dem Dürstenden einen Schluck Wasser vorzuenthalten ist Gewalt. Wieviel Gewalt steckt in dem Vortäuschen von Angeboten, welche die Anbieter den Getäuschten nie einzuhalten gedenken?
Wir brauchten das Geld. Nun hatten wir es. Das war alles.

Der Geldbote wird unsere Tat als einen Raub dargestellt haben – gegenüber seinen Vorgesetzten, dem Chef, der Versicherung gegenüber und der Polizei wird er wenig Neigung gezeigt haben zuzugeben, daß ein Bild einer nackten Frau ihn dreißig lange Sekunden seiner Welt entführte –, Zeugen ihm widersprochen.
Je mehr Gewalt mit einem Delikt verbunden, desto höher ist die Aufklärungsquote der Polizei. Diebstahl, etwa siebzig Prozent der angezeigten Delikte ausmachend, hat eine sehr niedrige Aufklärungsquote. In Berlin dürfte sie um die dreißig Prozent liegen.
Das Protokoll, die Tatortbesichtigung, die Vernehmung einander widersprechender Zeugen, polizeilicher Alltag. Eine Akte, ein Ermittlungsverfahren, ein Einstellungsbescheid, dies die Regel. Jeder, der einmal beklaut wurde, wird dies bestätigen können. Die Polizei ist nicht dazu da, poplige Diebstähle aufzuklären. Sie ist, wie der Strafvollzug, wie das auf dem StGB aufgebaute Recht, dazu da, Delinquenten zu produzieren. Das Perpetuum Mobile, in der Physik noch immer Traum, in der kapitalistischen Gesellschaft ist es schon längst Alltag: ein riesiger, menschenverschlingender Apparat sorgt mit Polizei, Staatsanwaltschaften, Richtern, Schließern, Gerichtsvollziehern dafür, sich fortlaufend zu perpetuieren, zu vergrößern, immer mächtiger, starrer, dröhnender, dumpfer, riesiger zu machen.
Protokoll, Aussagen des Geldboten, einiger Hausfrauen, Verkäufer und Passanten; unendliche Aktenberge vergrößern sich um eine Akte.
Eine Versicherungsgesellschaft setzt eine Belohnung von DM 2000,– aus, die Täter einer Tat der *gerechten Strafe* – hier der Computer, da das Vokabular aus dem Alten Testament, die Sprache und Worthülsen einer vorchristlichen nahöstlichen Hirtengesellschaft – zuzuführen.
Eine kleine Umverteilung hat stattgefunden, nichts Bedeutendes, nichts, was diese Gesellschaft auch nur im Entferntesten erschüttern könnte, es sei, und hier wird eine Tat wie die unsere ein Politikum, ein Anzeichen für bevorstehende Veränderung, für die Große Reinigung, Umwälzung, Lüftung, sie tritt massenhaft in Erscheinung. Jeder Ladendiebstahl – ein Delikt, das nach Ansicht derer, die die Läden und die Meinungen besitzen und herstellen, geradezu *eine Seuche*

sei – ist ein Anzeichen für eine Situation, in der *die Unteren nicht mehr so wollen wie bisher.* Das Bild der nackten Frau, welches diese Situation in reproduzierter Form immer wieder herstellt, kann auf Dauer zum Zusammenbruch einer Gesellschaft führen, deren einzige Legitimation im Massenkonsum besteht, die immer wieder verspricht und nichts einhält, die nur aufgeilt und nie befriedigt.
Eine kleine Umverteilung hat stattgefunden, ein *Lastenausgleich,* wie Niko und Jörg sie zu nennen pflegen.

In dieser Gesellschaft ist der Computer – eine Denkmaschine, die dem Sozialismus vorbehalten sein sollte – lediglich die Fortsetzung verkalkter Gehirne und riesiger Aktenberge, unendlich dauernder Tintenschmierereien mit anderen Mitteln.
Westberlin ist die Stadt mit der größten Polizeidichte der Welt. Westberlin ist eine Stadt, die das Fürchten lehrt.
Die Polizei, Staat im Staat und letzteren immer mehr überwuchernd, auffressend, träge verdauend, nach dem Vorbilde des Ameisenstaates gebildet, wird unsere Tat in den Computer eingeben. Seine Antwort wird sein, hat ihn ein Gehirn gefüttert, das mit dem eines Menschen, eines normalen Bürgers auch nur entfernte Ähnlichkeit besitzt, Italiener hätten sie begangen.
Die Italiener sind in den letzten Jahren führend im Erfinden neuer Gattungen der Kleinkriminalität. Führen beim Taschendiebstahl in Europa die Jugoslawen, in Asien die Indonesier – die gar bei regelmäßigen Kongressen Berufsfortbildung im großen Stil betreiben –, so im Laden- und Handtaschendiebstahl, beim Straßenraub die Italiener. Der Raub von Handtaschen, Geldkassetten, Mänteln, Aktentaschen, Schmuck vom Motorrad aus wird in Italien gewerbemäßig betrieben, die Täter sind oft nur Angestellte nationaler, ja internationaler, straff geführter Banden. Unser Diebstahl wird als Raub in die Polizeicomputer eingehen; Täterbeschreibung und Beschreibung der Tatausführung werden uns als fünfundzwanzigjährige, 1,70 Meter große Italiener auf Band oder Platte bannen. Keine Gefahr also für uns. Die Polizei, wo auch immer sie in Rudeln auftritt, ist, muß ich leider gestehen, dumm und voller Vorurteile.

Die Polizei in der Bundesrepublik Deutschland und in Westberlin ist keine Polizei, sondern eine Armee. Eine Besatzungsarmee der Reichen gegen die eingeborenen Armen, Werktätigen.
Die Kolonialarmee namens Polizei wurde von den Besatzern, denen, die über Geld, Macht, Einfluß verfügen, seit 1963 verstärkt ausge-

baut. Seit Ende 1975 gibt es etwa 19–20 000 Kriminalbeamte und 130 000 Schutzpolizisten in der BRD und Westberlin. Hinzu kommen die 3000 Bahnpolizisten, die Detektive, Werkschützer – allein diese bilden eine kampfstarke Armee in den Betrieben – und Bundesgrenzschützer.

Das Wichtigste bei einem deutschen Polizeibeamten ist nicht sein Notizbuch, in dem er Verkehrssünder notiert, nicht sein Arm, den er Kindern und Rentnern leihen soll, sie freundlich über die Straße zu geleiten, das Wichtigste ist seine Pistole.

Ein Polizist ohne Pistole ist wie ein Wald ohne Baum.

Die Fortsetzung der Pistole ist der Panzerspähwagen, die Maschinenpistole, der Karabiner, das Scharfschützengewehr, ist der Granatwerfer, der Tränengaskörper, die Chemische Keule, ist die Handgranate, das Maschinengewehr.

Der Schutzmann von gestern mit Tschako, Säbel oder Gummiknüppel verhält sich zum Polizisten von heute wie der Affe zum Menschen. In der Anatomie des Polizisten ist die Anatomie des Schutzmannes versteckt.

Nimm dem Polizisten von heute die Pistole fort, die MPi, die Chemische Keule, und er gleicht meinen Kunden von damals, die nach dem Genuß einiger Schnäpse keinen mehr hochkriegen und zu körperlicher Liebe eh nie fähig waren: nur noch ein einziger roter Kopf und verstecktes Heulen.

Der bundesdeutsche Normalpolizist muß eine Körpergröße von mindestens einhundertfünfundfünfzig Zentimetern aufweisen; Zwerge sind im Kolonialcorps nicht zugelassen. Je höher der Polizist im Rang, desto mehr muß er gewachsen sein: wer beim Bundeskriminalamt in den gehobenen Dienst will – je gehobener der Dienst, desto mehr dem Polizeialltag enthoben –, muß mindestens 1,66 Meter groß sein. Napoleon hätte bei Herold keine Chance. Aber wer war schon Napoleon, gemessen an Herold?

Nicht zugelassen sind blinde Polizisten, taube Polizisten, stumme Polizisten, verkrüppelte Polizisten, Polizisten mit zu viel Plomben in den Zähnen. Unser Kontaktbereichsbeamter sagt immer: Eher ne Hacke ab, n Zacken weg, als zuviel Amalgam im Backenzahn. Das findet der Kerl auch noch komisch. Ist der Polizist größer als 1,55 Meter, gesund, nicht *zu* dumm, erhält er seine Uniform und eine Pistole. Damit der Polizist den fliehenden Dieb nicht in die Wade trifft, was auf Sachbeschädigung herauskäme, muß er im Jahr fünfundzwanzig Trainingsschüsse abgeben. Im Zuge der Effektivierung unserer Kolonialarmee wird es dabei wohl nicht bleiben, in Zukunft erhält der Polizist hundertfünfzig Schuß im Jahr zum Üben. Auf den Zielscheiben sind Waden nicht besonders ausgezeichnet, Schüsse auf sie müssen wohl als *Fahrkarte* gelten. Ins Schwarze schießt, wer in den Kopf trifft. Auch das Herz ist eine Zwölf.

Vorbild des guten Polizisten in der westlichen Welt ist John Wayne. Um an ihn heranzukommen, werden keine Mühe und vor allem Kosten gescheut, immer mehr Schießstände und Schießkinos nach dem Vorbild des FBI zu bauen.

Unter den Jägern wird, seit es die Jagd gibt, diskutiert, mit welcher Waffe und welchem Kaliber sich das Wild am besten erlegen läßt. Experten schwören, egal, wie das Wild heißt, auf Schrotflinten mit abgesägtem Lauf. Die normale Polizeiwaffe in unserem Land ist die Selbstladepistole Walther, Kaliber 7,65 mm. Diese allerdings wird immer mehr ausgetauscht gegen 9-mm Parabellumwaffen, gegen die P 38 von Walther, gegen die P 9 von Heckler und Koch, Smith und Wesson Revolver vom Kaliber 9 mm. Aus der Kleinwildjagd wird Großwildjagd. Polizisten, die mit Elefantenbüchsen gegen Demonstranten, Diebe oder Streiker vorgehen, sollen noch nicht gesehen worden sein, allerdings einige Hundertschaften, demnächst Tausendschaften mit der MPi 5 von Heckler und Koch, Doppelschußmagazin mit sechzig Schuß. Eine MPi hat den großen Vorteil zu streuen, ein genaues Zielen – etwa auf die Wade eines flüchtigen Sittenstrolchs, der gegenüber Kindern seinen Schwanz zu zeigen gewagt – ist mit ihr so gut wie unmöglich. Besser ein durchlöcherter Sittenstrolch, ein in ein Sieb verwandelter Exhibitionist oder Hausbesetzer, als einer, mit dem man gar ringen oder boxen müßte, wie in England. Der Körperkontakt zwischen Kolonialkorps und Eingeborenen hat zu unterbleiben; in nacktem Zustand – und nackt ist jeder gute Polizist, der keine Waffe mit sich führt! – dürfen ihn nur sein ihm ergebenes Eheweib und Huren erblicken. Ein Polizist ohne Waffe ist, wie schon ausgeführt, gar kein Polizist. Sollte Ihnen ein derart nackter Polizist begegnen, der sich lediglich mit seiner Marke, *Hundemarke* genannt, ausweist, können Sie sicher sein, daß es sich bei diesem Individuum um eine Fälschung handelt, einen Terroristen, den sie, ohne ihn vorher groß anzurufen, erlegen dürfen. Unbefangen, heißt es nämlich in einer Dienstanweisung, einer Empfehlung offiziell, des Vorsitzenden der Gewerkschaft der Polizei, solle die Polizei auf die militärische Komponente ihres Berufes sehen.

Höchstrichterliche Urteile, so die des Bundesgerichtshofs, schließen sich dem an; der Innenminister von Nordrhein-Westfalen hält demnach den Todesschuß für verfassungskonform, für seinen Kollegen aus der Pfalz ist er die *optimale Formel, wie man Probleme lösen* könne.

Was die *Paras* unter Général Massu in Algerien bei den Besatzungstruppen damals, sind *Mobile Einsatz Kommandos* (MEKs) und *Spezialeinsatzkommando,* sowie das *Präzisionsschützenkommando* (SEK und PSK) bei unserer Polizei heute.

Die MEKs werden im Allgemeinen aus Freiwilligen gebildet; sie werden nicht nur in Schießen und Schlagen, sondern auch in Foto-

und Fernmeldetechnik, Observation und Telefonanzapfen ausgebildet. Zu ihren Aufgaben zählt außer dem normalen, aktuellen Fahnden die *Langzeitobservation,* das verdeckte Sammeln von Hintergrundinformationen über Täter und Tatverdächtigte. Zu Tätern und Tatverdächtigten zählen selbstverständlich ihre Kollegen von der SAVAK nicht, die hier in Berlin weite Bereiche der Prostitution und des Harten-Drogen-Markts kontrollieren. Denn, nicht wahr?: *die Jungs meinens ja nicht so.* Täter und Tatverdächtigte sind vielmehr die Linksradikalen, zu denen schlechthin jeder zählt, der Kapitalismus und kapitalistische Polizei ablehnt. Maßnahmen der *Beobachtenden Fahndung* werden ergriffen: wer da demonstriert und Meinungsknöpfe trägt, etwas gegen die enormen Profite der Kraftwerkunion (Siemens-Konzern) hat, gegen Kernkraftwerke und *Radikalenerlaß,* wer Wände mit Parolen besprüht, an gewissen Beerdigungen teilnimmt, wird *erkennungsdienstlich behandelt,* seine oder ihre Daten kommen alle in den Computer. *L'état c'est moi,* und wer etwas dagegen hat, wird in Wiesbaden gespeichert und früher oder später, bei größeren Streiks und Unruhen, Terroristenfahndung, wenn der Notstand blüht, aus dem Verkehr gezogen. Die Zeit der plumpen Maschen, die Zeit, in der Judensterne getragen werden, ist vorbei. Zunächst das Loch in der Computerkarte, dann das Loch im Kopf. *Ordnung muß sein.* Sonst herrschte ja *Anarchie.*

Krieg kostet Geld. Die Ausbeutung der Kolonisierten zu garantieren, werden keine Mühen und Kosten gescheut. Wies das BKA 1965 818 Stellen aus und hatte es einen Etat von 13,9 Millionen Mark, so verfügte es zehn Jahre später über 2 237 Beamte und einen Etat von 136,8 Millionen DM. Der Etat hat sich also in zehn Jahren verzehnfacht. Der des Verfassungsschutzes im gleichen Zeitraum mehr als vervierfacht.

Die in die Millionen gehenden sogenannten strafbaren *Handlungen* nehmen ständig zu, die *Schwerstkriminalität* dagegen – Mord und Totschlag – hat gegenüber der Zeit von Kaiser Wilhelm keine *Steigerungsraten...*

Aufhören! schreit Niko. Ist ja schon gut. Da kann man ja direkt Angst kriegen, Ilona!

Ich habe *Angst*, sage ich.

Darum auch deine Ironie, deine Sarkasmen, meint Jörg leise. Du mußt noch viel hinzulernen; Ironie ist ein Rauschgift der Herrschenden, sie ist nichts für uns.

So meine ich das doch gar nicht, unterbricht ihn Niko. Ich finde diese mündliche Prüfung gar nicht mehr gut...

Schränkerinnengehilfinnenprüfung, Ausarbeitung eines *papers* über die Bullen, sagt Peter ironisch. Ich krieg die Motten.
Ich finde das sehr gut, wie sie das macht, meint dagegen Mama. Sie lächelt. Kriminalität wurde vom simplen Handwerk zur Industrie, in der Spezialisten arbeiten. Da finde ich Ilonas Vorgehen, praktisch wie theoretisch, einfach großartig.
Die Sache mit dem Motorrad war Spitze, lobt Peter. Ehrlich. Mit Video und Tricks, ohne jede Gewalt, ganz große Klasse, bestätigt Niko. So etwas wie das mit dem Frauenplakat wäre mir früher nie eingefallen. Aber deshalb braucht sie uns doch hier keine Referate wie ein Professor zu halten. Ich find det echt blöde, überkandidelt, wir sollten lieber eine praktische Theorie entwickeln…
Wie meinst du das? fragt Peter.
Ich weiß schon, was er meint, sage ich und lege Niko meinen Arm um die Schulter. Auch da habe ich was ausgearbeitet. Und ich hebe an:

Ich berichtete, wie ich die Wohnung sauber halte, Unterlagen in regelmäßigen Abständen vernichte oder fortschaffe, daß ich Werkzeuge wegen der Elektronenmikroskope der Bullen nur einmal benutze, mich nach Schweiß- und Lötarbeiten von allen Kleidungsstükken, inklusive der Strümpfe, trenne, daß ich bei Hausdurchsuchungen nur kurze Angaben zur Person mache, meinen Ausweis zeige, darauf bestehe, den Anwalt anzurufen, den Durchsuchungsbefehl verlange, eine Kopie des Verzeichnisses der mitgenommenen Sachen, daß ich mich auf Band 38 Seite 105 der Bundesverfassungsgerichtsbeschlüsse beziehe, o ja, und auf § 110 Absatz 2 der Strafprozeßordnung und bei Beschlagnahmungen auf § 98, und ich betete sie her und wußte auch über § 81 b der Strafprozeßordnung Bescheid, über Artikel 104 Absatz 2 unseres hochwohllöblichen Grundgesetzes, fetzte § 148 der StPO runter und 136 und 161 und 163 a, jawoll, und verwies auf das Rotbuch, das mich in solchen Sachen bestens belehrt, und ich grinste Niko an, der es *so auch wieder nicht gemeint haben* wollte, und.

Na, Niko, zufrieden?
Hältst du dich eisern dran, sehr, strahlt Niko. Mein lieber Herr Gesangverein, wozu unsereins sein ganzes Leben brauchte, paukt der Nachwuchs in ein paar Wochen. Ich wollte, ich hätte in den fünfziger Jahren spätestens eine so durchdachte Ausbildung erhalten.
Du mußtest den Preis zahlen, sagt Mama Hemmers bedauernd. Jede Generation steht auf den Schultern der vorangegangenen.

Ich wär nicht so oft innen Knast gekommen, sagt Niko.
Du, Niko, sage ich drängend, das liegt mir schon lange am Herzen...
Was?
Du bist doch so schamhaft und ziehst dich nie in Gegenwart anderer aus... Wie hältst du es denn im Knast? Ich meine, da mußt du dich doch oft ausziehen... und bist im Bad mit Dutzenden zusammen.
Niko errötet.
Knast, sagt er, Knast, das ist doch was völlig anderes!
Da macht es dir nichts aus, nackt zu sein?
Doch, sagt Niko, sich sichtlich windend, aber da muß ichs doch. Ich meine, da ist doch nicht das Leben, nicht *mein* Leben. Da..., er gerät ins Stocken. Peter hilft ihm aus: Wenn die freiheitlich-demokratische Grundordnung dir bei einer Leibesvisitation ins Arschloch guckt, wozu du die Hinterbacken spreizen mußt, da ist der Mensch, äh, sozusagen...
Von seinem Menschsein suspendiert, sagt Jörg grinsend.
Genau! sagt Niko.

Soll ich nun mit dem Kapitel Interpol beginnen? frage ich.
O nein, schreien Niko und Peter. Schluß! Schluß! Bis jetzt hast du die Prüfung bestanden. Bestens!
Eine Eins mit Sternchen, sagt Mama Hemmers.
Kuß! sagt Jörg.
Kuß! sage ich. Wir kuscheln.

Haben wir noch etwas Zeit?
Knapp eine Stunde.
Das muß genügen, sagt Mama Hemmers. Sie lehnt sich im Stuhl zurück. Kinder, sagt sie, ihr kennt meine weiteren Pläne...
Ja, sagt Niko betrübt.
Ja, sagt Peter und kratzt mit dem Fingernagel des Daumens auf der Tischdecke herum.
Ja, sagt Jörg. Er lächelt seine Mutter traurig an. Sie sehen sich in die Augen. Da bin ich einige Sekunden völlig ausgeschlossen.
Ja, sage ich. Aber ich verstehe es nicht. Warum willst du Kreuzberg verlassen? Warum mit dem Pastor, von dem ich nun schon so Vieles und so viel Gutes hörte, ausgerechnet in den Süden, auf eine Insel, fernab, zumal dort noch eine Diktatur herrscht? Und schließlich, warum brauchst du noch so viel Geld?

Ich bin froh darüber, sagt Mama Hemmers, daß Ilona die Fragen stellt, die meine Söhne nicht zu fragen wagten...
Jörg wirft den Kopf hoch.
Nein, nein, sagt Mama Hemmers, laß mich! Ich werde euch meine Motive genau schildern. Zunächst einmal: unsere Familie fällt langsam aber sicher auseinander. Ich finde das nicht weiter schlimm. Unser Verhältnis ist viel besser, als ich das je zu träumen gewagt hatte. Es ist schon nahezu ein Wunder, wenn eine alte Frau noch drei Söhne *hat*. Womit ich sagen will, daß ihr *da* seid, daß ich weder im Altersheim, noch irgendwie allein bin. Aus vielen, vielen Gründen aber gibt es zwischen einer alten Mutter und ihren Kindern immer noch Fragen, die keiner zu fragen stellt und auf die ehrlich zu antworten nicht leicht fällt. Gerade weil Jörg nun endlich ein Mädel hat, das ich gern habe, sehr, sehr lieb, über die Maßen lieb, eines, das zu ihm paßt, das eigenständig denkt und handelt, das nun ein Kind kriegt und nicht groß nach Trauschein fragt, das in der Lage ist, selbst mit sich ins Reine zu kommen; weil Peter endlich eine Arbeit hat, die ihm Spaß macht, in einer Wohngemeinschaft lebt, in der er es nicht nur aushält, sondern in der er sich wohler fühlen kann als anderswo; weil Niko schließlich, auch wenn er es nicht zugeben will, müde wird, den alten, riskanten Beruf auszuüben, er auch genügend auf der Kante hat, etwas anderes anzufangen, ohne sich ausbeuten lassen zu müssen; schließlich, und das halte ich für das Wichtigste, weil Kreuzberg stirbt, nicht mehr Kreuzberg ist, immer weniger Kreuzberg ist, und weil, verzeiht, Kinder, auch eine alte Frau Bedürfnisse hat, die ihr ihre Kinder nicht befriedigen können – ich habe, ihr habt es vielleicht gewußt, vielleicht aber auch nur geahnt, mit dem Pastor schon lange ein Verhältnis, das über das der Freundschaft bei weitem hinausgeht –, und weil ich schließlich und endlich auch einmal meine Ruhe haben möchte, ehe ich sterbe, darum gehe ich hier weg. Was ich an Rente erhalte, ihr wißt es nur zu gut, ist gering genug, lächerlich und traurig genug. Die Witwe dreier Antifaschisten und Mutter dreier Kinder erhält von diesem Staat, der seine alten Nazis aufs beste versorgt, eine dermaßen beschämend kleine Rente, daß sie gerade zum Leben reicht. Ihr wißt, wie wir arbeiten mußten, ein wenig besser zu leben, und ihr wißt, daß mein Anteil daran nur zu gerecht war. Ich hänge niemandem auf der Tasche herum, erst recht nicht euch. Ich bleibe selbständig. Hermanns Pension und meine Rente, dazu ein gutes Polster für schlechtere Zeiten – das genügt uns voll und ganz...
Kreuzberg stirbt schon länger, sagt Niko rauh. Und mit dem Pastor bumsen kannst du auch hier.
Niko, sagt Mama Hemmers und streicht ihm übers Haar, du hast natürlich Recht. Aber Kreuzberg erleidet demnächst den Tod durch Kollaps, durch *Sanierung*. Das, was mir das Leben hier lebenswert machte, schwindet fast völlig. Das ist wie ein Fluß oder ein See, in den

immer mehr Abfälle und Chemikalien fließen, der immer mehr abstirbt und von einem bestimmten Punkt an *umkippt,* biologisch, ökologisch tot ist. Tot. Soll ich dir erzählen, was Kreuzberg war? Dies war nie ein Paradies, hier war es nicht einmal richtig schön, hier war immer schon Elend und Suff, Krankheit und Verfall, aber jetzt hat der Prozeß ein Stadium erreicht, der irreversibel, nicht mehr umkehrbar ist. Wißt ihr, Kinder, sagt Mama Hemmers, vor dem Krieg lebten hier 330 000 Menschen, viel zu viele auf dem kleinen Raum, nun leben hier nur noch 170 000, davon etwa 40 000 Ausländer. Ihr wißt, daß ich dafür bin, daß sie hier leben, ich bin nicht nur nicht dagegen, ich bin dafür. Aber sie erhalten nie eine Chance. Sie werden vorsätzlich daran gehindert, Berliner zu werden… In der Gründerzeit und Anfang des Jahrhunderrmats strömten Tausende und Abertausende von Menschen aus dem Osten ins Ruhrgebiet und nach Berlin. Die meisten sprachen nicht einmal deutsch. Wasserpolacken wurden sie genannt. Aber sie wurden Deutsche, wurden Duisburger und Essener, Berliner und Bochumer… In jedem Jahr ziehen hier 15 000 Menschen fort…
Darüber, beharrt Niko, können wir auch reden, wenn der Pastor, wenn dein Hermann hier ist. Red mal über ihn und darüber, warum es ausgerechnet diese Insel da unten sein muß.
Weil die Sonne da scheint, sagt Mama Hemmers einfach. Das ganze Jahr fast scheint da die Sonne. Auch du wirst es erleben, wenn du älter wirst, daß du immer mehr frierst. Ich friere von innen, weil die meine Stadt kaputt machen, mein Viertel, meine Straße, meine Nachbarn, meinen Kaufmannsladen, meine Trödler und Kneipen, die Kleinbetriebe und Klitschen, und ich friere von außen, weil ich älter werde und meine Reserven abgenommen haben… Was nun Hermann betrifft, wir haben uns gern. Ich habe es abgelehnt zu heiraten. Hedernn mußte und muß sich, so schwer ihm das fällt, damit abfinden. Und ich will nicht, sagt Mama Hemmers fest, daß irgendeineber uns lacht. Diese dicke Alte und dieser akademische Hänfling…
Nein, nein Kinder, ihr müßt den Tatsachen ins Gesicht sehen. Ihr müßt euer Leben planen wie eure Coups. Das nimmt euch keiner ab… Sie senkt den Kopf und blickt nach einer Weile wieder hoch. Peter, sagt sie, setzt du mal das Kaffeewasser auf? Und Jörg und Niko decken derweil den Tisch. Hermann wird gleich kommen. Ich habe Kuchen geholt, und heute abend gehen wir alle ins Kino. Einverstanden?

Schon in den ersten fünf Minuten erkenne ich an Auftreten und Benehmen des Pastors, daß er ein Freund der Familie ist, nicht Gatte oder Vater. Freundschaft ist das ständige Bemühen um Liebe auf Ge-

genseitigkeit, sie will immer wieder erworben werden, behauptet, geprüft. Da ist nichts von jenem Sichgehenlassen, jener stillen oder lauten Art. die ein Herrschaftsverhältnis, wie es das des Ehemannes, Geliebten oder Vaters darstellt, auszeichnet. Der Pastor kommt nicht als Gast. Er kommt als Freund. Ich merke es ihm an, wie er es genießt, in dieser Atmosphäre von Vertrauen sich einzufügen, Gleicher unter Gleichen zu sein, wie es ihm Freude bereitet, jener Zuneigung, mit der Mama Hemmers und ihre drei Söhne ihm begegnen, mit Zuneigung entgegenzutreten, sich einfühlend, aber auch distanziert, unbefangen, aber auch beherrscht. Er gehört zu den Menschen, die Vollkommenes vollkommener machen und Unvollkommenes liebevoll kritisieren im Bemühen, es zu tilgen.

Ehe er sich, wie wir, an den Tisch setzt, hat er, wie wir alle, ohne Worte in Eins mit uns, seinen Beitrag zur Kaffeetafel geliefert, ein Tablett getragen, einen Aschenbecher geleert, Stühle gerückt. Er ist sofort *da.*

Wenn er uns anschaut, reihum oder einzeln, so offen und, ohne aufdringlich zu sein, sichtlich sich fragend, wie es wohl jedem von uns gehen möge, sei es im Allgemeinen, sei es nun. Zufrieden, entspannt rückt er seinen Stuhl unter angezogenen Knien näher an den Tisch, lehnt sich zurück, in einer Linie mit den neben ihm Sitzenden, ein wenig heiter, ein wenig ironisch, ein schmaler alter Mann in Schwarz.

Noch immer trägt er den schwarzen Anzug, das weiße Hemd mit gestärktem Kragen, noch immer wirkt er, wie er lächelnd sagt, *wie im Dienst.*

Er stammt nicht von oben, ich sehe es ihm an. Seine Vorfahren waren Bauern in Westpreußen, in den 80er Jahren des vorigen Jahrhunderts kam die Familie nach Berlin. Das Gesicht, schmal, mit kantigem Kinn, kantiger Stirn, tief liegenden Schläfen, spitzer Nase, noch immer vollen Lippen, ist gerunzelt und gebräunt. Er geht viel spazieren. Die Augen von wäßrigem Blau, jenem Wasserblau des Alters, liegen tief, groß wölben sich die Lider über den Augäpfeln, von Falten umgeben, darüber buschige Augenbrauen mit einzelnen langen, weißen Grannen, betrachten mich prüfend, freundlich, gelassen. Seine Hände, zu beiden Seiten des Kuchentellers, sind die eines alten Bauern, breit, stark, von dicken Aderschnüren durchzogen.

Hier in Kreuzberg, sagt er, nachdem wir den Kuchen gegessen, den Kaffee getrunken haben und nun mit Zigarette, Zigarre und Wacholder am abgeräumten Tisch sitzen, in Kreuzberg wohnt das Salz der Erde, hier wohnen jene, die Jesus in der Bergpredigt hervorhebt. Früher wohnten auch Kämpfer hier. Sie sind gestorben, tot, ermordet, verschleppt, weggezogen, verschwunden. Hilft die Kirche dem Salz der Erde? Habe ich ihm geholfen? Barmherzigkeit, Kinder, ist keine Waffe. Ebensowenig wie Empörung keine Waffe ist. Ich habe,

wie ihr wißt, viel mitgemacht, durchgemacht, im Lager, im Krieg danach, zur *Bewährung*, die langen Jahre in Kreuzberg, in meiner Gemeinde. Kaum ein Wort hat mich je so geschmerzt wie jenes leichtfertige, bös-undurchdachte, jenes lobend-hervorhebende Wort von der *Leidensfähigkeit* gewisser Menschen, der einfachen Menschen. Es wurde leichtsinnig von den Dichtern, aber auch Soldaten gebraucht, sprachen sie vom russischen Volk. Es wird aber auch gebraucht für die Mühseligen und Beladenen hier, in unserem Viertel. Was ist das für eine Welt, in der der Wert des Menschen gemessen wird an seiner Fähigkeit auszuhalten, standzuhalten ohne zu murren, zu leiden ohne viel zu klagen? Was ist das für eine Welt, in der die Massen sein sollen wie Christus? Dabei hat auch jener geklagt...
Ich will euch nicht die theologischen Schlüsse aus diesem Wort darlegen. Sie interessieren euch wohl, zu Recht, nicht. Mich interessieren sie in den letzten vierzig Jahren trotz meines Amtes, meines gelerntes Berufes auch immer weniger. Dostojewski läßt in einem seiner Romane einen Großinquisitor Jesus die heftigsten Vorwürfe machen, der Versuchung Satans nicht nachgegeben zu haben, diese Welt von Elend und Armut zu befreien... Aber ich schweife ab, ich will von Kreuzberg sprechen. Ich glaubte, als ich hier anfing, etwas Nützliches tun zu können. Ich gewährte Trost, hielt zitternde Hände, wischte Schweiß von den Stirnen Unglücklicher, klebte kleine Pflaster, derweil Kapital und Bürokratie jenen, die ich da tröstete, mit Macht Knüppel in das Kreuz und mit dem Hammer des Profits auf den Schädel schlugen. Ich habe lange hier gelebt, anders, besser als die meisten Kreuzberger, und ich lebe noch immer hier (nicht mehr lange), und ihr lebt lange genug hier, um zu wissen, was in diesem Stadtteil geschieht, was mit ihm geschieht.
Elend, Entsetzen und Empörung lassen sich nicht in Statistiken einbringen, nicht in Computer einfüttern, sie pflegen Schuld auszuklammern, ganz und gar weltliche Schuld und zu großen Teilen persönliche Schuld, die sich nicht mit der Unschuld von *Charaktermasken* decken läßt.
In den Gründerjahren nach dem Deutsch-Französischen Krieg '70/'71 explodierte Berlin geradezu, in kürzester Zeit; 1875 hatte die Stadt 825 000 Einwohner. Wo einst das Köpenicker Feld gelegen hatte, wurde eilends von Spekulanten die Luisenstadt aus dem Boden gestampft. Für die Spekulation auf Hausbesitz war es typisch und günstig, daß das Preußische Steuerrecht nicht die Höhe der Mieteinnahmen besteuerte, sondern – groteskerweise die Länge der Straßenfront. So kamen die Häuser von damals, die Straßen von damals zu ihrem Gesicht, die Vorderhäuser sind schmal, sie stehen – dies war absolut verbindliche Vorschrift – in einer Flucht, und hinter den schmalen Vorderhäusern schließen sich drei, vier, ja fünf Hinterhäuser, Hinterhöfe an. Die Preußische Bauordnung besagte nichts über

Licht, Luft, Hygiene, Mindestwohnraum, sie bestimmte lediglich, daß – in einem Hinterhof eine Feuerwehrspritze wenden können muß…

Das Vorderhaus gab Schicht für Schicht, Klasse für Klasse, Stockwerk für Stockwerk Klassenverhältnisse an. Im vierten Stock wohnten jene, die gerade noch als Arbeiter und Kleingewerbetreibende im heutigen Sinne anzusprechen waren. Darunter, im dritten Stock, wohnten Familien mit festen Einkünften, in der zweiten Etage wohnten Herrschaften, in der ersten Etage oder im Hochparterre wohnte die Crème, die erste Klasse, der Steuerbürger erster Qualität, der Hausbesitzer. Im Keller schließlich hausten, den Ratten gleich, die Allerärmsten, in wahren Löchern voller Schwamm und ohne jede Sonne.

Der Bauboom damals war dermaßen explosionsartig, daß die Häuser schon bezogen wurden, wenn sie noch naß waren. Die nach Berlin strömenden landlosen armen Bauern und Landarbeiter, zumeist aus dem Osten, aus Schlesien, West- und Ostpreußen – ihr wißt, es heißt, der wahre Berliner kommt von dort –, wurden förmlich in die neuen Mietskasernen gestopft. Bei der Planung gingen militärstrategische Gesichtspunkte ein: die Straßen sollten breit genug für Artillerie und zu breit für den Barrikadenbau sein.

Einigen der Armen gewährte man das fragwürdige Glück, kurze Zeit auch im ersten, zweiten oder dritten Stock zu wohnen…

Jörg unterbrach ihn und meinte, er habe aufgepaßt, und… Richtig, sagte der Pastor, die wurden auch schnell wieder hinausgeworfen. Sie durften die feineren Wohnungen lediglich *einwohnen*, das heißt in ihnen wohnen und heizen – bis Nässe und Feuchtigkeit aus den Wänden verschwunden waren. Dann zogen die feineren Herrschaften ein, lüfteten, ließen putzen und tapezieren.

In den Hinterhöfen der Kreuzberger, aber auch Weddinger, Charlottenburger Häuser waren kleine Betriebe untergebracht. Später wurde Kreuzberg für die Mischung aus Mietern und Gewerbebetrieben, Handwerk und Industrie berühmt. Außerdem wohnten in den Hinter- und Quergebäuden die Arbeiter, die in diesem Betrieben schufteten. Sie wohnten unter absolut unhaltbaren Verhältnissen. Friedrich Engels schilderte ähnliche Verhältnisse aus dem prosperierenden Jungkapitalismus des Englands der Manchesterzeit. Hier, in unserem Viertel, das nicht unser ist und immer fremdbestimmt war, hatte ein Arbeiter im Schnitt etwa ein Drittel eines beheizbaren Wohnraums für sich… Ein Drittel nur! Jeder zehnte wohnte im Keller, ein weiteres Zehntel der Arbeiterschaft besaß nicht einmal solchen Wohnraum, dieses Zehntel hatte nur eine Schlafstelle.

Mit diesen unmenschlichen Miet-, Wohn- und Arbeitsverhältnissen bezahlten Berlins Proletarier den beispiellosen Boom der Gründerzeit, die explosionsartige Vermehrung des Reichtums dieser Stadt und ihrer Besitzer. Dieser Boom – auch er wies bis zum ersten Weltkrieg seine zyklischen Krisen, Bankzusammenbrüche, Schiebereien, Spekulationsverbrechen auf – gleicht dem der Metropolen in der Dritten Welt, in denen plötzlich Bodenschätze Reichtum hervorbringen, Reichtum, unermeßlichen für wenige, unsagbare Armut für andere, die in den Außenbezirken der Großstädte leben und, sich ungemein vermehrend durch ständige Landflucht, den Lohn drükken.

Welche Gründe für den heutigen Niedergang, das Verrotten, den Zusammenbruch, den Kollaps des Kreuzbergs von heute vorliegen, brauchen wir nicht zu erörtern; wir diskutierten drüber, als dieser Politiker heimgesucht..., mit einem Blick auf mich, jener Korruptionsfall ruchbar wurde. Seit Krieg und Mauerbau wird Kreuzberg in Norden und Osten durch die Mauer und im Süden durch den Landwehrkanal begrenzt. Die Hälfte der Bewohner zog fort, wurde fortgezogen und starb weg. Allein in den letzten zehn Jahren etwa schlossen an die dreitausend, dreitausendfünfhundert Betriebe ihre Pforten!

Kreuzberg ist nicht nur geografisch eine Tasche geworden, ist es auch sozial, ökonomisch und politisch geworden – Leute in den feinen Vierteln im Süden unserer Stadt oder in Blankenese und Bonn greifen nur hinein, stecken nichts wieder herein.

Unser Viertel ist ausgepowert und ausgeblutet. Ein Viertel aller Kreuzberger sind Rentner, jeder Vierte, ein anderes Viertel besteht aus Ausländern. Sie haben keinerlei Bürgerrechte. So sind sie sogar noch schlechter gestellt als die Schwarzen in Watts und Harlem. Jedes zweite Schulkind ist ein kleines Türkenkind. Dabei gehen bei weitem nicht alle kleinen Türken zur Schule... Sie verlernen ihre Heimatsprache und lernen die unsere nur schlecht. Kreuzberg ist kein *melting pot,* kein Schmelztiegel für Menschen verschiedener Nationalitäten. Neunzig Prozent der jungen Türken und Jugoslawen hier erhalten keine Lehrstelle, ja nicht einmal einen Arbeitsplatz. Die Folgen: Armut, Kriminalität, Alkoholismus, Drogensucht, Hauen und Stechen.

Aber selbst die jungen Deutschen erhalten hier keine Chance. Ich sprach kürzlich mit dem Sozialdezernenten M., er schätzt den Anteil der Jungen, die keine Lehrstelle kriegen, auf siebzig, ja achtzig Prozent! Das heißt, neun von zehn jungen Ausländern und sieben oder acht von zehn jungen Kreuzbergern bleiben auf der Straße. Das sind wahrlich Dritte-Welt-Verhältnisse.

Die Häuser läßt man, das heißt, die Hausbesitzer, vorsätzlich verkommen. Bis zum Zeitpunkt ihres Abbruchs, der auf diese Weise forciert wird, wird nichts mehr investiert. Die einzigen Mieter, die sich noch finden, sind die Proletarier, zugereiste, ungelernte, aus der Türkei, aus Jugoslawien. Sie sind wahrlich Sklaven, die während ihrer besten Lebensjahre leergesogen und dann ausgespien, daß heißt gekündigt und ausgewiesen werden. Die einzige Sozialpolitik, die es für sie gibt, wird immer mehr aus der Tätigkeit der Fremden- und Bereitschaftspolizei bestehen: feststellen, sistieren, einknasten, per Jumbo abschieben...

Der Pastor streifte vorsichtig die Banderole von seiner Zigarre und zündete sie sich an.

Das war die Hälfte, sagte Jörg. Nun die andere, wo siehst du die Lösung?

Die Lösung? fragte der Pastor und kniff die Augen zusammen. Im Augenblick...

Telefon, sagte Niko.

Das wird für mich sein. Jörg stand auf und ging in den Flur. Wir schwiegen.

Das war Martha, sagte Jörg, als er wieder in das Zimmer kam. An mich gewendet: Wir treffen sie nach dem Kino in der Stadt. Sie sagt, es klappt, aber sie verstünde kein Wort.

Was läuft denn hier? fragte der Pastor. Ich verstehe auch kein Wort.

Das brauchst du auch nicht, sagte Jörg freundlich.

Wollt ihr nicht endlich mal Schluß machen? mahnte der Pastor. Wir könnten mal über euch reden, über euch als Kreuzberger und über euren, na ja, Beruf.

Später, grinste Jörg. Hier aber geht es nicht darum. Es geht vielmehr um, er geriet ins Stocken.

Um ein gutes Werk, sagte ich leichthin.

Um was? fragte der Pastor.

Du hast es doch gehört, sagte Jörg. Um ein gutes Werk. Um ein sehr gutes Werk. Und wenn dieses gelungen ist, gibt es nur noch gute Werke für uns.

Wir lachten, Mama Hemmers schmunzelte, Niko errötete, Peter blickte beschämt auf das Tischtuch, und der Pastor wirkte plötzlich ganz fremd. Er seufzte.

Ach, ihr, sagte er.

12

Bäuchlings gleiten wir ins

XII. KAPITEL.

Es schildert wiederum Tage der Kommune und ist angefüllt mit Gedanken über die Herstellung von Glück. Mit vollem und leerem Bauch. Glück wird hergestellt durch

KOPF IM BAUCH UND BAUCH IM KOPF.

Ein Einbrecher und sein Autor platzen vor Uterusneid; die Kleinen müssen das Kleine beherrschen, ans Große heranzukommen und von Großem und Großen nicht beherrscht zu werden; Mutmaßungen über Geschäftsbräuche; Relativitätstheorien einer Gefüllten. Sich klarwerden über Bedürfnisse, heißt neue Bedürfnisse schaffen; wer auswärts arbeitet, trägt die Innenwelt an die Außenwelt heran und die unaufgearbeitete Außenwelt ins Innere; über die Vorteile der Siedler gegenüber den Pionieren; Kinder bekommen und das Bestehende kritisieren durch Kinderkriegen; Kinderkriegen als Gegenteil von Krieg, der Bauch der Schwangeren: eine Zeitbombe.

So kommt das Motto daher: rund. Von Nazim Hikmet:

Laßt uns die Erde den Kindern übergeben,
wie einen riesigen Apfel, wie ein warmes Brot...
Die Kinder werden uns die Erde wegnehmen,
werden unsterbliche Bäume pflanzen.

Dein Bauch die Erdkugel
darin Lava kocht Leben klopft
winzige Arme und Beine
tektonische Beben verursachen.

Dein Bauch ein Mond
ein Trabant treibend
besinnungslos jauchzend
um einen unentdeckten Planeten.

Dein Bauch eine Sonne
um die wir unsere Kreise ziehen
beseelt entspannt
voll von Freude.

Dein Bauch eine Trommel
vor Frohsinn dröhnend
kreisrund und kreisend
über meinem flachen.

Dein Bauch eine Jahrmarktsorgel
ein Kettenkarussell
eine Lostrommel
voll von Gewinnen.

Dein Bauch ein Pol
an dem Magneten irre werden
zu blühen beginnen
die Zeiger der Kreiselkompasse.

Dein Bauch ein Urwald
wuchernd vor feuchter Fruchtbarkeit
ein Treibhaus
darinnen Wünsche wuchern himmelwärts.

Dein Bauch ein blanker Himmel
in den die Drachen der Sehnsucht
wir steigen lassen lachend
im Wind mit zittrig-federnden Beinen.

Dein Bauch ein Champagnerkelch
aus dem ich mich betrinke
ein Weinfaß eine Kelterei
süß duftend im Schatten.

Dein Bauch eine Hecke
die uns vor Stürmen schützt
ein bunt gestrichnes Schilderhaus
ein Fuchsbau eine Almhütte am Abend
ein Bach ein Fluß ein See ein Meer
darinnen Fische schwimmen
und in jedem Fische
ein Jonas apfelsinenschälend
lachend und hüpfend von Bein zu Bein.

Dein Bauch ein Springbrunnen
eine Schiefertafel
darauf ich buchstabieren lerne
von a bis A eine Fontäne
der Niagarafall eine Fürstenkarosse
eine Savanne darin Löwen streifen
neben Gazellen und Wasserbüffeln
dein Bauch tiefe Nacht
mit Feuerwerk und Festlichkeiten
ein tiefer dunkler Wald
darin Betten stehen
für die Liebenden und Heimatlosen
über dem der Mond Wolken schiebt
mit langen Stangen und seine Kinder
in die Äste hängt bunte Lampions
eine Lichtung in der Morgendämmerung
darauf Rehe äsen und ein verrückter
Pianist Nocturni spielt
Moschus verstreut Ambra und Jasmin.

Dein Bauch ein Kürbis platzend vor Reife
eine berstende Feige eisgekühlt mit Schlagrahm drauf
ein selbstgebackenes Roggenbrot mit Griebenschmalz und Salz
eine Geburtstagstorte im Lichte brennender Kerzen
eine Gitarre dunkelsanft und geil wie Lucille von B.B. King
ein geschlagenes Pfauenrad in dessen weitoffenes Auge ich
erigiere ein Aufschrei ein Gären ein Raunen ein Zwinkern
eine achtspännige Kutsche auf dem Weg zur Feria in Valencia
eine Botschaft in alten Lettern in Perlschrift in Keilschrift
in Knotenschrift in Hieroglyhen ein Du
eine Zitrone zwischen den Zähnen beim Langstreckenlauf
ein Kirschkern von Brücken gespuckt in reißende Ströme
eine Flaschenpost eine grüne Insel nach dem Gewitter aufnehmend
gastlich den Schiffbrüchigen ein Strohdach über Deichen im friesi-
schen Herbst eine Herde grasender friedlicher Kühe in der Frühe

eine Wiese im Septembermorgen von der Nebel steigt ein Mach-hoch-die-Tür-das-Tor-mach-auf ein Hosianna ein Halleluja ein Kyrie ein Give me an F Give me an U Give me an C Give me an K dein Bauch ein Woodstockfestival ein ewiger Erster Mai eine Springmaus ein Puma auf dem Sprung verborgen in Tannenästen ein träge treibender Rochen ein Korallenatoll eine Erdkugel die Lippen umfahren wie Gulliver Magelhaes und Christoph Columbus eine feurige Schale ein Trost eine Mahnung ein Eilbrief eine Danksagung ein Boot auf glatter See eine Brigg eine Korvette eine Nina eine Pinta eine Santa Maria ein Adlernest ein Schwalbenflug vor Gewittern ein Weizenfeld gebogen im Sturm eine Lerche über provençalischem Sommer eine schwarze Jazzband im Chikago der 30er Jahre eine Jam session in einem Nachtclub an der Ecke der Fifth Avenue mit Charly Parker ein Concerto Grosso eine Wassermusik die Vollendete Zehnte eine Rosenhecke im Indianersommer eine riesige Orchidee aus der aufsteigen Kolibris fächerförmig und summend eine Schublade voller Krimskrams in Trödlerläden ein Grammophon zum Aufziehen ein Sturm auf Bastille und Winterpalast dein Bauch sachkundig geschliffen von dir und mir zu reiner Freude.

Findest du mich wirklich schön, so?
Ich finde dich wunderschön.
Er wird langsam beschwerlich.
Das Kleine hat aufgehört zu strampeln. Es hat schon gewendet, den Kopf zur Schamfuge hin.
Es dauert ja nicht mehr lange.
Guck mal, die schönen blauen Adern in deinen Brüsten.
Wie prall sie geworden sind! Manchmal schäm ich mich wirklich.
Wieso denn?
Nur so. Du, ich steh auf.
So, so bleib stehen, im Gegenlicht, vor dem Fenster. Was bist du schön!
Du bist verrückt.
Ich überlege mir schon wochenlang, wann und wie uns die herrschenden Schönheitsvorstellungen eingepflanzt werden.

Die Leute draußen und die Ärzte behandeln eine schwangere Frau wie eine Kranke. Nichts falscher als das. Eine gesunde Frau – und ich bin gesund – ist nie gesünder als während einer Schwangerschaft. Meine Gänge zum Arzt, später zur Frauenklinik dienen nur der Vorbeugung.

Vielleicht kennst du die Geschichte, in der ein Arzt nicht bezahlt wird für die Behandlung von Krankheiten, sondern sein Geld nur in der Zeit erhält, in der sein Patient gesund ist. In der Kommune gelte ich nicht als krank. Wir machen zusammen Gymnastik, wir massieren einander, wir gehen viel schwimmen. Ich habe das Rauchen aufgegeben und trinke nur noch, mäßig, Rotwein.
Ich habe mich noch nie so wohl gefühlt. Ich bin, im wahrsten Sinne des Wortes, erfüllt. Ich werde geliebt. Von vielen.

Wer das Kleine nicht beherrscht, wird im Großen keinen Erfolg haben. Dies die Antwort auf deine Frage, warum ich als angehende Schränkerin noch keine Tresore geknackt habe. Was nützt mir die Kenntnis darüber, wie eine *Büchse* zu *öffnen* ist, wenn morgen die Polizei vor der Tür steht und ich illegal bin? Dann brauche ich einen neuen Satz Papiere, muß also wissen, wie ich an ihn herankomme – Pattenziehen –, muß den Satz fälschen, umfummeln können, muß an das nötige Klein- und Großgeld für die erste Zeit in der Illegalität kommen – Pattenziehen, Autos mit der Schlinge öffnen, Handtaschenleeren –, muß mit dem Wagen, dem Motorrad fliehen können – Führerschein aller Klassen, Schleuderkursus –, muß ich mich verwandeln können – Schminken, Haarefärben, Latexmasken herstellen, Gedächtnisübungen, die neue Vita hersagen zu können im Schlaf –, muß ich in der Lage sein, meine Gewohnheiten radikal zu ändern, um der *BeFa, der beobachtenden Fahndung,* dem Computer also, nicht ins Netz zu gehen. Der Höhepunkt der Karriere, das Öffnen eines Tresors mit größtem Sicherheitsfaktor, ist nur die Spitze des Eisbergs, meines Könnens. Alles, was ich nun gelernt habe, bringe ich den Schwestern in der Kommune bei.

Martha, Peter und ich lösten Mama Hemmers, Niko und Jörg beim Abhören von Léberts Telefon und Auswerten der Tonbänder ab. Wir kommen immer noch nicht mit dem Code klar, sagte Mama Hemmers nachdenklich. Sie sah erschöpft aus. Es ist ganz offensichtlich, daß Lébert und Geschäftsfreunde das Telefon auch zu Vereinbarungen benutzen. Ihre Gespräche aber sind verschlüsselt. Bisher konnten wir sie noch nicht knacken.
Habt ihr einmal versucht, gewisse fragliche Begriffe aus dem Zusammenhang zu lösen und sie auf Marktbewegungen zu beziehen?
Wie meinst du das?
Wir unterhielten uns auf dem Weg hierher darüber. Schaut, wenn die

Perser zum Beispiel Lébert anrufen oder ihn besuchen, stehen die Gespräche doch in Verbindung mit dem tatsächlichen Marktgeschehen, mit dem Auftauchen neuen Stoffs in der Szene. Wir müßten nun versuchen, gewisse Massierungen von Geschäftskontakten zwischen Lébert und den Multis mit dem Auftauchen von Dope, Tinke oder reinem Heroin auf dem Markt in Verbindung zu bringen.
Das ist der Schlüssel! rief Jörg begeistert. Dann aber fügte er ernüchtert hinzu: Das bedeutet, daß wir auch die sogenannten *einschlägigen Kreise* unter Beobachtung halten müssen. Dafür sind wir zu wenige, und es fällt auf.
Nicht unbedingt, sagte Martha. Wir haben doch gewisse *connections.* Das könnte ich übernehmen. So könnten wir zum Beispiel immer herausfinden, daß, wird der Dopemarkt eng, also wenig Hasch auf dem Markt auftaucht, sich also enorm verteuert, Tinke und reines H billiger werden.
Oder Shit wird H oder O versetzt, sagte ich.
Da komme ich nicht mit. Peter verzog das Gesicht zu einem gequälten Lächeln.
Ganz einfach, erklärte Jörg. Wenn du am unteren Kudamm in eine Diskothek gehst und dort Dealer anhaust, zumeist junge Burschen, Schüler, die sich ihr Taschengeld aufbessern und auf diese Weise ihren Stoff für den Eigenbedarf finanzieren, wirst du herausbekommen, daß der angeblich echte *Schwarze Afghan* schwarz und – biegsam ist, biegsam wie Lakritze. Rauchst du davon am Abend ein bißchen mehr als nur einen Joint, hast du zwar schöne Träume, am nächsten Morgen aber einen dicken Schädel.
Wie ein Säufer mit einem Kater?
Richtig. Die Biegsamheit des Stoffes und der Kater sind Beweis, daß er mit O, Opium, versetzt ist.
Der kommt dann meistens aus Amsterdam, fügte ich hinzu. Oder, wie wir es kürzlich erlebten, es taucht eine Menge gutes Grass auf dem Markt auf, marokkanisches Grass, und du nimmst ein paar Züge – und steigst aus den Schuhen, steigst auf, hast wilde, bunte Träume und hängst nur noch lasch in der Ecke rum, dann kannst du sicher sein, daß das Grass in H, Heroin, getaucht und dann getrocknet wurde. Eine besonders perfide Art, sich Konsumenten heranzuzüchten, sind diese doch im guten Glauben, das nicht suchterregende, harmlose, gesunde, gegen alle Krankheiten dienende Grass zu rauchen...
Gab es in letzter Zeit dafür Anzeichen, bei euch, auf dem Kietz? fragte Jörg und wandte sich an Martha.
Nein, sagte diese. Zur Zeit ist der Markt so gut wie leer. Konntest du früher das Grammpiece *roten Libanesen* für etwa drei Mark kriegen, mußt du jetzt sechs, sieben Mark hinlegen. Auch Tinke und H, ja sogar Pervitin und Preludin sind so gut wie vom Markt gefegt.

Das bedeutet, sagte Mama Hemmers, daß all dies Zeugs demnächst wieder in großem Umfang in Schulen und Kneipen, auf dem Strich und in den einschlägigen Teestuben und Diskotheken auftaucht. Hören wir uns doch die Bänder daraufhin noch einmal an.
Du mußt schlafen gehen, sagte Peter zu ihr.
Ach ne, meinte Mama Hemmers, je schneller wir die Sache hinter uns haben, desto schneller bin ich auf meiner Insel, in der Sonne, im Süden. Und seufzte.

Dauert eine Schwangerschaft wirklich nur neun Monate? (Meine Mutter gab mir, als ich zum ersten Mal blutete, eine Binde und sagte: Nun bist du eine Frau und mußt aufpassen. Das war alles.)
Es gibt viele Zeiten, Gegenwart, Vergangenheit, Zukunft, Greenwich Mean-Time, es gibt subjektive Zeiten und objektive. Es gibt so viele subjektive Zeiten wie Menschen. Es gibt biologische Uhren und Quarzuhren, Atomzeituhren und Sanduhren, Kuckucksuhren und Sonnenuhren. Vor Christi Geburt und nach Christi Geburt, vor Mohammeds Geburt und nach Buddhas Tod, vor Marx' Dissertation und nach dem Untergang von Sodom und Gomorrha; vor meiner Geburt: Unzeit; nach meinem Tod: Unzeit; subjektive Zeiten und Uhren. Jeder von uns hat ein anderes Empfinden für Zeit, es gibt Zeit des Hahnenkrähens und der Fabriksirenen, die Zeit des Wartens auf die Schulglocke und die Zeit des Nachhausebummelns, für jeden von uns verrinnt die Zeit anders. Die fünfte Dimension, die Speicherung, Verarbeitung und Löschung von Information, gewichtet die vierte Dimension, die Zeit. Immer anders.
Dauert eine Schwangerschaft wirklich nur neun Monate? (Ich bin auch eine Spitzmaus, eine Eidechse, ein Wasserbüffel, eine Elefantenkuh, ein Mastodon, eine Amöbe.)
Wie lange *dauert* Glück, wie lange Unglück? (Ich vergleiche ein Jahr in der Zeit vor der Schulpflicht mit einem Jahr im Knast, vergleiche acht Stunden am Band, im Büro, in der Kaserne mit acht Stunden im Gras am Landwehrkanal, im Theater, auf der Reise.)
Ein Ei wird befruchtet, ein Bauch rundet sich. Der Bauch: eine Uhr. Ein Ei wird befruchtet, eine Geburt findet statt: da soll Zeit vergangen sein. Nur neun Monate?
Ich trage meinen Bauch durch die Zeit. Er ragt in Vergangenheit, Gegenwart und Zukunft. *Ihr seid die Bogen, von denen Eure Kinder als lebende Pfeile entsandt werden...* Mein Bauch hat einen Anfang: meine Zeugung, meine Geburt, die erste Blutung, der erste Beischlaf, die Zeit der Pillen und Pessare, eine Kneipe in Schöneberg. Ich trage meinen Bauch durch die Zeit: die Zeugung eines Kindes, die Zeugung der Enkelinnen und Enkel, der Tod des Kindes, der Tod der

Enkel. Mein Bauch wächst und wächst: Höhe, Tiefe, Breite, Zeit, Information.

Ich trage meinen Bauch durch die Tage und Nächte, durch den Schlaf und den Halbtraum, das Dösen und das Vergnügen, die Arbeit und das Lernen; ich trage meinen Bauch über Jahre hinweg, in meinem Bauch die Erinnerung der Menschheit, all ihr Wissen, ihre Geschichte, ihr Leid, ihre Trauer, ihr Glück; ich werde meinen Bauch vor mir hertragen, bis meine Weise, die Information zu verarbeiten, mir sagt: er ist weg. Eingebildete Schwangerschaften, Schwangerschaften unseres Gehirns, der Schwangerschaft gedenkend. Eine Befruchtung: beliebiges Datum.

Eine Geburt: ein beliebiges Datum, ein Einschnitt, ein Verlust, ein Gewinn. Eine Sanduhr, deren Sand aus dem oberen Teil nach unten geronnen, wird umgedreht.

Ich trage meinen Bauch durch Westberlin: Frühling, Sommer, Herbst. Oder Sommer, Herbst, Winter. Oder Herbst, Winter, Frühling. Oder Winter, Frühling, Sommer. Biologische Zeit: gerundete, gekrümmte, runde Zeit. Ein Bauch ist keine Quarzuhr mit Digitalanzeiger. Digitalanzeiger spotten des Menschen, sind völlig unsinnlich, sie zeigen an: die Sekunden vor dem Untergang des Kapitalismus oder die Sekunden vor unser aller Untergang.

Ich trage meinen Bauch durch diese Zeit und diese Stadt, und während ich ihn trage durch die fünf Dimensionen, markieren Ereignisse die Zeit, den Bauch, graben sich in mein Hirn ein und in das Hirn des Kindes. Ereignisse der Furcht, des Schreckens, der Freude, der Unfreiheit und der Befreiung.

Ich trage meinen Bauch durch Westberlin, und am Himmel Westberlins, in den Gehirnen und den Zeitungen, den Fernsehern und den Büchern, in Gesprächen, Streit und Diskussionen spiegelt sich die Welt: die US-Amerikaner führen ihren dreckigen Krieg in Vietnam; ich trage meinen Bauch durch Westberlin: in Saigon werden unter Jubel die Truppen der FNL einmarschieren; die US-Amerikaner fallen in Kambodscha ein, Sihanouk wird gestürzt und geht ins Exil, der Rote Khmer befindet sich im Krieg mit den US-Amerikanern und ihren Verbündeten, der Rote Khmer wird Pnom Penh einnehmen; ich trage meinen Bauch durch die Stadt: Benno Ohnesorg wird erschossen und Georg von Rauch und Thomas Weißbecker und Petra Schelm, erschossen werden die vielen namenlosen Zivilisten in dieser Stadt und in diesem Lande durch die eigene Polizei; Brandt kommt an die Regierung und tritt zurück, und es beginnt die Aera des Schmidt-Herold-Regimes; Araber und Israelis führen ihren Sechstage- und ihren Oktoberkrieg; in Jordanien und im Libanon findet der Völkermord an den Palästinensern statt; Johnson geht, die Nixon-Kissinger-Mitchell-Bande kommt an die Macht, wird ertappt und zurückgetreten, Ford begnadigt den harten Kern dieser Bande und wird zurückgetreten und bombt weiter, Carter kommt an die Macht und betet und bombt und läßt die Neutronenbombe weiterentwickeln; Schütz wird zurücktreten, und Neubauer wird zurücktreten, und der Steglitzer Kreisel wird gebaut und bleibt als Bauruine stehen, das Kongreßzentrum wird geplant, Kreuzberg weiterhin abgerissen; ich trage meinen Bauch durch diese Stadt: wir demonstrieren gegen den Krieg in Vietnam und in Kambodscha und in Laos, den Krieg im Nahen Osten, die Kriege der portugiesischen Faschisten in Afrika, die Kriege der weissen Rassisten im Süden Afrikas, gegen Filme, die Kriege verherrlichen, gegen Muff unter Talaren und Männer in hohen Ämtern; Allende wird gewählt und mithilfe der CIA gestürzt und ermordet; die Obristen in Athen, auf der Lohnliste der CIA auch sie, verkaufen ihr Land und lassen foltern und müssen zurücktreten; Franco nimmt sich Zeit beim Sterben, läßt weiterhin morden und foltern und stirbt und macht Platz für einen Dressman, der vom Obersten Pimpf zum *Demokraten* mutiert; Morde in Portugal, Folter in Portugal, Salazar stirbt, Sturz der Regierung Gaetano, Revolution der Roten Nelke und sozialdemokratische Restauration; Basis-, Betriebs- und Stadtteilgruppen entstehen und zerfallen und verschwinden, die berliner außerparlamentarische Linke zerfällt und wird zerschlagen und wird wieder erstehen; mein Bauch nimmt an Umfang zu: tote Studenten in der Kent State Universität, in Ankara und Bangkok, in Mexiko-Stadt und Athen, erschossene Arbeiter in Spanien und Chile, in Brasilien und Griechenland, Streiks in Polen und Zimbabwe, Streiks in Frankreich, Italien und Spanien, Unruhen in Guatemala, tote Bauern in Bolivien und Ecuador, in Persien und Indien. Revolten, Rebellionen, Aufruhr; aus *Terroristen* werden *Freiheitskämpfer*, aus Freiheitskämpfern Staatsmänner; Mehrheitsverhältnisse in der UNO ändern sich; mein Bauch wächst und wächst, derweil jeder Zehnte in diesem Lande Neurotiker ist, jeder Sechzigste Alkoholiker, derweil jeden Tag fünfunddreißig Menschen in den Selbstmord getrieben werden in diesem Land, die Produktivität steigt, das Bruttosozialprodukt steigt, die seelische Verelendung steigt, derweil die Radioaktivität zunimmt, die Tätigkeit der Staatsschutzbehörden, der Smog, der Staub; die natürlichen Ressourcen abnehmen; mein Bauch wächst, und im Jahr werden hier über zwei Millionen Arbeitsunfälle registriert, eine Million Arbeitslose; sechstausend Menschen werden durch Arbeitsunfälle ermordet, fünfzigtausend Menschen sitzen im Knast, neunzehntausend werden durch Verkehrsunfälle ausgerottet, über einhundertsechzigtausend durch sie schwer verletzt; mein Bauch wächst: es fehlen zwei Millionen Wohnungen in diesem Lande, über dreißigtausend Kindergärten, mehr als fünfundzwanzigtausend Kinderspielplätze und einhundertsiebzigtausend Lehrer. Mein Land. Ein Land, in das ich mein Kind gebäre. Mein Bauch wächst: ich trage ihn durch ein Land, das zunehmend verroht und brutalisiert wird, in dem die Krise Dauerzustand wird, in dem pausenlos neue Gesetze gegen die Große Veränderung verabschiedet werden, in dem Atombomben mit Zeitzünder gebaut werden, errichtet wie Hühnerställe: Kernkraftwerke, bewacht wie die Siegfriedlinie; ich trage meinen Bauch durch die Stadt: da kämpfen welche mit Gewalt gegen die Große Gewalt und werden erschossen oder gefangen, gefoltert, getötet, selbstgemordet; da werden immer mehr Männer von unten eingekleidet, ausgebildet, gehirngewaschen von denen oben gegen die unten. Ich trage meinen Bauch durch ein Land, in dem die Wut wächst und die Trauer, die Resignation und die Angst, die Repression und die Zensur, das Bruttosozialprodukt und der Suff, der Drogengebrauch und der Verteidigungsetat, die Unkontrollierbarkeit der Apparate, die innere Unsicherheit, die Gesetze für Innere Sicherheit.

Mein Bauch, darin ein Kind. In diese Welt werde ich es setzen, es diesem Lande aussetzen, in diese Stadt werde ich es gebären.

In dies Land Kinder?

In dies Land Kinder!

In dies Land ein Kind von euch?

In dies Land Kinder von uns.

Hast du Angst?

Ich habe Angst.

Ich trage meinen Bauch durch diese Stadt, ich trage diese Stadt in meinem Bauch, dies Land, diesen Erdteil, diese Welt – und eine andere, neuere, bessere.

Wer, wenn nicht wir, soll Kinder bekommen? Sie sich selbst zu schenken.

Ich trage diesen Bauch durch die Stadt, und ist der Druck zu groß auf meinen Beinen, stehe ich mit gespreizten Beinen fest auf den Füßen, verschränke die Hände, lege sie über das Schambein, atme langsam und tief ein, so daß der Bauch noch mehr hervortritt, beuge beim Ausatmen die Knie und lasse mich nach und nach in die Hocke nieder, dabei hebe ich mit den verschränkten Händen meinen Bauch langsam in die Höhe, lockere den Druck beim Einatmen und wiederhole diese Übung mehrmals. Vom Druck, der während der Schwangerschaft auf den Beinen lastet, kann ich mich *so* einfach erleichtern. Vom Druck, der auf uns ruht in dieser Stadt, in diesem Lande, können wir uns nicht so einfach befreien.

Ich werde geliebt. Von vielen.

Die winzigen, sich nach und nach kaum merklich vergrößernden Haarrisse in der Kommune verlaufen in zwei Richtungen: denen der Klasse und denen der Kaste.

Da stehen ab und an, nicht ausdiskutiert, aber angesprochen, die im Betrieb oder Büro arbeiten gegen die in der Uni, gegen die, die *nicht richtig* arbeiten, und da stehen, ab und an angesprochen, größtenteils aber scheu ausgeklammert aus intensiveren Debatten, die Frauen gegen die Männer. Nichts Gravierendes. Fraktionsbildungen erfolgen verschieden und nach Anlässen.
Vorbehalte artikulieren sich gegen Jörg und mich, oder besser: gegen unsere angebliche *Untätigkeit.* Das Ramsegg-Syndrom: wir *arbeiten nicht,* wir weigern uns, ans Kreuz der Produktion genagelt zu werden oder ans Kreuz des Studiums. Die einen stehen in der Frühe auf, die anderen nicht. Oder die anderen stehen auch auf, haben aber die *Möglichkeit,* wieder ins Bett zu schlüpfen. Da hilft es wenig, wenn die Liegengebliebenen zum Ausgleich mehr Aufgaben innerhalb des Haushalts übernehmen, den Einkauf und den Abwasch, das Reinemachen und das Kochen überproportional an sich ziehen. Diese Aufgaben werden im *Plan* fixiert und werden erfüllt.
(Und dann der Reiz, den unser Beruf ausübt! Wie in jedem Manne ein Homosexueller versteckt ist, ist in jedem Lohnabhängigen ein Ganove versteckt. Die Aggression gegen Das Andere in uns verdeckt nur mühsam den Reiz, den Das Andere in uns erweckt.)
Jörgs und meine Arbeit haben sich aus der Kommune in den Produktionszusammenhang der Familie Hemmers verlagert. Das Zusammengehörigkeitsgefühl zwischen Mama Hemmers und ihren Söhnen ist nicht nur eines, das sich aus Familienbanden entwickelt hat, es wurde und wird durch gemeinsame Planung, gemeinsame Arbeit intensiviert und verstärkt. Dies trägt zu ihrer Gelassenheit und Heiterkeit bei. Sie kennen sich, ihre Abmachungen untereinander bedürfen nicht vieler Worte. Martha und ich gliedern uns nur ein. Dann ist uns allen wohl. Selbst die stumpfsinnige Arbeit (die so sehr der der Verfassungs*schützer* gleicht), die Tonbänder und Telefonate aus Léberts Wohnung abzuhören, hat ihre Stupidität verloren, wissen wir doch alle, worum es geht, wem dies dient, wann sie ein Ende hat.
Reproduktion und Produktion der Kommune bilden getrennte Gebiete. Das ist ein übliches Übel; es wird nicht weniger übel, wenn es üblich ist.
Meine Liebe zu Jörg ist sanfter, tiefer, gelassener geworden. Ich bin ausgewogener denn je zuvor. Ich verliere meine emotionale und ökonomische Abhängigkeit und habe, wohl wegen des durch die Schwangerschaft geänderten Hormonstoffwechsels, an Libidostärke zugenommen. Mein Verlangen ist größer als früher. Dies freut nicht nur Jörg, es freut vor allen Dingen mich; damit breche ich auf meine Weise aus der Frauenrolle aus und habe die Phase der Männerverachtung, ja des Männerhasses aus meiner Strichzeit überwunden. Darüber kann ich auch sprechen, vor allem mit den Frauen in unserer Gruppe. Ich bin freier geworden, also auch kritischer. Jörg sagt: Ich

bin die Konstante in einer sich ständig ändernden Welt. Er ändert sich nur, insoweit praktische Anforderungen es gebieten. So etwas ist mir zu oberflächlich. Ich möchte darüber hinausgehen. Flexibilität nicht mehr als weibliche Form der Anpassung an bestehende Dinge, sondern als Form, Dinge zu ändern, Menschen näherzukommen, tiefer in sie einzudringen.

Wie unter der Hand, ganz von allein hat es sich eingebürgert, daß wir Frauen über unsere Rollen und Rollenerwartungen intensiv und oft reden. Veränderungen lassen sich kaum individuell herbeiführen, unser Anliegen ist die kollektive Befreiung in Solidarität. Mama Hemmers – drei Männer, drei Söhne! – bringt mir viel Verständnis entgegen, ihr machen meine Fortschritte sichtlichen Spaß, wie sie sagt: in einer Gesellschaft, sagt sie, in der eine Frau ein Mittelding aus Luxus- und Sexgeschöpf und Paria ist, ist es notwendig, daß Frauen mehr und mehr das angeblich Selbstverständliche in Frage stellen.

Martha wehrt sich dagegen. Sie ist auf ihre Weise konservativ, hat ihre Entwicklung abgeschlossen, sich eingerichtet zwischen sprachloser Wut und Rebellion und pragmatischer Anpassung. Für sie stellen meine Veränderungen neue und interessante Bilder dar, an der Wand tanzende Schemen verschiedener Rollen, die auch ihr auf den Leib hätten geschrieben sein können, hätte sie die Rolle nicht abgelehnt. Unmißverständlich sagt sie mir, sie könne nur durch einen Partner dazu gebracht werden, aus ihrem gewohnten Alltag noch mehr auszusteigen, einen Partner etwa wie Jörg, für den sie hingebungsvoll, selbstironisch und spöttisch schwärmt. Mit ihm zusammen würde sie auch in einer Großfamilie eine Kleinfamilie bilden, ein Zustand, den Jörg und ich in beiderseitigem Einvernehmen nicht dulden, bringt uns auch die gemeinsame Arbeit außerhalb der Kommune in seine gefährliche Nähe.

Es hatte der Zusammenhalt innerhalb der Kommune wachsen sollen. Er kann dies aber nur, wenn in ihr Produktion und Reproduktion, Arbeit und Freizeit, ständig zusammenfallen. Unausgesprochen haben wir unseren alten Plan, eine Kampfgemeinschaft zu bilden, verdrängt, aus den Überlegungen gestrichen, peinlich ausgeklammert. Dies Problem wird spätestens nach der Geburt *auf den Tisch kommen,* und das Gespräch dann wird eine Zerreißprobe für die Kommune sein. Jedes Mal, wenn eine Genossin oder ein Genosse fällt, erschossen wird, verhaftet, verurteilt in diesem Lande, drängt es uns, endlich darüber zu reden. Außen und innen fallen wieder auseinander, drinnen und draußen bilden wieder Gegensätze. Wir erfüllen zwar alle Aufgaben, die wir uns vorgenommen haben, wachsen in theoretischer und praktischer Hinsicht, beherrschen zunehmend das Handwerk der Illegalen, aber dabei bleibts. Wir wissen inzwischen, daß unser alter Plan zumindest in der alten Form nicht mehr zur Ausführung gelangen wird, aber wir sprechen uns darüber nicht aus. Das schmerzt. Noch hat keiner den Mut, dies Problem zentral anzugehen. *Wir haben zu tun.* Aus der Hektik wurde Ruhe, aus dem Sensitivitätstraining wurde das Gespräch, aus Überschwang Gelassenheit. Wir leben nun in einer Kommune, weil diese Form des Zusammenlebens die einzig mögliche in der Gegenwart und in der Zukunft ist. Für immer mehr Menschen. Die Kleinfamilie wurde historisch überfällig; der Übergang zur Großfamilie ist eine Anpassung an Erfordernisse einer Zeit, die normalerweise den Vierundzwanzigstundentag der Ausbeutung mit sich brachte, einer Zeit, in der das Kapital übernational operiert und das, was die Kleinfamilie einmal historisch notwendig gemacht hatte, zerschlägt. An den Nahtstellen der Geschichte entstehen Brüche und Risse, sie verlaufen in jedem einzelnen Menschen; der Zwangsirrsinn der Zeit verlagert sich zunehmend in die Psyche der Menschen. Die Statistiken, die Auskunft geben über das psychische Elend, sprechen da eine deutliche Sprache.

Aus dem Voluntarismus der wenigen wurde der Alltag der vielen; die Kommunen I und II und die auf sie folgenden zahlten den Preis dafür, daß die heutigen Kommunen mit mehr Realismus gegründet werden, auseinandergehen, sich neu bilden. Inzwischen gibt es Tausende von Wohngemeinschaften in dieser Stadt und Hunderte von Kommunen. Daraus werden später Hunderttausende von Wohngemeinschaften und Zehntausende von Kommunen in diesem Land werden. *Noch* hält die Obrigkeit in ihrem Wahn ein wachsames Auge auf alle Wohngemeinschaften und Kommunen; die ständigen Razzien bei allen möglichen Anlässen sind ein Beweis dafür; *noch* werden Namen und Anschriften in die Computer eingegeben, eines Tages aber wird auch da ein Selektionsprozeß stattfinden, reichen doch dann die Speicherungsanlagen nicht mehr aus. Schweden ist ein Beispiel für den modernen Staat, der in der Lage ist, sich revolutionären sozialen Prozessen anzupassen und ihren systemsprengenden Kern zu entschärfen. Wo Staatsapparat, Großkapital und Gewerkschaftsbürokratie so glänzend harmonieren, der König geduzt wird, kann demnächst auch der Ministerpräsident in einer Kommune leben, ohne daß sich etwas Entscheidendes im Kapitalzusammenhang ändert.

Kommune I und II waren Pioniere, sie haben gekämpft, gelitten und geblutet, dann kamen die Siedler, der Alltag kehrte ein.

In diesem Alltag versuchen wir das Neue zu leben. Es ist nicht entscheidend, in einer Kommune zu leben, es ist entscheidend, *wie* wir in der Kommune leben. Nun wurde sichtbar, daß auch bei uns, wie fast überall, Arbeit und Freizeit getrennte Bereiche bilden, Reproduktion und Produktion an verschiedenen Orten stattfinden. So wird eine Kommune zum strategischen Stützpunkt – geplant, von ihm aus Offensiven zu führen, stellt sich heraus, daß er der Defensive dient, nicht Idylle, nicht Oase in der kapitalistischen Wüste, sondern strategischer Stützpunkt für Menschen, die sich weigern, sich an die allgemeine Misere zu gewöhnen. Das ist viel. Wir haben mehr von der Kommune verlangt; mehr aber kann sie zur Zeit nicht geben. Dennoch: das ist viel.

Den Widerspruch zwischen uns, unseren verschiedenen Interessen, können und wollen wir nicht so lösen, daß die einen sich für die anderen opfern – Jörg und ich weigern uns strikt, noch einmal in die übliche Produktion zu gehen – oder indem wir uns alle für einen vorkapitalistischen Produktionszusammenhang entscheiden, etwa indem wir aufs Land ziehen, das Feld bestellen, Hühner oder Schweine züchten, oder indem wir einen gemeinsamen Kleinhandel, eine Kneipe oder eine Silberschmuckwerkstatt auf die Beine stellen. Es gibt Interessengegensätze, diese sind nicht grundsätzlich (antagonistisch), also haben wir uns mit ihnen auseinanderzusetzen, mit ihnen zu leben, sie zu leben und zu diskutieren. Kritik, sagte ein Altmeister, ist das Lebendigste der Welt. Unsere Kritik muß praktisch sein, oder sie ist nicht. Wir arbeiten alle, nur eben auf verschiedene Weise, und wie in jeder Familie gibt es in der Großfamilie, gewollt oder nicht gewollt, durchschaut oder geleugnet, Angleichungsprozesse.

Ein Blick auf die Zettel, auf die wir unsere Vorlieben geschrieben haben, genügt, diesen Prozeß für uns durchsichtiger zu machen. Für das *typisch deutsche Essen* (Klaus) hat keiner von uns mehr ein Interesse. Du bist, was du ißt? Du änderst dich. Wir ändern uns. Gemeinsam.

Mir ist, sagte Rossi, und er hoffte, seiner Stimme jenen *Schneid* verleihen zu können, der diesen Polizisten klarmachen würde, wie ernst es ihm war, schon immer klar gewesen, daß es in der Bundesrepublik Deutschland und Westberlin keine Freie Presse gibt.

Aber, wandte der Kommissar ein.

Halten Sie den Mund, sagte Rossi. Und merken Sie sich ein für alle mal, Sie haben es hier nicht mit einer jenen Kreaturen zu tun, die sich diese Behandlung bieten lassen werden.

Der Kommissar lächelte.

O, sagte er, wissen Sie, Ihr Konsulat oder Ihr Botschafter werden Ihnen kaum weiterhelfen können oder wollen. Die sind in solchen Dingen ganz auf unserer Linie.

Das ist mir bekannt, sagte Rossi spöttisch. Ich pflege nicht mit Hanswurstiaden zu drohen.

Mit was? fragte der Kommissar verdutzt. Sein Gehilfe sah ihn flehentlich an.

Rossi überging seine Frage. Er fühlte sich ungemein wohl in seiner Haut, zum ersten Mal, seit er Westberliner Boden betreten hatte. Er spürte, daß diese forschen Kretins Angst vor ihm hatten. Sie hatten gedacht, mit ihm anstellen zu können, was sie mit seinen deutschen

Kollegen ständig anstellten, hatten wohl gedacht, ihn mit dieser primitiven Mischung von Zuckerbrot und Peitsche kaufen zu können. Mehr denn je zuvor ahnte er, auf der richtigen Spur zu sein. Komischerweise jedoch, dachte er kurz, als er sich schon zum Gehen umwandte, werde ich hier genauso behandelt wie bei dem ersten Treffen mit den Unnennbaren.

Er lächelte abwesend. Welchen Unnennbaren? Waren nicht zwei völlig verschiedene Gruppen an ihn herangetreten? Wie aber neuen Kontakt aufnehmen?

Er verließ das Gebäude, ohne weiter auf das Gerede des ihn bis auf die Straße begleitenden Kommissars zu achten, schritt zur Straßenecke, setzte sich in das nächste Taxi, versprach dem Fahrer zehn Mark, wenn es ihm gelänge, jene Herren, hinter dem Gebüsch am Parkplatz in einem schnellen Mittelklassewagen sitzend, bis zum Zentrum der Stadt abzuhängen, ließ sich in das Polster fallen und dachte nach.

Italiener, 68, sucht Anschluß. Chiffre.

13

Das
XIII. KAPITEL
schildert eine
BILDUNGSREISE
per Eisenbahn oder Fähre, Schlitten oder Auswandererdampfer, Kutsche oder Schiff oder Fahrrad, je nach Sicht, Betrachtungsweise und Erinnerungsvermögen, im Stil einiger Kollegen, die herauszufinden dem Leser anempfohlen wird. Der Mensch schuf die Transportmittel, die Transportmittel schaffen einen Menschen nach ihrem Bilde; die Stiftung Exil-Test unterwegs prüft Pro und Kontra; ein Politiker, ein jüdischer Architekt und ein schwarzer GI bitten um politisches Asyl, im Museum und zurückgekehrt der erste, erfolgreich und verzweifelt der zweite, mit bitteren Aussichten der dritte; ansteckend: der Suff. Über das Warten in Hotelzimmern, wispernde Schlafwagenbetten, Schlittenfahrten über zugefrorene Meere innen und außen, die Erdbeeren der Freiheit, die menschliche Komödie eines Landes, komplett für vierundvierzig Mark, einen gaffenden Postboten, Stempel in Ausweispapieren, die Vernichtung der Architektur und die Vernichtung durch Architektur, einen Erwählten; über das Vertreiben der Zeit durch Runderzählungen, Kopfschmerzen, einen Fahrradunfall, einen radikalen König, einen seltsamen Professor mit hundert Gesichtern und ein höchst seltsames Seminar für fünftausend Kronen pro Nase wird berichtet. Unterschiedlich. Gesehen durch verschiedene Augen.
Ein technischer Berater riet zur Verschlüsselung, unser ungarischer Freund György Dalos stiftete das Motto:

I die liebe / die literatur / die politik
II dann die literatur / die liebe / und die politik
III dann die politik / und die literatur /
und die liebe
IV dann die politik / und die literatur
V dann die politik?
VI die literatur:

Fest steht nur, daß sie weder im U-Boot, noch in der U-Bahn, noch im Fesselballon, noch auf einer Kanonenkugel stattfand.
Zufuß hätte sie zu lange gedauert.
Die Versionen darüber, wie sie nun stattfand, weichen voneinander ab wie jene von sechs Rentnern, die denselben Verkehrsunfall oder dieselbe Mordtat beobachtet hatten: der Täter hatte ein südländisches Aussehen, trug einen schwarzen Oberlippenbart, schwarze Slippers und ein rotes T-Shirt, ich war etwa fünfzehn bis zwanzig Meter vom Tatgeschehen entfernt Herr Wachtmeister, ich habe es ganz genau gesehen, der Täter war etwa 1,80 m groß, hatte helles gekräuseltes Haar, blaue Augen, trug Brille, hatte so einen, wie soll ich sagen, stechenden Blick, der Täter hinkte, ich weiß das so genau, weil mir das gleich auffiel, ich habe mir nämlich 1942 vor Dieppe, es ging alles so unglaublich schnell, der Täter war ziemlich klein, ich dachte zuerst, es sei eine Frau, er trug einen blauen Raglanpullover, mit dem Fahrrad wars, Herr Inspektor, der Täter trug schwarze Kordhosen mit Klammern daran, ein kariertes Hemd und eine Pudelmütze, aus der er Augenschlitze geschnitten hatte, der Täter kam von rechts, er fuhr den blauen VW, ich sags ja, die Bremsen, es gab einen lauten Bums, so wie eine Kanone klang es.

Um Mittag etwa war man auf dem Bahnhof und nahm hier, nachdem, wie herkömmlich, die wohl kaum ernst gemeinte Aufforderung, »doch auch mal herüberzukommen«, ebenso von Ilona Bertram wie von Jörg Hemmers ausgesprochen worden war, unter herzlichem Händeschütteln und mit vielen Küssen Abschied voneinander. Noch als der Zug sich schon in Bewegung setzte, grüßte Ilona vom Coupé aus. Dann machte man sichs bequem und schloß die Augen; nur von Zeit zu Zeit richtete sie sich wieder auf und reichte Hemmers die Hand.
Es war eine angenehme Fahrt, und pünktlich erreichte der Zug den Bahnhof Uppsala, von dem aus eine Chaussee nach dem fünf Meilen entfernten Dölana hinüberführte.

Da Ilona schon entbunden hatte, nahmen Jeff Carpenter (mit falschem Paß), Frau Hemmers und sie das Flugzeug nach Paris. Dort hatten sie aus Tarnungsgründen zwei Tage Aufenthalt und flogen dann direkt nach Stockholm.
Jörg und Niko Hemmers, Gerd und das Gepäck nahmen den Weg über Trelleborg-Saßnitz. Da sie ziemlich verdächtig wirkten, nahm

der schwedische Zoll sie unter genaueste Kontrolle. Sie hatten bewußt drei Flaschen Wodka versteckt und waren, nach Bezahlen einer großen Summe Zolls, allen Verdachts ledig, direkt nach Stockholm weitergefahren, wo sie im Hotel »Adler« Unterkunft fanden, das Büro aufsuchten, das desertierte amerikanische GIs registriert, und die Ankunft der beiden Frauen und des Afroamerikaners abwarteten.

Uppsala. Erster...
Mittlere Wagen, die Herrschaften.
Herrschaften, Damenschaften, Menschenschaften, Leidenschaften.
Der jüngere Herr, ein zarter Mittzwanziger, an den sich dieser Bescheid gerichtet hatte, reichte seiner Dame den Arm und ging in langsamem Tempo, wie man Rekonvaleszentinnen und Schwangere führt, bis an die Mitte des Zuges. Richtig. »Nach Uppsala«, stand hier auf einer ausgehängten Tafel.
Das ist doch völliger Unsinn. Vom Bahnhof Zoo aus führt kein Zug nach Uppsala, von einer Tafel auf dem lausigen Perron dort nicht die Spur. Außerdem reichte nicht Jörg Ilona den Arm, sondern Jeff.
Wieso Jeff? Du spinnst wohl.
Jawohl, Jeff. Weil eine schwangere Frau für Jeffs Desertion die beste Tarnung war.
Ilona war schon lange nicht mehr schwanger. Rosa war schon...
Nicht schwanger? Das muß ich doch wohl besser wissen. Und wie sie schwanger war! Hochschwanger. Erinnerst du dich nicht: der desertierende schwarze GI mit dem Paß eines Ghanaesen sollte zur Tarnung die hochschwangere Ilona und die alte Frau Hemmers begleiten.
Das ist eine völlig andere Geschichte. So mag es vielleicht geplant gewesen sein. Ich erzähle die innere Wahrheit und nichts als die echte Wahrheit, ich erzähle diese Geschichte so, wie ich sie empfunden habe, ich zeichne sie mit jener Liebe auf, wie nur *ein* deutscher Dichter sie darzustellen pflegte.
Aber du kannst doch nicht einfach mit den Fakten Ping-Pong spielen!
Selbstverständlich kann ich das. Geschichtenerzählen hat seine eigene Logik, die eine völlig andere ist als die Nullachtfünfzehnlogik, die, wie ein bekannter Zwiebelkuchenbäcker sagte, nichts anderes ist als das Kleingeld des Geistes.
Also?
Also:

Uppsala. Erster...
Es war einer der älteren, sowjetischen Waggontypen mit Treppenaufgang, und der zierliche, mit besonderem Geschmack gekleidete Herr: blauer Samtrock, grauer Rollkragenpullover, helles Beinkleid, wildlederne Damenstulpenstiefel, wandte sich, als er das Waggontreppchen hinauf war...
In diesem verkommenen Bahnhof einer verkommenen Halbweltstadt, das müßtest du langsam wissen, gibt es keine Waggontreppchen mehr. Der sich Bahn brechende Fortschritt dachte nicht daran, seinen Opfern weiterhin Waggontreppchen zu gewähren, die ihnen das Einsteigen in D- oder Eilzüge erleichtern. Das einzige, was an deiner Version stimmt, ist die Vorliebe Jörgs für zweifarbige Wildlederstiefel, die er tragen konnte, weil er mit seiner Schuhgröße 37 oder 38 in Frauenschuhe paßte.
... Waggontreppchen hinauf war, wieder um, um seiner Dame und seiner Mutter beim Einsteigen behilflich zu sein. Die Kompartiments waren noch leer, und so hatte man die Wahl, aber auch die Qual.
Waggontreppchen! Dame, hu! Kompartiments erster Klasse. Wahl-Qual ..! Außerdem waren die Waggons nicht im geringsten leer; du vergißt die Rentnergeschwader aus dem Osten, die in den Westen einfallen wollten.
Bitte hör mir weiter zu. Es geht um den Fluß der Erzählung und um die innere Logik meiner Geschichte. Zudem, wenn irgendwo, dann haben die Interzonenzüge Moskau-Paris Erster-Klasse-Abteile. Schöne. Altmodische. Mit Plüsch! Und darum darf ich ruhig Tonfall und Gestik von...
Plüsch! Mach dich nicht zum Narren. Der Marxismus-Leninismus Moskauer Prägung hat alles andere als Plüsch...
Ich schilderte nicht den Marxismus-Leninismus, sondern den Interzonenzug, und der hat, sind die Reisenden Glückskinder, Wagen aus der Sowjetunion mit echter Holzverkleidung, höflichen alten Stewards, die drei oder vier Sprachen sprechen, und Plüsch... Und mehr als eine Minute verging, ehe die schlanke, schwarzgekleidete Dame sich schlüssig gemacht und einen ihr zusagenden Platz gefunden hatte. Von ähnlicher Unruhe war der sie begleitende Herr, dessen Aufundabschreiten jedoch allem Anscheine nach mit der Platzfrage nichts zu schaffen hatte, wenigstens sah er, das Fenster mehrfach öffnend und schließend, immer wieder das Perron hinunter, wie wenn er jemand erwartete.
Also doch Jeff! Er hatte allen Grund zur Unruhe. Die Russen und DDR-Grenzer würden ihn ohne großes Federlesen an die Amis ausliefern, wenn...
Erwartete! Das war auch der Fall, und er beruhigte sich erst, als ein dezent gekleideter Afrikaner in der Begleitung...

Du springst mit der Wahrheit wirklich völlig willkürlich um. Nur um Jeff, Niko und Gerd in deine Geschichte einzubringen...
Du bringst mich aus dem Fluß. Wo war ich stehengeblieben?
Im Bahnhof Zoo.
Dann kam der Schaffner, um unter respektvoller Verbeugung gegen den Fahrgast, den er sofort als Friedensfreund, wenn nicht Agenten, erkannte, die Billets zu kupieren.
Agent? Bist du nun völlig übergeschnappt? Russische Schaffner und »sich respektvoll verbeugen«?
Deine Einwürfe beweisen mir nur, daß du noch nie mit dem Interzonenzug gefahren bist. Wenn man irgendwo auf der großen weiten Welt eine geschulte Dienerschaft findet, dann in den plüschigen Erster-Klasse-Schlafwagen der Linie Moskau-Warschau-Berlin-Paris, wenn der Reisende das Glück hat, Sowjetbürgern in die Hände zu fallen. Aber laß mich doch, ich verliere sonst den Faden völlig:
Damit brach das Gespräch wieder ab.
Was für ein Gespräch?
Ich habe es weggelassen, weil du mich immer unterbrichst.
Aber das Gespräch interessiert mich. Was war sein Inhalt?
Hör gut und still zu, und du kriegst alles mit:
Es hatte die Nacht vorher geregnet, und der in der Nähe des Bahnhofs gelegene Stadtteil, den der Zug eben passierte, lag in einem dünnen Morgennebel, gerade dünn genug, um unseren Reisenden einen Einblick in die Rückseiten der Häuser und ihre meist offenstehenden Schlafstubenfenster zu gönnen.
Deine Erzählweise ist viel zu harmonisierend.
Ich steigere mich noch. Lichter und Spannungen werden später gesetzt. Setz dich bequem hin, schließe die Augen, versetz dich in einen fahrenden Zug und hör gut zu:
Merkwürdige Dinge wurden da sichtbar, am merkwürdigsten aber waren die hier und da zu Füßen der Bahnbögen gelegenen Bars und Vergnügungslokale.
Wir sind also erst am Stutti, das wird aber eine lange Erzählung bis Uppsala.
Nur Geduld... Bald war man aus dieser Straßenenge heraus, und statt ihrer erschienen Villenviertel und Wälder. Die Dame wies kopfschüttelnd mit der Schirmspitze darauf hin.
Ilona mit Schirm?
Mit dem rechten Zeigefinger darauf hin und ließ dann an dem offenen Fenster, wenn auch freilich nur zur Hälfte, das Gardinchen herunter.
Bist du sicher, für deine Erzählung die richtige Zeitebene erwischt zu haben? Was du erzählst, wirkt so nach neunzehntem Jahrhundert.
Du hast es so haben wollen. Hattest du nicht den Mangel an Charak-

terführung festgestellt? Wolltest du nicht zwischen dem dritten und vierten Kapitel lange Ausführungen darüber, wie sich ein Strichmädchen mit Mittlerer Reife zur geschulten und...
Das ist etwas völlig anderes.
Das kommt dem aber sehr nahe. Richtige Zeitebene, ts, ts. Du wirst es schon merken, die Zeiten gleichen sich in diesem Falle völlig an. Ich überspringe ein paar Minuten und...:
Die Dame blieb zurückgelehnt in ihrem Eckplatz und richtete sich erst auf, als der Zug in Potsdam einfuhr. Viele Militärs schritten hier den Perron auf und ab, unter ihnen auch ein älterer Herr mit dem Aussehen eines Generals.
Preußisches Militär und DDR-Militär, ich muß schon sagen, du schlägst den Bogen nicht ungeschickt, aber irgendwie paßt...
Du darfst nachher erzählen, wie du die Geschichte erlebt hast oder meinst, sie erlebt zu haben, ich erzähle sie auf meine Weise. Eine Bahnfahrt.

Ilona war wenig erfreut über die Begleitung durch den Offizier der Nationalen Volksarmee und hätte die Fahrt mit ihren Freunden und Frau Hemmers lieber allein gemacht; aber ihr blieb keine Wahl, und so stieg denn das Fräulein ein, und kaum daß die beiden Damen und die vier Herren ihre Plätze eingenommen hatten, so gab der Oberleutnant den Hunden schon einen Peitschenknips, und von der deutschdemokratischen Rampe her, von der man und frau einen prächtigen Ausblick auf das Meer hatte, ging es, die ziemlich steilen Dünen hinunter, auf die gefrorenen Wogen zu, die geradewegs, Meilen über Meilen, in beinahe gerader Linie bis an das Trelleborger Strandhotel, und von dort aus, leicht nordnordost einbiegend, durch die verschneiten Steppen Schonens, in die Hauptstadt führten. Der Schneefall hatte schon seit ein paar Stunden aufgehört, die Luft war frisch, und auf das weite weiße Meer fiel der matte Schein der Mondsichel.
Der Oberleutnant fuhr hart am Winde dahin, mitunter Schneewehen durchschneidend, und Ilona Bertram und ihre Freunde, die etwas fröstelten, wickelten den Afroamerikaner fester in den Mantel und schwiegen noch immer und mit Absicht.
»Sie sollten sich nicht so sehr nach links beugen, meine Herrschaften. Fährt der Hundeschlitten auf einen Stein oder einen heruntergefallenen Spionsatelliten mit Atomreaktor, so fliegen sie hinaus. Ihr Schlitten hat ohnehin keinen Spoiler und, wie ich sehe, auch nicht einmal Haken und Ösen dazu.«
»Ich kann Spoiler nicht leiden; sie haben so etwas Prosaisches. Und dann, wenn wir hinausflögen, uns wäre es gleich; dem Krieg zu entge-

hen, liefen Jeff und wir auch zu Fuß. Freilich ist es ein wenig kalt, aber was tuts... Übrigens, hören Sie nichts?«
»Ja, gnädiges Fräulein, ich höre etwas. Wie Sie. Ich höre Stimmen, geben Marxundengels, daß es schwedische oder mecklenburgische sind, nicht die der Freibeuter vom BGS.«
»Ich höre... nun, gewiß, es ist Torheit, ich weiß, sonst würd ich mir einbilden, ich hätte Meerjungfrauen singen hören... Aber ich bitte Sie, was ist das? Es blitzt ja bis hoch in den Himmel hinauf. Das muß das Nordlicht sein. Sind wir vom Wege abgekommen? Liegt etwa Hammerfest schon hinter uns?«
»Nein«, sagte der Oberleutnant schlicht.« Es sind dies die Raketen aus den Starterpistolen, und die Stimmen...«, er wies auf ein paar Schemen im Schneetreiben, »gehören unseren Mädels. Sie trainieren für Lake Placid.«
Mitten in der Ostsee, unweit eines Eisstandes, wechselten sie den Hundeschlitten. Ihr junger Offizier verabschiedete sich mit einem festen Händedruck. Sein schwedischer Kollege schwang sich auf den Bock ihres neuen Gefährts; links und rechts seines Sitzes waren leichte Maschinengewehre und eine Art von leichter Kanone angebracht.« Eine Pferdefleischschleudermaschine«, erklärte er, »wie die MGs gegen die Wölfe.« Und brachte die Reisenden ohne weitere Zwischenfälle bis an ihr Ziel, das Hotel »Adler« in Stockholm.

Die Lokomotive, aus der Baureihe E 605 (die der Baureihe E 604 verkehrten nur winters), fuhr um zwölf. Schon eine Viertelstunde früher waren Ilona Bertram, Jeff Carpenter alias Kwadwo Golowo und Mama Hemmers auf dem Perron; Nikolaus und Jörg Hemmers, sowie Gerd S. folgten in fünfminütigem Abstand.
Das Gepäck war größer, als es für einen auf so wenige Tage geplanten Ausflug geboten schien. Jeff alias Kwadwo sprach mit dem russischen Schaffner; Ilona, in einem dunklen Reisekostüm (*Junge Mutti* führt alles) und hellgrauer Baskenmütze, stand auf dem Gang, unweit der Tür, und musterte von hier aus den Bahnsteig und die Bankreihe auf ihm. Ihr Blick verweilte auf einer Anzahl von Personen, die auf dem Perron, unweit ihres Abteils, herumstand. In diesem Augenblick wurde zur Abfahrt gepfiffen. Ilona war ganz eigen zumut; der Zug setzte sich langsam in Bewegung, und als sie den Bahnsteig noch einmal musterte, sah sie, daß die Frauen aus ihrer Kommune in vorderster Reihe standen. Sie erschrak bei ihrem Anblick und freute sich doch auch. Sie ihrerseits waren, in der ganzen Haltung verändert, sichtlich bewegt und grüßten ernst zu ihr hinüber, ein Gruß, den sie ebenso, aber doch zugleich in großer Freundlichkeit, erwiderte; dabei lag etwas Bittendes in ihrem Auge. Dann ging sie rasch auf das Abteil

zu, in dem sich Mama Hemmers und Kwadwo alias Jeff schon eingerichtet hatten.
Du meinst, damals schon, die Gruppe Frauen, so früh? Zu diesem Zeitpunkt?

Die Mehrzahl der Auswanderer aus Westberlin geht nach Schweden. Ihr Grenzübertritt ist offiziell organisiert. Sie gehen zum Anwerbungszentrum. Dort werden sie ärztlich untersucht und legen Prüfungen ab, um zu beweisen, daß sie die Qualifikation besitzen, die sie zu haben behaupten.
Wer besteht, unterschreibt einen Vertrag, direkt mit der schwedischen Firma, die ihn beschäftigen wird. Dann besteigen sie einen »Gastarbeiterzug« und sind bis zu zwei Tagen unterwegs. Wenn sie ankommen, werden sie von Vertretern der schwedischen Firma empfangen und in ihre Unterkünfte und in die Fabrik geführt.
Ilona zog sich aus und stellte sich mit mehreren hundert anderer Emigrationsanwärterinnen in eine Reihe. Sie warfen schnelle Blicke auf die Vorrichtungen und Maschinen, die benutzt wurden, um sie zu untersuchen. Ebenso hastige Blicke tauschten sie untereinander, jede versuchte, die Chance der Nebenfrau mit der ihren zu vergleichen. Nichts hatte sie auf diese Situation vorbereitet. Sie ist beispiellos, und doch ist sie bereits normal. Die demütigende Forderung, sich vor Fremden zu entblößen. Die unverständliche Sprache, die die verantwortlichen Funktionäre sprechen. Die Bedeutung der Tests. Die Nummern, die ihnen mit Filzstiften auf den Körper geschrieben werden. Die strenge Geometrie des Raumes. Der Geruch medizinischer Tinkturen. Das Schweigen so vieler Frauen, die wie sie selbst sind. Der nach innen gekehrte Blick der meisten, der dennoch kein Blick der Sammlung oder der Kommunikation ist. Wenn dies bereits normal war, dann deshalb, weil das Folgenschwere ihnen allen ausnahmslos widerfuhr.
Ilona gelang es mit einem lange geübten Trick, ihre Urinprobe gegen eine andere auszutauschen. So galt sie als nicht schwanger und konnte ohne Schwierigkeiten ihren Arbeitsplatz in der Nähe von Uppsala antreten.
Jörg und die Mutter Hemmers sollten später nachkommen, wenn es ihr gelungen war, eine Wohnung zu finden. Die Chancen dafür standen nicht gut. Der Himmel Schwedens war grau.

Oben war der Zug noch nicht angemeldet, und Illona und Jeff alias Kwadwo schritten den Bahnsteig auf und ab. Ihr Gespräch drehte sich um den Krieg in Fernost und die Erwartungen, die der junge Afroamerikaner an das Gast- und Exilland Schweden hegte.
»Ich will Elefanten tröten hören, den Ruf des Parders und des Tapirs, will Kolibris schlagen hören und Papageien auch«, rief er, und Frau Bertram sah ihn fragend an.
Nun aber hörte man das Signal, und die Draisine lief ein; der Bahnhofskommandant war voller Entgegenkommen, und die hochschwangere junge Frau erhielt einen Hochsitz für sich.
Noch ein Händedruck, ein Wehen mit dem roten Taschentuch, und die Draisine setzte sich in Bewegung, verließ den Dschungel der Großstadt.

Spät in der Nacht trafen der geflüchtete GI und seine Begleiter in Stockholm ein. Es hatte den ganzen Tag geregnet, und die Kutschen, die das Gefährt unserer Freunde von Malmö ab begleiteten, waren mit Schlamm bedeckt.
Im Gebäude der Roten Tresorknacker, das bis zum Umsturz Sitz des schwedischen Königshauses gewesen war, hatten die Vorbereitungen schon einen Tag zuvor begonnen. Die Eingangshalle war hergerichtet worden, Standbilder zerschlagen und Bilder von den Wänden entfernt; der jetzige Schmuck war einfach, er zeigte keine Spur von skandinavischer Innenarchitektur. Die Wände waren mit schwarz-rotem Tuch verhangen; ein Baldachin in denselben Farben, einige geschmückte Schweißbrenner und Dynamitgebinde, das war alles.
Taschendiebe bewachten den ehemaligen Kronschatz, Gewehr bei Fuß, nebenan brachten ihre Kollegen dem Infanten ihre Tricks bei, er ihnen die seinen. Dann trugen Männer, die die Kutsche auf den letzten Meilen begleitet hatten, Ilona auf den Schultern in den Palast. Niemand hatte daran gedacht, die großen Flügeltüren vor ihnen zu öffnen; so schoben die Männer die hochschwangere Frau wie eine Granate seitlich über ihre Köpfe hin in das Gebäude. Sie hatten Mühe, sich durch die feiernde Menge, die vor dem Schloß zusammengeströmt war, einen Weg zu bahnen.
Dann nahm der Leiter der Panzerknackerakademie das Wort. Er beschloß seine Rede, die er in englischer, schwedischer und deutscher Sprache hielt, mit dem Ruf: »Vorwärts mit..!« Der Präsident der Vereinigung Antiautoritärer Taschendiebe und Handtaschenräuber sprach als letzter. »Genossen!«, begann er, sprach die Erwartung aus, daß weiterhin Frauen, und er endete mit der Losung: »Weiter so!«

Die junge Schwangere und Mama Hemmers schritten durch die Gänge des Zuges und hielten Ausschau nach dicken Männern mit dicken Brieftaschen. Im schlingernden Gang war ein Ausweichen angesichts der Fülle der beiden Frauen nicht möglich; ein unverhoffter Ruck von einer Weiche oder einer schadhaften Schiene her schleuderte dann eine der beiden einem Manne an die Brust, der, in diesen Zügen treffen Damen nur auf Gentlemen, der Dame auf die Beine half, den Hut lüftete, sich an Außenwand oder die Trennwand zu einem Abteil drückte und die Damen vorbeiließ. Ilona und Mama Hemmers hinterließen die geleerten Brieftaschen entweder auf einer Toilette oder warfen sie, dazu nur kurz die Tür öffnend, in das Abteil, in dem Jörg und Niko Hemmers, Jeff und Gerd saßen, sich angesichts der drohenden Trockenheit in Schweden fürchterlich betranken und pokerten.

Dem leicht angetrunkenen, galanten russischen Steward im Schlafwagenabteil zahlten sie ein Fahrrad für seinen gerade schulpflichtigen Enkel, und dauernd zahlten sie für hilflose, in den Zügen gen Westen sich regelmäßig in Erster-Klasse-Abteile verirrende wahre Scharen von Ostrentnerinnen, die zu ihrer westdeutschen Verwandtschaft fuhren, Zuschläge und Überhänge. Es gab unzählige Rentnerinnen, die mit Zügen zu ihren Kindern, Enkeln, Schwiegertöchtern und Schwiegersöhnen, ehemaligen Kriegsabenteuern und Jugendlieben fuhren und – manchmal mit einer gewissen Ostgroßmutterhilflosigkeit arg kokettierend – sich umständlich mit schweren Koffern und Paketen voller thüringischer Wurst, mecklenburgischem Schinken und spreewälder Obstkuchen in Abteile erster Klasse fallen ließen.

Mama Hemmers wuchtete die Bagage in die Gepäcknetze und *regelte die Sache* mit den regelmäßig sächselnden und verdächtig nach Agenten aussehenden Schaffnern, bevor die Omas auf ihre Irrtümer aufmerksam gemacht wurden. Ilona pflegte sie zu fragen, wie weit sie denn fahren wollten, und wer denn gestorben sei oder Geburtstag habe – damit Mama den Aufschlag auch richtig lösen konnte. Die Kommentare der Ostgroßmütter bestanden meistens in den liebenswürdigen Worten: »Die Menschen im kapitalistischen Goldenen Westen sind gar nicht so hartherzig, wie sie immer vom EnnDeh (?) gemacht werden«, das Honorar in gewaltigen Rostbratwürsten auf Thüringer Art, auf die die plastikfraßgewohnten Westler schier süchtig werden konnten. Besonders zwischen Westberlin und Hannover – so kam es der Familie Hemmers vor – sind täglich wahre Massen von Ostgroßmüttern unterwegs, die, können sie nicht mehr in Erster- oder Zweiter-Klasse-Abteilen, auf Fluren und Toiletten, im Speisewagen und in den Gepäckwagen untergebracht werden, schwarzen Raben gleich auf den Puffern zwischen den Waggons zu hocken pfle-

gen, auf den Dächern sich anklammern oder, Jack London gleich, unter den Waggons oberhalb der Radachsen.
Pfeifend keuchte der Zug durch die Steppen östlich der Elbe in Richtung Westen; ein Bremser schob seinen Priem in die andere Backentasche, Mond lachte geisterhaft.

Doch als das Schiff aus dem Kieler Hafen kroch, spielte Ilona mit dem Gedanken, ihre Gesellschaft rauher Männer zu verlassen und ein paar Tage in Kopenhagen zu bleiben. Sie empfand nicht einmal mehr das Bedürfnis, Westberlin wiederzusehen oder möglichst schnell in der Akademie anzukommen. Es bestand keine Eile, es sei denn, sie besäße nicht genügend Selbstvertrauen und glaubte nicht an das erstrebte Ziel. Sie stand auf dem Oberdeck des Schiffes, den Seesack zu Füßen, inmitten der ausgelassenen Bande ihrer Begleiter. Ein heißer, nach Chlor und Bratfisch riechender Wind schaukelte das Schiff auf den Wogen, rüttelte sie durch und spielte lustige Melodien auf den Antennendrähten und in den geblähten Segeln. Morsetöne drangen aus der Funkerkabine, berichteten von Klassenkämpfen und Sturmwarnungen, dem Untergang der Armada und dem Floaten des Pfunds, brachten die Wasserstandsmeldungen der Sintflut und alle Meldungen aus der Welt, gegen die sie angetreten waren.
Die mit Mövenkot bekleckten Häuser und Paläste Stockholms ragten aus Nieselregen und Nebel, schickten einen Schmerz atemloser Verachtung durch ihren Körper. Schweden! dachte sie. Und: Wenn du noch einmal von vorn beginnen könntest!
Sie gab das Zeichen, schob sich die Augenklappe zurecht und ging an die Bugkanone.
Mama Hemmers funkte wie besessen: Gebt auf! Gebt auf! Gebt auf!
Die Machthaber der Stadt rührten sich nicht.
Ilona drängte ihren schwangerrunden Körper an die nasse Kanone. Sie hob den Arm.
Jeff der Mohr, Gerd der Besessene und die Gebrüder Hemmers, die Schrecken der Sieben Meere, lachten auf und feuerten.
Der ungeheure Knall nahm ihr kurz den Atem. Sie hoffte, den Einschlagwinkel mit ihrem Armbanduhrtaschenrechner richtig berechnet zu haben.
Das Rathaus sank in Qualm und Asche in sich zusammen; die Möven namens Emma in Ilonas unmittelbarer Nähe kurvten scharf zur Seite, und die kümmerliche, mißtönende Schiffssirene kündete heiser, daß Schweden endlich im Bürgerkrieg war.
Maschinen stop! Midshipmen in die Wanten! Smutje, Korn und Kaffee!

Massen enttäuschter Sozialdemokraten, Kinder, Frauen, Irre, Dichter, Arbeiter, Kleinbauern und Docker besorgten den Rest. Ilona Bertram lächelte. Der Himmel klarte auf, im Licht einer schräg einfallenden Sonne spielte ein Regenbogen; an seinem anderen Ende der obligate Topf mit Scheiße.

Stellen Sie sich vor, allergnädigstes Fräulein, sagte das obere Schlafwagenbett zu Ilona, wie leid ich es bin, immer auf der Strecke Laboe-Stockholm eingesetzt zu werden! Auf dem Wege zum Kontinent trunksüchtige Neurotiker, auf dem Wege zurück diese Seufzer und das Schmachten, das Rangeln, die Wollust, der Schmerz. Alle Schwedinnen sind blond! Und geil! Entsetzlich! Wer brächte da kein Verständnis für die Trunksucht der armen Söhne des Landes auf? Wo war ich stehen geblieben?
Der Premier, flüsterte Ilona ins Kissen. Die sich zierende Schöne aus Kiruna.
Richtig, seufzte das Bett. Der Premier wurde, nachdem er einige Zeit in sehnsuchtsvoller Blödigkeit auf dem Busen der Blonden gelegen hatte, von neuen Begierden überkommen, welche die Schwäche seiner Geliebten noch viel heftiger gemacht hatte, und sah sie mit Augen an, die die unbeschreibliche Trunkenheit seines Herzens, Herzens! sagte das Bett, ausdrückten. Sie wandte ihre Blicke ab und seufzte. »Was? Du fliehst meine Blicke?« sagte er zu ihr. Bedenken Sie die Sprache eines heutigen Premiers! »Ach!« fuhr er fort. »Richte deine schönen blauen Augen auf mich! Komm, und finde in den meinigen all das Feuer, das du mir einflößt!« Undsoweiter.
Nichts, undsoweiter, flüsterte Ilona, erzähl es bis zum bitteren Ende.
Das Bett ächzte in allen Fugen.
Darauf, fuhr es fort, nahm er sie wieder in die Arme. Die Schöne versuchte, sich seinen feurigen Umarmungen zu entziehen. Doch ihre Tränen, ihr Flehen und Bitten, ihr Befehl, ihre Drohungen, nichts konnten den Premier zurückhalten. Der Rock aus durchsichtigem Kunststoff, der zwischen ihm und ihr war, ließ ihn zwar schon allzu viele Schönheiten erblicken, doch war er nicht zufrieden mit den Reizen, die sie seinen Augen bot, sondern voll feuriger Begierde, alle die zu sehen, die sie bisher vor ihm noch verborgen hatte. Endlich hob er den Vorhang auf, den die Schamhaftigkeit der Schönen nur noch schwach verteidigte, und warf sich auf die Reizende, nein auf all das Reizende, das sich seinen verwegenen Blicken bot, und, muß ich wirklich weitererzählen? fragte flehentlich das Bett.
Aber ja, sagte Ilona boshaft und drehte sich auf die andere Seite. Warum ziert sich das Mädel eigentlich so, sagstest du nicht, alle Schwedinnen…?

Es war keine Schwedin, erwiderte knarrend das Bett, es war eine jugoslawische Gastarbeiterin. Blicken bot, und überhäufte das Mädchen mit den lebhaftesten und nachdrücklichsten Liebkosungen, so daß ihr nichts anderes übrigblieb, als zu seufzen. Sie schämte sich, bald ihrer Bereitwilligkeit, bald ihres Widerstandes wegen. Die Furcht, dem Premier nicht zu gefallen, die Bewegungen, in die sie durch ihre Inbrunst geriet, die Entkräftung, in die sie durch einen so lang anhaltenden Kampf gestürzt wurde, nötigte sie endlich, sich zu ergeben. Da sie sich selbst allen den Begierden ergeben hatte, die sie einflößte, und voll Ungeduld, die das Vergnügen reizte, aber nicht sättigte, suchte sie nun die Wollust, die ihr von jenem angekündigt, aber nicht geschenkt...

Ilona nieste. Staub war ihr in die Nase gedrungen. Sie lächelte. Jörg! rief sie. Jöö-örg! Ja, kam es von unten schlaftrunken. Dann hörte sie das untere Bett quietschen, und mit affenartiger Geschwindigkeit kletterte er hoch zu ihr. Sie hob die Decke. Ist das schön mollig bei dir, sagte er noch, bevor er in ihrem Bauch verschwand.

Das Bett schwieg beharrlich, lächelte und gab den Rhythmus der Schienen.

Kamen sie in Schweden an?

Sie kamen an. Gedulde dich.

Wir zerstörten die Hinterreifen der Räder so gründlich, daß eine Reparatur jedem prüfenden Auge unmöglich scheinen mußte; dann gingen wir zur Straße zurück und begannen, die Räder schiebend, unsere Wanderung. Die Flugzeuge waren vollständig vom Himmel verschwunden, und nur ein einziges Mal mußten wir wegen einer die Straßen nach Konsumenten absuchenden B 52 in Deckung gehen. Die Straße war ganz ruhig und erweckte den Eindruck, als ob der Bürgerkrieg Feiertag habe. Hin und wieder begegneten wir rückmarschierenden Gastarbeitern, aber wir wechselten keine Grüße, außer mit einem des Weges kommenden italienischen Eismann, der uns, ohne daß wir ihn dazu aufgefordert hätten, erzählte, sein Sahneeiswagen läge irgendwo zertrümmert »da hinten«, wobei er vage nach Norden deutete. »Da vorne«, setzte er hinzu, »sind nur noch Finnen, marodierende Gastarbeiter.«

Er lachte breit und voller Wärme und ging fröhlich pfeifend weiter.

Die Landschaft wurde immer sanfter, während der Tag langsam abnahm. Zum ersten Mal seit Tagen hatte sich an diesem Abend der

Himmel mit Wolken bezogen; es waren die Qualmwolken, die aus verbrannten Fabriken, zerstörten Funktionärsquartieren und dem Boden gleichgemachten Trabantenstädten stiegen.
Hinter einer Biegung tauchten unvermittelt die Häuser Uppsalas auf.
Die ganze Zeit schon hatten wir vergeblich herauszufinden versucht, was uns fehlte. Es war wie ein drängendes Bohren in Herz und Kopf. Siedendheiß fiel es Ilona ein: die Werbung! Es gab keine Werbung mehr an Himmel und Zäunen, Litfaßsäulen und Giebelwänden. Sie sagte es ihren Begleitern, und sie lachten froh. Uppsala war nur wenig zerstört. Wir vernahmen das Geräusch rollender Schützenpanzer und Panzer, ein helles, gleichmäßiges Geräusch voller Frieden. Wir lauschten, innehaltend, dem kleinen klirrenden Jammern der Raupenketten. Die Töne klangen fern in der rötlichen Neigung des westlichen Lichts, dort, wo, schwach sichtbar, schwarz-rote Fahnen friedlich über dem ehemaligen Universitätsviertel im leichten, sanftwarmen Wind klirrten. Wir lächelten; die Miliz hatte alles unter Kontrolle. Wir lösten die Patronentaschen vom Gürtel und der Fahrradstange und warfen sie fort, die Maschinenpistolen und Seitengewehre hintendrein, ergriffen die Hartplastikhelme und schleuderten sie in die Luft.
In der Mulde des jenseitigen Talhangs, unweit des ehemaligen germanistischen Instituts, fanden wir ein riesiges Feld wilder Erdbeeren. Wir begannen, sie zu pflücken. Die Mulde war wie ein Zimmer; das Rollen der Panzer hörte auf, Nacht brach ein, die Erdbeeren schienen wie von innen her zu glühen. Wir zogen uns aus. Sie können warten, dachten wir. Wir haben Zeit. Wir haben Zeit, solange wir diese Erdbeeren essen. Ilona rief: *Strawberry fields forever!*
Die verlassenen Erdbeeren, die Bürgerkriegserdbeeren, die wilden Heideerdbeeren unserer Sehnsüchte. Wir aßen ganze Hände voll. Sie schmeckten, wie die Kirschen, damals, frisch und herb.

Wir fuhren mit dem Zug; Trelleborg-Saßnitz mit dem Schiff, wir flogen direkt von Tegel nach Hamburg, von dort nach Göteborg; wir flogen über Paris, wir nahmen den Zug nach Hannover, weil wir noch etwas brauchten, wir nahmen den Zug nach Hamburg, stiegen am Hauptbahnhof um, wir verbrachten die erste Nacht in Kopenhagen, in Malmö, in Göteborg, in Västerås, in Stockholm.
Es gab keine Schwierigkeiten.
Jeff schwitzte. Ilona knutschte mit ihm und konnte ihn beruhigen. Im Schutze der alten Frau fielen sie nicht auf.
Jörg und Niko machten sich durch vorsätzlich zu viel mitgebrachte Wodkaflaschen, Ginflaschen, Flaschen mit Whisky, mit Cointreau

verdächtig. Der bunte Vogel Jörg wurde vom Zoll bis unter die Unterhose gefilzt.
Der Zoll war freundlich. Ein Zöllner flachste. Der Zöllner war barsch. Mama Hemmers hätte kiloweise Morphium schmuggeln können. Sie besahen sich den Paß aus Ghana genau. Sie warfen nur flüchtige Blicke in die Pässe. Jeff war cool bis ans Herz hinan. Er küßte den Boden. Tränen standen in seinen Augen. Sie verbrachten in Stockholm eine Nacht miteinander. Das stand fest. Alles.

Schweden, schwed. *Sverige,* Königreich auf dem größten Ostteil der skandinavischen Halbinsel, 449 793 qkm, 7 960 000 Einwohner (18 je qkm); Geburtenüberschuß 0,3 %; Währung: Schwedische Krone (skr); Religion: evangelisch, Hauptstadt: Stockholm; Flagge siehe Seite 325, Karte S. 855 ..., sagte Mama Hemmers. Sie ließ das Lexikon sinken und guckte aus dem Fenster: die Telegrafenmasten liefen so schnell sie konnten.

Exil, sagte Jeff. Er kaute das Wort durch und spuckte es aus. Sind wir die neuen Juden? fragte er. Ist Vietnam unser Auschwitz?
In seinen Augen war aber auch kein Rest von Fröhlichkeit.

Die Elite europäischer Tresorknacker, sagte Niko. Sie arbeiten mit Dynamit und Ammongelit und tragen bei der Arbeit nie Waffen.

Das war einmal, sagte Jörg. Das ist vorbei, sagte er und bemühte sich, Niko nicht in die Augen zu sehen...
Er nahm das aufgeklappte Taschenbuch vom Klapptischchen, sagte: Maj Sjöwall und Per Wahlöö und ihre *Menschliche Komödie, Schweden, heute:*

Die Tote in Götakanal, rororo-Thriller 2139,	DM 3,80;
Der Mann, der sich in Luft auflöste, Nr. 2159,	DM 3,80;
Der Mann auf dem Balkon, Nr. 2186,	DM 3,80;
Endstation für neun, Nr. 2214,	DM 4,80;
Alarm in Sköldgatan, Nr. 2235,	DM 3,80;
Und die Großen läßt man laufen, Nr. 2264,	DM 4,80;
Das Ekel aus Säffle, Nr. 2294,	DM 3,80;
Verschlossen und verriegelt, Nr. 2345,	DM 4,80;

Der Polizistenmörder, Nr. 2390, DM 4,80;
Die Terroristen, der letzte Band, Nr. 2412, DM 5,80.
Da hast du Schweden, sagt er. Deine sonstigen Assoziationen kannst du wegschmeißen. Schweden, komplett, nahezu, für 44,00 DM.

Ihr seid so verflucht ernst, sagte Ilona. Ihre Augen straften sie Lügen.

Über die bessere Lyrik Schwedens gibt dir gewiß Hans Magnus Enzensberger Auskunft. Er wohnt in Berlin 41, Friedenau. Guck im Telefonbuch nach.

Die Betten, die Freundlichkeit der Kellner und Zimmermädchen, das Essen, das Wetter, der Weg bis zum Strand, der Verkehr vor dem Hotel, der Geräuschpegel im Hotelzimmer, am Strand, die Bars und Vergnügungsstätten, die Kinos und Theater, der Wein, die Sauberkeit, man spricht deutsch, die Zugänglichkeit der Menschen anderen Geschlechts/des gleichen Geschlechts, die Fauna, die Flora, der Wind, der Schatten, die Qualität des Sandstrands, der Swimmingpool, die Kaufkraft der DeMark, die Souvenirs, die Ersatzteile, die medizinische Betreuung, die Musik, der Himmel voller Sterne, das Lächeln der Straßenjungs, die pittoresken Burgen/Schlösser/Museen/Kirchen, der frische Fisch, die Servietten, die Höhe des Trinkgelds, der Service an Bord, die Möglichkeiten zum Sport, das Auftreten des Zolls, der Polizei, der Garde, die Höhen und Tiefen, die Umweltverschmutzung, die Echtheit der Teppiche/Korallen/Hinterlader, die Verträglichkeit der Schnäpse, des Speiseöls, die Ansichtskarten, das Postsparbuch, die Euroschecks. Die Erlebnisse. Die Natur. Die Kultur. Die Erholung. Die wichtigsten Wochen des Jahres. Netto/brutto. Die Freiheit/Frische der Natur/Schönheit/Kultiviertheit ist noch nicht ausverkauft. Buchen Sie nur bei. Zahlen Sie bargeldlos. Kleinkredite? Lassen Sie das unsere Sorge sein. Es tut nicht einmal weh. Vergiß die Glasperlen für die Eingeborenen. Laß die Kamera zuhaus. Frag dich: könnte ich hier leben, wie sähe mein Exil hier aus?
Wie viele Punkte bekommt Schweden im Exil-Test? Die Stiftung Exil-Test sagt.
(Gib dir Mühe. Sei reich. Dann hältst du es aus. Fast überall.)

Das Haus wie alle Häuser; das Büro wie alle Büros, die wir bislang im Land gesehen haben.
Wir blieben stehen.
Jeff ging hinein.
Wir hatten uns verabredet, ihn nach den Aufnahmeprozeduren zu treffen.
Der Frühling ließ sein blaues Band; es schneite; die Sonne knallte senkrecht; die Blätter fielen.
Wir schauten hoch zum Himmel, streckten die Beine aus, fütterten Möven, waren maulfaul und traurig.
Jeff kam tänzelnd heraus. Er hatte *brothers* getroffen. Das machte den Abschied leichter. Jeff war überdreht, schnell verabschiedeten wir uns; wir wollten uns in Västerås, Kiruna, in Uppsala, im Göteborger Hafen, vor dem Rathaus treffen.
Und wieder saßen wir in der Eisenbahn.
Welch Wälder! rief Jörg. Wieviele Zeitungen kann man wohl aus dem Holz herstellen, wenn sie alle gefällt sind?
Und wieder saßen wir in einem Auto, einem geliehenen Volvo, einem Saab, einem Rover, einem Citroen.
Guck dir die Gegend an! rief Niko. Nüscht wie Jejend.
Landschaft und Natur: Testnote eins, trug Mama Hemmers in ihr Büchlein ein.
In das Bett fallen; traumlos schlafen. Ausschlafen.
Ich kann diese geschmackvollen Smörgasbrote nicht mehr sehen, rief Ilona, diese bunten Kuchen, diese toten Fische.
Essen: Testnote drei minus, trug Mama ein.
Beamte, gemessen an Deutschen: Testnote zwei. Freundlichkeit, Zugänglichkeit, Hilfsbereitschaft, Offenherzigkeit der Einwohner: Testnote zwei. Wetter.
Es war wie verhext.
In Berlin, zuhause, können wir Tage, Wochen, Monate mit Tee oder Kaffee auskommen. Nun saßen wir hier im Foyer des Hotels, in dem uns die Schlaflosigkeit zusammengeführt hatte, und hatten Durst. Die Zunge klebte am Gaumen, das Herz bubberte, Schweiß brach aus, Hände zitterten, Argwohn und Aggression bevölkerten unsere Kehlen. Schnaps! Wir waren angesteckt. Wir waren süchtig. Wie die Einwohner. Schnaps! Schnaps in den Augen der wenigen Gäste auf gedeckt bezogenen, sachlichen Sofas; Schnaps in den Gesten und Augen der Kellner, der Zimmermädchen; Schnaps als unsichtbare Leuchtschrift über der Altstadt; Schnaps in den Nasen der Vorübereilenden, unter den Hemden herumlungernder Jugendlicher, im Zahnputzglas, hinter Schaufensterscheiben; Schnaps aus der Flasche, aus Bechern, Kannen, Blumenvasen, Tassen, Gläsern, Kokosnüssen, teelöffelweise Schnaps, eimerweise Schnaps.

Das steckt an.
Das Paradies: das Systemembollaget, der staatlich konzessionierte Schnapsladen. Gänsemarsch: Mama Hemmers, Niko, Jörg, Ilona, Gerd. Plünderung. Entsetzen.
Mama Hemmers kaufte ein halbes Pfund Hefe. Karl hat bestimmt eine Brennanlage, flüsterte sie lüstern.
Schmuggler wäre ich hier, sagte Niko begeistert.
Schwarzbrenner ich, Gerd düster.
Ein Leben ohne Schnaps wurde wie ein Tapir ohne Konzertflügel.
Wir näherten uns dem Dom. Der Dom war kein beliebiger. Der Dom ist ein besonderer Dom: durch ein Fenster dieses Doms warfen einst Mitglieder des schwedischen Reichstages einen Leibhaftigen König.
Welch ein schöner Dom! rief Jörg.
O was für ein bedeutender Dom! Niko.
Baut Dome! rief Mama immer wieder.
Verdomt und zugenäht, sagte Gerd anerkennend.
Die nächsten Gipfel-, Weltwährungs- und Abrüstungskonferenzen, entschied Ilona, finden nur noch unter heftiger öffentlicher Anteilnahme in Domen statt.
Unweit des Doms ein Museum.
O nein, rief Ilona, nicht schon wieder!
Ogottogott, Mama.
Ich drück dir, grollte Niko, die Nase zum Hinterkopf raus.
Lerne Tourist sein ohne zu klagen, seufzte Jörg.
Dieses Museum, sagte Gerd, ist kein normales Museum. Es ist ein besonderes Museum.
Wir brauchten nicht in Schlappen zu schlüpfen; es gab keine ausgestopften Rittersleut, keine Waffen, keine Knochen, keine Standbilder ohne Arme und Beine, es gab keine Tierchen, es gab keine Schlösser und Schlüssel, keine silberne Schnupftabaksdosen, keine silbernen Querflöten, keine Degen, keine Musketen. Es gab Vitrinen und Bilder und Fotos, stumm standen wir herum. Es gab eine Ausstellung deutscher Exilliteratur. Und es gab eine Unterschrift von Willy. Und Bücher und Bücher. Und Broschüren. Auch von Willy. Eine über Partisanenmethoden gegen Faschisten.
Ach Willy, sagte Mama Hemmers laut, alt bist du geworden.
Na so was, meinte Ilona und ließ sich Näheres erklären.
Wenigstens ist er Demokrat am Frühstückstisch geblieben, sagte Jörg, die Außerparlamentarische stimmt ihn beim weichgekochten Ei schon ein.
Wie wäre es mit einer Wanderausstellung in deutschen Schulen? fragte Gerd.
Eine schöne Stadt, eine Stadt mit einem Durchmesser von dreißig Kilometern, klarer Luft trotz Industrie, Fernheizung und Heizungsroh-

ren unter den Bürgersteigen, sie im Winter schnee- und eisfrei zu halten. Das Kreuzberg von Västerås ist die Altstadt. Nur viel schöner.

Pittoresk.

In der Altstadt wohnten einmal, wie in allen Altstädten, die kleinen Leute; dann wurde die schöne alte pittoreske Altstadt renoviert und modernisiert, von innen: die Mieten stiegen enorm; die kleinen Leute mußten an den Stadtrand ziehen; nun wohnen gut- und schlechtbürgerliche Leute, Honoratioren, Dichter und Spekulanten in der wunderschön renovierten pittoresken Altstadt von Västerås, rund um den Dom.

Das kenne ich doch irgendwoher, sagte Mama Hemmers sinnend und zog ihr Büchlein.

Sechs, bat Niko sich aus. Dies Land wird nämlich schon vierzig Jahre von den Sozis regiert.

Unweit der Altstadt wohnte Karl. Karl Bronstein, Kampfgefährte von Peters Vater, dem SAP-Vater, Kampfgefährte Willys von damals, Jude, Untergrundkämpfer, Architekt. Mamas Schwedenreise diente nur dazu, ihn zu besuchen. Ehe sie in den Süden zog. Wir anderen reisten *dienstlich,* zu Fortbildungszwecken.

Ein Postbote radelte die geschwungene Straße herunter.

Er sah, was er noch nie gesehen, kam aus dem Tritt, sein Rad schlingerte, er bremste energisch, stand mit beiden Fußspitzen auf dem Asphalt.

Hej, sagte er matt und runden Auges.

Eine alte Dame in grauem Staubmantel, mit riesiger Handtasche, dicken umwickelten Unterschenkeln und blauweißem Kapotthütchen mit großer Krempe; eine junge, fröhlich zurückschauende Frau mit stolz getragenem Bauch, in roten Lederstiefeln, roter Strumpfhose, rotem Kordrock, schwarzem Jumper, eine graue Baskenmütze auf langen, glatten, dunklen Haaren, schräg gegen die Hauswand gelehnt, den Zeigefinger der Rechten auf dem Klingelknopf; ein kleiner, blonder junger Mann neben ihr, in zweifarbigen Wildlederstulpenstiefeln, heller strumpfhosenenger Hose, dunkelblauer Samtjacke mit großen Revers und zu den Stiefeln passendem, schwarzrotem Rollkragenpullover, eine elegante Schweinsledertasche an langem Riemen über der Schulter; ein vollbärtiger Brillenträger mit Afrolookhaaren, in Jeans, Tennisschuhen und Parka; ein dunkler, großer, gepflegter, gutaussehender Mann in mittleren Jahren, unverschämt hübsch, mit dem Charme eines Mafioso aus Filmen französisch-italienischer Koproduktion, amerikanischem Schnäuzer, in tailliertem Pfeffer-und-Salz-Anzug, Seidenschal und Lacklederschuhen.

Der Postbote schritt durch den Vorgarten an der Gruppe vorbei zur Tür und drückte sie auf.

Karl! schrie er, so laut er konnte. Und dann einige Sätze auf schwedisch. Drückte Jörg einen Brief mit Berliner Absender in die Hand, schritt durch den Vorgarten zurück, bestieg sein Rad, entschwand.
Der Korridor war hell.
Karl kam im Schlafanzug eine geschwungene Holztreppe herunter. So sah also ein Widerstandskämpfer aus!

Jeff ging in das Haus und ließ sich registrieren.
Seine Papiere hatten wir hauptpostlagernd nach Stockholm geschickt.
Er gab uns den ghanaesischen Paß zurück. Für den nächsten *brother.*
Es starben Millionen / darunter die Besten /für eine alte Sau mit Zahnfäule / eine verfahrene Zivilisation,
zitierte ich und strich ihm über den Arm. Du stirbst nicht. Das ist schon was.
Ja, ja, sagte Jeff abwesend.
Er ging in das Haus und galt nun offiziell als desertiert. Er hatte seine Armee *unehrenhaft verlassen.* Die Ehre blieb bei den Mördern.
Ich sehe nicht ein, warum wir *schwarzen brothers* aus den Gettos unsere Haut für diese weißen reichen Ratten zu Markt tragen. (Noch immer zischte er das S.) Für weiße Ratten wie Kennedy, Exxon, Johnson, General Westinghouse, General Westmoreland, General Electric oder Nixon. Uns haben die Vietnamesen noch nie *nigger* genannt.
Warum rechtfertigst du dich, Jeff. Auch zwischen 1933 und 1945 gingen die Besten aus ihrer Heimat – wenn man sie nicht schon umgebracht hatte.
Und sind bis jetzt ausgebürgert, sagte Gerd.
Ja, ja, sagte Jeff.
Dieser Krieg wird enden, Jeff. David wird Goliath besiegen. Das Tausendjährige Reich dauerte nur zwölf Jahre. Und Amerika ist trotz allem, gemessen an einem Drecksland wie Deutschland, ein Staat mit großer bürgerlich-demokratischer Tradition. Dann fährst du heim. Man wird euch feiern.
Nein! sagte Jeff laut. Fasziniert sah ich, wie das Weiß in seinen Augen im dunklen Gesicht den eleganten Kurven der Möven folgte. Nein, sagte er, wenn überhaupt, dann wird es uns more... dreckiger gehen als den Soldaten aus den Südstaaten nach dem Bürgerkrieg. Wir werden Stempel in die Papiere bekommen. Wir sind Dreck, wir sind unpatriotisch, wir sind unamerikanisch.
Er sollte Recht behalten.

In den Papieren von einer Million zweihunderttausend ehemaliger GIs, also der Hälfte aller Männer, die zwischen 1963 und 1973 in Vietnam waren – oder auch, wie Jeff, nicht – befindet sich ein Stempelabdruck des Kriegsministeriums der Vereinigten Staaten. Er lautet: DD 214.

Fast die Hälfte dieser 1 200 000 Männer sind schwarz oder braun. Heute sind nahezu ein Fünftel von ihnen rauschgiftsüchtig; dreißig Prozent aller jungen Gefangenen in den Zuchthäusern der USA tragen den DD-214-Stempel in den Papieren.

Das Bessere Amerika wurde zum Schlechteren Amerika. DD 214, das ist wie das J in deutschen Pässen des Dritten Reiches. DD 214 heißt: ich bin unamerikanisch. Und werde, zwanzig und mehr Jahre nach McCarthy, auch so behandelt. Wie ein Stück Scheiße.

Eine Million zweihunderttausend Männer haben kein Anrecht auf das Entlassungsgeld der GIs, keinen Anspruch auf Studienplätze, Stipendien für Veteranen; sie erhalten keine Bankkredite, keine Sozialversicherung übernimmt sie, Bosse stellen sie nicht ein. Sie sind schwul, renitent, feige, kommunistisch verseucht, querulatorisch, sie hatten auf der Verfassung bestanden, sind Spinner, Anarchisten, Kiffer, Großschnauzen, Wehrkraftzersetzer, nicht angepaßt. Für die Mülleimer bestimmt: DD 214.

In einem Eck des Entlassungspapiers. Wenn sie eines vorweisen können. Es gibt auch noch andere Stempel. Etwa: 461. Das heißt: homosexuell/asozial/Bettnässer.

DD 214 und 461 sind in Computern eingegeben, werden gespeichert bis zum Jüngsten Tag. Oder dem Tag der Revolution. O man, it's time for a violent revolution, time to pick up the gun. Hatten sie einmal gesungen, Panther.

In den Südstaaten, Louisiana etwa, sind bis zu achtzig, ja fünfundachtzig Prozent der Männer mit dem DD-214-Stempel in den Papieren arbeitslos.

Jeff war einmal Kraftfahrer. Das war alles, was er gelernt hatte: einen Truck steuern. Nach Vietnam und nicht zurück, wies belieben sollte. Er ist schwarz. Deserteur. Er wird in den Staaten nie wieder eine Chance kriegen.

Wirst du in Schweden bleiben, wenn der Krieg vorbei ist?

Weiß nicht.

Wenn es Amnestie gibt?

Für uns wird es keine Amnestie geben. Die pigs geben nur ihren eigenen kids eine Amnestie.

Die Nazis entnazifizierten in den Spruchkammern Nazis.

Jeff ging durch die sauber gestrichne Tür eines sauber gestrichenen Hauses unter dem unfreundlichen Himmel eines Landes, das sich bemühte, freundlich zu den Jeffs zu sein. Das wird nicht genügen.

Du Jeff, bei uns gibt es ein Sprichwort, das lautet: Lieber ein lebendiger Hund als ein toter Löwe. Hörst du, Jeff?
Ja, ja, sagte Jeff abwesend. Er wandte den Kopf ab.
Komm, wenn du heulen willst, heul ruhig.
Jeff konnte und wollte nicht heulen. Nicht einmal vor Wut. In seinen Augen war nur Angst. War Traurigkeit. Er schüttelte den Kopf.
Ihr seid lieb, sagte er.
Er ging durch die Tür.
Wir sagten nicht einmal: Power to the People. Da standen wir mit einem Paß, der mit ein paar einfachen Handgriffen für den nächsten umgefummelt werden konnte. Kwadwo Dolowo, Der Ewige Schwarze.

Karl war groß und braungebrannt und blauäugig, hatte Lachfalten um die Augen herum, goldblonde, an den Schläfen graugewordene Haare. Karl sah aus, wie Adolf Hitler sich seine Germanen gewünscht hatte; er war Jude.
Wir fuhren in zwei Wagen zu seinem Sommergrundstück am See. Hier konnten wir in aller Ruhe Schnaps brennen; wir nahmen Zucker und Hefe und Kessel und Kühlschlangen, Wein und Lebensmittel im Kofferraum mit.
Wir lagerten in seinem Wohnzimmer auf dem Teppich, auf Sofas und Ledersesseln, soffen und hörten zu; wir stellten Fragen, gaben zu bedenken, warfen ein, widersprachen, teilten mit, waren beschämt, schließlich frustriert, traurig, maulfaul und wund.
Karl erzählte vom Widerstand im Dritten Reich.
Seine Berichte waren Berichte über das Versagen.
Wir verglichen, sahen ein, zitierten Klassiker der zerschlagenen klassischen Arbeiterbewegung und heutige, wurden erregt, wir schämten uns, besoffen uns.
Außer Ilona, die am hartnäckigsten fragte, mit Karl Situationen durchspielte, das Resumée zog.
Karls Berichte, zuerst stockend, in mangelhaftem, lückenhaften, mit schwedischen Akzenten versehenen Deutsch vorgetragen, später flüssiger, schneller, tonloser, trister, waren die Berichte eines Mannes, der alles gewagt und nichts gewonnen hatte, dessen Familie vergast worden, Freunde, Genossen, Bekannte umgebracht oder zu Verrätern oder zu angepaßten Kaninchen geworden waren. An seinen Berichten war nur eines gut: daß sie von Widerstand zeugten.
Er schonte sich nicht und andere nicht, nicht die Parteileitungen von SPD und SAP und KPD, nicht die Juden, nicht die Moskauer, nicht Willy, nicht Teddy Thälmann, nicht die Geschwister Scholl, nicht die

Herren des 20. Juli, nicht die Antiautoritären, nicht die Intelligenz, nicht die Arbeiterklassen. Es war, als hätten wir durch Zufall einen prallen Ziegenledersack angestochen und nun flösse nur noch schales, brackiges, stinkendes Wasser heraus.
Pisse! Nicht Wasser, sagte Karl.
Wir hatten uns das anders vorgestellt, hatten uns vorgestellt, wir könnten klönen und beim Klönen zuhören, hatten uns die Runderzählungen vorgestellt, für die der Kreis um Karl und Peters Vater laut Mama Hemmers Berichten berühmt gewesen war, hatten gedacht, einen Lügner anzutreffen wie alle Lügner, die überlebt hatten, Lügner auf unserer Seite, Schlachtengewinner am grünen Tisch, Schreibstuhlstrategen; aber selbst wenn wir unsere Gespräche auf andere Themen lenkten, auf Sport, Musik, auf Architektur oder Bücher, wir kamen immer wieder auf die Jahre dreiunddreißigbisfünfundvierzig, die in diesem Manne versenkt und versiegelt gewesen waren, bis Mama Hemmers kam und ihre junge Bande, die Karl, so er, so verdammt an die erinnerte, die einst auch angetreten waren, um.
Karl war nach Schweden gekommen mit nichts als Hose und Hemd und Schuhen und einer gepumpten Jacke. Er fand keine guten Worte für das Schweden von damals, das, wie die Schweiz, sich lange genug und oft und meist mit Erfolg geweigert hatte, armen Schluckern wie ihm Asyl zu gewähren.
Nun war er erfolgreicher Architekt und hielt das Versagen seiner Berufskollegen auf der ganzen Welt, also sein eigenes, für fast ebenso schlimm wie das Versagen einer ganzen Generation von Arbeiterbewegung gegenüber dem Nationalsozialismus. Architekt sein, sagte er, bedeutet gutbezahlter Verbrecher sein, dessen Strafe nur darin bestehen kann, lebenslang in dem zu wohnen, was er verbrochen.
Da aber die Methode zu morden, ohne sich die Finger schmutzig zu machen, ganze Generationen zu neurotisieren, ohne ihre Eltern zu sein, in diesem System, sagte er, und im staatskapitalistischen System belohnt würde, kämen er und Kollegen genau um diese Strafe herum; *sie* wären in die Lage versetzt, sich selbst die Häuser zu bauen, die sie allen anderen vorenthielten.
Was er geträumt, ausgerechnet, skizziert, diskutiert und durchdacht hatte, war Papier geblieben.
Wir wollten die sozialistische Umwälzung, die Soziale Revolution und bekamen Hitler und Stalin, rief er, wir wollten Häuser bauen und Siedlungen und Städte, und wir bauen nur Kasernen und Knäste.
Dann holte er Bücher aus den Regalen und blätterte sie mit uns durch, und er zog Baupläne aus den riesigen Sideboards unter den Doppelfenstern und zeigte uns komplett geplante Ortschaften, mit Hilfe von Architekten, Baumeistern und Bauarbeitern selbst zu errichten und zu bauen; er holte alte Aufrufe und Flugblätter, Zeitungen und Zeichnungen und Briefe aus seinem Archiv auf dem Dach-

boden und präsentierte uns, schwarz auf Gilb, wovon auch wir immer geträumt und geredet hatten.
Es war maßlos traurig. Anfangs.
Denn nun bekam Ilona ihn zu packen und schrie ihn an und riß ihm aus den Händen und bewies, wie unsozial er handelte, behielte er all dies Material unter Verschluß. Und da kamen auch wir in Fahrt und erregten uns und begeisterten uns und machten Pläne und zogen Fotokopien und aßen vernünftig, statt zu saufen, und hockten um ihn herum und feuerten an und gaben zu bedenken, und Karl telefonierte herum und arrangierte die erste Ausstellung.
Die Verbrechen der Architektur.
Wie man Häuser baut.
Wie man selber Häuser baut.
Warum es wichtig ist, Ziegelsteine zu brennen und zu verwenden anstatt Beton.
Über die Abschaffung der Bauämter.
Über die Ausrottung der Symmetrie.
Dem beknackten Heute das wunderbare Morgen entgegenstellen.
Über die Verwendung von Holz im Hausbau und die Notwendigkeit, für jeden gefällten Baum zwei neue zu pflanzen.
Für Wälder, gegen Holzfabriken.
Über die Kunst, Trabantenstädte zu sprengen.
Über die Schleifung von Betonfestungen.
Von der Arschitektur zur Architektur.
Jesus war Zimmermann, nicht Betonbauer.
Wir stürmten unsere Hirne, wir törnten uns an, wir brachten Karl zum lachen, wir knackten die Öde, wir machten Pläne.
Der Ausflug zu Karl war gerettet.
Wir blieben noch einen Tag und eine Nacht, blödelten, veranstalteten Runderzählungen, kochten uns schöne Sachen, lukullische Schweinereien, sagte Karl, wir brachen nur ungern auf und ließen Mama Hemmers und Karl zurück. Gerade als wir abfuhren, trudelte Karls Familie ein, seine dritte Frau und vier Kinder. Na also.

Warten.
Die Stadt ist besichtigt. Sie ist schön. Sie ist gewachsen.
Warten.
Entweder wir bleiben, oder wir fahren. Ich versteh das nicht. Warum läßt er uns warten?
Er hat seine Gründe, sagt Niko.
Da ist was dazwischengekommen, sagt Jörg.
Gib mal die Gitarre rüber. Gib mal n A.

Singst du uns was?
Was singst du uns?
Ich sing euch was von Silvio Rodriguez.
Spanier?
Cubaner.
Auf spanisch?
Auf deutsch.
Und über was singst du?
Ich singe ein *Lied über einen Erwählten,* sagt Ilona.
Über wen?
Über Abel Santamaría, einen der jungen Männer, die beim Sturm auf Moncada erschossen wurden. Gefoltert und ermordet. Gib noch mal n A.
Sonnen gehen auf und unter, Monde ziehen ihre Bahn, Nachthimmel fasern sich in Selbstgebranntem auf. Sei doch mal ruhig. So, fang an.
Ilona singt:

Wann immer auch du
eine Geschichte erzählst
Wenn du sprichst
über einen alten Mann
ein Kind oder dich
Dagegen ist meine Geschichte verzwickt:

Nichts werd ich euch
über einen gewöhnlichen Mann
erzählen erzählen will ich
eine Geschichte über einen Mann
aus einer anderen Welt
über ein galaktisches Wesen.

Dies ist die Geschichte
über die Milchstraße
es ist eine vergessene Geschichte
über ein Wesen aus dem Weltraum:

Geboren wurde er
im Sturm einer nächtlichen Sonne
kurz vor Monatsende.
Ging von Stern zu Stern
und suchte nach Trinkwasser

Vielleicht auf der Suche nach Leben
oder auf der Suche nach Tod

Das ist etwas
was wir nie erfahren werden.

Vielleicht suchte er Gespenster
oder so was ähnliches –
etwas Bewundernswertes
zumindest Angenehmes
Küssenswertes Liebenswertes.

König Salomos Minen entdeckte er
die man im Himmel findet
und nicht im flammenden Afrika
wie die Leute meinen.

Aber die Steine sind kalt
und er wollte Hitze und Glück
die Steine waren nicht beseelt
waren nur Spiegel und funkelnde Farben.

Schließlich kam er hiernieder
zum Krieg
entschuldigt, ich wollte *Erde* sagen
Auf einen Schlag lernte er Geschichte kennen
spürte die Mattscheibe in seinem Kopf
und begriff daß der Krieg
Frieden bedeutet für die Zukunft.

Die schrecklichsten Sachen
lernst du im Nu
die schönsten kosten uns das Leben.

Das letzte Mal
da ich ihn sah
sah ich ihn gehen
mitten durch Rauch und Gewehrfeuer
zufrieden und nackt.

Er zog aus
die Schweine umzulegen
mit seinem Gewehr der Zukunft.
Er zog aus
Schweine zu töten
mit seinem Gewehr der Zukunft.
Er zog aus…

Das singen die in Cuba?
Das singt Silvio Rodriguez auf Cuba.
Komisch.
Komische Leute, diese Cubaner. Fahrn wir mal hin?

Warten.
Eine Stadt leertrinken. Das Hotelzimmer füllen mit Gesprächen und Gesang.
Mama, wie ging das mit den Runderzählungen.
Mit den Runderzählungen, das geht so. Verdammtnochmal, wart ihr denn nie Kinder?
Gib mal n A.
Gib mal einen Anfang.
Einen Anfang von einer Geschichte?
Ja.
Was für eine Geschichte?
Über Rumpelstilzchen.
Über den Bundeskanzler.
Über Vögeln auf einer Mescalinreise.
Und du, Niko?
Über, erzähl uns den Anfang einer Geschichte, wie Bedürfnisse hergestellt werden.
Über die Herstellung von Bedürfnissen?
Ja, gib man n A.
Gib mal n Anfang.
Also, *über die Herstellung von Bedürfnissen, Erste Geschichte:* In einem Gefängnis, sagte Mama, sagen wir, in der Türkei, gab es nur einäugige Wärter. Jörg, du bist dran!
Den Verlust ihres einen Auges, sagte Jörg flink, hatten sie einem Befehl des in den Ruhestand getretenen alten Anstaltsleiters zu verdanken, jeden Gefangenen in unregelmäßigen Abständen und möglichst unbemerkt durch die Spione in den Zellentüren unter Beobachtung zu halten, worauf die Insassen die Gläser darin entfernt und – Niko!
Und zu Messern, Gabeln, Ahlen und sonstigen spitzen Gegenständen gegriffen hatten. Gerd!
Der neue Gefängnisdirektor, sagte langsam Gerd, berief eine Konferenz ein, eine Konferenz, zu der alle Wärter sich einzufinden hatten. Mama Hemmers!
Männer! rief er, sagte Mama Hemmers, Sicherheit und Ordnung in unserer Anstalt sind auf das Äußerste gefährdet. Jörg!
Die in den Zellen befindlichen Kameras zur Kontrolle der Delinquenten wurden immer wieder zerstört oder ihre Linsen… Ilona!

Mit Exkrementen dieser Unmenschen beschmiert. Mein Vorgänger drückte sein Auge zu. Gerd!
Ich werde die Zustände, sagte Gerd im Ton eines Zuchthausdirektors, in diesem Hause nicht länger hinnehmen! Ich erteile Ihnen den Dienstlichen Befehl, alle Gefangenen wieder ständig unter Beobachtung zu halten. Niko!
Tag und Nacht! Jörg!
Aber dann, wandte der Aufsichtsdienstleiter und Vertrauensmann der Gewerkschaft ein, sagte Jörg, Mama?
Verlieren wir ja auch noch unser anderes Auge. Ilona!
Für die Sicherheit und Ordnung in der Anstalt und das Vollzugsziel, sagte Ilona kichernd, Gerd!
Die Wiedereingliederung in unsere demokratisch verfaßte Gesellschaft, schrie der Direktor, sagte Gerd, und zwirbelte seinen Schnurrbart, Jörg!
Ist zur Not, krähte Jörg, auch dies hinzunehmen. Ilona!
Nach einem halben Jahr wurden in den Werkbetrieben des Zuchthauses nur noch weiße Spazierstöcke produziert. Mama!
Sie erbrachten, sagte Mama ernst, der Justizverwaltung große Gewinne. Und freundlich geleiteten die Gefangenen ihre Wärter beim täglichen Hofgang über die kiesbestreuten Ovale der Wege.
Wir lachten. Was will der Dichter uns damit sagen? Pst, war da nichts?
Wir lauschten.
Nichts.
Da war nichts.
Warten.

Immer geradeaus führt der Radweg genau in die untergehende Sonne. Die Schatten der dicht neben dem Weg gepflanzten Pappeln, Erlen und Büsche fallen parallel zum Vorderrad.
Ilona strampelt, ihr ist dösig und kopfleer zu Mute. Uppsala ist eine Stadt, die das Plündern lohnen könnte.
Der Radweg kreuzt einen anderen; zu spät sieht Ilona das von rechts nahende Rad, sie bremst stark, stellt sich in den Pedalen aufrecht, schlingert, schlittert, kracht mit dem Vorderrad quer in das Hinterrad des von Norden kommenden Mannes. Diesen wirfts in den Graben. Sein Fahrrad beschreibt einige seltsame Bögen und fällt. Ganz sachte. Trudelt, neigt sich, klappert, liegt.
Der Mann krabbelt aus dem Graben, ein spitzes Knie ragt aus einem Triangel eines Hosenbeins von Knickerbockern.
Ilona steht und rührt sich nicht.
Der Mann tritt an ihr Rad, greift sacht an den Lenker, umfaßt sanft

ihren linken Ellenbogen; sie wuchtet den Bauch zur Seite, läßt dem Manne das Rad und bleibt dicht vor dem Mann stehen, schweigt noch immer betroffen. Der lächelt still, legt das Fahrrad an den Wegesrand, schreitet hinüber zu seinem, hebt es, trägt es, legt es daneben.
Verdammte Scheiße, ich hab Sie gar nicht gesehen, sagt Ilona träumerisch. Auf deutsch.
Hoffentlich hast du keinen zu großen Schreck gekriegt, sagt der Mann, Fältchen erscheinen um seine Augen herum. Dann lacht er. Er ist über das Rentenalter hinweg, hochgewachsen, hat ein schmales, gutgeschnittenes Gesicht und trägt eine altmodische Krankenkassenbrille aus hellem Horn.
Er geleitet Ilona am Arm zum Wegesrand, entledigt sich seiner Jacke und breitet sie über Gras und Unkraut aus. Setz dich, sagt er sanft. Du wirst doch in deinem Zustand keinen Schock bekommen haben.
Erst nun fällt Ilona auf, daß auch er deutsch redet.
Ich kenn dich doch irgendwoher, sagt sie.
Ich bin der König, sagt der Mann.
Da hat Ilona viele Fragen. Über die letzten fünfzig Jahre, das Sozialprodukt, die Sozialdemokraten, die Gewerkschaften, seine Hobbies.
Die Sonne ist gesunken, Ilona fröstelt es. Sie stehen auf, treten zu den Rädern, heben sie hoch, steigen auf und radeln nebeneinander her in Richtung Stadt.
Es ist hoffnungslos, nimmt der König ihr Gespräch wieder auf, kein Land ist so reif für den friedlichen Übergang zu einem freiheitlichen Kommunismus wie das meine. Aber bei *den* Gewerkschaften und Sozialdemokraten?
Schweigend fahren sie weiter.
Bleibt es bei unsrer Vereinbarung? fragt Ilona kurz bevor sie sich trennen. Ich darf mir deine Waffensammlung angucken und meine Freunde mitbringen?
Aber gewiß, erwidert der König und biegt nach links ab.
Hej, ruft er noch.
Bis dann, schreit Ilona hinter ihm her.
Unweit des Hotels überfällt es sie wie siedend: Aber er ist doch schon längst tot, der König!
Aber das ist bekanntlich nie so genau auszumachen.

Als er im Frühstückszimmer auftauchte, hatte keiner ihn erwartet. Wir stellten entweder gerade unser Frühstück am langen Tresen zusammen oder saßen schon um unseren kleinen Tisch in der Ecke vorm Fenster, als er zur Tür hereinkam. Er sah, soll Ilona später gesagt haben, überhaupt nicht aus wie der gewiefteste Panzerknacker

Skandinaviens, eher wie ein freundlicher Bootsverleiher, braungebrannt, mit blauen Augen, kurzgeschorenem rotbraunem Haar, einem offenen karierten Hemd, dessen Knöpfe vom Bauchansatz gespannt wurden, nackten Füßen, einer schmuddligen gelblichen Leinenhose und einem Lachen, das nicht nur bis zu den großen abstehenden Ohren reichte.
Hej, schrie er, und alle, die sich nach ihm umblickten, lächelten.
Dieser Mann, soll Ilona später erzählt haben, hat Millionen verdient und auf Weltreisen ausgegeben, hat mit Eskimos Brüderschaft getrunken, mit Patagoniern gefischt, hat Waffen geschmuggelt und Flüchtlinge, vier Mal geheiratet, mindestens zwei Dutzend Kinder gezeugt, in seinem Leben maximal einen Monat in Untersuchungs-, Auslieferungs- oder Polizeihaft verbracht, war zweiundfünfzig Jahre alt, hatte noch alle Zähne und galt in der Branche als *Der Professor.*
Er setzte sich zu uns an den Tisch, fischte eine Flasche aus der Hosentasche, erzählte in fast akzentfreiem Deutsch ein paar Witze, trieb zur Eile an, küßte Mama Hemmers laut lachend den Unterarm hinauf, stürmte zur Tür, verstaute uns auf den Sitzen eines großen schwedischen Kombis und fuhr los.
Fuhr aus der Stadt heraus, lud uns um in einen Kleinbus, verband uns die Augen, knallte mit den Türen, zog Vorhänge vor, trieb den Fahrer, einen jungen Lappen, zur Eile an, quatschte uns voll, bis wir Zeit und Ort vergaßen und versprach uns viel Spaß, nachdem er uns die Brieftaschen weggenommen, von jedem fünftausend Kronen kassiert und die Brieftaschen versteckt hatte. Wir sollten warten. Und nicht wissen, wohin er uns fuhr.

Es ist ein seltsames Gefühl, von jemandem am Arm durch ein Gebäude geführt zu werden, von dem man nur auf Grund des Echos der Stimmen und der Länge des Weges, der Anzahl der Treppen, Absätze, Treppchen und Korridore annehmen kann, daß es groß ist; seltsam, mit verbunden Augen in einem anderen Land einer Prozedur entgegengeführt zu werden, die unter schallendem Gelächter Ammongelitausbildung genannt wurde.
Mich führte ein Mädchen. Glaubte ich.
Mich ein junger, nach Juchten duftender Mann.
Mich eine ältere Dame, die kein Deutsch sprach.
Und mich muß ein Bulle abgeführt haben.
Also wars immer Jan, lachte Niko.
Auf einen Platz geführt werden, über Treppen und Treppchen hinweg, daß es mich nicht gewundert hätte, plötzlich auf der Bühne eines Schauspielhauses zu sitzen.

Ein Theaterstück, für Blinde, mit verbundenen Augen, in totalem Dunkel.
Oder ein Schulzimmer unterm Dach.
Wenn ich es sage, entfernen Sie bitte die Binden vor Ihren Augen.
Trotz der Binde wußte ich, es ist dunkel. Wie in einem Mohrenhintern.
Als ich die Binde abnahm, wußte ich nur, instinktiv, daß eine Menge Leute im Saal sitzen mußten.
Völlige Schwärze. Und Atem.
Dann ging das Licht an. Von oben. So etwas wie Punktlichtstrahler.
Automatisch führtest du den Unterarm vor die Augen. Der Übergang von Dunkel zu Hell war zu krass.
Dann mußte ich kichern, aber wie!
Es war schwer, ernst zu bleiben.
In einem Wort, wir waren in der Universität gelandet.
Im medizinischen Institut.
Im Hörsaal für Anatomie.
Wir saßen in einem makabren Zirkus.
Lauter Bankreihen, steil von der Empore hinunter zur ebenen Erde führend.
Im Mittelpunkt der Scheinwerfer statt der Bahre mit der von einem weißen Tuch abgedeckten Leiche ein Panzerschrank im Modell.
Aus dem Dunkel ins Licht, genau in den Kreis, seitlich neben das Modell, trat Jan.
Im Smoking.
Mit Zeigestock.
Wir lachten.
Wir lachten mehrsprachig, waren wir doch vierundzwanzig Studenten aus fünf Ländern.
Wir pochten mit den Knöcheln auf die Pulte.
Jan verbeugte sich formvollendet. Sein Bäuchlein war kein Bäuchlein mehr, es war ein Embonpoint. Über ihm spannte sich ein plissiertes Seidenhemd.
Er hob den Stock.
Das Klopfen, Stampfen mit den Füßen und Pochen endete abrupt.
Guten Tag, meine Dame, guten Tag, meine Herren! Sagte Jan in akzentfreiem Queens-English. Willkommen in der Panzerknakker-Akademie zu Uppsala.
Wir trampelten und pochten erneut. Wieder hob er Arm und Stock.
Ich erlaube mir, Ihnen gegen das bescheidene Entgelt von fünftausend Kronen pro Nase die edelsten Feinheiten, den letzten Schliff, das fehlende Raffinement in Ihrem Beruf zu vermitteln: das Öffnen

eines Panzerschranks mit sog. größtem Sicherheitsfaktor mit Hilfe einer der nettesten Erfindungen der letzten hundert Jahre, mit Ammongelit.

Meine Dame, meine Herren, dies ist ein im Maßstabe eins zu eins erstelltes Modell dieses Königs aller Safes, des G-3-Schranks, und hier, sein Zeigestock wanderte aus dem Lichtkreis und wurde von einem Punktlicht schließlich langsam eingeholt, und hier sehen Sie eine Original-Tür dieses Geldschranks der Konzerne. Ich werde Ihnen unser Vorgehen am Modell erläutern, wir werden einige Experimente anstellen, um dann, als Höhepunkt und Abschluß Ihres Lehrgangs, diesen jungen Herren – der Punktlichtscheinwerfer strahlte in die Bankreihen und holte vergnügte Gesichter aus dem Dunkeln, wanderte, zögerte, blieb stehen –, nein, diese junge, charmante, gefüllte Dame an dieser Originaltür arbeiten zu lassen. Zeitlimit, Sie werden es erleben, fünfzehn Minuten.

Meine Dame und Herren, der Panzerschrank G 3…

14

Ein Autor erhält Briefe von seiner lektorierenden Protagonistin; Romanfragmente wurden gefunden und kritisiert.
Das **XIV. KAPITEL**
bringt Briefe einer Sympathisantin, kritische Briefe. Darum nennen wir es:
EINE HELDIN WIDERSPRICHT IHREM AUTOR.
Über eine Razzia, Folklore von weißen Niggern in der BRD, einen Beschluß eines Oberlandesgerichts, über den Untergrund in einer Wohngemeinschaftsküche, die Tätigkeiten staatstreuer und geldergebener Rechtsanwälte, die Funktion von Hoch- und Plattdeutsch oder Dialekt, Hungerstreiks und über die Mängel des Schreibens als Mittel der Selbsterkenntnis; über Versteckspielen und Rollenbewußtsein berichtet Ilona B., über die Wehrlosigkeit der Liebenden, gibt einen Abriß über ihre Entwicklung, der mehr verschweigt als aufklärt und, so die Heldin, die Leser zum Selberdenken animieren soll; über einen Blick in Unterwasserwelten, die Vergötzung von Bäuchen durch Bauchlose, eine nicht eintreffende Prophetie, den Aufenthalt in einem gemütlichen Klo und eine indianische Hockgeburt.
Als Motto schlug die Heldin ihrem Autor vor:
Seine Linke liegt unter meinem Haupt, und seine Rechte herzt mich. –/ Ich beschwöre euch, ihr Töchter Jerusalems, daß ihr die Liebe nicht aufweckt und nicht stört, bis es ihr selbst gefällt./ ...Unter dem Apfelbaum weckte ich dich, wo deine Mutter mit dir in Wehen kam, die dich gebar./Lege mich wie ein Siegel auf dein Herz, wie ein Siegel auf deinen Arm. Denn Liebe ist stark wie der Tod und Leidenschaft unwiderstehlich wie das Totenreich.
Aus dem Hohen Lied. Der Autor stimmte beschämt zu:

lieber p. p.!
nun biste drin.
haben wirs nicht gesagt?
sie schreiben, du hättest ulrike befreien wollen. au weia! (wer eigentlich nicht? amnestie für *alle!*) *sie* nennen als indizien: du hättest einen mittelklassewagen mieten wollen, den *terrorFIAT* (fiat TERROR, herr staatsanwalt?), und sogar tausend emm bei dir gehabt. wahrlich, wahrlich, das spricht gegen dich! du bist überführt, alter, gips zu. beim aufräumen deiner alten bude – die herren des morgengrauens haben einen wahren trümmerhaufen, aber immerhin was hinterlassen – fanden wir deine romanfragmente. du hund! ich bin geehrt. nicht nur schwanger. du lügst wie ein dichter, das muß ich dir mal sagen. im vertrauen: bist du an weiteren angaben für deinen roman interessiert, oder verbietet dir der herr zensor mittlerweile ooch det schreiben? wenn wir dir helfen können, schreips.
viele umarmungen von all deinen sympathisanten. (das ist etwas sehr positives, so stehts im lecksikon.)
Amandla + Inkululeku!*

i.

* für den herrn von der zensur: det is Zulu, det rufen die von de ANC, det bedeutet: STÄRKE + FREIHEIT!

lieber düchter!
mit deinem verteidiger gesprochen. dir sollz ja gar nüch jut jehn. vom buchladen lassen wir dir jacksons *soledad brother* zugehen. guck innen spiegel (ne, nich BILD AM MONTAG!) und guck genau zu, wie sich nach und nach deine fresse schwarz färbt. biste drin, biste politisch, bisten nigger. is doch ganz einfach. wehr dich, bruder, entwickel folklore! deine romanfragmente durchblätternd, bereue ich so manches. ach kleena jroßa! stell dir vor, in vierzig jahren wär an unser haustür hier n schild anjebracht: hier verbrachte der ppz eine wüste nacht mit ilona b. nich drieba reden oder schreiben? ach wat. du lebst, junge. ehrlich. muste ma jloben. det bild von deine verhaftung sah ja janz wüst aus. dir ham se scheen mitjenomm. tscha, wärste n anständjer raubmörder, jinx da bessa, det kannste ma jloben. ich meld mir bald wieder. kriegste ne zeitung? brauchste geld für den einkauf? rote hilfe is ja jut, aba wir sind bessa. in tiefer verehrung deine sympi

i.

Oberlandesgericht Düsseldorf
1 WS 8979/73
5 Ks 22/73

Beschluß

In der Strafsache gegen
Peter-Paul Zahl, zur Zeit in der Justizvollzugsanstalt Köln,
wegen vers. Mordes pp.
hat der 1. Strafsenat
durch den Vorsitzenden Richter am Oberlandesgericht H.
und die Richter am Oberlandesgericht Dr. F.
und Dr. B.
in der Sitzung vom....
auf die Beschwerde des Angeklagten gegen den Beschluß der II. Kammer des Landgerichts Düsseldorf
vom....
nach Anhörung der Generalstaatsanwaltschaft
beschlossen:

Die Beschwerde wird aus den zutreffenden Gründen des angefochtenen Beschlusses als unbegründet auf Kosten des Angeklagten (§473 Abs. 1 StPO) verworfen.

Das Beschwerdevorbringen rechtfertigt keine andere Beurteilung. Der beanstandete Brief der Ilona B., Berlin, vom.... enthält an zahlreichen Stellen rechtswidrige Behauptungen und unterstellt den konservativ genannten Rechtsanwälten mit Ausnahme der sog. »Linksanwälte«, sie würden gegen gute Bezahlung Kassiber, Manuskripte und Briefe aus den und in die Haftanstalten befördern. Da der Brief insoweit auch dem Zusammenhalt anarchistischer Gruppen dient und Organe der Rechtspflege verunglimpft, kommt er als Beweismittel in Betracht.

huhu, p. p., grüße aus dem »untergrund« anarchistischer gruppen. wir sitzen in der küche und kon- und transpirieren ganz förchterbar. »dem zusammenhalt... dient«, ick lach man ast. urbi et orbi, p. p.:

DER BAUCH IST WEG!

bisse traurich, wa? ihr arschlöcher von schwanzträgern wünscht euch ja frauen, die jahrelang mitm bauch rumloofen, nach der faustformel: een balg ein dreivierteljahr, zwillinge anderthalb jahre, drillinge zwoeinviertel, vierlinge drei jahre undsoweita. die geburt, alter war *überhaupt* nicht so wie in deim ersten roman. gott und der gymnastik und dem training sei dank! SIE heißt *vera.* nach der sassulitsch, was denn sonst? mit jörg kannste übahaupt nich mehr redn, der looft mitm bewußten flackerblick rum, der bringt sich reineweg um wejn seine tochta. ihr armen kerle! immer irjendwo einjesperrt und seiz inne eigne haut. kommt mal da raus. aus der haut, mein ich. und du, hoffen wir, bald ausm knast. komm an meine brust alter, trink dir satt und heul dir aus.

i.

lieber p. p.,

wir haben mit den kölnern gesprochen. mit dir spüln se wohl fort knox. völlig abgeschottet. aber isohaft gibt es bekanntlich nicht. du bist eine erfindung. p. p., dich gips nich, ossendorf ist eine böswillige verleumdung von staazfeinden, isolationshaft gibt es nur im ostblock. also sind die, wo dir so halten, moskowiter? allet untawandat, sa'ck dir. eine viertelstunde besuch im monat! unter strengster bewachung (denen bist du was wert, p. p., denk dran) von mitstenogRAFierenden schlapphüten. wir sind wieder wer. diese monsta! da wer' ck da so bald nich besuchen. inne möse gucken lassen vorm besuch, wo simma denn hier? wo'ck doch grad jekreißt hab. un wie! sturzgeburt im wohnzimmer, alter. aber det azehln wa dir noch. janz ausfierlich.

im brief fragtest du, warum ick nich mehr balinere. tu'ck doch. wieda. vor allm, wenn'ck saua bin, wietend, außa mia. du weißt: eine gebildete – allseitig gebildete – sozialistische persönlichkeit spricht weder dialekt, noch plattdeutsch. sie spricht dialektisch und hannoveranisch. weil hegel kregel schlegel pregel marx und der WELTGEIST hochdeutsch sprechen und schreiben.

hast wohl heimweh, alter, wa? kann'ck vastehn.

darum hier ab und an paar leckerchen für dich. meine briefe und karten gefallen dir? det will'ck mein! wer mal im knast war, weiß wat buntet zu schätzen, wer bis zum hals inne scheiße sitzt, weiß, daß Goya und Breughel seine brüder sind. als ick erst det foto und denn (gen-) ossendorf inne realität sah, dachte ich mir gleich: o gott. und: lieber weniger, aber öfter. und wenn, dann bunt.

wir haben übrigens kürzlich ausgiebig in der küche über deinen *fall* gequatscht, diskutiert, gestritten. deinen tiefen fall. lasciate ogni speranza (dante, herr zensor, ooch son geistja terrorist). na, et kam wat raus. un det is wat. ne, ick bin keene zynikerin nich. aber warum sollste denn sitzen, wenn unsereins keine lehre draus zieht? hm?

inkululeku!

i.

lieber p. p.,

macht euch bloß nicht kaputt mit den hungerstreiks. hildesheimer und dali schreiben kochbücher, und ihr? wir verstehen euch. wir unterstützen euch. in dem punkt. aba nich nur. im februar waren deine ermittlungen – quatsch, die ermittlungen oder was sich so nennt über einen winzigen ausschnitt deines lebens – abgeschlossen, und nun im juli sitzte immer noch in isolation. der weltgeist fordert, herr mitleser: lassen sie unseren freund p. p. ausse isolation! die m. läßt grüßen. sie kam kürzlich raus. die würdest du nicht mehr wiedererkennen. sie hat über zwanzig pfund abgenommen, und früher war se ja ooch nich die stärkste. kreislauf im eimer. gebiß im eimer. zu zwei jahren verurteilt. davon hat se anderthalb in isolation gesessen. wir sammeln, damit sie in kur fahren kann. ja du liest richtig: in kur. sie hats nötig. verdammte scheiße. laß dich nicht unterkriegen! das wars für heute. von uns allen umarmungen, weißte ja.

i.

Lieber P. P.,

schreiben heißt: sich verstellen. Nicht schreiben heißt: sich verstellen. Hätten wir früher erfahren, daß Patek-Philippe-Fred im gleichen Hafthaus sitzt, hätten wir schon länger – mit Hilfe des bekannten Verfassers eines Kommentars zum Strafgesetzbuch, der für Geld zu (fast) allem bereit ist – unzensiert korrespondieren können.
Du hast es erkannt, meine letzten Briefe sollten Dich täuschen. Mir war gar nicht nach kesser Großschnauze, der lustige Tonfall war gezinkt. Mir ging es dreckig. Nicht wie Dir. Aber immerhin. Dir nützt es herrlich wenig, verschwiege ichs Dir. Wir haben hier oft über Deine Romanfragmente diskutiert. Ich habe mir erlaubt, ein Kapitel fortzuwerfen, und zwar das, in dem Du über meine Kindheit, Jugend, Lehre, meinen Beruf, meine Strichzeit berichtest. Das geht keinen etwas an, und vor allem nicht in der Form. Nun sagten die anderen, die Verwandlung vom fixenden Strichmädchen in eine patente und belesene Genossin ginge im Buch dann im Handumdrehen vonstatten, die, ich zitiere, Typologie des Helden müsse aus dem Handlungsstrang heraus entwickelt werden.
Das finde ich nicht. Ich will Dir sagen, warum – und dabei an die Erfahrungen anknüpfen, die ich seit meinem Zusammensein mit Jörg gemacht habe, schreibend. Auch schreibend. Denn so fing das an:
Schreib das auf!
Ich schrieb auf. Ob Literatur oder nicht, war mir egal. Schreibend lernte ich mich besser kennen. Aber nur eine Zeitlang, dann nicht mehr, denn dann lernte ich, daß ich mich nicht als feste, ein für allemal feststehende Größe ansehen darf, sondern als etwas, das sich ständig ändert. Das Ich ist das sich ständig Ändernde. Nicht: ich bin,

sondern: ich werde. Diesen Prozeß zu erkennen, taugt Schreiben nicht sonderlich. Du sitzt vor einem Tisch, der Rücken ist gekrümmt, der Schreibende ist Schreibspezialist. Sprechen, Tanzen, Reden ist etwas anderes. Aber es erlaubt zu wenig Kontrollen, im Gegensatz zum Schreiben. Also: Video.

Schrift schüchtert ein, Schrift preßt in bestimmte Formen, in Klischees, der Rebell hört auf, Rebell zu sein, trägt er den Federhalter in der Rechten und sitzt er vor der weißen Wüste eines Stückes Papiers. Wenn Du sprichst, redest, stammelst, in besoffenem oder bekifftem Zustand Konfessionen machst, dann liest Dein Gegenüber in den Wiederholungen und Pausen, im Stottern, in der Mimik, in Deinen Gesten, der Stellung Deiner Beine, in der Schnelligkeit oder Langsamkeit Deiner Worte, in den Versprechern und anderen Fehlleistungen – dies alles wird beim Schreiben rausgesäubert.

Du, in Deiner Zelle, bist *der* Literat schlechthin. Die Leibnizsche Monade (ne, ich hab den Kerl nicht völlig gelesen, aber das hat mich schon beeindruckt).

Du, in Deiner Zelle, 2 x 4 Meter, Gitter vorm Fenster, die Tür dreifach verrammelt und verriegelt, bist *der* Leser. Wenn ich hier schreibe, bin ich isoliert und einsam.

Wenn Du dort liest, bist Du isoliert und einsam. Oder allein. Ich schreibe nicht mehr gern.

Mir hat das Schreiben eine Zeitlang helfen können, nun habe ich es – bis auf Briefe – aufgegeben.

Schreiben hat mir geholfen, den Entzug zu überstehen. Mehr aber die Gespräche mit Jörg und Martha. Manchmal glaube ich, glückliche Menschen schreiben nicht. Sie sind genügend mit ihrem Glück beschäftigt. Wer schreibt, drückt einen Mangel aus. Der Mönch in der mittelalterlichen Zelle, der Gefangene, Robinson Crusoe, Genet, Papillon... Warum habe ich aus Deinem Manuskript ein Kapitel entfernt? Weil ich meine, wir sollten den Leser nicht so verwöhnen, wie er es von Charles Dickens und Simmel gewohnt ist. Wie bei den Runderzählungen bin ich mehr dafür, einige Anhaltspunkte, Themen, Denk- und Phantasieanreize zu geben, die der andere *selber* weiterentwickeln muß.

Tut er ja eh.

Du kannst ihm ein Zimmer wie in den *Buddenbrooks* beschreiben, eine Frau wie in *Vom Winde verweht,* einen Kerl wie im *Malteser-Falken* – wenn er ins Kino geht, einen Film sieht, in dem ein anderer, nämlich der Regisseur, die vorgegebenen Bilder in seine eigenen Bilder und Personen umsetzt, ist er entweder enttäuscht (die meisten Verfilmungen guter Bücher taugen nichts) oder begeistert. Scarlet O'Hara *ist* Vom Winde verweht, Humphrey Bogart *ist* Chandlers oder Hammetts Detektiv.

ICH KANN ALLES GROSS SCHREIBEN.

Oder
ich kann alles klein schreiben.
Oder ich, Ilona B., kann die gemäßigte kleinschreibung wählen. Und vor allem: ich kann lügen.
Aber was heißt schon Lüge?
Als ich Jörg am Bülowbogen kennenlernte, spielte ich eine Rolle durch: die kesse berliner Jungnutte, Blasen fünfzig, Nummer nackt hundert und mehr. Das Spiel war kein Spiel. Kein Beruf ist Spiel. Wer Geld verdienen muß, hält sich an die Regeln. So'ne oder solche, die der High Society oder die vom Kietz. Als wir auf die Welt kamen, gab es die Regeln schon. Man kann sie ändern. Man oder frau kann sie unterlaufen, variieren, drauf vertrauen, nicht erwischt zu werden... Eine lang geübte Rolle gibt Selbstsicherheit. Manche vertauschen Rolle und Leben, halten ihr Spiel für unveränderlich, ihre Maske für die eigene Visage. Ich traf schon genug Bankdirektoren, die können sich schon gar nicht mehr vorstellen, etwas anderes zu sein als Bankdirektoren. Nimmst Du ihnen ihre Rolle – oder versuchen Revolutionen, Umwälzungen, gesellschaftliche Lüftungen dies zu tun – sind sie bereit, eher das ganze Schauspielhaus, das Land, die Welt kaputtzuschlagen, als sich diese Sicherheit nehmen zu lassen.
Wirte, Pfarrer, Taxifahrer, Barfrauen, Psychiater sind es gewohnt, ihre Rollen öfter zu wechseln. Sie gehen aus Geschäftsgründen auf den anderen ein. Sind sie nicht flexibel, haben sie keinen Erfolg. Erfolg gehört zum Rollenspiel.
Ja, ja, ich werde gleich konkret...
Als ich Jörg kennenlernte, wußte ich, daß er ein schräger Vogel ist, er wußte, daß ich es bin, ich wußte, daß er wußte, er wußte, daß ich wußte, daß er wußte.Also einigten wir uns auf ein Spiel. Rollen wurden festgelegt, der Dialog lief in gewohnten Bahnen. Bis zu einem gewissen Zeitpunkt. Nämlich dem, bei dem Du aus der Rolle fällst.
Ich war mißtrauisch.
Das gefährliche an Liebe kann sein, daß sie hilflos, wehrlos macht. Wer ist schon gern und ohne wichtigen Anlaß wehrlos? Du bist gewohnt: dann hauen sie Dir in die Weichteile, und Du gehst vor die Hunde.
Miteinanderreden: Verstecken spielen.
Oder es sein lassen.
Es gibt keine Helden, und es gibt keine Typologie von Helden, mach das mal Deinen Lesern klar!
Ich bin aus einem Arbeiterhaushalt, habe die Mittlere Reife, eine Lehre im Büro gemacht und bin aus genannten Stücken auf den Strich gegangen. Diese Gründe hießen: Geld, Entfremdung. Auf dem Strich habe ich mich auf gewisse Techniken und Rollen spezialisiert: die Kindfrau. Der Strich kotzte mich nach gewisser Zeit – am Anfang war ich sehr neugierig und fand die Arbeit, den Kontakt zu all den ka-

putten Typen sehr interessant – ebenso an wie das Büro. Ich fixte. Den Rest kennst Du.
Wie ich aussteigen konnte?
Weil Jörg und Martha mir geholfen haben.
Wie ich mir Theorie angeeignet habe?
Weil das, was die Theorie sagt, unbewußt oder bewußt schon von mir selbst erkannt worden war.
Warum ich manchmal ganz gute Briefe schreiben kann?
Weil ich Rollenspiele immer noch mag.
Warum ich über Freiheiten reden kann?
Weil wir sehr oft über sie reden und diskutieren, Rollenspiele machen, unsere Spiele und Diskussionen auf Video aufnehmen und dann Stück für Stück analysieren, weils mich interessiert. Ich bin doch nicht blöd. Keiner ist es.
Und dann, P. P., bitte ich Dich, mich ein bißchen aus Deinem Roman herauszuhalten. Ich bin ein Geschöpf der Phantasie, ich will meine Freiheiten zurück – in Zukunft schreib ich über mich allein!
Belaste mich nicht mit Eurem Uterusneid – ich schreib Dir demnächst, wie Vera zur Welt kam. Und dann ist damit Schluß! Berichte lieber mal ein bißchen über Klaus und Dagmar, die haben nämlich Probleme. Und vergiß nicht, P. P., bring action in den Roman, äcktschön!
i.

Lieber P. P.,

eins wirst du nicht nachvollziehen können: dies Gefühl, in der Praxis eines Frauenarztes oder in der Klinik auf diesem unsagbaren Schamhinrichtungsstuhl zu liegen, die Hose heruntergelassen oder die Röcke geschürzt, die Beine weit gespreizt, die Fersen in den dafür vorgesehenen Halterungen, sich von eiskalten Fingern in Gummihandschuhen betatschen, von Instrumenten spreizen und sich ins Innere gucken lassen zu müssen.
Ich war eine Vorzeigeschwangere, fuhr jede Woche in die Klinik, und da guckte nicht nur ein Prof. in meine Eingeweide, da guckten ganze Heerscharen von Schwestern- und Hebammenschülerinnen rein. Das ist nämlich eine Lehrklinik, zu der kommen sie aus allen Kontinenten. Um zu prüfen, ob es Mutter und Kind gut geht, werden eine Reihe vorgeburtlicher Untersuchungen angestellt, darunter die sogenannte Amnioskopie. Das ist auch nötig, liegen die Bundesrepublik und Westberlin doch ganz vorn unter den Industrieländern, was Mütter- und Kindersterblichkeit angeht.
Liege ich also auf diesem entsetzlichen Stuhl, die Augen auf einen

Fixpunkt an der Decke gerichtet, und wie auf dem Jahrmarkt treten Leute aus dem Publikum zwischen meine Schenkel und werfen durch eine Art Fernrohr einen Blick durch die Möse ins Innere, Sitz, Lage und Farbe der Innereien zu prüfen, die Farbe des Fruchtwassers und was-weiß-ich. Immer ran, immer ran, immer ran:/Hier werden Sie genauso beschissen wie nebenan!
Da traten sie dann ran, Schwesternschülerinnen aus dem Wedding und aus Korea, aus Schweden und aus Neukölln, Frauen aus dem Kongo und aus Kamerun, einige noch mit Schmucknarben und steil gedrehten Löckchen, aus Pakistan und Zehlendorf, knipsten ein Auge zu und betrachteten eine Originalfruchtblase samt Inhalt, sahen eine seltsame Welt. Was sahen sie?
– Einen Dorfteich mit einer Weide am Ufer, deren Zweige ins Wasser hängen, mit Schilf und Seerosen, Fröschen, Enten, einem Schwanenpaar, tanzenden Libellen, Karpfen und Hechten, in dessen Mitte auf einem großen Blatt ein Baby sitzt? –
– Eine kreisrunde Südseeinsel mit Lagune in grünblauem Meer, mit Palmen, Büschen und Gräsern, Orchideen, Bougainvillea, mit Papageien und Tukanen, riesigen Schmetterlingen, Kolibris, mit Geparden, Krokodilen, Tapiren, Hängebauchschweinen, mit nackten Eingeborenen, bunt angemalt, Knöchelchen durch die Nase gezogen, analphabetisch und glücklich, mit Ananasstauden und riesigen wilden Erdbeeren, Johannisbrot, Yamswurzeln, gespaltenen Urwaldriesen, darin Bienenstöcke, aus denen Teddybären naschen, mit streunenden räudigen Hunden, geil mauzenden schwarzen Katern mit erhobenem Schweif? – (Mir scheint, mein Lieber, du wirfst Fauna und Flora verschiedener Klimazonen durcheinander)!
– Sahen sie einen Ozean mit riesigen Wellen, mit hoher Brandung dem unbekannten Ufer entgegenstrebend? Mit Eisbergen, Tankern, Rettungsbooten, Vergnügungsdampfern auf der Jagd nach dem Blauen Band? Sahen sie Dschunken, Katamarane, Schoner, Barkassen, Galeeren, Trieren? Sahen sie ein Piratenschiff auf den Wogen schlingern, den Rammsporn in einer feisten mit Silber beladenen spanischen Galeone, mit Enterhaken, Säbeln und Musketen? Erroll Flynn als Herr der Sieben Meere, auf dem Burgspriet balancierend, im Duell mit Peter Pan? –
Völlig klares Fruchtwasser sahen sie und ein Kind, das in der Runde schwamm, ihnen zuplierte, Kußhändchen warf, zweiundfünfzigeins auf hundert Meter, nach fünzig Metern die Rolle machend, daß es gegen die Bauchwand bollerte, sie seltsam ausbuchtete. Ein kerngesundes Kind sahen sie mit schwarzen Haaren und blauen Augen, schrumpelig und ausgeglichen in einem Wasser, dessen Farbe ihnen verriet, daß alles in Ordnung. Sagte sie zu mir. Ich machte Gymnastik, schwamm, betrieb Atemübungen und Yoga, aß viel Eiweiß und Eisen, Kalizium und Vitamine; haufenweise schleppten wir Bücher

heran: Schmerzfreie Geburt nach der Methode, Geburt ohne Angst, Naturgeburt, die Geburtstechniken der Pygmäen, der Zigeunerinnen, Ibos, Apatschen und Mongolinnen.
Wenn die Wehen einsetzen, junge Frau, ist es früh genug.
Von wegen.
Nach den Wehen, junge Frau, können Sie die Uhr stellen. Sie strotzen förmlich vor Gesundheit. Was soll Ihnen schon passieren? Aber meinen Sie nicht auch, es sei langsam Zeit zu heiraten?
Nichts passierte. Zehn Tage zu früh kam Vera. Und völlig unerwartet. Ein Schränkerinnenbaby mit Spezialschlüssel.
Den ganzen Tag über war ich faul gewesen und seltsam abgeschlafft. Morgens hatten wir ein wenig gevögelt, Jörg brachte mir das Frühstück ans Bett, tadelte mich wegen meiner Gier nach eiskaltem Orangensaft, ich will kein verbittertes Kind, ich döste, las ein wenig, wachte wegen Bauchschmerzen auf, der Orangensaft, o Jörg, du hast Recht, schlief wieder ein. Wachte auf wegen eines starken Drucks auf der Blase. Zuviel Waffeln gegessen, dachte ich. Und: Milch verträgt sich nicht mit Orangensaft. Stand auf, knickebeinig, schlüpfte in Jörg weiten Morgenmantel, den schwarzen, chinesischen mit den ausladenden weiten Ärmeln und aufgestickten roten und goldgelben Drachen, schlurfte über den Korridor zum Klo. Hitzescham stieß mir ins Gesicht: ich konnte den Druck nicht halten, warm rann es mir schon auf dem Weg die Schenkel hinunter. Klappte den Deckel hoch, setzte mich auf die Brille und pißte mich aus. Pißte mir die Seele aus dem Leib. Dachte ich. Tat richtig gut. Ich nahm ein neues Asterixheft zur Hand, das immer in einem unserer Klos herumliegt, guckte mir dösig die bunten Bilder an, die Farbe der Kacheln, die Schatten auf dem Milchglasfenster, mir war wohl und matt. Wie lange ich so saß, weiß ich nicht mehr. Bis Donner und Blitz durch meine Eingeweide fuhren. Ich schrie auf und atmete tief durch. Wartete ab, bis mir wieder besser war, putzte mich ab, wusch mich, schlang den Morgenmantel wieder um den Leib und mußte mich gegen die Tür lehnen. Mir war schwummerig, so knickebeinig, so elend schwach in den Kniekehlen, im Bauch ziepte es wieder gemein, Schweiß brach auf der Stirn, in Achselhöhlen und Handflächen aus. Wieder hinsetzen? Ach was! Ging in unser großes Gemeinschaftszimmer. Und da muß ich wohl ein bißchen blöd aus der Wäsche geguckt haben, weiß um die Nase herum, entrückten Blicks. Die runde Furie. Verwirrt entfernt. Is was? frage Jörg und legte den Schraubenzieher aus der Hand, mit dem er gerade den Plattenspieler reparierte.
Im Bauch, stöhnte ich, verdammt noch mal, auf einmal tut er richtig weh.
Regelmäßig?
Nein, überhaupt nicht.
Der Orangensaft, was?

Glaub ich auch, sagte ich kläglich und stöhnte wieder auf, weil mir war, als risse der Bauch auseinander.
Meine Stimme aus weiter Ferne.
Du, ich glaub, es kommt.
Wer? Was? Unsinn.
Doch, sagte ich von weither und hielt mich an der Kommode fest. Ich bin ziemlich sicher.
Sollen wir losfahren? Oder Frau Kruse anrufen?
Wieder sagte jemand etwas in mir.
Zu spät.
Und dann riß es mir fast den Unterleib entzwei.
Rannte Gerd in die Küche.
Rannte Dagmar zum Telefon.
Rannte Jörg zu mir,
rannte Peter in die Diele,
rannte Klaus in sein Zimmer,
packte Jörg mich von hinten an den Ellbogen,
sackte ich breitbeinig nach hinten zur Erde, den Kopf fast auf dem Boden,
Packte Jörg mich unter die Achseln,
sein Gesicht, kreideweiß, stand genau über meinem,
ich zwinkerte ihm mühsam zu,
knickten mir die Beine weg,
verlor ich kurz das Bewußtsein
währenddessen
Klaus mir Decken unter Rücken und Beine warf,
Peter einen Stapel sauberer Laken darüber, telefonierte Dagmar,
brachte Irene Wasser zum Kochen.
– Flutschte Vera zwischen den Schenkeln auf die Laken. Die Augen geschlossen, die Fäustchen geballt, gar nicht einmal so blau oder rot oder blutig. –
– Floß Blut und Fruchtwasser aus Ilonas Unterleib. –
Schrie sie kurz auf.
Sackte Jörg fast um.
Wickelte Dagmar Vera in ein Laken, bis nur noch das Köpfchen hervorsah.
Kam Irene mit dem Kessel heißen Wassers.
Kam Peter mit einer sterilisierten Emailleschüssel.
Lag Ilona auf dem Rücken, blaß, schweißnaß, die Beine gespreizt, das Kind an der Nabelschnur zwischen den Schenkeln. Die Augen hielten beide geschlossen.
Hatte Klaus das Buch geholt.
Hatten wir *Atmen* gerufen und: *Ausatmen* und: *Atmen* und *Ausatmen.*

Das Buch auf den Boden geschmissen. Das ging zu schnell.
Hatte Jörg: *Abnabeln!* geschrien.
Hatte Irena das Buch aufgehoben und wild geblättert.
Hatte Dagmar die stumpfe Schere geholt.
Klaus die Augentropfen und verdünnten Alkohol.
Standen wir rum. –
Ich öffnete die Augen. Grinste.
Wie war das gewesen mit dem Abnabeln?
Zeig mir das Buch.
Zum Teufel damit, schrie Klaus, Frau Kruse ist schon unterwegs.
Frau Kruse ist die Hebamme von der Wilmersdorfer.
Standen wir um sie herum.
Guckte sie verständnislos. Deckten wir sie zu. Vera an der Nabelschnur lag zwischen ihren Beinen, krähte nicht, atmete ruhig, blinzelte manchmal ein wenig, zappelte mit den Armen.
Die Faust! Guckt euch die Faust an!
Der Mensch kommt als Sozialist auf die Welt: mit geballten Fäusten.
Mir war weihnachtlich zumute.
Mir war ein wenig schlecht, ein bißchen schlecht. Aber gut schlecht, so als hätte ich zuviel Süßigkeiten gefuttert.
Ich hatte Angst.
Ich war saufroh.
Ich war dermaßen bescheuert glücklich. Mit mir hättest du alles Mögliche anstellen können.
Lag unsere junge Mutter da auf der guten Auslegware, ein paar Dekken und Laken unter Rücken und Beinen, ein Laken über dem Leib, das Kind in ein Laken gerollt zwischen den Schenkeln –
ihre Zehen guckten seitlich raus, unter der Schottendecke, erinnert ihr euch?
grinste uns an. Sagte:
Ja, das wars wohl, wa?
Da klingelte es. –
Frau Kruse sah überhaupt nicht nach Hebamme aus, sie war jung und resch, trug einen modischen blaßrosa Hosenanzug, über den sie nur einen Kittel streifte, die hochtoupierten Haare unter ein Häubchen – ein Tuch!
Schickte uns raus. Bat um die Dinge, die sie brauchte.
Schickte uns raus!
Uns!
Wo wir doch gerade Eltern geworden waren!
Vor allem die Männer. Dabei war keinem von uns richtig schlecht, keiner war aus den Schuhen gekippt. Nur Jörg sah ein bißchen blaß aus.
Wie der Tod auf Latschen.

Nun, übertreib nicht.
Schickte uns raus, wo wir doch so prächtig entbunden hatten!
Nicht einmal mit Darmriß. Hockgeburt, wie die Sioux.
Einfach lächerlich!
Weiber!
Wir waren Eltern geworden.
Die Nachgeburt sei keine nette Sache. Als wenn wir.
Na, das Kino fiel flach.
Queimada hatten wir sehen wollen. Von Pontecorvo, der auch die *Schlacht um Algier* gedreht hatte. –
Vera wurde abgenabelt, gesäubert, erhielt ihre Augentropfen, die Nachgeburt war einfach. Dann legte Frau Kruse mir die Kleine auf den Bauch und ich schlief ein.
– Wir trugen sie auf einem zur Bahre umfunktionierten Liegestuhl in ihr Zimmer. Kurze Zeit danach legte Frau Kruse Vera Ilona an die Brust. Dann schliefen sie wieder.
Und wir hockten im Gemeinschaftsraum und soffen uns die Hucke voll. Ganz leise und glücklich. –
Das wars, P. P., Action, mein Lieber, Äcktschön!
Deine

i.

(unter Verwendung von Tonbandprotokollen der Kommune)

PS: Und mach nicht so ein Gewese. Über mich schreib ich in Zukunft selber.
i., bäuchlings auf der Couch liegend, glatt und dünn wie früher. Vera liegt in ihrer Wiege in Jörgs Zimmer.

15

Wo die Welt gespalten ist, kann eine Kommune nicht ganz sein: Vaterwerden und auf einmal die Schnauze voll haben, fernsehen und in der Universität auf Schwierigkeiten stoßen, Holzschuhtänze an Arbeitsplätzen vollführen, in der Südkurve johlen und Spielzüge kommentieren, Fragen an sich herantragen lassen, ihnen ausweichen, sie offen beantworten, aneinandergeraten der Arbeitsmoral wegen, kündigen, Empfänge arrangieren, über den Übergrund reflektieren, Untergründiges äußern – oder verkaufen, Juwelierläden vermessen, Plätzchen backen und Tupamaros ad adsurdum führen, in Seminaren lungern und Scheine machen zum Schein, Faustus spielen und Gretchenfragen beantworten, sich den Computer untertan machen, sich fernhalten, nicht aber sich distanzieren, sich verdächtigen, sich verdächtig machen wegen Korrigierens von Verleumdungen, ein dickes Ding planen, fassungslos jedoch dem Plündern zusehen, Journalisten verladen, Wahlergebnissen entgegenfiebern, sich weder Gewalt noch Gewaltlosigkeit aufdrängen lassen, was mit der Wut, der eignen und der der anderen, anfangen wollen, pfeifen, angepfiffen werden, sich auspfeifen lassen und auf den Pausenpfiff warten – das

XV. KAPITEL

zeigt kleine Ausschnitte einer zerstückelten Welt, zeigt kommentarlos und kommentiert:

SPEKTAKEL.

Eine Kommune muß sich, wie andere, wie das Lager, dem sie angehört, verhalten; Taten anderer machen uns verdächtig, Verwandtschaften abzustreiten bringt nichts ein, darum nehmen wir als Motto ein Wort von Frantz Fanon:

Das kolonisierte ›Ding‹ wird Mensch gerade in dem Prozeß, durch den es sich befreit:

Die Blase stellt sich, hörte Jörg; blutiger Schleim und viel Wasser flossen; Wehenpause; er spürte Ilonas Hand, ruhte aus; dann alle drei Minuten die Wehen, er bog sich, stöhnte, versuchte durchzuatmen, seine Bauchwand wölbte sich kugelförmig, in einer Pause versuchte er zu lächeln, Gesicht und Haar verschwitzt; er bog sich, sein Damm wölbte sich, er vibrierte, krampfte sich zusammen, sein Kreuz bog sich durch, sein Kopf zappelte auf dem Kissen, zuckte nach links und nach rechts, sein Gesicht schwoll an, Halsadern strammten sich fingerdick, er schwitzte, bog die Beine durch;
die Beine eingeknickt, die Knie gespreizt, Atmen, Ausatmen, Atmen, Ausatmen, der Hinterkopf erschien, wurde herausgepreßt, das Gesicht, die Schulter, dann der ganze Körper; und Wasser, Blut, Schleim;
es schrie;
vorsichtig legten sie das Kind zwischen Jörgs Schenkel auf seinen Bauch; blind das Gesicht, die Hände ballten sich, zuckten, öffneten sich, schlossen sich, die Nabelschnur pulsierte; Jörgs Herzschlag, des Kindes Herzschlag synchron, dann auseinandergehend, einander fremd geworden; die Hand, die die Nabelschnur am Leib des Kindes abschnürte, eine Schleife, eine zweite, Doppelknoten; die Schere stumpf. Sie waren zwei geworden.
Erschöpft lag Jörg auf den Kissen, das Kind, in warme Tücher gehüllt, auf seinem Bauch. Er atmete durch, lächelte hoch, lächelte uns an, atmete pfeifend aus, strahlte: er war Vater geworden.

Der Wert macht jedes Produkt der Arbeit zu einer sozialen Hieroglyphe. Ja? sagte Klaus. Er lag auf dem Rücken und sah unter dem aufgebockten Wagen zur Seite. Bügelfalten. Saubere, glatte, ahnungslose, unverschämte, aggressive Bügelfalten. Hinter den Bügelfalten die Werkhalle und die Welt. Ja, sagte er und entspannte sich. Ich habe Sie nun schon fünf Minuten beobachtet, Herr Möller. Sie sollen zum Chef kommen. Der Chef war nicht der Chef, der Chef war der Personalchef und hatte selber einen Chef, und der hatte Chefs, die wohnten in Westdeutschland. Ja, sagte Klaus. Er wischte sich mit dem Ärmel über die Nase. Es stank. Es stank nach altem Öl, verbranntem Fett, nach erhitzten Metallen, nach Schweiß, nach veröltem Beton. Klaus versuchte, flach zu atmen. Er robbte unter dem Wagen hervor, erhob sich auf die knie, strich die Hände am Stoff der Oberschenkel ab, erhob sich ganz, bog sich durch. Sah den Werkmeister. Er haßte ihn auf einmal, und Klaus kamen sein Haß, seine Müdigkeit, seine Fremdheit seltsam vor. Der Lärm stieg in seine Ohren und machte ihn seltsam taub und taumelig. Was hatte er hier verloren, was machte er hier, was hatte er mit Wagen und Lärm und Meister und Chef und Halle zu schaffen? Er sah Christiansen direkt ins Gesicht und grinste. Diese altgewordene Vorarbeiterschnauze, diese Goldrandbrillenbekloppttheit, diese Weißkragenmentalität. Sie haben es geschafft, wa? fragte er Christiansen. Der sah ihn erstaunt an. Was? fragte er. Sie sollen zum Chef kommen, wiederholte der Werkmeister. Klaus zuckte mit den Achseln.

Von rechts kam die Schnauze der 747 ins Bild. der Himmel blaute. Die Rolltreppe rollte. Heran. Kameraschwenk. Die Tür. Ging auf. Die Blasmusik. Die Mikrofonständer. Die Stewardess stellte sich neben die Tür auf die Gangway. Rechts. Links postierte sich ein Sicherheitsbeamter. Ein zweiter eine Stufe darunter. Ein dritter. Ein vierter. Im Bild: ER. ER lächelte. Hob die Rechte, winkte, wedelte mit der riesigen Hand rechts neben dem Ohr. Schritt hernieder. Fürbaß. Blasmusik. Schwenk. Der Kanzler. Die Tolle. Von rechts der Wind. Die Tolle tollte. In die Stirn. Handbewegung, ein Handrücken wischte die tolle Tolle hoch. Schwenk. Blasmusik. Die Hymne. Die angetretenen Trachtengruppen. Die Tuba. Die Posaunen! ER trat auf den Kanzler zu. Der Kanzler trat auf IHN zu. Einen Schritt. Zwei. Drei. Sie trafen sich vor den Mikrofonen. Der Wind wehte, die Tolle, die Flaggen, die Beinkleider, die Trachtenröcke flatterten. Die Hände. Hand in Hand. ER und der Kanzler. Der Kanzler und ER. Des Kanzlers Wurstfinger. SEINE Wurstfinger. Des Kanzlers Wurstfinger im festen Griff. Sag Cheese. Kronen blitzten. Adi Amin strahlte. Der Kanzler strahlte. Der Protokollbeamte strahlte, die Sicherheitsbeamten strahlten, die Außenminister strahlten, die Reporter strahlten, die Trachtengruppe strahlte, der Kapellmeister strahlte, die Sonne strahlte. Die Münder. Der Mikrofonständer. SFB, RIAS, ARD, ZDF, CIA, CDU, CBS, SPD, KGB, MAN, ITT, FKK. Das schwarze Mondgesicht. Der Blitzzahn, das strahlende Lächeln. Die über dem Kopf erhobenen Hände. Die Musik tuschte. Der Kanzler trat einen halben Schritt beiseite. Idi AMIN öffnete erneut den Mund. Unverbrüchliche Freundschaft. Deutsch. Gastfreundschaft. Business. Deutsch. Urdeutsch. Idi Amin schwitzte. Der Kanzler blickte ernst drein. Der Händedruck. Der Kanzler.

Als Antragsteller muß ich, führte Professor Arnulf, Antragsteller, Institutsdirektor, aus, die Bedeutung der Lehrveranstaltung begründen und dafür Sorge tragen, daß eine hochschulgerechte Lehrveranstaltung angeboten wird. Kriterium für diese sei, las der Lehrbeauftragte, ob sie eine notwendige Funktion innerhalb des Grundstudiums erfülle, wozu sie in Begriff und Geschichte der Literatur und in

Methoden der Literaturwissenschaft einführen muß. Absatz, diktierte der Herr Professor. Ich vermag eine solche Begründung in diesem Falle jedoch nicht zu geben. Als Kriterium genüge nicht, erfuhren die erstaunten Studenten hintenherum, daß der Autor bereits literarische Texte publiziert habe, da sonst jeder Autor, der publiziert habe, Gegenstand eines Proseminars werden könnte. Sie sei, fuhr Renate fort, mit dem Lehrbeauftragten zusammengerasselt; habe dieser seine Position, die nun doch unbestritten umstritten sei, verteidigt, habe sie ausgeführt, ihr genüge die Tatsache nicht, daß nun schon jeder zwölfte oder neunte Student aus der Arbeiterklasse komme, denn was solle er an der Universität, wenn er dort dieselbe oder die gleiche Scheiße, Renate sprach das Wort mit Genuß aus, antreffe wie in Büros, Werkhallen, Werkstätten und auf dem Bau. Habe er nach dem Cui bono gefragt, sei es ihr um das Wer Wen gegangen. Klaus bezeichnete diese Auseinandersetzung an der TU als Pipifuck und Schaumschlägerei, im übrigen sei er dagegen, Universitäten zu sprengen. Schon der wunderschöne alte Lichthof in der TU sei eine Verteidigung wert. Er überlasse es der Burschwasie, die Unis kaputtzukriegen und kaputtzumachen. Auch verkenne Renate, welch ungeheure Freiräume sie immer noch hätten, verglichen mit Bauhöfen, Werkstätten, Büros und Hallen. Der Professor ähnele seinem Werkmeister. Der sei auch nicht oben und nicht unten, aber von unten gekommen, und verteidige den ganzen Betrieb, als sei er sein eigener. Das werde man eines Tages diesen Burschen austreiben. Damit hatte sich für ihn die Diskussion erledigt. Für Renate nicht. Ilona versprach, an einem der nächsten Tage mitzukommen. Ich bin nur gespannt, wie ihr da den P.P. verwurstet, sagte sie.

Die Arbeit, sagte Peter Norden, ist nicht dort zu bekämpfen, wo sie nicht ist, sondern dort, wo sie anzutreffen ist. Ich trete dafür ein, die Partei gegen die Arbeit aufzufordern, den Kampf gegen die Arbeit an den Arbeitsplätzen selbst zu führen. So arbeitete ich einmal, führte er aus, in der Zweigstelle einer großen Firma, die elektrische Haushaltsgeräte herstellt. Vor Beginn der Schicht pflegten ein Freund und ich, er arbeitet inzwischen auf die gleiche Weise bei der Konkurrenzfirma, die Ölschläuche an den Antriebsaggregaten der Fließbänder zu vertauschen. Im Schnitt standen die Bänder dann so drei, vier Tage. Bei vollem Lohnausgleich! Gut ist es auch, Sand in die Fettbuchsen zum Schmieren von Maschinen zu praktizieren, in Tanks zu pinkeln oder ein wenig Zucker hineinzustreuen, Spachtel in laufende Druckmaschinen fallen zu lassen, Werkzeuge an allen möglichen und unmöglichen Stellen, etwa am Band, liegen zu lassen, Eisenstücke in Richtmaschinen zu vergessen, Lastketten anzusägen, Sicherungen

aus Stromverteilerkästen zu entfernen oder durch Metallbrücken Kurzschlüsse zu verursachen... Er geriet ins Schwärmen. Der Harte Kern der Partei gegen die Arbeit, Zelle Büchnerstraße, entschied, wenn der Kampf gegen die Arbeit mit Arbeit verbunden sei, ihn in dieser Form zu unterlassen, riet aber in einer einstimmig verabschiedeten Resolution allen Werktätigen, die, sei es aus Not oder Langeweile oder mangelnder Perspektive, es noch an ihre Arbeitsplätze dränge oder zwinge, es einmal mit solchen Methoden zu versuchen, dabei aber auf keinen Fall Fingerabdrücke zu hinterlassen.
Norden wurde für den Umstand getadelt, noch immer als Hilfsarbeiter auf Großbaustellen zu wirken. Die dümmliche Entschuldigung, auf diese Weise kräftige er seine Muskeln, werde im Frühsommer schon braun und könne auch allerlei Sabotage und Unbill anrichten, wurde nicht angenommen. Wer viel arbeitet, soll auch nicht gut essen, wurde ihm angedroht. Die Aussicht, jeden Abend allein, und zwar Salzkartoffeln mit Chemiesoße und gebratenem Styropor, essen zu müssen, schreckte Peter nicht sonderlich. Er war eine solche Kost von Heimen und Kantinen her gewohnt, meinte er nur, und schließlich habe er sie überlebt. Zur Strafe, einstimmig verhängt, mußte er Crèpes suzettes herstellen und servieren.

Ohne Fußball wäre schon längst die Revolution ausgebrochen, sagt Bakunin zu Jörg Hemmers.
Wir sind die von der Südkurve.
Anpfiff. Nr. 11 gibt ab. Nr. 10 findet keinen zum Anspielen. Er schlenzt den Ball zurück. Der Libero flankt steil nach vorn. Aus der Tiefe des Raums dringen wir in den gegnerischen Strafraum ein. Aber die decken wie Terrier, messerscharf. Aber was ist denn das? Schiedsrichter, Telefon! Die machen von Anfang an hinten dicht, stehen unseren Jungs auf den Füßen. Nr. 8, ein wahrer Hühne, ein x-beiniger Recke, macht ein korrektes langes Bein. Sliding tackling. Einwurf. Nr. 6 nimmt den Ball volley, schießt aus der zweiten Reihe. Abschlag vom Tor. Der Ball ist rund. Absteiger sind spielstark. Aber was macht der denn da? Macht doch maln bißchen Dampf auf! Der reinste Sommerfußball. Nr. 3 bedient seinen Nebenmann und schickt ihn auf die Reise, der spitzelt rüber zu Nr. 11. Aber der ist an die Kette gelegt und schlenzt nach linksaußen. Das Spiel läuft. Nr. 4 dribbelt, geht an einem vorbei, geht an zwei vorbei, nicht zuviel fummeln, eh!, gibt das Leder mit Hackentrick an Nr. 5 weiter. Querpaß. Kurzpaß. Steilpaß. Nr. 11 täuscht links an und geht rechts am rechten Außenverteidiger vorbei. Ist in Schußposition. Aber was ist das denn da? Foul! Foul! Foul ist Foul. Das war ein absichtliches Foul. Ein einwandfreies, ein grobes Foul. Ein häßliches Foul! Glasklarer Elfer. Der Schiri zeigt auf

den Elfmeterpunkt. Hätte auch eine gelbe Karte zeigen können. Rote Karte, Platzverweis! Glasklarer Elfer. Nr. 10 legt den Ball auf den Elfmeterpunkt, legt ihn zurecht, läuft an, erwischt den Torwart auf dem falschen Bein, der Ball landet im Netz!
Toooooooooooooooooooooooooooooooooooooooooooooooor.
Das wird ein Schützenfest. Die vernaschen wir. Die machen wir naß. Die machen wir alle. Das Spiel dauert neunzig Minuten. Der blitzschnelle Konter hat nichts gebracht. Die kriegen keinen Stich. Die werden rasiert. Weia, wat ne Kerze! Keine unnötigen Zweikämpfe liefern. Nicht so klein-klein. Bringt noch mal Linie ins Spiel. Wir wollen Tore sehen. So ein Tag, so wunderschön. Sauber gelegt. Das war eine klare Fehlentscheidung. Wir massieren die Abwehr. Ach du Scheiße, so ein Ballgeschiebe. Hast du das gesehen, planlos draufgedroschen, in den fünften Stock gewichst. Die spielen sich ne Naht zurecht. Bakunin, gib mal den Flachmann rüber. Wenn die die Marschroute einhalten, haben die nichts mehr zu bestellen. Paß auf, Hintermann! Zieht der die Notbremse! Die Jungs haben eine harte Gangart drauf. Spieler haben zu spielen, und sonst nix. Trainer verschlissen, große Namen eingekauft, und trotzdem den Abstieg im Nacken. Trotzdem Favoritenschreck. Nr. 11 führt ein paar Kabinettstückchen vor, er holt seine Sachen aus der Trickkiste, brandgefährlich, der Midcenter. Die Jungs greifen in breiter Front an. Mit 21 Mann in des Gegners Hälfte. Kopfballduelle. Ein Gemetzel! Der Gegner liegt unter Dauerbeschuß. Wahre Bomben werden auf den Kasten abgefeuert. Abschlag vom Tor. Abseitsfalle. Nr. 2 läßt den Mittelstürmer glatt aussteigen, schwaches Abspiel. Die Seite wird, aber was ist denn das? Der gegnerische Außenstürmer spurtet die Außenlinie entlang. Ein Elfsekundenmann! Alleingang. Satter Torschuß. Abgewehrt. Nachschuß aus vollem Lauf. Der Tormann steigt. Steigt! Gehalten.

Gretchenfrage und Ungleichzeitigkeiten. 1968 stürmten wir Springer, 1972 bombte die RAF Springer, warnte rechtzeitig, beging den Fehler, Springer und Polizei Menschlichkeit zu unterstellen: es wurde nicht geräumt, mehrere Schwerverletzte. 1965 bis 1969 protestierten wir gegen den Krieg in Vietnam. 1972 bombte die RAF die Amerikaner, die diesen schmutzigen Krieg führen. Was bombte sie noch? Unser Gewissen. Die RAF als moralische Instanz, als Überich der Linken? Sie hatte sich von uns entfernt, wir hatten uns von ihr entfernt. Warum kämpften wir nicht mehr oder nicht genügend oder nur noch in Ansätzen und Splittern gegen den Krieg in Vietnam? Wir wissen es noch nicht. Wir versuchen, es herauszukriegen. Unsere Unfähigkeit, im Winterhalbjahr 1967/68 eine antiautoritäre Massenorganisation zu bilden? Die Schüsse auf Rudi? Die Verabschiedung der

Notstandsgesetze, das Zurückweichen der Gewerkschaften vor einem aktiven Kampf gegen diese Verabschiedung? Der sozialliberale Wahlsieg? Die Pest des Leninismus? Die Zulassung der DKP, die Gründung der K-Gruppen? Das von CIA, Verfassungsschutz und SAVAK betriebene Lancieren harter Drogen in der Scene? Der Einmarsch des Warschauer Paktes in der CSSR? Die Amnestie für Kinder aus gutem Hause? Die verlorene Revolution in Frankreich, das Scheitern des Mai in Paris, die Fixierung der KPF auf die Legalität, der unerwartete Sieg de Gaulles? Die Ungleichzeitigkeit der Revolte in den Städten und in der Provinz, hier Westberlin, Frankfurt, Hamburg, München, dort der ganze Rest der Republik? Die Auflösung des SDS? Die Zerschlagung autonomer Basisgruppen durch SDS-Kader? Das Auseinanderfallen von alternativem Leben und Militanz? Wir wissen es nicht. Wir werden es herausbekommen. Die RAF war allein, von Anfang an. Sie entstand nicht aus der Stärke der Bewegung, sondern aus ihrem Zerfall. Der 2. Juni ging nicht in den Untergrund, er wurde in den Untergrund gedrängt. Georg von Rauch sagte: Wir müssen sie von den Matten bomben. Als er es sagte, war er nicht glücklich. Sie bombten, wir blieben auf den Matten, drehten uns um. Bürgerten sie aus, die da bombten, sagten gar: Das sind keine Linken. Gretchenfragen, nutzlose Fragen.

Ihr freßt, ihr sauft, ihr schmust und vögelt den ganzen Tag, ihr...
Schau, hör, der Aufstand der Zwerge. Er beginnt.
Kochen wir etwa nicht, putzen wir nicht, kaufen wir nicht ein, sind dir die Fenster zu schmutzig?
Männer. Arschlöcher.
Na, na, ich bin auch ein Mann.
Ja, du, Jörg, du bist anders.
Im Ernst, das paßt mir nicht mehr. Wir gehen malochen oder in die Uni, und ihr!
Der blanke Neid. Angst vor dem Leben vor dem Tod. Ihr freßt: er hat Gewichtsprobleme. Ihr sauft: er möchte so nüchtern bleiben wie eine Fabrikhalle bei Siemens. Ihr schmust: er wird noch immer rot, wenn er grad auf dem Topf sitzt, und es kommt einer ins Badezimmer. Ihr vögelt: er hälts wie die Bürokraten und Kommunisten, er vermehrt sich durch Zellteilung.
Hör auf, so lernt ers nicht.
Was soll ich denn lernen? So zu werden wie ihr?
Werd doch, was du willst, aber wirf uns nicht vor, daß wir die sind, die wir sind.
Ja, wie seid ihr denn?

Wir sind nichts. Wir tun was.
Was tun? Was?
Wir fressen, uns schmeckts; wir saufen und kiffen, wir vertragens; wir schmusen und vögeln den ganzen lieben Tag, statt zu malochen und zu büffeln. Wir lieben uns. Ehrlich.
Wir sprechen uns heut abend beim Thing.
Diese Grundsatzdebatte scheint mir langsam immer notwendiger zu sein.
Allerdings.
Jörg, Ilona, Irene, Klaus und Dagmar fallen sich lachend in die Arme. Peter und Gerd knallen die Tür zu.
Kommst du mit in die Badewanne? fragt Ilona Jörg. Aber der Dampf des Zorns legt sich über den Dampf aus der Wanne, und Schweigen bricht aus, mitunter. Trennung.

Der Geruch sei es gewesen, sagte Klaus. Der Geruch. Er sei hinter dem Werkmeister aus dem Hallentor getreten. Es hätte gerade mit dem Regnen aufgehört, und dieser Geruch des frischen Regens auf den Fabrikhof, auf Zement, Asphalt, auf dem spärlichen Grün unter den Bürofenstern, dieser totale Gegensatz zum Gestank in der Halle sei es gewesen. Er sei hinter dem Meister hergelaufen und habe eigentlich von da an nichts mehr richtig mitbekommen. Wie betäubt sei er gewesen. Der Geruch habe seinen ganzen Schädel gefüllt, die Brust beim Einatmen, den Bauch, den Unterbauch und den Schwanz. Nie zuvor sei ihm der Gegensatz so in die Nase gestiegen. Der Rest sei schnell erzählt. Er habe im Büro stehen müssen, das Arschloch von Personalchef habe auf die Betriebszeitung, die ausgebreitet auf dem Schreibtisch gelegen habe, gedeutet, ihn gefragt, ob er da mitmache, in der Redaktion, und sie verteilt habe. Ihm sei alles völlig gleich gewesen. Ein einziger Gedanke sei in ihm gewesen, habe seinen Kopf von der Nase her gesprengt: Raus hier! Nur raus hier. So habe er genickt. Obwohl das gar nicht stimme. Das Verteilen der Betriebszeitung hätten andere Genossen übernommen, zum Teil Außenkader, der Gefahr wegen. Der Mund des Personalchefs – ein dunkles Loch voller Goldkronen – sei auf- und zugegangen, er habe kein Wort verstanden, nichts mitbekommen, keinen Ton, kein Wort, keinen Satz. Der Werkmeister habe noch etwas gesagt, der REFAschist einige beruhigende Worte eingeworfen; wenn er gewollt hätte, hätte er alles zurücknehmen können, in die Halle zurückkehren, unter den aufgebockten Wagen, auf den verölten Zementboden, in den Gestank. Er habe sich umgedreht, um Papiere und Restlohn gebeten. Und, tscha, da sei er.
So knackten wir die Arbeitsfront. Ihr wichtigster Pfeiler, Klaus Möl-

ler, unser Musterproletarier, war umgefallen. Die Partei gegen die Arbeit hatte einen gewaltigen Sieg zu verzeichnen. Als Gerd und Peter, der eine, der Ideologe der Arbeit, von der Uni, der andere, der Hilfsarbeiter, vom Bau, zurückkamen, waren wir alle schon etwas angesoffen, Irene und Renate, Jörg und Anne, Ilona und Gerd (Paul) und Klaus. Welt der Arbeit, in die Schranken!

Schluß! rief der Regisseur.
Schluß, rief Dagmar Fachette und warf die Klappe.
Idi Amin wischte sich mit dem Unterarm über das Gesicht. Der Kanzler mußte mal. Die Windmaschine schwieg. Die Pappattrappe des 747-Bugs wurde nach hinten gerollt. Der Diskjockey wechselte die Platte. Die Trachtengruppe löste sich auf und ging zum Essen. Die Reporter wischten sich die Schminke ab. Giscard d'Estaing, Willy Brandt, Carter und Hua gingen zum Regisseur. Willy hatte eine Verabredung, er bat, die Szene mit Hua fürs ZDF vorzuziehen. Der Regisseur nickte. Noch drei Szenen mit, sagen wir mal, je drei oder vier Klappen, und wir haben die Staatsempfänge fürs nächste Jahr im Archiv, sagte er. Dagmar blätterte das Skript durch und reichte Willy seine Empfangsrede. Hua mußte noch einmal geschminkt werden. Ferdinand vom Zirkus Krone fluchte. Er hatte, sagte er, keine Lust mehr, immer wieder Bokassa spielen zu müssen. Brandt ging pissen, der Kanzler aß Knoblauch, Idi Amin beschwerte sich bei der Regieassistentin, immer dieser Knoblauchgeruch, und das mit dem Wind, beim Empfang, sagte er greinend. Die Assistentin strich ihm beruhigend über das Gesicht. Amin bleckte die Zähne. Wie viele solcher Aufträge würde das ZDF-Studio in Berlin wohl noch bekommen? Die Gewerkschaft hatte energisch dagegen protestiert, die Staatsempfänge eines ganzen Jahres innerhalb einer Woche im Voraus zu drehen. Dagmar Fachette bekam für eine Woche Regieassistenz soviel wie für zwei Monate Studium. Sie war zufrieden. Lautlos pfiff sie die ugandische Nationalhymne. Die Arbeit machte ihr Spaß.

Wie haltet Ihr es mit der Gewalt?
Wie hält die Gewalt es mit uns?

Sie sagten: Ihr seid Narziß. Sagten: Ihr seid unfähig, über die sofortige Bedürfnisbefriedigung hinaus Aufschub zu leisten. Ihr sagt: Lüftung, Umwälzung, Revolution ist aber Arbeit. Also Triebaufschub.

Damit waren sie wieder in der Tradition christlich-autoritärer, kapitalistisch-patriarchalischer Gesellschaftsordnung.
Reich sagt. Was sagt er? Er sagt: rationale Konfliktbewältigung, also vernünftiges politisches Handeln setzt echte Libidobefriedigung voraus. Diese besteht in vollkommener orgastischer Befriedigung. Bedeutet: Zerschlagung der Charakter- und Körperpanzer.
Konspirative Wohnungen, kurze Haare, gepflegte Blazer oder Zweireiher (darunter das Schulterholster), Kostüme, Handtaschen, Zweierbeziehungen: der Untergrund im Übergrund. Das Ende vom Anfang, der Anfang vom Ende.
Wie haltet Ihr es mit der Gewalt?
Wie hält die Gewalt es mit uns?

Für diejenigen, die Handel treiben, nimmt ihre eigene soziale Bewegung die Form einer Bewegung der Dinge an, die sie nicht kontrollieren, sondern von der sie kontrolliert werden. Der Regierungsrat sei ihr zunächst sehr jung und flott vorgekommen, aber man wisse ja, daß heute auch Regierungsräte, hätten sie eine entsprechende universitäre Ausbildung hinter sich, sehr jung und dem entsprechend flott gekleidet sein könnten. Unzweifelhaft aber sei das vorgewiesene Schreiben des Stadtrats für Planung und Bauwesen echt gewesen, Stempel, Unterschrift, nichts habe gefehlt. Auch seien der junge Herr und die ihn begleitenden Bauarbeiter ohne jedes Zögern umgehend an die Arbeit gegangen, hätten auf entsprechende Fragen um Beihilfe nur abgewunken, gleich mit dem Verrücken der Tresen und Kästen begonnen, Meßlatten hervorgezogen aus einem städtischen Pritschenwagen, einen Theodoliten, Hammer, Säge, Meißel, Schraubenzieher, hätten den Spannteppich gelöst, ein Loch in das Parkett geschlagen, ihre Apparatur aufgebaut und. Nein, sie sei von der Rechtmäßigkeit der Messungen ausgegangen, auch habe sie sich durchaus vorstellen können, daß Abbrucharbeiten auch bei neuen Gebäuden zulässig und durchaus im Schwange wären, so habe sie nicht länger gefragt, sondern ein wenig früher Mittag gemacht. Daß das Telefon unterbrochen gewesen, sei ihr nicht weiter aufgefallen, zumal nur der Geschäftsführer anzurufen pflege, und der sei ja gerade eine Viertelstunde vorher gegangen. Die Alarmanlage sei von dem jungen Regierungsrat gleich zu Anfang abgestellt worden. Auch habe zunächst nichts gefehlt. Sie habe nicht gesehen, daß die Bauarbeiter oder der Regierungsrat oder vielmehr der falsche Regierungsrat an den Schmuckkästen, an Vitrinen und Stellagen, an den Tresen und am Safe manipuliert hätten. Alles habe seine Ordnung gehabt. Das Auftreten des Regierungsrates sei sehr bestimmt gewesen, und in solchen Fällen, dies könne ihr Vorgesetzter bezeugen, sei sie immer ein wenig schüchtern. Aber auf dem Kurfürstendamm, am hellichten Tag, in einem Schmuck- und Juweliergeschäft Meß- und Bauarbeiten durch die Stadt, dies sei ihr nicht seltsam vorgekommen? Nein, antwortete sie. Erst später. Der Regierungsrat habe Schuhe mit hohen Absätzen getragen, das habe sie genau gesehen. Sein Alter schätze sie auf vier-, fünfundzwanzig. Oder dreißig? Oder dreiunddreißig? Sie habe keine Ahnung. Am Steuer des Pritschenwagens habe ein Türke gesessen. Oder ein Grieche? Oder ein Spanier? Oder ein Italiener? Jedenfalls sei er groß, breit und gutaussehend gewesen. Mit dunklen Haaren auf der Brust. Die hätten aus dem offenen Hemd, das der Gastarbeiter unter dem Blaumann getragen habe, hervorgelugt. Daran erinnere sie sich genau. Die Höhe des Schadens sei ihr unbekannt. Der Wert der gestohlenen Preziosen müsse um die einhundertzwanzigtausend Mark liegen, habe ihr der Geschäftsführer versichert, vom kaputten Spannteppich und dem Loch im Parkett ganz zu schweigen. Daß der aber auch gerade zu dem Zeitpunkt aus dem Laden gewesen wäre! Ob ihr dies verdächtig vorkomme und sie annehme, er stecke mit der Diebesbande unter einer Decke, als Tipgeber, vielleicht? Dem traue sie alles zu.

Hm, das riecht aber gut! ruft Irene. Was machst du denn da?
Shitplätzchen, sagt Jörg.
Frage: Sagen Sie mir etwas über die Rolle der Frauen in der Bewegung.
Und wie backst du die?
Antwort: Zu allererst möchte ich sagen, daß nichts Männer und Frauen gleicher macht als eine 45er Pistole.
Ich nehme: 3400 g Mehl, 2800 g Butter, 1500 g Zucker, 10 Eier, 1700 g geriebene süße Mandeln, Salz nach Bedarf, 15 Teelöffel Rum, 10 geriebene Zitronenschalen, 150 g feingeriebenen Schimmelafghan, rolle und knete alles zu einem Teig, rolle den Teig auf den Blechen dünn aus, steche Sternchen aus (fünfzackige, natürlich) und schiebe die Bleche in den auf 180 Grad gebrachten Backofen, antwortet Jörg, Urbano, den bekannten Tupamaro in der Praxis widerlegend. Backzeit, schließt er und fordert Irene auf, mit ihm die Gefäße auszuschlecken, etwa 20 Minuten. Das haut rein!

Nur als das, was meine Arbeit ist, kann sie in meinem Gegenstand erscheinen. Sie kann nicht als das erscheinen, was sie dem Wesen nach nicht ist. Daher erscheint sie nur noch als der gegenständliche, sinnliche, angeschaute und darum über allen Zweifel erhabene Aus-

druck meines Selbstverlustes und meiner Ohnmacht. Der Lehrbeauftragte des Fachbereiches kündigte zu Beginn des Sommersemesters sein nächstes Seminar an. Titel: Literatur der Gegenwart: Peter-Paul Zahl. Arbeitsziel sei, führte er später vor einigen empörten Studenten, darunter Renate Ganzow, aus: am Beispiel eines inhaftierten Schriftstellers, der in seinen Arbeiten die politischen Verhältnisse der BRD zum Gegenstand mache, würde sich das Seminar mit dem Verhältnis Autor-Gesellschaft beschäftigen. Gänge, Säle, Scheine, Langeweile, nur die Stempeluhr fehle, sagte Renate, ihr komme das alles immer sinnloser vor. Mann oder Frau könne nicht einfach eine fertige Maschinerie für die eignen Zwecke übernehmen. Sprengen? Aber wie? Mit Worten, mit Dynamit, oder, sie lachte, Ammongelit? Der Lehrauftrag bedurfte der Verlängerung; irgendwo in den endlosen Höhen und Höhlen der Unibürokratie mußte sie der Direktor des Instituts, derzeit Professor Arnulf, beantragen. Er hatte Bedenken und teilte sie mit. Das vom Lehrbeauftragten gewählte Thema sei irrelevant für die Germanistik. Ein Lehrauftrag war in Gefahr; Druck, Gegendruck, eine Resolution zugunsten des Seminars, geschmeidig reagierte Prof. Arnulf. Was sie eigentlich dort solle, fragte Renate, ob sie später Kinder quälen, in ein Lektorat gehen, in eine Redaktion, Bücher schreiben, umschreiben, kommentieren, Bücher über Bücher oder Bücher über Bücher gegen ein bestimmtes Buch oder für Brecht, aber gegen Fried und Zahl, oder für Fried, aber gegen Delius, oder gegen Brecht, Delius, Fried, Zahl, aber für Benn oder Droste-Hülshoff oder Thomas von Aquin? Was sie da verloren habe, schwimmend im Strom der Studenten, Scheine machend, träumend dösend, sprachlos, stumm gemacht.
Die Zensur aber habe sie wach gemacht. Wütend. Genau. Bewußt. Da habe sie angefangen, Zahl zu lesen. Von einem, der auszog. Sie wiederspreche ihm in vielen, aber sie könne sich auch vorstellen. Und so fing das an.

Gehalten. Er hat eine seiner beliebten Paraden gezeigt, sich gereckt, sich gestreckt, den Ball getötet und unter sich geborgen. Der Tormann spielt schon jetzt auf Halten. Er bringt Ruhe ins Spiel. Sucht einen freien Mann, wirft ab. Nr. 2 und Nr. 3, ein ideales Gespann, sie sind für die Nationalelf gut. Der Vorstopper stoppt den Ball, nimmt ihn mit der Brust, läßt seinen Gegenspieler im Regen stehen, dribbelt, läßt einen zweiten aussteigen. Ja, das ist Traumfußball. Das sind Vollprofis. Nr. 8 schlenzt den Ball hinüber auf die andere Seite, Hand. Einwandfrei Hand. Die Hand geht bis zur Schulter. Der Tatort liegt außerhalb des Strafraums. Der Gegner bildet die Mauer. Der Schiedsrichter nimmt die Mauer auf die 9,15 m zurück. Der Tormann lauert in seinem Kasten. Anlauf und Schuß. An die Latte! An die Latte. Nr. 9 tötet den Ball mit dem Unterleib, spitzelt zu Nr. 10 hinüber. Rückpaß. Nr. 8 ist in Schußposition. Unser Torriecher, unser Abstauber. Aber was ist denn das? Der Verteidiger geht voll in den Mann rein. Der geht zuboden. Wie ein sterbender Schwan. Aber nur Einwurf. Von rechts. Nr. 7 läuft, läuft am Libero vorbei, meldet den Gegner ab, setzt den Ball volley auf die Querlatte. Nachschuß. An den Pfosten! Nr. 7 zieht den Ball ins Lange Eck. Vorbei. Aber da war ein rettendes Bein dazwischen. Eckstoß. Der dritte. Im Strafraum eine Spielertraube. Anlauf, Schuß, angeschnitten. Aber der rechte Außenverteidiger hat den Kopf dazwischen. Ja, Kopfballspezialisten haben sie. Er drischt den Ball ins Feld. Ihm kommt es nur auf Raumgewinn an. Aber die Drangperiode unserer Jungs dauert an. Nr. 7, ein wahrer Caruso des schwarz-weißen Leders mit enormem Laufpensum, zerstört den Konter schon im Ansatz, er gibt seinem Gegenmann keinen Stich, er läßt ihn nicht zum Zuge kommen, läuft zehn Meter, zwanzig Meter, zieht aus vollem Lauf ab. Das ist ein Hammer. Knapp vorbei. Was uns fehlt, ist ein Vollstrecker, ein wahrer Torjäger, ein Eisenfuß, einer, der aus den unmöglichsten Positionen heraus. Der Linienrichter zeigt die rote Fahne. Bakunin fletscht mit den Zähnen und spuckt mit Popkorn. Eine sehr fragliche Entscheidung, eine unmögliche Entscheidung. Aber unsere Jungs geben nicht auf. Der Gegner, vom Bundesligaskandal her noch unrühmlich bekannt, zweimaliger Pokalmeister, einmaliger Cupsieger, stellt sich einer Dampfwalze entgegen. Er will nicht unter die Räder kommen. Er zeigt die Zähne und will den Höhenflug der Heimmannschaft beenden. Nr. 4 reißt das Spiel auf, er wechselt die Seite, schießt. Richtige Entscheidung: gleiche Höhe ist abseits. Das Spiel läuft wieder. Ein gefährlicher Konter. Der Mittelstürmer hebt den Ball an, setzt ihn genau aufs Lattenkreuz. Die vollbesetzten Ränge stöhnen auf. Die Fußballfreunde aus der lärmenden Südkurve feuern den Spitzenreiter wieder an. Geht es uns darum, grummelt Bakunin, das Punktekonto aufzubessern, möchte der Gegner nicht geschlagen in die Kabine ziehen. Der Tabellenstand in der Bundesliga zeigt deutliche Abstiegsgefahr auf. Der Gegner möchte zumindest einen wichtigen Punkt mit nachhause bringen. Aber nicht mit diesem Schlappekickerfußball. Dazu gehört schon mehr Cleverness. Wir sind verdient in Führung gegangen und wollen den Gegner gnadenlos hinrichten. Nr. 11 setzt sich robust, aber fair ein. Flachpaß. Schnörkelloses Spiel. Nr. 4 spurtet los. Ruppiger Einsatz seines Gegenspielers, der nun glasklar deckt, zur Manndeckung übergegangen ist. Das gibt eine handfeste Ermahnung. Ein Angriff wird eingefädelt. Cleveres Stellungsspiel des Gegners. Drehpunkt des Mittelfelds Nr. 7. Hinten Ausputzer, vorne Sturmtank, Sturmspitze, im Vorjahr Torschützenkönig mit dem Hammer im linken Fuß. Aber dies hier war eine Bogenlampe.

Auf der Trainerbank gelten der Uhr die ersten Blicke. Kostbare Sekunden verrinnen, als der Gegner den Ball in die Ränge schießt. Pfeifkonzerte. Einwurf. Nr. 10 köpfelt den Ball zum Vorwärtsverteidiger. Aber sie lassen sich nicht auf Duelle ein. Spielstand 1:0. Immer noch. Der Ball kommt über die Mittellinie. Der Gegner markiert uns genau. Bodycheck. Ein niederträchtiges Foul. Der Masseur läuft auf den Platz. Nr. 4 windet sich am Boden. Ein häßliches Foul. Eine klare Entscheidung. Der Mann in Schwarz will nicht der Watschenmann sein, aber auch kein Heimschiedsrichter. Er ist ja nicht unumstritten und hat so manche umstrittene Entscheidung gefällt. Nr. 4 steht auf. Er ist ja auch ein wahrer Pechvogel und sehr verletzungsanfällig: drei Mal Achillessehnenriß, einmal Meniskus. Aber er läßt sich nicht so einfach umblasen. Jetzt läuft er wieder. Gibt ab. Gegen ihn sehen so manche Spitzenfußballer wie die reinsten Amateure aus, da greift so mancher zur Notbremse und sichelt ihn um. Die Ablösesumme, munkelt man, soll über eine Million. Die Lokalmatadore stürmen wieder. Hackentrick. Nr. 9 nimmt den Aufsetzer auf den Spann. Schießt. Ein gefährlicher Aufsetzer. Tor. Ein tückischer Aufsetzer. Toooooooooooooor. Ja so sieht Spitzenfußball aus!

Gretchenfrage. Und die RAF? Und die Bewegung 2. Juni? Warum umgehen wir die Fragen, warum witzeln wir nur herum, warum stellen wir uns ihnen nicht? Wie hältst du es mit?
Aufgedrängte Frage. Nicht unsere Frage.
War der Schuß in den Bauch des Bibliotheksangestellten von uns abgegeben? Oder traf er auch uns?
Für uns war die Position klar. Wie klar?
Wenn die RAF Selbstkritik geübt hat, wenn sie gesagt hat: Die Frage, ob die Gefangenenbefreiung auch dann gemacht worden wäre, wenn wir gewußt hätten, daß ein Linke dabei angeschossen wird – sie ist uns oft genug gestellt worden – kann nur mit NEIN beantwortet werden: ist das zu akzeptieren.
Klare Auskunft. Klare Position. Wer fragt die Fragen? Wer drängt uns da Gretchenfragen auf? Und wer machte Papillon zum Welt-Bestseller, ein Buch, in dem Charrière immer wieder darauf zurückkommt, was er mit den Richtern, Schöffen, dem Staatsanwalt macht, wenn. In dem Wärter haufenweise auf die Birnen gehauen, Knastmauern weggesprengt, Waffen geschmuggelt werden, um. Ein Land von Heuchlern.
Die Gretchenfrage betrifft uns nicht. Nicht, wenn Ihr sie stellt.

Im Süden der Stadt trafen sich fünf soignierte Herren. Sie trugen gedeckte Anzüge, einfarbige Krawatten, modische Hemden, Maßschuhe, zwei gar in der Linken den Handschuh, schweinsledern, der Rechten. Die Summe, die auf ihren verschiedenen Konten lag, ergab, zusammengerechnet, eine siebenstellige Zahl. Ihre Umgangsformen waren gut, sie sprachen gedämpft und selbstsicher, sie hatten ein gutes Gewissen. Sie waren Geschäftsleute. Sie sprachen über Geschäfte. Es ging um Waffen und Heroin.

In einem Restaurant in der Stadtmitte trafen sich vier Herren und eine Dame. Sie trugen gedeckte Anzüge, geschmackvoll gemusterte Krawatten, modische Hemden, Maßschuhe, die Dame ein Kostüm aus einem italienischen Atelier und eine dazu passende unauffällig-teure Handtasche. Die Summe, die auf ihren verschiedenen Konten lag, ergab, zusammengerechnet, eine achtstellige Zahl. Ihre Umgangsformen waren gut, sie sprachen gedämpft und selbstsicher, die Dame setzte gezielt ihren herben Charme ein, sie hatten ein gutes Gewissen. Sie waren Politiker und Geschäftsleute. Sie sprachen über Geschäfte, also Politik. Es ging um Stadtsanierung.

Im Osten der Stadt, in einer Altbauwohnung in der Adalbertstraße, trafen sich, bei Mama Hemmers, mit Kaffee, Kuchen und Obstler, Angehörige der Büchnerstraße-7-Kommune und des Hemmers-Clans. Sie lachten viel und laut, bohrten ungeniert in der Nase, Männlein und Weiblein küßte und schnäbelte kreuz und quer, sie trugen bunte, ausgefallene Kleider, Holzklotschen, und viele Ketten um Hals und Arme, hatten ein ausgezeichnetes Gewissen. Sie sprachen über ihre Coups. Es ging um Betriebsmitgliederlisten und Heroin und Politik.

Die RAF behauptet: daß die Organisierung von bewaffneten Widerstandsgruppen zu diesem Zeitpunkt in der Bundesrepublik und Westberlin richtig ist, möglich ist, gerechtfertigt ist. Daß es richtig, möglich und gerechtfertigt ist, hier und jetzt Stadtguerilla zu machen.
Wir sagen, daß die Vorbereitung zu dieser Organisierung notwendig ist, aber nicht mehr. Daß der bewaffnete Kampf als ›die höchste Form des Klassenkampfs‹ (Mao) nicht angebracht ist, als andere, auf kei-

nen Fall als niedrig oder niedriger zu bezeichnende Formen noch nicht ausgereift sind. Wenn die RAF behauptet, nur der bewaffnete Kampf aus der Illegalität sei die einzige Möglichkeit zu praktisch-kritischer Tätigkeit im Imperialismus, sagen wir, daß sie sich die Formen vom Gegner aufdrängen läßt. Die Frage lautet nicht: legal oder illegal? Sie lautet: ist sie massenhaft, diese Gegengewalt, entspricht sie dem Ziel, ist sie basisdemokratisch legitimiert? Die Insurrektion, der Aufstand, ist nicht die Soziale Revolution. Der Begriff der Insurrektion ist ein Begriff des politischen Verstandes; die klassische Periode des politischen Verstandes ist die französische Revolution, Marx, Kritische Randglossen, der Revolutionsbegriff der RAF ist ein bürgerlicher.
Wer macht das Paper für morgen Abend fertig? Ilona und Irene. Und Gerd? Ich arbeite die Gegenposition aus. Wer mag noch ein wenig Baklava? Sonst stelle ich das Zeugs in den Kühlschrank.

Trotz anfänglich geäußerten Widerwillens faszinierte Gerd Ramsegg der von Irene Schneider und Mama Hemmers ins Auge gefaßte Coup; redete er zunächst nur ein wenig dazwischen, war er am zweiten Tag schon Mitglied der Planungskommission EDV. In der Verwaltung der Freien Universität, in deren unscheinbarstem Büro Irene ihr Geld zu verdienen pflegte, gab es, wie anderswo, gewiß eine Leckstelle, die sich erweitern und anzapfen ließ. Scheinbar gegen ihren Willen, doch raffiniert von ihr selbst in Szene gesetzt, gelangte sie in die Lohnabteilung dieser gewaltigen Wissensvermittlungsfabrik. Innerhalb kürzester Zeit hatten Ramsegg, Mama Hemmers und sie die Mechanismen und Regelabläufe dieser Abteilung mit ihrem riesigen Computer heraus. Irene begann, bestimmte, von ihr selbst oder von Arbeitskollegen erstellte und von ihr unsichtbar markierte Lochkarten mit der Paraphe des für die Endkontrollen zuständigen Markierers sowie der Unterschrift des verfügungsberechtigten Sachbearbeiters zu versehen. Bei den Zahlungen ging es um fiktive Nachzahlungen auf Konten, die Mama Hemmers, Jörg, Niko und Peter, Renate, Dagmar und Gerd mit gestohlenen und gefälschten Personalpapieren eröffnet hatten. Diese Konten wurden nach Eingang der Summen sofort abgeräumt. Im Quartal kamen auf diese Weise 276 670 Mark zusammen. Irene Schneider verfiel zusehends, sie wurde in eine andere Abteilung versetzt, ihr Chef riet ihr zu einer ausgiebigen Kur. Diesem Ratschlag kam sie nach.
Renate Ganzow setzte das Medikament, das Irene auf harmlose Weise zu ihrem grauenhaften Aussehen verholfen hatte, ab; Irene erblühte und war sehr stolz auf ihre Arbeit.
Wo aber seine organisierende Tätigkeit begann, wo sein Selbstzweck,

seine Seele hervortrat, da schleuderte der sozialistische Ganove seine politische Hülle weg.

In das Seminar seien bei weitem weniger gegangen als angenommen, zumal der Zensurfall einiges Aufsehen unter den Studenten erregt habe; nur wenige hätten sich in die Listen eingetragen, und am vorletzten Tag, vor Abgabe der Liste, habe der Lehrbeauftragte am Rand des Papieres folgende Aufschrift entdeckt: Eingetragen? Nein Danke. Schönen Gruß vom Verfassungsschutz. Noch nie sei ihm so deutlich vor Augen geführt, wie sehr die Angst nun schon an den Universitäten umgehe, sagte er beim Bier zu Renate und Ilona.

Ganovenpraxis als politische Perspektive. Steht hier die individualistische Perspektive, die der Verweigerung, als Widerspruch zum Kollektivanspruch der sozialistischen Gesellschaft und des sozialistischen Weges dorthin? Eure Praxis schlägt jedem, der sich auf die tägliche politische Kleinarbeit in der Schule, in der Uni, im Betrieb, in Verlagen und Redaktionen einläßt – und das heißt auf die vorhandenen Widersprüche – ins Gesicht. Das wird, jawohl, konterrevolutionär, dann nämlich, wenn mit solchen, euren Argumenten Leute, die was machen wollen am Arbeitsplatz, davon abgehalten werden, wenn damit diese Leute überheblich verhöhnt werden. Das habe ich leider zu oft erlebt.
Gerd, nicht schon wieder.
Verdammt noch mal, lesen wir endlich mal: Gegen den Liberalismus.
Verschon uns mit Mao.
Liberales Arschloch!
Du, du… du Leninist!

Am 14. Mai ebenso wie in Frankfurt, wo zwei von uns abgehauen sind, als sie verhaftet werden sollten, weil wir uns nicht einfach verhaften lassen – haben die Bullen zuerst geschossen. Die Bullen haben jedesmal gezielte Schüsse abgegeben. Wir haben zum Teil überhaupt nicht geschossen, und wenn, dann nicht gezielt. Da, das wars. Kritik der RAF, o.k., aber auf Fakten gestützt, mein Lieber, nicht ins Blaue, nimm doch mal zur Kenntnis, was die RAF selber sagt und schreibt. Verlager den Bundesanwalt nicht in deinen eignen Kopf. Kritisieren, klar, in Ordnung, vor allem den Avantgardeanspruch, den Leninismus der RAF, ihren falschen Revolutionsbegriff, ihr Beharren auf der Technik des Aufstands, der Insurrektion, aber mit ihr reden, mit ihr selbst sprechen, zur Kenntnis nehmen, was originär von ihr stammt. Nicht diese nachgeplapperten Bullenparolen, bitte!

Brechen aber nicht alle Aufstände ohne Ausnahme in der heillosen Isolierung des Menschen vom Gemeinwesen aus? Angesagt in der *Neuen Welt,* Hasenheide, die Rockgruppe aus Birmingham. Kaugummi, Priem, Liebesperlen, Roter Libanese, Shit, Meskalin, LSD, der bunte Trödel, die linken und die Hippiezeitungen waren vertreten, das Volk, jung, sehr jung, denn die Rockgruppe kam aus dem Dreck und spielte klar und simpel und hart, fröhlich, aufgekratzt, high, kaum hai, erwartungsvoll aggressiv, guter Dinge, spielte die Vorgruppe, Mann, wasn schlaffer Haufen, Johlen, Trampeln, mit Klamotten werfen, Bierdeckeln, Kronkorken, Kissen, Programmheften, zu Flugzeugen gefaltete Flugblätter segeln unter der Decke, im Qualm über den Köpfen, halb neun, neun, Pfeifen, Johlen, ein paar Tische gehen zu Bruch, kommen son paar piepl auf die Bühne, schnappen sich das Mikrofon, sagen, tut uns leid Leute, die Band wurde an der Grenze aufgehalten und von Grenzern gebustet, rief an, kommen heut erst spät oder überhaupt nicht, schlagen wir vor, ihr bewahrt die Karten auf, sie gelten für das Ersatzkonzert, das wir später veranstalten werden, aber wer hat schon seine Karte aufbewahrt, eh?, geht das los, tobt das los, tobt das raus, wird geräumt. Strömen die Römer rein. Machen alles nur noch schlimmer.
Geht das richtig los, bricht durch, durch die Reihen, keine Altgenossen, keine Junggenossen, ganz einfaches junges Gemüse, vierzehn, fuffzehn, sechzehn, siebzehn, wichst durch die Römerreihen, schmeißt die Klamotten, schmeißt mit Stühlen, Eisenstücken, Steinen, Stöcken, Ästen. Tobt weiter. Durch Neukölln, Kreuzberg. Machtn Affen los. Stocksauer. Nüchtern, fast, wieder. Seh'ck n Meechen, wat wirdse sein, vierzehn, dreizehn, fuffzehn?, guckt links, guckt rechts, läuft rüber zu Karstadt, umme Ecke, schnappt sichn Argument, WAMM! Scheibe eingeschmissen, au weia denk icke, ziehtse sich den Pulloverärmel über die Hand, greift ins Schaufenster, langt sichn Stockschirm, eh, n STOCKSCHIRM, rennt weiter, hebt ein Argument auf, un WAMM, zweite Scheibe zu Bruch, Ecke Hasenheide, ein WAHNSINNSLÄRM, ick denk, alle Bullen der Welt komm geloofen, nüscht, det junge Ding, kuhl, wa, bis ant Herz hinan, langt mit dem Stockschirm innet Schaufenster, angelt mitter Krücke, zieht, angelt sichn Fernseher ran, son kleinen PORTABLE, eh, den Schirm über die Schulter, den TV drangehängt, ab gehtse. Inne U-Bahn. Verschwindet aufm Bahnsteig. Hermannplatz. OHNE ZU ZAHLEN!

Die englischen Schnapsläden sind darum sinnbildliche Darstellungen des Privateigentums. Der Kampf muß aus dem alltäglichen Widerstandsverhalten kommen, mit dessen Hilfe die Arbeiter mehr schlecht als recht unter dem kapitalistischen Belagerungszustand leben. Rossi drehte sich abrupt um: die alte Frau mit den dicken Beinen, die ihm wortlos den Briefumschlag in die Hand gedrückt hatte, war schon in der Drehtür verschwunden. Er lief hinter ihr her und rief. Die Gäste an der Rezeption wandten sich um. Auf dem Bürgersteig vor dem Hotel war keine alte Frau zu sehen. Rossi strich sich die Haare zurecht und ging am verdutzten Uniformierten zurück durch die Drehtür in die Halle. Er ließ sich in einen dicken Ledersessel fallen, glättete die verknautschten Blätter und begann zu lesen: Nur von dieser Alltagssituation aus konkretisiert sich jeglicher Widerstand. Wenn er stattdessen nur den imperialistischen Überbau angreift, ohne in den Fabriken und Stadtteilen verankert zu sein, kann der kapitalistische Staat ihn ohne große Schwierigkeiten mit rein polizeitaktischen Mitteln einkreisen und vernichten.

Hat ers geschluckt? Mama nickte und setzte sich erschöpft. Dir ist auch kein Mittel zu billig, an Kohlen zu kommen, seufzte sie. Das Papier von W. S., das ihr umsonst gekriegt habt, teuer an den italienischen Journalisten zu verkaufen.
Die Sore vom Kudamm, sagte ich, bringt doch nur zehn- bis fuffzehntausend. Das reicht bei weitem nicht. Unsere Familie ist groß geworden.
Mama lachte.
Na, Dagmar, erzähl mal, sagte sie, wie konntest dus so lange ohne Klaus aushalten? Und du hau ab, wandte sie sich mir zu, das ist nichts für dich. Kümmer dich um meine Enkelin.
Ich schob mit dem Kinderwagen ab, und Kreuzberg wurde wieder zur Neuen Welt.

Stumm und frierend verharrte die riesige Menge auf dem großen Platz. Ein Seufzen ging durch die Reihen. Schwarzer Rauch quoll aus dem Schornstein. Auch der vierzehnte Wahlgang hatte kein Ergebnis gebracht, und livrierte Diener hatten einen toten Kardinal nachgeschoben. Drei Tage schon waren die hohen Herren eingemauert, ohne Essen, umgeben von ihren Dienern und treuen Hunden. Doch da, was war das? Weißer Rauch drang, zunächst zaghaft, dann immer stärker sich abzeichnend vor dem klaren Blau des Himmels, aus dem

Blechrohr des Schornsteins. Wildfremde Menschen fielen einander in die Arme, andere sanken in die Knie, dritte begannen zu singen, vierte holten Wein- und Schnapsflaschen unter der Joppe hervor, Frauen sanken in Ohnmacht, hysterische Hundchen kläfften und pißten fremder Männer Hosenbeine an. Wunderbar weiß stieg nun der Rauch in die Höhe; die Menge stieß zunächst ein Seufzen, dann ein rhythmisches Schreien aus. Die breitbeinig stehenden Staatsdiener hatten Mühe, die Menge vor dem riesigen Gebäude in Zaum zu halten. Schon zwei Minuten später tickerte es über die Fernschreiber aller Agenturen: das ZK der KPdSU hatte einen neuen Generalsekretär!

Gretchenfrage. Alle Gewalt geht vom Volke aus, aber wo geht sie hin? Keine Gewalt geht vom Volke aus, es ist ihr Opfer. Wir lassen uns unsere Diskussionen nicht vom Gegner vorschreiben. Wir lassen uns vom gewalttätigen Staatsapparat die Diskussion über Gewalt aufzwingen. Wir diskutieren über Gegengewalt, Gewalt, die von unten ausgeht, für die unten, kontrolliert von unten, Gewalt, nicht stellvertretend ausgeübt, über fröhliche Militanz und fröhliche Gewaltlosigkeit. Wenn die Gegengewalt der Guerilla nicht mehr von der Basis kontrolliert wird, nicht mehr kontrolliert werden kann, wenn sie sich verselbständigt, als solche selbst setzt, als moralische Autorität auftritt, wenn sie so wird wie die Gewalt von oben, dann lehnen wir die Guerilla ab, die Gewalt ab. Dann lehnen wir ein Spektakel ab, das Show-down zwischen Gewalttätern und Gewalttätern, High-Noon in Bonn. Was macht Ihr, wenn einer oder eine von der RAF oder von der Bewegung 2. Juni vor der Tür steht und klingelt?

Schon ein Jahr lang kursierten, mehr oder weniger intensiv, Gerüchte über eine Betriebsschließung. Klaus Möller und die Betriebsgruppe verlangten mehr als einmal von den im Betrieb arbeitenden SEW-Genossen konkrete Angaben. Sie wunderten sich immer wieder über die präzisen Informationen der DKP- und SEW-Betriebsratsmitglieder, die eindeutigen Berichte in der *Wahrheit* und der *UZ*. Sie verlangten *Butter bei die Fische.* Vergebens. Als Klaus aus seinem Betrieb, besser, sagte er, der Firma, in der er seine Arbeitskraft verkaufe, ausschied, war das Gerücht verstummt und der Betrieb völlig ausgelastet, Überstunden waren die Regel, Samstags- und Sonntagsarbeit, Chefs und Betriebsrat verströmten Optimismus, neben dem Pförtnerhäuschen hing ständig die Tafel mit den austauschbaren Schildern, *Gesucht werden/Eingestellt werden sofort:*

Am Montag, dem 12. September, standen die aus den Autos, Bussen und von ihren Fahrrädern steigenden Arbeiter und Angestellten der Firma vor verschlossenem Tor.
Konkurs.
Der Senat hatte es gewußt und bis zuletzt geschwiegen. Die Banken hatten es gewußt und sich die Optionen auf das Firmeninventar, das Grundstück, die Gleisanlagen, die Maschinen gesichert. Während der letzten zwei Monate waren weder Steuern, noch Sozialversicherung für etwa achthundert Lohnabhängige abgeführt.
In der Nacht auf den dreizehnten September gingen der Mercedes des Personalchefs samt Garage im Süden der Stadt und das Haus des ehemaligen Inhabers, der seit langem schon der Firma nur seinen Namen gegeben hatte, in Flammen auf. Der Presse gingen Kommandomeldungen zu, der Rundfunk berichtete im Morgenmagazin.
Einer Videogruppe und Studenten der Hochschule für Film und Fernsehen, die am dreizehnten September die erregte Arbeiter- und Angestelltenmenge vor den Toren der Firma filmten und interviewten, sowie den Resten der Betriebsgruppe und einigen Flugblattverteilern der SEW und anderen der Stadtteilgruppe fiel die elementare Wut der Arbeitslosen auf. Die Freude über die Attentate war nicht klammheimlich, sie war offen und direkt. Erstaunlich die Vielfalt der Methoden, die sich Betriebsangehörige einfallen ließen, *ginge es nach ihnen,* die Behandlung der Firmeneigner und des Personalchefs betreffend. Einige Flugblattverteiler wurden festgenommen. Ihre Verhaftung erbrachte keine Hinweise auf die in Frage kommenden Täter. Klaus Möller erkannte, wie er sagte, seine Kollegen kaum wieder; er schien sein Ausscheiden aus der Firma, das eine Woche zurücklag, zu bedauern. Intensiv sprach er mit den Mitgliedern der Betriebsgruppe und der Kommune über Möglichkeiten, die Wut der auf die Straße Gesetzten zu organisieren. Aber wie? schloß er hilflos. Das Arbeitslosengeld wird überwiesen, wohnen tun wir in allen Ecken der Stadt, nach und nach werden sie in andere Betriebe vermittelt, die Alten wohl nicht mehr, und nach ein, zwei Monaten ist alles vergessen. Er erinnerte an ähnliche Geschehnisse im westlichen Ausland, insbesondere in seinem Lieblingsland, Italien, und dachte laut über eine Protestveranstaltung aller Ehemaligen nach. Aber wie an sie herankommen? fragte er. Dazu müßte man die kompletten Belegschaftslisten haben.

Nun läuft das Spiel. Der Gegner kriegt keinen Stich. Vergebens hofft der Präsident auf einen Formanstieg. So saft- und kraftlos, mit dieser Auswärtsschwäche läßt sich nichts gegen eine heimstarke Mannschaft ausrichten, in der Pause wird der Trainer wohl so man-

chen abkanzeln. Angriff ist die beste Verteidigung. Aber auch wir haben uns eingeigelt, man will die verdienten Punkte mit in die Halbzeit nehmen und den Vorsprung retten, schließlich am Mittwoch ungeschlagen nach Hamburg fahren. Nun brandet der Gegner heran, aber immer wieder läuft er ins Messer oder ins Abseits. Schaltstelle der Abwehr ist Nr. 3, ein ruppiger Mann, der selten rot sieht und stets kühlen Kopf bewahrt. Der Ball trudelt ins Aus. Der Gegner wird elegant vom Ball getrennt. Ein letzter schneller Konter. Die Sekunden verrinnen. Schuß aus vollem Lauf. Aber mit pantherhafter Bewegung tötet der Schlußmann den Ball an der Brust. Seine Schwäche ist der Roller, der Aufsetzer, die angeschnittene Ecke, der halbhohe Schuß aus unmöglichem Winkel. Bei hohen Bällen ist er nicht zu schlagen. Abstoß vom Tor. Aber mit diesem engmaschigen Spiel ist kein Blumentopf zu gewinnen. Der Ball trudelt wieder ins Aus. Das Spiel ist völlig zerfahren. Jeder lauert auf den erlösenden Pausenpfiff.
Und da ist er!
Die hochgespannten Erwartungen des gegnerischen Trainers haben sich nicht erfüllt. Mit dieser Schuß- und Abwehrschwäche gerät der junge Aufsteiger wieder in die zweite Liga. Aber auch unsere Männer haben es zuweilen an Einsatz fehlen lassen, mehrere glasklare Möglichkeiten vergeben. Der Formanstieg ist deutlich, aber auf heimatlichem Boden könnte die Führung höher sein. 2:0 für die Heimmannschaft. Ich gebe zurück ins Studio.

16

Mythen legen Spuren und verwischen sie; der Autor rät zu gesteigerter Aufmerksamkeit, denn das Spiel geht weiter, ein tödlicher Ernst; Anarchie heißt nicht Planlosigkeit, wer fragt, kriegt die passenden Antworten; Martha hat eine Intuition, eine Institution erhält einen Tip, ein Polizeireporter fragt nicht, er erhält nur Antworten, ein Journalist fragt und erhält keine; wer nicht mehr arbeitet, der lernt wieder lieben, ein Rentner fällt in eine Grube, eine Rentnerin hilft beim Graben einer anderen; über die Unterschiede zwischen Eierdieben und Multis: das

XVI. KAPITEL

zeigt einen neuen Willy und ein türkisches Lokal, einen Ortstermin, Zeitungsausschnitte und Ausschnitte aus Gesprächen zwischen Männern und den Kindern in ihnen; Ilona wird – nicht zum erstenmal – richtig sauer und verbohrt sich keineswegs, Teppiche dämpfen den Klang und ein Italiener sucht nach einer Mamma. Vorfälle, Unfälle und Fälle gibt es und einen exakt ausgeführten

ZWEIBRUCH.

Eine Liebe wird alt und eine Liebe ist jung, wo Stempel sind, da hats Qualitäten, ein Wohnzimmer wird entmilitarisiert, durch die Straßen segeln Kinderwagen; eine Mannschaft spielt auf Zeit und kanns nicht abwarten, als Motto trägt sie auf den Trikots:

Und der Athlet tritt auf und staunen kannste,
wie er ein Brett mit seiner Faust zerhaut.
Er geht einher mit ungeheurem Wanste
und feistem Arm und Nacken, schweißbetaut

von Jacob van Hoddis, der auch nicht so lustig war, wie er tat:

Bei St. Marx, meine Schwestern und Brüder, kommet und höret, sehet und wisset, was unser ist und ich Euch zu geben in der Lage. Seht Ihr die Schwalben am Himmel, seht Ihr das Gewitter aufziehen, hört auch Ihr das Grollen in der Tiefe, das Murren in der Menge? Seht Ihr, was in meinem Schädel? Seht Ihr aus meiner Schreibmaschine Funken springen, seht Ihr in die Mündung meines Zeigefingers – über den Tasten –, seht Ihr in meinen gewölbten leeren Händen goldene und purpurne Banner, seht Ihr? Ich entfalte sie, falte sie auf, schwinge sie, werfe sie Euch zu. Dir eines, im Bette dort, Dir, in meiner Nachbarzelle eines, und Dir, Schnüffler in den Bibliotheken, Speicherer der Computer, Dir, Grenzschutzbeamter auf der Suche nach Verfassungsfeindlichem, auch Dir eines, und Euch eine Menge, auch dem letzten, hinten in der Reihe, auch der letzten Schwester in der letzten Reihe eines verrotteten Kinos in der Wirklichkeit der Vorstädte. Fangt sie auf, haltet sie, laßt sie flattern im Winde, derweil ich Euch berichte von dem, was geschah, von dem, was nicht geschah, von dem, was ich hörte, von dem, was vielleicht sogar geschah. Gedankenschatten, Traumrisse, Realitätspartikel, Wunderbares und Dinge, bar an Wundern. Habt Ihr gehört und gelesen, werft sie weiter und weiter, die Banner (und eines zurück), rot und golden und schwarz, worauf das Gold in Flammen aufgeht, entfaltet die Fahne Eures Zorns, Eurer Empörung, Eurer List, der Vernunft, der Freude und des Widerstands.
Hört Ihr gut zu, meine Schwestern und Brüder?

Es war einmal eine Frau, die hatte drei Söhne.
Der Vater des einen war in der SAP, der wurde getötet.
Der Vater des zweiten war in der KPD, der überlebte um ein weniges, legte sich, todkrank nach der Haft, hin und starb.
Der Vater des jüngsten war in der SPD, der hatte zuviel gearbeitet, war schwach auf der Brust und freundlich und starb.
Der erste Sohn war groß, stark und schön.
Der zweite Sohn war mutig, praktisch veranlagt und treu.
Der dritte Sohn war klein, schwach und listig.
Und die Mutter sprach zu den Dreien: Was wollt Ihr werden, meine Söhne?
Da sprach der erste: ein Einbrecher.
Und der zweite: ein Autofahrer.
Und der dritte: ein Meisterdieb.
Und der dritte Sohn teilte sich und wurde zur Hälfte Weib, und das wollte auch Meisterdieb werden.

Und sie legten alle ihre Prüfung ab als Einbrecher, Autofahrer und Dieb, und siehe, sie alle wurden Meister.
Da freute sich die Mutter, rief die vier beieinander, lachte, machte einen Plan und rief: Wahrlich, ich habe gute Söhne und kann getrost vondannen ziehen auf eine Insel im Süden, der Faulheit und der Wollust mich widmen auf meine alten Tage, und es ist ein Frohlocken in mir.
Und zum jungen Weibe sprach sie: Siehe, das ist meine angenommene Tochter, an der ich Wohlgefallen habe.
Aber, sprach sie, runzelte die Brauen, zog ihr Gesicht in Falten und versuchte, finster dreinzusehen, mir fehlt noch ein Weniges an der Rente und an einer guten Rücklage. Einen Plan wollen wir schmieden, der alles übertrifft, was in unserem Genre an Plänen existierte, und eine Tat vollbringen, die einzig ist unter den Völkern und in dieser Stadt, den Moabitern zum Trotz, eine Tat, die unserem ewigen Ruhme gilt unter den Meisterdieben. Macht Vorschläge, rief sie und neigte ihr Ohr.
Wir werden, sprach der erste Sohn, dem Innensenator des Nachts das Laken unter dem Hintern und den Ehering vom Finger stehlen.
Das ist schon dagewesen, sprach die Mutter und schmunzelte.
Wir werden in der Nacht vor dem Start sämtliche Pferde stehlen, die in Mariendorf starten sollen und den größten legalen Spitzbuben der Stadt gehören, sagte der zweite Sohn nach langem Besinnen.
Nicht übel, lächelte die Mutter, aber auch schon dagewesen. Und wandte sich an ihren Benjamin, den jüngsten der Söhne. Nun, fragte sie ihn, und was schlägst du vor?
Es gibt da Vieles, erwiderte dieser geschwind. Wir können die Freiheitsglocke aus dem Turm des Rathauses Schöneberg entwenden und zum Altwarenhändler bringen, daß er sie einschmelze, weil sie nach Lüge klingt. Wir könnten den Juliusturm in Spandau abtragen, Stein für Stein, und mit jedem Stein ein Fenster in einem Finanzamt einwerfen. Wir könnten einen Stollen graben zu den Verließen der Landeszentralbank und im Zuge des Lastenausgleichs ihre Reserven an uns nehmen. Wir könnten den amerikanischen oder britischen oder französischen Stadtkommandanten aus seiner Residenz entführen und fordern, daß als Lösegeld jedem Indio des Hochlands von Bolivien ein Picknickkorb aus dem feinsten Delikatessenladen der Stadt gespendet wird. Wir könnten im Swimming-pool des Weißen Hauses mit Dynamit fischen gehen. Wir könnten den Genossen Lenin aus seinem Schneewittchen-Sarg im Kreml klauen und anständig beerdigen. Wir könnten die Venus von Milo stehlen und sie dem alten Lüstling am Mariannenplatz schenken, den Kopf der Kleopatra aus seiner Vitrine entfernen und dem Neandertaler bei Düsseldorf in die Arme legen, wir könnten…
Gut, gut, schmunzelte die Mutter, und es lachten die anderen drei, die

Phantasie geht mit dir durch. Und sich an ihre adoptierte gefüllte Tochter wendend: Und was meinst du? Diese besann sich nicht lang, blickte um sich, ließ eine tiefe Falte zwischen den Brauen entstehen, machte eine kleine, eine winzige, eine entschiedene Geste mit der Linken und sprach: Wir werden dem miesesten Hund der berliner Unterwelt, werden Georg Lébert, Export-Import, eine Falle stellen und seine Existenz vernichten.
So soll es geschehen, sprachen die fünf bei sich und zogen noch eine füllige, freundliche Freundin ins Vertrauen.

Wir melden uns wieder aus dem Olympiastadion.
Herr Bakunin, wie gefiel Ihnen die bisherige Partie? Fußball ist Opium für das Volk, sagt Bakunin und zieht an seinem Joint, das Trainerkarussell rotiert, der Spielermarkt ist leergefegt, die Verfechter des Staates kassieren saftige Handgelder, die Verteidigung der Freiheit hat ihren Tabakwarenladen sicher, FIFA und DFB ähneln den alternden Hochkirchen, der katholischen Kirche und der Kommunistischen Partei, die Liberalen spielen sich eine Naht zurecht, und die Revolution quält sich über die Halbzeit. Schönen Dank, Herr Bakunin, aber da ist der Anpfiff, ich gebe weiter an meinen Kollegen. Die Partie ist wieder angepfiffen worden. Es hat zu regnen begonnen, der Platz hat seine Tücken. 2:0 steht es, bislang hatte das Spiel keine Lichter, aber Tore zählen. Tor ist Tor. Die zweiten 45 Minuten laufen, wer nicht läuft, ist unsere Elf. Der Seitenrichter hat noch einmal die Stollen überprüft. Wir hoffen, daß die Drainage den Platzregen verkraftet, sonst gibt es eine Wasserballschlacht. Nr. 3 gibt auf die linke Seite, Nr. 8 entdeckt keine Lücke, Dropkick. Unsere Spieler lassen den Ball kreisen. Steilvorlage für Nr. 11, der seinen legendären Schuß aus der Drehung abfeuern will. Schußpech. Der Gegner igelt sich schon jetzt ein. So ist die schönste Nebensache der Welt nicht gerade schön. Ich vermisse den Einsatz, den Sportsgeist von gestern. Spielstand 2:0. Kraftfußball ohne Niveau. Nr. 8 holzt, Nr. 7 bolzt, Nr. 3 hackt, Nr. 4 spielt sich eins zurecht, die Gangart ist härter geworden. Nun läuft Nr. 2 am linken Spielfeldrand entlang. Nr. 14 läuft sich warm. Die Nr. 13 will keiner. Schöner Scherenschlag von Nr. 7! Fast ein Fallrückzieher. Aber der Tormann zeigt eine Glanzparade. Wirft ab. Und schon ist der Konter steckengeblieben. Nr. 14 wird gegen Nr. 9 ausgetauscht. Wir hoffen, daß Nr. 14 Dampf aufmacht, Linie ins Spiel bringt. Die Abwehrmauer steht, unsere Jungs beißen sich die Zähne aus. Das ist nicht die Elf der Stunde! So wird man kein Champion. Punktejagden genügen nicht. Der Gegner sagt sich: Safety first, unsere Elf spielt Sommerfußball und geht auf Nr. Sicher. Statt einer haushohen Überlegenheit, heißts Punkte im Sack. Das quält sich über

die zweite Halbzeit, über die Runden, den grünen Rasen. 22 Bleifüße stehen 22 Eisenfüßen gegenüber. Aber da. Ja, das wollen wir sehen, das war Spitze: Nr. 7 als Ballschlepper, Nr. 14 schießt aus der zweiten Reihe. Tooooooooooor!

Die Scheidung zwischen Eigentum und Arbeit wird zur notwendigen Konsequenz eines Gesetzes, das scheinbar von ihrer Identität ausging.

Jede Fabrik hat ihr Personalbüro. Jedes Personalbüro verfügt über eine Belegschaftsliste. Auch das einer in Konkurs gegangenen Fabrik. Die Belegschaftsliste befand sich vermutlich im Safe. Der Safe würde kein Hindernis darstellen.

Niko war schwer zu gewinnen. Die Sache schmeckte ihm nicht. Kein Geld, keine Aktien, keine Wertpapiere, keine Pretiosen, nur eine Belegschaftsliste. Lächerlich, sagte Niko und strich sich den Bart. Er verbürgerlichte, sagte Jörg. Nikos Interesse wurde erst wach, als er hörte, der Schrank sei ein G 3, und Gerd habe vor, die Büchse aufzumachen. Mit der in Schweden gelernten Methode. Da machte Niko mit, und sei es, etwas in den Schrank zu legen, statt etwas herauszuholen.

Mich laßt da raus, sagte Peter.

Wer in *Alternativprojekten* arbeitet, ist für einen sauberen Bruch nicht mehr zu gewinnen, versucht jenseits von Eigentum und gesellschaftlich unnützer Arbeit zu wirken.

Wir brauchten: Werkzeug. Wir hattens.

Wir brauchten: zwei Einbrecher. Wir hatten: vier, drei Männer, eine Frau.

Wir brauchten: vielfältig geplante Rückzugsmöglichkeiten. Wir erkundeten sie.

Wir brauchten in einem Fall eine quasimilitärische Absicherung: wer den Persern oder dem westdeutschen Multi in die Quere kam, mußte mit dem Äußersten rechnen. Wer sich dagegen im Personalbüro erwischen ließ und idealistische Motive geltend machen konnte, brauchte nur den normalen Kurzknast zu befürchten. Die Waffen müßten neu sein und, falls sie gebraucht würden, fortgeschmissen werden. Das Besorgen der Lang- und Kurzwaffen übernahmen wieder Jörg und Ilona. Die Gebrauchtwagen Klaus, Peter und Renate, verkleidet, geschminkt, mit falschen Papieren versehen.

Wir bildeten zwei Aktionsgruppen: Gruppe BL (Belegschaftsliste) und Gruppe HK (Heroin + Kohle). Benötigte die erste drei, höchstens vier Personen, waren für die zweite mehrere Menschen mit verschiedenen Fähigkeiten nötig: Jörg und Ilona würden reingehen, Klaus und Renate den Fluchtwagen fahren und die Hinterfront von

Georg Léberts Haus absichern, Martha, Mama Hemmers und Gerd (Paul) die Wache in Marthas Wohnung übernehmen.

Kleine Anfrage Nr. 1226 des Abgeordneten Hans-Christoph H. (EM) vom 16. 7. über Anstieg des Rauschgiftkonsums:

Frage 1: Trifft es zu, daß in Berlin im Jahr 1975 es zu 31 Todesfällen durch Heroinkonsum gegenüber 13 Todesfällen im Jahr 1974 gekommen ist und daß die Zahl der durch Heroinkonsum herbeigeführten Todesfälle im ersten Halbjahr 1976 bereits auf 20 angestiegen ist?

Frage 2: Trifft es zu, daß trotz des offensichtlichen Anstiegs des Drogenkonsums in Berlin die Menge des von der Kriminalpolizei beschlagnahmten Heroins weiter abgenommen hat? (...)

Antwort des Senats vom 3. 8.:

Zu 1.: Die Zahl der Todesfälle durch Mißbrauch von Betäubungsmitteln stieg im Jahre 1975 auf 31 im Vergleich zu 13 Todesfällen im Jahre 1974. Die erfragte Zahl nach den durch Heroinkonsum verursachten Todesfällen beträgt für 1975 jedoch 25. Die übrigen 6 Fälle sind auf Komplikationen durch Einnahme anderer Betäubungsmittel in Verbindung mit Alkohol zurückzuführen. Für das Jahr 1976 sind bis zum Erfassungszeitpunkt 14. Juli 21 Todesfälle zu verzeichnen, davon 19 durch Heroinkonsum bedingt.

Zu 2.: Es trifft nicht zu, daß die Menge des von der Kriminalpolizei sichergestellten Heroins weiter abgenommen hat. 1974 wurden 2,2 kg Heroin sichergestellt, 1975 2,3 kg.

Interne Anfrage des Abgeordneten Herbert F. (RM) vom 4. 8. 1976 über Anstieg des Rauschmittelkonsums (II):

Frage 1: Was gedenkt der Hochwohllöbliche Senat zu tun, den Rauschmittelkonsum in der Stadt zu steigern?

Frage 2: Ist sich die Werte Obrigkeit bewußt, daß durch eine erweiterte Rauschmittelfahndung Arbeitsplätze in dieser Stadt, in der Türkei, im Iran und in Thailand in Gefahr geraten?

Frage 3: Stimmt der Hochwohllöbliche Senat dem Antrag unserer Fraktion zu, den Strafrahmen für den Genuß der Teufelsdroge Cannabis, die unsere Jugend immer mehr der Tätigkeit in der Fließbandproduktion entfremdet, aufzustokken?

Frage 4: Welche Anstrengungen hat der Hochwohllöbliche Senat unternommen, unserem Lande den Zugang zum iranischen Öl zu erleichtern, etwa durch Unterstützung des Antrags unserer Fraktion, die Rahmenbedingungen für den verstärkten Import der EG von Schlafmohn liberaler zu gestalten?

Antwort des Senats vom 3. 9. 1976:

Zu 1.: Die Stadt wird weiterhin zügig saniert; Trabantenstädte werden entlang der Stadtgrenzen ausgebaut, Jugendheime verstärkt geschlossen; Klassenfrequenzen in Hoch-, Volks- und Berufsschulen erhöht; Abenteuerspielplätze verboten oder vermindert; Jugendarbeitsschutzgesetze im Interesse der Arbeitsplatzsicherung zum Teil aufgehoben; die Polizei wird aufgestockt, der Zugang zu den Studienplätzen für Lehrer, Sozialarbeiter, Psychologen, Soziologen erschwert; der Radikalenerlaß wird auf Lehrlinge, Arbeiter und Angestellte des Öffentlichen Dienstes – dem in unserer Stadt 30–35% der Erwerbstätigen angehören – ausgeweitet; Sportplätze werden geschlossen, die Fernsehprogramme zügig durchamerikanisiert usf. Kurzum, für weitere Motive, zu Rauschmitteln, von Alkohol über Psychopharmaka bis hin zur berühmten Berliner Tinke, zu greifen, wird verstärkt gesorgt.

Zu 2.: Ja.

Zu 3.: Ja.

Zu 4.: Zum einen fuhr kürzlich der Bekannte Vorsitzende nach Teheran, seinen Fußfall wegen der empörenden Ausschreitungen in die Irre geleiteter Jugendlicher am 2. Juni 1967 abzuleisten. Zum zweiten können Sie versichert sein, daß von 10 kg bei Pushern beschlagnahmten Heroins mindestens 6 bis 7 wieder auf dem Markt auftauchen. Zum dritten sind die Ausführungsbestimmungen 78 Bd- 6709 IV.- 56/74 S. – der Novelle zur Einführungsbestimmung des Gesetzes zum verstärkten Import von Schlaf- und Schmerzmitteln erleichtert worden; in dieser Sache kam es zu ausgezeichneter Zusammenarbeit mit unseren Partnerstädten in der EG, Amsterdam und Marseille. Eine Beteiligung der Stadt an der Luftfahrtgesellschaft Air America, die für Importe aus dem Goldenen Dreieck sorgt, wird erwogen; die Zusammenarbeit mit persischen Behörden dürfte dem Antragsteller bekannt sein. Zum Schluß wird darauf hingewiesen, daß das Allensbacher Institut für Demagogie kürzlich ermittelte, daß die Beliebtheit des Lichts der Arier und seiner Gemahlin, Farah Diba, auf Grund unserer erfolgreichen PR-Arbeit um 4,4% gegenüber dem Vorjahr gestiegen ist. Auf die enge und vertrauensvolle Zusammenarbeit Unserer Stadt und Unseres Landes mit amerikanischen Stellen in besagter Sache braucht nicht weiter verwiesen zu werden.

Die Ware ist zunächst ein äußerer Gegenstand, ein Ding, das durch seine Eigenschaften menschliche Bedürfnisse irgendeiner Art befriedigt. Die Natur dieser Bedürfnisse, ob sie z. B. dem Magen oder der Phantasie entspringen, ändert nichts an der Sache.
Die Ware lagerte in Léberts Tresor, und ihr Äquivalent, das Geld, sollte sich für zwei Tage dazugesellen, ehe die Ware, das Heroin, in die Hände jener, die das Geld, das Geld in die Hände derer, welche die Ware geliefert hatten, gelangen sollten.
Es war ganz einfach, und Martha hatte es auf einfache Weise erfahren; nicht wir, die wir seit Wochen Georg Léberts Telefonate aufzuschlüsseln suchten.
Georgs Wohnzimmer war die Kirche, war der neutrale Raum, in dem die Interessen persischer Pusher und westdeutscher Aufkäufer sich schnitten; Lébert war die über jeden Zweifel in Unterweltmultikreisen erhabene Persönlichkeit, er vermittelte nur und kassierte Prozente. Von diesen und von jenen. Am Dienstag sollte die Ware geliefert werden, am Mittwoch traf ein Kurier mit dem Geld ein, am Donnerstag fuhr Georg Lébert für einen Tag fort, und am Freitag sollte, vermutlich zu Kaffee und Kuchen oder Whiskey und Tonic, der Deal laufen; verbindlich, seriös, normal.
Martha war ein Telefonat seltsam vorgekommen; sie hatte überlegt, Peter den Kopfhörer gereicht, sich ihr bestes Kleid angezogen und war hinüberspaziert. Nur so. Aus alter Freundschaft zu Georg, wie sie ihm sagte. Hatte auf den Busch geklopft, die Bekokste gespielt, ihm zwei Briefchen abgebettelt (der wahre Händler verschmäht auch das kleinste Geschäft nicht, der Ölmillionär nicht das Pfand bei der Rückgabe der Bierflaschen), sich gemerkt, wo die elektronische Sicherung versteckt war, Georg zwei flüchtige Küsse auf die Wange versetzt (noch als sie es erzählte, schüttelte sie sich), war gegangen.
Der Rest ein Kinderspiel:
Ökonomie. Plan. Ware und Äquivalent sollten in andere Hände gelangen: unsere.

Meldungen aus dem Notizbuch unseres Polizeireporters

Zum zweiten Mal innerhalb von 48 Stunden ging bei der Funkbetriebszentrale der Polizei am Dienstagabend eine anonyme Bombendrohung auf den Checkpoint Charlie in Kreuzberg ein. In beiden Fällen war es eine weibliche Stimme, die die Explosion einer Bombe ankündigte. Soldaten der Alliierten untersuchten mit Unterstützung von Westberliner Polizisten zwischen 17 Uhr 20 und 18 Uhr 20 drei Häuser und einen Parkplatz. Gefunden wurde nichts. Die weiteren Ermittlungen wurden von uns übernommen, erklärte dazu Kriminaloberrat G. von der Abteilung Staatsschutz der Berliner Polizei.

Der Mann von der Redaktion einer linken Zeitschrift, die in der Pfalzburger Straße redigiert und gedruckt wurde, gab Rossi den Tip, ehemalige Redaktionsmitglieder der *Zeitung* zu kontaktieren; einige, wenige der Unnennbaren hätten vor ihrem Untertauchen dort mitgearbeitet. *Statt der proletarischen Linie* habe man in diesen Kreisen *den lumpenproletarischen Strich vertreten.* Rossi fragte den Redakteur, was er vorher gemacht hätte. Dieser erwiderte errötend, er sei Journalist einer sozialdemokratischen Zeitung gewesen. Rossi bedankte sich höflich und begab sich auf die Suche.

Kleine Ursache, große Wirkung: Wegen eines Streits um eine Büchse Bier kam es gestern früh in einem Lokal in der Brüsseler Straße (Wedding) zu einer Auseinandersetzung zwischen dem Wirt und einem Gast, die dann in eine Schießerei ausartete. Der unbekannte Gast hatte vom Tresen eine Dose Bier gestohlen und war dabei von dem 66jährigen Lokalbesitzer Bruno K. ertappt worden. Während des Handgemenges zog der Dieb einen Gasrevolver und schoß auf den Wirt. Bruno K. erlitt eine schwere Verletzung am Ohr. Der Täter flüchtete.

Tagebucheintragung: Wo immer ich hinkomme, stoße ich auf Mißtrauen. In diesem Land werden (zu Recht wohl) Journalisten für Hilfspolizisten gehalten. In einigen Fällen wurde mir gar gedroht. In einem Lokal in Berlin-Kreuzberg unterstrich man die Warnung an mich, mich *da rauszuhalten,* mit dem Satz: *Denk an Rieck!* Was hat das zu bedeuten?
Die Atmosphäre des Lokals, Mimik und Gestik, sowie der Tonfall, in dem die Warnung ausgesprochen wurde, bewogen mich, schnell das Weite zu suchen. Wie aber weiterkommen?

Einen guten Fang machte eine Funkstreife, als sie in der Nacht zum Mittwoch den 34jährigen Gerhard L. aus Konradshöhe bei einem Tankstelleneinbruch in der Barnetstraße (Lichtenrade) überraschte und festnahm. Gegen den jungen Mann lag bereits ein Haftbefehl wegen einer anderen Straftat vor.

Ich hatte es nicht mehr ansehen können, wie kaputt Klaus von der Arbeit gemacht wurde. Wenn er abends nachhause kam und wir gerade so richtig in Schwung waren, Tischtennis spielten, das Essen zubereiteten, Rotwein oder Tee tranken, am Flipper im Wohnzimmer standen oder am Kicker im Korridor, machte er uns, auch wenn er keinen Ton sagte, Vorwürfe. Allein die Tatsache, daß er arbeitete und sich abrackerte und abends, drei Mal in der Woche gar, manchmal, zur Betriebsgruppe ging, derweil wir in die Uni gingen oder auch gar nichts taten, schien ein stummer Vorwurf zu sein. Gerd machte es uns einfacher: er motzte. Damit wurde ich fertig, nicht aber mit dem stillen Leiden von Klaus. Er schlief immer seltener mit mir, und wenn, dann kurz und aggressiv. Er konnte oder wollte auch nicht mehr darüber reden. Nun ist er ein völlig anderer geworden. Das merkte ich schon am ersten Tag, an dem ich, nach meinem Umzug in die Eisenbahnstraße, hier war. Er sah anders aus, kleidete sich anders, war ruhiger geworden und sanfter, und als wir dann ins Bett gingen, in seinem Zimmer, schon an der Art und Weise, wie er sich und mich auszog, mich in den Arm nahm, mit der Zunge unter meine Sohlen, zwischen die Zehen fuhr, wußte ich, daß er wieder bei sich und bei mir war, ganz, und da bin ich halt zurückgekommen.
Und was machst du jetzt? Bist du noch an der Uni? fragte Mama Hemmers.
Ne, sagte Dagmar und grinste. Ich bin jetzt beim Film.
Mama Hemmers starrte sie entgeistert an.
Regieassistenz, sagte Dagmar und bog sich vor Lachen.

In einer 14 Meter tiefen Baugrube der Großbaustelle Innsbrucker Platz in Schöneberg wurde gestern früh der 71jährige Paul Sch. aus Neukölln tot aufgefunden. Nach den ersten Ermittlungen der Kriminalpolizei ist ein Selbstmord nicht ausgeschlossen.

R. war Journalist einer anrüchigen Illustrierten. Er war von einem Kommando in seiner Wohnung verprügelt worden. Die Tracht Prügel war eine Vergeltung für einen hetzerischen Artikel. R. bestreitet, ihn geschrieben zu haben. Er habe nur recherchiert, verfaßt habe den Artikel ein anderer.
Bestrafe einen, erziehe hundert, soll, einem Mao-Wort nach, die Devise gelautet haben, unter der seine Prügel stattfanden. Seltsam, notierte Rossi in sein Tagebuch, die hiesigen Linksextremen scheinen sich schon damals (1969? 1970?) ihren Gegnern angepaßt zu haben. Als sei die sogenannte Generalprävention von irgendeinem Nutzen! Dennoch: nur schreiben, was ich auch selbst vertreten kann. (Frage:

Wie? Wo? Antwort: Im Zweifelsfall es vorziehen, im Steinbruch oder auf dem Bau oder in der Fabrik zu arbeiten!)

Ein schwerer Verkehrsunfall ereignete sich in der Nacht zum Mittwoch auf der Yorckstraße in Schöneberg. Infolge zu hoher Geschwindigkeit war der 19jährige Dieter B. aus Spandau mit seinem Personenwagen ins Schleudern geraten und gegen das entgegenkommende Auto der 29jöhrigen Monika M. aus Mariendorf geprallt. Die beiden Unglücksfahrer sowie drei Beifahrer in den beiden Fahrzeugen wurden zum Teil schwer verletzt.

Ich suche sie, und sie finden mich an jedem Ort. Werde ich beschattet? Ich kriege schon fast eine ausgewachsene Paranoia. Die Staatsschützer kann ich immer wieder abhängen. In der linken Subkultur jedoch kann ich keinen Schritt tun, ohne daß die Unnennbaren oder ihre Freunde es nicht sofort erfahren. Heute wurde mir im Restaurant (T. M., Kantstr.) ein Briefumschlag auf die Pizza gelegt. Darin: eine entschlüsselte Bilanz der kürzlich bankrott gegangenen Firma St. und die ausführliche Kommandomeldung anläßlich zweier Brandanschläge. Keine Zeitung hatte sie gedruckt. Unterzeichnet war sie mit: SFT. Wer steckt dahinter? Eine dritte Gruppierung? Woher weiß sie dann, was ich in der Stadt suche?

Niko und Peter, letzterer zum Fahrer des Fluchtwagens für die Gruppe BL breitgeschlagen, brauchten einen Sprechfunksatz; Jörg, Klaus, Gerd (Paul) und Renate die anderen, gleich eingequarzten Walkie-Talkies.
Beide Einsätze sollten zum gleichen Zeitpunkt erfolgen: am Donnerstag Abend, dreiundzwanzig Uhr, genau.
Das Betriebsklima war gut. Wir hatten alle Sekt in den Adern.

In der Bundesrepublik und Westberlin gibt es etwa 60 000 Heroinabhängige. Geschätzter Jahreskonsum: zehn Tonnen. Der Jahresumsatz der Heroinhändler beträgt etwa sechs bis acht Milliarden DM – zum Vergleich: der von BMW beträgt fünfeinhalb Milliarden, der von IBM 6,38, der der Flick-Gruppe 6,66, der der Quandt-Gruppe 8,3, der der Deutschen BP 9,045 Milliarden DM. In der westlichen Welt setzen die Drogensyndikate mehr als 30 Milliarden Dollar um und rangieren damit direkt hinter dem größten Multi, General Motors.
1973 starben in Deutschland 100 Menschen am Rauschgift, 1976

337, 1977 waren es bereits 405, und 1978 waren es weit über 500. Die Heroinwelle hat ihren Höhepunkt noch nicht erreicht.

Unerwünscht fleißig waren in der Nacht zum Mittwoch der 20jährige Einbrecher Edwin B. aus Schöneberg und sein unbekannter Komplize. Die beiden wurden von einer Zivilstreife beobachtet, wie sie in ein Lokal in der Hildburghauser Straße (Marienfelde) einbrechen wollten. Die Beamten nahmen Edwin B. fest, sein Komplize entkam.

Lustig die Ironisierung der Bürokratensprache und ihres Abkürzungsfimmels (AKüFi); so nennen meine Gesprächspartner die freiheitlich-demokratische Grundordnung fdGO, die politische Abteilung der Kriminalpolizei (Staatsschutz) SS, die Staatsanwaltschaft SA usf. Was bedeutet dann: STP? (Staatstragende Partei? Oder: Staatstragende Presse?)
Da alle Parteien, die zugelassen und im Rathaus bzw. im Parlament vertreten sind, für sich reklamieren, die Mitte zu sein, resp. zu verkörpern, scheiden Spötter sie in RM (rechte Mitte), EM (echte Mitte) HLM (halblinke Mitte). Käme Hitler erneut in diesem Lande an die Macht, ich bin sicher, er würde die Mitte für sich reklamieren. Notfalls mit Gewalt. Was aber bringen mir diese Kenntnisse? Ich renne von Kneipe zu Kneipe, von Teestube zu Teestube, von Wohnung zu Wohnung; nirgends erhalte ich präzise Auskünfte. Das Vernünftigste, was ich bislang hörte, war: Wollen Sie Psychogramme erstellen von den Unnennbaren? Zum einen werden sie kaum brauchbare Antworten erhalten, zum zweiten aber sind die Unnennbaren keine Frage der Psychologie.
Das weiß ich schon, aber wie weiter? Wenn der Ausdruck je berechtigt war, dann hier: ich stoße auf eine Mauer des Schweigens (s. Omerta?). Schon wieder ein Zettel mit einer Adresse: Büchnerstraße 7, 1. Stock. Ich weiß nicht, ob ich dort noch hingehe. Die ganze Sache erscheint mir immer aussichtsloser. Es ist sehr seltsam. (Aber warum gehe ich auch hier den Spuren der Unnennbaren nach? Warum nicht bei uns zuhause? Weil angesichts der Arbeiter- und Arbeitslosenquartiere in Rom, Neapel, Turin, Mailand die Antworten viel leichter zu erhalten sind? Und Kreuzberg? Und das Märkische Viertel? Dies ist schon eine sehr kaputte, eine sehr vitale Stadt, Vorzimmer und Mülleimer zugleich.)

Ich fand Willy genau dort, wo er sich laut Apotheken-Charlies Aussage nun schon seit einem halben Jahr fast immer morgens aufhielt: im Kempinski.
Tach, sagte er und schlug mir auf die Schulter. Er trug handgemachte italienische Schuhe, Seidenstrümpfe, einen Cardin-Anzug, ein modisches Hemd mit weichem Kragen, einen britischen Strickschlips und zwei Goldzähne, beide oben links, vorne. Willy stahlte. Lange nicht gesehen. Was trinkste? Kaffee mit Kognak, sagte ich.
Immer noch?
Immer noch.
Willy lachte. Er freute sich offensichtlich, mich zu sehen. Und? fragte er. Was machste denn so?
Dies und das, sagte ich.
Besonders aber dies, kicherte Willy.
Genau, sagte ich.
Bistn Huhn, sagte Willy. Hast dir janich vaändat.
Und du? fragte ich. Hast dich ja rausgemacht.
Willy wurde wieder ernst.
Ich arbeite jetzt in der Versicherungsbranche, sagte er.
Du, Versicherungen? staunte ich.
Gegen Prozente, erwiderte Willy. Das Geschäft läuft. Kein Wunder, bei den EG-Bestimmungen. Der Auftraggeber zahlt fünf Prozent an, fährt in Urlaub oder zur Grünen Woche, währenddessen gehn meine Jungs und ich an die Arbeit. Gute Arbeit! versicherte Willy. Beste Arbeit. Der Hof brennt bis auf die Grundmauern nieder. Die Versicherung zahlt aus. Selbstverständlich war der Kunde überversichert. Bei Auszahlung erhalte ich die restlichen fünf Prozent.
Ich staunte. Und das lohnt sich?
Aber ja doch, sagte Willy, der sich sichtlich bemühte, Hochdeutsch zu sprechen. Wir machen Umsätze zwischen sieben- und dreißigtausend Mark im Monat. Wobei du sagen kannst, das ist fast brutto für netto. Unsere Ausgaben halten sich ja in Grenzen. Zwei Anfahrten, zwei Abfahrten, etwas Material, und.
Verstehe, nickte ich. Willy war also seriös geworden. Oder fast. Sozusagen. Den Fehler, den er machte, begingen fast alle Ganoven seines Kalibers: er zeigte zu deutlich, daß es ihm gutging.
Tarnfirma, sagte Willy, als ich ihn später daraufhin ansprach.

Zwei rein. Zwei Fluchtwagen: einer mit Fahrer in der Hauptausfallstraße, einer leer, den Schlüssel im Auspuff, in der Nebenstraße in Richtung Innenstadt.
Sieben Namen auf Schweinsleder, geprägt, in Amtsfraktur, drei in

Schreibmaschinenschrift auf einem Stück Karton, darunter. Gerd Ramsegg, Irene Schneider, Renate Ganzow, Jörg-Little Hemmers, Anne Löw, Peter Norden, Ilona Bertram, Gerd Krull, Klaus Möller, Dagmar Fachette. Laut und heftig klingeln. Staubsauger-, Zeitungs-, Lebensversicherungs-, Möbel- und Volksvertreter werden abschlägig beschieden.

Zwei rein. Zwei Fluchtwagen: ein Kombi mit Firmenaufschrift auf der Straße unweit der Gartenpforte, eine Fahrerin in Montur; ein Porsche mit Fahrer in der Nebenstraße hinter dem Garten.
Eine vorbereitete Kassette. Kleingeld. Lang- und Kurzwaffen für alle Beteiligten. Blutgruppenausweis. Neutrale Kleidungsstücke mit herausgetrennten Etiketten. Sportschuhe.

Ja?
Wo ich auch klingele: Mißtrauen. Mein Name ist. Ich komme im Auftrag. Mir wurde geraten, mich an Sie. Hier mein Ausweis, mein Presseausweis. Einige Artikel, die ich. Die Zeitschrift werden Sie kennen. Es geht um. Ich versichere Ihnen noch einmal.
Sie müssen entschuldigen, aber wir sind gerade dabei auszugehen. Wir haben keine Zeit. Vielleicht morgen, sagen wir, um drei, vorm Kranzler? Allerdings kann ich es nicht verbindlich sagen. Sie kommen ein wenig unerwartet. Und naiv müssen Sie auch sein.
Fünf Minuten nur.
Wenn Sie für so ein Thema nur fünf Minuten brauchen, sind wir sowieso die Falschen. Auf Wiedersehen.
Aber ich meine. Entschuldigen Sie, ich sagte es nur, weil. Wo kann ich Sie erreichen?
Na also. Im Hotel.
Ich rufe Sie an. Auf Wiedersehen.
Da stehe ich vor der Tür. 10 Namen. Immerhin, abgeneigt schien er nicht zu sein. Ob er anrufen wird?

Waffendiebstähle konzentrieren sich auf Militäranlagen.
DIE TÄTER BEVORZUGEN MEISTENS PISTOLEN UND MGs!
Berlin, 29. April. (ASD)
Die Kette der Waffendiebstähle bei der Bundeswehr und den alliierten Streitkräften reißt nicht ab. Der neueste Fall: Im oberbayerischen Freising haben bisher unbekannte Täter vierzig Handgranaten und – im nicht weit entfernten Erding – acht Pistolen gestohlen.
Der Waffendiebstahl in der Bundesrepublik konzentriert sich auf

die militärischen Anlagen der deutschen und alliierten Streitkräfte. Wie eine Übersicht des gestohlenen Geräts aus den Beständen der betroffenen Armeen ergibt, sind Pistolen, Maschinengewehre und panzerbrechende Waffen am begehrtesten.

11. Juni...: Aus den Munitionsbeständen einer Einheit in Diepholz (Niedersachsen) werden zwei Kisten mit Munition für Gewehre gestohlen.

Alles ihr? fragte ich.

Unsinn, sagte Willy. Wir kriegen unser Zeugs zumeist von den Soldaten selbst, die...

Ohne weiteres?

Nein, sagte Willy und puhlte in der Nase. Es wird immer schwerer. Heute darfste kein Pups mehr lassen, ohne daß es heißt: Baader-Meinhof.

24. Oktober...: Unbekannte Täter erbeuten in der Starnberger General-Fellgiebel-Kaserne 87 Armeepistolen vom Typ P 38, zwei Maschinengewehre (MG 42), 18 Maschinenpistolen (»Uzi«), zwei Leuchtpistolen und die für das MG 42 notwendigen Reserverohre. Ein Offizier der Bundeswehr: »Genug, um damit eine ganze Kompanie auszurüsten.«

Der wars vermutlich selber, sagte Willy. Er hatte mir über die Schulter gepliert. Da sind eine ganze Menge Rechter, die ihre NPD- und CDU-Freunde komplett mit der Sore ausrüsten.

1. März...: 40 Revolver und 5 Gewehre werden von Unbekannten aus einer US-Kaserne bei Dachau entwendet.

Hasch-Puppies oder Junkies, die Geld für Stoff brauchen, vermutlich, sagte Willy. Fürn Pfund, manchmal schon fürn Fünfer, kriegste bei denen massenhaft Eierhandgranaten. Für Stoff räumen die dem Teufel die Hölle aus.

22. Mai...: Aus einem Munitionsbunker des Panzeraufklärungsbataillons 5 der Bundeswehr in Sontra (Hessen) werden 155 hochexplosive Sprengkapseln gestohlen.

16. Oktober...: Fünf kleine Raketenköpfe, zwei Treibsätze, ein Lenksatz und Karabinermunition findet die Aachener Polizei in einem verfallenem Gehöft an der deutsch-niederländischen Grenze...

Das könnte eine Auftragsarbeit für eine der Triaden in Amsterdam gewesen sein, sagte Willy.

Triaden? fragte Ilona.

Die großen Familien im Heroin-Geschäft, erklärte Willy. Chinesen.

Weiße Chinesen, ergänzte ich.

Am selben Tag werden in der Nähe von Nürnberg aus einem abgestellten Panzer ein Maschinengewehr, ein Schnellfeuergewehr und eine Pistole entwendet.

Die zu klauen, ist einfach, meinte Willy. Gehören doch zur Grundausrüstung von Panzern. Sollen die Fahrer die etwa zum Scheißen in den Wald mitnehmen?

2. November...: Den Verlust von 15 leichten Panzerabwehrraketen bestätigt ein Sprecher der 3. US-Panzerdivision in Hanau...

Ich warf die Zeitung auf den Tisch.
Hast du Lust mitzukommen, zocken?
Ich denke, du bist an Kanonen interessiert, sagte Willy erstaunt.
Das eilt nicht, sagte ich leichthin. Ich hab da Kunden an der Hand, die haben Geduld.
Und? fragte Willy. Er grinste breit.
In Schweden, sagte ich und zog die Jacke an.
Schweden? fragte Willy. Ich dachte...
Ein Markt mit Zukunft, sagte ich. Wir haben gute Transportmöglichkeiten, und die zahlen sauber.
Ich dachte, in Schweden, sagte Willy noch zweifelnd.
Denk an Olsson, erwiderte ich.
Ach, Olsson! Willy kam ins Schwärmen.
Wir zogen los. Ilona ging morgens um eins nachhause. Wir hatten uns gestritten. Ihr gefielen die Umgangsformen der Jungs nicht. Ich gewann etwa vierhundert.
Zocken ist vertrauenerweckend, und wenn ich, und sei es zum Schein, Ilona wieder auf den Strich schickte, würden die mir Starfighter und Panzer verkaufen. Gegen bar natürlich.

Hast du alles? fragte Niko.
Drillbohrer, zwanzig Millimeter, Stichsäge, Rohrzange, Rohr zum Aufsetzen, sagte Gerd.
Schraubenzieher, einen ganzen Satz, sagte Ilona, Taschenlampe, Handschuhe, Mütze, vier Dosen schwarzen Autolack.
Alles sauber in Laschen in einer besonderen Werkzeugtasche aus Leinen.
Gut, sagte Jörg.

Ich drehe mit der Rohrzange das Zylinderschloß ab, flüsterte Ilona, und setze meine exakte Hälfte von Schloß an meiner Seite ein.

Steck das abgedrehte Zylinderschloß in die Tasche! mahnte Niko. So, sagte Gerd. Er atmete tief durch.

Cool wie ne Hundeschnauze, lobte Jörg.
Die Tür ist zu, flüsterte Ilona. Der ist verdammt vorsichtig. Und wenn die Tür zu ist, hat er sie bestimmt gesichert. Martha hat den Knopf gesehen.

Sie setzte den Holzbohrer an und bohrte 20er Löcher.

Mehr, sagte Niko. Das Loch muß so groß sein, daß die Stichsäge hindurchpaßt. Gerd bohrte vier Löcher, führte die Säge ein und sägte von Loch zu Loch, bis ein rechteckiges Loch, durch das ein ausgewachsener Mann klettern konnte, entstanden war.

Ilona kletterte durch das Loch.
Genau, wie Martha sagte, flüsterte sie. Oben an der Ecke der Tür, innen, befindet sich das Kästchen mit dem Gummiknopf. Hätte ich nur das Sicherheitsschloß abgedreht, meine Hälfte aufgesetzt und wäre ich durch die Tür, den Kopf nach oben, hätts Alarm gegeben.

Niko kletterte hinter Gerd in den dunklen Raum. Sie hielten die abgeschirmten Taschenlampen tief auf den Boden gerichtet. Ran ans Fenster! sagte Gerd. Er stellte sich vor den Rahmen und schaute auf den Hof. Niemand war zu sehen. Gleichmäßig lackierte er die Scheiben mit schwarzem Farbspray.
Lieber doppelt und dreifach, sagte Niko. Er lauschte in den Bürotrakt hinein. Komm, sagte er.
Warum? fragte Gerd.

Wir brauchen nicht zu sprühen, sagte Ilona. Ihre Stimme stand seltsam fremd in Léberts stillem Arbeitszimmer. Die Rolladen sind vor. Gardinen auch.

Wir gehen ein Viertelstündchen raus, unter die Treppe nach unten, bestimmte Niko. Hast du es denn vergessen? Für alle Fälle, falls wir doch einen stillen Alarm übersehen haben.
Es fiel ihnen schwer, nicht zu sprechen und nicht zu rauchen.
Vom Hof her fiel gedämpftes Licht in den Treppenschacht.
Gerd sah auf das Leuchtzifferblatt seiner Armbanduhr.
Nichts, sagte er. Komm.

Ilona steckte das benutzte Werkzeug sorgsam in die dafür genähten Laschen zurück. Dann griff sie in den anderen Beutel, rollte den Filz auseinander und packte die benötigten Utensilien auf Léberts Schreibtisch. Ammongelit, rot, eine Stange. Ammongelit, gelb, eine Stange. Ammongelit grün, eine Stange. Eine Bohrmaschine…

mit drei Gängen, wobei darauf zu achten ist, daß der erste Gang langsam sein muß, er darf nicht mehr als dreihundert Umdrehungen in der Minute machen.
Den Kuhfuß. Ich werde mich nie daran gewöhnen, diese Art Brechstange so zu nennen, lachte Gerd.

Pst, machte Niko. Etwas leiser.
Meine Finger zittern nicht mehr, flüsterte Gerd.
Sehr gut, antwortete Niko und nahm den Tresor in Augenschein.

Vier Pleuelstangen und zwei dazu, als Reserve, zwei Elektromagneten von Postkartengröße.
Ilona steckte die Bohrmaschine auf die vier Pleuelstangen und verlängerte den Andrückhebel.

Gerd verband die speziell isolierten Elektromagnetplatten mit dem mitgebrachten Kabel, rollte es ab und steckte den Stecker an seinem Ende in die Steckdose.

Der G-3-Schrank, zitierte Ilona, ist der Schrank mit der größten Sicherheitsgarantie für einen Inhaber.
Sie lachten.

Es ist doch etwas anderes, sagte Gerd und sah sich den Tresor gründlich an, son Ding hier in der Praxis zu sehen, als unter den, na sagen wir, Laborbedingungen in Uppsala.
Der G-3-Schrank hat die Kombination Scheibe/Rad. Dreißig Millimeter unterhalb der Scheibe liegt der Zylinder. Gerd erinnerte sich nur zu gut. Das muß wie im Schlaf klappen, zitierte er. Allerdings, meinte Niko und reichte ihm die Stahlsäge.

Ilona sägte den Knopf oberhalb des Zylinders bündig mit der Stahlsäge ab.
Wenigstens das könntest du mir abnehmen, sagte sie und wischte sich mit dem Ärmel Schweiß von der Stirn.
Vonwegen, lachte Jörg. Du mußt das Von A bis Z selber machen. Sie steckte den Zylinderkopf in die Tasche und legte die Stahlsäge zum übrigen Werkzeug. Vom Tisch nahm sie die beiden Magnetplatten und setzte sie zu beiden Seiten des Zylinders auf. Strom an! befahl sie.
Jörg drückte den Schalter.
Strom an.
Die Magnetplatten hafteten auf dem Stahl des Tresors. Keine Menschenhand könnte sie von der Stelle bewegen. Ilona setzte die Bohrmaschine auf die vier Pleuelstangen und befestigte den Acht-Millimeter-Bohrer im Bohrfutter.

Die erste, starke Panzerung beträgt etwa zehn Millimeter, sagte Gerd. Er ergriff den verlängerten Hebel der Bohrmaschine, die auf den auf Magnetplatten aufgesetzten Pleueln mühelos zu betätigen und mit der Spitze an den Zylinder zu führen war. Dann kommen

etwa fünfzehn Millimeter einer monierten Spezialmasse, er bohrte, dann, verdammt noch mal, geht das denn nicht?, kommen fünfzig Millimeter Kokillenguß als letzte Panzerung.
Der Trick, sagte Ilona und bohrte, ist wirklich genial. Normalerweise kriegtest du die Bohrmaschine hier überhaupt nicht richtig angesetzt, das, sie fluchte und zog den Hebel etwas nach hinten, um sich auszuruhen, das Scheißding würde immer wieder abrutschen. Aber so, sie bohrte wieder, auf den Pleueln, die auf den Magnetplatten wie einbetoniert sitzen, führst du die Bohrmaschine wie einen elektrischen Korkenzieher waagerecht auf die Zylinderöffnung.

Das flutscht ja wie Butter, sagte Gerd. Er wechselte den fünfundzwanzig Zentimeter langen Bohrer mit vier Millimeter Durchmesser gegen einen mit acht Millimeter aus, hebelte erneut die Maschine an den Stichkanal und

Das geht mir irgendwie zu einfach, sagte Ilona, wechselte den Viererbohrer gegen den Sechser aus, bohrte bis zum

Scheiße, schrie er. Abgebrochen.
Hab ich dir doch gesagt, meinte Niko. Erst den Sechser.

Schloßkasten, zog die Maschine auf den Pleueln wieder zurück, wechselte den Sechserbohrer gegen den Achter aus und

Gerd wechselte den abgebrochenen Achter gegen den Sechser aus und

führte die Spitze wieder in den Stichkanal ein.
Sie schwitzte.
Kleine Pause, sagte sie und schaute auf die Uhr. Vier Minuten, etwas schlechter als gedacht. Sie lächelte Jörg an.
Schön, sagte er. Sie lehnten sich aneinander. Das Sprechfunkgerät blieb ruhig.

brauchte dreiundeinehalbe Minute, bis er auf den Schloßkasten traf.
Er schwitzte.
Machen wir eine kleine Pause?
Nein, sagte Niko. Er half beim Abbau der Bohrmaschine, stellte den Strom aus der Leitung ab, derweil Gerd die Magnetplatten hielt, und sie verstauten alles im Leinenbeutel.

Ilona zog den Zwanzigerbohrer aus der Lasche, wechselte den Achter gegen ihn aus und brauchte sechs Minuten, bis sie auf den Schloßkasten traf.

Sie ließ die Bohrmaschine auf den Pleueln zurückgleiten, legte ihn auf den Tisch, und sie verstauten, was sie gebraucht hatten, im Leinenbeutel. Jörg reichte ihr den Zylinder mit achtzehn Millimeter im Durchmesser und zehn Zentimeter Länge.

Gerd hatte den Leichtmetallzylinder in der Wohnung schon präpariert: ihn mit dreiundeinenhalben Zentimeter Ammongelit gelb gefüllt, dreiundeinenhalben Zentimeter Ammongelit grün in die Mitte gestopft und mit drei Zentimeter Ammongelit rot aufgefüllt.

Die Genossen, damals in Chikago, vor neunzig Jahren, wußten, was sie an Dynamit hatten. Dies hier ist besser, sagte sie.
Diese hübsche rote Masse im lachsroten Wachspapier, Ammongelit gelb, in netten Stäbchen à fünfzehn Zentimetern verkauft, gibt die Sprengkraft fast nur nach hinten ab. Warum, das ist mir bis jetzt ein Rätsel. Ein Rätsel, warum die Sprengkraft des grünen zentral wirkt, ein Rätsel, warum das rote Ammongelit Wumm macht, lachte Jörg.

Gerd drückte den Leichtmetallzylinder in den Stichkanal, so daß er bündig abschloß.

Warum muß der Zylinder an beiden Seiten Luft haben? fragte sie.
Ich weiß es auch nicht mehr, erwiderte Jörg. Der letzte Bohrer n Zwanziger, das Rohr ein Achtzehner. Das ist eben so. Damit wir nicht stopfen müssen, vermutlich.
So, sagte Ilona, ihre Zungenspitze spielte zwischen den Lippen. Fertig. Schließt bündig ab.
Sie drückte die etwa fünf Zentimeter lange Sprengkapsel aus Messing in das Ammongelit, bis sie bündig abschloß und schloß das Loch ringsum mit Kitt.
Und nun:

Schieben wir das hübsche Patrönenchen sacht bis hinten durch, bis an den Schloßkasten im Inneren dieser netten, wie nennt ihr sie?
Büchse, sagte Niko.

Die aus der Sprengkapsel ragenden Plus- und Minusdrähte ragten aus dem Stichkanal.
Kitten! sagte Jörg.
Ilona kittete sauber.

Nun wird richtig aufgeräumt.

Klar Schiff! sagte Jörg. Sie steckten alles in die Taschen und Beutel.

Lébert hat einen wirklich schönen Teppich, sagte Ilona. Holst du den Eimer?
Jörg ging in Léberts Küche und kam mit einem gefüllten Plastikeimer zurück.
Gemeinsam wuchteten sie den Schreibtisch vor den Tresor. Ilona verband das aus dem Stichkanal hervorstehende *Kabelschwänzchen* mit einem langen, dünnen Kabel, knippste die Enden fest zusammen und rollte das Kabel bis in den angrenzenden Raum ab.
Jörg löschte die Taschenlampen. Sie begossen den vor dem Tresor verkrumpelt daliegenden Perserteppich mit Wasser.

So eine Scheiße! sagte Gerd. Sie knieten vor der Auslegware in einem der Nachbarbüros und rissen den Teppich vom Boden, rollten ihn und legten ihn über den Tresor.
Das muß genügen.
Das genügt bei weitem nicht, sagte Niko. Keine Müdigkeit vorschützen, und wenn wir den Teppichboden des ganzen Stockwerks rausreißen und hier drauflegen.

Die Fenster offen?
Alle Fenster offen, flüsterte Ilona.
Durch das große Loch in der Tür sahen sie nur die Samtschwärze des völlig verdunkelten Arbeitszimmers.

Sie schichteten Rolle auf Rolle um den Tresor herum, legten Teppichboden kreuzweise auf ihn und begossen jede Lage mit zwei Eimern Wasser.
Meinlieberherrgesangverein, sagte Gerd. Das artet ja in Arbeit aus.
Die lohnt, hoffentlich, meinte Niko. Er zutschte an der Unterlippe.
Komm, raus hier, sagte er. Kabel verlängern bis zum Gang und fertig.

Jetzt? flüsterte Ilona.
Jetzt, krächzte Jörg. Sie schloß kurz die Augen, öffnete den Mund weit und steckte die beiden Kabelenden in die Steckdose.

War das alles? fragte Gerd. So leise? Da stimmt doch was nicht.

Wie im Schulbuch, sagte Ilona und hustete, die Kehle freizubekommen. Das Schloß zerreißt, die Sperrfeder im Schloß wichst auseinander.
Und der Hub ist frei.

Sie drehten sich um und gingen zurück in den Büroraum. Kein Staub, kaum Lärm, nichts, es ist erstaunlich. Das hätte doch viel lauter rumsen müssen.

Unsinn, sagte Niko.

Jetzt, sagte Ilona, ist der Moment gekommen, in dem der Frosch ins Wasser springt und sich das Leben nimmt.
Sie drehte am Rad des Tresors.
Es geht, jubelte sie.
He, pst, leiser, rief Jörg. Sie fielen sich in die Arme.

Eine Dritteldrehung, sagte Gerd durch die Zähne, und.
Sie hörten das Geräusch, Gerd zog, der Tresor öffnete sich.

Ich hab eine unheimliche Lust, mit dir zu vögeln, flüsterte Ilona. Ich bin zwar völlig geschafft, aber das regt einen fürchterlich auf. Als wenn da Brennesseln drin wären. Sie drückte ihren Schoß eng an ihn.
Jörg seufzte und schob sie auf Armlänge fort.
Es muß sein, sagte er bedauernd.

Lauter schöne Fächer, grinste Niko. Und nun, wo die Hauptarbeit getan ist, und zwar wirklich fachmännisch, laß mich mal ran.
Gerd staunte.
Niko hebelte im untersten Fach mit einem großen Schraubenzieher mit breiter, flacher Spitze, setzte den Kuhfuß auf und.
Und eins, sagte Gerd.
Und zwei, sagte Niko.
Und drei, sagte Gerd. Er atmete pfeifend durch. Schaute auf die Uhr. Zehn Minuten schlechter als vorgesehen, sagte er.
Wir mußten den halben Trakt hier wegen des lausigen Teppichspannbodens aufreißen, erwiderte Niko. Du kannst also sagen: fahrplanmäßig.
Testnote: eins. Das ist was für Mama Hemmers, grinste Gerd. Ich und in eurer Branche. Ein echter Profi.
Made in Sweden.

Wofür Lumpenproleten doch gut sind, sagte Niko und packte das restliche Werkzeug zusammen. Hast du gefunden, was du suchtest?
Ja, sagte Gerd. Er war müde. Die innere Spannung war fort. Er fühlte sich leer.
Dann pack das Zeugs hier rein und komm, flüsterte Niko. Er kannte keine Müdigkeit.
Der Rest ist doch ein Kinderspiel, sagte Gerd lauter als beabsichtigt. Er hatte Lust, sich selber in den Arm zu kneifen, die Situation kam ihm unwirklich vor.

Der Rest, sagte Niko, ist das Wichtigste: der gelungene Rückzug. Bleib direkt hinter mir und paß auf, wohin du trittst.
Als sie ins Freie traten und sich umsahen, fröstelte Gerd. Die Luft schnitt ihm in die Lungen. Sie blieben im Schatten stehen, schauten über den Hof, atmeten flach und hielten einander unwillkürlich fest. Als Gerd es bemerkte und hochblickte, Niko ins Gesicht, sah er, wie der lächelte: das schimmernde Weiß der Zähne und den Spott in den Augen. Nun lächelte auch er. Und entspannte sich.
Na, denn, flüsterte er und räusperte sich leise.

Nein, sagte der Schlepper bedauernd, die *mollige, große Blonde mit dem erstaunlichen Busen* ist heute nicht da. Aber wie wärs mit der? Oder mit der da?
Der Mann schüttelte müde mit dem Kopf. Nicht mal die Huren sind da, wenn man sie braucht, sagte er und ging schleppenden Schritts davon.
Na, fragte die Frau am Tresen den Schlepper, was wollte denn der Itaker?
Martha, sagte er. Die mollige große Blonde mit dem erstaunlichen Busen. Daß die Itaker aber auch imma auf sowat stehn. Mutterkomplex, sagte die Frau gleichmütig und kippte ihren Korn. Machste mir nochn Korn unnen Bier? fragte sie.
Rossi fuhr mit dem Taxi zum Kurfürstendamm, ging blicklos an Vitrinen, Cafés und Kinos entlang und taxierte die Huren. Keine war so groß, so schön, so blond und so mollig und, vor allem, dabei so billig wie die Frau vom Bülowbogenkietz. Ein versauter Tag, ein versauter Abend, eine versaute Nacht, dachte Rossi. Nicht mal Lust zum Besaufen hab ich. Die Stadt stieg ihm hoch und an die Kehle.

Das Heroin war in Plastikfolie eingeschweißt, das Geld gebündelt.
Jedes Päckchen Heroin wog ein Pfund, das Geld war banderoliert, trug aber keine fortlaufenden Nummern.
Das Heroin lag im Tresor wie Chemikalien im Labor, das Geld wie Geld in der Bank.
Es war viel Heroin, und es war viel Geld.
Es war Heroin im Einkaufswert von einer Million Deutscher Mark, und eine Million Deutsche Mark lagen neben dem Heroin und unter dem Heroin sauber gebündelt im Tresor.
In den Fächern darunter noch dazu etwa drei Pfund Kokain, vierzig bis fünfzig Platten Schwarzen Afghans und Schimmelafghans in Platten, mit Prägung. Ferner Aktien, Geschäftsunterlagen, Briefe, Scheckhefte, Scheckkarten, Bargeld.

In seinem Hotelzimmer fand Rossi keinen Brief vor. Er hatte den Fahrstuhl verschmäht und war in langen Sätzen die Treppen hinaufgelaufen, sein Herz pochte, das Blut hämmerte in seinen Schläfen, und als er aufschloß, erwartete er irgendetwas Wichtiges in seinem Zimmer. Auf dem Bett oder dem Couchtisch vor der kleinen Zimmerbar. Nichts. Rossi löschte das Deckenlicht und stellte sich ans Fenster. Er sah auf die Stadt. Irgendwo, stellte er sich vor, in irgendeinem dieser beleuchteten Fenster, stand jemand wie er am Fenster und schaute zu ihm herüber. Mit einem Fernrohr. Aber ohne Gewehr. Er stand lange am Fenster und ließ den Blick sehr langsam wandern, von Haus zu Haus, Straße zu Straße, Fenster zu Fenster. Dann drehte er sich um, zog die Vorhänge vor, schlüpfte im Dunklen aus der Kleidung, legte sich ins Bett, zog das Federbett bis dicht unters Kinn und starrte an die Decke. Er hatte noch drei Tage. Die Redaktion hatte angerufen, hatte der freundliche ältere Mann an der Rezeption gesagt. Er möge morgen zurückrufen. Es dauerte lange, bis Rossi einschlief, und der Schlaf war gar nicht gut.

Sie legten das Heroin auf den Teewagen und fuhren ihn in die Küche. Ilona reichte Jörg Beutel auf Beutel; er schlitzte sie auf und schüttete sie in das Spülbecken. Da das Wasser recht langsam ablief, gingen sie in das Badezimmer, schlitzten die Plastikbeutel über dem Klosettbecken auf und spülten, wenn drei bis vier geleert waren. Das Geräusch des ablaufenden Wassers hatte etwas Endgültiges.
Die Folien legten sie zurück auf den Teewagen. Als der Inhalt des letzten Beutels in der Kanalisation verschwunden war, sah Jörg, der die ganze Zeit Ilonas Blick gemieden hatte, auf. Sie erwiderte seinen Blick und versuchte zu lächeln. Es blieb beim Versuch, sie grimassierte nur. Sie war sehr bleich, Schweißperlen standen ihr auf Stirn und Nase.
Jörg schob den Teewagen zur Tür, gab ihm einen kleinen Schubs und nahm Ilona in die Arme. Sie legte die Stirn auf seine Schulter. Er spürte, wie sie leicht zitterte und sich dann einen Ruck gab. Sie sah ihn an. Erinnerst du dich? fragte sie. Jörg räusperte sich. Ja, sagte er.

Mama Hemmers sah auf ihre Armbanduhr. Nun müßten sie den Tresor aber auf haben, sagte sie. Sie lachte auf. Kein Privatwagen, kein Streifenwagen, alles ruhig, ich glaub, wir können den Sekt kalt stellen. Martha hatte rote Flecken im Gesicht. Sie entspannte die geballten Fäuste. Hoffentlich, flüsterte sie. O mein Gott! Pst, sagte sie, bloß nichts beschwören. O mein Gott.
Nun hab dich man nicht so, sagte Mama Hemmers. Sie verlagerte ihr Gewicht auf den Pobacken. Warum sollte es denn nicht gut gehen? Das Schlimmste, was nun noch passieren kann, ist, daß die Dose leer war. Was sollten wir schon mit Heroin?

Bei Barem lacht das Herz.
Du bist unmöglich! sagte Martha empört.

Sie drapierten die leeren Plastikfolien im Tresor und um den Tresor herum.
Das Geld war bereits in der mitgebrachten Tasche verstaut. Ilona gluckste.
Weißt du, was mir jetzt erst auffällt, sagte sie.
Ne, sagte Jörg. Er ging zur Terrassentür und schaute durch einen schmalen Schlitz nach draußen, über die Brüstung der Terrasse hinweg, in den Garten. Er drehte sich um. Was? Daß die Tasche ein Schottenmuster trägt, prustete Ilona hervor.
Jörg blickte sie verständnislos an. Und? fragte er.

Alberto Sicilia S. Fatcon, einer der größten
Drogenhändler
der der mexikanischen Bundespolizei
ins Netz ging
sagte aus:

Er gab zu
Agent gewesen zu sein
des amerikanischen Geheimdienstes
CIA
und in dessen Auftrag
einen Rauschgiftring aufgebaut zu haben
der mexikanisches Heroin
in die USA schmuggelte

Er gab zu
vom Gewinn
auf Verlangen der CIA
Waffen
an mittelamerikanische Guerillaorganisationen
geliefert zu haben

Ziel der Operation:
Destabilisierung
unbequemer Regimes
die gefährdet
durch die gefährlichen
aufgerüsteten Guerillas
von den USA

Militärhilfe erhalten
im Austausch gegen gewisse
Konzessionen

Der Deal
war gewinnbringend
und Jugendliche
zerstört von Heroin
protestieren nicht
führen keinen Kampf
um Befreiung

330 Tote
im Jahr 1976
in der Bundesrepublik
und Westberlin
durch Heroin

Heroin
eine nützliche
eine gewinnbringende
eine tödliche
eine chemische Waffe.

In die Waldemarstraße bog ein Kinderwagen ein, er war hochbeinig, aber nicht zu hochbeinig, weich gefedert, aber nicht zu weich gefedert, luftig, aber nicht zu luftig, er hatte die besten Testnoten im bekannten Verbrauchermagazin, das unsere Freunde regelmäßig konsultierten, ging es um den Erwerb langlebiger Konsumartikel; lässig die Rechte am Griff, doch aufmerksamen Auges schritt ein junger, uns derweil bekannter Mann in auffälliger Kleidung hinter ihm her, versetzte dem Gefährt ab und an einen kleinen Schubs, freute sich des Gegickers aus dem Inneren des Wagens, ging gemächlich hinter dem sich verlangsamenden, schließlich stehenbleibenden Gefährt drein, schaute besorgt, ab und an, zum Himmel, der drohenden, dunklen Wolken über den Häusern wegen, ergriff schließlich mit beiden Händen die Stange, an der ein Kinderwagen im allgemeinen geschoben wird, war reinen Gewissens, klaren Kopfes, langte schließlich mit der Rechten in das Gefährt, zupfte, drückte und zurrte das flaumweiche, buntgemusterte Kissen so zurecht, daß er das Produkt seiner Lenden sehen konnte, redete es an und sprach:
Vera, wie soll das alles enden?
Das Kind im Wagen, seinen Vater spöttisch betrachtend, wurde

ernst, ließ die Rassel fahren, mit der es die ganze Zeit gespielt, und erwiderte freundlich: Wie im Kino, Jörg, wie sonst? Drückt dich etwa dein Gewissen?

Der Vater verharrte ein wenig. Nein, sagte er schließlich.

Na, also, sagte das Kind.

Vera, sagte der Vater mahnend, ich verstehe deine Mutter nicht recht. Sie macht Musik, zusammen mit Irene und Renate, Dagmar und Anne, die sprechen über Gibsons und Fenders, über Tonabnehmer und Boxen, Moogs und Snaredrums, über Saiten und Synthesizer, Echohall und WaWas, Übungsräume und Agenten, Verträge und Betrüger, Producer und Scanner, und ich laufe mit dir hier im Wind...

Wolltest du es etwa anders, unterbrach ihn die Kleine, oder wolltest du nicht etwa genau das?

Das ist es ja, erwiderte ihr Vater sinnend. Streng schaute er sie an: Hast du Hunger?

Nein, sagte das Mädchen. Ein kleines Lachen zauberte ihm Grübchen.

Hast du geschissen? Muß ich die Windeln wechseln?

Das Kind drehte nachdenklich die Augen nach innen.

Ich habe geschissen, sagte es, aber noch stört es mich nicht.

Sie haben H.M. und W.S. persönlich gekannt? fragte zweifelnd Rossi. Jörg Hemmers und Gerd Ramsegg nickten.

Wenigstens mal einer, nein zwei! sagte Rossi froh. Keiner will sie mehr kennen, wissen Sie. Es ist so, als hätten sie nie gelebt, so, als müßten die Menschen erst tot sein, wieder Menschen zu sein, statt –

Unnennbare, sagte Ramsegg.

Genau, sagte Rossi. Wären Sie mit einem längeren Interview einverstanden? Ich zahle Ihnen, er sah von Gesicht zu Gesicht, sagen wir fünftausend Mark.

Sagen wir siebentausend, sagte Jörg Hemmers. Wie lang? Welche Konditionen? Welche Garantien erhalten wir, daß Sie unsere Aussagen nicht fälschen oder falsch wiedergeben?

Zwei, nein drei Stunden, sagte Rossi schnell. Tonband. Wenn Sie wollen, gehen wir zu einem Anwalt oder Notar, der.

Sie wissen nur zu gut, daß derlei nicht einklagbar ist, unterbrach ihn Gerd Ramsegg. Nicht so was.

Sonstige Garantien kann ich Ihnen nicht geben, schloß Rossi, etwas hilflos.

Wir haben uns sachkundig gemacht, sagte Jörg. Wir kennen einige Ihrer Artikel. Wir teilen Ihre Ansichten nicht, aber wir akzeptieren sie.

Wann können Sie über das Geld verfügen?
Gleich jetzt, sagte Rossi. Sie können gleich mitkommen, hier ganz in der Nähe ist wohl eine Bank.
Drei, sagte Jörg Hemmers. Aber das ist uns zu schnell.
Ach nein, seufzte Rossi, betont dramatisch. Schieben Sie es nicht hinaus! Ich bitte Sie. Ich laufe nun schon wochenlang hinter brauchbaren Informationen her, und meine Redaktion will, daß ich morgen, spätestens übermorgen das Flugzeug nehme.
In Ordnung, morgen, sagte Gerd Ramsegg. Neun Uhr, hier. Wir können Ihnen alle Antworten geben auf Fragen, die das Leben der Unnennbaren in der Legalität zum Inhalt haben.
Und – die Illegalität? fragte Rossi.
Was gäben Sie dafür, ein Live-Interview mit einem oder einer der Unnennbaren zu erhalten?
Was? rief Rossi. Er sprang auf.
Pst, machte Jörg Hemmers. Kein Aufsehen. Die Gäste in der Konditorei werden schon aufmerksam.
Zehntausend, sagte Rossi schnell. Bar auf die Hand. An jedem Ort der Welt.
Wir werden tun, was wir können, sagte Gerd kühl und erhob sich.

In der ersten Woche gab Jörg ihr fünf Mal am Tag die Brust, in der zweiten auch, doch ließ er sie länger saugen, in der dritten und vierten und fünften und siebten und achten Woche legte er Vera so oft an, wie sie Hunger und Durst hatte, in der neunten Woche litt er an Grippe, und die Milch blieb aus.

Während Ilona und Jörg in Marthas Bett schliefen, wechselten die anderen, die nach und nach eintrudelten und blieben und leise miteinander sprachen und wieder gingen, sich dabei ab, Georg Léberts Haus mit dem Fernstecher unter Kontrolle zu halten. Eine Person blieb ständig in einem legalen Auto in der Nähe und wartete auf das vereinbarte Zeichen aus dem Funksprechgerät.
Mama Hemmers zählte das Geld, teilte es auf, schmolz die Stempel der Haschischplatten ein (allein der Geruch gab den beiden im Bett die schönsten Träume), nicht ohne vorher vorsichtig und genau die Türritzen und das Schlüsselloch zum Korridor hin zugestopft zu haben.
Im Morgengrauen, als Frau Hemmers sich, in eine Decke gehüllt, auf das Sofa legte, war ihnen klar, daß Lébert genau zu dem Zeitpunkt zurückkehren würde, den er selbst angekündigt hatte.

Niko und Peter fuhren den gestohlenen Wagen wie ausgemacht in die

Nähe des Tempelhofer Hafens, gingen ein Stück zufuß, versenkten ungesehen an verschiedenen Stellen des Kanals die Werkzeuge des Einbruchs und erreichten ohne jeden Zwischenfall die Wohnung in der Adalbertstraße, wo sie sich müde zu Bett legten und sogleich einschliefen.

Gerd ging zufuß bis zum Hermannplatz. Er war ungemein aufgeregt und wollte sich müde machen. Mit dem 19er Nachtbus fuhr er bis in die Innenstadt, nahm noch ein großes Bier und eine Pizza in einem der ganznächtlich geöffneten Lokale zu sich, steckte, wie vereinbart, die Belegschaftsliste in einen schon tags zuvor frankierten und beschrifteten großen Umschlag und in der Büchnerstraße den Schlüssel fast genau zu dem Zeitpunkt ins Schloß, an dem die Sonne aufging über Berlin.

An einen sonnigen Freitag bog in eine stille Straße in Berlin-Lichterfelde eine große italienische Sportlimousine ein. Es war 12 Uhr 12. Die Beobachterin in einem Fenster des nahegelegenen Hochhauses drückte auf den Startknopf ihres Chronographen, griff zum Funksprechgerät, das auf der Fensterbank vor ihr lag und drehte sich um. Sie sagte etwas zu den Personen, die hinter ihr im Zimmer standen und saßen.

Um 12 Uhr 13 startete ein grauer VW mit einem jungen Mann am Steuer, bog in eine Seitenstraße ein und hielt vor einem Telefonhäuschen, das, von Büschen verdeckt, neben der Paketausgabe des Hauses, nur von einem schmalen Weg, der aus einem kleinen Park auf das Gebäude zuführte, eingesehen werden konnte. Der junge Mann trug Handschuhe. Er fütterte den Geldschlitz des an der Rückwand des Häuschen befestigten Telefons – noch in der Nacht zuvor hatte eine Freundin geprüft, ob es funktionierte – wartete auf das Freizeichen und hob, als er eine Stimme am anderen Ende der Leitung hörte, ein kleines Diktiergerät vor die Muschel, setzte es in Gang und blieb, während die Stimme von der Kassette drang, mit dem Rücken zur Tür des Telefonhäuschens ruhig stehen, wobei er nur ein Bein etwas anwinkelte und den Fuß gegen das Glas der Tür stemmte. Unbeteiligt blickte er in die Richtung des kleinen, zierlich angelegten Parks, ohne etwas zu sehen. Als die Stimme auf der Kassette endete, steckte er das Gerät, nachdem er es mit dem kleinen Finger abgestellt hatte, in eine eigens dafür genähte Innentasche eines holländischen, dunklen Dufflecoats und verließ die Telefonzelle. Es war 12 Uhr 15. Die Sonne wärmte nur mäßig.

Es beginnt zu regnen, sagte das Kind in seinem Wagen zu seinem Vater. Gehen wir noch zum Türken?

Damit meinte es ein dunkles Lokal unweit der Stelle, an der die Waldemarstraße auf die nächste große Straße traf.
Der junge Mann lachte verhalten. Da bist du wohl gerne, was? fragte er scherzend.
Es riecht so gut da, sagte das Kind und gähnte. Tatsache war, daß es ihm gleichgültig war, wohin es geschoben wurde, daß es wußte, daß der Inhaber des kleinen Restaurants sehr kinderlieb war und daß sein Vater bestimmt Appetit auf einen Raki hatte.

Dreißigtausend für mich, für die Rente, sagte Mama Hemmers, zwanzigtausend kosteten etwa die Vorbereitungen, Peter verzichtet, Niko kriegt fünfzigtausend, er beteiligt sich an einer Kneipe mit Spielzimmer in Schöneberg und steigt auch aus der Branche aus, Martha kriegt wie ihr ihren Anteil.
Sie stand auf. Nun sah man ihr doch ihr Alter an. Sie hatte auf dem Sofa nicht richtig schlafen können.
Ach, noch was, sagte sie, in der nächsten Woche geben wir ein Fest. Auf dem Mariannenplatz. Einen Maskenball.
Einen Maskenball? fragte Jörg entgeistert.
Mama Hemmers schien nicht bereit, darüber zu diskutieren. Einen Maskenball, sagte sie bestimmt. Seit '51 habe ich keinen richtigen Maskenball mehr gefeiert.
Sie ging zur Tür. Mit Rock- und Akkordeonbands und einem türkischen Orchester und gutem Essen. Das bezahlt wird, sagte sie streng. Den Überschuß kriegt eine Gefangenenorganisation. Keine Widerrede!
Warum sollten wir widersprechen? Da saßen wir elf im Wohnzimmer in der Büchnerstraße, auf dem Teppich zwischen uns das Geld und vierundvierzig Platten Haschisch aus Afghanistan! Sprachlos und müde.

Um 12 Uhr 14 fuhr der elegante Wagen in die Einfahrt des Hauses, die Pneus quietschten, der Mann am Steuer schaltete in einen niedrigeren Gang und lenkte das Auto vorsichtig auf die Steinplatten, die, in satten, grünen Rasen eingelassen, auf das Tor einer unter Sichtniveau gelegenen Garage zuführten. Um 12 Uhr 16 betrat der gutaussehende Mann in Ulster, mit Hut und schwarzem Diplomatenkoffer sein Haus.

Um 12 Uhr 18 liefen fünf südländisch wirkende Männer in teuren Anzügen aus einem Restaurant in der Innenstadt; zwei von ihnen eilten auf die Straße und öffneten die Fahrertüren zweier dunkler Mercedes-Limousinen, schlüpften auf die Sitze und öffneten die Beifahrertür. Ein Beifahrer beugte sich nach hinten und öffnete eine Fondtür. Noch während der fünfte Mann die Tür schloß, fuhren die Wagen an, fädelten sich in den Verkehr ein und waren innerhalb einer Minute auf dem Kurfürstendamm. Es war 12 Uhr 20. Die Sonne verschwand hinter einer Wolke.

Jörg lehnte sich zurück.
Die alte Frau aus der Küche beugte sich über den Kinderwagen und betrachtete ernst das schlafende Kind. Sie lächelte und ging langsam, ein schwarzes Kopftuch um das verhutzelte Gesicht, die Füße in grellbunten Venylstofflatschen, zurück an ihre Arbeit.
Der Mann vom Tresen kam an den Tisch, grinste, hob den Kopf, stellte die Flasche und zwei Gläser auf den sauber gescheuerten Holztisch und setzte sich umständlich auf einen Stuhl, Jörg gegenüber. Seine Augen gingen zur Seite. Vor den Fenstern begann es zu regnen, und von fern war leises Donnern zu hören. Der Mann sah Jörg ins Gesicht, öffnete breit den Mund, enthüllte zwei Goldzähne, grinste, schenkte ein, schob Jörg das Glas mit zwei gespreizten Fingern – die anderen an der Hand hatte er verloren, Borsig, hatte er einmal gesagt – zu. Sie hoben die Gläser.
Na, sagte der türkische Wirt. Wassis? Gut?
Gut, sagte Jörg und atmete durch. Er hob das Glas an die Lippen. Schweigend tranken sie. Der Mann goß nach. Erneut tranken sie. Jörg holte eine Zigarettenschachtel aus der Tasche. Sie rauchten. Gut is? fragte der Wirt. Das is gut. Er strahlte. Dann goß er noch einen doppelten Raki ein. In dem Lokal war es still, der Regen trommelte gegen die Fenster, und wenn sie genau hinhörten, vernahmen sie das leise Schnaufen aus dem Kinderwagen. Sie grinsten sich an. Sehr gut, sagte der Wirt und legte die Hände flach auf den Tisch.

Um 12 Uhr 21 gingen Anrufe bei der Direktion City und bei der Kriminalpolizei in Tempelhof ein. Um 12 Uhr 23 fuhr der erste, um 12 Uhr 27 der zweite Funkwagen in Richtung Lichterfelde, um 12 Uhr 30 bekam eine Zivilstreife den Auftrag, die stille Straße aufzusuchen, um 12 Uhr 34 nickte ein älterer Mann im Rauschgiftdezernat seinem Kollegen am Tisch gegenüber zu. Der stand auf, zog sich die Jacke über das Schulterhalfter, rief etwas in den Nebenraum und ging aus der Tür. Wird wohl ein schlechter Witz sein, sagte ein junger Polizist über Funk. Bewahren Sie Funkdisziplin, hörte er, grinste verlegen und ging auf Draht.

In der ersten Lebenswoche erfolgte die freiwillige Tuberkuloseimpfung, im vierten Monat die kombinierte Diphterie-, Keuchhusten-, Wundstarrkrampf- und Masernimpfung, Vera erhielt nun vier Mahlzeiten mit je 200 Gramm Flüssigkeit und wog sechs Kilogramm, konnte bereits den Kopf heben, den Blick fixieren, lächeln, den Schädel willkürlich bewegen und wenden, sich auf den Bauch drehen, mit den Fingern spielen, greifen, frei sitzen, sich aus dem Bauch in Rükkenlage drehen, weinen, lachen und mit Jörg reden. Aber nur mit ihm. Mit ihm war nichts mehr anzufangen. Er wurde immer verrückter.

Um 12 Uhr 44 betraten fünf Männer die Villa in Lichterfelde. Ilona konnte sogar das Muster ihrer Krawatten ausmachen. Sie war völlig ruhig, hielt das Fernrohr mit der Linken vor die Augen und sich mit der Rechten am Fensterbrett fest. Mit ruhiger Stimme teilte sie den hinter ihr Stehenden mit, was sie sah. Die beiden Mercedes-Limousinen standen vor dem Grundstück. Die Männer hatten sich die Zeit genommen, die Türen abzuschließen, die Jacken zurechtzuzupfen, den Schlips zu richten und noch kurz miteinander zu reden. Sie fielen auf, in dieser Straße. Ilona hätte werweißwas darum gegeben zu hören, was die Herren miteinander besprachen. Als der letzte Rücken im Türrahmen stand und die Tür geschlossen wurde, hielt sie den Atem an.

Über das ganze erste Lebensjahr erhielt das Kind größere Dosen Vitamin D 3, ab der fünften Lebenswoche gab es zu jeder Mahlzeit zudem sechs Teelöffel Karottensaft und vier Teelöffel Obstsaft. Die Männerbrust war genauso schön wie die Frauenbrust, nur gab sie nichts her. Das erzürnte. Zutiefst zweifelte Jörg am Bauplan des Lebens.

Um 12 Uhr 45 öffnete Ilona die Fensterflügel in Marthas Appartement im Hochhaus. Der Himmel blieb wolkenverhangen, ab und an fiel ein Sonnenstrahl durch die tiefsegelnden Wolkenbänke. Neben ihrem Kopf tauchte Marthas auf. Sie lächelte Ilona zu. Diese sah es nicht. Die Knöchel ihrer rechten Hand wurden weiß. Um 12 Uhr 48 hörte Ilona Bertram einige, schnell aufeinanderfolgende Schüsse. Ihre Mundwinkel senkten sich. Sie atmete tief durch.

Der Wirt redete auf Jörg ein, wenn das Kind größer wäre, welch schöne Tochter, welch kluge Tochter, welch aufgeweckte Tochter, welch anspruchslose Tochter, wenn sie groß wäre, sie wäre schöner und klüger und aufgeweckter und anspruchsloser als alle schönen und klugen und aufgeweckten und gar nicht anspruchslosen Frauen, von denen früher alle Karawansereien träumten, was spräche denn dagegen, daß er und die Tochter, sagen wir, ein Jahr muß sie alt sein, das genügt, dann vertragen sie alles, nach Izmir kämen? Izmir! Izmir! Izmir! Jörg war müde. Schon der Name! Izmir! Ankara, Istanbul, Teheran, Kabul, Omsk, Sibirsk, Wladiwostok! Oder Peking! Nanking! Shanghai, Frisko? Er schlief ein, die Arme über den Tisch gebreitet, die Wange neben dem Rakiglas. Der Wirt schloß das Lokal.

Die fünf hatten keine Chance. Der erste war noch überrascht und dachte an Widerstand, der zweite drehte sich um, der dritte stand starr, der vierte wußte von nichts, der fünfte stand noch im Flur, vor der Ablage, dem Spiegel: ein erstaunter, großer, elegant gekleideter Mann mit olivfarbenem Teint und grauen Schläfen, als sie ihm die Handschellen anlegten. Ilona schloß das Fenster. Sie schloß die Augen. Der Film in ihr stand still: das Wohnzimmer, der offene Tresor, Georg Lébert, Export-Import, davor, und der schöne Teppich mußte in die Reinigung.
Um 12 Uhr 50 wußte die Presse Bescheid. Aber daran hatte Ilona kein Interesse mehr. Das sollte alles gewesen sein?
Martha legte ihr den Arm um die Schulter und spürte, wie Ilona zusammenzuckte. Scheiße! sagte sie. So oft in Gedanken vorweggenommen, daß es jetzt überhaupt keinen Spaß mehr macht, nicht? Sie führte Ilona zu einem Sessel und ließ sie sich setzen. Einen Schnaps? fragte sie. Ilona nickte. Hilflos zuckte sie mit den Achseln. Ja, das wars wohl, sagte sie, um noch etwas zu sagen. Das Appartement kam ihr entsetzlich klein vor. Sie konnte sich überhaupt nicht mehr vorstellen, je in einem gewohnt zu haben. Sie legte die Hände um ihre parallel gestellten Knie, legte sich zurück und versuchte ein Lachen. Es klappte nicht. Wenn es hätte wirken sollen, dachte sie, hätte ichs selber machen müssen. Und das bringe ich nicht. Sie nahm sich vor, ausgiebig darüber zu reden mit den anderen und fühlte sich nicht mehr so allein.

Kein Tor. Der Linienrichter zeigt an: der Ball hat die Torlinie nicht in vollem Umfang überquert. Jeder Angriff des Gegners wird schon in der eignen Hälfte ge-, schließlich zerstört. Nr. 11 machte den Ausputzer, stürmt über 10, 20, 30 Meter, gibt ab, Nr. 10 läßt seinen Gegenmann aussteigen, setzt sich ruppig durch, drückt aufs Tempo. Schuß vom Elfmeterpunkt. Aber der Torwart hat wahre Fangarme. Die Chance ist vergeben. Bereits im Mittelfeld ist der Angriff abgefangen. Nun wird gestürmt! Trotz heftigen Regens. So sieht man wie ein Sieger aus. Druck aufs Tor. Pausenstand: 3: 0. Immer noch 3: 0. Aber es riecht nach Toren. Nun wird der Gegner eingeseift, der sich oft nur mit Fouls retten kann. Die Schlachtordnung steht. Nr. 11 nimmt Anlauf, springt über den Ball, Nr. 7 taucht im Strafraum auf, gibt ab, zieht den Ball hoch. Nr. 8 nickt ein. Jubel auf den Rängen. 4:0. Ein schönes Tor! Ein verdienter Treffer. Statt mit dem Bein den Ball einzudrücken, wurde er mit der Stirn genommen, im Fallen. Das ist Traumfußball. So wollen wir ihn 90 Minuten sehen. Nr. 3 hat das Bein stehen gelassen. Einwandfreie Entscheidung. Bogenlampe. Aus. So nicht! Nun drücken wir auf die Tube. Aber der gegnerische

Libero erweist sich immer wieder als Abwehrrecke. Er versucht, Ruhe ins Spiel zu bringen. Er will die haushohe Niederlage verhindern, schickt seinen schnellen Linksaußen. Schön gemacht. Diese eiskalten Konter sehen gut aus, bringen aber nichts. Der Linksaußen läßt sich im Strafraum fallen. Ein sterbender Schwan. Abschlag. Herr Bakunin, wer kommt für die Nationalelf in Betracht. No comment, grient Bakunin. Never change a winning team. Es bleibt also alles beim Alten? No comment. Schaltstelle des Angriffs ist nur Nr. 7. Er läßt den Ball von der Brust abtröpfeln, schickt Nr. 14. Schönes Zusammenspiel. Nr. 14 kann aus allen Lagen abziehen. Tuts. Mit dem Spann. Das war knapp. Noch fünf Minuten. Wer zunächst dachte, wir würden uns bei schwerem Boden über die Halbzeit quälen, irrt. Die Schlachtordnung steht. Gäbe es drei Ecken, ein Elfer, die Torausbeute wäre nicht so mager ausgefallen. Nr. 7 hebt herein. Nr. 8 wichst rein. Tooooooooooor!

Kein schönes Tor. Aber Tor ist Tor. 5: 0.

Der Gegner wurde abgeseift. Wahre Kanonaden wurden aufs Tor gefeuert, der Torwart war sein Geld wert. Nur noch wenige Sekunden, dann haben wir die Punkte im Sack, das Torkonto aufgebessert. Die Siegesserie hält an. Warum bleibt der Pfiff aus, wird sich der Gegner fragen, der rettende Schlußpfiff. Die Niederlage ist hoch genug. Da ist er. Mit 5: 0 schlägt X Y. Ein verdienter Sieg. Das wars. Ich gebe zurück ans. Redakteur am Mikrofon war. Die Lottozahlen. Bakunin, steck den Knüppel weg, heut kontrollieren die Bullen. Singend ziehen wir durch die Straßen. Keiner nimmt übel. Die nächste Revolution wird billig: wir brauchen nur das Gold von der Fahne zu schneiden. Das wird ein Meisterschaftsspiel. Weltrevolution mit Heimvorteil. Und alle pfeifen. Bakunin steuert die S-Bahn an. Jörg hat Lust, sich zu besaufen. Klaus hat glänzende Augen. Irene dribbelt und gibt ab. Mit einer Konservendose. Der Himmel klart auf.

Es ist schon, hatte Mama Hemmers gesagt, vertrackt mit den Leuten, gibst du ihnen etwas umsonst, benehmen sie sich wie Parlamentarier, nämlich unter aller Sau; wir sinds nicht gewöhnt, einander etwas zu schenken, drum nehmen wir für jeden Bissen und jedes Glas eine Mark.

EIN GROSSES FEST

wird vorbereitet und gefeiert, ein Maskenball, ein Lumpen- und Proletenball, mitten in Kreuzberg, im

XVII. KAPITEL.

Da gibts Rezepte und Schriftwechsel, da bekommt endlich der Kleine Mann, die Kleine Frau das, was früher Königen zukam, da wird geprobt und probiert, geschminkt und maskiert, und da gibts, statt des Goldenen Buchs, eine Liste, in der sich einträgt jedermann und jedefrau, die später in den Koffer gepackt wird, nach ganz unten, für den Flug nach Süden, da trifft Frau Pompadour auf den Alten Fritzen und Karl Marx auf Dr. Watson, da spielen Akkordeons zum Tanze auf und das Große Hikmet-Orchester aus der Naunynstraße, und die Georgia-Büchner-Band rockt & rollt, da werden Witze erzählt, Sketche aufgeführt, da gibts den Zaubrer, der unsre Presse entzaubert, eine sentimentale Rede, ein Nachfahr Thomas Müntzers ist bis oben voll, da glotzen Grenzer, und fast heißts Knüppelfrei, und unter einer Maske einer von Denen, der heute einer von Uns, potzblitz!, und wenn die Musik aus ist und vorbei, kommt ein wenig Trauer auf – und eine Metzelei. Als Motto wählten wir einige Zeilen von Jorge de Lima:

Die Jungfrau ist tätowiert: Generationen sind eingeschrieben ihrem makellosen Bauch; denn sie bedeutet alles was künftig ist. Mit Regenbogen sind ihr die Hände bemalt, die Arme mit babylonischen Türmen. Der Leib der Jungfrau ist bemalt von Gottes Hand, denn sie ist der Ursprung der kommenden Welt:

Frau nehme:
fünfundzwanzig bis dreißig Kilo Rinderhack und brate es in Olivenöl an, dünste es mit fünfzehn Kilo Zwiebeln, fünfzehn Kilo geraspelten Karotten, einer Menge in Streifen geschnittenen Sellerieblättern, zehn bis fünfzehn Knoblauchzehen, Salz, Paprika und Oregano, sieben bis neun Kilo Tomatenmark, fünf bis acht Kilo geschälte Tomaten und drei Flaschen guten Rotweins an, rühre alles gut um und
dünste es mindestens vier bis fünf Stunden.
Währenddessen gart frau etwa dreißig Kilogramm Spaghetti
in Salzwasser mit einem Schuß guten Öls,
würze mit Salz, Oregano und flüssiger Butter,
nehme sechs Kilo Parmesankäse zum Bestreuen
und hat Pasta asciutta nach echt italienischem Rezept
für etwa zweihundert bis dreihundert (letzteres aber nur,
wenn sie nicht sehr hungrig sind) Personen.
Dazu wird Rotwein serviert. Reichlich.

Antrag der Lebendigen:
Antrag auf Genehmigung eines Kinderfestes, Stadtteilfestes und Maskenballs –
Programm:
Theater, Musik, Kindertrödelmarkt, Spielwettbewerb, Buden- und Zeltstadt, Mal- und Spielaktionen, Verlosung, Grill, Limonaden- und Weinstände, Leierkasten, Unterhalter, Feuerschlucker, Schwertschlucker, Zauberer, Geisterhöhle, Informationsstände etc.

Bescheid der Toten:
... wird Ihnen hiermit aufgrund der nachstehend aufgeführten Vorschriften die widerrufliche Erlaubnis erteilt. Die Erlaubnis stützt sich auf folgende Vorschriften:
a) Gesetz über die Genehmigung öffentlicher Lotterien und Ausspielungen vom 3. 5. 1935 (GV Pr 1935, S. 97 ff.);
b) Lotterieverordnung vom 6. 3. 1937 (RGBl. I, S. 283) in der

Fassung der Bekanntmachung vom 1. 6. 1955 (GV Bln 1955, S. 1198);
c) Nr. 2.1. und 13 der Ausführungsbestimmungen zur Lotterieverordnung – RdErl. des Innensenators vom 12. 3. 1957 – I C 4/ 24 - 30.11 (SenBl. Bln 1957, S. 5678);
d) Allgemeine Verwaltungsvorschriften für die Veranstaltung von Volksbelustigungen von vorübergehender Dauer vom 27. 7. 1951 (BWMBl. 1951, S. 294); Feuerschluckerschutzverordnung vom ...

Narr.
Einen zum Narren haben (halten), ihn zum besten haben, ihn aufziehen, foppen; eigentlich: ihn als Narren behandeln. Die Geschichte des Narren beginnt mit der alten Sitte, zur Unterhaltung bei Gastmählern Lustigmacher zu haben. Schon in Xenophons ‚Symposion' kommt so ein Lustigmacher vor, und in Rom zur Kaiserzeit waren die Scurrae an den Tafeln der Großen ganz gewöhnlich. In Deutschland kommen berufsmäßige Narren zur Zeit der Kreuzzüge auf; schon im 12. Jahrhundert wurde der Vergleich verstanden:

im ist als dem toren,
den dunchet nichtes guot
wan daz er mit sinem kolben tuot.

Entrée
Die Luft erfüllt mit Wohlgerüchen. Da schwelgt die Nase, und Knie werden weich. Stolz getragene Sore aus 21 Brüchen, und keiner anders heute, heute alle gleich. Wer essen will und trinken, zahlt jeweils eine Mark und keinen Pfennig mehr, umsonst der Tod, sagen auch die Linken, und Spaß hat seinen Preis, bitte sehr. Ballons, die steigen hoch und hundertfünf Raketen, der Osten alarmiert die Flugabwehr; niedergerissen die Zäune aus Staketen zwischen den Menschen – und noch viel mehr. Steigen Sie ein, kommen Sie näher, hier sind Sie nicht im Parlament, hier bleibt die Tasche unzugenäht, hier kost die Kräh nicht mit dem Eichelhäher, und keiner, der keinen mehr kennt, denn hier wird Freud gesät. Auf diesem Tisch ein Dichter, unter jedem gar ein Richter, ein Zimmermann kommt als Zyklop daher, in Nebenstraßen eine Hundertschaft Gelichter; der legt sich lang, die hin, der her, und keiner quer.

Harte Rockerinnen rocken, die Menge schwooft, knallhart die Verse, und in den Lüften hallt ein groß Geschrei, es rockt und rollt die Masse, ein Rentner nach den Bullen looft, Hasch liegt in der Luft, und ein Zaubrer holt aus seinem Hut ein Ei. Ein schönes Weib die Kehle biegt und einen Degen schluckt, Kinder falln in selgen Schlaf, Verliebte in die Betten – im Rauchhaus, spitz spitzeln Spitzel, schier verrückt, hier spieln sie Jojo, dorten Fußball, wer wen, da setzt es Wetten. Spaghettis fallen von den Löffeln, Rotwein tropft auf so manches Hemd, viele schon unter Büschen vom zu vielen Süffeln, und was fremd war, wird bekannt, und was bekannt, einander fremd. In einer Eck einem Süchtigen an Eifer ein Messer wird entrungen, dieweil sein Weib in Betten lag. Es wird geschmatzt, gerülpst, verdaut, gelacht, gesungen, und keiner sehnt herbei den neuen Tag. Da schüttelts den Kopf, hier den Busen, dort das Gemächte, dort zittern Knie und da die Fensterscheiben; diesem ist lustig, jenem traurig, ein' zwei schlecht, vor Wollust einer gar will sich entleiben. In alle Büsche sind Lampions gehängt, für Liebende, Spanner und auch sonst Beherzte, ein Hund heult auf, ein Bulle weint, den Kopf gesenkt, schmutzig, müd und froh die Kinder, in den Händen Wunderkerzen. Hier kannst du Bälle schmeißen, da mit dicken Hämmern auf große Nägel bummern; hier kannst du essen und da scheißen, Hammel am Spieß sind da, doch keine Hummern. Nackt ist die Nacht und warm und lau, ein Lärm steigt hoch und explodiert, es schmeckt der Wein so wunderblau, und keinen gibts, der sich geniert.

Nicht bloß an fürstlichen Höfen wurden Narren gehalten, (Kunz von der Rosen bei Maximilian I., Klaus von Ranstat bei Kurfürst Friedrich dem Weisen, Brusquet bei Franz I. von Frankreich), sondern fast von jedem adligen Herrn; Witze auszuteilen und einzustecken, war ihre Aufgabe.

Sie trugen eine eigentümliche Kleidung; auf dem geschorenen Kopfe saß die Narrenkappe (Gugel, cucullus), eine runde Mütze mit drei Eselsohren und einem Hahnenkamm, einem ausgezackten Streifen roten Tuchs, das von der Stirn bis zum Nacken lief. Um den Hals lief ein breiter Kragen, den der deutsche Hanswurst auf Messen und Jahrmärkten noch heute trägt, und an Kappe, Gürtel, Ellenbogen, an den Knien und an den Schuhen waren Schellen befestigt, um die Aufmerksamkeit auf sie zu lenken.

6

Präsentation
Nur wenn ich bekifft bin, sagte der Pastor und gluckste, kann ich diese Musik ab. Er wiegte den Kopf und stampfte mit den Füßen.
Einkaufen war da gewesen und einklauen, mahlen, stampfen, passieren, dünsten, garen, braten, backen, brutzeln, filettieren und frikassieren, telefonieren, bezahlen, quittieren, transportieren. Zuckerwatte gabs und gebratene Wachteln, kandierte Nüsse und Mandeln, eingemachte Äpfel, Birnen, Citronen, Melonen gabs und gerösteten Mais, Tapas von Federico aus der Muskauer, Salate von Giorgis aus der Naunynstraße, Suppen von Maria Feodora aus Santarém und René aus Haiti, Gebackenes von Nazim und Gesottenes von Ali und Celile, Tiefgefrorenes von Luigi und Antonietta, Gegartes von Mama Hemmers und Sophia aus Saloniki, Kurzgebratenes von Jörg und Antonio und Serafina, Halva von Kemal, Mussaka von Konstantin, Schinken aus Spanien, Jugoslawien und Westfalen, Wurst aus Italien, Ungarn und der DDR, Käse aus Bayern, Frankreich, Bulgarien und Dänemark; zwölf Tischlerplatten und Tapeziertische hatten wir besorgt und Zelte und Stände, ein Podest war errichtet worden für drei Bands, Strom kam aus dem Rauchhaus und Shit aus Afghanistan, Rioja gabs und Vinho verde, Tokajer und Sherry, Beaujolais und Elsässer Gewürztraminer, Burgunder und Frankenwein, kurze Reden, eine Conférence durch einen ehemaligen SDSler (scheußlich, sagte Martha, kann denn der Bursche nur politische Witze?), und Verkleidung war vorgeschrieben.

7

Gigue
Mama Hemmers und ihr Pastor stritten sich, Jörg flitzte alle naslang ins Kinderhaus, wo Vera schlief, die Eisenbahnkommune bekam für ihre Masken großen Beifall, Männlein wie Weiblein waren als Klassiker erschienen und hatten ein Programm vorbereitet, und die

Soll nun, wie das Sprichwort sagt, der Narr einem König gleich sein, so darf ihm das Zepter nicht

Frauen aus der Büchnerstraße ihren ersten großen Auftritt: Ilona mit der Leadgitarre, Anne an der Rhythmusgitarre, Renate an den Tasteninstrumenten, Irene am Bass und Dagmar an den Drums. Lange hatten Gerd (Paul) und Jörg gekaspert, ob sie die Go-Go-Boys machen sollten. Mama Hemmers und ihr Freund einigten sich auf je einen kurzen Redebeitrag von je fünf Minuten, es sollte ja ein Fest sein, keine Mitternachtsmesse und kein teach-in, sagte Mama Hemmers. Der Pastor schwankte hinüber zum Rauchhaus und zog sich um, Mama Hemmers zupfte ihre Robe zurecht. Gott, war sie aufgeregt!

fehlen; er führte es in der Gestalt eines Narrenkolbens, anfangs nichts als ein Rohrkolben, der spöttisch auch ‚Narrenzepter' hieß; später brachte man oben einen Narrenzopf mit herausgestreckter Zunge als Verzierung an. Diese Angriffs- und Verteidigungswaffe hatte der Narr an einem Riemen an der Hand oder am Arm hängen. Der Dumme August. Pierrot. Harlekin. Cupido. Columbine. Der Kartenleger. Der Kräuterdoktor. Der Wahrsager. Der Dealer. Der Spieler. Der Dichter. Der Kabarettist. Der Konferencier. Der Humorist. Der Coupletsänger. Der Idiot. Der Haschrebell. Der Straßenmusikant. Der Provo. Der Clown. Der Troubadour. Der Vagabund. Der Rattenfänger. Der Artist. Der Jongleur. Der Zauberer. Der Träumer. Der Blödmann. Die Keystone-Cops.

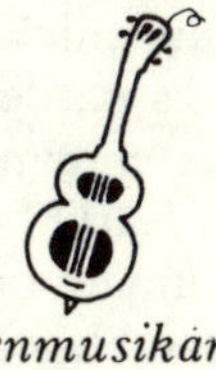

Sarabande

Der Straßenmusikant.
Der Leierkastenmann.
Der Taugenichts.
Der Zwerg.
Der Saboteur.
Der Franctireur.
Der Sabogent.
Der Präsident.
Der Liebe Gott.

Nicht Zettel in die Hausbriefkästen geworfen, jede Familie einzeln aufgesucht und eingeladen. Den Theaterfundus vom Haus am Kurfürstendamm gegen Kaution ausgeliehen. Ein Fest wie eine Schlacht geplant: nichts schwieriger, sagte Hermann Köster, Mama Hemmers alter Schulfreund aus der Muskauer Straße, als einen Spaß mit Spaß vorzubereiten. Er kam, des Schnapsverbots eingedenk, schon mit Kümmelfahne und als Oberbürgermeister. Der Pastor memorierte seine Rede und versteckte den Spickzettel im Armaufschlag seines Don Juan-Aufzugs. Die

Und wir?

Tische bogen sich. Der Einsatzleiter der Hundertschaft Bereitschaftspolizei wünschte sich, nasenlos zur

Holt eure Geschichte hervor:

Welt gekommen zu sein; er wartete auf Befehle, bestimmt würde sich ein Aufrechter

Die Hexe.
Die Zauberin.
Die Fee.
Die Kräuterfrau.
Die Dolle Minna.
Die Tempeltänzerin.
Die Hure.
Die.

Die Marx Brothers:
Groucho
Harpo
Zeppo
Karl.
Charles Chaplin.
Buster Keaton.
W. C. Fields.
Karl Valentin.
Otto Reutter.
Bakunin.
Dick.
Doof.
Pat.
Patachon.
Tati.
Toto.
Harry Langdon.
Bill Haley.
Tarzan.
Der Bismarckhering.
Die Seejungfrau.
Das Nasobem.
Das Rhizom.
Der Maulwurf.
Die Eule.
Die Amazone.
Athene.
Emma Goldman.
Louise Michel.
Carlos.
Eulenspiegel.
Nasreddin.
Scheherezade.
Das Cowgirl.

Berliner finden, Anzeige zu erstatten und so ein Signal zu geben, diesem Spuk ein Ende zu bereiten. Auf Mama Hemmers kam der Alte Fritz zu. Kennen wir uns nicht, Gnädigste, schnarrte er und schnupfte vom Handrücken. Mama Hemmers zog überrascht die Brauen unter der Maske zusammen. Ihre Stimme, mein Herr, flötete sie, kommt mir bekannt vor. Das will ich meinen, sagte der Alte Fritz stolz. Tanzen Sie, mein Herr? fragte Mama Hemmers, die der Sache auf die Spur kommen wollte. Gewiß, stotterte der Alte Fritz. Er hatte es noch nicht erlebt, von der Dame aufgefordert zu werden. Das Akkordeonorchester aus Schöneberg ging in einen Tango über. Die Jungen saßen an den Tischen, wischten sich den Schweiß ab, knabberten, tranken, scherzten, warfen mit Konfetti und Luftschlangen, wurden höflich zum Tanz aufgefordert, schwooften. Die Georgia-Büchner-Band pausierte, Ilona trank Sekt in großen Schlucken, Dagmar poussierte mit dem Troubadour, Irene saß einer Fee auf dem Schoß, Gerd warf mit Pfeilen auf Politikergesichter aus Pappmaschee, Klaus schnäbelte mit Katharina der Großen, zwei Dolle Minnas versuchten Ibrahim die Hosen herunterzuziehen, er erhielt Hilfe von der Scheherazade und dem Taugenichts, Martha klatschte Jörg ab und bat ihn zum Tanz, der Herr der Sieben Meere ging mit Dem Leierkastenmann ins Bett, Dick und Doof verfolgten Karl Marx, der riß einen Stand der Stadtteilgruppe um und wurde übel beschimpft und mit der Pritsche geschlagen, aber ehe es ernster wurde, fiel ihm Dr. Watson um den Hals, die Mutter seiner Kinder, mit der er sich vor kurzem versöhnt hatte. Die Zauberinnen und Kräuterhexen umgirrten die Bereitschaftspolizisten, die im Dunkel der Nebenstraßen warteten und mit großen Augen dem Treiben auf dem Mariannenplatz zuschauten, sie steckten ihnen Plätzchen und Blumen zu, versuchten sie mit Lippenstift zu bemalen und schwanden, als die jungen Männer, unruhig geworden, nach ihnen griffen, der Einsatzleiter mit blauem Streifen am Helm bat, betete um einen Einsatzbefehl, die Keystone-Cops behielten die Jungs im Auge. Mama Hemmers beendete den Cake Walk und setzte sich schnaufend an den portugiesischen Tisch. Lüften Sie,

Der Bulle. mein Herr, Ihre Maske, bat sie und fächelte sich
Die Bauchtänzerin. Luft zu, griff zum Sekt und trank. Der
Sancho Pansa. Fremde, der Alte Fritz, grinste infernalisch hin-
Don Quichotte. ter seiner Maske, er legte die knorrige Rechte
Alice from Wonderland. auf den Knauf seines Stocks und sagte
Marilyn. in dürrem Tonfall: Die Demaskierung, meine Dame,
Liesl Karstadt. beginnt um Mitternacht. Die Türken aus
Die Losverkäuferin. der Naunynstraße griffen zu ihren Instru-
Die Nornen. menten und begaben sich zur Bühne. Die Akkor-
Die Parzen. deonisten verließen das Podest. Fatima griff zum
Die Erinnyen. Mikrofon und sang das von allen geforderte
Die Blaustrümpfe. Lied *Davet:*
Die Rotstrümpfe. Dörtnala gelip Uzak Asyadan –
Die Sansculottes. Im Galopp vom fernen Asien her –
Die Narodniki. Akdenize bir kisrak basι gibi uzanan –
Sherlock Holmes. wie ein Stutenkopf streckt es sich ins
Frau Dr. Watson. Mittelmeer: –
Die Heinzelmännchen. bu memleket, bizim –
Der letzte Mohikaner. dieses, unser Land.
Die Klofrau von Hannover. Und den Refrain sangen wir alle
Die Vorzimmerlahme. mit, auf Türkisch und auf Deutsch:
Der Salonlöwe. Yaşamak! Bir ağaç gibi tek ve hür
Der Dandy. ve bir orman gibi kardeşçine,
Die Matrone. bu hasret bizim!
Die Dame ohne Unterleib. Leben! Einzeln und frei wie ein Baum
Das Nachtgespenst. und brüderlich wie ein Wald,
Robin Hood. ist unsere Sehnsucht.
Schinderhannes. Nicht nur der Alte Fritz wischte sich das nasse
Gesche Gottfried. Auge, nicht nur Celile sang aus vollem Halse,
Messalina. nicht nur Bakunin versuchte, streng dreinzusehen,
Aspasia. nicht nur Nasreddin nickte im Takt mit dem Kopf,
Phryne. nicht nur Münever summte die zweite Stimme der
Athene. näselnden Geige mit, nicht nur der Salonlöwe schluck-
Artemis. te, und da war es gut, daß die Georgia-Büchner-Band
Gaia. die Bühne betrat und anfing zu rocken!
Der Ochs vorm Berg.
Der Luftikus.
Der arme Poet. **Blues I** 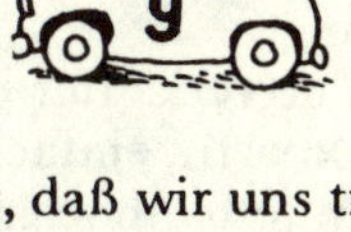

Der dünne Mann.
Hans und Hänschen.
Fallada. In dieser Nacht wurde mir klar, daß wir uns trennen
Hänsel und Gretel. würden. Die Frauen würden wohl die Woh-
Akim. nung in der Büchnerstraße behalten, die Männer gehen.
Tom Prox. Und ich und du, Vera?
Buffalo Bill. Vom Platz her hörte ich Ilonas Gitarre sich erhe-

Tatanka Yotanka. ben, und jeder einzelne Ton zog meine Arme
Die Viererbande. hoch, meine Beine hoch, meinen Leib hoch,
Das Revolutionäre Guerillaorchester. und im Schädel blieb ein
Das Sogenannte Linksradikale Blasorchester. leiser Schmerz.
M. E. K. Bilk. Wir hatten zu lange im Abseits gelebt, und nun
Brühwarm. waren wir wieder exponiert. Es war alles von selbst
Grips. gekommen, Klaus' Arbeitsunmut, daß Gerd unser Ge-
Rote Grütze. werbe lernte, daß wir sie einweihten in die Sache
Das Rationaltheater. mit Lébert, der Einbruch in die Firma,
Kalif Storch. der Einbruch bei Lébert, der Tote, auf einmal,
Hadschi Halef Omar. gewünscht, unterschlagen, herbeigesehnt,
Oma Duck. verdrängt, die verhafteten Perser, aber die zu aller-
Tick, Trick und Track. letzt. Wir redeten zu schnell. Dachten
Nina Hagen. zu schnell, zu oberflächlich, nicht nach. Dinge
Der Große Böse Wolf. geschahen uns, sie taten uns, nicht wir
Wolf Biermann. sie. Ein aufgeribbelter Teppich, am Schluß
Het Maneken Piss. nur noch die Unterlage und kein Muster
Die Loreley. mehr. Ich stand auf, schleifte mit den Füßen
Die Drachentöterin. durch den Kies, hörte das Wispern in den
Melissa. Büschen. Kam zum Platz. Und
Santa Caecilia. da war Lärm.

Conférence

Ein Bayer aus Untergarching kommt zum Bahnhof von Untergarching und sagt: I hött gern a Foarkoartn, einfach, na Peking.
Fahrkartenverkäufer: Wos wuins?
Bayer: A Foarkoartn, einfach, na Peking.
Verkäufer: No, des homma net, do müssns na Minchen foan, do kriangs dös.
Unser Bayer löst eine Fahrkarte nach München, Hauptbahnhof, setzt sich in den Zug, steigt in München aus, geht stracks zum Fahrkartenschalter und sagt: I hött gean a Foarkoartn, einfach, na Peking.
Der Billettverkäufer ist perplex: Wos wollns?
A Foarkoartn, einfach, na Peking.
Der Bundesbahnbeamte kratzt sich am Schädel: Jo, dos is so: da lösns am bestn a Billet na Hambuarg. Dös is dös Tor zur Welt, von do gehts ab.
Unser Bayer löst sich eine Fahrkarte, Hamburg, Hauptbahnhof, zweiter Klasse, einfach, setzt sich in den Zug, fährt nach Ham-

burg, steigt am Hauptbahnhof aus, geht zum Fahrkartenschalter: I hött gern a Foarkoartn na Peking. Einfach.
Der Schalterbeamte glaubt, nicht richtig verstanden zu haben, faßt sich aber und sagt, bemüht gleichmütig: Ja, min Seuten, dat is so: dat is nich so einfach nich. Da fährse am bessen nach Berlin. Das isn bannig grooten Stück näher dran an' Osten, ne. Von da musse sehn, wie de weiterkommst.
Unser Bayer kauft eine Fahrkarte, setzt sich in den Interzonenzug, kommt in Berlin an, steigt am Bahnhof Zoo aus, geht, ohne sich zu besinnen, zum Fahrkartenschalter und sagt: I hött gern a Foarkoartn, einfach, na Peking!
Der Schalterbeamte glotzt ihn an: Wa?
A Foarkoartn, einfach, na Peking.
Sagt der Schalterbeamte: Du vaäppels mir doch nich, wa? Also, det is so, da fährste am bestn nachm Osten. Det sinn ja nu Vabündete, wa, die Chinesn un unsre Brieda un Schwestan, wa; also, Bahnhof Friedrichstraße, von da jehts bestimmt.
Unser Bayer kauft die entsprechende Fahrkarte, steigt Bahnhof Friedrichstraße aus, geht zum Schalter, sagt gleichmütig: I hött gern a Foarkoartn, einfach, na Peking.
Der Beamte der Reichsbahn bleibt ungerührt: Wat soll'ck da jroß sajen, det is nich einfach, wa. Wie se vielleich wissn wern, jabs da, sachenwermal, kleene Differenzen zwischen die un uns, da wür'ck Ihn' ratn, Sie lösn ne Fahrkarte nach Moskau, wa, un von da müssense sehn, wiese weita komm. Wa?
Unserem Bayern ist das recht. Er löst eine Fahrkarte für den Interzonenzug Paris-Berlin-Warschau-Moskau, setzt sich in ein Zweiterklasse-Abteil und fährt los. Kommt schließlich in Moskau an. Steigt aus. Geht zum Schalter. Guckt nicht links, guckt nicht rechts, zückt die Brieftasche, sagt: I hött gern a Foarkoartn, einfach, na Peking.
Die Verwirrung ist groß. Nach einiger Aufregung gelingt es, einen Dolmetscher aufzutreiben, der dem Beamten des Bayern Wunsch verklickern kann. Man macht ihm klar, daß auf Grund der ideologischen Differenzen zwischen der Sowjetunion und der VR China der Grenzverkehr gesperrt sei, rät ihm aber unter Hinweis auf ortskundige Führer am Ort der Ankunft zum Kauf einer Fahrkarte für eine Reise mit der Transsibirischen Eisenbahn. Unser Bayer kauft die Karte, setzt sich in den Zug, fährt Tage und Nächte durch Europa, den Ural, durch Sibirien, gelangt schließlich nach Wladiwostok. Als er merkt, der Zug leert sich und fährt nicht weiter, steigt unser Mann aus Untergarching aus, strebt zum Fahrkartenschalter, den er, da er aussieht, wie alle Fahrkartenschalter auf allen Bahnhöfen der Welt aussehen, ohne Mühe findet, zückt die Brieftasche, faßt den sibirischen Fahrkar-

tenverkäufer ins Auge und sagt ohne Stottern, ohne Zögern und Stammeln: I hött gern a Foarkoartn na Peking. Einfach.
Der Sowjetbürger redet auf ihn ein. Der Bayer versteht kein Wort. Gleichmütig wiederholt er immer wieder seinen Wunsch: A Foarkoartn, einfach, na Peking.
Es dunkelt schon, als es endlich gelingt, einen Menschen aufzutreiben, der nicht nur Deutsch kann, sondern auch des Bayerischen mächtig ist. Dieser erklärt dem Bayern mühsam die Lage an der sowjetisch-chinesischen Grenze, erwähnt die Vorfälle am Ussuri, schüttelt immer wieder den Kopf, macht dann aber, als der Bayer uneinsichtig auf seinem Reisewunsch beharrt, dem Fremden klar, wenn es ihm nicht so auf Rubel und Kopeke ankomme, könne er einen Jäger beibringen, der den Bayern gegen ein angemessenes Entgelt über die Grüne Grenze bringen könne. Sei der Bayer dann erst auf chinesischem Boden, müsse er sich einem Eingeborenen anvertrauen, zum nächsten Bahnhof hinter der Grenze bringen lassen und könne von dort, wie gewünscht, eine Fahrkarte nach Peking erwerben. Das Risiko des Schwarzen Grenzübertritts schreckt den Mann aus Untergarching nicht, er hält sich an des Dolmetschers Ratschlag, gelangt auch, zwei Mal ein gutes Trinkgeld in Deutscher Mark gebend, zum chinesischen Grenzbahnhof, sagt nur knapp: Peking und erreicht schließlich nach diesen Mühen und Umwegen das ersehnte Reiseziel, nimmt sich ein Hotelzimmer, besichtigt die Stadt, wie es sich gehört, die Stadt gefällt ihm gut, unser Bayer fühlt sich sauwohl als Tourist, aber eines Tages ist sein Urlaub doch schon fast vorbei, und so geht er zum Pekinger Hauptbahnhof. Tritt an den Fahrkartenschalter, blickt dem fremdartigen Beamten freundlich in die Augen und nennt unbefangen seinen Wunsch: I hött gern a Foarkoartn, einfach, na Garching.
Der Beamte zuckt mit keiner Wimper. Fragt nur: Obelgalching, mein Hell, odel Untelgalching?

Blues II

Ich ging rüber zum Urban-Krankenhaus,
fand meinen Jungen da:
er lag da auf nem kalten Zinktisch,
so kalt, so weiß, so nackt.

Er hatte sich den Goldnen Schuß gesetzt
mit Tinke und Strychnin
im Park am Landwehrkanal,
allein und müd und leer.

Nun öffnen sie ihm Brust und Schädel
und nähn ihn wieder zu
mit Zeitungen und Unglück vollgestopft,
verdreckt und nackt und tot.

Dann geh ich hin zum Baruther Friedhof
und guck beim Verbuddeln zu
schmeiß ihm ne Rose und die Gun nach
un heuln Schlag vor Wut.

Zuhaus zieh ich meinen Fummel aus,
schnapp die Tinke un das Besteck
un geh langsam auf die Reise,
kaputt, allein un weg.

Un die Pusher machn weiter Kasse,
un das RD lacht sichn Ast,
un die Meos baun weiter Schlafmohn an,
un die CIA fliegtn her.

Un dann zieh ich los zum Babystrich
un blas fürn Pfund n Typ
un wenn dun Kilo locker machst
komm ich mit hoch zu dir.

Un dann denk ich an mein Jungen
auf seim ollen Zinktisch
un denk an meinen Goldenen Schuß
und mach dann wirklich Schluß.

Zauber 12

Der Grenzer auf seinem Wachturm am Antifaschistischen Schutzwall glotzt durch sein Fernrohr und macht runde Augen: Charly hat sich als Charlie verkleidet, Charly stiefelt aus dem Rauch-Haus, seine Groupies hinterher, Egon als Lenin, Karl als Stalin, Ferdie als Rosa; Charly trägt seinen großen Zylinderhut, die ge-

streiften Hosen, die Bürgerschreckjacke, den Bürgerschreckbart, den Bürgerschreckschlips, die von Paula (ja, die vom Bülowbogen, die fürn Pfund Aufschlag raffinierte Triller aufm Schwanz spielt) geliehene Langhaarlöwenmähne.
Charly springt auf den Tisch, seine Groupies gruppieren sich um ihn, n paar Jungs vom Baruther Friedhof machen das *Abendmahl* komplett; Rainer fotografiert wie wild, ein Springerknecht wird enttarnt, wie er grad mit der Minox aus der Hüfte schießt, das große Licht geht aus, der Punktstrahler vom LKW her richtet sich auf Charly.
Der steht aufm Tisch, mang die abgefressenen Pappteller. Krempelt die Arme hoch, zeigt die nackten Unterarme nach allen Seiten hin, dreht die Hände, wiegt sich in den Hüften, läßt sich den großen Zylinder von Rosa vom Kopp pusten, fängt ihn auf, zeigt ihn in die Runde: leer.
Charly macht Abrakadabra.
Charly holt ein rotes Karnickel aus dem Hut.
Selbst die Bullen grinsen, und alle lachen.
Charly steckt das rote Karnickel wieder in' Hut.
Untergang der Arbeiterparteien, schreit einer.
Charly greift Rosa an den Hut. Die nestelt umständlich, zieht die Stricknadeln ausm Dutt, machtn Hut los. Auf dem sind Kirschen drauf. Charly zeigt den Kapotthut in die Runde. Nischt drin. Charly macht die Pantomime: Rosa versteht, wiegt sich in den Hüften, zieht die Chiffontücher aus dem Busen.
Eins.
Bleu.
Zwei.
Rosé.
Drei.
Kanarigelb.
Vier.
Lindgrün.
Nun ist Rosa platt.
Charly wedelt mit den Tüchern in der Luft.
Punktlicht, Tabakrauch, Chiffontücher.
Lenin holt sich eine vom Nachmittag, vom Kinderfest liegengebliebene Blechtrommel, wirbelt mit den Stöcken, trommelt, mitm Schlag auf eins und drei, Stalin und Rosa und die anderen Jünger klatschen, mitm Schlag auf zwei und vier.
Charly zeigt Rosas rosa Chiffontuch in die Runde. Steht was drauf. 'sn drauf? Stehtnda? Eh, zeich noch ma! Charly hält Rosas rosa Tuch zwischen den weit auseinandergestreckten Händen, dreht sich, klappert mit den Absätzen, mitm Takt auf zwei und vier. Vorlesen! schreits von hinten.

SEL-ARBEITER STREIKEN FÜR ZEHN PROZENT! schreits von vorn.
Trommelwirbel.
Stille.
Charly steckt Rosas rosa Chiffontuch in den Zylinderhut, mit der Linken, hebt den Zylinder hoch, mit der Rechten, senkt den Zylinder, wechselt die Hand, greift mit der Rechten in den Zylinderhut, zieht Rosas rosa Chiffontüchlein wieder raus, schlenkert es, entfaltet es. Wie ein rosa Banner weht Rosas Tuch in der Luft. Schrift drauf.
Stille. Johlen. Lachen. Lesen:

KRAWALLE IN DEN SEL-WERKEN.

Charly zeigt das bleue Tuch hoch. Wir lesen:
POLIZEI KNÜPPELT GENEHMIGTE DEMO AUSEINANDER.
Steckt Charly das Tuch in den Hut, ziehts mit rechts wieder raus, zeigts hoch:

ANARCHISTEN ENTFESSELN STRASSENSCHLACHT!
50 VERLETZTE ORDNUNGSHÜTER!

steht nun auf Rosas bleuem Chiffontüchlein.
Steckt Charly das lindgrüne rein, stand drauf:

BVG-BENUTZER FORDERN HERABSETZUNG DER FAHRPREISE

Greift Charly mit rechts in den Hut, zieht das Tuch raus, breitets aus, zeigt in die Runde:

ANARCHISTEN FORDERN NULLTARIF FÜR
BAHN, POST UND BORDELLE!

Charly zeigt das kanarigelbe Tuch herum; aus

HÄUSER AUS DER GRÜNDERZEIT
UNTER POLIZEISCHUTZ GESPRENGT

wird:

UNSERE STADT WIRD SCHÖNER!

Werfen Stalin, Rosa und Lenin und die anderen Apostel nacheinander Charly vorbereitete Spruchbänder zu, der steckt sie in sein Hut mit links, holt sie mit der Rechten wieder raus.
Aus

TODESSCHWADRON ERMORDET UNNENNBARE

wird:

UNGLAUBLICHE SELBSTMORDSERIE DER TERRORISTEN IN IHREN ZELLEN! WER SCHMUGGELTE DIE MASCHINENGEWEHRE IN DAS GEFÄNGNIS?
Und immer schneller werfen sie Charly die Tücher zu, nachdem sie sie uns gezeigt haben, und immer schneller holt Charly sie, leicht verändert, pressegerecht zubereitet, wieder aus sei'm Hut.
Aus

MEHRWERTSTEUER WIRD ERHÖHT

wird:

MEINUNGSUMFRAGE ERGIBT: ALLE WOLLEN OPFER BRINGEN,

aus:

AUS PROTEST GEGEN DIE HERRSCHAFT DES SCHAHS BESETZTEN PERSISCHE STUDENTEN BOTSCHAFT DES IRANS IN BERN

wird:

RADIKALINSKIS MISSBRAUCHEN GASTFREUNDSCHAFT,

aus:

SÜDAFRIKANISCHE TRUPPEN MARSCHIERTEN IM AUFTRAG DER USA IN ANGOLA EIN

wird:

KUBANISCHE SÖLDNER FESTIGEN RUSSISCHE HERRSCHAFT IN AFRIKA !

aus:

ROMANMANUSKRIPT ZAHLS ÜBER KNAST IN DER BRD VERBOTEN

wird:

ANARCHIST SCHEFFELT GELD MIT HETZPROPAGANDA AUS DER ZELLE !

aus:

KERNKRAFTWERKE: GEFAHR FÜR TAUSEND GENERATIONEN

wird:

OHNE ATOMSTROM GEHEN DIE LICHTER AUS

aus:

CSU-VORSITZENDER WURDE AUFSICHTSRAT VON FLUGZEUGWERK

wird:

STRAUSS: RUSSEN RÜSTEN WIE DIE WAHNSINNIGEN; ICH UND HUA SEHR BESORGT.

Und dann springen Rosa und Ilona und Irene und Martha und Gabi und Petra auf den Tisch, und vom Lautsprecherwagen her ertönt Musik, und sie tanzen den CanCan, und alle klatschen wie verrückt, und die Mädels drehen sich um und heben die Röcke, und auf jedem Po jedes Mädels steht ein Buchstabe, und wir lesen:

PRESSE

und sie singen das

Presselied:

Wie ist doch die Zeitung interessant
Für unser liebes Vaterland!
Was haben wir heute nicht alles vernommen!
Soraya ist gestern niedergekommen,
Und morgen wird der Kanzler kommen,
Hier ist der Bürgermeister durchgekommen,
Hier ist der Willy heimgekommen,
Bald werden sie alle zusammenkommen –
Wie interessant! Wie interessant!
Gott segne das fdGO-Vaterland!

Wie ist doch die Zeitung interessant
Für unser fdGO-Vaterland!
Was ist uns nicht alles berichtet worden!
Die Währungsschlange ist fett geworden,
Ein SEK-Schütze erhielt einen Orden,
Die Generäle erhielten silberne Borden,
Der Kanzler hält wieder Hof im Norden,
Und zeitig ist es Herbst geworden –
Wie interessant! Wie interessant!
Das Weiße Haus segne das liebe fdGO-Vaterland!

Rede

Gretchen. Dieses Stadtteilfest mit Maskenball ist ein Abschieds-
Minna von Barnhelm. fest. Mit diesem Fest verabschiede ich
Witwe Bolte. mich von Kreuzberg und von Berlin. Ich bin alt
Das Dicke Ende. geworden hier, und ich bin es satt. Bin es satt,
Das Fette Fleisch von Wittenberg. wie die Herren, die in Villen
Hermann der Cherusker. wohnen, unseren Stadtteil kaputt-
Anais Nin. machen (Beifall). Bin es aber auch satt, weiterhin
Colette. zugucken zu müssen, wie wir, Arbeiter, Rentner und
Zazie. Rentnerinnen, Gastarbeiter, Studenten, Intelligenz, uns
Anna Magnani. das gefallen lassen: fast kampflos. (Vereinzelte
Asterix. Buhrufe.) Ich habe keinen Bock, den vielen klugen
Obelix. Worten über Sanierung, also Stadtzerstörung, auch nur
Der Nichtsnutz. noch ein Wort hinzuzufügen. Ich werde gehen.
Die Spitzmaus. Und Ihr werdet weiterhin hier leben müssen.
Der Chef (4 Versionen). Entweder so, wie es euch paßt, oder
Der Arme Ritter. so, wie es Denen paßt. Ich will euch nicht

Ilsebill. die Stimmung versauen, dazu sind wir nicht hier, und
Rotkäppchen & Oma. dazu bin ich hier nicht auf das Podest
Lieselotte von der Pfalz. gestiegen und hab mir dabei fast die
Satan. Schleppe dieses schönen Kleides abgerissen. Ich habe
Stalin. gelernt zu verlieren, es ist an uns, gewinnen zu lernen.
Opa Burg. Gewinnen heißt feiern. So ist dies Fest eine Mah-
Schlagetot. nung an euch: dran zu denken, daß es immer so sein
Ohnemichel. könnte. Wir haben was Vernünftiges zu essen und
Der deutsche Michel. was Schönes zum Saufen aufgefahren,
Mimie. damit ihr nicht vergeßt, wie das schmeckt. Wer sich
Nana. immer mit Cola und Hamburgern abfindet, hat schon
Madame Curie. verloren, ehe er anfängt. (Gelächter.) Wir haben
Schneeweißchen & Rosenrot. alle eingeladen, die hier in der
Kröver Nacktarsch. Gegend rund um den Mariannenplatz und
Simplicius Simplicissimus. in der Adalbertstraße wohnen. Es
König Ubu. sind welche gekommen: zu wenige. Warum? Warum
Fleckelschuhmacher. haben wir selbst den Mut zu feiern nicht
Bürstenbinder. mehr? Gekommen sind Menschen aus mehreren
Scherenschleifer. Ländern. Das freut mich. Denn so habe ich
Pemselmacher. mir Kreuzberg immer vorstellen können: als
Froschhändler. ein Viertel, in dem die Menschen aufeinander
Mausefallenfabrikanten. zugehen – oder dies zumindest lernen.
Makkaronifüller. Einander respektieren und aus dem vielen
Päpste. Verschiedenen ein neues Ganzes bilden. Was es hier
noch nicht gab. Ihr müßt mir verzeihen, wenn ich jetzt
sentimental werde. Dazu hab ich das Recht. Ich bin
eine alte Frau (verneinende Rufe), ich hab hier lang genug
gelebt, um ...

Reggae I

Mamma Hemmers heulte, winkte aber gleichzeitig mit der linken Hand, in der sie ein riesiges Taschentuch hielt, der Pastor half ihr vom Podest, die Akkordeonband stimmte eine Polka an. Alles tanzte. Dann kündigte Mama Hemmers die Georgia-Büchner-Band an und ging ins Dunkel hinter den Crèpe-Stand. Der Pastor redete auf sie ein; da mußte sie wieder lachen, er war sternhagelvoll. Vom Podest her hörten sie zunächst das Schlagzeug, dann den Baß, dann die Rhythmusgitarre, Perkussionsinstrumente, und Ilona sang:

Da sagen die, da wärn Stück Kuchen für mich
Im Himmel – wenn ich krepiert bin.
Aber in der Zeit zwischen Geburt
Und deinem Tod
Hörn sie nich mal zu, wennste bitter heulst.
Darum, so klar wie die Sonne scheint,
Hol ich mir mein' Anteil jetzt und heut.

Je härter die uns kommen
Desto tiefer fallen sie – alle;
Je härter sie uns kommen,
Desto tiefer fallen sie alle,

und dann fetzte Irene ein Wahnsinnssolo auf dem Baß, der Rhythmus stoppte, schleppte sich, kam wieder in den Tritt, und Anne sang:

Ja, jetzt isses uns völlig klar, daß
– Verdammt lang –
Wir nur hypnotisiert warn.
Wir leiden Tag und Nacht,
Aber aufrecht stehn wir.

Wer einen Fehler macht hier, wird
Mit der Peitsche korrigiert,
Aber jetzt sagen wir: das passiert nicht
Mehr, passiert nicht mehr.

Jetzt übernehmen wir den Laden hier,
Denn: wir haben gelernt:
Wir leiden Tag und Nacht, aber stehn
Noch aufrecht.

Und dann hielts mich nicht mehr, und ich sprang auf die Bühne, und Renate lachte mich an und wechselte nur leicht den Takt, und wir sangen zusammen:

I've been down on the rock
for so long. I seem to wear
a permanent screw. But I'm
gonna stare in the sun, let the
rays shine in my eyes. I'm
gonna take a just a one step
more. Cause I feel like
bombing a church

now that you know
that you know
that the preacher is lying.

So who's gonna stay at home
when the freedom fighters are
fighting?
So who's gonna stay –

Interlude

Und dann stand der Typ mit seinem dämlichen Helm mit dem blauen Streifen drauf da und fragte nach dem *Verantwortlichen.* Ham wer nich, schrien wir, und: Gibs nich. Hammer abgeschafft. Zog der Typ einen Zettel aus der Arschtasche und fragte nach einer Person, die Hemmers hieße. Kommt die Alte Pompadour auf ihn zu, den Pastor und den Alten Fritzen im Windschatten, sagt hoheitsvoll: Ja. Und was er von ihr wolle und so.
Es stank nach Knüppeln. Es war ganz still geworden. Die hatten dichtgemacht, ist ja auch einfach, der Mariannenplatz bildet einen Sack, und wir steckten drin. Die letzte Musik wars wohl, die die Typen knüppelgeil gemacht hat. Oder so. Ne, war ein Rentner, sollte es gewesen sein. Wo der denn wohne, fragte Mama Hemmers. Das, sagte der Römer, den Zettel wieder in die Arschtasche steckend, könne er nicht sagen. Sie frage, sagte Mama Hemmers, nicht, dem Kerl was auf den Hut zu geben, sondern nur nach der Straße. Der Einsatzleiter nannte sie. Mama Hemmers alias die Alte Pompadour nickte befriedigt, da, sagte sie, haben sie und ihre Söhne jeden, aber auch jeden einzeln, eingeladen. Das, sagte der Einsatzleiter, dem die Sache zu langsam ging, tue nichts zur Sache, hier jedenfalls sei Schluß, weiß ich, das Türkenmusikverhinderungsgesetz oder die 8. Novelle zur Verhinderung der Ausbreitung von Reggae und Blues in Kreuzberg oder der Gottseibums gebiete dies und das. Das übliche Blabla. Eine handfeste Kriegserklärung. Die Marx Brothers präparierten schon mal ein paar Stuhlbeine, die Türken und ihre Frauen Limonaden- und Weinflaschen. Dabei hatten wir keine Chance. Es war sehr still geworden. Wir konnten die Hundertschaft um uns herum zwar nicht deutlich sehen, aber umso deutlicher spüren und riechen. Es roch nach Zoff. Bambule! schrie eine, aber das hatte keinen Pfiff. Mama Hemmers redete auf den Typen ein, zog die Papierchen aus ihrer bestickten Tasche, zitierte, drohte, flehte.

Da steht der Pastor plötzlich aufm Podest. Gibt Renate ein Zeichen, den Saft anzuschalten, torkelt ans Mikro, zurrt an seinen Manschetten, pliert in die Menge, glotzt in die Runde, räuspert sich, der Saft ist voll auf dem Draht, und das Räuspern klingt wie wenn Zeus hustet, schnappt sich das Mikro mit der Rechten, zerrts vors Maul, legt los.

Predigt

Die schiere Wut Gottes zuvor, liebe Schwestern und Brüder! Aller Preis, Name, Ehr und Würde und alle Herr- und Damenlichkeit, sei dir allein, du ewiges Gotteskind, Philipper 2, ich rate der uniformierten Kröte, die da aus Noahs Arche hüpfte und leider nicht ersoff, schleunigst das Weite zu suchen! Wenn euer nur drei sind, die in Gott gelassen, allein seinen Namen und Ehre suchen, werdet ihr eine Hundertschaft nicht fürchten. Nun dran, dran, dran, es ist Zeit, die Bullen sind verzagt wie Hunde. Dran, dran, dran, auch wenn euch der Esau gute Worte vorschlägt, 1. Mose 33. Seht nicht an die Rüstung dieser Gottlosen. Sie sollen keine Gnade haben. Ihr müßt dran, dran, es ist Zeit! Jörg und Niko, Peter, Dagmar, gehet voran beim Tanz! Es haben die Sodomiter und Gomorrhiter und Syphilitiker diese Stadt ruiniert und zerstöret, und wir suchten Recht bei den Moabitern, und da lag es im Dreck. Aber ich sage euch, der HErr wird auch die Moabiter in unsre Hände geben, wie er es getan. Jagen werden wir sie und ihre grünen Kröten, besetzen die Furten an Spree und Landwehrkanal, die nach Moab gehen und niemanden hinüberlassen und erschlagen alle zur rechten Zeit, die Moabiter und ihre Heerscharen, nicht mehr als 10 000, alles starke und streitbare Männer, so daß auch keiner kann entrinnen. So werden die Moabiter gedemütigt zu jener Zeit von den Kindern des Volkes, so wie es einst geschah, Richter 3. Hier wollen wir Unterricht geben den Schwestern und Brüdern, daß ihre Herzen größer werden sollen als alle Schlösser und Gerichte und Villen und Polizeipräsidien der gottlosen Bösewichte in dieser Stadt. Dran, dran, solang das Feuer heiß ist! Lasset das Schwert nicht kalt werden, erlahmt nicht, heraus mit euren Zwillen und Stöcken! Schmiedet pinkepanke auf den Ambossen Nimrods, werft ihre Macht zu Boden! Es ist nicht möglich, solange sie leben, daß ihr der menschlichen Furcht leer werden solltet. Man kann von Gott euch nichts sagen, solange sie über euch regieren. Dran, dran, solange ihr es hell habt! (Er schwankte und hielt sich am Mikrophon fest. Nun löste sich die Erstarrung des Einsatzleiters, und auch drei, vier Zivile standen auf einmal da, wie aus dem Boden gestampft, und von der Waldemarstraße her konnten wir plötzlich die Geräusche von Wasserwerfern hören und Schritte im Takt. Doch furchtbar fing unser Pastor wieder an zu brüllen:) Den Schweiß pressen sie uns ab in ihren Fabriken, die von uns gebauten Häuser lassen sie verrotten, den letzten Krümel Shit filzen sie aus unseren Taschen, zu unseren Festen schicken sie ihre Raub- und Mordknechte, mit Wasserwerfern drohen sie uns, ich aber sage euch: Gott geht euch voran, folget, folget, dran! Die Geschichten stehen geschrieben, Matthäus 24, Hesekiel 34, Daniel 7, Esra 10, Kapital 1 - 3, Offenbarung 6, welche Schriften alle Römer 13 erklären. Darum laßt euch nicht abschrecken. Gott ist mit euch, wie geschrieben steht II. Chron. 20; aus einem armen Rentner haben sie einen Anständigen, Aufrechten Berliner gemacht – ein Denunziantenschwein, bei dem die Einladung zu diesem Ball eine Perle vor die Sau – (Nun riß der Einsatzleiter sich erneut zusammen und sprang mit einem Riesensatz auf die Bühne. Schluß! schrie er, hochroten Gesichts, und klappte das Visier herunter. Schluß mit dem Mummenschanz und der Gotteslästerung! Er griff nach unserem Pastor. Aber der wich zurück und ließ den Mikrophonständer nicht fahren und zog die Ober- und Unterlippe unter die Nase und lief lila an und hob den Mikroständer und knallte ihn mit voller Wucht dem Bullen auf den Helm. Der taumelte, fiel, sackte langsam vom Podest. Er war nicht mehr dazu gekommen, das Trillerpfeifchen, das er an den Mund setzen wollte, zu betätigen. Der Pastor schwankte und stampfte auf:) Dies sagt ER: Ihr sollt euch nicht fürchten. Ihr sollt solche Rüpel nicht scheuen. Es ist nicht euer, es ist des HErrn und unser aller Streit. Sie stellen sich nur männlich. Ihr habt gesehen, wie es dem Zweifler und Knecht des Bösen geht. Ihr werdet sehen die Hilfe des HErrn über euch. Drum: dran, dran, solange wir in der Übermacht sind!

Die vier Zivilen fanden sich einer entschlossenen Menge gegenüber; die Polizisten im Hintergrund blickten nicht durch, ihnen fehlte, was sie zu Polizisten macht: Befehle. Die Situation spitzte sich zu. Der Pastor stand auf der Bühne, hielt sich am Mikrophonständer fest und guckte erstaunt um sich. Renate ging zu ihm hin und sprach auf ihn ein. Mama Hemmers fiel dem Alten Fritzen um den Hals. Der Einsatzleiter rappelte sich auf; es wurde sehr sehr still. Da hörten wir alle die Stimme des Alten Fritzen: Ruhe bewahren, es geht gleich weiter.

Da ging er hin, die Hand auf dem Knauf seines Stocks, wir konnten uns kaum das Lachen verkneifen, half dem Polizisten auf die Beine, zog einen Ausweis aus der Tasche, präsentierte ihn, der

Bulle grüßte zackig, ging zu den Zivilen, flüsterte mit ihnen, trat an die Alte Pompadour heran, sagte auch ihr etwas und ging. Wie ein Meer, das Rote, öffnete sich eine Gasse vor ihm. Drei Minuten später hörten wir, wie die Wasserwerfer abfuhren, die Hundertschaft zog sich wieder in den Schatten der Nebenstraßen zurück.
Ein Wunder war geschehen.
Ein Wunder? lachte die Alte Pompadour und stupste Jörg vor die Brust. Ach was. ER war auf unserer Seite, vertreten durch Georg, der mit Peters Vater im KZ saß, Sozialdemokrat und – ehemaliger Polizeipräsident, in der Weimarer Republik ...

Reggae II
Na, zunächst hatten wir noch ganz schön Muffe, den Arsch auf Grundeis, aber dann, stell dir mal vor, n Bulle auf unserer Seite, ein uralter, pensionierter, stell dir mal vor, du sitzt demnächst mit dem Oberbullen Zelle an Zelle, nur weil der auch Antifaschist und so, gingen die Frauen wieder auf die Bühne, wurde wieder Limo ausgeschenkt, selbstgemachte, für die Türkinnen und Türken, die keinen Wein tranken, und Wein die Menge, und dann stimmten sie ihre Instrumente, und den Pastor schlepptense erstmal weg, ins Rauchhaus, zum Auspennen, und die Alte Pompadour, ach wat, die Mama Hemmers, die schnappte sich den Knackigsten vonner Eisenbahnkommune, den Bakunin, un denn gings wieder los, wa:

Judgement has come
And mercy has gone;
All we caught shall leak out 'n stick up –
let it burn, let it burn, burn, burn,
Rasta blood and fire, Rasta hail!

Blessed is the pipe that always is light –
und dann gingen Bakunin und die Alte Pompadour auf die Bühne und wiegten sich und schwooften und holten sich das Mikro ran und hielten die Köppe zusammen und grölten:

Sabotage

Es waren wie immer
Männer und Maschinen
Es waren wie immer
Tag und Schmerz und verborgene Wut

Einer fing an, das sprang
Über, einer dachte
An den Tag, das sprang
Über, einer sagte irgendwas

Irgendwas, nicht direkt
laut aber mit Nachdruck
Auf einmal war'n paar
Maschinen kaputt, das sprang über

Erst waren da Rufe
Dann Lachen, ein Lied kam auf
Und es fanden sich Fahnen
Und Transparente – und Transparente

Keiner dachte sich was
Besonderes dabei.
Es war wie nach dem Krieg
War wie nach nem düsteren Traum

Und es war Tag
Und es kam Morgen
Und dabei blieb's!

Theaterintermezzo

ESTRAGON Wenn wir uns aufhängen würden?
WLADIMIR Was?
ESTRAGON In unseren Wohnzellen?
WLADIMIR Ne.
ESTRAGON Na, denn nicht.
WLADIMIR Komm, wir gehen.
ESTRAGON Oder kopfstehen?
WLADIMIR Mit wessen Kopf?
ESTRAGON Du auf meinem, ich mit deinem.

WLADIMIR Hast du eine Säge, eine Schere, unsre Köpfe umzupflanzen?
ESTRAGON Eine Schere? Nur die im Kopf.
WLADIMIR Na siehste.
ESTRAGON Warum nimmst du die denn nicht?
WLADIMIR *ruckt an Estragons Kopf und zieht ihn ab. Er dreht ihn um, schüttelt, Blumen fallen heraus.*
Dummer Kopf.
ESTRAGONS KOPF *auf dem Kopf stehend, in den Händen Wladimirs* Sag das nicht noch mal. Oder ...
WLADIMIR *setzt Estragon den Kopf auf.*
Oder was?
ESTRAGON Nichts. Keine Schere im Kopf?
WLADIMIR Keine.
Schweigen.
ESTRAGON Wie wärs, du stehst auf deinem, ich auf meinem Kopf?
WLADIMIR Das machen alle.
ESTRAGON Na, denn nicht.
Schweigen.
ESTRAGON Didi.
WLADIMIR Ja.
ESTRAGON So gehts nicht weiter.
WLADIMIR So siehts aus.
ESTRAGON Sollen wir vielleicht auseinandergehen?
Es wäre vielleicht besser.
WLADIMIR Morgen stehen wir bestimmt kopf. Guck mal, wer da kommt.
ESTRAGON Godot.
GODOT Tach.
WLADIMIR
ESTRAGON Grüß dich. Kommste mit auf ne Demo?
GODOT Klar.
Die drei ab.

The music is over

Wenn die Musik vorbei ist, brechen wir die Stände ab.
Wenn die Musik vorbei ist, fegen wir den Platz, sammeln Becher und Flaschen ein, heben Tische, Bänke und Stühle auf den LKW, schütten wir altes, hartgewordenes Fett und Bratenreste in eine Tonne, knipsen wir die Sterne aus, holen wir die Lampions aus

den Bäumen, füttern wir streunende Hunde und Katzen; wenn die Musik vorbei ist, nehmen wir einander in den Arm und küssen uns die Müdigkeit aus den Nasenspitzen, Mundwinkeln, Salznäpfchen, Fingerspitzen und Schläfen; wenn die Musik vorbei ist, setzen wir uns in Taxen und auf die Ladefläche des LKWs, fahren wir vondannen. Lassen den Platz hinter uns, still, im Morgengrauen gähnend, lassen die Bereitschaftspolizisten in den Schatten, Toreingängen, Pritschenwagen, sehen wir noch Blätter über den Bürgersteig trudeln und Zeitungsfetzen, sehen Bereitschaftspolizisten in Trupps zur Gulaschkanone im Schatten der Kirche, unmittelbar vor der Mauer, gehen, sind die Feldstecher der Wächter des Realen Dingsbums auf uns gerichtet und die Bereitschaftspolizei; verblassen die Sterne völlig, zieht Frösteln in unsere Knochen; wenn die Musik vorbei ist, holen die Polizisten ihren Schlag Erbsensuppe aus der Gulaschkanone, stehen sie an, ihren Plastikbecher voller Kaffee zu bekommen.
Das Fest ist vorüber, die Musik ist vorbei. Und Jörg sagt, als wir gerade in die Adalbertstraße einbiegen, er habe mit Peter und Niko eine ordentliche Portion DOM in Erbsensuppentopf und Kaffeekessel geworfen.
Da fängt die Schießerei und das Geschrei in unserem Rücken auch schon an.

Communiqué
London/Berlin. Eigenbericht.
Im Anschluß an ein im Westberliner Bezirk Kreuzberg gefeiertes Straßenfest von Bürgern soll es zu einem entsetzlichen Massaker zwischen Sicherheitskräften einerseits und Sicherheitskräften andererseits gekommen sind. Die Rede ist von 14 Toten und 47 Verwundeten. Näheres hoffen wir in der Abendausgabe berichten zu können.

18

Von der Strahlungsenergie 1,7 x 10^{14} kW erhält nun die Büchnerstraßenkommune ihr Quentchen, ein Stern durchschnittlicher Größe und durchschnittlichen Alters, etwa 149,60 Millionen Kilometer entfernt, geht auf und strahlt ihr in die Gesichter, zeitlich etwas versetzt, je nachdem, wie das Zimmer liegt; ein Frühstück wird zubereitet, ein Kommunekind gewindelt, der Tisch gedeckt, als es im Rundfunkgerät plötzlich bumst. Das

XVIII. KAPITEL

beginnt geruhsam und endet mit Furcht und Zittern, denn ein

SPEKULANT WIRD SPEKULATIONSOBJEKT.

Da werden Bücher umgestellt, blaue Bände zitiert, kommen Hesse und Beckett zu Ehren, läuft pausenlos der Buntfernseher, zeigt die Staatsraison Vernunft, ein Fürsorglicher trägt sein Stempelkissen mit sich, und ED-Behandelte gehen auf Tauchstation. Oder auch nicht: solange verhandelt wird, herrscht Ruhe im Land, da verteuert sich ein Interview, da klappert eine alte Underwood, eh sie im Kanal versinkt, da raten die Bürger, was sich im Rathaus – daher der Name auch – tut; da werden Fragen gestellt, und ein Vorfall in San Quentin klärt sich überraschend auf; da funkt es kreuz, da funkt es quer, Nachsehen hat die Bundespost; da proben sie Krieg, und ein Bundesvogel erklärt dem Tourismus ebendiesen; wer zum Stillsitzen verurteilt, erinnert sich wehmütig, und nicht nur ein unerwarteter Besuch stellt die Frage: Was kostet der Mensch? César Vallejo aber fragt:

Irgendjemand geht schluchzend
zu einem Begräbnis.
Wie ist es möglich, gewählt zu werden
in eine Akademie?
Einer putzt sein Gewehr in der Küche.
Welchen Wert hat es da, vom Jenseits zu sprechen?:

Ilona Bertram bewegte ihren linken Arm, öffnete die Augen und schaute in einen neuen Tag; das Grau des Morgens drang leise durch das Fenster, flutete durch den Raum und ihren Körper. Sie fröstelte und zog das Bettdeck unter das Kinn; Jörg, der Wand zugedreht, den Hintern an ihrem Oberschenkel, seufzte auf. Die Umrisse der Möbel, ja die Wände selbst waren kaum konturiert, seltsam weich und fließend, nur das Fensterkreuz und die dunklen Samtvorhänge standen klar vor dem langsam hellblau werdenden Grau des Tages.
Sie sah an die Decke, spürte wohlig die Wärme, von Jörg her abstrahlend – wenn die Männer auch zu nichts taugen, als Bettwärmer sind sie zu gebrauchen, hatte ihre Mutter einmal böse gesagt – und genoß die Stille.

Klaus Möller öffnete die Augen. Ihm war, als bliebe sein Herz stehen. Dann erinnerte er sich. Und schloß die Augen wieder. Grinste. Er hatte sich freigestrampelt und spürte die Luft des Morgens wie das Streicheln einer Feder auf der nackten Haut; der Tag würde warm werden, Klaus nahm die Hitze in Gedanken voraus, öffnete die Augen wieder, lächelte, blickte an die Decke, betrachtete ernsthaft, ohne jeden Gedanken, den Stuck in der Mitte der Zimmerdecke, zog das Knie an, stützte sich auf den Ellenbogen und wandte sich über Dagmar Fachette. He, flüsterte er und pustete ihr ins Ohr. He, Sie lachte er leise, aufstehen, heute sind Sie mit dem Frühstück dran. Dagmar hielt die Augen geschlossen, streckte sich, reckte sich, bog sich durch, spannte den Körper, entspannte ihn, schob sich näher an Klaus heran und bewegte ihren Hintern an seinem Oberschenkel, He, he, sagte Klaus, ließ sich sinken und preßte sich in Löffelstellung an sie.

Auf Zehenspitzen ging Dagmar Fachette durch das Große Zimmer, sie räumte den Tisch ab und bemühte sich, möglichst wenig mit dem Geschirr zu klirren, öffnete die Balkontür, zog, ihn aus dem Handgelenk etwas nach oben werfend, den Vorhang zurück und ließ die Sonnenstrahlen auf die Schläferinnen fallen. Irene seufzte ein wenig und drehte sich zur Wand, Anne, eng an sie geschmiegt schlafend, schreckte hoch, lächelte verwirrt und ließ sich wieder sinken. Dagmar rollte den Teewagen in den Korridor und ließ die Tür weit offen. Es zog ein wenig im Raum, der orangefarbene Vorhang flatterte, verhedderte sich an der Rückwand des Klaviers und bauschte sich ab und an auf. Anne zog das Federbett, das Irene nahezu ganz für sich beschlagnahmt hatte, ein wenig nach hinten, stopfte eine Seite hinter ihren Rücken und bedeckte Irenes Schultern mit kleinen, kolibriartigen Küssen. Sie wühlte ihre Nase in Irenes Haare und flüsterte: Aufstehen, du, Frühstück machen, Dagmar ist schon auf.

Peter und Rosie, die bei ihm übernachtet hatte, waren schon lange wach, als Irene die Tür öffnete. Sie waren es nicht gewohnt, täglich ausschlafen zu können und wachten, getrieben von einer perversen inneren Uhr, im allgemeinen schon um sechs Uhr in der Frühe auf. Rosie kraulte den Kopf in ihrer Armbeuge und hielt die Augen geschlossen. Schön, sagte sie, morgens aufwachen, ohne Hast, ohne Lärm, dämmern dürfen und nachträumen, den Schlaf ausklingen lassen und, sie hielt mit dem Kraulen ein und sog hörbar Luft durch die Nasenlöcher, Kaffeeduft riechen, in aller Ruhe aufstehen, duschen, sich an den gemachten Frühstückstisch setzen. Hm, flüsterte Peter, mach doch weiter mit dem Kraulen, und vergiß nicht, alle fünf Tage bin auch ich dran, oder du wärsts, wenn du dich entschließen könntest, hierzubleiben.
Mit den Kindern? fragte Rosie.
Mit den Kindern, erwiderte Peter. Wie oft sollen wir dir das denn noch sagen?
Du bist ein Tor, sagte Rosie, lauter als beabsichtigt, und streichelte Peter mit dem Zeigefinger hinter dem Ohr, tastete die Adern entlang, die Ohrläppchen, den Muskelstrang, ihr geht doch eh bald auseinander.
Dann ziehst du eben hier zu den Frauen, sagte Peter faul und schnurrte.

Gerd (Paul) ließ heißes Wasser ins Waschbecken nachfließen und schäumte mit dem Pinsel Hals und Wangen ein. Anne ging mit dem Gesicht ganz nahe an den Spiegel und zog die Brauen nach. Gerd (Paul) stubste ihr mit dem Pinsel auf die Nase und ließ ihn auf der Spitze kreisen. Eh, hör auf, sagte Anne, bog sich zurück, griff zum Bord und fingerte nach dem Lidschatten. Sie klappte den Deckel auf und spuckte auf die Paste. Wieder näherte sie sich mit dem Gesicht dem Spiegel, es bekam einen angestrengten, aufmerksamen Eindruck. Als sie mit einem Strich den Schatten nachzog und darauf die Wimpern tuschte, hielt Gerd (Paul) den Atem an; fasziniert betrachtete er ihre schnell flatternden Lider im Spiegel.
Es ist immer wieder aufregend, dabei zuzugucken, sagte er dann und setzte die Klinge an.

Gerd Ramsegg zog den Ledergürtel seiner Jeans zu. Er war dicker geworden. Das gute Essen. Nachdenklich starrte er auf das alte Loch im Gürtel, auf den hellen Streifen im Leder, steckte das Ende entschlossen in die Stoffschlaufe und ging aus dem Zimmer. In Veras Raum war es sehr still, und leise öffnete Gerd die Tür, näherte sich auf Zehenspitzen dem Korb und blickte erstaunt auf das Paar Zehen, das über dem Rand sichtbar wurde, lachte Vera an, griff in den Korb und hob das Kind in einem Zug hoch, bis ihre Augen sich gegenüberstanden. Vera sah ihn ernst an und griff mit affenartiger Geschwindigkeit in seinen Vollbart, juchzte auf und furzte vernehmlich. Du bist ja schon wach, unser Schieter, sagte Gerd und trug Vera vorsichtig, sie hatte enorme Kräfte in den Händen und allzusehr sollte sie ihn nicht rupfen, zur Wickelkommode. Gelassen ließ sich das Kind auf den Rücken legen, hob die Beine und ließ den Bart los.

Unsre Liebste ist drall mit festen Hüften
abwechselnd tragen wir sie im Tuch auf dem Rücken.
Von Attila Joszef hat sie keine Ahnung
und wenn sie im Hof um die Wette
mit Maulwürfen gräbt und hochwirft den Sand
und lacht, trägt sein Herz selbst Herr Werner
der mürrische Nachbar
in beiden Händen zu ihr. Sie nimmts.
Und verspeists. Und ist noch lange nicht satt.

Ihr Lachen ist wie die Orange, in die sie beißt
mitsamt der Schale, und es leuchtet die Orange wie sie.
Wenn sie aufwacht morgens und alles noch schläft
flirtet sie mit ihren eigenen Zehen
erzählt ihnen Geschichten und hört ihnen zu
aufmerksam listig verzaubert betroffen.
Im Bad ziehts sie zu all unseren Männern
deren Bärte sie liebt. Die kitzeln.

Die Welt ist ein Vorgarten ihr des Hauses
und in der Ubahn und in den Straßen
betreibt sie völkerkundliche Studien.
Mittags schläft sie im allgemeinen
kein Hendrix stört sie dann, die Stones
hören auf zu rollen, und wenn sie aufwacht
kann hageln es und blitzen: essen will sie

und neu gewindelt werden. Man verschone sie
mit der ganzen alten Scheiße.

Wenn auf dem Teppich sie sitzt, mit Garnrollen spielt
und unseren Katzen: ein Schrei genügt
eine lässige Bewegung der Linken:
und alle sind ihr zudiensten. Nachts
im duftenden Bett, wenn sie – von erstaunlicher Kondition –
uns müde gemacht und unsere Herzen blankgeliebt
sitzen oft wir um den Tisch herum, reden über sie
wies Eltern so tun seit Tausenden von Jahren
knabbern an Plätzchen und an Problemen
rauchen und rätseln über ihre uralte junge unbekannte Rasse.

Irgendwas, sagte Renate Ganzow, ist mit dem Rekorder nicht in Ordnung. Sie hielt den Kopf seitlich geneigt und bürstete ihr Haar in langen Strichen. Kannst du mal nachgucken, heut nachmittag, Gerd? Der grinste sie an. Ach ne, sagte er spöttisch, für so Technoscheiß bin ich gut genug, wa? Hm, sagte sie und steckte sich eine Haarklammer zwischen die Zähne. Blödmann.

Sie legte die Bürste, nachdem sie die herausgekämmten Haare mit einer flinken Bewegung abgestreift und in den Papierkorb geworfen hatte, auf die Kommode und lächelte Gerd an. Na, komm, oller Blödmann, sagte sie, griff nach seiner Hand und zog ihn hinter sich her ins Große Zimmer.

Wir saßen alle um den Tisch, der Kaffee duftete, die Brötchen, frisch nachgebacken, dufteten, die frisch nachgeschnittenen Rosen (wir hatten sie gestern abend aus einem Vorgarten geklaut), rosa und rot und weiß lagen die Schinkensorten auf dem Brettchen, frische Radieschen gabs und Heidelbeeren im Glas, selbstgemachten Joghurt, aus dem Reformhaus gestohlenen Tannenhonig (dort klauen wir, bis die Reformhäuser Revolutionshäuser heißen und es alles zum Nulltarif gibt), französischen Brie, dänischen Steppenkäse, bulgarischen Schafskäse, und Peter brachte die frischen Waffeln, heiß und mit Puderzucker bestäubt. Renate fummelte an unserem Radio herum, ging wild über die Sender, bis Irene sie anfuhr, stellte den Klang leiser, maulte, nicht mal der Tommy bringe Rock, guckte auf die Uhr und ging auf den STS.

Wir griffen zu, Dagmar goß Kaffee in die Tassen, Vera erhielt ihr Schokogetränk, Peter, Rosie und Gerd (Paul) flachsten, als Renate auf einmal: Ruhe! schrie. Wassnlos, eh? Seid doch mal ruhig. Dann hörten wirs im Morgenmagazin: Auf dem Weg in sein Büro war einer von Denen weggekommen, geklaut worden auf offner Straße. Ach du liebe Scheiße, fing das wieder an!

Die Gestalten von Kapitalist, Grundeigentümer und Politiker zeichnen wir keineswegs in rosigem Licht.
Aber es handelt sich hier um die Personen nur, soweit sie die Personifikation ökonomischer Kategorien sind, Träger bestimmter Klassenverhältnisse und Interessen. Weniger als jeder andre kann unser Standpunkt, der die Entwicklung der ökonomischen Gesellschaftsformation als einen naturgeschichtlichen Prozeß auffaßt, den einzelnen verantwortlich machen für Verhältnisse, deren Geschöpf er sozial bleibt, so sehr er sich auch subjektiv über sie erheben mag.
Wohin mit den Blauen Bänden? Nach unten, in Sichthöhe dafür Hermann Hesse. Und den kompletten Bakunin? Nach unten, die Kochbücher dahin. Korsch, Rosa, Pannekoek, Paz, Sender, Serge? In die zweite Reihe von unten, an ihre Stelle Bernhard, Handke, Bekkett, Ionesco! Verfluchte Kacke, nach jeder Aktion der Unnennbaren folgt die Aktion Wasserschlag, der Razzienterror ihrer Gegenüber. Wir sind der Sumpf. Morast. Geistige Unholde. Da reißen sie die Bücherregale ein. Auch bei uns, wir sind doch harmlos? Auch bei uns. Wir sind im Computer. Ich frag euch, was ist das für eine Revolution, wo du nur zugucken darfst im Fernsehen und nachher zittern, wenns klingelt? Obs gut geht? Bei dem bestimmt. Jörg, warum grinst du so, kennst du etwa den Typen, den sie sich gekrallt haben? Von dem hab ich nur gelesen, damals, als diese Korruptionsgeschichte in den Blättern stand. Ach ja, der Kahlschlagsanierer. Wenn sie wenigstens das zum Stoppen bringen könnten: Unsere Forderung lautet, Renovierung der Häuser in Kreuzberg statt Abbruch und Aufbau einer Mondlandschaft, und dann die Kreuzberger direkt abstimmen lassen, was sie mit dem Kerl machen sollen… Die würden die Freilassung fordern. Na, und, dann müßten sie der Forderung nachkommen. Aber so, was hat die Stadtguerilla mit unserer Stadt am Hut? Ihre Kumpels wollen sie befreien. Was dagegen? Ne, aber so? Mach doch mal die Glotze lauter. Mannomann, den ganzen lieben Tag vor der Buntglotze und auf deren Verhandlungsmanöver warten, ich komm mir richtig verscheißert vor:

Interview mit dem Staatsschutz

Herr Kriminalrat Bowerke, Sie sind Leiter der Abteilung Staatsschutz des DKA in Bonn bei Bad Godesberg. Wir, das heißt, meine

Zuhörer, hören sehr oft von Ihnen und Ihrer Arbeit. Worin besteht denn nun, konkret, Ihre Aufgabe?
Wir schützen den Staat, Herr Glogli.
Sehr richtig, Herr Kriminalrat, aber wie denn nun?
Ihnen dürfte bekannt sein, Herr Glogli, daß heutzutage niemand so gefährdet ist wie der Staat. Das war früher nicht so. Darum müssen wir den Staat schützen. Mit allen uns zur Verfügung stehenden Mitteln. Stellen Sie sich nur einmal vor, der Staat würde eines Tages von unverantwortlichen Menschen beseitigt. Nicht auszudenken!
Ihre Mittel, den Staat zu schützen, sind beträchtlich, nicht wahr?
Sie sind unbeschränkt, Herr Glogli. Allein in den letzten fünf Jahren wurde unser Etat um sechshundert Prozent erhöht. Dies aber kann nur der Anfang sein. Die Politiker haben das Problem nun endlich erkannt. Die Gefahr, in der der Staat schwebt, ist doch auch eine existentielle Gefahr für jeden einzelnen Politiker, vom Dorfbürgermeister über den Kreisrechtsdirektor bis hin zum Herrn Bundeskanzler. Wir haben schon 1848 gesagt...
Sehr richtig, Herr Kriminalrat. Aber wie geht das denn nun konkret vor sich, dies *den Staat schützen?*
Der Staat, Herr Glogli, ist ja kein festumrissenes Gebilde. Überall ist Staat und nirgends. Wir erklären daher alles, wo er gerade anzutreffen, zum Vorfeld des Staates, das präventiv zu schützen ist. Verwandeln wir das Vorfeld des Staates in eine Festung, in ein Schlachtfeld, eine Siegfriedlinie, ist der Staat selbst geschützt. Obwohl...
Aber wo steckt denn nun der Staat, Herr Kriminalrat? Ist er denn, um Ihr Bild einmal aufzugreifen, vor lauter Vorfeld überhaupt noch zu sehen?
Der Staat, Herr Glogli, ist überall. Nehmen wir ein Beispiel. Besucht der Staat, sagen wir mal, im Wahlkampf, einen Betrieb...
Der Staat?
Der Staat höchstpersönlich. Also besucht er eine Firma wie...
Bitte keine Namen, Herr Kriminalrat!
Betritt er also das Firmengelände, wo alles auf den Staat wartet, verwandeln wir das Viertel, in dem die Firma liegt, in das Vorfeld des Staates. In eine Festung. In ein Dien-Bien-Phu für alle, die dem Staat übel gesonnen sind. Jeder wird gefilmt, fotografiert, einem jeden werden Fingerabdrücke genommen, alle müssen Hieb-, Stich- und Schußwaffen, Wagenheber, Bauarbeiterhelme, Flaschen und so weiter an den dafür vorgesehenen Stellen abliefern. Wir machen Leibesvisitationen – natürlich nach Geschlechtern getrennt, Herr Glogli – observieren das Terrain, besetzen alle strategischen Punkte wie Dächer, Schornsteine, Kanalisation, Lichtmasten und Garagen. Wir sorgen dafür, daß dem Staat nichts geschehen kann. Selbst wenn er mal, und das muß schließlich jeder, muß...
Wie haben wir das zu verstehen, Herr Kriminalrat?

Nun, selbst dort, Herr Glogli, steht der Staat unter dem unnachgiebigen Schutz eigens dafür geschulter Kräfte. Für den Staat kann es keine intimen Nischen geben. Im Zweifelsfalle schützen wir den Staat vor sich selbst. Denn selbst der Staat ist nicht mehr das, was er einmal war. Wo treffen wir nicht überall auf Staatsmüdigkeit, Staatsverdrossenheit und Mangel an Staatstreue? Dies alles wird von uns unerbittlich geahndet. Es darf keine Staatstrauer geben, nur weil der Staat tot ist.

Sie suchen in jüngster Zeit auch Buchhandlungen auf. Inwiefern muß der Staat denn dort geschützt werden? Ist denn zu befürchten, daß der Staat...?

O nein, Herr Glogli. Der Staat liest nicht. Er schreibt. Er schreibt vor. Im allgemeinen ist der Staat ja nicht an anrüchigen Plätzen anzutreffen Aber die Feinde des Staates, Herr Glogli, überall treffen wir auf sie. Auch und gerade in Buchhandlungen, Zeitungsredaktionen, Funk- und Fernsehanstalten. Unsere Aufgabe besteht nun darin, alles im vornherein, präventiv sozusagen, zu eliminieren, was den Staat auch nur im entferntesten gefährden könnte. Buchhandlungen, Herr Glogli, Sie wissen es selbst, sind bevorzugte Sammel- und Treffpunkte staatsfeindlich gesonnener Elemente. Oder haben Sie je von einem Staatsfeind gehört, der nicht liest? Na?

Aber weiten Sie den Staatsschutz nicht ein wenig *zu* sehr aus, Herr Kriminalrat?

Aber nein, Herr Glogli. Der Schutz des Staates beginnt dort, wo sich Staatsfeinde aufhalten. Also zunächst im Vorfeld. Wir haben im Parlament Vorsorge treffen lassen, das Vorfeld auszuweiten. Sie selbst wissen, in welche Bereiche heute der Staat eingedrungen ist. So vergrößert sich zwangsläufig das Vorfeld des Staates. Ja, gerade dort, wo Staat *nicht* ist, müssen wir heute das Vorfeld des Staates plazieren.

Aber, Herr Kriminalrat, wer ist denn und was ist denn *der Staat?*

Wir alle, Herr Glogli, sind Staat. Sie, ich, jedermann. Wer auf dem Boden der freiheitlich-demokratischen Grundordnung, also auf dem Staatsgebiet der Bundesrepublik Deutschland steht, ist Staat.

Aber Montesquieu sagt...

Herr Glogli, steht dieser Montesquieu auf dem Boden der...?

Herr Montesquieu ist tot, Herr Kriminalrat.

Aha!

Sie schützen also auch mich vor mir, mich vor Ihnen, sich vor sich, Sie vor mir, den Staat also vor...

Genau, Herr Glogli. Sie, ich, Ihr Tontechniker hier, wir alle stecken mitten drin im Problem, sind Pfahl im Fleische des Staates. Darf ich Sie also bitten, sich von mir und meinen Kollegen vor sich selbst schützen zu lassen? Das Stempelkissen trage ich immer bei mir, darf ich Sie also in aller Freundschaft dazu auffordern, sich nun erkennungsdienstlich behandeln zu lassen?

O ja. Nein! Das, meine Damen und Herren, war unser heutiger Beitrag zum *Thema des Tages.* Auf Wiedersehen!

(Ton- und Bildstörung.)

Stimme der Ansagerin:
Sehr geehrte Damen und Herren, wir bitten, die Störung zu entschuldigen. Wir sind dabei, den Fehler zu beseitigen. Derweil hören sie Günter Noris und sein Bundeswehrtanzorchester.

In einem der häßlichsten Gebäude der Stadt wuseln die wichtigen Frauen und Männer herum; alle vier Jahre nageln wir unsere Vernunft auf ein Kreuzchen und geben diesen wichtigen oder wichtigtuenden Menschlein ihre außerordentliche Wichtigkeit, die sie in das häßliche, schwerst bewachte Gebäude führt. Die einen sagen X, die anderen U, der wichtigste der wichtigen Menschlein bimmelt mit einem Glöckchen, die unwichtigeren der wichtigen Menschlein schreien: Hört! Hört! oder Buh! oder Nasowas! oder Herr Kollege Binsenkötter, gestatten Sie eine Zwischenfrage, und der Kollege Binsenkötter gestattet oder gestattet nicht, und sie reden und lärmen und loben sich selbst vor dem Abend, sie tun das Möglichste, erreichen das Erreichbare, sie gießen in Gesetze, sie übernehmen Gesetze von drüben, sie erzielen Fortschritte, sie preisen die Vernunft, sie rufen dem Terror ihr energisches Halt! zu, sie bringen sich rein um für uns, sie tragen Schlipse, Aktentaschen, Portepees, Verantwortung die Menge, sie repräsentieren, sie dinieren, sie schmieren in Goldene Bücher oder lassen reinschmieren, sie hauen sich den Wanst mit kulinarischen Köstlichkeiten voll, sie erhöhen ihre Diäten, sie mahnen am 17. Juni, trauern am 20. Juli, stellen Weihnachten Kerzen in die Fenster für die Brüder und Schwestern, sie verhindern das Schlimmste, sie beugen vor, sie fordern energisch, sie geben uns ein gutes Beispiel, wandeln in Wandelgängen, werden in Lobbies geschmiert, lassen sich verstaatlichen, versichern, reisen nach Taiwan und Grönland, geben kund und zu wissen, lassen sich nicht in die rechte, linke Ecke drükken, warnen vor Extremisten, bieten der Gefahr die Stirn, sie sagen Cheese, blicken energisch ins Wohnzimmer, erwidern Herrn Novottny, schütteln Hände, sind alle in der Mitte, stehen mitten in der Mitte oder ein wenig rechts der Mitte, ein wenig links von der Mitte, müssen bald ab durch die Mitte.

Wo stammt der Besenstiel her, mit dem der Fahrer und Sicherheitsbeamte angeblich niedergeschlagen worden sein soll? Seit wann gehören derlei Geräte zur Ausstattung eines Dienstwagens? Wie kam es zum Zerbrechen der Frontscheibe? Wer schlug das blaue Auge? Wer schlug es blau? Warum wurde die Bank im Park nicht observiert, werden nicht alle Banken in der Stadt unter ständiger Beobachtung gehalten? Und, vor allem, warum erkannte der angeblich Entführte die mutmaßlichen Entführer nicht? Warum nannte er sie im Laufe der Pressekonferenz nach seiner Entlassung *in die Irre gelaufene Idealisten?* Welcher schrecklichen Gehirnwäsche wurde er unterzogen, nicht die Todesstrafe zu fordern?

Pinell erklärte, Jackson habe ihn an jenem Tag, dem 21. August 1971, gewarnt. Er solle auf der Hut sein und Ärger aus dem Weg gehen, diese dummen Schweine hätten etwas vor. Nachdem Jackson aus dem Besuchertrakt gekommen sei, habe er, Pinell, einen Handspiegel durch das Gitter zum Flur hin haltend, gesehen, wie Jackson sich habe nackt ausziehen und dazu in den Strip-Käfig gehen müssen.

Welche schreckliche Verschwörung brachte einige der mächtigsten und einflußreichsten Männer der Freien Welt dazu, sich in den Kofferräumen von Mittelklasseautomobilen zu verstecken? Wer schmuggelte Pistolen dort hinein? Wie kommt es, daß diese Waffen in die bestbewachten Kofferräume der westlichen Welt gelangten?

In diesem Augenblick, gab Pinell zu Protokoll, habe der Wärter Paul Kresenes eine große Handfeuerwaffe aus seiner Jackentasche gezogen und auf Jackson gerichtet; der nackte Gefangene sei zurückgetreten und habe langsam die Arme gehoben.

Was besagt es, wenn festgestellt wird, daß der Nachfolger des Selbstmörders häufig Gast in dessen Haus war? Warum sagte er eine wichtige Geschäftsreise nach Südafrika just am Tage des schrecklichen Geschehens ab? Wie erklärt es sich, daß die Waffe, mit der der Verzweifelte seinem sinnlos gewordenen Leben ein Ende setzte, keine Fingerabdrücke aufweist, obwohl er keine Handschuhe trug? Wie standen Besucherin und Chauffeur des Verschiedenen zueinander, wie seine Witwe zum Nachfolger? Wem nützt die grause Tat? Sind Zweifel am Selbstmord des Inhabers eines großen Hauses und Lenkers der Wirtschaft nicht angebracht? Warum wurden bei der Obduktion des Bankiers keine ausländischen Sachverständigen hinzugezogen? Wieso fanden sich an seinen Hausschuhen Spuren von Gartenerde, wenn doch der Verschiedene gründlich dafür gesorgt hatte, daß die Stadt, in der er wirkte, und das Städtchen, in dem er wohnte, zu einhundert Prozent zubetoniert wurden?

Der Wärter Rubaico sei auf Jackson zugetreten. Jackson, ein großer, kräftiger, durchtrainierter Mann habe diesem urplötzlich mit dem hochgerissenen Fuß vor die Brust getreten und gleichzeitig dem anderen Beamten, Kresenes, die Waffe aus der Hand geschlagen, sich den Revolver blitzschnell gegriffen und beide Beamte mit ihm in Schach gehalten.

Wo sind die Sachverständigen, die uns erklären können, wie der bullige Mann im engen Kofferraum des Mittelklassewagens eine langläufige Waffe mit der Linken in den Nacken, etwas oberhalb des Haaransatzes ansetzen und so schießen konnte, daß die Kugel durch die Stirn wieder austrat, zumal seine Witwe beteuerte, er sei Rechtshänder gewesen?

Als nächstes habe Jackson Rubaico befohlen, die Gittertüren der Station zu öffnen. Er, Pinell, habe sodann ein Bettlaken benutzt, die beiden Wärter zu fesseln. Er sei zur offenen Tür gelaufen, um zu Jackson zu gelangen, als er einen Schuß gehört habe.

Wollte der extreme Gewerkschaftsfeind ein Fanal setzen? Ging es ihm darum, Selbstverwaltung und 8-Stunden-Woche zu verhindern, nachdem die Grundsatzklage seiner Organisation vom höchsten Gerichtshof negativ beschieden worden war? Richtete er sich selbst, um aus der Vernichtung seines eignen Lebens politisches Kapital zu schlagen? War er Opfer seines Hochmuts und Mangels an Realitätssinn geworden? Reute ihn seine Beteiligung an der Bombardierung Haiphongs und Hanois, seine Tätigkeit als Gewährsmann des Reichssicherheitsdienstes, sein im amerikanischen Stil durchgeführtes Zerschlagen der Massenstreikbewegung? Exerzierte er privat nach, was er im wirtschaftlichen Raum in riesigem Ausmaße praktiziert hatte: die Aussperrung? Diesmal eine endgültige? War er immer noch der getreueste Gefolgsmann des Führers und scheute deshalb vor der eignen Endlösung nicht zurück?

Er habe Jackson dann draußen auf dem Gang auf dem Rücken liegen sehen. Auf Befragen: Jackson habe sich mühsam umgedreht und zu kriechen versucht. Dazu aber sei er schon zu schwer verletzt gewesen. Er habe noch heute das Geräusch von Jacksons schwerem Atem im Ohr.

Wer steuerte die Koinzidenzen? Wie kommt es, daß Botschafter und Militärberater in Uruguay, Minister in Canada, hohe Politiker in Italien und bedeutende Wirtschaftsführer in Deutschland gleichermaßen den ungemütlichen Aufenthaltsort eines Kofferraums aufsuchen, ihren verpfuschten Existenzen ein Ende zu setzen? Wurden die Justitiare der Konzerne, die als einzige Zutritt zu den Garagen oder Wagenfonds hatten, genügend leibesvisitiert? Warum zogen die Selbstmörder, ehe sie in die Kofferräume kletterten, ihre neuesten, besten Anzüge an? Warum funktionierte in der fraglichen Nacht die Alarmanlage, die den Kofferraum des Wagens sichert, nicht? Warum wird erst nach parlamentarischen Untersuchungen zugegeben, daß es einen geheimen Zugang zum Kofferraum vom Fond des Autos aus gegeben hat? Wer wurde zuletzt dort gesehen?

Kurz darauf, fuhr Pinell fort, habe er draußen mehrere Schüsse fallen hören.

Stimmt es, daß der Wirtschaftsführer kurz vor seinem tragischen Ende einem hohen Beamten des Staatssicherheitshauptamtes versicherte, er betrachte die Politik seiner Nachfolger als schädlich und wolle sich, gelänge ihm der Absprung aus den Geschäften, dem zivilen Sektor nähern? Habe er wirklich gesagt, die in jungen Jahren in der Kampfzeit anerzogene Bereitschaft, Aufgaben zu suchen und nicht auf sie zu warten, habe ihn früher als üblich in Verantwortung gestellt, und diese Aufgabe im Protektorat erfüllen zu wollen? Soll er tatsächlich in skandalöser Weise zugegeben haben, ihn, als Nationalsozialisten und SS-Führer, hielten keine äußerlichen Beweggründe hier? Was meinte er mit *hier,* was mit *halten?* Hatte er damit nicht seine Suizidabsichten zu verstehen gegeben? Warum reagierte die Behörde daraufhin nicht?

Eine sensationelle Wendung nahm der Prozeß gegen die San Quentin Six, als der frühere undercover-agent Louis Tackwood im Zeugenstand auf die Frage des Rechtsanwalts Charles Garry: Können Sie dem Gericht und den Geschworenen mitteilen, worin Ihr letzter in Nordkalifornien durchgeführter Auftrag bestand? antwortete:
In der Ermordung von George Jackson.

Wiesbaden, 8. Dezember (dpa). Die Zahl der Heroinabhängigen in der Bundesrepublik Deutschland übertrifft nach neuesten Erkenntnissen die bisherigen Schätzungen … ; sie liegt bei etwa 80 000. Ihrem jährlichen Verbrauch in Tonnenhöhe steht eine Sicherstellung von 175 Kilo dieses Rauschgiftes gegenüber. Die Bundesrepublik wird … zur Zeit nahezu ausschließlich von türkischen Tätergruppen mit Heroin versorgt.

Am 24. 9. probte die US-Armee auf ihrem Übungsgelände Park Range in Lichterfelde den Aufstand.

In 30 Minuten, so die Manöveraufgabe, sollte ein Aufruhr verhindert, sollten Demonstranten vertrieben werden

Als Gäste konnten Journalisten und eine Gruppe von Mitgliedern der amerikanischen Handelskammer in Berlin

das Zusammengehen von GIs und Berliner Polizei aus sicherer Distanz verfolgen

Ort der Handlung war die Moba City auf dem Übungsgelände an der Osdorfer Straße

Für zwei Millionen Mark haben die Amerikaner hier eine Geisterstadt aus soliden Beton-Fertigteilen

oft drei- und viergeschossig, in die von Panzerketten umgepflügte Landschaft gestellt

Der Zweck der Übung war Training der US-Soldaten in diszipliniertem Vorgehen gegen Aufrührer und Demonstranten

sowie in der Zusammenarbeit mit der Berliner Polizei
Die Amerikaner rechnen zwar nicht mit einem schnellen Einsatz

aber sie wollen eben auf alles vorbereitet sein

45 stahlbehelmte Soldaten, feldmarschmäßig ausgerüstet mit Bajonetten an automatischen Karabinern

und zusätzlich durch Gasmasken geschützt, rückten demonstrativ Schritt für Schritt gegen die Aufrührer vor

Dahinter der Wasserwerfer und urplötzlich auch noch gepanzerte Mannschaftswagen der Armee

mit schweren Maschinengewehren bestückt

Die Auseinandersetzung mit dem Tourismus, sagt der Bundesvogel, kann und darf nicht in erster Linie auf dem Feld des Strafverfahrensrechts geführt werden. Der politisch verbrämte Tourismus erfordert zunächst kriminologische Ursachenforschung. Auf dieser muß die geistig-politische Auseinandersetzung mit dem Gesamtphänomen Tourismus aufbauen. Mit dem herkömmlichen Kriminalitätsbegriff, fährt der Bundesvogel, mit den beschnittenen Schwingen energisch gegen die Gitterstäbe klopfend, fort, wird das Phänomen des Tourismus der Gegenwart in unserer Gesellschaft weder vollständig noch zureichend erfaßt. Sein Spezifikum ist der frontale Angriff gegen unseren Staat, diese unsere Natur, das Vertrauen der Bürger in die Natur des Staates und die Staatlichkeit der Natur, des natürlichen Staates, gegen die Wertordnung unserer Staatsbürger in ihn, gegen die natürlich verstaatlichte Wertordnung überhaupt und gegen den Grundkonsens aller geistigen, geistlichen, natürlichen und verstaatlichten politischen Kräfte, auf denen unsere Ordnung, diese Natur der Unnatur, ruht. Tourismus ist aber jedenfalls auch Schwerkriminalität. Deshalb muß auch das Strafverfahrensrecht, recht straff verfahrend, institutionell in der Lage sein, den Sanktionsanspruch gegen touristische Täter in den Formen, ich betone, sagte der Bundesvogel, leger ein Mäuslein zu sich nehmend, in den Formen des normalen Strafverfahrens durchzusetzen. Dies ist qualitativ keine andere Aufgabe, als etwas das Strafverfahrensrecht durch geeignete Änderungen in den Stand zu setzen, mit anderen neueren Erscheinungsformen der Kriminalität, zum Beispiel der Wirtschaftskriminalität, fertig zu werden. Die Wirtschaftskriminalität, etwa, haben wir, sagte der Bundesvogel, ein Auge schließend, die offen gehaltene Kralle vor das Mikrophon haltend, fest im Griff: Wir änderten vierunddreißig Paragraphen in der Strafprozeßordnung, vierzehn Zusätze erhielt das Strafgesetzbuch; die Mittel zur Bekämpfung der Wirtschaftskriminalität wurden verzehnfacht, Sonderkommissionen eingesetzt, die Bilanzen entschlüsseln und den gezielten Todesschuß auf flüchtende Wirtschaftskriminelle abfeuern können. Aber kommen wir zurück zum Tourismus. In die hier zu behandelnde Thematik gehören folgende Regelungen des Ergänzungsgesetzes zum 1. StVRG:

- Die Bestimmung der Höchstzahl der Verteidiger und Liberos, das Verbot der Mehrfachverteidigung und Raumdeckung,
- der Verteidigerausschluß wegen des Verdachts des Geschlechtsverkehrsmißbrauchs zur Begehung von Erbsünden und zur Gefährdung der Irrenanstaltssicherheit,
- die Befugnis zur Fortsetzung der Komödie ohne den angeklagten Touristen bei selbstverschuldeter Verhandlungsfähigkeit (Sonnenbrandstifung etwa) und ordnungswidrigem Benehmen (Nacktauftritte zum Beispiel),
- die Neufassung der Vorschrift über die Abgabe von Steuererklärungen während der Tourismusverfolgungsfestspiele,
- die allumfassende Möglichkeit der Verkündung des Beschlusses über den Ausschluß der Öffentlichkeit in nichtöffentlicher Sitzung (etwa wenn, was ich gar nicht zu denken wage und besonders obszön ist, der Tourist die Motive für sein ekelhaftes Treiben an transpirativen Stränden darlegen will),

- die Verschärfung der Bestimmungen über die Ordnungsgewalt der Ordnungshüter gegenüber manchmal unordentlichen Vorsitzenden (Zeigen der Roten Karte).

Das Anti-Tourismusgesetz vom Dummen August 1876, fuhr der Bundesvogel schweratmend fort, stellt den Gipfel staatlicher Fürsorge dar. Es brachte an verfahrensrechtlichen, verfassungsbedenklichen und gerüchtsbemessungsrächtlichen Änderungen:

- Erstreckung der erleichterten Verhängung der Untersuchungshaft auf Straftaten nach § 293 StGB (Unterstützung touristischer Vereinigungen),
- Erstreckung des Verteidigerausschlusses auf andere Verfahren (Beförderungserschleichung, Beischlafdiebstahl pp.) und die Einführung eines objektiven Ausschlußverfahrens (finaler Rettungsschuß für Verteidiger und Liberos),
- Überwachung der verkehrten Verteidiger,
- primäre Ermittlungszuständigkeit des Generalbundesschrats,
- gesetzliche Regelung der Zulässigkeit von Kontrollstellen und Identitätsfeststellungen zur Zerschlagung konspirativer Campingplätze, transpirativer Bettenburgen und kontemplativer Lehrstühle,
- die Verpflichtung zu mündlichem Verkehr mit Verteidigern und Mittelstürmerinnen (fellatio hispanicus, resp. cunnilingus helveticus).

Lassen Sie mich zum Schluß kommen, krächzte der Bundesvogel erschöpft. Wie der von uns allen zutiefst verehrte Strafrechtler Theodor Maunz, 1943, in seiner Schrift über Gestalt und Recht der Polizei, richtig feststellte, erweisen sich die Begriffe Sicherheit und Ordnung und Gefahr als so elastisch, daß schlechterdings jede gemeinschaftserhaltende, die völkischen Werte schützende, die Ordnung des Zusammenlebens stützende Haltung der Polizei mit ihnen gerechtfertigt werden kann. Der Tourismus, der international operiert, ist eine Gefahr für uns alle. Daher habe ich ihnen mitzuteilen, daß wir aus Gründen der Geheimhaltung das Parlament nicht mehr informieren, die Öffentlichkeit vorsätzlich belügen, die Minister dem Präsidenten des Bunten Kriminalamts an Wiesbaden unterstellt und die Abteilung T (Tourismus) zum bewaffneten Arm der KWU (durch **K**ernkraft und **W**irtschaftsgigantismus in den **U**ntergang) gemacht haben. Ich danke Ihnen fürs Zuhören. Krah, krah.

Ein normales Mittelstandskaninchen, das achtzehn Jahre alt geworden ist und richtig knackig, kross und frisch, kostet 21 405 Deutsche Mark – soviel, wie in Nahrung, Kleidung, Bildung, Hygiene und

Amüsement investiert worden sind; ein Unterschenkel, vor Stalingrad verlorengegangen, bringt 12 000 Mark als Dank des Vaterlandes, ein Pilot kostet seine 250 000 Emm, eine ehemalige Feinspinnerin, zur Rentnerin geworden, ist natürlich erheblich billiger zu kriegen, ganz zu schweigen von alten Schweißern, Drehern, Stahlkochern, Druckern, von Studenten, Schwulen, Hausfrauen, Fremdarbeitern, die sind im Dutzend billiger, wenn sie, etwa Stahlkocher, das Rentenalter überhaupt erreichen. Hätten die Unnennbaren eine Marktfrau entführt, rückte die werte Obrigkeit selbstverständlich keine müde Mark für sie raus; stünden wir nicht kurz vor der Wahl, das Mitglied des Abgeordnetenhauses, der Vorsitzende des Bauausschusses, Inhaber einer feudalen Villa in Dahlem, Vater zweier Kinder, Ehemann einer Erbin aus der Elektrobranche, Brese, externes Mitglied der Krusch-Bande, wäre keinen Pfifferling wert, er unterläge der allgemeinen Inflation des Werts von Menschenleben, er würde geopfert für einen besonders perversen, besonders preußisch-deutschen Moloch, einen Irrsinn, genannt Staatsraison. Aber so? Seine Kumpel waren verhandlungsbereit. Gottseidank, sagten wir, und in mancher Wohngemeinschaft knallten die Sektpropfen, in so mancher Mansarde kicherten klammheimlich die Staatsverächter, und in so mancher Villa und im Rathaus besann man sich der, lacht nicht, menschlichen Werte.
Eine Fangschaltung für jede öffentliche Telefonzelle, in Breses Haus, im Polizeipräsidium, im Rathaus – die Unnennbaren benutzten Kassiber, Boten und Brieftauben. Jede bessere Wohngemeinschaft unauffällig auffällig observiert – so als lebten Unnennbare noch in welchen. Über der Halbstadt der Krisenstab, über dem Krisenstab das Bundessicherheitshauptamt, über dem Bundessicherheitshauptamt Die Freunde, die Herren aus Washington. Verschwunden blieb Brese, der kostbarste Mann der Stadt: sechs Menschenleben wert. Das ist schon was in diesen Zeiten. Wenn der Farbfernseher nur noch das Testbild oder Flimmern zeigt, schalt dein Radio ein:

Tackwood berichtete dem Gericht, acht Jahre lang sei er Undercover-Agent der Polizei von Los Angeles, Abteilung Bekämpfung Krimineller Vereinigungen (CCS), sowie des kalifornischen Bundesanwalts, Abteilung Ermittlungen und Identifizierung (CI & I), gewesen. 1969 habe man dort geplant, George Jackson zu ermorden. Danach sei er von seinen Vorgesetzten beauftragt worden, eine vorgetäuschte Befreiung inszenieren zu helfen, bei der Jackson und die Männer, die ihm halfen, ermordet werden sollten. Als Beitrag zum sog. Fluchtplan hätten er, Tackwood, und zwei weitere Polizeibeamte aus Los Angeles, Robert Sharrett und Dan Mahoney, Anfang August 1971, drei

Wochen vor Jacksons Ermordung, einem Wärter von San Quentin einen 38.er Revolver übergeben.

Mitgliedschaft in einer terroristischen Vereinigung;
geplanter Sprengstoffanschlag auf ein KBW-Büro;
geplanter Überfall auf ein Bundeswehrdepot;
geplanter Überfall auf eine Sparkasse,
eine Opernkasse:

aus der Untersuchungshaft entlassen:
Robert Marchi, Frank Stubbemann.
Hansa-Bande, Hitlerbild in der Zelle.
Rechte.

Wann treten Sie einer faschistischen Terrorgruppe bei?

Am 15. September 1970 fand im Weißen Haus eine Versammlung statt, an der Präsident Nixon, Henry Kissinger, Berater des Präsidenten in Fragen der Nationalen Sicherheit…, Richard Helms, Direktor des CIA, und John Mitchell, Justizminister, teilnahmen. Thema dieser Besprechung war die Lage in Chile.

Der Präsident hat die Agentur gebeten, entweder den Amtsantritt Allendes zu verhindern oder Allende zu stürzen. Er hat Sie ermächtigt, wenn erforderlich, für dieses Unternehmen 10 Millionen Dollar auszugeben. Sagte augenzwinkernd am 16. September Richard Helms zu seinen Untergebnen.
Der Rest ist bekannt.
Herr Kissinger erhielt den Friedens-Nobelpreis.

Wann endlich bekommt Heinrich Himmler den Nobelpreis für Medizin, posthum?

Die Polizei hoffte, so Tackwood, Jackson könne mit einer hineingeschmuggelten Waffe, Geld und der Hilfe eines Geheimagenten zur Flucht überredet werden. Diese sollte am 23. August 1971, dem Tag, an dem Jackson an einem Gerichtstermin, der große Publizität hätte, teilnehmen würde, stattfinden. Der Transport sollte nach San Francisco gehen. Wenn Jackson dann, wie verabredet, versuchen würde

zu fliehen, sollte eine speziell angeheuerte Einsatzgruppe ihn erschießen.
Am 22. August jedoch, sagte Tackwood, hätten ihn seine Vorgesetzten davon informiert, die Ermittlungs- und Erkennungsbehörde habe einen anderen Plan durchsetzen können. Sie hätte eine 9 mm Pistole in das Zuchthaus bringen lassen und ihre Alternativplanung durchgeführt. Seine Vorgesetzten hätten dennoch beteuert, er habe seine ihm aufgetragene Aufgabe zur vollsten Zufriedenheit durchgeführt.

Von unabhängigen Sachverständigen durchgeführte Untersuchungen bei der Autopsie der Leiche haben ergeben, daß George Jackson in den Rücken geschossen und dann, als er auf dem Bauch auf dem Boden lag, durch einen Schuß in den Hinterkopf liquidiert worden ist.

Im Prozeß gegen die San Quentin Six, die Genossen George Jacksons, wegen der Vorfälle am 21. 8. 1971 wurden drei Angeklagte von allen Anklagepunkten freigesprochen, einer wurde wegen Mord und Verschwörung, zwei wegen tätlichen Angriffs (Strafmaß: von drei Jahren bis lebenslang) verurteilt. Alle Anträge gegen Richter Broderick wegen der Besorgnis der Befangenheit wurden abgelehnt.

Ohne jede Vorankündigung in Zeitungen oder anderen Medien und ohne Warnung durch die US Soldaten selbst, wie es beim ersten Manöver im U-Bahnhof am 21. 9. der Fall war, stürmten GIs und Westberliner Bullen mit gezückten Maschinenpistolen runter auf den Bahnsteig. Sie verteilten sich überall im gesamten Bahnhof und verschwanden teilweise in den U-Bahnschächten.
Im U-Bahnhof brach eine ungeheure Panik aus.
Völlig verstört und verängstigt irrten die ahnungslosen Menschen umher und versuchten, auf schnellstem Wege den Bahnhof zu verlassen.
Mütter rissen ihre Kinder aus dem Kinderwagen, ließen alles stehen und flüchteten zu den Ausgängen.
Einige alte Leute fielen hin.
Es war der totale Terror.

Na, hör mal, das ist doch nicht der RIAS.
Allerdings nicht, das ist der PUW.

Der Obergrund ist tätig, der Untergrund ist tätig, der Mittelgrund igelt sich ein. Die Staatstragenden Sender geben ihrer tiefen Abscheu Ausdruck, der Piratensender Unfreies Westberlin seiner offenen, nicht mal klammheimlichen Freude, Postpeilungswagen irren in den Straßen. Wer hat das Ohr am Puls der Massen, wer das Rasiermesser dort? Die sollen nicht lange verhandeln, sagt grimmig Herr Werner von nebenan, die sollen eine kurze Frist setzen, und wenn die nicht eingehalten wird, paff, und den nächsten von der Sorte. Andere Steuerzahler schlagen die Erschießung der Staatsschutzgeiseln auf dem John-F.-Kennedy-Platz vor, und das live im Fernsehen, rufts in unserer Eckkneipe und guckt uns böse dabei an. Solange der Tauschhandel läuft, kann uns nichts geschehen. Wir haben die Wohnung gesäubert und gehen Dingen nach, die wir schon lange erledigen wollten. Stellt den Sekt kalt und euch tot, wispert Vera aus ihrer Wiege, und wenns vorbei ist, und wir habens im Fernsehen bewundern dürfen, up up and away, in die Amnestie für wenige, wenn der Schampus getrunken und Brese in den Armen seiner treuen Hausfrau und es klingelt, zieht euch nackt aus, stellt euch vorbeugend an die Wand, die Beine abgespreizt, und öffnet die Tür von ferne, mit einer Schnur.

Was ist mit Rossi?
O Rossi, den haben wir fast vergessen in der Aufregung. Ob er die Kohlen flottgemacht hat? Sollten wir den Preis nicht verdoppeln angesichts der rasanten Ereignisse? Wir zeigen ihm Unnennbare (da lachts im Wohnzimmer, und aus dem Badezimmer kreischts, und der verdächtig unverdächtig in der Nähe der Telefonzelle an der Straßenecke stehende Herr des Morgengrauens, von uns durch den Vorhang beobachtet, bleibt ungerührt, unberührt wie immer), live im Untergrund. Fuffzehn Mille, auf die Hand. Ja, das machen wir. Der hat dann ausgesorgt, das wird die Reportage seines Lebens, die vergißt er nie wieder, von der erzählt er noch seinen Enkeln. Hast du Martha angerufen? Die fährt morgen. Macht sies doch wahr?
Nun, los.

Während Gerd Ramsegg den Gullideckel hochhebelte, führte Jörg Hemmers den Italiener, dem sie noch im VW-Bus die Augen verbunden hatten, am Arm aus dem Schatten des Wagens, warnte ihn mit leiser Stimme vor Unebenheiten, dirigierte den Schritt, die rostige Eisenleiter hinunter, wobei Rossi mit beiden Händen jede Stufe einzeln ertastete und sich, mit den Fußspitzen vortastend, dem Untergrund anvertraute. Jörg reichte Gerd den Rekorder des Journalisten und schloß den Gullideckel. Eine Karbidlampe wies ihnen den Weg.

Schließlich nahmen sie dem ängstlich in seiner Dunkelheit Dahertappenden die Binde von den Augen, drückten ihm den Rekorder in die Hand, wiesen um eine gemauerte Ecke in der Kanalisation, drehten sich um und gingen.

Rossi atmete tief durch. Aus dem Schwarz des Ganges tauchte eine vermummte Frau in Stiefeln und Monteuranzug auf. Sie winkte ihm mit dem Kinn. Rossis Herz begann rasendschnell zu klopfen. Nun also bekam er endlich sein Interview mit den Unnennbaren.

Er folgte der Frau und gelangte in einen matt erleuchteten Raum, dessen Ausmaße er nur schätzen konnte. An einem Tisch, unter einer kahlen Elektrobirne, saß ein Vermummter.

Rossi zögerte, schritt dann entschlossen zu ihm, setzte den Rekorder auf dem Tisch ab, öffnete die Verkleidung, holte das Mikrophon hervor, betätigte den Aufnahmekmopf, sah beruhigt, wie sich der Zeiger im Grün des Ausstellfensters einpendelte, ließ sich auf einem alten, gradlehnigen Stuhl nieder, hängte das Mikro in seinen Ständer, prüfte noch einmal die Mechanik seines Geräts, atmete hörbar durch und begann. Eins, zwei, sagte er. Wie, denken Sie, hat es begonnen? Der Mann hinter der Maske lehnte sich zurück und sog an seiner Zigarette. Es hat, begann er, so im Mai Siebzig begonnen. Wie alles, was eine umwälzende Praxis nach sich zieht, begann es mit.

O Tempelhof, gutes altes Tempelhof, Flugplatz des Führers, zweitgrößter zusammenhängender Gebäudekomplex der Welt (nach dem Pentagon), Dorfbahnhof, wunderhäßliche Scheußlichkeit, wie warst Du schön gegenüber diesem Betonalptraum Tegel, wie gemütlich schmuddlig warst Du, wie kühn anheimelnd, mittenmang, im Bauch der Stadt, Schafweide Tempelhof mit Deinem ausgestellten Rosinenbomber, auf den, volksferner gehts nicht und bezeichnend für unsere komische Guerilla, gar ein Brandanschlag verübt worden war, sämtliche Rentner der Stadt gegen sich aufzubringen, Bombenwintertempelhof, Luftbrückentempelhof, Flüchtlingsstaubsauger, Landebahn zwischen unseren Ohren, Nervenbündelknotenpunkt

Tempelhof, was machen wir gegen den Hyperflugplatz in Tegel, genügts nicht, daß dort die andere, größte Scheußlichkeit, Westgermaniens größter Knast, wie Das sprengen, Tempelhöfchen mit Deinen Tempelhoftänzerinnen, Tempelhofprostituierten, mit U-Bahn vor der Gangway und Friedhof unter der Pantry, was tun mit Tegel, wie sprengen Das, wie in die Luft jagen diese Abstrusität, wie beackern die Felder unter den Rollbahnen wieder, wohin mit dem Beton, wohin mit dem Glas, dem Zement, wohin mit Eier-Franke und Penn-Emma, warum, Tempelhof, unser Tempelhof, nicht sitzen in Deinem alten Wartesaal, so scheußlich und schön, nicht rühren im Tee, tränenlos, trockenen Munds, warum nicht gucken auf das Flugzeug, in das Mama und unser Pastor noch zu Fuß gingen, gehen könnten, warum nicht auf die spuckekleinen Rollbahnen gucken, warum nicht nachgucken dürfen dem Schwanz hoch hoch hoch ein Pünktchen, eine Schleife, ein Weg. Weg.
In Tegel fällt das Heulen schwer. In Tegel schütteln wir uns die Hand und sagen Adieu. Abschied und Trennung, zu weit entfernt voneinander in Tegel. Zu Tegel passen Hamburger und Cola. Zum Kotzen.
Adieu, Mama Hemmers, adieu Herr Pastor.
Und Heuln erst später, im Auto, im Hui.

Sich an die uralte, hochsteil-schwarze Underwood setzen und die Rührstory tippen: daß man Multimillionär sei, Kommunisten verfolgt habe, Demokraten, Schwule, Kinder, Frauen, im Iran investiert, in Chile, in der Republik Südafrika. Nehmen Sie bitte beiliegende Summe in Höhe von, nicht zu knapp, der Herr Georg Lébert, Export-Import, und die EDV-Abteilung der Universität waren nette Goldeselchen gewesen, als Zeichen meiner, Datum, Ort, Unterschrift unleserlich.
Einige Päckchen, per Einschreiben, adressiert an revolutionäre Perser, Chilenen, an den National Congress und die Gefangenenhilfe, voll von süßem Barem; unsere Form von freiwilliger Steuer.

Heißa, es ging ein Mann auf Russenjagd. Legte sich, das weittragende Gewehr im Anschlag, in den Mozartpavillon.
In den Mozartpavillon! Legte an, visierte genau, sah im Fadenkreuz: den Russen.
Den russischen Soldaten, Wacht stehend am russischen Ehrenmal im englischen Sektor der Stadt Westberlin.
Bog den Finger durch, zog ab. Traf.

Heißa, es ging ein Mann auf Russenjagd.
Verletzt nur das Wild, nicht tot.
Ging die Polizei auf die Jagd nach dem Jäger. Aber nicht zu sehr.
Hatte der Jäger einen Freund bei der Staatstragenden Partei. Der redete ihm zu. Redete dem Jäger zu.
Wurde der Jäger gefangen. Eingesperrt. O weh! Nicht zu sehr. Verurteilt. Nicht zu sehr. Sechs Jahre gabs für kühl geplanten, eiskalt durchgeführten Mord. Versuch.

Nach vier Jahren, heißa, war frei der Mann im grünen Rock.
Im braunen Rock. Machte weiter. Aber ja. Na immer.
Übrigens, wann schießen Sie Ihren nächsten Russen?
Der Tarif ist günstig. Nur zu, keine Angst.
Heißa, holladriho!

Mach doch mal das Radio leiser!
Was?
Du sollst das Radio leiser machen!
Wiebitte?
Herrgottnochmal, gib dem PUW weniger Saft!
Was sagst du?
Es hat geklingelt. Mach das Radio aus!
Es hat geklingelt!

Wir gruppieren uns wie abgesprochen. Wir schalten jeden Anlaß zur putativen Notwehr der Herren des Morgengrauens und ihrer armierten, uniformierten Helfer aus. Wir stellen die Stühle an der Teppichkante auf, frei im Raum, wir setzen uns auf die Stühle, wir legen den Personalausweis einen Meter vor uns auf den Teppich, wir falten die Hände im Nacken. Jörg ist schon lange ausgeknobelt, Jörg schluckt, Jörg geht zur Tür, läßt sie weit offenstehen, Jörg geht durch den Korridor, laut ruft Jörg: Augenblick, ich öffne sofort, ich bin allein und unbewaffnet!
Vorsichtig öffnet Jörg die Wohnungstür.
Da quillt kein Blau, da quillt kein Grau, da quillt kein Fallschirmjägergefleckttes. Unsere Blicke treffen nur auf Jörgs Rücken. Hören ihn sagen:

Du?!

19

Eine Besucherin ändert sich von Grund auf. Das sieht ihr ähnlich! Wo warten wir Wasserschläge ab, was ist Terror, wer stellt Fragen, wie aus der Pistole geschossen, wer stiehlt Fragen, wer Pistolen, wie bringt man rentabel Leichen unter die Erde, wer sind die Kommanditisten bei Kommandoaktionen, warum sind die Hände der Pathologen so offen, wem schnürts den Hals zu, was bringt Herrn Werner dazu, über die Preise von Spekulanten zu spekulieren, wie lautet das Codewort, wen befällt die BeFa, warum bleiben Beine jung, ist wirklich alles unter Kontrolle, Herr Minister, ist PIOS der Papst der BRD, wer heiratet wen, und wer lacht sichn Ast darüber, was verschlafen die Kontrolleure, wer kontrolliert sie, warum geht uns das tägliche Unglück leichter über die Lippen als das Glück, wer manipuliert die Hitparaden, wer klärt auf, wer ab, warum befremden die alten Wörter, was ist das Maklerprogramm, wer wartet, wer kanns kaum erwarten, wem gebühren die Denkmäler, bei wem lernte der Minister, bis sieben zu zählen? Das

XIX. KAPITEL

stellt mehr Fragen, als es sie beantwortet; da bimmelts ständig, Glocken klingen, Schellen klingeln, da sind welche dauernd auf Trab, da tauchen welche auf und wieder unter; ein Mann und ein Kind alleingelassen werden aufgeklärt, wer in den Frieden schleust und in den Waffenstillstand, dem wird der Krieg erklärt;

UNTER DER MATRATZE LIEGT KEIN STRAND

nennen wirs, ein wenig bitter, öffnen Türen und singen Schlaflieder, weil wir wach geworden sind. Das Motto stiftete Elsa Morante:

Führe uns nicht in Versuchung! bedeutet: Hilf, den Faschisten in uns auszurotten!

Der Friede ist noch nicht ausgebrochen, noch herrscht kein Krieg. Vera, verwundet, fragt: Was denn?:

Ach Mädel, wat haste dir vaändat!
Vor Jörg stand, was selten da stand – und nie in die Wohnung kommt: eine Dame. Sie trug ein graublaues Schneiderkostüm, eine hochgeschlossene Seidenbluse, deren Kragen in eine Art Schal auslief, der von einer Brosche festgesteckt war. Am langen Riemen, von der Schulter: eine höchst elegante Handtasche. Ihr Gesicht, dezent geschminkt, ausrasierte Augenbrauen, getuschte Wimpern, blaßrotes Rouge und Lippenrot, eine Schmetterlingsbrille. Sie lächelte.
Dünn biste jewordn, Mädel. Komm rin.

Vor Jörg stand die Nr. 3 in Dr. Herolds Hitparade der Meistgesuchten.
Sach ma, Mädel, warum trägste dein Kopp nich unterm Arm? Fuffzichtausend Äppel sind drauf ausgesetzt. Komm rin. Fiel Jörg in den Arm. Alarm zuende. Wir standen auf.
Tür zu, Kette vorgelegt, Radio an. Sie ging, nein schritt, hochhackig, au weia, durch den Korridor ins Große Zimmer. Lächelte noch immer. Müde. Wir standen herum, wie wir herumgestanden, als Vera kam. Entgeistert, aufgeregt, perplex.

Fielen wir über sie her. Wir Linken. Mit linken Argumenten.
Hört doch uff, sie is müde. Nu sach erstma, was treibt dir her?
Zwei Tage, mindestens, hätten wir noch, sagte sie. Zur Bewachung genügten zwei von ihnen. Der Rest setzte sich ab.
Wie ab?
Eine Atempause. Eine Denkpause. Vielleicht ein neuer Anfang, anderswo.
So?
Fielen wir über sie her. Wir Linken. Mit linksradikalen Argumenten.
Magste was essen? Haste Durst? Möchteste pennen? Ja, den Typ an der Telefonzelle haben wir seit Tagen im Visier. Oder der uns. Die Bude ist clean. Wanzensuchgerät, und das Radio läuft dauernd. Eins in der Küche, eins, manchmal zwei im Großen Zimmer, die Buntglotze, uns konnte keiner. Wir kennen den Zirkus.
Laß sie doch erst mal zur Ruhe kommen. Komm, trink dies mal. Magstn Joint?
Ein Bad. Ein warmes Bad.
Mit ville Schaum, wa, ihr Schaumschläger.

Gabi war MTA gewesen, Medizinisch Technische Assistentin. Berlinerin, in Friedenau geboren, Vater Reichsbahner, Mutter Sekretärin, Mittlere Reife, Krankenschwester, MTA. Stadtteilgruppe Kreuzberg, Basisgruppe Urbankrankenhaus, Anschlag auf ein Quartier der Briten, der Blutnacht in Derry wegen, verpfiffen, abgetaucht. Haschrebellin, Tupamaro (oder Tupamara?), 2. Juni. Oder RAF? Oder Revolutionäre Zelle? Wir fragten nicht.
Aus den Zeiten der Stadtteilgruppe kannte sie Jörg und Gerd, Dagmar, Irene, Renate, Klaus.
Wahnsinn, wie die jetzt aussieht, wie die letzte bürgerliche Tucke. Ihr schönet langet Haar, kastanienrotbraun, bis zum Arsch: ab! Minipli nun und gefärbt. Kühne, dichte Augenbrauen: ausrasiert und weg. Grünblaue Mandelaugen: Kontaktschalen, braun nun, und noch das häßliche Monstrum von Brille davor. Jeans früher und Clogs und Pulli oder T-Shirt; Balenciaga, jetzt.
Bist du aufgebrochen, Gabi, da zu enden: rumzulaufen wie Die? Wie die Angetraute eines Senatsdirektors. Statt Wohngemeinschaft und Kommune, Appartement nun (konspirative Wohnung genannt von Denen) mit Nippes in der Diele.
Laß sie baden. Dann lassen wir sie schlafen.
Eins steht fest: hier kann sie nicht bleiben. So oder so. Aber wohin?
In Marthas olle Bude?
Die befindet sich in einem dieser Hochhäuser, die sie zuerst auf den Kopf stellen.
In Nikos Hütte, die alte Hemmers-Wohnung in Kreuzberg? Zu heiß, eingetragen in deren Listen.
Scheiße.
Wohin aber mit ihr?
Sagt Jörg: Wartet mal, ich ruf Niko an. In seinem neuen Schuppen.
Is doch Kietz. Zu heiß. Wir müssen jedes Risiko ausschalten.
Niko hat auch kalte Hütten und eiskalte Verbindungen, jetzt, wo er Geschäftsmann ist.
Fährt Jörg los. Mit dem Bulli.

Gabi schläft. Zehn Stunden, in einem durch.

Am 20. und 21. April warf die RAF innerhalb von 36 Minuten 9 Tonnen Bomben; am 13. und 14. Mai innerhalb von sechs Minuten 8

Tonnen Bomben; vier Minuten nur brauchte die RAF am 15. und 16. Mai, 1,8 Tonnen Bomben zu werfen; am 16./17. Mai innerhalb von vier 1,8 Tonnen, und 1,8 Tonnen warens auch am 19./20. Mai innerhalb von 13 Minuten. Bomben auf Ziele in Berlin!
Am 21./22. Mai griff die RAF Berlin mit 1,8 Tonnen Bomben an, am 13./14. Mai mit 4 Tonnen, mit vier am 15./16. Juni, mit zwei am 16./17. Juni. RAF-Bomben! Gegen Ziele in Berlin. Selbst am 17. Juni: RAF-Terror mit 1,6 Tonnen Bomben, am 20./21. Juni warf sie 3, am 22./23. Juni wieder 3, am 14./15. Juli gar 5,5 Tonnen Bomben.
Einen Monat Terrorpause der RAF. Dann schlug sie wieder zu: am 12./13. August bombardierte sie Berlin mit 5 Tonnen Bomben! Und am 14./15. mit 3, am 15./16. mit 4. Pausenlos bombte die RAF Berlin (von Bomben gegen Ziele in anderen Städten Deutschlands ganz zu schweigen!): am 17./18. August mit vier Tonnen Bomben, am 19./20. mit 5, am 24./25. mit 5 wiederum, und am 25./26. August mit vier Tonnen Bomben.
Ratlos die Bundesanwaltschaft, hilflos die MEKs und SEKs und die GSG 9 gegenüber dem Bombenterror der RAF gegen Unser Berlin! Es schweigt der Kanzler, stumm Karlsruhe und Straßburg. Stattdessen hochdekoriert die RAF-Terroristen, Jubel gar in gewissen Kreisen, nicht einmal klammheimlich die Freude! Während der Schlacht um Berlin starteten insgesamt 2034 Schnellbomber – darunter die gefürchteten *Mosquitos* – gegen die alte Reichshauptstadt und andere Ziele im Reich. 1943.

Ihr wollt die Guerilla zur Raison rufen, oder richtiger – ihr wollt, daß die Akteure wieder in den Kulissen verschwinden, daß sie wieder Deckchen sticken. Weil für euch die gesellschaftlichen Auseinandersetzungen ein Stadium erreicht haben, in dem ihr nicht mehr fragt, wer für die gesellschaftliche Gewalt verantwortlich ist, sondern einzig und allein, wer aufhört.
Kannst du so schlucken, oder brauchst du etwas Wasser dazu? Hier, trink mal, ein wenig Tee. Was das für eine Pille ist? Eine Antinormpille. Alle wollen jünger sein, straffer aussehen, jugendlich, gepflegt, alert, diese Pille dagegen macht dich alt. Innerhalb von Stunden alterst du um Jahre, hier schluck die auch noch, dann wirst du um Jahrzehnte älter.
Ihr habt meine Fragen noch nicht beantwortet.
Doch, doch, kommt gleich, halt still.
Nicht die Haare ab!
Die Haare müssen weg. Oder die Rübe? Halt still.
Dieser Blick im Spiegel!

Dreh dich ein bißchen, Kopf nach vorne. Und hör zu: wir pfeifen niemanden zurück. Wir fragen nicht nach Gewalt oder Gewaltlosigkeit, wir lassen uns die Scheinalternativen nicht vom Gegner aufzwingen, wir stellen Legalität und Illegalität nicht in den Gegensatz. Wir fragen, wie ihr, nach der Legitimität. Im Gegensatz zu euch, und das haben wir sehr intensiv diskutieren müssen, weil wir vorhatten zu machen, was ihr macht…
Ehrlich?
Ehrlich. Wir trafen schon alle Vorbereitungen dazu. Aber anders als ihr fragen wir nach der Rückkoppelung, nach der Macht der Basis, nach Demokratisierung. Es genügt nicht zu sagen: hier gehts lang. Avantgarde, und son Scheiß. Erinnerst du dich nicht an '64, '65, '66, '67, '68, '69 – wie damals bei uns die Entscheidungen getroffen wurden? In der Vollversammlung, oft im AudiMax der TU. Daran hielten wir uns, und wenn wir einen Schritt weitergingen, dann mit Blick nach hinten, ob wir mit den Bedürfnissen aller konform gehen, dann mit imperativem Mandat, dann in der Auseinandersetzung mit denen, die, aus welchen Gründen auch immer, diesen Schritt nicht taten.
Aber.
Halt still, oder ich schneid dich.
Wie seh ich aus?
Grauenhaft.
Ihr weicht der Gewaltfrage wieder aus.
Nicht im geringsten. Wir holten unsere Argumente aus dem Nähkörbchen, wir beschossen sie mit Fragmenten unsrer Diskussionen, wir zitierten die Klassiker, eilten ans Bücherbord, griffen zielstrebig zu Che und Marighela, zum *Kapital* Band 3 und der Widerlegung der Debray'schen Focus-Theorie durch lateinamerikanische Genossen, dies wissen mußten; wir distanzierten uns entschieden und lachten und umarmten sie und veränderten ihr Aussehen bis zur Unkenntlichkeit. Wir zitierten Gollwitzer und Dutschke, Carl Einstein und den Allwissenden Autoren. Wir ließen sie ins Messer rennen, stellten ihr Fallen. Gegengewalt, sagte Peter mit Emphase und schluckte den Rest seiner Schmalzstulle, Gegengewalt läuft Gefahr, zu Gewalt zu werden, wo die Brutalität der Polizei das Gesetz des Handelns bestimmt, wo ohnmächtige Wut überlegene Rationalität ablöst, wo der paramilitärische Einsatz der Polizei mit paramilitärischen Mitteln beantwortet wird. Ha, sagte Gabi, das ist von eurem Pfaffen. Irrtum, lachte Peter, det is von Ulrike. Da war sie perplex. Ach, die frühe Ulrike. Früh, spät, von Mai 1968, det kannste und darfste nicht so trennen, so wie *Früher Marx* und *Später Marx*.
Sie war ja schon angeschlagen, sonst wär sie nicht gekommen. Wollte sie die Argumente hören, die sie selbst schon diskutiert hatten? Wir brachten historische Analogien. Denk an Durrutti, an das Verhältnis

von CNT und FAI, von Basis und ihrem bewaffneten Arm. Hatte Durrutti zwischendurch nicht mal Feierabend gemacht? War er nicht nach all den Bomben und Schießereien und Raubzügen ganz normal wieder malochen gegangen? Ja, im Ausland, in Frankreich. Damals ging das. Heute nicht? Im Irak, in Cuba, in Lybien, Tanzania, Algerien, Vietnam, meinste, da brauchense keine MTAs? Und Uli? Und Norbert? Elektriker und Elektroniker brauchense überall. Wir aßen. Ein gefüllter Römertopf ersetzt oft tagelange Diskussionen. Ein Wein aus dem Elsaß kann die schönsten Vorsätze ins Wanken bringen. Gras aus dem Kongo und französischer Weichkäse zum Nachtisch sind wunderbar dialektisch materialistische Überredner. Mit vollem Munde: Was macht ihr denn, wenn die Bonzen aus Bonn und ihre US-Chefs nicht auf eure Forderungen eingehen? Kopfschuß, und den nächsten holen? Mit vollem Bauche: Seid ihr denn noch autonome Subjekte, bestimmt ihr euer Handeln selbst? Oder seid ihr nur noch Objekte irgendeines Kalküls? Deren Kalküls? Hinter vorgehaltener Hand: Was, wenn die seinen Tod billigend in Kauf nehmen, wies in deren Sprache heißt? Erinnert euch das nicht an frühe Shakespeare-Stücke: erst umbringen lassen, dann mit Krokodilstränen neben der Witwe beim Begräbnis sitzen und ihr unter den Rock packen? Beim Schminken: Ist er als Lebendiger, also wenn ihr ihn laufen laßt, für diese Brut nicht eine viel größere Belastung? Seid ihr geworden wie die? Mißversteht auch ihr Großzügigkeit als Schwäche und Brutalität als Nervenstärke?
So, jetzt kannste hochgucken. Erschrick nicht. Ne, du siehst aus wie deine eigne Oma. Und sone Oma kommt durch jede Straßensperre. Was meinste?
Ich seh ja scheußlich aus.
Was ein bißchen Schminke und ein paar Pillen doch aus nem Menschen machen können.
Hör auf mit der Gewaltdiskussion, wir können das Wort schon nicht mehr hören. Komm, spiel was mit Vera, der ist es egal, wie du aussiehst, wie alt du bist und was für einen Beruf du ausübst.

Niko, überleg doch mal.
Sitz ruhig, sitz ganz ruhig, Mann, ich erkenn dich ja gar nicht wieder, mach dir keine Sorgen, dein großer Brude schaukelt das schon.
Großer Bruder ist gut.
Wie?
Ach, nichts. Mensch, Niko, laß dir was einfallen.
Wie wollt ihr denn die Revolution hinkriegen, wenn du nicht mal still sitzen kannst. Is doch gemütlich hier. Oder?
In der Tat, es war gemütlich, ruhiger und gemütlicher konnte es gar

nicht mehr werden. Niko hatte eine Ader entwickelt, die wir alle ihm nicht zugetraut hatten, war Geschäftsmann geworden und expandierte. Expandierte in einem fort.
Dicker war er geworden, sah aber immer noch gut aus. In seinem schwarzen Anzug. Da war die Kneipe in Schöneberg gewesen, einige Anteile an Spielsalons hier, einige an Zockerhinterzimmern da, er schwamm, sagte Niko entschuldigend, geradezu in Knete. Einen Teil nur mußte er legalisieren, sagte er bittend, einen Teil nur. Also kaufte er sich ein. Nun hier: im Bestattungsgewerbe.
Ein Beruf mit Zukunft, Kleiner, sagte Niko. Gestorben wird immer, vor allem in Unserem Berlin. All die Anständigen, Aufrechten Berliner sterben aus. Es heißt nicht umsonst im Scherz, der Regierende Bürgermeister sei in Wirklichkeit Grieneisen. Grieneisen ist das bei weitem größte Bestattungsunternehmen am Ort. Im Wedding nennen sie die Rentner *Grieneisens Mannequins.* Aber so, sagte Niko und zutschte an seiner Zigarre, Havanna, sagte er, Havanna natürlich, verliebt sah er auf die Asche, hier ne Leiche, da ne Leiche, das bringt nichts, so krieg ich meine Kohlen nicht legalisiert. Hast du eine Mord-GmbH gegründet? flaxte Jörg. Wo denkst du hin? fragte Niko empört. Hier ist alles legal. Oder fast, sagte Niko. Er führte Jörg durch den Laden. Zärtlich glitten seine Finger über Holz und Stoff, Eiche, sagte Niko, kein Furnier, echt Eiche, das ist wie Vorkriegsware, Mahagoni, sagte Niko, da brauchste sechs Träger, und wenn du clever bist, kannste einen für mehrere Kunden benutzen, ein kleines Schmiergeld im Krematorium, und. Seide, flüsterte Niko. Satin. Fühl mal. Alles echt. Kein Nepp. Nur das Beste vom Besten.
Aber wie kommst du auf Bestattungsunternehmen, stöhnte Jörg. Ausgerechnet das. Und wo steckt hier der illlegale Trick?

Kommando A unternimmt mehrere Aktionen gegen Basen der US-Kriegsverbrecher auf westdeutschem Boden. Es folgt die größte Razzia seit dem Krieg in Deutschland. Kommando A kommt in den Knast.
Kommando B überfällt eine Bank, um sich Mittel für eine Befreiungsaktion zugunsten von Kommando A zu besorgen. Ein Kassierer gibt Stillen Alarm. Ein Mitglied des Kommandos wird erschossen, der Rest kommt in den Knast.
Kommando C rekrutiert sich aus einer Bürgerinitiative gegen die unmenschlichen Haftbedingungen für Mitglieder der Kommandos A und B, überfällt eine Residenz, nimmt Geiseln und fordert die Freilassung der Genossen im Knast. Eine Spezialeinheit der Polizei sprengt die Residenz, zwei Kommandomitglieder kommen ums Leben, zwei weitere in den Knast.

Kommando D entführt den besten Freund – einige sagen gar: Vorgesetzten – des Kanzlers, tötet während der Aktion einen Chauffeur und drei Mitglieder der Sicherungsgruppe, die seit den Aktionen der Kommandos auf Kosten der Steuerzahler zum Schutz der Steuerhinterzieher und -ausgeber abgestellt sind, und fordert die Freilassung der Mitglieder der Kommandos A–C. Die Regierung lehnt ab. Deren Chef sitzt beim Staatsakt anläßlich der Beerdigung des geopferten Großkopfeten neben der Witwe und schwört Rache.
Kommando E unternimmt einen Raketenüberfall auf Büros des Sicherheitshauptamtes. Seine Logistik wird durch ein ehemaliges Mitglied des Kommandos B, das gefoltert wurde, verraten: Kommando E wird von Spezialeinheiten im Schlaf überrascht und wandert in den Knast.
Kommando D wird gejagt, einige seiner Mitglieder werden im Ausland erkannt und verhaftet.
Kommando E entführt einen bekannten Politiker und fordert die Freilassung der Mitglieder aus den Kommandos A, B, C und D und…

Komm mal mit, sagte Niko. Jörg staunte. Versuchte zu grinsen, zu flaxen: Dir fehlen nur noch die Gamaschen. Weiße, sagte er matt.
Niko, mächtig geworden, den Schnäuzer gestutzt, in weißem, gefälteltem Hemd, mit schwarzer Fliege und Havanna, Niko mit Embonpoint, goldner Kette drüber, Niko inmitten all der polierten Särge, der Topfpalmen, in seinem gebohnerten, dezenten Geschäft. Nur für Laufkundschaft, sagte Niko abfällig. Unsere Masche geht anders. Er öffnete den Wagenschlag eines Leichenwagens. Mercedes, sagte er, tätschelte das Blech, mit einem haben wir angefangen, also mein Partner, eh ich einstieg, nun fahren sechs für uns, und drei sind vorbestellt. Für unsere Hamburger Niederlassung. Hamburg auch? flüsterte Jörg.
Niko glitt auf den Fahrersitz, lud mit großer Geste zum Einsteigen. Griff unters Armaturenbrett. Polizeifunk und Autotelefon. Und, sagte Niko mit erheblichem Stolz in der Stimme, Wanzen in fast jedem Krankenhaustelefon. In allen wichtigeren, zumindest, schränkte er ein. Verstehst du?
Gar nichts verstehe ich, erwiderte Jörg matt.
Ärzte, Krankenpfleger, Oberschwestern, vor allem in der Pathologie, geschmiert, grinste Niko. Geht einer übern Jordan, noch vor dem Anruf bei den trauernden Hinterbliebenen werden wir informiert. Prompt sind wir am Ball.
An der Leiche, frotzelte Jörg.

An der Seite der Hinterbliebenen. Pro Vertragsabschluß, den uns ein Arzt vermittelte, die Ärmsten leiden immer unter Geldmangel, die können den Hals nicht voll genug kriegen, zwei Kilo, sagte Niko. Oberschwestern, Feuerwehrmänner, Krankenpfleger zwischen hundert und hundertfuffzig. Bar auf die Hand. Dann noch die Wanzen in den strategischen Telefonen, und der Bullenfunk, wir können gar nicht so schnell mit den Särgen nachkommen, wies nötig ist, sagte Niko stolz. Lehnte sich zurück, sah verträumt über den Kühler.
Akkumulieren, akkumulieren, akkumulieren, das sind Moses und die Zehn Gebote, oder so, sagte Jörg.
Was?
Ach, nichts. Du Niko, laß dir mal langsam was einfallen.
Bin die ganze Zeit dabei, mir was zu überlegen, sagte Niko.
Ich laß doch meinen kleinen Bruder nicht hängen. Paß auf Jörg auf, hat Mama noch in Tegel gesagt. (Paß auf Niko auf, hatte sie zu Jörg gesagt.)

Es klingelte.
Ein Blick durch die Fenster: draußen war es wie immer.
Irene ging zur Wohnungstür. Es war Herr Werner, die Schürze umgebunden bat er um eine Tasse Zucker, der sei ihm ausgegangen; es gelang ihm nicht, bis ins Große Zimmer vorzudringen. Haben Sie schon gehört, flüsterte er in der Küche, die Nachrichten, gerade? Nein, sagte Irene. Sie lehnte sich gegen die Tür. Übermorgen ist es so weit, sagte Herr Werner verschwörerisch. Sechs Mann werden ausgeflogen, flüsterte er, und mit einem Blick auf Irene fügte er hinzu: Das heißt, drei Frauen sind dabei. Die waren viel zu bescheiden, sagte er, für Brese hätten sie bestimmt noch mehr freigekriegt. Zehn mindestens. Oder zwölf. Über den Sinn dieser Bescheidenheit diskutierend, bewegten sie sich durch den Korridor. Noch in der Tür lächelte Herr Werner: Wen sie wohl als nächsten holen? flüsterte er. Den Herrn Bausenator, und die Czachmann-Kress dazu? Für die kriegen sie bestimmt so fünfzehn, zwanzig Mann, die weiß zu viel. Er lachte leise. Bis dann, sagte er und wandte sich zum Gehen.
Bis später, sagte Irene. Sie schloß die Tür, lehnte sich gegen sie, wischte mit dem Unterarm über die Stirn und kicherte.

Das Telefon klingelte. Es war Jörg. Am Steinplatz liefe Fanfan der Husar. Das bedeutete: um fünf vor der Buchhandlung in Friedenau. Da erst fiel es Gabi auf, daß ihr Ballermann nicht mehr in der Handtasche war. Sie wurde wütend. Klaus legte den Arm um sie, brachte ihr

Jörgs Trick bei; da mußte auch sie lachen. Ihr Blick aber war schnell, unruhig und seltsam flach. Klaus, hatten wir, während sie schlief, ausgemacht, sollte die nächsten vier oder fünf Tage mit ihr verbringen. In der Wohnung, die Niko zur Verfügung stellte. Wir umarmten sie. Sie gingen. Selbst Gabis Mutter hätte sie nicht erkannt, zu sehr ähnelte sie ihr. Wir schauten ihnen durch die Fenster im Großen Zimmer nach. Langsam und intensiv miteinander redend gingen sie an dem Typ in der Nähe der Telefonzelle vorbei. Er gönnte ihnen nicht mal einen Blick.

BeFa heißt: Beobachtende Fahndung. Bei der BeFa 7, die dem sogenannten Terrorismus gilt, werden alle Kontaktpersonen in den Fahndungscomputer des Bundeskriminalamts gespeichert, die im Umfeld eines Tatverdächtigen erfaßt werden – auch Personen, die nur zufällig und ahnungslos mit einem Verdächtigen in einem Zugabteil sitzen. BeFa 7 bedeutet gelegentliche oder regelmäßige Telefonüberwachung, Postkontrolle, Personalüberwachung, Registrierung sämtlicher Grenzübertritte. Fluggesellschaften liefern Buchungslisten, Leihwagenfirmen melden Fahrzeugmieter. Gegenüber der Erfassung im PIOS-Computer war die der Staatsfeinde mit einem gelben Stern geradezu stümperisch.

Es begann zu nieseln. Jörg warf einen Blick durch die Schaufensterscheibe und blickte im Nebenher auf seine, nur bei solchen Angelegenheiten angelegte Armbanduhr: es war 16 Uhr 55. Er ging zur Kasse und legte den Band mit den Ringelnatzversen auf den Tresen. Die Buchhändlerin lächelte, die Kasse klingelte, sie gab ihm das Restgeld in kleinen Münzen. Als Jörg, verpacken ist nicht nötig, danke, zur Tür ging, sah sie noch immer hinter ihm her und lächelte. Im Glas der aufgehenden Tür erblickte Jörg die verzerrten Umrisse von Klaus und einer älteren Dame. Die Beine, dachte Jörg, die Beine bleiben jung. Die Pille hat einen Fehler. Er ging auf das eingehakte Paar zu, hielt die Dame auf Armeslänge von sich entfernt, grinste, küßte sie auf den Mund und beide Wangen und schüttelte, die Situation sollte einem unbefangenen Beobachter völlig harmlos erscheinen, was sie ja auch schließlich war, Klaus mit beiden Händen die Rechte. Drückte ihm einen Zettel und einen Schlüssel hinein.

Die Zahl der Reisebewegungen in der BeFa-Szene, sagte der Präsident des BKA, hat im Berichtszeitraum keine Schwerpunkte erkennen lassen, wenn man Berlin ausnimmt. Aus Berlin sind 534 BeFa-Personen ausgereist, und 534 sind eingereist. Die Tatsache, daß zwischen diesen Zahlen keine Saldoverluste eintreten, zeigt, daß diese – bei einer Gesamtszene von 1300 – große Zahl doch auf eine ziemlich lückenlose Überwachung gerade dieses Verkehrs zurückgeht. Dies müßte man im übrigen als VS-vertraulich behandeln.

Die Lage der Wohnung ist ausgezeichnet; es gibt zwei Hinterausgänge, der Kühlschrank ist voll, unter uns liegt nur noch eine leere Ladenwohnung, über uns wohnen Türken. Die reden nicht, die haben meistens auch Illegale in den Wohnungen. Zufrieden? fragte Klaus.

Gabi nickte. Die Spannung wich aus ihrem Gesicht. Sie ging in das Wohnzimmer. Klaus entnahm dem Küchenschrank zwei Flaschen Rotwein, einen Korkenzieher und zwei Gläser. Leise pfeifend folgte er ihr und schloß die Tür mit dem Hintern.

Gabi saß, die Schuhe hatte sie abgestreift, auf dem Sofa, die Füße unterm Hintern, auf den Schienbeinen, hintenübergebeugt, sog an ihrer Zigarette. Schloß die Augen bis auf einen Spalt, sah Klaus hantieren, sah ihm ins Gesicht, stumm, sah, wie er sich in einen Sessel fallen ließ, wie er ihr das gefüllte Glas zuschob, er sich zurücklehnte, lächelte, trank, das Glas auf die Tischplatte stellte, fragte hart: Warum du? Habt ihr gewürfelt, geknobelt? Oder was?

Klaus stand auf, ging um den Tisch herum, stand vor ihr, sie sah erstaunt hoch, mit schneller Bewegung schubste er sie aus dem Schwerpunkt, legte ihre Beine flach. Dreh dich um, sagte er. Sie ließ die Schultern sacken. Warum? Dreh dich um, sagte er. Ich werde dich massieren. Es ist ja nicht anzusehen, wie verkrampft du rumläufst, rumsitzt, rumfragst. Sie legte sich auf den Bauch. Ohne Kleid, natürlich, sagte Klaus. Willst du mit mir bumsen? fragte sie, seitlich in ein Kissen hinein. Dann würd ich dich fragen und nicht Massage vorgeben, sagte Klaus. Er half ihr hoch und aus dem Kleid. Komisch, sagte er, der Alterungsprozeß geht bis zum Hals, nicht weiter. Er fuhr mit dem Finger am Schlüsselblatt entlang. Leg dich hin, die Arme locker neben dich, denk an nichts, versuche, an nichts zu denken. Kann ich nicht, sagte Gabi dumpf. Versuche, an nichts zu denken. Nein, den Kopf nicht aufs Kissen. Ganz flach. So. Ja. Er rückte das Sofa von der Wand ab, klinkte das Rückenteil aus, stellte es gegen die Wand, setzte sich auf Gabis Oberschenkel, zog die Beine an, kniete über ihr, zog die Füße näher an ihre Beine, blieb locker in der Hocke über ihrer Rückseite sitzen. Legte die Daumen auf den Punkt an der Lendenwirbelsäule, strich einmal hart vom Rückgrat aus seitlich, soweit die

Daumen gingen. Mein Gott, sagte er, knochenhart. Das wird verdammt mühsam. Knöpfte sein Hemd auf, warf es schwungvoll über den Tisch auf den Sessel, stand auf, holte warmes Olivenöl aus der Küche, setzte sich wieder im Reitsitz über sie, tupfte mit den Fingerspitzen das Öl auf ihre Haut und begann mit der Massage. Sie schwiegen. Vernahmen nur sein Schnaufen und, ab und an, wie sie die Luft durch die Zähne zog. Seltsam, sagte er dann, eine Pause machend, als er sich die Hände abputzte und eine Zigarette anzündete, der Hintern eines Jungen, die Hüften einer Frau, der Rücken eines Mädchens – und Gesicht und Hals einer alten Frau.

Aber das bleibt nur eine Woche so, sagte er leise, legte die Zigarette auf den Aschenbecher und wandte sich der Schulterblatt- und Nakkenpartie zu. Richtig schweißtreibende Arbeit, sagte er. Kommst du gleich mit mir in die Badewanne oder unter die Dusche?

Ja, sagte Gabi. Sie war wieder müde. Entsetzlich müde.

INPOL ist das normale Computersystem, in dem gefahndete Personen, Waffen, gestohlene Ausweise – Führerscheine, gefälschte Pässe – gesuchte Kraftfahrzeuge gespeichert sind. PIOS (**P**ersonen, **I**nstitutionen, **O**rganisationen, **S**achen) ist der spezielle Terrorcomputer des BKA. In ihm sind gespeichert: gestohlene oder verlorene Ausweise und Führerscheine und ihre früheren Besitzer, Kontaktpersonen von Gesuchten, Sympathisanten (selbst aus lang zurückliegenden Zeiten). Im PIOS findet man unbeschuldigte Lehrer, Pfarrer, Rechtsanwälte, Kinderladengründer, Wohngemeinschaften – für die Polizisten vor Ort ist jede Wohngemeinschaft verdächtig. PIOS-Speicherungen werden nie wieder überprüft – wer da mal drin ist, bleibt drin.

Er trocknete sie sanft ab. Gabi blieb seltsam passiv und abwesend. Erst als er sie ins Bett brachte, zwischen die frischen Laken, ihren Rücken auspolsterte, die Vorhänge zuzog, den Raum verlassen wollte, räusperte sie sich, sagte: Willst du nicht mit mir schlafen? Oder ekelst du dich vor mir? Weil ich so aussehe, jetzt? Unsinn, sagte Klaus, bewußt leichthin. Aber es geht dir nicht ums Vögeln. Nicht jetzt. Jetzt bist du müde und irgendwie kaputt. Darüber reden wir, später, wenn du ausgeschlafen bist. Aber ich hab doch schon bei euch die ganze Zeit gepennt, protestierte sie. Und? fragte Klaus. Er öffnete die Tür. Schlaf schön und träum was Schönes und erzähl mir, was du geträumt hast, sagte er und machte die Tür leise hinter sich zu. Da fielen Gabi auch schon die Augen zu.

Was drittens das Ausland betrifft, sagte der Herr, so hat der Einsatz des INPOL- und des PIOS-Systems in Palma de Mallorca für die Überprüfung von 70 000 Hotelmeldezetteln von dort in der fraglichen Zeit übernachtenden Deutschen als Nebenprodukt 80 Festnahmen aus dem allgemeinen kriminellen Bereich erbracht.

Klaus stellte sich an das Fenster, rauchte und blickte mit verlorenem Blick durch die Tüllgardinen. Gabis Aussehen und Zustand hatten ihn aufgewühlt. Er atmete tief durch die Nase, ging zum Tisch, drückte die Zigarette aus, er rauchte zu viel, brachte den Aschenbecher in die Küche, kippte ihn im Müllkasten aus, wischte ihn mit einem feuchten Tuch aus, warf den Lappen in das Spülbecken, sah blicklos auf den Aschenbecher in seiner Hand. Stellte ihn nachdrücklich auf die Abtropffläche der Nirostaspüle, legte Zigaretten und Feuerzeug auf ein Küchenbord und ging zurück ins Wohnzimmer. Legte sich flach auf das Sofa, die Arme leicht abgespreizt, im Nacken eine Knautschfalte des Kissens, der rechte Arm ist schwer, schwer, schwer, ganz schwer, der rechte Arm ist ganz schwer und warm. Er spürte das Kribbeln in den Gelenken, schloß die Augen, atmete tief durch, sagte sich: eine Stunde, eine Stunde. Schlief ein.

BKA-Beamte wurden zur Schulung in die USA – zu FBI und CIA – und nach Nordirland geschickt. Mit den meisten europäischen Ländern – inklusive Schweiz und Österreich – wurde vereinbart, gestohlene oder verlorene Ausweise zu speichern und weiterzugeben. Mit Österreich funktioniert die Zusammenarbeit über die Staatspolizei, an deren Gründung BND-Leute mitgewirkt haben. So übernahm die Staatspolizei ungeprüft eine Personenliste des bayerischen Landesamts für Verfassungsschutz, auf der als *Terrorverdächtiger* auch der Westberliner Professor Elmar Altvater stand. Er wurde daraufhin unter dem Verdacht, einen Anschlag auf die Olympischen Spiele in Innsbruck zu planen, im Winter 1976 aus einem Schlafwagen geholt, eingesperrt und am nächsten Tag nach Bayern abgeschoben.
Die Herren des Morgengrauens übernahmen ferner die Planung und Durchführung aller Maßnahmen, die in den Haftanstalten des westlichen Auslands für deutsche Guerilleros oder des Partisanentums Verdächtige getroffen wurden und werden.

Das Telefon klingelte.
Jörg setzte Vera auf seine Hüfte und ging an den Apparat. Ja? sagte er. Martha, sagte sie nur. Und legte los.
Was Wichtiges? fragte Dagmar. Die Fleppen? fragte Irene. Die Flugkarte? fragte Gerd (Paul). Martha, sagte Jörg, legte sich auf den Boden und Vera auf seinen Bauch. Er kicherte. *Den Unnennbaren auf der Spur,* brüllte er los. *Kontaktaufnahme mit den Top-Terroristen!* Die anderen sahen ihn entgeistert an. Hast du ne Meise, oder was is los? Rossi, schniefte Jörg. Rossi! Das Interview im Sack, per Express nach Italien – und er heftet sich auf Marthas Spuren. In Bad Oldesloh, kreischte er, stellt euch das vor, Martha und Bad Oldesloh, ein Häuschen da, mit Terrasse, imitierte er ihre Stimme, und Fremdenpension! Er lachte Tränen. Und? fragten sie. Rossi hinterher – und macht ihr einen Heiratsantrag. Da schwiegen sie verblüfft. Und? fragten sie dann. Jörg zog die Knie an und barg Vera zwischen Bauch und Beinen und Armen, kullerte über den Teppich. Sie ziert sich noch, oho, sie ziert sich noch. Sie will es sich überlegen.
Na, warum nicht? fragte Irene ironisch. Entweder betreiben sie beide eine Fremdenpension in Bad Dingsbums, oder Martha hält Hof in Milano. Bad Oldesloh! verbesserte sie Jörg, hysterisch heulend.

Ich möchte einige Ergänzungen zur Lage in Italien machen, sagte der Bundesminister des Inneren, vom Vorsitzenden des Bundestags-Innenausschusses, Dr. Wernitz, dazu aufgefordert. Denn das, was dort vor sich geht, muß uns ja nicht nur auf Grund unserer Verbundenheit mit Italien – auch bezüglich der Sicherheitskräfte untereinander – bewegen, sondern auch im Blick auf die Beurteilung der Gesamtlage im internationalen Terrorismus.

Laßt mich doch endlich mal aus dieser Scheiße raus, sagte Peter wütend. Ist das letzte Mal, bestimmt, beruhigte ihn Niko. Er sah sich Ausweis, Paß, Sozialversicherungskarte und Führerschein genau an. Hat Willy astrein gemacht, sagte er und stülpte mit der Zunge die linke Wange aus.
Jetzt schon olle Weiber, muffelte Peter, ist doch wirklich das Letzte.
Niko grinste.

Wir waren, fuhr der Minister fort, in der internationalen Terrorismusbekämpfung ja schon seit längerem in engen Gesprächen mit den Franzosen, mit denen es – genauso wie mit den Engländern – förmliche Vereinbarungen über die Zusammenarbeit im Bereich der Terrorismusbekämpfung gibt. Wir haben dann auch – und das haben wir entscheidend mit angestoßen – in der europäischen Innenministerkonferenz von 1975 an in mehreren Sitzungen eine multilaterale Zusammenarbeit im Polizei- und Verfassungsschutzbereich nach dem Modell dieser bilateralen Absprachen vorangebracht.

Wach? fragte er.
Sie schloß sanft die Augen.
Hunger? fragte er.
Sie lächelte und nickte. Klaus rollte den Teewagen ans Bett.
Na? sagte er.
Sieht ja gut aus, sagte Gabi und richtete sich auf einem Ellbogen auf.
Sie aßen und tranken grünen Tee dazu.
Wollen wir nicht mal reden, drüber? fragte sie, als sie die Zigaretten angezündet hatten.
Klaus grinste, legte die Zigarette auf den Aschenbecher, zog sich aus, steckte sich die Zigarette zwischen die Lippen und glitt unter die Decke des breiten Betts. Er bettete seinen Kopf in ihre Armbeuge und begann, von der Büchnerstraßenkommune zu erzählen.

Gerd traf Nr. 4 in Herolds Hitparade der Meistgejagten im Tiergarten, fast genau in dem Augenblick, in dem in Tegel ein Jumbo mit sechs freigelassenen Unnennbaren, einer Stewardess, einem Kopiloten, einem Piloten und zwei bekannten liberalen Bürgerrechtlern von der Piste abhob.
Er sah ihn von oben bis unten an und schüttelte den Kopf. Du bist dir noch viel zu ähnlich, sagte er. Aber laß man, fuhr er fort und schnitt damit Norbert Flechs (der auf den Plakaten, oben, links) das Wort im Munde ab.
Komm, sagte er und legte ihm den Arm um die Schulter, gehen wir. Dich machen wir zu einem richtigen Opa, und dann up and away. Auf Tauchstation.
Meinst du? fragte Norbert, spöttisch eine Braue hebend.
Klar, sagte Gerd leichthin. Wir haben es mit Gabi so besprochen. Dein Gehirn kriegen wir auch noch gewaschen, zumal es schon, wie Gabi sagte, vorgewaschen ist.

Hä? machte Norbert.
Wir reden drüber, erwiderte Gerd. Wir haben ja Zeit. Reichlich. Paß, Flugkarte in ein antiimperialistisches Land, das stark und reich genug ist, sich von Bonn nichts bieten lassen zu müssen, und eine Zusage, unter der Hand, fürs Asyl, haben wir.
Na? fragte er, hielt mit dem Gehen inne und wandte Norbert sein lächelndes Gesicht zu. Was meinste? Was dagegen?

Deshalb lag es natürlich nahe, fuhr der Minister genüßlich fort, daß wir nun die Zusammenarbeit zwischen den Ländern in diesem Viereck über alle sonstigen Vorkehrungen hinaus verstärken. Dies geschah in den Berner Gesprächen mit Herrn Cossiga..., mit Herrn Furgler, dem zuständigen Polizei- und Justizdepartementsvertreter und Bundesratsmitglied aus der Schweiz, und mit Herrn Lanc, dem österreichischen Innenminister. Wir haben in diesem Kreise nicht so sehr Papiere, sondern Realitäten produziert.

Geh ganz ruhig weiter, sagte Gerd, komm, sag was zu mir. Sie gingen langsam, im Gespräch vertieft, an den Zivilen unweit des Eingangs des AudiMax der TU vorbei; jeder hatte des anderen Arm auf der Schulter, an Norberts Seite schlenkerte eine schwere Handtasche. Verdammte Schwule, sagte ein Herr des Morgengrauens leise zu seinem Nebenmann. Der gönnte dem Paar keinen Blick. Laß sie doch, sagte er und kaute auf einem Gummi.

Ich fühl mich wahnsinnig beschissen, so mit dieser alten Visage, sagte Gabi heiser und streckte dem Spiegel in der Schranktür ihr Gesicht entgegen. Nein, nicht, sagte sie heftig, als Klaus von hinten an sie herantrat, sich an sie schmiegte und seine Hände vor ihrem Bauch faltete. Ihre Blicke trafen sich im Glas. Gabis Augen wurden weicher. Bist du denn pervers? fragte sie zögernd, ablehnend. Nein, sagte Klaus, er sah ihr nun direkt in die Augen und zuckte mit keiner Wimper. Weißt du, sagte er, es ist seltsam und irgendwie sehr beeindrukkend für mich. Wenn ich dich so sehe, habe ich alle drei Bilder vor mir: so wie du früher aussahst, als Genossin in der Stadtteilgruppe, in der ich dein stiller Bewunderer war, dann so als eklig schicke Mittelklassenguerillera, wie du bei uns durch die Wohnzimmertür kamst, und so wie jetzt. Weißt du, sagte er wieder, nach einer kleinen Pause,

das ist wie Altwerden miteinander. Nur im Zeitraffer, wie im Trickfilm.
Und wenn sie nicht gestorben sind, sagte Gabi, löste seine Hände, schritt ein wenig zur Seite, schlüpfte in die Schuhe und ging zur Toilette.
Klaus blickte noch einige Sekunden in den Spiegel, zuckte mit den Achseln und folgte ihr. Er hörte das Wasser in die Wanne laufen, öffnete die Tür und ging in das Badezimmer. Gabi saß auf dem WC und blickte erschrocken hoch. Ich bins, sagte Klaus, dein Perverser. Baden wir zusammen? Hob das Bein, steckte den Zeh durch den Schaum ins Wasser, regulierte die Temperatur am Hahn und stieg in die Badewanne.
Hübschen Arsch hast du, sagte Gabi lachend und spülte.
Na, siehst du, sagte Klaus und setzte sich. Er bot ihr die Hand.

Da ist in letzter Zeit auf der Grundlage der Absprachen hinsichtlich einer Präventivstrategie des Verfassungsschutzes eine Menge geschehen, fuhr der Minister fort und rückte an der schweren Brille, da gibt es ja in Massen *Antifa-Gruppen, Initiativkomitees, Folterkomitees, Knastgruppen* usw. im terroristischen Vorfeld, über die, ähem, ja immer wieder berichtet worden ist. Hier geht es vor allem darum, aktive Informationsgewinnung zu betreiben, nicht einfach zu warten, bis die Hinweise zu uns kommen, sondern diese Dinge nun wirklich durch entsprechende Operationen – aufzuklären.

Sitzt! sagte Gerd befriedigt. Er drehte Norberts Kopf und hielt ihm einHandspiegel in den Nacken, so daß der sich im großen Spiegel neben Jörgs Bett betrachten konnte.
Ich seh ja aus wie ausgeschissen, sagte Norbert deprimiert. Einen fuffzichjährigen Daddy kontrollieren die nicht, sagte Irene. Sie hockten in einer von Nikos Wohnungen in Kreuzberg und warteten die Aktion Wasserschlag in aller Ruhe ab.
Norbert atmete tief durch.
Ihr seid wirklich in keiner einzigen linken Gruppe mehr? fragte er dann.
In keiner, sagte Gerd, bis auf Peter, das ist Unser Mann in der Stadtteilgruppe. Aber da verhält er sich still.
Tut er ja immer, sagte Irene.
Wir zogen uns völlig zurück, sagte Gerd eifrig. Als Intellektueller und als derjenige, der als letzter der Büchnerstraßenkommune von den Zielen der Partei gegen die Arbeit (PgdA) überzeugt wurde, vertrat

er nun die neue Position mit besonderer Überzeugungskraft. Es gibt eben Zeiten, sagte er, die sind wie, wie die Ruhe vor dem Sturm oder wie ideologische Winter. Da gräbt man sich nur noch ein. Da gilt es zu überwintern. Ins Reine mit sich zu kommen, ohne die alten Ziele zu verraten. Weißt du, fuhr er nach einer kurzen Pause fort, im Prinzip ist es viel einfacher, in Zeiten, wo's hoch hergeht, bei der Stange zu bleiben, in Zeiten der Ebbe aber zeigt sich die Beharrlichkeit.
So etwa? fragte Norbert traurig.
Ich weiß, sagte Gerd schnell, eigentlich habt ihr... die Bomben nicht unter die Autos der *pigs* (wie seltsam das früher so oft gebrauchte Wort heute klingt, dachte Irene) oder in die Häuser der Herrschenden gelegt, sondern in unsere Gewissen, in unser Gehirn, in unser Gedächtnis.
Ungleichzeitigkeiten, sagte er unvermittelt (wie lange schon hatte er dies Wort nicht benutzt). Traurig für euch, ich weiß. Ich weiß auch, wie niveaulos unser Kampf damals war, 1967 etwa, als der Schah kam. Eigentlich zum Lachen... Wir redeten von Revolution und warfen nur Tomaten. Ungleichzeitigkeiten, wiederholte Gerd zusammenhanglos.
Sie schwiegen.
Und in den Antifa- und Knastgruppen, ergänzte Irene kühl, sind in letzter Zeit zu viele agents provocateurs aufgetaucht, kaputte Typen, vom VS oder dem Sicherheitshauptamt noch im Knast angeheuert.

Wenn deine Freunde sich lange genug in einem engen Behältnis still verhalten können, sagte Niko und lehnte sich in seinem ledergepolsterten Armsessel zurück, bring ich sie dir an jeden beliebigen Punkt der Welt.
Im Sarg, sagte Jörg.
Wohin du willst, lächelte Niko, Überführungen jeder Art, ob nach Feuerland, Algier, Luanda, Hanoi, Bad Oldesloh, wohin du willst.
Mit dem neuen Aussehen, den von Willy hervorragend gefälschten Personalpapieren, den Flugkarten und einer festen Zusage, das Asyl zu gewähren, war diese seltsame Weise, sich abzusetzen, überflüssig geworden.
Nur warten mußten wir. Wir hattens gelernt.

Der zweite Bereich, fuhr der Minister fort, ist ein Präventivprogramm der Polizeien in Bund und Ländern, ein Programm, das die Anonym-Wohnungen in Stadt und Land anlangt – da läuft rastermäßig eine Menge.

Fragend hob ein Abgeordneter die Hand; sein Nachbar zog sie nach unten und flüsterte: Also, das Maklerprogramm, die Leute im Alter zwischen 25 und 40 Jahren, die eine Wohnung in einem Appartementhaus oder in einem Wohnsilo suchen, wandern in den PIOS-Computer.
Ein Maklerprogramm, fuhr der Minister erneut, leicht irritiert, fort, ein Kfz-Fahndungsprogramm usw. Das geschieht überall neben der Öffentlichkeitsfahndung... Es gibt zum Beispiel Befragungen von Hausmeistern in solchen anonymen Großobjekten und ähnliche Dinge.
Für die Befragung der Hausmeister, kicherte ein SPD-Abgeordneter, gibt es schon ein treffenderes Wort: Blockwart-System. Strafend wurde er von seinen Kollegen angesehen.

Außer Haus Klaus, Gerd und Irene, außer Haus Ilona, Dagmar und Renate, bei Rosie und den Kindern Peter, zu Besuch bei seinen Eltern Gerd (Paul); aufgeräumt die Wohnung in der Büchnerstraße, der Tag mäßig warm, leicht bewölkt, ab und an spielten Sonnenkringel auf dem Teppich im Großen Zimmer. HerrBakuninnochmal, sagt Vera, stell deine Ohren doch nicht immer nach hinten, in Lauscherstellung, die kommen eh. Bestimmt. Brauchst doch keine Angst zu haben. Ich seufzte. Selbst die Katzen hatten sich verdrückt. Die Wohnung war still. Mit eleganter Geste zog Vera sich einen heruntergefallenen Träger der Latzhose hoch. Sie schniefte, und der Spott in ihren Augen tanzte Shimmy.

Gegenwärtig, sagte der Minister geschäftig und blickte kaum vom Blatt auf, gegenwärtig eingesetzt sind in unserer Grenzfahndung, die ja im vergangenen Jahr zum Aufgreifen von 120 000 Personen geführt hat – das ist nochmals eine Steigerung um 40% gegenüber dem vorhergehenden Jahr; inzwischen werden mehr als 60% aller Fahndungsaufgriffe in der Bundesrepublik an den Grenzen getätigt –, von seiten des Grenzschutzes – das ist die erste Komponente – 1400 Beamte im Grenzschutzeinzeldienst. Hinzu kommen etwas mehr als 600 Verstärkungskräfte aus den BGS-Verbänden.

Vera kullerte über den Teppich. Weißt du, was ich machen würde? fragte sie. Nein, sagte ich abwesend. Den Brese vor seiner Freilassung betäuben und eingipsen. Eingipsen? fragte ich. Wieso? Bis zum Hals,

betonte Vera, sie klatschte in die Händchen, und ihn dann in einem Park auf einen Sockel stellen:
DENKMAL DES VERDIENTEN VOLKSVERTRETERS!
Des gut verdienenden Volksvertreters, sagte ich müde. Ständig hatte es geklingelt, geklopft, gebimmelt in der letzten Woche. Nur jetzt klingelte, klopfte, bimmelte es nicht. Ruhig lag der Korridor. Die Stille ging mir ungeheuer auf die Nerven. Vera legte mir ihre Hand auf das Knie. Voller Wärme schloß sie die Augen. Ich nahm sie in den Arm. Ein Herz klopfte stark. Es war nicht genau auszumachen, wessen, aber ihrs, glaub ich, wars nicht.

Der zweite Bestandteil sind mobile Fahndungsgruppen. Lautstark setze der Vertreter der Opposition seine Apollonaris-Flasche auf den Tisch.

Es wurde dunkel. Noch immer waren sie nicht gekommen.

Der dritte Bestandteil ist der Zoll, der heute etwa 5000 Beamte an den Grenzen hat.

Ich brachte Vera zubett.

Den vierten Bereich stellen die mobilen Fahndungsgruppen des Zollgrenzschutzes dar. Gegenwärtig sind bis zu 500 Beamte…

Ruhig lag Vera in ihrer Wiege und blickte mir ins Gesicht. Während der Nacht, sagte sie nüchtern, werden sie ihn wohl laufenlassen. Leg dich doch hin. Versuch zu schlafen. Versuchs. Was, fragte ich aufgeregt, wäre, wenn wirs fertig brächten, alle Angehörigen der verschiedenen Guerillagruppen ins Ausland zu schleusen, wenn sie in einem Wort, von einem Tag auf den anderen aufhörten? Was würden die Bullen dann wohl machen? Nichts, sagte Vera schläfrig und wandte ihr Gesicht zur Seite. Gar nichts. Du glaubst doch nicht im

Ernst, die vorbeugende Konterrevolution, die Militarisierung der sogenannten Kräfte der Inneren Sicherheit wäre auf sie zurückzuführen. Denk an den Ford-Streik, 1973, in Köln. Der wurde gezielt und militärisch zerschlagen. Davor haben die Angst. Vielleicht wachen die anderen auch auf. Und dem beugen sie vor. Vera gähnte ins Laken. Schlaf, sagte sie. Leg dich hin, verdammtnochmal, versuch zu pennen und nerv mich nicht.

Der fünfte Bereich sind die Grenzschutzverbände, las der Minister laut vor.

Sie schlief. Wahrlich und wahrhaftig, sie pennte. Jetzt! In der Lage! Ich ging in die Küche, öffnete die Tür des Kühlschranks und griff zur Flasche mit dem Obstler.

Der sechste Bestandteil sind Funkaufklärungstrupps.

Der Abend stieg durch Küchenfenster. Es war wie im Frieden.

Zum siebten Bereich, zum BKA: Wir haben ein besonderes Grenzfahndungsprogramm *Zielfahndung* in Kraft gesetzt.

Ich schlurfte im Dunkeln ins große Zimmer, goß mir ein großes Glas Schnaps ein und ließ mich auf das Sofa unterm Fenster sinken. Ich war nicht allein im Raum. Die Angst soff mit.

Der Bund-Länder-Sonderkommission Zielfahndung gehören gegenwärtig etwas mehr als 50 Länderbeamte und ebenfalls etwas mehr als fünfzig BKA-Beamte an, insgesamt 120 Kräfte… Sie beschäftigen sich mit vierzig Zielpersonen. Das sind die hauptsächlich gesuchten Terroristen, über die 20 auf dem schwarzen Plakat, das Sie von überall kennen, noch einmal 20 weitere hinaus.

Kurz nach Mitternacht blendete der STS die Musik aus. In der Sondersendung gab der Sprecher bekannt, der zwar erschöpft wirkende, aber lebendige und gesunde Abgeordnete Brese sei in der Nähe einer Telefonzelle, die seltsamerweise nicht observiert wurde, gefunden und sofort ins Krankenhaus gebracht worden. Die Jagd begann.

Insgesamt sind hier, sagte der Minister und blickte triumphierend hoch, schon etwas mehr als 12 000 solcher Hinweise, wie die Polizei sagt, abgearbeitet, also abgeklärt worden…

Um ein Uhr schrillte das Telefon. Ich schüttelte ruckartig den Kopf und stand auf. Das Telefon? Es war Bertha Schwind. Sie berichtete, daß die Herren des Morgengrauens schon bei ihnen, in der Kommune, gewesen seien. Keine Festnahmen, nur, und da schwang Wut in der Stimme, die übliche Operation Chaos. Weitersagen. Ich rief fünf oder sechs Bekannte an. Aber da waren sie schon überall gewesen. Nur hier kamen sie nicht. Das empörte mich nun doch ein wenig. Waren wir so harmlos geworden?

Es gibt da nun noch viele Einzelheiten, sagte abschließend der Minister, auch gegenwärtige Zielfahndungseinsätze im In- und Ausland, aber die sind so delikat, daß ich es mir selbst bei der Stufe *Vertraulich* versagen will, das hier vorzutragen. Das ist, glaube ich, dazu einfach nicht der richtige Ort.
Richtig, dachte der Oppositionsmann am Ende des Tisches, gemäß Verfassung der fdGO sind wir ja dazu da, die Exekutive zu kontrollieren. Er grinste und trank aus seinem Sprudelglas. Es war leer.

Es wurde eins, es wurde zwei, es wurde drei, ich wurde besoffen, es wurde vier, ich wurde todmüde, der Morgen dämmerte, das Morgengrauen graute, seine Herren kamen und kamen nicht. Etwa um halb fünf muß ich eingeschlafen sein.

Den zweiten Tag, nachdem obgemeldetes Dorf geplündert und verbrannt worden, als ich eben in meiner Hütten saß, und zugleich neben dem Gebet gelbe Rüben, zu meinem Aufenthalt, im Feuer briet, umringten mich vierzig oder fünfzig Musketier; diese, ob sie zwar meiner Person Seltsamkeit erstauneten, so durchstürmten sie doch meine Hütten und suchten, was da nicht zu finden war, denn nichts als Bücher hatte ich, die sie mir durcheinandergeworfen, weil sie ihnen nichts taugten.

Sie klopften nicht, sie bimmelten nicht, sie klingelten nicht, sie schlugen mit einer kleinen Axt die Wohnungstür ein und stürmten herein, bewehrt, behelmt, gegen Schüsse gepanzert, sie verteilten sich in Blitzesschnelle, stellten mich an die Wand, fesselten mir die Hände auf dem Rücken und begannen, natürlich ohne Zeugen, natürlich ohne mir die Möglichkeit zu geben, einen Anwalt zu informieren, ja selbst bei der Aktion *search & destroy* in den Zimmern dabeizusein, sie fuhren mir über den Mund, als das nichts nützte, schlugen sie mir aufs Maul, bis ich blutete, sie wußten, daß sie nicht finden würden, was zu suchen sie vorgaben, sie suchten die Unnennbaren in den Zuckertüten und gossen den Zucker aus, auf dem Küchenboden, suchten die Unnennbaren im Kaffee, im Tee, im Mehl, in den Gewürzdosen, schütteten Kaffee, Tee, Mehl, Gewürze aus zu Zucker und Essig und Öl und Butter und Salz auf den Küchenboden, sie suchten die Unnennbaren in den Schubläden und rissen sie aus den Schränken und warfen sie zuboden, suchten die Unnennbaren in den Radios, deren Innereien sie herausrupften, im Fernseher, im Kühlschrank, in der Waschmaschine, in den Bücherborden, sie warfen die Bücher zuboden, sie suchten die Unnennbaren in Notizbüchern und Broschüren und Zeitungen und Zeitschriften und Büchern und Plattenhüllen und warfen Notizbücher nicht fort, sondern nahmen sie mit, mit nahmen sie auch einige Bücher, jene, die wir nach unten gestellt in die Regale, aber auch Brecht und Böll, sie rissen die Auslegware von den Böden, zu sehen, ob die Unnennbaren sich darunter verborgen, sie rollten die Teppiche aus und feuerten Laken, Kissen, Decken auf die Böden, sie schlitzten Federbetten auf, ob in ihnen auch keine Unnennbaren versteckt, sie rückten alle Möbel von den Wänden und klopften die Mauern ab, sie verglichen den Aufriß der Wohnung mit ihrem Schnitt, sie kümmerten sich nicht um mich, sie nahmen stellvertretend Rache, sie waren kühl, sie taten alles mit Bedacht, sagten still, halten Sie den Mund, wenn ich da murrte, und fügten leise hinzu: Bitte.

Dann zogen die Behelmten, die mit den kleineren Intelligenzquotienten, die Werkzeuge, die willigen, sie zogen ab, und da lungerten noch die Zivilen in unseren Sesseln, auf unseren Tischkanten, auf Fenstersims und unseren Stühlen und wandten sich, wie sie sagten, mir zu. Gegen sie waren meine alten Bekannten vom Diebstahls-, Einbruch- und Raubdezernat schiere Gentlemen. Ich war stumm. Ich blieb stumm. Aus dem Schlaf gerissen, aus dem Traum gerissen, aus den Träumen gerissen, aufgeklärt, gründlichst. Deutsch.

Indessen hatten die anderen Soldaten die übrigen vier Bauern, so am Arsche geleckt worden waren, auch unter den Händen, die banden sie über einen umgehauenen Baum, mit Händen und Füßen zusammen, so artlich, daß sie den Hintern gerad in die Höhe kehrten, und nachdem sie ihnen die Hosen abgezogen, nahmen sie etliche Klafter Lunten, machten Knöpf daran und fiedelten ihnen so unsäuberlich durch solchen hindurch, daß der rote Saft hernach ging. Also, sagten sie, muß man euch Schelmen den gereinigten Hintern austrocknen. Die Bauern schrien gar jämmerlich, aber es war den Soldaten nur ein Kurzweil, denn sie höreten nicht auf zu sägen, bis Haut und Fleisch ganz auf das Bein hinweg war.

Nicht da! hatte ich geschrien, war im Zickzack gelaufen, um Das herum, nicht da, nicht da. Da ist doch nur das Kind. Hatten sie gar nicht zugehört, ganz überhört, waren in mein Zimmer gegangen, an die Wiege zuerst, hatten reingeguckt, stumpf. Zunächst hatte es mir geschienen, als hätte sie die ganze Zeit wachgelegen, gewartet auf diesen Augenblick, als hätte sie ein staunendes Lächeln in den Augen gehabt, ein großes Interesse an diesen Köpfen da, mit diesen weißen Helmen, da, mit den blauen Streifen dadrauf, als wäre eine Freude in ihr gewesen, daß da was Neues war oberhalb ihres Kopfes, der Wiege, in der Welt, draußen, bis der Kerl, weder sacht noch grob, einfach so, sie hochnahm, mit beiden Händen, sie steif trug zur Kommode, sie hinlegte dort wie ein Ding, während seine Kollegen das Deckbett hochnahmen, das Laken, das Gummituch, die Matratze, so als glaubten sie, daß genau dort, unten in der Kinderwiege, die Unnennbaren zusammengekauert hockten, drehte der Kerl sich nicht um, sagte das: Nichts? Nichts, anwortete das und ging an die anderen Möbel. Nie habe ich erfahren, nie werde ich erfahren, wie sich diese Bilder hefteten in Augen und Gehirn von Vera, sah sie nur, wie sie alles anstarrte, als liefe ein wirrer Fernsehfilm da, und es war mir, als erkannte ich in diesen Augen ein Grauen, ganz kurz und ganz tief, und wie sie den Kopf drehte dann, in meine Richtung guckte, mich gar nicht sah, gar nicht erkannte, mit dem großen leeren, blauweißen Blick der Blinden, sammelte sich alles unter meinem Brustbein, ich drehte den Kopf, und das wechselte den Blick mit einem Beliebigen von Denen, ganz kurz nur, und das war Krieg, und ich wußte, wir sind Todfeinde, und der Haß schnürte mir den Hals zu, daß ich nicht atmen konnte und das Wasser mir in die Augen schoß. Die führten Krieg, selbst gegen Kinder, und wir waren gar nicht darauf vorbereitet. Und als dann wieder ein anderer von Denen, ein Ziviler, mir die Hand auf die Schulter legte, nicht schwer, einfach so, mich leitete an meinen alten Platz, im Großen Zimmer, und er sagte: Hier bleiben Sie stehen. Da. So., da wars vorbei und eingeätzt.

20

Nun brechen wir auf. Und ab. Anhalterinnen stehen am Funkturm, seltsame Kräuter wachsen am Straßenrand, Ohren müssen freigelegt werden und Finanzen, der Schwiegervater des Großen Weisen wird angerufen, ein Rasthaus angesteuert, Zwangssexualität geleugnet schönen Vorteils willen und, einen Augenblick nur, wir bleiben stehen, zwischen Deutschland und Deutschland, dort wo der Arsch der Welt am finstersten ist. Finster aber bleibts nicht. Die Börse notiert:

IM AUFWIND: STOLPERBRIGADEN.

Denn im

XX. KAPITEL

verbünden sich, ganz multilateral, drei Generationen aus drei Klassen gegen einen Trilateralen. Der kommt zu Fall. Wer nicht hören will, wer keine freie Rede zuläßt, wer überfliegend unterwandern will, gerät ins Stolpern und wird eingerollt, da hilft nicht, daß er zur Tarnung gut behütet ist. Ein Rolls stirbt, Winde werden umgeleitet, ein Land, von oben gesehen, enthüllt sich in Vergangenheit, Gegenwart und Zukunft. Vor solch Sichtweise hat mancher Angst. Neues zu finden und zu erfinden, bedarf es Arbeit und Kapital, und so verwandelt sich, hinter dem Rücken, unter der Hand, tote Arbeit in Hoffnung: Autobahnen brechen auf, Hochhäuser erheben sich, Kommunarden schleifen Schornsteine, Häuser werden gestrichen, Wärme und Wasser gepumpt, Tomaten und Orangen gepflanzt, Fische gefischt in Farmen. Hoch geht es her, hoch und höher wirds gehen, denn Fortschritt kann auch ein Schritt sein auf die Menschen zu. Kinder haben Erziehungsprobleme, Rentner werden subversiv, das Recht auf Faulheit wird auch die Neue Welt unter den Pflug nehmen. Das Motto stammt von Paul Parin:

Utopien bieten kein Ziel. Sie sind wie Satelliten, die wir selber in Umlauf gebracht haben. Manchmal stürzt einer ab und verglüht. Andere kreisen weiter. Stillstehen können sie nicht. Das ist ihr Gesetz.

Und solch ein Gesetz, sagen Gesetzlose, erkennen wir an. Ohne Einschränkung:

Damit die Straße nicht vergebens nach uns rief, damit wir nicht bluteten, und weil das Glück uns auseinandersprengte, einer Granate gleich, weil die Christen es mit Missionaren getan hatten, mit Feuer und Schwert, und wir dies verabscheuten, und die Kommunisten es mit Kadern und Zellen, und wir dies für veraltet hielten, um dem Dikken Ende zuvorzukommen, und weil Berlin zu klein für uns wurde, zogen wir auseinander, trennten wir uns. Die Frauen blieben in der Büchnerstraße, und Herr Werner, dieser Filou, baute ihnen im Hinterhaus einen Riesenraum zum Übungssaal um; Peter und Rosie zogs in die Eisenbahnkommune, zu Bakunin und Rosa L., zu geregelter Halbtagsarbeit und Stadtteilgruppe; und Gerd, überzeug einen verkorksten Intellektuellen und er stürmt alle Marktplätze und trompetet den neuen Gott heraus, nahm das Flugzeug nach Rom, Mailand, Turin, sich den Neuen Stämmen anzuschließen, Turin, schrie Gerd nur, die Karte betrachtend, den Bildband, Revoluzzerbiografien zerfleddernd, welch eine Stadt zum Plündern!, also Turin; Gerd (Paul) und Klaus dagegen fielen ins Ruhrgebiet ein, ins Rhein-Main-Gebiet, in die Kieler Förde, den Jadebusen, in Oberbayern und Unterfranken und Frankfurt, o Gott, Frankfurt. Da bleibt uns, sagte Vera still, nur die Große Weite Welt. Also packten wir. Also kauften wir den großen schnellen Kombi, also feierten wir Abschied, also vergossen wir Tränen und Samen, also verwelkten die Heckenröschen, also winkte der Lange Lulatsch, also lockte die Avus, also brummte der Berliner Bär, wir sollten ihm endlich am Arsch lecken, also schossen Salut die aufgebockten Panzer am Russischen Ehrenmal in Tiergarten und in der Spalte zwischen Ost und West, nach Babelsberg hin. Sing doch! sagte Vera. Ich lenkte und sang. Wein was, sagte Vera. Ich weinte und sang. Bitter wurden meine Knochen und wund mein Herz, und die Seele im Solarplexus zurrte, und die in der Zirbeldrüse bockte. Fröhlich wie die Fiedeln fuhren wir ab, ein einziger Abschiedsschmerz. Von hier aus wollten wir die Welt unter den Pflug nehmen, fleißig die Große Faulheit zu verkünden allen Völkern, untergraben die Werte, unterwühlen die Systeme, zersetzen die hehrsten Grundsätze. Machst du mit mir, wie nennt Ihr das, Inzest? fragte Vera. Begehen, sagte ich betreten, man begeht ihn. Tust dus? bohrte Vera nach. Gewiß, gewiß, seufzte ich. Und Klaus, begeht der später auch Inzest mit mir? fragte sie. Aber ja, schluchzte ich. Und Gerd und Gerd-Paul, die auch? Die immer, schrie ich. Und Peter, wird der auch Inzest mit mir begehen? Aber sicher, stöhnte ich. Und Anne und Renate und Ilona auch. Gewiß, gewiß. Und Irene und Dagmar und Martha und Oma und der Pastor auch? Hin und her und rauf und runter, flüsterte ich. Paß auf, schrie Vera, fahr den Rentner nicht tot! Ich trat auf die Bremse. Links Kudamm, rechts Kudamm, hinter uns Kudamm, vor uns Kudamm. Beginnt hinter der Halenseebrücke die Welt? fragte Vera. Nein, sagte ich, in der Büchnerstraße. Bist du aufgeregt? fragte Vera müde. Und wie! sagte ich. Das ist gut, sagte Vera noch und schlief ein. Tropenhelme hab ich vergessen, fiel mir plötzlich ein, und so fuhr ich nicht, wie vorgesehen, die Autobahnauffahrt hoch, sondern wendete, sobald dies möglich war, und lenkte in Richtung Neue Kantstraße. Wie können auch Menschen in die Weite Welt fahren ohne Tropenhelme mitzunehmen? Der freundliche Verkäufer redete mir sie aus. Er riet zu luftigen Kappen. Ich erwarb sie, die kleine Glocke an der Ladentür schellte, und ich stand wieder in der Sonne, auf dem Bürgersteig. Schloß vorsichtig die Fahrertür auf, Vera schlief noch immer, ich startete, nahm die Strecke an der Messe vorbei. Wo Anhalter standen. Mit Schildern, die feste Ziele nannten. Nahm ich den mit, dens nach Kabul trieb? Den nach Köln? Die nach Hannover? Oder das Mädchen dort in Jeans, den Rucksack auf dem Rücken die ein Buch vor dem Bauch hielt: Nur Frauen! Nur Frauen? Ich hielt. Kurbelte die Scheibe der Beifahrertür. Mißtrauisch näherte sich das Mädchen, tat ein, zwei Schritte, blieb stehn, sagte mürrisch: Könnense nich lesen? Ich bin schwul, sagte ich fröhlich, und bin in Frauenbegleitung. Verständnislos sah das Mädchen mich an. Es war unschlüssig. Gucken Sie sich doch mal die Frau an, rief ich zum Fenster hinaus. Ein Lächeln stieg in Augenwinkel, Knie bogen sich durch, Clogs machten klapp-klapp. Ach die! sagte das Mädchen leise und betrachtete Vera intensiv. Ich öffnete die Tür. Was, ach die? fragte ich entrüstet. Das ist eine Frau, an der ist alles dran, das könnense glauben. Na gut. sagte es und warf mit Schwung den Rucksack zur Seite, schnallte ihn ab, stellte ihn neben Veras Korb, setzte sich auf den Beifahrersitz, schloß vorsichtig die Tür, sah mich an. Sie sind bestimmt schwul? fragte es neugierig. Stockschwul, erwiderte ich und fuhr an. Und wo geht es hin? fragte das Mädchen, mich genau von der Seite her betrachtend, die Hände um die Knie gefaltet. In die Große Weite Welt, erwiderte ich, machte diese Handbewegung, die alles einschloß vor uns und seitlich. Und Sie? In den Harz, sagte das Mädchen mürrisch und versank in Schweigen.

Ich langte unter das Armaturenbrett, fischte eine Kassette hervor, steckte sie in den Rekorder und drückte den Knopf: WHAM! Janis sang, und das Mädchen schreckte hoch und strahlte und wippte mit den Füßen. Lächelte, sagte: Übrigens, ich heiße Michelle. Und ihr?

Da standen wir schon im Stau, an der preußischen Grenze, und die in den langen Mänteln nahmen die Papiere entgegen, und: Machen Sie mal Ihr linkes Ohr frei. Sagte ich freundlich: Das nächste Mal schicke ichs Ihnen vorher, per Einschreiben. Einverstanden, Herr Oberst? Fand der gar nicht nett. Fahrnse mal rechts ran. Als sei ich Krupp oder Carlos!

O Charly, was hamse mit dir gemacht? O Charly, o Charly, der du da hangest – an allen Plakaten, barfüßig nähere ich mich dir. Sag was, sag doch mal was. Auftat Charly sein breites Maul, schloß es, grinste. Tats wieder auf, sagte: Finds selber raus. Wandte sich ab und heulte nen Schlag.

Taylor taylorisierte die Arbeit, schnitt sie auseinander, in 1000 Puzzles, fügte sie neu zusammen: am Band, mit dem Band. Dem Fließband, das durch die Herzen und Hirne und Hände der Arbeiterinnen und Arbeiter führt, sie zerstört, sie auseinanderschneidet in 1000 Puzzles, sie neu zusammenfügt: kaputt, zerstört, verwirrt. Kam olle Lenin, kloppte Taylor auf die Schulter, rief: Sozialismus = Sowjetmacht + Elektrifizierung, taylorisierte die Sowjetunion, in der die Sowjets entmachtet, ausgerottet, bolschewisiert, von Brest bis Wladiwostok.

Die kapitalistische Architektur zerschlug die alten Städte, schnitt sie auseinander, schmiß sie in Zementmischer, warf die Mischer an, ließ sie Kuben auskotzen, fügte sie zusammen, nannte die zusammengefügten Kuben Häuser. Schnitt die alte Bewohnerschaft auseinander, die guten ins, die schlechten ins, und alle an den Stadtrand, in die Kuben, taylorisierte ihre Einrichtungen und Ausrichtungen, ihre Entscheidungen und Ausscheidungen, zerstörte sie, fügte sie neu zusammen, kubisch in Kuben, in Wohnmaschinen, in Beton umgesetzte Fließbänder, schluckte sie, kotzte sie aus: zerstört, kaputt.

Kam olle Chruschtschow, kloppte seinem Partner in Wien, wo sie sich trafen, die Welt einzuteilen, in Ost und in West, wies der Papst getan, damals, zwischen Portugal und Spanien, kloppte ihm in die Magengrube, grinste, rief: Einholen ohne zu überholen. Oder: Überholen ohne einzuholen. Gab Weisungen aus, und so zerschlugen sie die alten Städte, so sie nicht schon zerschlagen waren von der Nazibrut, schnitten sie auseinander, warfen sie in Zementmischer, setzten sie in Bewegung, das Land war derweil voll elektrifiziert, und seis mit sogenannten sozialistischen Atomkraftwerken, ließen sie Kuben auskotzen, in die Städte hinein und an die Ränder der Städte, die wucherten wie bei den Kollegen im Westen, fügten sie zusammen, nannten sie Häuser, schnitten die Bewohner der Quartiere auseinander, die guten in die Wohnmaschinen, die schlechten in die verrotteten alten Häuser, pro Nase zehn Quadratmeter, schluckten sie, kotzten sie aus: kaputt. Zerstört.

Die Sieben Schwestern und Ford und General Motors (ein höchst

blutiger General, der Große Bruder von Herrn Westmoreland) betonierten die westlichen Länder und ließen sie Petroleum, Benzin und Heizöl saufen, zerschlugen nachhaltig die Nahverkehrssysteme, kotzten Blech und Aluminium und Glas und Gummi drauf und killen, weils Spaß macht und Dollars und DeMark bringt, pro Jahr allein in der Bundesrepublik siebzehntausend Zerstörte und Kaputte, saufen Blut die Menge und nähren sich von Millionen Verkehrsverletzten. Kamen olle Chruschtschow und olle Lenin und olle Kadar und olle Honecker, kloppten den Sieben Schwestern auf die Schultern und kitzelten sie, wos kitzlig ist, beförderten Ford zum Sozialisten, tauschten den Bruderkuß mit General Motors und General Dynamics und ITT und IBM, soffen Blut und Wodka die Menge, gröhlten: Überholen ohne einzuholen! Setzten anderthalb Schelme auf einen, betonierten die östlichen Länder und lassen sie Petroleum, Benzin und Heizöl saufen, kotzen Blech und Aluminium und Glas und Gummi auf den Beton und killen, wie der Plan es befiehlt, immer mehr Kinder und Greise und Frauen und Arbeiter mit Schigulis, Ladas, Trabis, Wartburgs.
Trafen sich die Herren von DuPont und Bayer mit ihren Kumpels, klotzen ihre Länder mit Zeitbomben voll, scheißen die Flüsse zu und die Bäche, vergiften die Seen und die Meere, saufen Blut, hauchen ihren giftigen Atem über Seveso und Duisburg, Pittsburgh und Rio und bringen, weils bringt, weils Bringen Sinn ist des Ganzen, den halben Globus um. Fallen die Herren Planer der Herren Honecker und Kadar, Breschnew und Chruschtschow den Herren DuPont und Bayer um den Hals, saufen ihre Mittelchen, fixen sich ihre Gifte, schniffen ihre Kokse, atmen ihre Dämpfe ein, fallen, torkeln, winden sich auf dem Boden, lallen,: Überholen ohne einzuholen! Klotzen auch die östlichen Länder zu, Zeitbombe neben Zeitbombe setzen sie, kombinierte, vergiften die Flüsse und Bäche und Seen und Meere, was der Kapitalismus kann, können wir schon lange, das wär doch gelacht, und bringen, weil auf der Überholspur alle Gedanken sich aufs Überholen konzentrieren, so ganz im Nebenbei, auch noch die andere Hälfte des Globus um, und sie exportieren, wie ihre Kumpels von DuPont und Bayer, ihre Gifte, ihre Ausscheidungen, ihren schwefligen Atem, ihre nitrierte Säure, ihre verchlorte Pisse in den Sonnigen Süden.
Was schwimmt da in der Werra, Charly? Was stinkt da in Schwedt, Charly, was reizt unsere Schleimhäute in Omsk? Setzen sie sich an den Tisch, die chaotischen Massenmörder und die planerischen Massenmörder, in Helsinki und Belgrad, die einen links, was nichts bedeutet, die anderen rechts, was nichts bedeutet, tauschen die Sitten und Weiber und Schlipse und Bruderküsse, tunken ihre Federkiele in güldene Tintenfässer, glotzen einträchtig in Linsen, mischen ihren giftigen Atem vor den Mikrofonen, schlagen mit der Faust auf den

Tisch, jubeln: KSZE. Sicherheit: Millionen von Soldaten, Tausende von A- und H-Bomben. Zusammenarbeit: Taylor und Märkisches Viertel und Autobahnen (nur das mit den Juden war nicht nett von Herrn Hitler) und Millionen von Personenwagen und Chemiekombinate und Trusts.
So fahren wir, Vera, Veruschka, durch diese deutsch demokratische Republik, halten uns an die Geschwindigkeitsbegrenzungen. Nostalgie holt auf, Nostalgie stirbt. Erzähle, Wanderer, daß du mich einst hast liegen sehen am Strande der Elbe, des Don, der masurischen Seen, da das Wasser noch klar, und nun fault das nach, den Westen einzuholen, zu überholen. Und die Säufer und die Selbstmörder, die Autokarawanen und die Betonkolosse, die betonierten Felder und zementierten Himmel und zernierten Horizonte schreien: Ick bün all da. So ward der Fortschritt ein Schritt fort von den Menschen, und was da real sein soll am Sozialismus, das sollen einhämmern uns die realen Sozialisten oder die sozialistischen Realisten. Hier, Vera, Veruschka, benannt nach der Sassulitsch, nicht gelitten bei den Kumpels von Taylor und DuPont, ist alles mögliche real, nur der Sozialismus nicht. Oder ist ers doch, und brauchen wir neue Namen? Michelle schläft, Vera schläft, ich lenke von Berlin über die Autobahn in Richtung Helmstedt, rechts und links der Straße oft noch schön Zurückgebliebenes. Die haben die Mauer nicht hoch genug gebaut. Vera, da setzten Taylor und Kompagnie im Handumdrehen über und besetzten das Land und machtens den anderen gleich. Und keiner wehrte sich. Das war das Schlimme! Dabei haben die doch Betriebskampfgruppen! Arbeiter, Vera, Veruschka, in Waffen... Ich komme ins Träumen. Ich brauche Kaffee und Afghan. Und wo, frag ich dich, kriegen wir das? Dort, wo Ost und West konspirativ konsumierend sitzen: im MITROPA. Rechts raus und ausgerollt und das Rückgrat durchgebogen und durchgeatmet. Und mal sehen, ob ich Michelle nicht überzeugen kann von ihrer Mission: einen *Schwulen verführen zu müssen.* Mit der Masche, Vera, kam ich und oft bei den schönsten Frauen an, selbst wenn sie einsachtzig, und dann noch hohe Hacken. Ich blicke zur Seite und weich wirds mir im Bauch, das schläft, ganz hingegeben, und was ist das für eine Zeit, in der eine Frau nur von Frauen mitgenommen werden will beim Autostop, und was für Erfahrungen!, und ich blicke nach hinten, ins Körbchen, und schmelze. Welch eine Frau, meine Tochter! Ich streichle Michelle im Handteller, sanft, ich streichle zwischen den Fingern, das bin ich nicht, ich bin schwul, ich faß keine Frauen an, das war Traum. So setz ich mich wieder grad hin und rüttle an der Schulter und tue streng. Der Traum wird weitergeträumt, nachgerätselt wird ihm werden, und ich sag auch was, wo sie die Augen öffnet und das Haar verwirrt aus der Stirn streicht (Grübchen im zweiten Fingergelenk, au Mann!), und dreh mich um und ziehe den Knopf hoch und frag etwas, aber natürlich,

und wir verlassen den Wagen, und ich hebe Vera aus ihrem Körbchen und schließe den Wagen ab und blicke übers Wagendach, und da clinchen die Blicke, und ich zähl durch, wende den Blick ab, na, wenn das nichts wird, und gehe betont hüftbetont, Vera so tragend, daß ein Beinchen in meiner linken Weiche und ein Beinchen in der rechten, die Hände um ihren Körper gelegt, daß wir unsere Augenspielchen machen können, Vera und ich und ich und Vera, über den Parkplatz und die Treppe hoch, und achte überhaupt nicht auf Michelle, die nachdenklich ist und mein Gesicht streift mit den Blicken, mich kurz einmal am Ellbogen faßt, wies in den Saal geht. So setzen wir uns. Der Ober kommt. Wir bestellen, und nicht zu knapp, Essen und Trinken. Und als der Wein kommt für Michelle, so kleinbürgerlich, so betulich altbacken sind die Kellner nur noch im Realen, steh ich auf mit Vera, energisch sie auf den Arm nehmend. Ins Männerklo. Sie windeln. Das so seitlich versetzt, verstehst du, Schwester. Trink schon mal was, wenn das Essen kommt, und das beginnt mit der Soljanka und hört mit Käse und Süßem noch lange nicht auf, sind wir wieder da. Trinkst du denn nicht? In der DDR darf ein Autofahrer nicht trinken. Was, ich – die ganze Flasche? Na, und? Und Du? Beuge mich zu ihr, puste ihr ins Ohr, raune verschwörerisch: Shit, aufm Klo, nachm Windeln, die kleinen Freuden des abtrünnigen Vaters.

Gehe, Guck in der Tür noch mal, und da kippt sie schon das zweite Glas. Strategien… Sind das traurige Zeiten, Vera. Warum müssen wir schauspielern, Vera, Veruschka? frag ich sie auf dem Gang.

Du gefällst ihr, antwortet sie einfach, ich gefall ihr auch. Aber nicht so wie du. Die will dich *bekehren.* Vera kichert. Entschuldigen Sie, Herr Oberst, frage ich einen Uniformierten, wo kann ich meine Tochter windeln? Verwirrt glotzt mich der VoPo an. Zuckt die Achseln. Da frag ich einen servilen Zivilen von der MITROPA, und wir bekommen, was wir wollen: einen Raum einen Tisch, eine Windel, Schwedenimport, unsere Ruhe. Sie ist nicht abgeneigt, sagt Vera sachlich, als ich ihr den Hintern pudere. Willst du wirklich? Aber immer, sage ich, stecke die Zweitwindel ins Windelhöschen, knöpfe sie ein. Sie blickt mich still an. Ich drehe einen Dreiblattjoint, nehme einen schmalen Barren Schwarzen Afghans aus der Gürteltasche, entferne das Silberpapier, halte das Feuerzeug an den Stoff und brösele ihn zwischen Tabak und Minze.

Es klopft an der Tür. Das wird Michelle sein, flüstert Vera. Sie kanns wohl nicht abwarten. Was? frage ich. Na, zunächst den Joint, den Aperitif, lacht sie. Grübchen in den Wangen. Wetten wir? fragt sie. Du weißt, sage ich mit vorgetäuschtem Ernst, ich wette nie wieder mit dir. Darf ich reinkommen? klingts von der Tür. Aber ja, rufe ich, forciert fröhlich. Michelles Kopf erscheint im Rahmen. Vater und Tochter, grient sie, bekifft und gewindelt. Ich wurde nicht gewindelt, sage ich mit gespieltem Ernst. Sie tritt an mich heran. Ich drücke ihr den

Joint in die Hand und tue so, als sei ihre Nähe mir unangenehm. Auf der Kommode grinst Vera mir zu. Sie winkt mit den Zehen und zieht bedeutungsvoll die Brauen hoch.
Ich gehe hinüber zu ihr und stelle mich an die Wand. Wir sehen Michelle beim Rauchen zu. Sie pustet sich eine Locke aus der Stirn, guter Stoff, sagt sie leise, lächelt, tritt vor mich, an mich heran, ganz nah, reicht mir den Joint. Fragend blicke ich ihr ins Gesicht. Du bist doch nicht schwul, sagt sie plötzlich ernst. Du bist doch der Vater. Die beste Tarnung für den Schwulen ist die Familiengründung, sage ich und sauge zwischen Daumen und Zeigefinger. So fängt das immer an. Michelle versucht, ernst zu bleiben; der Joint wandert zwischen uns hin und her, wir sprechen kein Wort, ich fixiere ihre Nasenwurzel, Vera hat uns voll im Blick und grinst infernalisch, beginnt zu summen und zu quieken. Michelles Blick wird weich und träumerisch. Du verstehst dich gut mit deiner Tochter, nicht? fragt sie und wirft den Filter aus dem Fenster, sich nur einen Schritt von uns fortbewegend. Wir lieben uns, sage ich gleichmütig, hebe Vera auf den Arm, setze sie seitlich auf meine Hüfte und verlasse das Zimmer.
Michelle folgt uns langsam. Sie ist nachdenklich und zeigt ungewollt große Zärtlichkeit in Augen und Mundwinkeln.
Unten werden wir schon erwartet. So ein echter, realer sozialistischer Kellner fährt gerne das Beste aus der Küche auf; ein Blick in meine Brieftasche hat ihn, schon ganz zu Anfang, bei der Bestellung, überzeugt. Und ein Joint vor dem Essen macht hungrig und schult alle Geschmacksnerven. Wir setzen uns. Die Flasche ungarischen Weins ist schon jetzt halbleer. Es schmeckt. An den Tischen ringsum Deutsche West und Deutsche Ost, gleichermaßen verfettet und laut.
Der Mokka. Der Käse. Die Süßigkeiten. Die Überraschung für Vera aus der Küche. Ich zahle, auch wenn Michelle sich sträubt, wir rauchen, wir sehen uns an und lächeln.
Nach dem Essen, sage ich, versonnen dem Rauch der Zigerette nachblickend, tun Vera und ich immer tausend Schritte. Wir erheben uns. Ich nehme Vera wieder auf die Hüfte. Im Gehen schmusen, nach Joint und gutem Essen und Trinken, das ist schon was. Draußen scheint die Sonne. So gehen wir. Immer weiter. Nur so. Ziellos. Finden ein Plätzchen zwischen Sträuchern, inmitten wilden Klees, setzen uns, legen uns, Vera auf meiner Brust, wieder müde, diesmal vom Essen, schmusen. So schläft Vera ein, und so bleibt sie liegen, den Kopf in meiner Halskuhle. Michelle beugt sich über sie, ich schaue gewollt erschrocken drein. So beugt sie sich über mich, faßt Vera um den Leib, legt sie in den Klee, fährt mir mit der Nasenspitze über die Nasenspitze, mit den Fingern unter Haare und Hemd. Schließlich Hose. Die Sonne scheint. Michelle überzeugt mich überzeugend. Nur Frauen, flüstere ich noch, unter ihr, umgeben von ihren Haaren, die mich schirmen.

Kassetten klappern in Michelles Schoß; sie kann sich nicht entscheiden. Aber ich, sag ich und würge den Motor ab. Hinter uns die flachen Gebäude der Kontrollen, vor uns der Schlagbaum. Hier bleiben wir, sag ich, im Niemandsland, in Niemandes Land, im Land, das niemandem gehört, in der Tiefe der Arschspalte, vor uns Deutschland, hinter uns Deutschland, rechts und links von uns Deutschland. Ich öffne die Autotür und trampel auf dem Beton herum, mußte auch mal machen, ruf ich, fühlt sich ganz anders an unter den Sohlen. Da hupts hinter uns, da rufts aus dem vorbeifahrenden LKW, da heften sich Fernrohre auf uns, Feldstecher, da prickelt die Brust plötzlich, da glühen Fadenkreuze auf Stirn, Schulterblättern und Solarplexus. Ja, ja, ich fahr ja schon, ruf ich, Michelle grinst, starte, fahre im zweiten Gang. Die Papiere. Ja, ja. Und: fahrense mal rechts ran. Jawoll, Herr General, sag ich und fahre und: Ihr Kollege hat aber schon, aber das ist gar kein Kollege, sagts und filzt und ruckt an Sitzen und fährt mit Spiegeln unters Chassis und bohrt mit Drähten im Tank und prüft Papiere. Verdächtig lang. Im Kofferraum kein Bresegeruch, in den Windeln kein Unnennbarer, keine Unnennbare, sondern Vera, die trägt einen Namen. Stolz. Michelle kichert die ganze Zeit, machen Sie die Musik aus!, aber das ist doch Schohpeng! egal, machen Sie die Musik aus! Gefahndet wird nach Schohpeng, geguckt in schlaue Bücher, Ticker ticken, Fernschreiber schreiben fern, ich bin, sag ich zu Michelle, in diversen BeFas, weiß nur nicht, in welchen, der für anständige Einbrecher oder der für gelernte Arbeitslose oder der für Terroristen, was haben Sie da gesagt? fragt einer von denen nervös, Tourist, Tourist bin ich, ruf ich, wir räumen ein, wir stapeln um, wir trinken Fruchtsäfte, halten Sie den Verkehr hier nicht auf!, ja wer hat denn hier wen?
Im Osten wars eine halbe Stunde, hier sinds, des Herrn Landgerichtspräsidenten Uhr zeigts genau an, drei Stunden und fuffzich Minuten. You are leaving the GDR, you are entering the fdGO, an enemy country. Keep alert! Da haben wir wieder Hunger, und den Stoff haben Sie eh nicht gefunden. Nicht mal Hunde hätten geholfen. Gegen die hilft Wolfsfett, dünn aufgetragen; gegen Bestien kannst du nur anstinken.

Hinter der Grenze, kurz nach der Raststätte, sagte Michelle, biegst du ab, durch die Wälder, immer an der Grenze entlang. Sie legte mir die Hand aufs Knie, und, Schwester, ich schwörs dir, mit so feinen kleinen Grübchen auf dem zweiten Glied der Finger, die einen ganz verrückt machen, Hinweise auf den süßesten Babyspeck junger Mädchen. Ist mir auch völlig schnurz, wie ihr das erklären wollt. Daß ich

keine Schwester habe oder der kleinste in der Familie war oder weil der Abschied von Ilona und allen anderen der Familie mich auf einen Standard getrieben, der. Oder Sentimentalität. Oder Schnulze. Ich glaube, ich war ein wenig weggetreten, und Vera schlief, und der Wald wurde immer dunkler, und müde war ich auch, und die Straße wurde immer unwegsamer, voll von Moosen und Farnen, Lupinen, Ginster, Buschröschen, und irgendwie war mir seltsam.
Irgendwat Kosmischet.
Das ging nicht nur mir so, das gibt es nur in Schlagern und der Wirklichkeit; ich saß im warmen Wagen, von hinten kamen Veras kleine Schniefer beim Pennen, und mir war wieder mal wie einem auf einem Felsen aufgespießten lecken Schiff, das alle Mann hoch schon verlassen haben, in dessen Nähe die Ratten, fröhliche Liedchen pfeifend, auf kleinen Katamaranen das Weite suchen; nenn es, wie du willst, Schwester. Das Gehirn ist die schönste aller erogenen Zonen, und es reichte vom kleinen Zeh bis hinter die Ohren, denn Michelles Finger strichen hoch und beschrieben kleine Kreise und strichen runter, und die kleinen Schauer zogen mir über den Buckel, und der Mund wurde trocken, und die Augen schlossen sich fast von selbst, und der Wagen fuhr ganz allein durch das Gestrüpp, über die Hügel und durch die Täler, an verlassenen Dörfern vorbei, an Streifen, die beiderseits der Grenze auf fröhlicher Flüchtlingsjagd waren, Halberstadt zahlte fünfzig Mark, Friedland hundert DeEmm für ein heiles Fell, der Abend nahm zu und senkte sich über unsere Köpfe und die Motorhaube, und aus dem Rekorder stiegen Muddy Waters und Erik Burdon und die Animals, und auf einmal, ganz plötzlich, hinter einer engen Kurve, den Berg hinan, dort, wo Hexen einmal getanzt haben sollen und Käse zum Bahnhof rollen und brennende Kränze in der Nacht gen Tal, wo Barbarossa sich pediküren läßt und die Wiedervereinigung schattenspringt, dort, wo die Tannenwipfel flüstern im Takt nach den Anweisungen des Dirigenten Eichendorff und die Bungalows, kaum errichtet, zerfallen und die Seniorenheime sprießen, aseptisch und vollautomatisch, wo die Heidschnucken elegisch werden und ihre Schäfer zu Elektronikern, wo die Fliegenpilzplantagen liegen, die Bilsenkrauttreibhäuser sich reihen, wo das Mutterkorn in die Reagenzgläser springt und das Vaterkorn in die Kehle, rollte das Auto aus und verstummte der Motor.
Von der Stille, Schwester, wurde ich wach, vom Klang der Beifahrertür, die von Michelle ins Schloß geworfen wurde, den Stimmen ringsum, dann, aus dem Dunkel, in das plötzlich ein Flutlicht drang, dort auf der Lichtung, wo die Welt zuende ist und jäh der Abgrund beginnt, kurz vor dem Weltraum, da, wo kein echter Himmel mehr blüht, sondern eine Leinwand im Winde flattert, auf die der schönste Sternenhimmel gemalt. Schlug die Augen auf, weckte meine Füße, die eingeschlafen, vertrieb, aus dem Sitz mich hangelnd, das Prickeln

in Händen und Füßen durch Kosakentanz, langte um den Holm, zog den Knopf hoch, öffnete die Fondtür und holte, vorsichtig, leise und sanft, den Korb, in dem Vera noch immer schlief, heraus, stellte ihn auf das feuchte Gras, hob Vera aus den Kissen, nahm sie auf den Arm, legte ihr Köpfchen an meine Schulter und schritt, die Beine hebend wie ein Storch, hinter Michelle her, die, ohne zu zögern und ohne sich umzublicken, auf einen dicken, älteren Herrn zuging, der in der Mitte der Lichtung stand, Standbein, Spielbein, Tropenhelm, Leinenanzug, Flinte und hinter ihm, stummsteif, ein alter, livrierter Diener.

Der Tropenhelm entpuppt sich als Bowler. Wer trägt heut noch Bowler? Mein Vater, sagt Michelle, ihre Stimme klirrt von Stacheldraht. Mitglied, flüstert sie, der Größten Kriminellen Vereinigung der Welt, der Trilateralen Kommission. Diesen Verein kenn ich nun gar nicht. Sinds Kollegen? Lächle. Tret auf ihn zu. Guten Abend. Väterchen tritt auf mich zu, umfaßt mit beiden Händen den Unterarm, darauf Vera thront. Väterchen guckt. Väterchen zaudert. Väterchen zuckt mit keiner Wimper, Väterchen kauft. Das wurde aber auch langsam Zeit, sagt er, meinen zukünftigen Schwiegersohn kennenzulernen. Er strahlt mich an. Aber das ist, flüstert Michelle, räuspert sich. Du bist still, sagt Väterchen, butterweich, stahlhart. Er guckt sie gar nicht an. Wie hießen Sie noch mal? Hemmers, stammele ich, Jörg Hemmers. Die Hemmers aus der Pfalz, Wein, Elektromotoren, Immobilien? fragt er. Nein, sage ich in aller Bescheidenheit, die aus der Adalbertstraße, Juwelen, Spekulation, Spekulatius, Arbeitsplatzvernichtung. Aber Papa, das ist nicht, ruft Michelle. Ein Blick aus der Hüfte, ohne Ansatz abgefeuert. Ja, wenn das so ist. Aus den Augenwinkeln behalte ich den Diener im Blick. Er gibt sich stur, ein leichtes Zucken der Kinnpartien aber sagt mir, wie die Fronten stehen. Willst du Väter umbringen, verbünde dich mit den Dienern. Väterchen zieht mich des Weges. Väterchen übt sanften Druck aus. Väterchen plaudert, unnachahmbar, wie er Vera übersieht. Aber kommen Sie doch, hier gleich hinter der Ecke, auf der Lichtung. Es dunkelt immer mehr. Käuzchen rufen, Väterchen redet auf mich ein, Mond steigt auf, Sternchen glühen, moosweich der Weg, mitten in der Lichtung ein Monstrum von Lastwagen. Das ist schon kein LKW mehr, das ist ein Truck. Aufgeklärt werde ich von Väterchen, der sich nun bescheiden einen deutschen Howard Hughes nennt, Michelle flüstert mit dem Diener, Väterchen schreitet fürbaß, durch Veras Höschen dringt es warm, ausgebrochen jemand, gegen den Papillon ein Eierdieb: der Frühling. Bundesgrenzschutz alarmiert. Väterchen unterbreitet mir seine Pläne: Über die Soffjetzone und die SU

(HerrBakuninnochmal, wer ist EsUh?) im Ballon! Im Ballon? Im Ballon. Ausgespäht die Radarlücken und metallfrei von unten, vom Korb, bis oben, der Ballon. Ein Heißluftballon mit Kunststoffgebläse, darin ein teures, seltenes Gas. Statt der U 2. Plant Väterchen, seinen, wie er annimmt, zukünftigen Schwiegersohn, der Freien Welt zu opfern? Ich bin, wende ich ein und unterbreche Redeströme, kein Gary Powers.
Väterchen zieht mich auf die Stufe zum Fahrerhaus, wir nehmen Platz, Trettning, Baron von, verarmter Adel, Butler nun und Faktotum der Familie, vorgestellt hat Väterchen sich nicht, Schneider, simpel Schneider wie Schneider oder Creusot, hat in Michelles Ausweis gestanden, holt von irgendwo einen batteriebetriebenen Heizlüfter, stellt ihn uns zufüßen, zaubert Picknickkörbe hervor und Sekt, nein Champagner, Dom soundso, es knallt, wir stoßen an, eine Große Familie. Stumm Michelle. Ab und an Fragezeichen in den Augen, darinnen der Mond schwimmt, Ausrufezeichen in meinen, wir zeheln, diskret übersehen von Väterchen Schneider und Butler, wir essen, wir trinken, es schmeckt trotz allem. Väterchen entwickelt ständig Pläne. Hört der denn nie auf? Trilaterale Kommission, trilaterale, hört sich militärisch an, werde Michelle fragen müssen. Hören Sie, junger Mann, oder darf ich Sie Jörg nennen, und eine Viertelstunde später, als Schwiegersohn in spe, wo bin ich nur hingeraten?, heißts schon Jörg und du. Wir fahren gen Westen. Gen Westen ist gut. Da wollten wir, Vera und ich, immer schon hin. Zuerst nach Westen, dann vielleicht nach Fuerteventura, diese Adresse hatte der Grenzer, West, sich vor allem aufgeschrieben, und dann in die Weite Welt. Fünfzig Kilometer nur, so um halb zwei, zwei, raunt Väterchen und blickt mir tief in die Augen, mit dem Truck. Track, sagt er auch. Und unser Kombi? Baron von Trettning und Michelle fahren mit ihm hinter uns her, o welche Leidenschaft von mir, Tracks zu steuern, go west, young man, die Landstraßen entlang donnern. Und dann, unterbreche ich ihn, was ist mit dem Ballon? Ich, fährt Väterchen fort, ich selbst werde den Ballon steuern, mein Butler wird mir Hilfe leisten, mein Doppelgänger fährt mit dem Zug nach Posen, zur Messe dort werde er erwartet, stattdessen aber wird er erkunden das Land von oben, Kameras, Waffen, alles aus Kunststoff, unterlaufen die Radarketten nachts und im Morgengrauen. Ich bleibe skeptisch. Kann man, frage ich vorsichtig, mit dem Ballon nicht nach Westen reisen. Nach Westen? fragt Väterchen Schneider. Amerika, so etwa, werfe ich leicht hin. Väterchen lacht. Ach junger Mann, sagt er, Sie hätten, du hättest im Erdkundeunterricht aufpassen sollen. Die Winde wehen von West nach Ost. Weißt du denn nicht, daß man den Atlantik im Ballon nur in einer Richtung überqueren kann? Nein, sage ich. Wieso? Isobaren, Isothermen, Monsune, Golfstrom, Tornados, Axialdrehung, Meridiane, Wendekreis des Krebses, des Stein-

bocks, Äquatorialstürme, Erddrehung, na undsoweiter undsoweiter. Währenddessen ist aufgegessen und ausgetrunken, Havannas glimmen, der Butler bleibt unauffällig fleißig, das haben diese Burschen so an sich, in ein mürrisches Schweigen versunken Michelle, Vera neu gewindelt mit den von Trettning herbeigebrachten Windeln. Es wird kühl. Vera schläft. Nacht steigt höher.
Ich grinse und drücke Väterchen Vera in den Arm. Da bleibt er hilflos und stumm. Kann ich Michelle zur Seite ziehen, sie intensiv fragen. Was quatschst du so viel mit dem alten Affen? fragt sie böse und hört gar nicht zu. Ein Kindheitsbild entsteht, auf seine Weise viel häßlicher als das aus der Adalbertstraße und ähnlichen Straßen. Wer plante keinen Vatermord in guten Familien, Väterchen Freud? Das einzig Gesunde an mir ist meine Orgasmusfähigkeit, sagt Michelle abfällig. Wie das klingt! Direkt obszön. Schlachtpläne werden entworfen, Schlachtfeste geplant. Und der Truck? Und der Ballon? Und unser Kombi? Den Vater muß man selber umbringen, sage ich altklug, und zwar zum rechten Zeitpunkt. Mir ist, lache ich, der Ödipus erspart geblieben, die Väter meiner Brüder und von mir selbst waren diskret genug, rechtzeitig zu sterben. Wenn dus so brutal aussprichst, entsetzt sich Michelle, verlier ich den Mut. Einen Denkzettel. Das genügt. Laß dir vom Buttler helfen, sage ich. Trettning, den kenne ich schon seit, wenn der nicht gewesen wäre, ich hätt mich mit vierzehn aufgehängt, der war der einzige, in den Internatsferien und früher, eine komplette Geschichte deutet sich an, doch wir haben nicht viel Zeit. Einen Rolls auf der Ladefläche! Und den Ballon. Ich improvisiere. Michelle aber plant schon länger. Deshalb auch, unter anderem, wollte sie nur von einer Frau mitgenommen werden. Sie fahre oft die Strecke. Darauf angesprochen, aber, zeigten die Männer immer eine verschwanzte Solidarität, Kumpanei mit dem Vater, dazu ein Schneider, da seien sie immer gleich hingewesen. Die hätten sie auch im Sack geheiratet. Aber mit Frauen? Einer Frau, korrigiere ich. Wir müssen Vera konsultieren. Die hilft uns weiter. Bestimmt.

Dunkelsamtblau und still nun die Nacht, ein Rolls rollte von einer Ladefläche, ein Kran schwenkte aus, Scheinwerferbatterien beleuchteten eine Lichtung, durchquert im Konvoi ein Teil Deutschlands im Dunkeln:
am Großen See vorbei, den Gittern von Schilf, wo im Wasser Gespenster standen bis zu den Schenkeln im Wasser und Träume angelten; auf die Halbinsel, an deren Ufer Seekühe weideten, schwarzweiß, euterschwer, humanistisch gebildet, Uhus erhoben sich mit schwerem Flügelschlag, Kuhmist miefte, Löwenzahn und Adlerzahn, Bärenwurz, Tollkirsche, Glatthafer schwer und Berberitze dufteten,

schwangen im Nachtwind, Heckenrosen und Weißdorn, Fliegenpilz und Bilsenkraut, Wiesenschaumkraut, Weiden und Pappeln rauschten, da quakts und hupts, schnatterts und knarrts, und im Kopfe entstanden die Bilder der Vögel, von Nattern, geschwätzig, und Ottern, Libellen und Ochsenfrosch. Weite Wiesen. Buchen- und Eichengruppen den Hang hinauf zur Lichtung, wo wir nun standen, lautstark und frierend.
Gas zischt. Taue werden betaut. Statt Weidengeflecht Kunststoffe, Kunststoff blüht auch in der Lichtung, himmelwärts. Aus dem Diaprojektor fallen Waldbilder auf den Wald, ersetzen ihn. Gas zischt noch immer. Stille, dann. Der Mond ersetzt durch einen Ballon, bemalt und riesengroß. Aus Kunststoff auch er, unzerreißbar.
Warum tragen Sie einen Bowlerhut? Früher, ächzte Väterchen, trugen Kapitalisten die Melone. Dann trugen nur noch die Kapitalisten der Cartoons Melonen, die Kapitalisten Hüte oder bloßes Haar. Die Bowler vorbehalten schlechtbezahlten Clerks in der Londoner City. Flüsterts hier: Da!, ein Kapitalist, so wie wir, im Walde, flüstern: ein Hirsch!, flüstert stets ein andrer, Quatsch, Kapitalist!, ein echter Kapitalist trägt keine Bowlerhüte. Darum trage ich den Bowler. Doppelt getarnt. Väterchen stemmt Proviant in den Korb unter der Gondel. Pfeil und Bogen auch, Gewehre mit Giftprojektilen, Flammenwerfer, Getränke. Haben Sie etwas zum Lesen mit? Aber ja, sage ich, einen ganzen Kasten voll, und wir kramen: Shakespeare, komplett, und komplett Christian Geissler, den Simplicius und den Cervantes, Hundert Gedichte und. Mehr nicht, ich dachte eher an. Woran dachte Väterchen? Nie werden die Leser es erfahren. Baron Trettning trat an Väterchen heran, Vera, hingekauert hinter seinen Hacken: Mitglied der Stolperbrigade. Schubste von Trettning Väterchen Schneider, plumpste Väterchen über Veras Buckel, lag im feuchten Gras. Saß die Last zukünftiger Geschlechter ihm auf Bauch und Brust, ich legte Handschellen an und Knebel, sprang Michelle auf, lachte, drehte sich im Kreis auf den Hacken, küßte von Trettning, hob Vera auf, küßte sie, lief zu mir, küßte mich, drückte Vera mir in die Arme. Und sie und Trettning rollten den Vater im Buchara ein, kaum hörbar Väterchens Ächzen, Augäpfel kullerten im Moos. Verstauten sie Väterchen im Kombi.
Und nun?

Baron von Trettning zog die Jacke aus, rollte die Ärmel hoch des verschwitzten Hemds, trat mit der batteriebetriebenen Stahlsäge an den Rolls und begann! Das quietschte. Noch nie hatten wir einen Rolls in Todesangst gehört. Der Kotflügel sank ins Gras, heiß noch an den abgetrennten Rändern und zackig. Das schliffen wir ab. Traten zum Korb unterm Ballon. Verbanden wir den großen Korb mit zwei Kotflügeln (es geht nur mit echten Rollsflügeln, Patente sind angemeldet), die Stange,mit einem Pleuel versehen, zwischen den beiden Flügeln, mit dem Steuerrad, das im Korb hinten angeschweißt wurde und geklebt mit dem Kunststoff-Stahlkleber aus einer von Schneiders Fabriken.

Es wurde heller. Der Morgen graute. Ohne jeden Herren. Machten sich die Sterne dünne, und aus dem Graublau wuchsen Konturen, echter Wald nun, der Diaprojektor im See versenkt. Muhend und unter Protest glitten Seekühe durch den Bodennebel vondannen. Der letzte Seeadler der Republik – an der Ortsbeschreibung wird der geneigte Leser schon gemerkt haben, daß nicht nach Westen wir uns, sondern nach Norden gewandt hatten, hart im Schatten der Grenze bleibend zwischen Tag und Traum, Freiheit und Sozialismus – stieg auf, Mücken erwachten und Rohrdommeln.

Wusch Herr von Trettning sich die Hände, wechselte das Hemd, zog eine legere Jacke über, strich bescheiden sich den Schnäuz, Michelle kam hinter den Büschen hervor, wo sie gepinkelt, in der Wiege schniefte Vera, die alles eingefädelt und uns trefflich beraten. Da hieß es Abschiednehmen.

Perlte Champagner im Glas, flossen Tränen. Küsse, blind, übers Gesicht. Die Brise weht Westsüdwest. Zu unseren Köpfen aufgeblasen der riesige Ballon, bunt bemalt mit Szenen aus der Geschichte der Großindustrie und dem Wappenspruch: *So geht es zu den Sternen.* (Wer die Entdeckung der Luftballone miterlebt hat, schrieb einst der bekannte Bergbauminister, wird ein Zeugnis geben, welche Weltbewegung daraus entstand, welcher Anteil die Luftschiffer begleitete, welche Sehnsucht in soviel tausend Gemütern hervordrang, an solchen längst vorausgesetzten, vorausgesagten, immer geglaubten und immer unglaublichen, gefahrvollen Wanderungen teilzunehmen, wie frisch und umständlich jeder einzelne geglückte Versuch die Zeitungen füllte, zu Tagesheften und Kupfern Anlaß gab; welch zarten Anteil man an den unglücklichen Opfern solcher Versuche genommen. Dies ist unmöglich, selbst in der Erinnerung wieder herzustellen…) Allein die Hülle wog sechs Zentner (darum auch der Kran, der flache Gabelstapler); geköpft die Flasche, die Gondel bestiegen, die Vorräte noch einmal geprüft, Veras Wiege hineingehoben und festgezurrt, das Fernglas aus dem Futter genommen. Gas zischte. Leinen los. Und ab!

Kein Fahrstuhl, kein Porscheturbostart, kein Jumbo zitternd und Stampfen und hoch, kein Helikopterflügelgeknatter, kein Druck auf den Ohren, kein Klotz im Bauch, keine Angst in den Kniekehlen, Flaumfeder werden, weich, wie besoffen, berauscht, steigen, hochsteigen, aufsteigen, die Erde hinter sich lassen. Jene Streichholzschachtel dort unten: unser Kombi, jene Punkte daneben: Michelles und Trettnings emporgewandte Köpfe, jene winzigen Libellenflügel, blaubuntkariert: wohl Taschentücher.
Die Gevierte der Felder, das Gewebe der Straßen, rote Häuserdächer, Wälder, Flüßchen, blinkende Seen. Der Wind noch immer Westsüdwest, wie gewünscht.

Dann schlägt er um, und wir treiben zurück, nach Nordost dann, schließlich steil gen Osten. Und höher. Gas zischt. Nicht sichtbar die Flamme unter dem Ballon. Ich lege den Feldstecher beiseite, gehe hinüber ans Steuerrad, werfe es herum, die Kotflügel knirschen. Ein stummkurzes Rucken, mitten in den Lüften. Es klappt. Der Wind weht gen Osten, wir treiben gen Westen. Der Trick, hat Vera schlaftrunken gesagt, besteht darin, den Wind, der einem ins Gesicht weht, umzuleiten, so daß er von hinten kommt und uns vorantreibt.
Nicht nur beim Ballon? Es klappt mit Hilfe der Rollskotflügel, die leiten die Winde um. Etappenziel: Fuerteventura. Dann werden wir weitersehen.

Vera, Veruschka, flüstere ich, schläfst du? Mein Herz zerspringt fast vor Freude. Nein, flüstert sie, ohne die Augen zu öffnen. Sag mir, was du gesehen hast.
Ich schilders ihr, biet ihr an, ihren Hochsitz im Ballon einzunehmen. Da sehe ich, da lacht das Biest wahrhaftig ohne einen Ton. Nein, noch nicht, entscheidet sie. Ich seh ich seh ich seh etwas was du nicht siehst, und das sieht rot aus.

Übermüdet treffen Klaus und Gerd (Paul) in Frankfurt ein. Der Club Voltaire ist noch geschlossen. Im Westend, dann, brüten sie mit vielen über ein Benefizkonzert der Georgia-Büchner-Band in der Jahrhunderthalle. Die Gorlebenprozesse sind teuer.

Ich sehe ich seh ich seh was du nicht siehst, und das sieht blau aus. Verstohlen blickt Peter nach links, rechts und hinten und legt dann die präparierte Brücke in die Schaltanlage des Riesenbaus. Bitumen stinkt. Der Lärm ist ungeheuerlich. Peters Kolonne schuftet und flucht. Kurz vor dem Frühstück aber erschlägt sie die plötzliche Stille. Ehe der Kurzschluß gefunden wird, die Leitungen repariert sind, vergehen zwei Tage. Sie sitzen auf dem Dach des Kongreßzentrums, essen ihre Stullen, blicken über die Stadt, trinken Bier und sind froh.

Ich seh ich seh was du nicht siehst, und das sieht gelb aus. Irene läßt den Pinsel sinken. So? fragt sie. Hm, ja, sagt eine der geschlagenen Frauen. Unser Haus wird schön. Sie streichen weiter und singen.

Ich seh ich seh ich seh was du nicht siehst, und das sieht oliv aus. Gerd? frage ich entsetzt. Auseinandersetzungen mit Militär in Turin, auf den Straßen? Falsch, flüstert Vera und schläft ein.

Laß doch das Steuerrad einmal los, laß uns treiben über dieser Wüste, kräht Vera; sie hockt auf ihrem Hochstühlchen und schaut abwechselnd durch den Feldstecher, das Opernglas und das Fernglas, die ich vor ihr in Augenhöhe montiert habe. Die Lüfte sind lind, ab und an nur steuere ich mit leichter Hand durch Gas- und Smogwolken. Hoffentlich zerfressen sie den Kunststoff des Ballons nicht. Was siehst du?

Ich sehe die Beamtenwitwe Kurreick in der Flensburger Straße 12, sie wischt die Möbel mit einem Mop ab. Ein Postbote klingelt, der Untermieter eilt durch den Korridor, öffnet die Wohnungstür und quittiert einhundert Goldrubelchen.

Was? frage ich verblüfft.

Wir schreiben 1895, flüstert Vera, das linke Auge zukneifend. Der Untermieter heißt W. I. Uljanow.

Sie wechselt das Okular.

Wer ist denn das? schreit sie. Wer? frage ich. Laß mich mal ran. Ich blicke durch den Feldstecher. Die Pinguine dort unten, sagt Vera. Pinguine? frage ich. Das sind Diplomaten. Vera schubst meinen Kopf beiseite. Und der Oberkellner dort unten, unter ihnen, nein, kein Oberkellner, er wird wohl Champagnervertreter sein.

Ich hefte mein Auge ans Glas. Das, sage ich betreten, ist kein Champagnervertreter, das ist der Präsident.

Vera schaut indessen durch das Fernglas. O, sagt sie leise, wie schön! Was? frage ich. Meinst du das, da unten? Das sind eklige Autoschlangen, ein Verkehrsunfall, Rettungswagen, Blaulichter, zwei Tote, vier, nein sechs Verletzte.

Ich sehe, wie Gras und Unkraut den Asphalt durchbrechen, sagt Vera aufgeregt, ich sehe eine magnetische Schwebebahn, die Magneten sind in der ehemaligen Fahrspur einbetoniert, die wächst nun lang-

sam zu. Mit Gras, sagt Vera bestimmt. Laß sehen, sage ich atemlos. Nichts, sage ich enttäuscht. Ich sehe nur den Fahrzeugstau. Ja, du, sagt Vera geheimnisvoll.
Wo guckst du denn wieder hin? frage ich. Nach hinten, antwortet sie, nach Berlin. Bis dahin kannst du gucken? Es ist Juni, antwortet Vera, 29. Juni 1914... Ich sehe das Kriminalgericht in Moabit. Moabit, 1914? Ja, sagt Vera. Da kommt Rosa in den Saal, sie ist angeklagt. Sie wechselt wieder das Okular.
Ich lobe die Bauarbeiter, sagt Vera völlig zusammenhanglos. Wieso? Sie bauten, ständig das Richtige im Auge behaltend, in Erdgeschosse und Keller der Hochhäuser, Rathäuser und in die Autobahnbrücken Sprengkammern ein.
Und?
Frankfurt! schreit Vera. Wie schön. Welch ein Bild, siebenundzwanzig Geschosse, die in sich zusammensinken! Staub, Qualm – wie ein Atompilz, doch exakt das Gegenteil. Laß sehen, sage ich heiser und hefte mein Auge ans Glas des Fernrohrs. Hä? mache ich. Du spinnst doch. Da steht doch noch alles. Und wie! Mir wird schwindelig und schlecht, ich beuge mich über die Brüstung unseres Reisekorbes und würge.
Nicht dahin? schreit Vera. Warte ein wenig. Da hin, über ein Villenviertel. Sie greift ins Steuerrad. Bleich, mit kalter Stirn und schlechtem Geschmack im Mund richte ich mich wieder auf. Nun stell dich nicht so an, tadelt Vera. Sie wirkt abwesend. Geht es dir gar nicht nahe, wie schlecht es mir ist? Ne, sagt sie knapp. Und lächelt. Guck mal, sagt sie. Den kenne ich doch. Wen? frage ich, meinen Zustand vergessend. Den mit der Betontolle über der Stirn, den Wurstfingern, dem Prinz-Georg- oder wars Prinz-Heinrich-?, ich halt das Pack nicht auseinander, -mützchen, dieser Kukidentzwerg. Den verurteilen sie gerade. Wer? Arbeiter. Den? Den. Wozu? Die hinter sich herschleppen zu müssen, die er umbringen ließ. Na, sag ich beruhigt, das werden nicht gerade viel sein. Irrtum, sagt Vera trocken. Er wird mit dem ehemaligen Wirtschaftsminister zusammengespannt, dem Vertreter auf Provisionsbasis für die Kernkraftwerkindustrie. Und? Sie schleppen Tausende und Abertausende von Persern, Chilenen, Schwarzen aus Namibia, Zimbabwe und Azania hinter sich her. Veras Mundwinkel zucken. Sie schüttelt leicht den Kopf. Na, wenn schon, da sind sie noch gut weggekommen, sagt sie und blickt wieder durchs Opernglas: im Palais des Reichskanzlers, Wilhelmstraße 77, Ecke Wilhelmplatz, heute Thälmannplatz, debattieren am 7. Januar 1919 die Führer der SPD. Was sagst du da? frage ich. Vera murmelt leise. Sie beißt die Zähne zusammen. Hörst du? fragt sie leise, was er da sagt? Ich schüttele den Kopf und starre sie fragend an. Meinetwegen, sagt er. Einer muß der Bluthund werden. Ach, sage ich, Noske. Noske, nickt Vera und guckt schnell wieder durchs Fernglas.

Mein lieber Herr Gesangverein, ruft sie dann, haben die ihre Stadt schön hingekriegt. Welche Stadt? Kennst du Marl, oder besser, kanntest du Marl? Und ob, sage ich. Ein grauenhaftes Kaff. Du wirst dich wundern, sagt Vera, die haben sie fein hingekriegt, die Hälfte des Werks ist geschleift, und im Rathaus, sie klatscht in die Hände, sie haben gerade die Freie Kommune ausgerufen! schreit sie begeistert. Du spinnst ja, flüstere ich in der Hoffnung, daß sie es nicht hört. Ich irre mich. So ein spöttischer Blick nagelt sogar Wespen auf Glas fest.
Wir sind wieder ein wenig in Richtung Westen abgetrieben, ich gucke auf den Kompaß, grinse und greife ins Steuerrad. Vera ist von ihren Gläsern überhaupt nicht mehr zu trennen. Nun schaukelt sie gar mit den Beinen, schunkelt hin und her und singt ein Kinderlied:

Ich kenn ein putzig Städtchen am Rhein
da behaupten die Beschränktesten
Sachwalter ganz Deutschlands zu sein.
Sie verwalten die Kohlen und halten die Macht
aber jetzt jetzt werden sie ausgelacht.

Ich gehe mit dem rechten Auge an das Okular des Feldstechers, kneife das linke zu und huste. Hier stinkts, rufe ich. Ich sehe nichts. Ein einziges Treibhaus da unten. Vera gluckst und singt weiter:

Ich kenn ein putzig Städtchen am Rhein
da kommen die putzigsten Gedanken her
von deutschen Riesen klitzeklein
und einem geistigen Zwergenheer.

Wir drehen ab. Gewitterwolken nähern sich. Wir müssen auf Südkurs gehen. Ob es noch rechtzeitig gelingt? Vera aber achtet weder auf die Wolken, noch aufs Wetter, noch auf mich. Aus voller Kehle singt sie:

Ich kenn ein putzig Städtchen am Rhein
das soll auch so putzig bleiben
da behauptet das Gestern das Morgen zu sein
das es nie wird, so…

Ihr Kopf schießt nach vorne, ein Blick genügt ihr. Na also, meint sie befriedigt, da haben die Grauen Panther diesem Spuk ein Ende gemacht. Rentner-Power, rufen sie. Hörst dus nicht? Ich höre nichts außer dem Zischen des Gases, dem leichten Gesang des Windes in der Takelage und Veras Stimme.

Na endlich schläft er. Den ganzen Tag über hab ich versucht, ihn durch mein Vorbild zu animieren. Wir haben es nicht einfach mit unseren Eltern; ich habe zwar einige Handbücher darüber gelesen, Wie erziehe ich meinen Vater?, und so Sachen, aber die Kommune in der Büchnerstraße, die Elterngruppe hat ihn stabilisiert, resistenter ge-

macht als üblich, der Zugriff auf seine Seele ist ein wenig gebremst, sein Selbstwertbewußtsein ist gewachsen, seine Phantasie enthemmt, sein Durchsetzungsvermögen ist größer geworden, aber nun, während der Reise, werde ich ihn wohl in den Griff bekommen. Ich muß ihm helfen, seine Persönlichkeit noch mehr zu entfalten, entscheidungsfreudiger zu werden, dem Neuen gegenüber aufgeschlossener, vor allem sein Geschlechtsleben – die Sexualität der Erwachsenen ist eine höchst sonderbare, verwickelte, verkrüppelte, zumeist auf den Unterleib beschränkte Sache – macht mir noch Sorgen, sein Konservatismus. Er glaubt doch nicht wohl im Ernst, wir könnten diese Reise in die Große Weite Welt so völlig abstinent hinter uns bringen?
Nacht ist es wieder. Dunkel. Unten gab es eh herzlich wenig zu sehen. Ein Land wie alle anderen, nur ein wenig verwüsteter, ordentlicher, eine sorgsam gepflegte Müllhalde. Südwest.
Ich muß ihn nachher wecken, eine Gaskartusche auszuwechseln. Nach meiner Berechnung müßten wir jetzt über Straßburg oder Colmar sein? Ob wir landen, in Sète, Montpellier oder Perpignan? Herrje, überall neue Autobahnen. Hitlers späte Rache an Frankreich. Dabei denkt hier jeder vierte an die Gemeinschaft der Bürger, hört er das Wort Staat; drüben, in Großkotzland, denkt fast die Hälfte der Leut gleich an die Regierung.
Hunger hab ich. Ach Vera, mim ihm ein' vor, fang an zu greinen. Verdammt kühl ist es eh.

Peter blickte, Spott in den Augen, auf Niko nieder. Dem Lumpenproleten sein klein Traum, zitierte er, das kleine Geschäft, ein gutgehender Laden, ein kleinbürgerliches Glück. Finanzierst du die Wärmepumpen, die ihr in Arbeit habt? fragte Niko erregt. Gebt ihr zehn Prozent eures Umsatzes, und das ist ne fünfstellige Summe, an Verfolgte des Naziregimes und den Fond für die Verteidigung politischer Gefangener?
Reg dir nich uff, beruhigte ihn Peter. Ick meinte ja nur. Du siehst so komisch aus.
Wieviel braucht ihr jetzt? unterbrach Niko ihn grob. Wann gehen die Pumpen in Serie? Und was ist mit Solarzellen?

Weißt du, fragte Mario, daß du der erste von all den verdammten Polittouristen aus Germanien bist, der gern und viel essen, der saufen, kiffen und – mein lieber Genosse, das ist das Wichtigste – auch mal tagelang die Schnauze halten kann?
Ich habs lernen müssen, erwiderte Gerd bescheiden. Er bohrte mit

einem Streichholz in den Zwischenräumen der Zähne. Bei, fügte er hinzu, einer Art berliner Stadtindianer.
Hä? machte Mario und legte sich auf den Rücken.
Ne, sagte Gerd dann nach einer Weile. Indianer warens nicht. Aber was?
Morgen kommen Genossen aus Genova, sagte Mario noch und drehte sich um. Sieh zu, daß du das Paper fertigkriegst. Irgendwas Deutsches wirst du wohl noch an dir haben. Oder?

Ich träumte, sagte Jörg verwirrt, ich wär so eine Art Sankt Christopherus. Zwei Meter groß, mindestens, sagte er stolz, einen Riesenbrustkasten, Haare bis zum Arsch, ein Bärenfell an, eine ausgerissene Eiche als Wanderstab. Ein Kind auf dem Rücken.
Das werd wohl ich gewesen sein, flüsterte Vera.
Hm. Aber ich mußte, anders als in der Legende, nicht durch einen Bach oder einen Fluß, sondern ich stand am Ufer des Meeres. Soweit das Auge reichte: Wasser. Das Kind stubste mir in die Seiten. Aber nicht so wie ein Kind, sondern hart, es hat wohl Sporen an den Fersen gehabt. Na los, sagte es. Dadurch? fragte ich entsetzt. Na immer, sagte es. Bis nach Amerika, bis nach New York? Quatsch, sagte es. Natürlich nicht nach New York. Glaubst du Laban etwa, Amerika sei New York? Nach Mittel- und Südamerika wollen wir, zunächst nach Kingston, dann Havanna, danach werden wir weitersehen. Und oberhalb meines Kopfes, dort, wo das Kind thronte, will sagen, mir über den Kopf guckte, knallte ein Radiogerät. Stereo, verstehst du. Direkt in die Ohren. Reggae, volle Pulle.
Und? fragte Vera.
Ich schwamm los, sagte Jörg, über die Antwort ebenso überrascht wie sie.

Sollen wir wieder durch die Gläser gucken?
Nein, nein, sagte Jörg erschrocken. Die sind mir nicht ganz geheuer. Wir gehen lieber ein wenig runter und gucken uns alles ein bißchen genauer an, aus der Nähe.
Damit wieder so verrückt gewordene Jäger, Wilderer oder Förster hochballern, was?
Es ist Schonzeit, erwiderte Jörg schnell.
Und, glaubst du im Ernst, in diesem Land hält sich einer dran? In der CNT waren sogar die Wilderer organisiert, in der Sektion Landarbeiter.
CNT, sagte Jörg, das ist lange her.

Da bin ich nicht so sicher, flüsterte Vera vergnügt. Denk an eine neue Kartusche.
Jörg ging hinüber zur Korbwand. O Gott, sagte er, guck dir das an.
Vera ruckelte auf ihrem Stuhl und griff zum Feldstecher, zum Opernglas, zum Fernrohr.
Barcelona! rief Jörg ehrfürchtig. Das ist ne Stadt.
Vera spähte durch das Fernrohr. Sie lächelte infam. Willst du das Barcelona von morgen sehen? fragte sie.
Nein, nein, rief Jörg, zunächst genügt mir das von heut.
Geh höher, rief Vera, siehst du den Berg denn nicht?
Ganz knapp glitt der Ballon an dem Lift vorbei. Kinder, Frauen und Männer winkten und riefen, ein Orangenverkäufer übersah den diebischen Bettler, selbstvergessen nestelte ein Mönch an einer Dame Strumpfband, Columbus auf seiner Säule zwinkerte Vera zu, Jörg warf das Steuerrad herum. Noch einmal, bat er, einmal noch die Ramblas rauf und runter. Vera sah nach dem Stand der Sonne. In Ordnung, entschied sie.

Ich schieße, schrie Mama Hemmers.
Mir doch egal, ob du schießt, sagte der Pastor und baumelte mit seinen braunen Beinen, sah wohlgefällig auf seine Zehen und schloß dann die Augen.
Weißt du, was dreißigtausend hier für ein Kapital bilden? Mama Hemmers fragte es wohl zum zehnten Mal. Ich schieße sie ein. Als Mitglied der Genossenschaft. Antonio! rief sie.
Ja, rief ein Bauer vom Brunnen her.
Antonio, es geht klar mit dem Geld, rief Mama Hemmers.
Sie schwiegen und schaukelten in ihren Hängematten. Weinlaub gab Schatten, blauweiß blitzten die Häuser der Genossenschaftsbauern zwischen den Hügeln hervor. Des Ölbaums Gelände, sagte Mama Hemmers und spuckte einen harten Kern aus, entfaltet und schließt sich gleich einem Fächer. Der Pastor knurrte nur. Die Erde drehte sich.
Daß die Kinder sich nicht melden, sagte Mama Hemmers selbstvergessen.
Hast du mit Marias und Antonios vier Bälgern nicht genug am Hals?
Arbeit, sagte der Pastor verächtlich. Arbeit. Die haben nämlich Kondition. Wir nicht.
Mama Hemmers fragte nicht nach. Sie schwiegen. Die Leute mit den weit offenen Gitarren seufzten im Schlaf. Es herrschte Siesta. Ohne die Augen zu öffnen, sacht aus dem Schultergelenk heraus griff der Pastor zum Beutel aus Ziegenfell, öffnete den Verschluß und ließ den

Wein aus einer Handspanne Entfernung – Mama Hemmers konnte es schon aus Armeslänge – in den Mund spritzen.
Ah, machte er, hob träge den anderen Arm, wischte sich mit dem Handrücken über den Mund und verschloß den Beutel wieder. Es war schwer, Entscheidungen zu fällen.
Sie schwiegen.
Die einzige Wolke des Tages trieb von Westen her über das Meer, stand über der Küste, warf scharfe, klar gezeichnete Schatten über die Hügelkette: die Bilder in ihnen enträtseln, verschwand nach geraumer Zeit hinter dem östlichen Horizont. Blicke senkten sich, Lider schlossen sich über Augäpfel, Porträts und Zeichen senkten sich in Gehirne.
Und du? fragte Mama Hammers verschlafen.
Wie wirs abgemacht haben, sagte der Pastor und wandte ihr das Gesicht zu. Die eine Hälfte den Fischern, für die Unterwasserfarm. Die hat Zukunft, Proteine und so. Er gähnte. Der Lärm der Grillen stieg in ihr Schweigen.
Und die andere Hälfte?
Ja, doch, sagte der Pastor. Er zog die Brauen zusammen. Schläfen prickelten von angetrocknetem Schweiß. Es war so mühsam, sich zu kratzen. Für die Guerilla, fuhr er fort. Sie haben Sprengstoff geklaut. Der Sender kostet nur vierzigtausend.
Ölbaumblätter: Silberblitze, und die Oliven, dachte der Pastor, beladen mit Schreien.
Und?
Und was?
Der Sender, flüsterte Mama Hemmers rauh.
Vierzigtausend Peseten, fuhr der Pastor fort. Wär doch gelacht, wenn wir nicht mit ein bißchen Terror zum Schein die bekloppten Touristenhorden und die Spekulanten vom Festland vertrieben kriegten.
Er öffnete ein Auge weit, schloß es, knipste das andere Auge zu, öffnete und schloß es im schnellen Wechsel. Lider haben Muskeln. Die arbeiten. Er riß die Augen auf.
Barmherziger, rief er, guck dir das an!
Was? fragte Mama Hemmers schläfrig.
Ein Ballon, schrie der Pastor und sprang aus der Hängematte, ein Heißluftballon! Wo der wohl herkommt?
Er stutzte.
Hör mal, sagte er verblüfft, der Wind kommt von West, nein, Südwest, jetzt, und die Gondel, der Ballon kommt von Nordost.
Und? fragte Mama Hemmers. Sie reckte sich, legte die rechte Hand über die Augen und blinzelte in den Himmel. Blau stürzte herab, steil in ihre Pupillen. Sie zwinkerte.
Langsam glitt ein Ballon in ihr Blickfeld, senkte sich, wurde größer

und größer, füllte den Augenhintergrund mit Farbe, eine Gondel wuchs ihr entgegen, zwei Köpfe wurden sichtbar, näherten sich, nahmen Gesicht an, die Bilder auf dem roten Kunststoff wurden klar erkennbar und changierten, je nachdem, wie das Licht auf sie fiel. Mama Hemers runzelte die Stirn, Muskeln zuckten unter ihrem Brustbein, sie zögerte, lächelte, lachte, beugte sich vor, verlor das Gleichgewicht, fiel zurück, lag wieder auf dem Rücken, schaukelte wie eine große, braune Schildkröte, die unter großen Anstrengungen versucht, sich vom Rücken zu wälzen. Sie lachte, schrie: Guck doch mal, wer das ist! Schaukelte heftiger, kam nun mit dem Rücken hoch, sprang mit einem Schwung aus den bunten Kissen, aus dem Netz, sprang auf den Boden, die Matte pendelte ihr mehrmals ins Kreuz. Sie schlüpfte in ihre Sandalen, hüpfte von Bein zu Bein, winkte, rief, schrie laut, griff in die Hängematte, winkte mit einem der Kissen hin und her, zwischen sonnengrellem Tag und Traum und Mittag standen plötzlich Freude und Lärm.

Runterzukommen, sagte Jörg und biß die Zähne zusammen, ist immer das Schwierigste. Wir hätten uns das doch ein bißchen genauer erklären lassen sollen. Bedrohlich näherte sich die Erde. Gib Gas, krähte Vera. Jörg drehte den Hahn etwas auf; riesengroß wuchsen ihnen Öl- und Orangenbäume entgegen, der Korb ruckte, der Ballon erhielt ein wenig Aufwind. Jörg regulierte die Feineinstellung.
In der Mulde des jenseitigen Hügelhangs, unweit der geweißten, flachen Häuser, deren Fensterläden in der Hitze geschlossen waren, leuchteten rot und riesig Tomaten auf einem großen, grünen Feld. Vera strampelte mit den Beinen vor Freude. Fuerteventura, Mama Hemmers, der Pastor, dann das Meer, oh das Meer. Stundenlang hatten sie miteinander geschwiegen, das war das Schwerste und Schönste gewesen. Nun Reden und Lachen, das Haus, das Weinlaub, die Ranken, die Felder ringsum und die Farben, das Sonnensegel, die Gesichter, der Tisch, um den Insekten summten, und das Konzert der Grillen. Dann Amerika, dann immer mehr, die Große Weite Welt und dann.

Dann fingen sie an.

Findex

Menschen und Begriffe

A

Abend, Der, berliner Nervengift, taucht am späten Morgen auf. (Kap. 16, 18)

Abt. 1 a, politisches Dezernat der berliner Kriminalpolizei, unter Göring hieß sie: Gestapo.

Afghan, 1.) Schimmel-, 2.) Schwarzer; was Rolls und Bentley unter den Autos sind, sind sie unter den Haschischsorten.

Air America, Flugzeuglinie, von der CIA betrieben; transportierte tonnenweise Opium aus dem Goldenen → Dreieck in den Freien Westen.

AK, Abkürzung für 1.) Arbeiterkampf, eine informative Wochenzeitung, 2.) Arbeitskreis.

Akkumulation, → Charly

Altmeister, der, Bert Brecht (1898–1956). Wäre mit vielem in diesem Buch nicht einverstanden, geistert aber in ihm herum. Listig.

Ammongelit, handlicher und mit mehr Wumm als Dynamit.

ANC, Afrikanischer National Kongreß, Widerstandsorganisation in der Republik Südafrika (in Zukunft: Azania).

Andersch, Alfred, bedeutender antifaschistischer Schriftsteller, hat bestimmt nichts dagegen, daß seine Obstsorte sich verwandelt. (Kap. 13, 20).

Antifaschistischer Schutzwall, Euphemismus für eine Bankrotterklärung, die »Berliner Mauer«.

AO, auch: A-Null, Aufbau-Organisation, Übergangsstadium der Roten Zelle Germanistik an der FU, Berlin, zur → KPD.

Arbeiterbewegung, Die Andere, existiert angeblich nicht, die Hohepriester der offiziellen leugnen sie; Karl Heinz ROTH schrieb ein Buch mit diesem Titel, zitiert das Archiv der Handelskammer Hamburg, in dem sich ein Rezept des Oberkommandos der Wehrmacht, Torgau, 1944, zur Leistungssteigerung findet. (Kap. 5).

Argument, das, ist manchmal nicht nur der Beweis, sondern verdeckt oft den Strand.

Arntzen, der Fall, Dokumentation über einen Berufsverbotsfall an der Universität Münster. Ächte Germanisten wollten unrechte, beliebte gleich Wiedertäufern in einem Käfig am Lambertusturm sehen. (Kap. 15).

Asche, Geld.

ASY, das, Anarchosyndikat, Schrecken einer norddeutschen Hafenstadt, emigrierte zum Teil nach Westberlin und bildete dort eine Landsmannschaft. Berüchtigte Archivierer.

Aufrechter, → (West)berliner.

Autonomie, die, linksradikale Zeitschrift, die auf Breitspur, italienische Linie, begann und seit einiger Zeit auf französischer Schmalspur, also rückwärts, fährt.

B

Babystrich, der, Gegend, in der junge Mädchen sich ihr Nadelgeld durch Prostitution verdienen.

Balenciaga, sog. Modeschöpfer, verkleidet Frauen der höheren Preisklassen.

Ballermann, der, auch: Egalisator, Pistole oder Revolver.

Balzac, Honoré, de (1799–1850), frz. Schriftsteller, bedeutender Schilderer des nachnapoleonischen Spekulantensumpfs.

Bambule, die, Krach, Aufruhr, Randale, innerinstitutioneller Aufstand; → Ulrike schrieb ein gutes Buch darüber.

Beauvoir, Simone de, frz. Schriftstellerin, Analytikerin der Anderen Hälfte des Himmels.

Beckett, Samuel (geb. 1906), Zauberkünstler aus Irland, verwandelt das Clowns-Prinzip ins Meta-physische. (Kap. 17).

Benjamin, Walter, oft zitierter, viel zu wenig gelesener materialistischer Kulturtheoretiker. brachte sich auf der Flucht vor den Nazis um; in Frankfurt konnten sich viele rühmen, seine Leiche gefleddert zu haben. (Kap. 7)

Berger/Mohr zeigten vorbildlich, wie und warum die Fremden zu uns kommen. Warum gibt es so wenig Bücher von der Art, wie sie es machten? (Kap. 13)

Berliner, Aufrechter, der, historisches Produkt, das zeigt, wie durch Blokkade (auch Hirnblockade), Inselbewußtsein, Durchhalteparolen, Subventionen, Mauerbau und Filz die »Volksgemeinschaft« sich nahtlos ins Dämokratische hinüberretten läßt.

Bernfeld, Siegfried, wandte sich von → Freud ab und dem Leid der Kinder zu, seine sozialisierten Bücher beeinflußten die Kinderladenbewegung mehr als so mancher ahnt.

Besteck, das, Utensilien für die Zubereitung von Heroinschüssen (Löffel, Spritze – auch: Fixe, Nadel etc.).

Bewag, die, Berliner Elektrizitäts- und Wasserwerke.

Bewegung 2. Juni, die, → Unnennbare.

BGS, der, bewaffneter Verband junger Männer, die Grenzen zu schützen, darauf bedacht, diese Grenzen pausenlos auszuweiten, wovor die Bürger sich schützen sollten.

Bibel, die, besteht aus dem Alten und Neuen Testament, ein dickes Buch, das als einziges im Arrest erlaubt und dort viel Kurzweil zu bieten vermag, insbes. das AT.

Bild Am Montag, halboffiziöses Regierungsorgan, erscheint wöchentlich, erzeugt Sucht bei Viertelgebildeten, täuscht durch minutiöse Beschreibung der Nebensächlichkeiten Wahrheit im Großen und Ganzen vor. Merke: Wie man in den SPIEGEL hineinblökt, so blökt es heraus.

Blatt, das, fürwitzige Wochenschrift des Münchener → Sumpfs. In ihm hat der Allwissende Autor eine Kolumne.

Blauen Bände, die, Produkt von → Charly und → Fritze, haben mit der schnellsten Dampferfahrt über den Atlantik nicht viel zu tun, können sie aber erklären, wie so vieles. Stiftung Warentest: Sehr gut.

Blues, der, Vorform des Jazz, Lebensgefühl, ursprünglich Volksmusik der afroamerikanischen Sklaven; → aber auch Unnennbare (Vorform derselben).

BM, → Unnennbare.

Boettcher, berliner Oberpolizist, lobte im → ABEND seine Jungs.

Böll, Heinrich, (geb. 1917), anarchokatholischer Kölner Schriftsteller, bedeutender Moralist, weswegen er auch oft von verfringsten Reaktionären angepinkelt wird; wird oft mit den Protagonisten seiner Bücher verwechselt, sein melancholischer Clown wurde von älteren Reisebekanntschaften belohnt. (Kap. 13)

Bommi, Aliasname, verfaßte im zarten Alter schönende Memoiren, die jene, aber auch diese ganz unmöglich fanden; von Beruf war er → Unnennbarer, schulte um, wird dennoch gesucht.

Booby Trap, Bombenfalle (etwa: Handgranate ohne Sicherungsstift, an Türklinke geheftet), von Cochise über die IRA (lat.: Zorn) bis zu → FNL und → Unnennbaren gegen Goliaths eingesetzt.

Bootlegger, am., brannten Schnaps schwarz, schmuggelten und schossen sich mit der Polizei (der sie ab und an aber angehörten; s. dazu Dashiell Hammett), Helden vieler Kinderträume und der berühmten »Schwarzen Serie« aus Hollywood.

Borsig, Aug., gründete 1837 in Berlin eine Maschinen-, Apparate- und Lokomotivenfabrik, war für den Norden Berlins, was Krupp für Essen war: ein Extremist, der behauptet, im Öffentlichen Dienst zu sein.

Brecht, Bert, → Altmeister.

Bubi Trep, → Booby Trap.

Büchner, Georg, (1813–1837), mit Kopfgeld gejagter Unnennbarer und Poet dazu; in Bonn gedachten seiner 1978 die Würmer, die ihn fraßen. (Kap. 8)

Bülowbogen, der, → Kietz in Berlin-Schöneberg.

Bundesvogel, der, frömmelnder Bruder des Landesvogels aus der Pfalz, nährt sich von Aas und trägt zur Delinquenz bei. (Kap. 18)

Busten, am., Ausdruck der Drogenbenutzer für Verhaften.

C

Cappis, → Captagon.

Captagon, Aufputschmittel.

Carlos, der, 1.) Begründer des span. Königshauses, 2.) Unnennbarer, der wie Nessie ab und an in der Presse auftaucht.

Cavern Club, Rock'n Roll-Keller in Liverpool, einer der Ursprungsorte des Liverpool Beat.

Chaplin, Charlie, (1889 – in alle Ewigkeit), bedeutender Anarchist, Komiker, Regisseur und Schauspieler.

Charly, alias Karl Marx (1818–1883), kein Marxist, lt. M. Rubel Theoretiker des Anarchismus, stellte Hegel vom Kopf auf die Beine, stutzte Proudhon zurecht, benahm sich in der I. Internationale wie eine Wildsau, begründete die materialistische Geschichtsauffassung, erzählte seinen Kindern Märchen, verspekulierte sich dauernd, pumpte dauernd seinen Kumpel Fritze an, wird oft zitiert, nie erreicht,

selten genau gelesen, besteht aus dem »Frühen« und unterschätzten und dem »Späten« Charly; als Lenin seine Werke fehlinterpretierte und fälschte, war Charly schon tot und konnte sich bestimmt nicht wehren; wär er nicht tot gewesen, sein Alterswerk wäre im GULAG verfaßt worden. Oder gar nicht. Er spukt durchs ganze Buch. Nicht nur, weil er der Schwiegervater des Großen → Weisen war.

Che, Ernesto Guevara (1928–1967), lateinamerikanischer Revolutionär, Internationalist, als Guerellero in Bolivien auf Befehl der → CIA liquidiert; machte einen großen Fehler, den alle Tintenpisser ihm bis heute vorwerfen. (Kap. 1, 8, 19)

Chopin, Fréderic (1809–1849), Revolutionär des Klaviers, Erzieher der Kinder der George Sand, Melancholiker. Als er auf dem noch neckermannfreien Mallorca weilte, regnete es andauernd; an Tatum hätte er seine Freude gehabt, an Jarrett auch.

Chuck, (Berry), alter Rock'n Roller, Komponist vieler Rock-Klassiker, erbleicht nicht, wenn ihm einer sagt, er sei ja ganz der Alte geblieben.

CIA, die, zweitbedeutendste kriminelle und terroristische Vereinigung der Welt nach 1945; die Ergebnisse der Rockefeller- und Churchkommission waren schlimmer, als das wüsteste linksradikale Hirn es sich hätte ausdenken können. Philip Agee gehörte ihr einstmals an und packte aus, seither wird er aus nahezu allen »freiheitlich« genannten Ländern ausgewiesen. Aber auch in Düsseldorf erschien ein wichtiges Buch über die »Agentur«, bei dessen Lektüre einem die Haare zu Berge stehen. (Kap. 7, 18)

Clean, am., sauber, gereinigt, ohne Makel, frei von belastenden Materialien.

Cliff, Jimmy, Reggaesänger, brachte mit »Vietnam« fröhliche Militanz auf den Begriff. (Kap. 17)

Club Voltaire, sagenumwobener Sumpftreff in Frankfurt am Main.

C.N.T., anarchosyndikalistische Gewerkschaft Spaniens, hatte in ihrer Blütezeit mehr als 1,7 Mio Militante – aber nur einen bezahlten Sekretär.

Connection, die, Verbindung, Beziehung.

Cooper, David, Antipsychiater, wirkt wie des Lieben Gottes Double, wünscht sich den Tod der Familie und orgasmische Politik. (Kap. 8)

Crébillon, Claude (1707–1777) triebs noch auf einem Sofa, das nicht einmal rollte, aber rockokokte. (Kap. 13)

Crèpe, sprich: kräp, ist ein ordinärer, dünner Eierkuchen, kostet aber, da französisch, viel mehr.

Creusot, Le, frz. Industriestadt im Departement Saône-et-Loire, Eisen-, Stahl- und Waffenindustrie. Was Krupp für Essen, war Schneider für C.

D

Dalos, György, (geb. 1943), nach links abgewichener und daher mit Lagerhaft und Publikationsverbot bedachter Lyriker, Prosaist, Hörspielschreiber und Übersetzer. Präsident der budapester Sektion der → DISS.INC. (Kap. 13)

Danelius, auch schon tot, Ulbricht-Verschnitt der → SEW.

Dante, Alighieri (1265–1321), steckte so manchen Prominenten in die Hölle, sein Hauptwerk. Wurde er daher verbannt? (Kap. 5, 14)

Datschai, chinesische Industrieansiedlung, in der unter Mißbrauch von → Charly's und des Großen Gelben → Kinnwarzengrinsers Worten dem Kleinen Mann protestantische Arbeitsethik eingehämmert wurde. Gilt daher perverserweise als vorbildlich. Igittegitt!

Dealer, der, neudeutsch, vertreibt Drogen in kleineren Mengen, oft zur Finanzierung des Eigenbedarfs; gehört zu den sprichwörtlich Kleinen, die man hängt.

Derwisch, der mohammed. Bettelmönch, erregt oft durch ekstatische Tänze Anstoß.

Deterding, Sir Henry, Chef einer multinationalen kriminellen Vereinigung, schlug sich zeitlebens mit der Konkurrenz, der Rockefellermaffia herum. (Kap. 9)

Deutscher Fußballbund, DFB, nimmt eine schöne Nebensache bierernst.

Diamat, Trockenpulver-(Nes)version des Dialektischen Materialismus mit scheußlichem Geschmack, → Charly; Väterchen Stalin, mongolischer Akkumulator, gewann ihn aus dem Extrakt der Knochen seiner Opfer, zu denen auch → Charly gehört.

Dick und Doof, bedeutende Vertreter

des kleinbürgerlichen Anarchismus, waren im Stummfilm das, was → Charly und → Fritze für den sog. »Wissenschaftlichen Sozialismus« bedeuteten.

Dingsbums, Realer, mit Hilfe des → DIAMAT von Stalin und seinen Erben in »Sozialismus« umgetaufter Nichtsozialismus → DDR, SU, ANTIFASCHISTISCHER SCHUTZWALL, GULAG.

Diss. Inc., die, Abk. für Dissenters Incorporated (Dissidenten GmbH), weltweite Verschwörergruppe, die durch Denken und Direkte Aktionen zum Niedergang von Kapital, Staat und Bürokratie und zur Herstellung des Glücks in der Klassenlosen Gesellschaft beitragen will; Niederlassungen bislang in Aarhus, Budapest, Dortmund und Werl.

DKP, die, Deutsche Kommunistische Partei (die beste Sozialdemokratie, die es je gab), → KPD, → Dingsbums.

Dom 1.) großgeratene Kirche, 2.) Droge, die Horrortrips hervorruft, 3.) Kirchenfürstlein.

Domino, 1.) Fats, bedeutender Rock'n Roller, 2.) Tischspiel mit 28 Steinen, 3.) weiter Maskenmantel. Die D'theorie hat mit Fats nichts zu tun, diente als Maskenmantel für US-amerikanische Expansionsgelüste.

Doors, the, bedeutende Rockgruppe der 60er Jahre, Mythos.

Dostojewski, Fjodor M. (1821–1881), russ. Dichter und Staatsfeind, wurde zum Tode verurteilt, dann zur Verbannung nach Sibirien begnadigt. (Kap. 11)

Dreieck, 1.) Gleis-, U-Bahnstation, im ersten Stock liegend, 2.) Goldenes D., Dreiländereck von Thailand, Laos und Kambodscha, in dem Bergstämme, insbes. → Meos, Schlafmohn zur Opium- und Heroingewinnung anbauen, weil der Anbau von Tomaten, Kartoffeln und Gemüse vom Marktgesetz bestraft wird.

Dressman, der, männliches Leergut, Anzüge spazierentragend; Voraussetzung ist eine hübsche Visage, hier: A. Suarez, der unbemerkt von der Öffentlichkeit innerhalb von Tagen vom Faschisten zum Dämokraten mutierte.

Dschugaschwili, d.i. Stalin, → DIAMAT, REALER DINGSBUMS, Dschingis Khan der sowjetischen Industrialisierung.

Durruti, Bonaventura, bedeutendster spanischer Unnennbarer, später Führer der anarchosyndikalistischen Milizen in der Span. Revolution. Schrieb kein Buch!

Dutschke, Rudi, einer der Opinionleader der 60er Revolte in Westberlin; 1968 Opfer eines Mordversuchs, nachdem die Herrschenden eine Pogromstimmung entfesselt hatten; in seiner Doktorarbeit entmystifiziert er Lenin. Lebt im dänischen Exil.

E

ED, 1.) die, Abk. für → ED-Behandlung, 2.) Abk. für eine zwei Mal in der Woche erscheinende Zeitschrift, ursprünglich Mitte der 60er Jahre als Anti-BILD-Zeitung geplant, soll er 1979 als NEUE der TAGESZEITUNG Konkurrenz machen. Wer gewinnt? Wetten werden in der → Pfalzburger Straße angenommen.

ED-Behandlung, besteht aus »Klavierspielen«, Fingerabdrücke nehmen, und »Starfotografie«, zwangsweises Ablichten der Delinquenten.

Effuh, → FU.

Eier Franke, Air France.

Einstein, Carl, bedeutender Schriftsteller der 20er Jahre, zu Unrecht nahezu vergessen, kämpfte in der Spanischen Revolution auf Seiten der Libertären in der Kolonne → Durruti. (Kap. 19)

Eliot, Thomas Stearns, geb. 1888, wurde unvermutet fromm, trieb sich im Wüsten Land herum, rief Staatsmännern ein »Zurücktreten!« gleich drei Mal zu und wurde dennoch mit dem Literaturnobelpreis geehrt. (Kap. 9)

EMM, DM, Mark.

Engels, Friedrich, → Fritze

Enndeh, langweiligste Zeitung deutscher Sprache, beweist, daß DEUTSCHLAND nicht NEU, sondern grau wurde; → DINGSBUMS.

Enzensberger, Hans Magnus, geb. 1929, lehrte vor 20 Jahren die politische Lyrik im Lande das Laufen, verschrieb sich sodann der Eisenbahn, erklärte die Literatur für tot, um später sich genußvoll der Nekrophilie hinzugeben, errichtete ein lehrreiches Museum, leidet, seit er sich einen Zukkerhut aufsetzte, an Karies und Titanischem. (Kap. 13)

Estoril, ehemaliges Sanatorium für Draculas.

Esuh, SU → DINGSBUMS.

Exxon-Pappas, Capo einer multinationalen kriminellen Vereinigung, brandschatzte das moderne Griechenland.

F

F.A.I., unnennbar militante spanische Anarchisten, bisweilen bewaffneter Arm der → CNT.

Fangschaltung, die, kriegt innerhalb von Minuten heraus, von wo du anrufst; postalische Einrichtung zur Außerkraftsetzung eines Grundrechts.

Fanon, Frantz (1924–1961), bedeutendster Theoretiker der algerischen Revolution und der Gegengewalt. (Kap. 14)

Fats, → Domino.

FAZ, die, Zeughaus der westdeutschen Reaktion mit interessantem Börsenteil. (Kap. 20)

Fender, Hersteller von Elektrogitarren und -bässen.

FIFA,, die, internationaler Fußballbund.

Figueira Da Foz, auch dort werden einmal die Unten baden, nachdem die Oben badengegangen sind.

Firebird, → Ballermann, Wumme.

Fleppen, die, Personalpapiere.

FNL, die, versch. nationale Befreiungsbewegungen.

Focus-Theorie, die, voluntaristischer Irrläufer des Herrn Régis Débray, dem viele gute Menschen zu Opfer fielen.

Fontane, Theodor, (1819–1898), preußischer Romancier und Kritiker, wanderte nicht nur viel durch die Mark Brandenburg, sondern setzte seine Heldinnen auch oft in Coupés der Eisenbahn. Erster Klasse natürlich. (Kap. 13)

Fort Knox, Inbegriff eines gesicherten Aufbewahrungsorts, terroristische Vereinigung hortet dort ihre Goldvorräte (Onkel-Dagobert-Syndrom)

Foucault, war, wenn ers auch heute nicht mehr wahrhaben will, Mitglied der → GP, die so manches Richtige schrieb. (Kap. 8)

FR, die, unter allen unlesbaren westdeutschen Zeitungen die lesbarste. (Kap. 10, 11, 16, 17, 18)

Freud, Sigmund (1856–1939), Sündensau von der Wiener Berggasse, Begründer der Psychoanalyse, Theoretiker des Unbewußten; seine bürgerlich-viktorianische Jugend setzte ihm die Grenzen. Die → Reich überschritt. (Kap. 5)

Fritze, alias Friedrich Engels (1820–1895), Kumpel und Finanzier von → Charly, erster Revisionist, Theoretiker des Barrikadenbaus, Mitbegründer der 1. Internationale; die Engelsburg wurde nicht nach ihm benannt, hedonistischer als seine Jünger wahrhaben wollen.

FU, im US-amerikanischen Stil erbaute Universität; Campus in einem Villenviertel Westberlins; in den 60er Kadettenanstalt der Antiautoritäten Revolte, heute mit Hilfe kastrierter Antiautoritärer und Revisionisten pazifiziert.

Fuffie, 50-Pfennig-Stück.

G

G 3, das, Schnellfeuergewehr; der, besonders gesicherter Tresor.

Gedichte, 100, → Altmeister.

Geismar, Alain, einer der Opinionleader des Pariser Mai 1968, diskutierte mit der → GP interessante Thesen.

Gewieft, clever, gerissen, gut ausgebildet, sachkundig.

Gibson, Hersteller von E-Gitarren und -bässen.

Gigue, alter Schreittanz im 3/8- oder 6/8-Takt.

Glucksmann, André, verwechselt → Dschugaschwili mit → Charly; war, bevor er am GULAG litt, Mitglied der → GP. (Kap. 8)

Goethe, Johann Wolfgang von (1749–1832), literarisch ambitionierter Bergbauminister, Gesteinsammler, Tourist, Zwischenkieferentdekker; Konkurrenzgeniebekämpfungsanstalt mit großem Wortschatz, bedeutendster Vertreter der deutschen Schizophrenie, machte große Irrtümer in der Farbenlehre; von der Germanistik heiliggesprochen ist er dennoch besser als sein Ruf. (Kap. 20)

Goldman, Emma, erstaunlich klarsichtige anarchistische Propagandistin.

Gorter, niederländischer Rätekommunist, zeigte zusammen mit → Pannekoek Lenin eine Harke, wird immer noch viel zu wenig zur Kenntnis genommen.

GP, die, Abk. f. Gauche Prolétarienne, Proletarische Linke, nach dem Pariser Mai entstandene anarchomaoistische (das gabs!) Gruppe; ihre Theorien zur Neuen Demokratie und zum Neuen Faschismus verdienen, diskutiert zu werden. (Kap. 8)

Grass, 1.) Günther, sozialdemokratischer Rabelais, 2.) engl., Marihuana, Kif, Lady Jane, Mary Jane; bestes Anbaugebiet: Kongo.

Grateful Dead, legendäre Rockgruppe aus dem Kalifornien Ende der 60er, Anfang der 70er Jahre –, pflegte bei Massenpartys eine Handvoll LSD in die Bowle zu tun; entsprechende Wirkung, auch in der Musik.

Grimm, Gebrüder, sammelten nicht nur Märchen, sondern begründeten auch die moderne Germanistik, inwieweit das eine mit dem anderen zusammenhängt, versucht die Germanistik herauszufinden. (Kap. 16, 20)

Grimmelshausen, Hans Jakob (1622–1676), beschrieb die physischen, politischen und psychischen Folgen des Krieges, schuf den Simplicissimus und die Mutter Courage. (Kap. 19)

Grosser Bruder, mitnichten der freundliche Verwandte, den du zu Hilfe holst, wenn die Straßenjungs dich verprügelt haben, sondern die konsequente Fortführung des Schmidt/Herold-Regimes; → Orwell.

Grundrisse, die, gehören zum Frühwerk von → Charly und haben, wie dies, noch den genügenden Pfeffer, mit Spannung gelesen zu werden.

Guevara, → Che.

GULAG, Menschenvernichtungsmaschinerie des Realen → Dingsbums, ein Riesenreich zu entsowjetisieren und zu elektrifizieren; längst vor dem Reaktionär Solschenizyn bekannt; seine ersten Opfer: Sozialrevolutionäre und Anarchisten. Die damals schon über den G. schrieben. Was keiner zur Kenntnis nahm. Bis heute nicht.

Gun, die, 1.) am. für Gewehr, Pistole, Revolver, Kanone, 2.) Ausdruck der Benutzer harter Drogen für die Spritze oder Fixe.

H

Hacke-Spitze, gleichzeitiges Durchtreten von Gas- und Bremspedal eines Autos bei hoher Geschwindigkeit zum Wenden um 180°. Dies zu lernen, bedarf es einer speziellen Ausbildung; Attentatentäter und Attentatenmöchtegernverhinderer üben pausenlos.

Hasch-Pappi, Konsument weicher Drogen auf weichen Sohlen.

Heil Satan, Gruß des → Blues und des Charles-Manson-Fan-Clubs; ausgestreckte Faust mit ausgerecktem Kleinen und Zeigefinger.

Heine, Heinrich (1799–1856), schrieb als Feind der Deutschen Misere so wunderschön, daß ihn die Nazis zu einem unbekannten deutschen Dichter machen wollten; nebenher Freund von → Charly; wünschte sich das Paradies auf Erden voller Köstlichkeiten, Zuckererbsen und Lieder und starb in einer Matratzengruft. (Kap. 15)

Hendrix, Jimi, Mythos des Rock, Zauberer auf der E-Gitarre, starb wie die anderen Mythen viel zu früh, zeigte in → Woodstock, wie man Heiligtümer und patriotische Scheußlichkeiten demontiert, ohne ein Wort dazu zu gebrauchen.

Heptones, the, Reggaegruppe aus Jamaica, die zeigt, wos langgeht. (Kap. 17)

Herold, Horst, Inbegriff der Umfunktionierung des Begriffs »Genosse«, Sozialdemokrat, Präsident der Herren des Morgengrauens; Bote und Verkünder des Schreckens von 1984, → ORWELL.

Herren des Morgengrauens, trugen als Beamte der → Abt. 1 a noch Schlapphüte und Trenchcoats; ihre Macht dauert an, solange die Nacht am tiefsten, Inbegriff deutschen Wesens und Unwesens.

Hikmet, Nazim (1902–1963), findet sich bezeichnenderweise nicht in → Knaurs Lexikon von a–z und ist doch der bedeutendste Dichter der modernen Türkei; Kommunist, ingesamt 17 Jahre Knast. (Kap. 12, 17)

Hochhaus an der Mauer, → Kochstraße.

Hoddis, Jacob van (1887–?), deutscher Dichter des DaDa, Mitarbeiter an der »Aktion« und am »Sturm«, wurde 1942 von den Nazis abtransportiert und an einem unbekannten Ort vergast; seine Verniemandung dauert in Knaurs Lexikon an; dort ist er nicht zu finden. (Kap. 16, 17)

Hodscha, fährt nicht nur nach Mekka und Medina, sondern gilt auch als weise.

Hohes Lied, das, eines der schönsten Liebesgedichte der Weltliteratur. Findet sich im AT, in der → Bibel. (Kap. 14)

Hughes, Howard, Fliegender Holländer des US-amerikanischen Kapitalismus mit Dagobert-Duck-Syndrom.

Hölderlin, Friedrich, (1770–1843), deutscher Dichter und Jacobiner, ging an der Deutschen Misere zugrunde und wurde schon zu Lebzeiten gefälscht. (Kap. 13)

Hundert Jahre Revolutionäres Berlin, eine Stadtkarte, die mehr als nur Straßen zeigt, Berlin, 1978. (Kap. 20)

I

Initiativgruppe Spichernplatz, Düsseldorf, brachte die Verhältnisse ein bißchen zum Tanzen, einen Spielplatz zuwege, drei Dokumentationen heraus und dem Allwissenden Autoren einiges Vergnügen. (Kap. 17)

Interlude, frz. Zwischenspiel.

J

Jackson, George, stahl mit 18 Jahren 70 Dollar, bekam dafür ein mörderisches Urteil: von einem Jahr bis Lebenslang und wurde im August 1971, ein Jahr nach der Ermordung seines Bruders Jon (Leibwächter von Angela Davis) im Zuchthaus von San Quentin ermordet; verfaßte → »Soledad Brothers« (In die Herzen ein Feuer) und »Blood in my eyes«.

Joplin, Janis, wie Hendrix, Morrison von den »Doors« u. a. ein Mythos der Rockgeschichte; größte weiße Bluessängerin, starb an den Südstaaten, Alkohol und Heroin.

Jottwedeh, d.i. jwd, janz weit draußen, am Arsch der Welt.

Joyce, James (1882–1941), der Dubliner Karl Valentin für Erwachsene. (Kap. 1)

Judos, die, fröhlicher Kindergarten der F.D.P., auf halbem Weg zu Libertären leider steckengeblieben.

Junkie, der, Fixer, Konsument harter Drogen.

Jusos, die, weniger fröhlicher Kindergarten der SPD, nach Zähmung durch die Trinität Wehner, Godesberger Programm und Bundestag bewußtlose Parlamentarier.

K

K I, legendäre Kommune I, der unter anderem Fritz Teufel, Kunzelmann, Langhans, Uli Enzensberger, K. H. Pawla (→ Pawlas Geschoß) angehörten.

K II, wie der Name sagt, die zweite Kommune in Westberlin; sie beschäftigte sich vor allem mit der Emanzipation der Sexualität und der Kindererziehung und schrieb ein wichtiges Buch darüber.

KaDeWe, Kaufhaus des Westens, berliner Konsumparadies, bis 1978 von großem architektonischem und innenarchitektonischem Reiz, wie das Lafayette in Paris.

Kalt, auch cool, von der Polizei unbelästigt.

Kaminski erzählte in → Enzensbergers großartigem Durrutibuch von D.'s Begräbnis. (Kap. 13)

Kammergericht, das, entspricht in Westberlin einem Oberlandesgericht in der Bundesrepublik; zählt zur Arbeitsvorbereitung in der Herstellung von Delinquenten.

Karl, 1.) → Charly; 2.) Liebknecht, zusammen mit Rosa Luxemburg am 15. 1. 1919 in Berlin von der Reaktion ermordet, zählte zur SPD-Linken, lehnte es ab, Kaiser und Kapital weitere Mittel für den Weltkrieg zu bewilligen und war Mitbegründer des Spartakus-Bundes, der Vorstufe zur → KPD.

Kassiber, der, heiml. schriftliche Mitteilung Gefangener unter sich oder nach »Draußen«.

KB, der, Abk. für Kommunistischer Bund.

KBW, der, Abk. f. Kommunistischer Bund Westdeutschlands, in Highdelberg gegründete maoistische Sekte, Konkurrenz von → KPD (AO), → KPD/ML usf.

Kempinski, das, Hotel und Restaurant am Kurfürstendamm in Westberlin, großartige Küche mit Michelin-Sternchen; wird in die Hände seiner Zimmermädchen, Kellner und Köche übergehen.

Kietz, der, Milieu, Straßengruppe, Scene; im engeren Sinne Vergnügungsviertel, im weiteren Milieu, in dem die unteren Klassen wohnen und z. T. arbeiten.

Kinnwarzengrinser, der Große Gelbe, Mao.

KK, das, Abk. Kleinkalibergewehr.

Klammheimlich, Reizwort im Deutschen Herbst.

Klassenbuch, das, herausgegeben von K. Roehler, H. M. Enzensberger; ein Lesebuch, wie es sein sollte. (Kap.7)

Knaurs Lexikon von a bis z, verschweigt zu viel. (Kap. 13)

Knete, die, Syn. für Geld.

Kochstraße, die, Straße im alten Presseviertel, Zentrum der geistigen Umweltverschmutzung Westberlins; das steuerbegünstigte → Hochhaus dort war Ostern 1968 Ziel außerparlamentarischer Attacken.

Kohle, die, Syn. f. Geld.

Kollontai, Alexandra, dem on dit zufolge »einziger Mann im ZK« der bolschewistischen Partei neben Lenin; zu emanzipiert, zu schön, zu klug, lange dort drinnen zu bleiben; 1921 in der »Arbeiteropposition«, später verhinderte nur ihr Bekanntheitsgrad ihre Liquidierung durch → Dschugaschwilis Genickschußmaffia.

Konkret, eine hamburger linke Monatsschrift, bringt Geheimpapiere öfter, als den Herrschenden lieb sein kann. (Kap. 19)

KPD, die, Kommunistische Partei Deutschlands, 1.) 1919 gegründet, in die Irre geleitet durch → Dschugaschwili und seine deutschen Apostel, im 3. Reich zerschlagen, liquidiert; stellte, dies wird bis heute im Westen erfolgreich unterdrückt, die meisten Widerstandskämpfer und Märtyrer, 2.) in der DDR mit der SPD zur SED zwangsvereint, 3.) im Westen nach 1945 zunächst durch die westlichen Alliierten, dann durch Unfähigkeit kleingehalten, 1956 durch das Verfassungsgericht verboten, 4.) im weiteren streiten sich die Erben, wer befugt sei, ihren Namen zu tragen, die → DKP, die 5.) KPD, entstanden aus der Roten Zelle Germanistik, später KPD-AO → oder 6.) die KPD/ML (Marxisten-Leninisten, zunächst China –, dann Albanienorientiert), oder der → KBW? oder der KB? oder die MLD? Merke: Kinder tun die KP lieben/früher gabs eine/heut gibts sieben.

Kranzler,das, Kuchenbeerdigungs- und Kaffeeschlürfanstalt, Joachimsthalerstraße/Ecke Ku'damm.

KSZE, die, Konferenz über Sicherheit und Zusammenarbeit in Europa, sprich: der Wölfe über Vegetariertum.

Kuhfuss, der, an der Spitze abgeflachte und gespaltene elegante Brechstange.

Kurras, der, brachte am 2. Juni 1967 den Studenten Benno Ohnesorg um; im weiteren Bezeichnung für Beamte, die ungeschoren schießen, schlagen, töten dürfen.

Kursbuch, das, kostet 8 Mark, erscheint vier Mal im Jahr und zeigt, wos langgeht. Manchmal auch, wos nicht langgeht. Nr. 53. (Kap. 20)

KYP, terroristische Vereinigung, griechischer Geheimdienst während der Juntazeit, wurde im Foltern von der → Abt. 1 a, später von der → CIA ausgebildet.

L

Lada, in Togliattigrad unter unsagbaren Zuständen montierter, russifizierter, dickblechiger FIAT.

Lafargue, ist der GROSSE → WEISE.

Lake Placid, eine Art Berchtesgaden im Westen der USA.

Lasciate Ogni Speranza, it. Laßt alle Hoffnung fahren, aus → Dantes »Inferno«. Inschrift über den Toren deutscher Haftanstalten.

Leonidas, kloppte sich mit den Persern rum; das war lange vor der Erhöhung der Ölpreise; wurde verraten. L. kennt man fast nur noch von der Inschrift auf seinem Grab her, das, wie bei allen echten Helden, groß und prunkhaft angelegt wurde zwecks Orgie mit den Würmern.

Libanese, roter, Haschischsorte mittlerer Güte.

Lima, Jorge de (1893–1953), brasilianischer Lyriker, von der Dichtung der Schwarzen beeinflußt. (Kap. 17)

Linken, bedeutet seltsamerweise: bescheißen. Stammt wohl von Rechten her.

Logistik, die, im Militärunwesen Bereitstellung von Mitteln zur Unterstützung der Streitkräfte; bei den → Unnennbaren zählen im weiteren Autos, Geld, Wohnungen, Stützpunkte, Förderungskreise der Freunde des Bewaffneten Aufstands e. V. u. a. dazu; im Näheren s. → Marighella.

Lorca, Federico Garcia L. (1899–1936), der wohl bedeutendste spanische Dichter der Moderne; Bauernsohn, Maler, Musiker, Theatermann; war populär, modern, links, schwul. Folgerichtig wurde er von Francofaschisten in der Nähe von Granada ermordet (s. »ninguneo«, in »Alle Türen offen«, Rotbuch 178, 1977).

Los Angeles Times, die, bürgerliche Zeitung, brachte die Sensationen im Prozeß gegen die → San Quentin 6 auf Seite 1. (Kap. 18)

Luftkampf über Berlin, sollte, wie ein Herr Meier alias Göring sagte, nie stattfinden. (Kap. 19)

Luxemburg, Rosa (1871–1919), scharfsinnigste Theoretikerin des deutschsprachigen Marxismus (außer in Bezug auf Anarchismus), verlor natürlich die Auseinandersetzung mit der bierärschigen SPD-Rechten und der »Mitte« der Partei; Mitbegründerin des Spartakus-Bundes und der → KPD, kurz danach auf viehische Weise ermordet. (Kap. 7)

M

Mai, Pariser, 1968 Vorbote der Sozialen Revolution in hochentwickelten kapitalistischen Staaten.

Maihofer, der, Prototypus eines Ministers, der sich selbst auf Grund seiner Äußerungen als Liberaler vor dem Amt unter das Berufsverbot stellen müßte. (Kap. 7, 19)

Malcolm X, afroamerikanischer nationalistischer Revolutionär, wurde ermordet, als er sich konsequent weiterentwickelte, nach links.

Maloche, die, Erbsünde, Arbeit, Schinderei.

Mandel, es gibt süße, bittere und einen trotzkistischen mit dem Vornamen Ernest, erhielt als marxistischer deutscher Jude, dessen Familie im 3. Reich nahezu ganz ausgerottet wurde, von sog. Liberalen ein Einreiseverbot in der BRD.

Mao, Tse-Tung, Nationalrevolutionär in China, liebte lange Fußmärsche, schrieb Vernünftigeres, als sein Kleines Rotes Buch vermuten läßt, Großer Steuermann, Katalysator der Kulturrevolution, wurde, als er gestorben war, einbalsamiert und wie Schneewittchen aufgebahrt, nach dem Tode durch die Nachfolger gründlich ermordet.

Marighella, Carlos, brasilianischer → Unnennbarer, ehemaliger KP-Funktionär, Theoretiker der Stadtguerilla, wurde verraten und ermordet.

Marley, Bob, & The WAILERS, Reggaemusiker, mit zunehmendem Erfolg schlechter. (Kap. 17)

Marx, → Charly.

Massachusetts, Staat in den USA, Standort des Instituts für Technologie (MTI), das während des Vietnamkriegs z. T. von den Weatherpeople, US-amerikanischen Unnennbaren, gebombt wurde, weil sich dort ein Rechenzentrum der Air Force befand, das die Bombenflüge über Indochina ausrechnete. Ein anderes befand sich in Frankfurt und wurde 1972 von deutschen Unnennbaren gebombt. Ist Terrorismus gegen Terroristen Terrorismus? Die Geschichte wirds uns zeigen.

Matthäus, hauptamtlicher Apostel, schrieb ein Buch im Neuen Testament. (Kap. 17)

Maunz, Theodor, kommentierte im 3. Reich die Antijudengesetze, im 4. das Grundgesetz; ein sehr deutscher, fruchtbarer Jurist. (Kap. 18)

Mäuse, Syn. für Geld.

Mehrwert, der, → Charly.

Meos, die, Bergstämme in Indochina.

Meskalin, das, aus dem Kaktus Peyotl gewonnenes Halluzinogen, sanft und wirksam, in Mexiko ursprünglich zu religiösen Zwecken benutzt.

Metropolen, die, Millionenstädte; in einer Imperialismustheorie aber auch Synonym für die hochentwickelten Industriestaaten (Städte) als Feinde der unterentwickelt gehaltenen Länder (Dörfer).

Micky-Maus-Trip, alberne Reise; Rausch mit Hilfe von Halluzinogenen, der mit Kichern und Blödeln vertan wird.

Mitropa, Kapitelüberschrift bei Tucholsky; hier: Raststätte an der Autobahn Berlin-Helmstedt in der Magdeburger Börde.

MLer, (Marxist-)Leninist, Maoist, Hoxhaist, Altgläubiger, → KB, KBW, KPD.

Moabit, Stadtteil in Westberlin, in dem das berüchtigte Amts- und Landgericht liegt, nicht zu verwechseln mit den → Moabiter Bergen in Palästina.

Moabiter, im Alten Testament Nachbarvolk der Juden; in der Vorgeschichte nicht nur Bewohner von → Moabit, sondern im Besonderen schwarz bekittelte Unglücksraben und Geier, die sich an Jahren mästen.

Mohn, der, 1.) Pflanze, aus deren Saft Opium gewonnen wird, 2.) protestantische Verlegerfamilie, die aus dem Opium fürs Volk Saft sog und Gewinn, Inhaber einer der größten Medienkonzerne der westlichen Welt.

Mollie, der, Mixgetränk mit fürchterlichen Folgen, vom sowjetischen Außenminister Molotow erfunden.

Montesqieu, Charles de (1689–1755), Theoretiker der Gewaltenteilung des bürgerlichen Staates, von → Herold mittlerweile überholt.

Morante, Elsa, schrieb eines der schönsten und wichtigsten Bücher über eine unterdrückte kleine Familie zur Zeit des Faschismus, »La Storia«; in Italien ein Bestseller, ein Deutschland ein Flop. Typisch. (Kap. 19)

Morgenpost, die, auch Morgenpest → Kochstraße, → MP.

MP 1.) Schnellfeuerwaffe, 2.) engl. Mitglied des Parlaments, 3.) auf die miesesten Instinkte abzielende tägliche Schnellfeuerwaffe aus der → Kochstraße.

Muffe, die, Schließmuskel des Afters, hier: Angst, wem die M. geht, scheißt sich manchmal ein. Oder an.

Müller, Dickes, deutscher Bomber mit dicken Oberschenkeln.

Müntzer, Thomas (1490–1525), religiöser Revolutionär, Gegner Luthers, Anführer und Theoretiker im Bauernkrieg, wurde natürlich hingerichtet, durchgesetzt hat sich in seiner Kirche die Theorie seines Gegners. (Kap. 17)

Mutterkorn, das, liefert den Rohstoff fürs LSD.

Mutters kleine Helfer, von den Rolling Stones geprägter Begriff für Psychopharmaka, Beruhigungsmittel, → Valium.

N

Nam, Abk. f. Vietnam.

Narrenbuch, Das, der Pieper in seinem Baumhaus brachte es raus, bringt Spaß beim Lesen. (Kap. 17)

Naunynstrasse, kinderreichste Straße in Berlin-Kreuzberg.

Niney, Reggaegruppe aus Jamaica.

Notarnicola, Sante, war ein Bankräuber aus der Barriera, ist Bambulenkönig im italienischen Knast, schreibt auch Gedichte und sollte bald amnestiert werden.

O

Olsson, legendärer Bankräuber in Schweden, Vorbild vieler Straßenkinder, inzwischen Schweinezüchter.

Omerta, Schweigeverpflichtung süditalienischer Banditen.

Operation Chaos, Syn. für die Ächte Teutsche Hausdurchsuchung.

Orwell, George (1903–1950), englischer Romancier, kämpfte in der Spanischen Revolution auf Seiten der Libertären und Trotzkisten, schrieb ein großartiges Buch über sie, erlebte dort schon die Genickschußmaffia → Dschugaschwilis, die umbrachte, wer von Francos Truppen nicht schon umgebracht worden war, die Blüte der Revolution; O. zog seine Lehren draus und schrieb das große Buch des von ihm befürchteten zukünftigen Totalitarismus, 1984. Noch fünf Jahre... (Kap. 7, 19)

Ostaijen, Paul van (1896–1928), schokkierte schon mit seinem ersten Buch, das während des I. Weltkriegs erschien, Flandern; antiprovinziell und äußerst respektlos. (Kap. 7)

P

Palisades Press, Verlag in Ohio, druckte Handbücher von → Unnennbaren aller Couleur.

Pannekoek, haute mit → Gorter Lenin in die Pfanne; das haben dessen Apostel bis heute nicht verdaut und verniemanden P. und G.

Paragraf, wie alle Feudalherrscher ein Brechmittel; hier insbes. die §§ 88 a und 130 a → StGB, die hervorbringen, was zu bekämpfen sie vorgeben, die Gewalt; § 293 StGB verbietet auch etwas Selbstverständliches, sich aus den Flüssen zu fischen, was der Bauch braucht.

Parin, Paul, beschrieb Freud-lose Völker in Afrika und sonstige hübsche Bräuche, hier → Kursbuch 53. (Kap. 20)

Parker, Charly, der Liebe Gott des Altsaxophons, Be-Bopper.

Parteitag von Chikago, hier stellte eine terroristische Vereinigung ihren Kandidaten fürs US-amerikanische Präsidentenamt vor, ihre Gegner den Gegenkandidaten, ein echtes Schwein, worauf die Polizei fürchterlich prügelte und Tränengas warf. Da standen sogar denen, die sich »Demokraten« nennen, die Tränen in den Augen.

Patte, die, Brieftasche.

Pawlas Geschoß, Scheißhaufen, den P. → KI, vor eine Richterbank in → Moabit setzte; fanden die Richter gar nicht lustig, dabei hatte → P. doch so schön in U-Haft trainiert.

Peace, engl. Frieden, hier auch: V-förmiges Zeichen, aus Mittel- und Zeigefinger gebildet.

Penn-Emma, PanAm, US-amerikanische Fluggesellschaft.

Perignon, Dom, berauschendes Bauwerk aus Frankreich.

Pervitin, Aufputschmittel.

Pfalzburger Straße, Herstellungsort des → ED.

Pfau, Ludwig, (1821–1894), schrieb satirische Texte und das Badische Wiegenlied, gründete den »Eulenspiegel« und mußte nach Frankreich und in die Schweiz fliehen. (Kap. 19)

Pflasterstrand, unter dem der Strand liegt, ist ein → Sumpfblatt in Frankfurt am Main; strikt gegen die Politik der → Unnennbaren, wird der PS doch verfolgt, wenn er Thesen der → Unnennbaren zur Diskussion abdruckt. (Kap. 19)

Pfund, das, 20 Mark.

Piece, das, engl. Stück, hier: abgepackte Haschischbrocken.

Piepl, neudeutsch für people, Leute, Menschen.

Pigs, von den Black Panthers übernommener Ausdruck für Angehörige überflüssiger Berufe wie Polizisten, Steuerbeamte, Kapitalisten, Meister, Richter usf.

PL/PI, Abk. f. Proletarische Linke/Parteiinitiative, Versuch westberliner Linker, Rätekommunismus mit Leninismus zu verbinden, der natürlich scheitern mußte.

Plötze(nsee), Knast für Kinder und Jugendliche in Westberlin.

Politischer Lohn, voller Lohnausgleich bei Nullarbeit.

Pound, Ezra, 1885 in Haily, Idaho geboren, studierte schon mit 15 Jahren vergleichende Literaturwissenschaft. Dennoch schrieb er Gedichte, die zur Weltliteratur gehören. (Kap. 13)

Powers, Gary, Pilot eines Spionageflugzeugs, wurde abgeschossen, verurteilt und ausgetauscht, weil ers vorgezogen hatte, kein Held zu sein und Cyankali zu futtern.

Preludin, Aufputschmittel.

Prévert, Jacques, 1900 in Paris geboren, gehörte zu den liebenswürdigsten Lyrikern und Chansonschreibern Frankreichs; sein Erfolg – seine Gedichtbände erschienen in Auflagen von mehreren Hunderttausend – stimmte die dummen Kritiker nachdenklich. (Kap. 9)

Proudhon, Pierre (1809–1865), einer der bedeutendsten Theoretiker des frühen Anarchismus, → Charly motzte arg gegen ihn. P. hats überlebt; von ihm stammt der Satz: »Eigentum ist Diebstahl«.

Pushen, nach vorne boxen, Erfolg herbeiführen.

Pusher, üble Type, fixt Kunden an, macht sie süchtig und zu Kleinhändlern.

PUW, Abk. f. Piratensender Unfreies Westberlin, an guten Tagen auf UKW, direkt neben dem SFB zu erreichen.

R

RAF, Abk. für Rote Arme Fraktion, → Unnennbare.

Rauch, Georg von, Haschrebell, Tupamaro Westberlin, Angehöriger der Bewegung 2. Juni, → Unnennbare; an einem Tag im Dezember auf einen Schlag in der Öffentlichen Fahndung, am nächsten tot, aus nächster Nähe durch die Brille ins Auge geschossen. Der Täter läuft frei herum. (Kap. 15)

RD, Ab. für Rauschgiftdezernat, jagt Bierbrauer, Schnapsbrenner und Barbesitzer nicht.

REFAschisten, in Fabriken üblicher Ausdruck für die Herrn in weißen Kitteln, die mit ausgeklügelten Systemen und Stoppuhr die Zeiten für Arbeitsabläufe nehmen, um die Unten noch besser auspressen zu können.

Reich, Wilhelm, war Schüler Freuds, besserte sich, half Jugendlichen in den 20er Jahren gegen sexuelle Nöte, wurde zum gleichen Zeitpunkt aus zwei Hochkirchen geschmissen, der → KPD und dem Verband der Psychoanalytiker, → Freud; mußte nach Dänemark, später in die USA emigrieren. Während der McCarthy-Aera kam er in den Knast und starb. Achtung! Seine von den Erben autorisierten Bücher sind zum Teil kastriert; die sozialisierten Ausgaben verhalfen schon Mitte der 60er Genossen zu Ein- und Auskommen. R. ist wichtiger, als jene, die damals seine Werke lasen, heute zugeben möchten. (Kap. 5, 8, 15)

Rettungsschuss, finaler, Begriff aus dem »Wörterbuch des Unmenschen« für einen gezielten, zum Tode führenden Polizeischuß.

RGO, anno dunnemals, Abk. für Revolutionäre Gewerkschaftsopposition, → KPD, heute Bezeichnung fürs Revolutionäre Guerille Orchester, → Unnennbare.

Rilke, Rainer Maria, (1875–1926), Lyriker, beeinflußte viele schreibende Gymniasiasten, ließ den Cornett reiten und verkuppelte Orpheus und die Jungfrau Maria. (Kap. 7)

Ringelnatz, Joachim, (1883–1934), hat es, wie Prévert, natürlich schwer mit den Germanisten, er wirds, tot, überstehen. (Kap. 7)

Rioja, der, span. Wein, geht weniger in den Kopf, denn in die Beine.

Rodriguez, Silvio, ist einer der bekanntesten Sänger und Komponisten in Kuba; sein Lied handelt von Abel Santamaria, der nach dem Versuch, Moncada zu stürmen, gefangengenommen, gefoltert und ermordet wurde. (Kap. 13)

Rosa, → Luxemburg.

Rosinenbomber, der, Flugzeug, das Westberlin während der Blockade 1948 versorgen half.

Runderzählungen kannten wir schon als Kinder; damals gabs kein Fernsehen. (Kap. 13)

S

Saft, der, hier: Strom, Elektrizität.

San Quentin, berüchtigtes Zuchthaus in Kalifornien, U.S.A.

San Quentin, Six, die, sechs Gefangene im Zuchthaus S.Q., denen man nach der Ermordung von George Jackson nach dem Motto »Die Opfer sind immer die Täter« (Kurrasprinzip) den Prozeß machte; das SQ 6 Defense Committee bestand aus Bürgerrechtlern, die ihre Verteidigung organisierten.

SAP, die, Sozialistische Arbeiterpartei; den Trotzkisten nahestehende Linkssozialisten; Willy Brandt war in den 30er Jahren dort Mitglied. Das ist lange her.

Sassulitsch, Vera (1851–1919) wurde von den Lexika in Ost und West verniemandet und war doch eine so wichtige Linke Sozialrevolutionärin.

Scheherezade erzählte um ihr Leben, auch Märchen.

Schiguli, stinkt, lärmt, verbraucht Energie, ist lebensgefährlich, wie alle Autos.

Schmier, die, Kriminalpolizei.

Schohpeng (auch: SCHO-PENG), → Chopin.

Schrift, Heilige, → Bibel.

Schuss, der, Rauschgiftinjektion; **Goldener** →, Einspritzung einer Droge in zu hoher Dosis, die zum Tode führt.

Schwarz, Innenminister, ist so wie er heißt. (Kap. 11)

Schwarze Bände, anarchistische Klassiker.

Schwedt, aus dem Boden gestampftes Industriekombinat von überragender Häßlich- und Menschenfeindlichkeit.

Schwestern, die 7, Ölmultis (Exxon, Shell, BP, Mobil Oil etc.)

SEL, Abk. f. Standard Elektrik Lorenz, Tochterfirma von ITT.

Sender, Juan, Ramón, geb. 1902 in Aragon, politischer Journalist und bedeutender Romancier, Anarchosyndikalist; lebt im Exil in San Diego, U.S.A., weil für ihn mit Suarez der Francofaschismus noch nicht beendet ist. Der Allwissende Autor wurde von ihm autorisiert, einen seiner verschollenen Romane zu übersetzen. (Kap. 20)

Sethe, Paul, konservativer Journalist, der sich aber über Pressefreiheit keine Illusionen machte.

SEW, Abk., Sozialistische Einheitspartei Westberlins, findet, daß der Reale → Dingsbums Sozialismus sei.

SFT, Abk., unbekannte Gruppe von Unnennbaren, Scene und PoPo rätselten herum: wars die Schwarze Front Tempelhof? Wer weiß.

Shaw, George Bernard (1856–1950), undramatischer Dramatiker und Fabier, spottete giftig und sanft und erhielt dennoch einen Nobelpreis. (Kap. 5)

Shepp, Archie, legitimer Sohn Ch. Parkers auf dem Saxophon.

Shit, Syn. f. Haschisch, Pot.

Sillitoe, Alan, geb. 1928, engl. Schriftsteller, ließ seinen Langstrecknläufer von Samstagnacht bis Sonntagmorgen rennen und mit der → FNL sympathisieren. (Kap. 13)

Sink Club, der, → Cavern Club

Sjöwall/Wahlöö schrieben eine moderne schwedische Menschliche Komödie in 10 Bänden. (Kap. 13)

Smith, Bessie, Kaiserin des Blues, starb am Rassismus in den USA.

Soft Drugs, weiche Drogen, Halluzinogene, erzeugen keine Sucht.

Soledad Brother, Titel eines Buchs von George → Jackson

Soljanka, russ. Gemüsesuppe.

Sonograph, der, fertigt Abbildungen der Fingerabdrücke an, die deine Stimmbänder hinterlassen.

Sore, die, Beute, unversteuerter Gewinn in der Einbruchsbranche.

Soul, Schwarze Musik in den USA; – **Brother,** n schwarzer Bruder, der auf Soul-Music steht, sich verwegen kleidet und solidarisch verhält.

Speed, das, Aufputschmittel, »IT KILLS«.

Spiegel, der, → BILD AM MONTAG

Stadtindianer, lassen sich nicht definieren, erklären sich selbst nicht einmal; nachdem der Trikont Verlag vom Marxismus abließ und auf den Kriegspfad ging, druckte er einiges von ihnen.

Stämme, die, → Stadtindianer.

Star Club, der, was der → Cavern Club für den Beat in Liverpool, war der Star Club für den frühen Rock'n Roll in Deutschland.

Storm, Theodor (1817–1888), lürückte und novellierte; seinen Reiter lassen Deutschlehrer nur verschimmeln.

StGB, StPO, StVRG, StVollzG, pornografische Schriften.

STS, Abk., Staatstragender Sender (ARD-Sender).

Stuttgarter Platz, der, bekanntester Kietz von Westberlin, Bars, Strip, Nepp.

SU, → DINGSBUMS.

Sumpf, der, 1.) im Bergwerk die tiefste Stelle, an der sich das Sickerwasser sammelt, von wo es mittels Pumpen über Tage gefördert wird; 2.) Bezeichnung für ein ökologisches Subsystem (alle Pflanzen wachsen dort, wo der Same hinfällt und keimt; aus der Umwelt wirken Klima und Boden auf die Pflanze ein; Linder, Biologie, Lehrbuch für die Oberstufe, 17. Auflage, Stuttgart 1973), das sich durch Feuchtigkeit, geiles Wuchern, immense Fruchtbarkeit und unterirdische Strömungen definiert. Feinde des S. trocknen ihn aus, woraufhin die Landschaft zunächst wertvolle ökologische Nischen verliert, dann austrocknet, schließlich unfruchtbar wird und verkarstet – zur Wüste wird, in der nichts mehr gedeiht.

Sündensau, die, → Freud

SZ, die, Süddeutsche Zeitung, München. (Kap. 11).

T

Taylor,F. W. (1856–1915), zerlegte systematisch alle Arbeitsvorgänge; führte besondere Aufsichts- und Entlohnungssysteme in der Fabrikarbeit ein, um Höchstleistungen zu erzielen; Menschenfeind 1. Ordnung.

Tegel, Berliner Stadtteil, berüchtigt wegen des in ihm liegenden riesigen Knastes und des modernen Flughafens.

Tesching, der, kleinkalibrige Handfeuerwaffe.

Testament, Neues od. Altes, → Bibel.

Tinke, die, (Berliner) mit Essig oder Zitronensäure aufgekochte Morphiumlösung.

Tokajer, der, eine Gottesgabe aus Ungarn, fließt wie Öl.

Ton Steine Scherben, Berliner Rockband, gab der Revolte Ausdruck, als sie uns zusang, wir sollten alles kaputtmachen, was uns kaputtmacht. Wenns so einfach nur wäre...

Trabant, der, → Schiguli, aber aus der DDR, nicht aus der SU.

Treibhaus, das, in ihm wird geschildert, wie die Bonner Republik anfangs vor sich hinmiefte; Wolfgang Koeppen warf mit Steinen. (Kap. 20)

Trilaterale Kommission, die, von der Rockefeller-Gang gegründete größte terroristische Vereinigung der Welt; Carter tut, was die Capos ihm befehlen; Niederlassungen in den USA, in Japan und Westeuropa.

Tristan und Isolde lebten in einer keltischen Sage; wo einer des anderen Weib liebt, bleibt kein Auge trocken; dieses Mythos' nahmen sich Gottfried von Straßburg und später, mit einem Wahnsinnsgetöse, Richard Wagner an. (Kap. 3)

Tschako, ausschließlich für ihn besaßen Jäger, Schützen und Polizisten ihren Kopf, sah martialisch aus, half aber nicht gegen → Argumente. Seither ist der Römerhelm Mode.

Tunen, hier: Schnellermachen eines Autos.

Tupamaros, die, 1.) Unnennbare in Uruguay, 2.) nach 1. benannte Gruppe Unnennbarer 1) in Westberlin, = TW, b) in München = TM; Vorgänger der Bewegung 2. Juni, die wiederum Vorgänger des → RGO ist.

TW, → Tupamaros.

U

Ulrike, Unnennbare, bedeutendste Sozialistin seit → Rosa, begann als Kolumnistin bei → konkret, wurde am 9. Mai 1976 erhängt in ihrer Zelle in Stuttgart Stammheim aufgefunden; über die Umstände ihres Todes brachte eine Internationale Untersuchungskommission ein Buch heraus. (Kap. 14, 19)

Unnennbare, die, heißen bei den Herrschenden Terroristen »Terroristen«, begreifen sich selbst als Stadtguerilla. Die »geistige Auseinandersetzung« (Scheel) mit ihnen besteht darin, nichts von dem, was die U. sagten oder schrieben, an die Öffentlichkeit gelangen zu lassen.

Urbano, Kampfname eines bekannten → Unnennbaren aus Uruguay.

UZ, Abk. f. Unsere Zeit, DKP-Zeitung in der BRD, wie alle kommunistischen Zeitungen stinklangweilig; lesbar der Betriebsteil als Pendant zum Wirtschaftsteil der → FAZ.

V

Valium, Mutters Kleine Helfer, suchterzeugend; bezeichnenderweise in der BRD nach Aspirin zweitmeist benutztes Pharmakum.

Vallejo, César (1895–1938), bedeutendster Dichter Perus, zeitlebens arm, nahm am Spanischen Bürgerkrieg auf Seiten der Republik teil; war auch im Knast, Moskau sagte ihm nicht sonderlich zu; er starb in Paris. Am Hunger. (Kap. 18)

Vinho Verde, port., grüner Wein.

Voluntarismus, politische und philosophische Theorie, wonach der bloße Wille Geschick und Geschichte entscheidend bestimme. Irrtum. V. wird aber auch allen vorgeworfen, die sich mit der »objektiven Lage« nicht abfinden und dem Weltgeist ins Handwerk pfuschen. Was auch manchmal gelingt.

Vorsitzender, Bekannter, → Willy.

VS, Abk. f. 1.) Verfassungssch(m)utz, 2.) Verband deutscher Schriftsteller; zwar mögen einige Mitglieder des VS 2.) für den VS 1.) arbeiten, ansonsten aber empfinden sich die Mitglieder des VS 2.) als Radikale im Öffentlichen Dienst und werden daraufhin von VS 1.) entsprechend behandelt.

W

Wahrheit, die; was die → UZ für die → DKP ist, ist die W. für die → SEW; in großen Bereichen also nicht die Wahrheit.

Walfischkotze, Ambra.

Walther, ist kein netter Junge von nebenan, sondern eine → Wumme, → Ballermann.

Wartburg, Zweitakter, → Schiguli. Aus der DDR.

Weiser, Großer, ein, ist Paul Lafargue, der nicht nur »Das Lob der Faulheit« schrieb, sondern auch als Schwiegersohn von → Charly in naher Zukunft dazu beitragen wird, daß er auch dann nicht völlig in Vergessenheit gerät, wenn des Großen Weisen und Charly's Utopien in die Wirlichkeit übersetzt worden sind.

Westmoreland, Viersterneganove, gesucht wegen Völkermords in Vietnam. Vorsicht, schwer bewaffnet!

Willie the Weeper, 1.) berühmter → Blues, 2.) Aliasname des Autors gewaltbefürwortender Schriften, Shakespeare.

Willy, hat keinen Wumm im Fuß wie Uns Uwe, gehörte als junger Mann der → SAP an, war Berichterstatter im Spanischen Bürgerkrieg; wechselte zur SPD, nachdem er aus dem Exil zurückgekehrt war, bürgermeisterte applausumtost, wurde als Bundeskanzler guilleaumeiert. Der Allwissende Autor gibt die Hoffnung nicht auf, daß W. auf seine alten Tage zu den Idealen seiner jungen zurückkehrt. Die Basis dafür hätte er. (Kap. 13)

Woodstock, Stadt im Staate New York, wo der Heilige Geist des Rock über 500 000 Menschen kam, Mythos und Möglichkeit.

Wrangel, Friedrich, Graf von (1784–1877), Prototyp des erzreaktionären, bullbeißigen, dummen Militärs.

Wumme, die, → Ballermann.

Württ. Staatstheater, das, gehörte unter einem Intendanten, der wegen einer caritativen Handlung von selbsternannten Christen nahezu gekreuzigt wurde, was gerade noch verrommelt werden konnte, zu den ersten Theatern der Bonner Republik und ließ es selbst auf Programmzetteln an Kulinarischem nicht fehlen. (Kap. 17)

Z

Zahl, Peter-Paul, =**Allwissender Autor.**

Zahl-Premiere, die; in einer Zeit, da er, traut man deutschen Gerichtsurteilen, im → Untergrund weilte, tauchte er aus selbigem auf, sich als Charge in einer Schmierenkomödie zu profilieren, wofür er ein halbes Jahr »auf Bewährung« erhielt. Er bewährte sich. Sagte später ein berliner Gericht. (Kap. 14)

Zeitung, die, Andere (AZ), frankfurter Monatsalternative. (Kap. 16)

ZK, 1.) berliner Abkürzung für »Zum Kotzen!«, 2.) Zentralkomitee, a) der Katholischen Kirche, b) der Kommunistischen Partei. Spötter meinen, 2.) = 1.). Sie müssens wissen.

Zocken, sich süchtig versch. Karten- oder Glücksspielen hingeben. Wer sich verzockt, hat ausgeschissen.

Zoff, der, Ärger, Krach, Auseinandersetzung.

Zweiter Juni, 1.) Datum an dem → Kurras Benno Ohnesorg erschoß, 1967, 2.) Bewegung –, → Unnennbare, deutsche, → RGO. (Kap. 15)

Zwiebelkuchenbäcker, der, → Charly.

PETER-PAUL ZAHL wurde 1944 in Freiburg/Breisgau geboren und lebte bis 1953 in der DDR. Mittlere Reife, Lehre und Gesellenprüfung als Kleinoffsetdrucker im Rheinland. Seit 1964 Westberliner. 1967 Gründung eine Druckerei und eines Kleinverlages. Herausgeber u.a. der **»zeitschrift für lesbare literatur – Spartacacus«,** der **»zwergschul-ergänzungshefte«.** Aktiv in der Neuen Linken. Mitglied der Dortmunder Gruppe 61 und des Schriftstellerverbandes (VS) in der IG Druck & Papier.
Seit 1972 in Haft. 1974 wegen »gefährlicher Körperverletzung und schwerem Widerstand« gegen die Staatsgewalt zu vier Jahren, 1976 nach Revision der Staatsanwaltschaft in der gleichen Sache, diesmal als »zweifacher Mordversuch und Widerstand« bezeichnet, zu fünfzehn Jahren verurteilt: »Weil Zahl ein Gegner des Staates ist und zur allgemeinen Abschreckung«. Weitere Informationen über diesen Justizskandal von der Initiativgruppe P.-P. Zahl.

Schutzimpfung. Gedichte. Rotbuch Verlag, Berlin 1975.
Die Barbaren kommen. Lyrik & Prosa. Edition Nautilus, Lutz Schulenburg, Hamburg 1976.
Von einem, der auszog, Geld zu verdienen. Roman. (Reprint der 1970 bei Karl Rauch, Düsseldorf, ersch. Ausgabe.) Verlag Freie Gesellschaft, Frankfurt a. M., 1976.
Waffe der Kritik. Artikel/Kritiken/Polemiken/Aufsätze 1968–1976. Verlag Freie Gesellschaft, Frankfurt a. M., 1976.
Eingreifende oder ergriffene Literatur. Zur Rezeption »moderner Klassik«. Verlag Neue Kritik, Frankfurt a. M., 1976.
Auf Anordnung von oben. Dokumente und Berichte zur Kontaktsperre. Initiativgruppe P. P. Zahl, Frankfurt, 1977.
Alle Türen offen. Gedichte. Rotbuch Verlag, Berlin 1977.
Alle Türen offen – P. P. Zahl in Rock. OKTOBER & SCHMETTERLINGE vertonten Gedichte a. d. gleichnamigen Buch. Antagon ALP 3216. Hamburg, 1978.
Der Fall P. P. Zahl. Dokumentation, deutsch, englisch, französisch. Initiativgruppe P. P. Zahl, Frankfurt a. M., 1978.
Freiheitstriebtäter. Lyrik, Prosa, Dokumente. Edition Nautilus, Lutz Schulenburg. Hamburg, 1979.
Wie im Frieden. Erzählungen. (Nachdruck der beim lit. Verlag H. Braun, Leverkusen/Köln, 1976, ersch. Ausgabe.) Internationalismus Verlag, Hannover 1979.
Wir wollen wie Menschen leben. Knastwirklichkeit und Knastarbeit. Initiativgruppe P. P. Zahl Hamburg, c/o Weigel, Haynstr. 7, 2000 Hamburg 13, 1979.
Schreiben ist [illegible] ein monologisches Medium. Hrsg. Ralf Schnell. Verlag Ästhetik & Kommunikation. Berlin. 1979.

Am Beispiel Peter-Paul Zahl. Eine Dokumentation. Hrsg. Erich Fried/Helga M. Novak/Initiativgruppe P. P. Zahl. Bezug: Initiativgruppe P. P. Zahl, Myliusstr. 58, D-6000 Frankfurt am Main.